U0910887

本书系国家社科基金项目《中国古代文论纲目体系研究》
（立项批准号：07BZW003）的最终成果

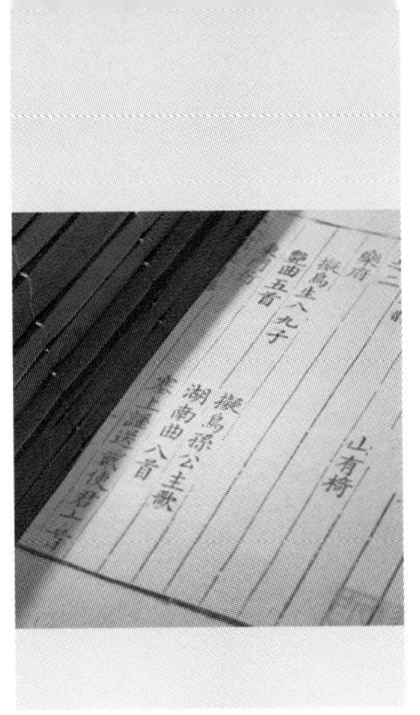

中国古代文论纲目体系论

林衡勋　著

中国社会科学出版社

图书在版编目(CIP)数据

中国古代文论纲目体系论／林衡勋著．—北京：中国社会科学出版社，2015.2

ISBN 978-7-5161-5105-1

Ⅰ.①中…　Ⅱ.①林…　Ⅲ.①中国文学—古代文论　Ⅳ.①I206.2

中国版本图书馆 CIP 数据核字(2014)第 272562 号

出 版 人　赵剑英
责任编辑　冯春风
责任校对　胡新芳
责任印制　张雪娇

出　　版　中国社会科学出版社
社　　址　北京鼓楼西大街甲 158 号（邮编 100720）
网　　址　http：//www.csspw.cn
　　　　　中文域名：中国社科网　010-64070619
发 行 部　010-84083685
门 市 部　010-84029450
经　　销　新华书店及其他书店

印　　刷　北京君升印刷有限公司
装　　订　廊坊市广阳区广增装订厂
版　　次　2015 年 2 月第 1 版
印　　次　2015 年 2 月第 1 次印刷

开　　本　710×1000　1/16
印　　张　34.5
插　　页　2
字　　数　564 千字
定　　价　88.00 元

凡购买中国社会科学出版社图书，如有质量问题请与本社联系调换
电话：010-84083683

目　录

序论
中西文论之大别：逻辑体系与纲目形态

劳承万

一　中西文论形态之大别

中西文化是异质文化，西方旨在丰衣足食的“造物塑型”，中土旨在“德性仁心”之开发与“执中”。何谓“造物塑型”？黑格尔在其《历史哲学》一书中，所言称的希腊精神是也；即雕刻家把石头雕成艺术品之三联式。何谓“德性仁心”？即《尚书·大禹谟》中所言称之中国文化之总纲：“正德利用厚生”是也（盘古开天，浑身都是贡献；大禹治水，三过其门而不入；周公“制礼作乐”以治世。“正德”是总纲，“利用、厚生”是目；三者贯通一气，即为“德性仁心”）。前者是向外之逐物文化，以因果律为主轴，且运用逻辑数理功能为手段成就其科学、哲学与艺术，故常有“逻辑体系”的呈现；后者是向内之心性文化，沿着“危—微—精——”之十六字心诀，达乎“允执其中”之终极目的。在实践行为中，以德性仁心为主轴，十字打开为孟子的“仁—义—礼—智”四端说以网罗中土全幅文化。德性仁心是总纲，其下之仁义礼智则是目（推进一步，若仁义礼智是纲，其下之分属则是目。层层衔接相推，成为一网状结构），此曰“纲目形态”。中土因为缺乏“逻辑·数理”手段，故不可能有什么“逻辑体系”的诞生，故其文化生命只在纲目形态中。

这是中西异质文化最为重要的区别，即“逻辑体系”与“纲目形态”之迥然区分。近百多年来，西学东渐，国人混而不辨，在学科形态上，照搬照套不遗余力，从不反省己之误入歧途。梁启超在20世纪初便早有醒悟，曰：“于今日泰西通行诸学科中，为中国所固有者，唯史学。”（《中国之旧史学》）即除了史学之外，诸如哲学、美学、文艺学、艺术学、语法学等（即“××学”模式，皆属此类），均是舶来品。此等西学形态之“东渐”，对中土文化之影响深远。

早在20世纪80年代初，王元化在广州召开的全国高校文艺理论研究会上的发言就指出：中西文化（美学）属两种类型：一是黑格尔的逻辑体系（“体现了一个由低级到高级、由萌芽状态向成熟状态发展的进程，形成了环环相扣的逻辑链锁”）；一是刘勰的纲目体系（“全书的体系有一个特点颇值得注意，这就是纲和目的关系。刘勰采取了以纲统目、纲举目张的办法”，以“原道、征圣、宗经为骨干，创立了道—圣—文这样一个体系”）。[①] 王元化先生提出的西方之“逻辑体系”与中土之“纲目体系”之区别，应该说是中国学人近百年来的一种卓识。王说至今又有三十余年了，却“曲高而和者寡”。后来，到90年代中期，季羡林先生目睹由西化而趋奴化，也急得不可耐烦了，大声疾呼：中国的美学、文艺学、语法学、文学史、中国通史等，必须推倒重来。他在《我的学术总结》长文中，作了深刻的反思与回顾。他认为失败的根本原因在于：学人们之中西文化观念相混，以西化中，“贾桂思想”太重，成了西化的奴隶（文章太长，恕不引文。这是一篇当代学人不可不读的血泪之文）[②]。季氏之疾呼至今也十多年了，亦似无甚反应。季氏尤其针砭了当代之汉语语法学，这是典型的奴化之学，其次是美学、文艺学，“美学必须彻底转型，决不能小打小闹，修修补补，而必须大破大立，另起炉灶”；“中国文艺理论……之所以在国际上失语，一部分原因是欧洲中心主义还在作祟，一部分是我们自己的腰板挺不直，被外国那一些五花八门的‘理论’弄昏了头脑”[③]。由于中土文化之生命元气挺立不起来，则必然成为西方文化的奴隶。季先生涉足中外几十年积其一生之经验教训，足可为鉴矣。

面对中西之异而“知己知彼”，才能“百战不殆”。唯有对中西思维方式有深入的了悟和比较，才能真正确立中国文论之纲目形态。此是本书之题旨。

---

① 王元化：《文学沉思录》，上海文艺出版社1983年版，第4—7页。

② 季羡林：《牛棚杂忆·我的学术总结》，作家出版社2009年版，第194—199页。

③ 同上书，第198—199页。

二　何谓“逻辑体系”与数理·逻辑思维方式

习俗的看法是：凡体系都必是逻辑的，否则体系难以构成，同时也难以具有“合理”性与有序性。凡合理的、有序的，便是逻辑的；只有逻辑的才能排除邪门歪道的瞎说一气。因而人们也以此来定义中国古代文化之形态、性质，诸如“中国哲学逻辑结构论”“中国哲学之逻辑发展”“宋明理学范畴体系论”“中国文论范畴体系论”等，似乎中国文化一旦能挨上“逻辑结构—范畴体系”，即能自满自足，显出无限的辉煌。对于这些基本概念，必须弄得一清二楚才行，囫囵吞枣是绝对不行的。

我们先看马克思在《哲学的贫困·政治经济学的形而上学》一书中对“逻辑结构—范畴体系”等的具体规定及其框架：“正如从简单范畴的辩证运动中产生群一样，从群的辩证运动中产生系列，从系列辩证运动中又产生整个体系”（A），“把这个方法运用到政治经济学的范畴上面，就会得出政治经济学的逻辑学（B）和形而上学（C），换句话说，就会把人所共知的经济范畴翻译成人们不大知道的语言，这种语言使人觉得这些范畴似乎是刚从充满纯粹理性的头脑中产生的（C），好像这些范畴单凭辩证运动才互相产生、互相联系、互相交织（B）。请读者不要害怕这个形而上学以及它那一大堆范畴、群、系列和体系”。

上面引文中的A列（简单范畴—群—系列—体系），是因果律·逻辑推演律之主轴。B点与C点，是A列推演的两大成果（逻辑学/形而上学）。逻辑学，体现为一连串的层层推进的“辩证运动”；形而上学，则由纯粹理性提升、抽象而来。以图1示之，即为三个相关系列：

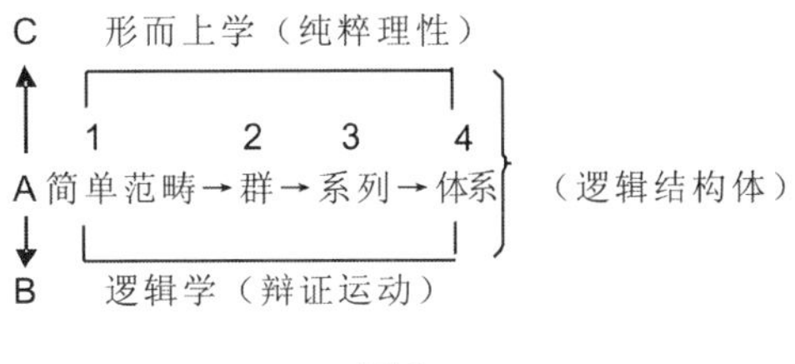

图1

由上图不难看出，西方文化中的所谓“逻辑结构体”，实由ABC三个横列构成，A轴是运演的主轴，B轴是“辩证运动”的结果，C轴是

“纯粹理性”的形上抽象。故西方文化中的“范畴体系—逻辑学—纯粹理性”，是层次有别但又互为一体的逻辑结构（三者相关但又有区别）。“简单范畴”，是逻辑起点；“逻辑结构体—逻辑学—形而上学”，是一体二面的逻辑终结。故凡是缺少A列四个环节的“辩证运动”者，均不属什么“逻辑结构”“范畴体系”。在这里需要特别强调者，则是“范畴体系”的误用。西方哲学中的“范畴·范畴体系”，并不是一般的陈述词，而是受制于逻辑演绎功能的。若失去此“逻辑演绎”的背景，它便成为“变味”的东西了。研究中国文化，中国学人动辄便是“范畴体系”论，请问中国文化的“逻辑演绎”背景在哪里？我们必须把握住：“范畴体系”只不过是逻辑功能、逻辑演绎的产物而已。若无逻辑演绎之可能与必要，而弄出一个“范畴体系”来，岂非赘物！穿西装打领带是一个套式，但如果穿唐装也学打领带，这就不成体统了。这是错位配套的思维方式，不可取。[注一]马克思的这种构思，实是西方文化关于“逻辑结构体”的标准式。由此即可判别国人的种种习俗用法（说法）之残缺与片面性。

何谓西方文化中的数理·逻辑思维方式？

西方之逻辑结构体系范畴体系之逻辑辩证运动与理性形而上学等，其支撑点，是来源于其数理·逻辑符号、功能的协和运算，其中尤以数学为妙。故古希腊时代便有毕达哥拉斯学派的诞生，主张“数”是产生万物的根源。最早的泰勒斯学派主张水、火、土（即物质实体）是产生万物的根源，后来柏拉图主张“理念论”（即人的观念）是产生万物的根源。泰勒斯与柏拉图都是古希腊几百年间哲学发展中的两个极端（物质—观念），唯毕达哥拉斯的“数”具有“物质—观念”二极相融的奇妙性：当数抽象为运算的符号时，即具有观念特征；当数还原为其背后的“物指”时，即具有物的特征。例如1+2=3之数学等式，当纯然作阿拉伯数字的运算时，是观念的；但数字背后的物指承担者，即是物质的。西方人的数学智慧由此而拓开了奇妙思维的大千世界。由感官世界而飞跃于超感官世界，由具体到渺茫、玄虚，乃至形而上学世界、宗教世界、上帝世界。大数学家罗素说：“数学知识看来是可靠的、准确的，而且可以应用于真实的世界。此外，它还是由纯粹思维而获得的，并不需要观察。因此之故，人们就以为它提供了日常经验的知识所无能为力的理想……人们便以各种不同的方式寻求更能接近于数学家的理想的方法，而结果所得的种种启示就成了形而上学与知识论中许多错误的根源。”数学方法，由“可靠、准确、真实”而跃至“理想”，最后导致成为“形而上学与知识论中许多错误的根源”。此是常人所始料不及的。罗素又说：“数学是我们信仰永恒的与严格的真理的主要根源，也是信仰有一个超感的可知的世界的主要根源”，“神秘主义关于时间和永恒的关系的学说，也是纯粹数学所巩固起来的……这种永恒的对象就可以被想象成为上帝的思想”。“数学与神学的结合开始于毕达哥拉斯，它代表了希腊的、中世纪的以及直迄康德为止的近代宗教哲学的特征。”“个人的宗教得自天人感通，神学则得自数学。”罗素以上所言，便是“神学—上帝—永恒—神秘主义”，乃至形而上学（包含本体论）等，均来源于对纯数学的“逻辑崇拜”。因而，罗素又得出了一个在西方哲学史上极有分判价值的结论：“所谓柏拉图主义的东西（即理念论）倘若加以分析，就可以发现在本质上不过是毕达哥拉斯主义罢了。有一个只能显示于理智而不能显示于感官的永恒世界，全部的这一观念都是从毕达哥拉斯那里得来的。”“如果不是他，神学家就不会追求上帝存在与灵魂不朽的逻辑证明。”纯数学对哲学（形而上学）、宗教神学的影响，具有二重性，罗素的卓识是：“数学对于哲学的影响，一直都是既深刻而又不幸的”且“成了形而上学与知识论中许多错误的根源”。[①] 其深刻处，是来源于逻辑·数理的感性的或超感官的真实的演绎；其不幸处，则是由于超感官演绎而来的一种脱离“真实”的理想求取（或曰“逻辑崇拜”），进入了一个纯数学、纯逻辑的虚幻世界（形而上学、上帝、神学、宗教、永恒等），康德则把这种理性之虚幻追求称之为“理性的疯狂”（第一批判）。后来，怀特海也说：“欧洲哲学的兴起很大程度上是由数学的发展成一种抽象的普遍性科学而促成的。但在以后的发展中，哲学的方法也受到了这种数学榜样的损害。”[②] 数学方法一旦成为哲学方法的“榜样”，那么其影响之二重性则会大大加深，使西方“形而上学与知识论中许多错误的根源”，显现得更为突出、分明。以上这些揭示神秘和复杂思想中的真知灼见，唯大数学家才能看得清楚明白，而非大数学家，充其量只能说几句空泛道理，即使知其然，也难以求解其所以

---

① 罗素：《西方哲学史》（上），何兆武、李约瑟译，商务印书馆 1986 年版，第 61—65 页。

② 怀特海：《过程与实在》，李步楼译，商务印书馆 2011 年版，第 20 页。

然，其恶劣者，则是鹦鹉学舌。然而这正是问题的关键。为什么西方哲学之发展，由于那纯数学的榜样与逻辑崇拜，而成为其“形而上学与知识论中许多错误的根源”？首先要明确其“错误”之处：此即“理想性”与“虚幻性”，二者一旦叠合，便成一种理论的虚无。西方的形而上学包括自然神学、宗教神学、本体论等，故其虚无性在近世认识论中则明显地暴露出来了，西方走向“拒斥形而上学”，一切玄虚皆成为扬弃的对象；而知识论（认识论），在当代的发展中，走向极其烦琐、虚妄的实证论，终归也是一种“实证的虚无”。故“理论玄思之虚无”与“烦琐实证之虚无”，二者是等价的。从事于两种虚无探索与求取的理论家，其唯一的心灵力量、精神支撑，就是来源于纯数学的抽象再抽象，此曰“有根有据”，而非胡说八道。这是一种非常值得警惕的合法性精神危机。中国学人很难理解这种“精神危机”，难以做出合理的选择。当今，于图书市场上到处飞舞着中国式的什么“艺术本体论”“美学本体论”“哲学本体论”“××本体论”等，这类“本体论”之广泛玄设从何而来？在中国文化中是否有相同的必然性现象？此等“拿来主义”荒谬在何处？姑且以下面的例子作一说明。庄子引惠施的话，曰“一尺之棰，日取其半，万世不竭”（为了通俗易懂，将“一尺之棰”，转换为“一个月饼”）。中国人的思考只“及乎身而止”（《易传》曰：中国人认识事物之方法，是远取诸物近取诸身。“及乎身而止”，是钱穆先生的一大卓识），因为没有数理与逻辑的支撑，故只能说“万世不竭”之浑整结论。但对西方人来说，这正是理论兴趣之发端。这“万世不竭”，是数理与逻辑运演的无限空间，正是西方人英雄用武之地。故若问当“日取其半”，进至一年、十年、百年、千年时（仅受制于物质可分之最后界限），此月饼之存留物是怎样的？必然运用数理计算·逻辑符号进行对应性的准确刻度，即依次为O—P∸M—N（设定）。首先，这里呈现出一个大界限，即感官与超感官界限——真实界限与抽象之理想界限（纯粹思维境界），对此类界限之两极探索，便会成为两种不同类型的知识和学问，此便是西方人的认识论（知识论）和本体论问题了，前者之对象特征是明晰性（欠明晰者，则发明或动用各种工具，使之明晰，如显微镜、放大镜、望远镜，或电子加速器，以及当今医院中所配备的各种人体检查机器，乃至发明“测不准原理”“拓扑学”等），后者之对象特征是玄虚渺茫性[注二]。其次，这个“N”（若继续可分则会有比 N 更稀薄的抽象）到底是什么？是物质还是观念？无疑地，它早已成了一个观念了（由于它来自物质，故可信），那么，“日取其半”在感官阶段时，明明是物质，怎么一旦进入超感官阶段便成了观念呢？看来，人们的所谓观念，虽由物而来的一根而发，但却有两类：一是对物的直接反映，一是这里稀薄抽象的 N 性。二者之等同，既是哲学的悲剧（疯狂、冒险），但也是西方哲学最玄妙之处，无它则会失去理性的锐气与理性自我平衡的机制。知其一而不知其二者，都会陷入盲从，更无从真实地理解西方哲学趋于极玄妙、虚茫时，到底是表明了什么。若不用数理头脑去理解西方哲学，那往往会成为一笔糊涂账。就西方哲学而言，这便是罗素说的则成为产生形而上学和知识论中“错误”的根源了。这里的二重性处是：“日取其半”的不断切分，乃至于到达 N 点，则成为类似微分过程；当其“日积其半”返回时，乃至于还原为一个月饼，即为类似积分过程。但当其不断微分，或不断积分，超越于极限时，康德称之为“理性的疯狂”（怀特海在《近代科学与世界》一书中，称之为理性之“冒险性”）。理性一旦陷于疯狂与冒险，便会走向“悖论”。故控制在悖论发生之前的数学·逻辑运行，即是其深刻方面。西方的形而上学（含本体论等），即由此而出，故罗素说，柏拉图主义（理念论）本质就是毕达哥拉斯主义。换一个说法：即柏拉图的理念论可以从纯数学的抽象中得到合理的说明，亦即从上面那个 N 的还原过程中得到解释。从顺向之切分看，是物向观念的遥远抽象；从逆向的返回看，是观念的物化生成（还原为一个月饼）。柏拉图的理型论（理念论），就是说万物分有“理型”才成为物，这从 N 的返回过程看是合理的，也是容易理解（由月饼的 N 理念，还原为一个现实的月饼）的。但若离开了 N 的顺向和逆向过程，只作“存在—意识”的唯物直观解释，就会陷入渺茫的死胡同了。但从这里也必须看出：N 的观念，也仅是一种数学·逻辑运演所确证了的东西，但也仍属玄虚的设定，并非等于一种真正的物之“实在”。西方人把这种纯数学·逻辑运演之玄虚设定称为“最后存在”“最高存在”，或曰从逆向返回的“第一因”等，皆泛称之为形而上学，具体称之，则曰各种神学与哲学本体论等。许多国人也照着说，照着用而不知其茫（妄）其险，一旦移入中土，则为大谬然。

概而言之，由上面之所述，我们可以得出三个基本看法：

（1）西方之纯数学方法对其哲学之发生发展之深远影响，从毕达哥拉斯开始，直至近代哲学都蔚为壮观。乃至在“逻辑崇拜”中使整个西方文化都必然从属于数理·逻辑文化，且必然带有数理·逻辑的本质特征。故而理解西方哲学与西方文化，数学·逻辑即是突破口，舍此，多是妄说。

（2）纯数学之抽象方法，成为西方哲学方法的榜样，这给其哲学带来无法克服的二重性。其深刻处，是不可抗拒的逻辑·数理推演力量；其不幸处，于形而上学方面，则是由于“理性之疯狂”与“冒险性”往往会陷入虚无；于形下实证方面，会陷于无穷尽的烦琐实证，此是另一种虚无。事实上，往往数学观念之虚无，是可信的，但哲学观念的虚无，却是可怕的。

（3）西方哲学之逻辑·数理思维方式，必然主宰其全部文化，使其具有逻辑·数理的思维特征。故西方美学体系之建构与文论体系之建构也绝不能例外。故而当下之中西文论相混，那首先便是视界的盲从。

西方美学、文论之基本性质，由于受其西方文化数理·逻辑方法之影响，也必然具有数理·逻辑规定的特有性质。这可以从下面几个方面看出：

（1）西方美学、文论，与其说是来源于审美现象和文艺现象的综合概括，毋宁说是直接来源于其哲学思潮的影响与规定。就美学来说，柏拉图、黑格尔、康德均没有什么独立之美学体系，美学仅是其哲学体系的一个部分（一个环节）而已；亚里士多德之“模仿论”文艺观，并非亚氏之独立之文论体系，而是其“形而上学”中的一个部分；西方现当代的文论，更是现当代西方哲学思潮的产物（侧重于“人文”内容者，多是认识论中主体〈人〉方面的产物；侧重于“科学”内容者，多是认识论中客体〈物〉方面的产物）。认识论三项式（主体—中介—客体）中的倾斜、时髦，也决定其美学、文论的倾斜与时髦。其得其失都是一样的。

（2）现当代西方文论美学的基本理论对象与框架是“作家—作品—读者”三联式（艾布拉姆斯在其《镜与灯》中，于“作家”背后添加一个要素“世界”，这对于认识论来说，是画蛇添足）。这本来是一个认识论的三联大系统，但随着西方认识论中的在主客体（连及中介环节）的倾斜，尤其是由于客体的烦琐实证与主体的玄虚追逐，故把三者各自封闭起来，成为三个不同的自足体："作家"研究曰：社会历史批评/"作品"研究，曰"新批评"（文本批评）/"读者"研究曰"接受美学"。这种三环节之独立性，全都把创作三联大系统中的主客体关系打乱了，甚至把第二、三环节颠倒为独立主体，产生了各类新奇异说，各类文论思潮。当代最时髦的文论、美学思潮，皆属认识主体的不尽玄虚言说，什么主体间性、话语系统、合法性危机等。

(3) 从文艺思潮自身的特征看，也无不深深打上数理·逻辑基质的烙印。从古希腊的所谓"黄金分割"律（审美），途经古典主义时代的"三一律"（地点、时间、事件），至19世纪左拉倡导的自然主义、歌德的色彩分析无不如此。今天的后现代，则是以解构形上、经典、秩序、理性为己任，似是与"数学·逻辑"基质悖谬成为"艺术悖论"，其实，这是一条逻辑线上的两端（一个铜币的两面）。"后"者，当今的"前"也。"前—后"一体，仅有时间之别而已。

(4) 西方之美学、艺术学必须要有数理研究基础。传说是马克思所写的《新亚美利加百科全书条目》，其中有云："在美学科学中，至今还有一个领域被忽视了，就是关于比例的理论。毕达哥拉斯和他的思想还没有找到继承人，来说明形式美究竟是以什么为依据的，来分析各种艺术表现的一切不同形式"，"我们也不知道，是什么东西使诗的每一节奏、辞藻、形象和语言的声音具有迷人的力量。在这方面，诗和音乐取得了最高进展。为了补充欠缺的资料，我们必须有一门以数学为基础的、更完善的心理学……我们必须对每个艺术部门中的艺术形式做出详尽入微的全面分析"①。不管作者是谁，"条目"中之分析，全是依西方文化"数学·逻辑"之理论背景，及其思维方式所作出的必然推理。马克思的剩余价值论和资本主义生产的灭亡论，都是运用数学和逻辑运算出来的，而非一种空洞的政治口号。

(5) 西方之"真—善—美"，必须能为"数理诸学确证"。"真"是研究因果律的，能为"数理诸学确证"，那是当然的事。亚里士多德在其《形而上学》之四因说中，明言"善与美是不同的（善常以行为为主，而美则在不活动的事物身上也可以看到），那些人（译者注：指亚里斯底

① 转引自《美学》杂志第2期，上海文艺出版社1980年版。

蒲/苏格拉底弟子）认为数理诸学全不涉及美或善是错误的。因为数理于美与善说得好多，也为之做过不少实证……美的主要形式‘秩序、匀称、明确’，这些唯有数理诸学优于为之作证。又因为这些（例如秩序和明确）显然是许多事实的原因，数理诸学自然也必须研究到以美为因的这一类因果原理”。[①] 西方之真善美三分一体结构说，其实就是在因果律统辖下之数理·逻辑推演的一体结构，必然能为“数理诸学”所能确证。此是由亚氏所开创的西方美学文论的大传统。

（6）以上所言，皆是西方文化所共识的理论，但其创作是否也遵循此“数学·逻辑”的思维基质呢？中国学人以为一谈到数理与逻辑问题便是空洞话语或公式化，其实不然。请看莎士比亚在《威尼斯商人》一剧中出现的“一磅肉”情节（债主和借方订合同，到期若不如数还债，即割借方“一磅肉”抵债）。期已到，借方无钱还债，这是全剧之高潮，惊心动魄，刀在胸口上，但借方律师说：合同是割“一磅肉”，故既不得多割一分一厘，也不能少割一分一厘，要绝对的准确。若不迅速下刀，合同作废。我的天啊，世界上哪有如此准确的刀法？债主无奈，长叹失败只好合同作废。莎翁以此“一磅肉”的数学智慧击碎了资本主义发迹初期资本家的丑恶灵魂。剧情高潮中这个“一”字是多么地扣人心弦，终使剧情高潮急转直下，让读者深深地长舒了一口气。此等数理智慧，中国人望尘莫及，它唯有闪烁于以数理·逻辑为特征的思维方式中，即西方文化中，才令人叹为观止。

由上面六点来看，西方美学、文论建构体系的特征，即是以数理·逻辑为运转主轴的特征。一个民族如果缺乏数理·逻辑的学思土壤，硬是要“东施效颦”，那除了“出丑”之外，将毫无所得。今人完全西化赶西方时髦，若不认真地去弄清楚西方逻辑结构体系与中土纲目形态之大别，一切都囫囵吞枣，那么在学科形态上的建构，也是会“出丑”的。

三　何谓“纲目形态”（纲目体系）

西方文化的思维方式，所贯串的是逻辑·因果律；中国文化的思维方

① ［古希腊］亚里士多德：《形而上学》，吴寿彭译，商务印书馆 1959 年版，第 265—266 页。

式，所贯串的是象形比喻·类比律。前者，上文已述。后者，需作深入分析。何谓“纲领—网目”？即象形比喻之类比也。何谓“纲”？《说文解字》曰：“维纮（冠冕）绳也”（把绳拴于颔下，固定帽子），这是比喻提摄全网（全体）的大绳子；《尚书·盘庚》曰：“若网在纲，有条而不紊”（此即有纲即可疏理万事万物）；《诗·大雅·卷阿》曰：“岂第君子，四方为纲”；郑玄笺曰：“纲者能张众目”（纲举目张也）。以上指称，皆是指网的构成，是以纲统目（网眼），纲举而目张。由纲布目，是层次有序的分疏；由纲统目，是力度的提摄。层次之有序与统摄之力度，成为“纲”的两大特征。中国文论中的“纲”皆有两种侧重的运用：贤者，热衷于层次有序；圣人，皆聚神于统摄之力度。

中国文论之纲目形态在其发生源头上，大体上有如下几种形态：

1. 《尚书·尧典》“诗言志”说之纲目形态

中国文论之最早纲目形态，也许还是《尚书·尧典》“诗言志”说之纲领形态。

“帝（舜）曰：‘夔！命汝典乐，教胄子。直而温，宽而栗（谨慎），刚而无虐，简而无傲（A）。诗言志，歌永言，声依永，律和声。八音克谐，无相夺伦（B），神人以和（C）。”“夔曰：於！予击石拊石，百兽率舞（D）。”

近百年来，凡论及中国诗学之发生者，皆不离此文中之“诗言志”说，“五四”以后不久，朱自清先生在其《诗言志辨》一书，则首倡“诗言志”说，且曰：是中国诗学的开山的纲领。后来，又有人加上钟嵘《诗品》的“诗缘情”说，一并言为中国诗学之总纲。故而长期以来，中国诗学则有相互对峙的两大纲领：“诗言志”说与“诗缘情”说。这是近百多年来中国文论界所共识的中国诗学纲领形态。此两说是否准确，以及二者间的关系如何，这是进一步的理论探索问题，姑且按下，但能从西化的大脑中强挤出一个“非逻辑”“非数理”观念来，按照中土实际，标示为“纲领”形态，这一新起点与认识，却有举足轻重的作用。既然中国诗学有“纲领”形态，那么各类中国文论评点等，依理也必有其“纲领”形态。这是简易推理，而非穷力探索。然而，为什么后来各类“中国文学批评史”以及一切关于中国文论的诸多著作，却极少沾“纲领”形态之边，而倾向西方“逻辑体系”之拙劣模仿，唯西方是从呢？说到底，就是对中国文化中“纲领”形态之观念、意识极肤浅，领悟之真髓尚未扎根。造成此等局面的原因有二：一是西化之影响太深，中土自性元气无从确立；二是对中国文化中“纲目形态”缺乏总体认识，只见树木不见森林，只知其一，不知其二。其实中国文化大系统中之纲目形态是主次有分，层级有序，上下有别，归属有档的。因为中国文化是德性仁心统属下的心性文化，故此心、此性、此德、此仁，则动静有相，演生萌发有类。从历史上看，中国文化最早之总纲形态便是六经（《诗》《书》《礼》《乐》《易》《春》《秋》）之经学形态，经者，亦类于纲也，甚至可以说就是纲。六经后即接着有对于六经的“传、注、疏”等阐说方式。此“经—传—注（疏）”，不出三位一体的大界限，故从总体上看，仍是“纲领”，但如果认真分析起来，此类“纲”亦逐步演化为“目”了。钱穆先生在其《国学概论》中说：六经者，实是只有四经“书诗为体，礼乐为用”。“书即礼也，诗即乐也”。《易》和《春秋》都是解释体用（四经）之关系及提供哲学依据的（附体依用）。因而六经之总纲领中，也可有纲目关系，正是这种纲目关系，才以最大的包容量把六经统一起来。故又曰：六经者，心经也，德经也，性经也。由六经而往上追溯，其深远之根源，出于上古圣人系列之“德性”（盘古开天浑身都是贡献/燧人氏、有巢氏、伏牺氏、神农氏、黄帝、仓颉等圣人，是中国人立足于世，解决生民之衣食住行的先行者，首创者。他们不是上帝，不是西方神话，而是人世之圣人），故唐君毅先生有一大卓识：“中国文化精神之一深心信仰，即智慧源于德性”，[①] 此“德性”即来源于亘古的圣人精神。由六经而往下巡视：首先是增添为十三经（《礼》与《春秋》各分演为三，《论语》、《孟子》、《孝经》、《尔雅》入围）。此等经学拓展之图像极为壮观，几乎把中国全部元典包罗净尽，致使中国文化的发展，永远都不能超乎十三经之外，而另行取向。大而言之，《中庸》概括为“尊德性而道问学”，宋儒简化为：道德与知识的关系（由此而与世界文化“接轨”）。这是六经、十三经的强力“纲目”分布效应。以上所言，是中国文化纲领形态的硬件形式。其次，六经内蕴之核心主轴，根本精神，绝非西方的数理·逻辑文化精神，更不是出自“爱智”的玄思契机，而是圣人的德性仁心精神，

① 唐君毅：《中华人文与当今世界补编》（二），广西师范大学出版社2005年版，第634页。

它发自“爱人（仁）”的性命契机。周公“制礼作乐”以成德，孔子把礼乐内化为“仁”，孟子把“仁”融贯为“心”（心体），再由心之本体，开出四端说（仁义礼智），四端说之十字打开，则可以网罗中国心性文化的全幅图像（有人把原典儒学区分为二系：孔孟一系与易庸一系。两系皆源于德性仁心）。由上看来，中国文化中之内蕴精神主轴即为：德（道）—礼·乐—仁—心—仁义礼智……这是一个“心花怒放”的繁复精神世界。由上看来，中国文化中之纲领（经典）形态，实为对峙的两列（见图2）：

心：德（道）—礼·乐—仁—心—仁义礼智……（内）

经：六经（《书》《诗》《礼》《乐》《易》《春秋》）—十三经（外加《仪礼》、《周礼》、《公羊传》、《谷梁传》、《论语》、《孟子》、《尔雅》、《孝经》）……（外）

图2

此是中国文化中内外俱全的完备的纲领形态，亦可以说是一体两面的纲领形态之范式。两大系列中，粘着其间一个，即有“牵一发而动全身”的效应。这是纲目形态的特有功能。

如果缺乏上面这种总体纲领形态观念，即使是抓住一片纲领之叶，也无法通透地把握着中国文化中之德性仁心精神，也成就不了大学问。

现在回到上面所引“诗言志”说一段长文（ABCDE）之分析。

A点，是以“乐”教胄子，使之形成一种既对立统一，又偏正互补的完美人格，此又曰：中庸人格；B点，是“诗言志”说必须使诗、歌、声、律互为一体，达到“乐”之大和谐；C点，是“乐”之总体目的，“神人以和”即“天人一体”，也是“诗言志”说的根本目的（诗之乐，在于天人和谐塑造人的完美性格）；D点，是诗—歌—舞的一体性，这是中国“乐”之基本形式。但一般持“诗言志”说者，大多忘了A点之要义，使中国诗学纲领失去上图中的“心”之系列要求（塑造完美人格）；同时也失去C点之要义（所谓“神人以和”者，即“天人一体/万物一体”之简称）。由于失去了A、C两点要义，使此诗学纲领变得贫乏而狭窄，几乎失去“纲领”的主旨。论者为何会有如此之失？全在于其对中国文化大系统中之纲领形态之观念、意识太薄、太浅所至。笔者重新提出此“诗言志”说来分析、讨论，目的就在于要强化对中国文化之纲领形态之总体意识，且能以此去贯通中国文化之发生之源头及其流向。唯有本乎此，中国文论之纲目形态，才能顺利地确立，而不为西化之奴性所左右。这便是圣人立纲之力度，重如千钧。

至于说到“诗缘情”说，其基本倾向与失落，与“诗言志”说相较，也许更逊一层，中国学人对“情”的理解，几乎全是西方式的（情/理二分），而不知中国文化中之“情/理”一体（中国五伦之道中的情、理就是融为一体的，口头语“合情合理”即情理难分也）。说到底，“诗缘情”说，全可被“诗言志”说所统辖（“在心为志，发言为诗”，此“志”既是理又是情，故“心—志—情”一体也）。

2. 孔子评点《诗经》：给出了学《诗》的总体纲领，且以其去统辖其下之“目”与生活实践（详下）

“兴于诗，立于礼，成于乐”（《泰伯》）。兴诗(《诗》) 而荡情，是进入中国文化底蕴之突破口；“立于礼、成于乐”（由礼—乐之一体性，而及于“乐”之终成环节），是中国文化的特质（周公“制礼作乐”），使中国生民“乐天知命故不忧”，“乐”是生命的最高境界。

“《诗》，可以兴，可以观，可以群，可以怨，迩之事父，远之事君；多识于鸟兽草木之名。”（《阳货》）此曰诗之用途、作用，此是《诗》之大用。

“不学《诗》，无以言”（《季氏》），“《诗》三百，一言以蔽之曰：思无邪”（《为政》）。这便是学诗(《诗》) 的最高纲领。王阳明曾说，“‘思无邪’既可该贯《六经》，以至穷古今天下圣贤的话，‘思无邪’一言也可该贯。此外，更有何说？此是一了百当的功夫”。[1] 也可说“思无邪”是“一了百当”的纲领。几千年的中国文化史，就是要完成铸型中国人的“性情之正”（“思无邪”）的伟大任务，“纲”能贯注于此，更有何求？

故孔夫子评点《诗经》之纲目形态，结合“孔子删订六经”的千古事件来看，真是中国文论纲目形态开天辟地的大创举。此为后来中国文论

① 王阳明：《传习录》下，上海古籍出版社2004年版，第74页。

发展中的各类纲目评点（小说评点、诗词评点、书画评点、戏曲评点、散文评点等），开创了光辉的范例，且成为难以企及的典范；既铸定了方向，也贯注了心性文化之大气与血脉。

从孔子之诗学评点可以明白一条根本道理，即中国文论纲目形态之开拓，其关键不在目，而在纲。纲统全局，目网四方。此纲重于泰山，而“纮”于长江黄河。否则，对中国文论之网目形态，难以负荷起来。此“纲”是什么？就是孔子说的“思无邪”。何谓“思无邪”？朱子曰：“使人得其性情之正。”（《诗集传》）此“性情之正”（不偏不邪，不前不后，不左不右，亦曰“中”——十六字心诀曰“允执厥中”之中），即是中国心性文化中之德性仁心在生民精神境界中之开花结果，也是几千年来中国文化生机勃勃，永不凋谢的神圣母胎。

孔子评点《诗经》之范式，实是中国文论所开拓的巅峰境界，其要言不烦，三言两语，即能打开一片理论天地。任人道去而不离要旨，任人发挥而空间无穷，这比西方文论的长篇大论，奇说异词，要精粹得多。反思西方的柏拉图、亚里士多德的文论血气，能贯绝古今西方文论的全程吗？能铸定西方文论发展的方向与范式吗？看来难以和“思无邪”相比。当代西方哲学、美学、文论已陷入无尽的实证主义的烦琐境地，难以返归其主脉大气中，此即当代“文化危机”也。

3. 朱子确立的《大学》之纲目形态①

朱子评点之纲目形态，是中国文化发展中的成熟形态，既广泛全面，也贯注了中国文化之主脉大气，因而成为中国文化纲目形态发展中的一大巅峰。继孔子评点《诗经》之后，评点《诗经》之风遂盛，据清人估计，不下二百家（尤其《关雎》诗）。于此种种评点中，而成为大家者，唯朱熹也（下详）。应该说，中国文论纲目形态之基本范式，与其说是孔子，毋宁说是朱子（孔子侧重于总纲，朱子则纲目齐备俱全）。孔子的最大贡献及其付出的最大精力，是删订六经（后人虽有诸多质疑，但并不能从根本上推翻这个结论），其次才是纲领评点（应该说，对《诗经》的纲领评点，正是孔子删订《诗》三百的一种副产品）。因而孔子之删订六经与

① 《大学》《中庸》产生于汉代之前，此中之“纲目形态”早已潜在，但未以纲目名之，至宋代朱子才以纲目形态规范之，这种“名—实”之时代先后，如何判定？应以“实”为先。

评点六经（今存者唯《诗》也）是互为一体的一回事。由此看来，真正自觉地、系统地以纲目形态去评点中国文化者，唯朱子也。朱子此一开拓，首见于对《大学》的评点。朱子评点中之纲目形态，表现两大层次上：一是全文之“序”，一是文本章句评点。

“序”是对全文、全书纲举目张的整体性把握，其间是以明纲为主轴。明纲有两个方面：一是积极正向方面，一是消极反向方面，二者交织而辩证。如《大学章句序》曰：“大学之书，古之大学所以教人之法也（A）。盖自天降生民，则既莫不与之以仁义礼智之性矣。然其气质之禀或不能齐，是以不能皆有以知其性之所有而全之也。一有聪明睿智能尽其性者出于其间，则天必命之以为亿兆之君师，使之治而教之，以复其性（B）。此伏羲、神农、黄帝、尧、舜，所以继天立极，而司徒之职、典乐之官所由设也（C）。”以上 ABC 三点，构成全书之总纲序列：A 点，明示为“教人之法”（以纲教之）；B 点，为何需要“教人”的原因（天降生民，皆本有仁义礼智之性/固有气质之别，不能全其性/必须聪明睿智君师以教之）；C 点，追溯与贯通于圣人系列（德性发生之悠久历史）之继天立极而确证其真。由 B、C 两点，足以看出 A 点（教人之法）之必要，及其产生的合理性。以上可谓序之积极方面；其消极方面，则是指出“俗儒”“异端”与“权谋术数”之消解作用：“俗儒记诵词章之习，其功倍于小学而无用；异端虚无寂灭之教，其高过于大学而无实。其他权谋术数，一切以就功名之说，与夫百家众技之流，所以惑世诬民、充塞仁义者，又纷然杂出乎其间。使其君子不幸而不得闻大道之要，其小人不幸而不得蒙至治之泽，晦盲否塞，反复沉痼，以及五季之衰，而坏乱极矣。”朱子在序言中，通过这种正反辩证，而确立其下之纲目形态之总纲，置其于难以移易的要义上。

次看其“章句评点”之纲目形态。

序言是树大体（整体），立总纲；章句评点则处处落实之，既见总纲，又明细目，使读者能得之于主次有分、上下有序、层次有别之浑然整体。《大学章句》开头，曰：“子程子曰：‘大学，孔氏之遗书，而初学入德之门也。’于今可见古人为学次第者，独赖此篇之存，而论、孟次之。学者必由是而学焉，则庶乎其不差矣。”此段话能融入总纲者，有两个方面：一是“初学入德之门”，归入中国文化之正统——德性文化；二是

“可见古人为学次第者，独赖此篇之存，而论（语）、孟（子）次之”。这是朱子四书之排序“大学—中庸—论语—孟子”。内中之深蕴、要义者何？这才是大秘诀，但又往往为历代学人所忽略矣[注三]。四书排序的内在根据是：大学（入德之方法论）—中庸（入德后之形上之道的提炼、超升）—论语（仁之“工夫论”）—孟子（心之“体—用”论中之“体”论）。四者之关系如图3所示：

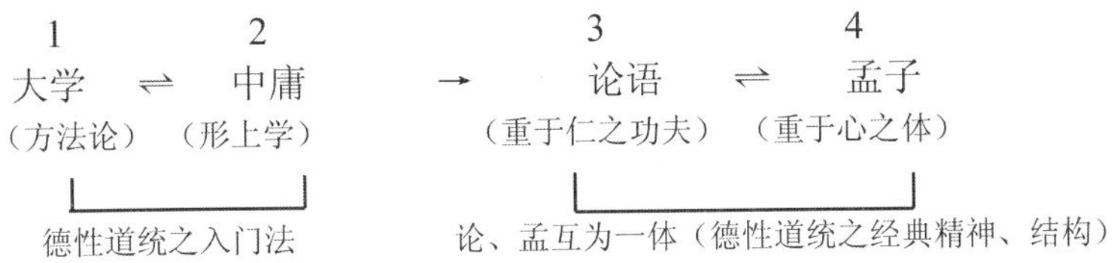

1 大学（方法论） ⇌ 2 中庸（形上学） → 3 论语（重于仁之功夫） ⇌ 4 孟子（重于心之体）

德性道统之入门法（大学、中庸）

论、孟互为一体（德性道统之经典精神、结构）

图3

以上图3构成了中国文化精神的特有整体：“入门—登奥”一体化，故自朱子注释四书后，呈现了两个特有的历史现象：一是自此以后，四书取代了五经，且成为后来八百年间科举考试的教科书；二是宋明五六百年间仁人贤者，只读五本书（四书外加《周易》），嚼字咬词，以之“吃透”中国文化精神，而无愧于时代与后世也。此等“纲举目张”牵一发而动全身的文化精神之通贯与震荡，真可谓惊风雨而泣鬼神！这全得力朱子对中国文化之庞然繁复现象，有纲目之厘析意识与以纲统目的提携观念，此即中国文化之纲目形态论也。

何谓中国文化中心性之纲？与心性之目？

“大学之道，在明明德，在亲民，在止于至善”，朱子注曰：“此三者，大学之纲领也”；格物、致知、诚意、正心、修身、齐家、治国、平天下，朱子注曰：“此八者大学之条目也。”朱子于此则分明地挑示了“大学”方法（入德之门）的“三纲八条目”。中国文化中名正言顺之“纲目形态”于此首次确立。这是个体入德之门的方法，故先要“明明德”，后再“亲民”（联合为族类群体），最后达乎“止于至善”之终极境界。此又可说是中国心性文化有鼎足而立的三类纲领：“明明德”，是个体造就自我的纲领；“亲民”，是族类融合纲领；“止于至善”，是个体与族类达乎精神上之最高境界（“事理当然之极”）纲领。此鼎足三纲一旦撑开，便能上下贯通圣人之道。经过朱子的这一番（个体—群体—

至高精神境界）的设定，中国文化（含中国文论）的三足总纲便可以在巅峰顶上把中国几千年的文化大网提摄起来了（纲举目张）。而那“八条目”，则是进入三纲的诸环节与一伟大历程。朱子在“大学”注释之文末曰：全文“凡传十章，前四章统论纲领旨趣，后六章细论条目功夫”。纲领，需要统论；条目，需要细论（细论者，即功夫也）。于此又可以看出：纲领属于“体”的领域；“条目”，属于“功夫”领域，只有二者毕至，才是“用”。由上又可以看出，朱子在厘析、确定中国心性文化之纲目形态时，也同时孕育了宋明儒者的“体—用”论，故黄梨洲说：心无本体，工夫所至，即为本体。他把“体—工夫—用”三联式循环贯通起来了；纲以目为用，目以纲为体，能把前后二者贯通起来的，唯功夫也。对比西方文化中之形而上学与逻辑体系，皆奠基于其数理·逻辑思维方式上，而这种思维方式的推进与演绎，则全靠逻辑符号与功能。这种文化体系中的二维相关性（数理运算⇌逻辑符号·功能），是其具有强大生命力的象征，同时也透显了这种文化逻辑结构的鲜明特质。与西方文化比较，宋明儒者在方法论上之大彻大悟，也毫不逊色于西方，他们在厘定中国心性文化的纲目形态时，既能“以纲统目，纲举目张”，又能以功夫论为中介环节，使“纲—目”关系相互贯通，由此而又开拓出了中国文化中能“穷理—尽性”之“体—用”论来。这种一箭双雕的二重性收获，全来源于中国文化是“德性仁心”文化的总根源，其载体是邃古以来的圣人系统；而西方，则来源于其文化是因果律文化（亚氏四因说是西方逻辑文化之发端），其载体则是数理运算与逻辑功能。由此可以看出：西方之逻辑结构体系，与中土之纲目形态，实在是中西方文化相互对峙的精妙的两个“诗行”，各是其是，各妙其妙。今天国人之奴化观念，唯西方是大、是从，“情何以堪”？

朱子由纲目形态，而开出“体—用”论，其完整之表达方式，见之于《中庸》之评点。《中庸》曰：“喜怒哀乐之未发，谓之中；发而皆中节，谓之和。中也者，天下之大本也；和也者，天下之达道也。至中和，天地位焉，万物育焉。”（大本，即“人之为人”者的纲领/达道即由目而返归于纲者）朱子注曰：“喜怒哀乐，情也。其未发，则性也，无所偏倚，故谓之中。发皆中节，情之正也，无所乖戾，故谓之和。大本者，天命之性，天下之理皆由此出，道之体也。达道者，循性之谓，天下古今之所共由，道之用也。”把朱子所注与原文大义简化以明其要，如图 4 所示：

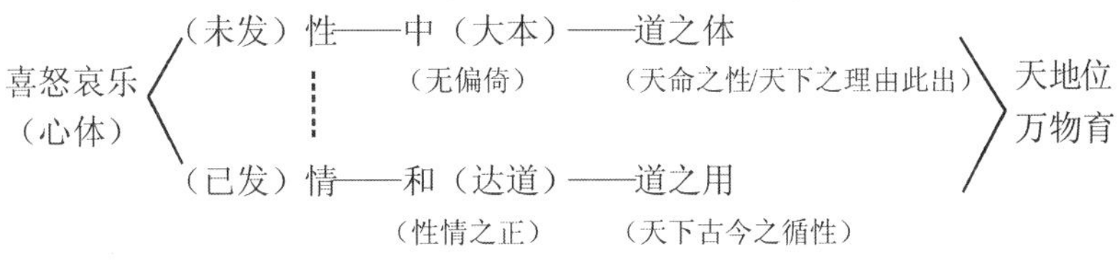

图 4

由图 4 可以看出：在人心中（未发）之大本（性），曰“道之体”；发而为“达道”之情（和），曰“道之用”。故人之喜怒哀乐，就其未发之性，是体；就其已发之情，曰用。朱子又注曰：“是其一体一用虽有动静之殊，然必其体立而后用有以行，则其实亦非有两事也。”此即：体静而用动，但又非两物，而是即体即用。虽然如此，二者并不绝对同一，“必其体立而后用”，体之不立，何来之用！朱子之体用论先以二项式确立，但“用”又可归化为体，因而“体—用”一如，如何才能实现此等转化功能？朱子注曰：“此学问之极功、圣人之能事”也。于是朱子把其纲目形态的体用论，由二项式演化为如图 5 之三项式：

体—功夫论—用

（圣人极功）

图 5

最值得注意者，是朱子把功夫论之中项，归结为“学问之极功、圣人之能事”，于是中国文化中之体用论，才能贯通中国全部历史行程：上通圣人盛世，下贯苍生万代，其贯通之血脉大气，非数理也，非逻辑也，而是圣人之能事极功使然。

钱穆先生说，中国文化发展中，有两位集大成者：一是孔子，集其前之上古时代之大成（删订六经，开创“仁学”）；一是朱子，集孔子以后大成（遍注群经要典，创新说，立大纲，构建新儒学）（《朱子学提纲》）。此中当然包含确立中国文化之纲目形态及开创体用论三项式（体—功夫—用）。

朱子注经创建纲目系统说（体用论），其重大意义在于：在把握中国文化内蕴要义上，作了方法论突破。马克思在《〈政治经济学批判〉导言》

中有“人体解剖对猴体解剖是一把钥匙”的方法论提示（人体，是成熟结构；猴体，是萌芽状态）。朱子正是以“人体解剖”（成熟态）来进行猴体解剖（萌芽态）的重大开拓。否则，我们在文化自觉意识上，既难以反观历史，也难以厘清中西之大别。

无疑地，朱子所示《大学》之纲目形态，并非就是中国文论之纲目形态，而是中国民族中个体与族类之心性塑造与境界之纲目形态。前后二者并非一回事，但后者（心性纲目形态），无疑地是前者（文论纲目形态）之背景与理论基石，前者一旦失去后者之支撑，便失去了纲领中之核心精神，成为无源之水，无本之木。故朱子确立之“纲目形态”，其范导之意义，深矣，大矣！其后所开创的《资治通鉴纲目》，则是以“纲目形态”（“纲以提要，目以备详”/以大字示体，以小字明目）来规范历史了。

由上可以看出，朱子之“纲目形态”观念与境界，已进入充分成熟状态，且进入极高境界，集纲目布列之层次有序，与以纲统目之千钧力度于一身，闪耀了中国文化在纲目形态上的千古辉煌。

4. 司马迁的“天—人”（时空）坐标纲领形态

司马迁继承父志，要完成《史记》的艰难写作，后遭大折，其曰：“《诗》三百篇，大抵圣贤发愤之所为作也。此人皆意有所郁结，不得通其道，故述往事，思来者”，故“网罗天下放失旧闻，略考其行事，综其终始，稽其成败兴坏之理，上计轩辕，下至于兹，为十表，本纪十二，书八章，世家三十，列传七十。凡百三十篇，亦欲以究天人之际，通古今之变，成一家之言”（《报任安书》）。

“究天人之际，通古今之变，成一家之言。”此即司马迁“意有所郁结，不得通其道”而创作《史记》之广阔胸怀与最高纲领（创作纲领形态既能统辖理论纲领形态，也高于理论纲领形态）。这是一个最高的时空坐标结构：“究天人之际”（空间为横贯轴），“通古今之变”（时间为纵贯轴），前后二者之交织，即成为中国文化境界的“时空坐标结构体”。“成一家之言”，此即“时空坐标结构体”的主宰者与负荷者，显示了永垂不朽的灵与肉之拼搏精神——显示了司马迁理论思维、道德责任二者融合的灿烂光辉。

如果说，孔子评点《诗》的纲领形态，包含了三言、两语的“功夫论”形态（朱子），那么，司马迁的纲领形态，则达乎天地（天人）之最高理论境界形态，即在“天人一体”“古今一脉”之巅峰处立言：《史记》透视历史，巡礼万物，还原了“中华古代文明”之深邃性与丰富性，使中华文明的历史，终于成为文字所载的规范的文明史。这是司马迁的不朽贡献也。

司马迁之“天人·时空坐标结构体”之纲领形态，把中国文化之视界及其透视力，提到了绝代水平，真可谓前无古人，后无来者。这是中国文化纲领形态建造史上的最高辉煌。所谓“天人一体”“万物一体”“道器一体”“体大思精”中之“体”，即是中国文化中特有的回环运思之“体—用”中之“体”的领域。若无此“体”，中国文化则无所依托矣（“体—用”论是三项式：体—功夫—用/从形式结构上看，无体则无其他两项）。西方的哲学、美学、文论，就其形而上学之追求而言，止于宗教与上帝，这便是他们的渺茫而神秘的“本体论”。中国文化中没有宗教和上帝，只有灵肉相融的“天人一体”“万物一体”“道器一体”观。由于“下学而上达”，故能以血脉贯之。此等纲领（纲目）形态，使中国人“乐天知命”（知足常乐）、“穷理尽性以至于命”地生活着与思考着。简言之，此可曰：“天人一体”之纲领形态，若网及其下之“本纪—年表—书—世家—列传”（五目），则为完备的纲目形态了。《史记》以其自身之丰富性与自足性，成为中国“文史哲”不分家的完满范例。“史”是轴心，“文”是纹饰，“哲”是心性提纯。这种三位一体的文化结构，即能显示其纲目性形态之雏形（史学是中国文化之母胎与皇冠）。故后世之一切纲目形态，不管是创作，还是评点（理论），皆难以逃脱“文史哲”三位一体的血肉关涉与大气笼罩。此即《史记》胸怀与坐标纲领的大义。

5. 刘勰《文心雕龙》的纲目形态

上面所言，“诗言志”说之总纲形态，以及孔子评点《诗经》，“不学诗无以言”“思无邪”之境界纲领，朱子又称之为“功夫论”（面向诗教之实践功能）形态；朱子确立《大学》的三纲八目形态，以及司马迁的《史记》凝聚为“文史哲”三位一体性，以其“究天人之际，通古今之变”为“天人一体”之坐标结构，成为中国文化观念的准宗教境界，应该说这是中国文化观念运思中的最高纲领形态了。刘勰之《文心雕龙》纲目形态，无疑地，是上接“诗言志”说总纲形态，通于天人一体，以及孔子《诗》三百之评点形态，贯通“思无邪”—“性情之正”的纲领性主脉大气，同时吸纳《史记》之准宗教境界之至高纲领形态，以此去展开中国文论之全幅纲目形态与图式。这是中国文论在中国文化史版图上的首创辉煌，一切都充满开创之锐进精神，同时也成为中国文论“体大思精”的完备纲目形态。至此，中国文论体系之纲目形态，终为成熟之标志，后人难以企及也。

《文心雕龙》以极其自觉的纲目意识，清晰的纲目语言，去组构去演绎其庞大体系，彻底脱净了一切朦胧不清的拉扯，以及纲目含混、层次颠倒的缺陷。

《文心雕龙》的总纲系统是：“道沿圣以垂文，圣因文而明道。”前句是顺向纲领之“道→圣→文”三联系统；后句是逆向返回之纲领“文→圣→道”三联系统。由其互逆性，即可确立一个囊括天地和人文的庞然系统：“道—圣—文”系统。由三相性看，也可说是纲目形态之三纲；从其存在形态看，实际是一个总纲：由圣而载道之“文”（其表现形态是文，内蕴精神是道，把二者联系起来的是圣人）。在此等总纲中，确立了两个大问题：一是总纲之根源（道），此道即天道、地道、人道三才之道也；二是这个总纲何以能够确立（沿圣而垂文），此“圣”即圣人系列，此“文”即原典、经籍。刘勰这种思维突进与归纳，真正把握住了中国文化生命之伸延线索与轴心，可以说是绝无仅有之举。在笔者看来，“道—圣—文”之纲领结构，实可说是为中国文论树立了一个经典范式的纲领形态。纵观后世各类文论批评、评点，皆为其所笼罩和照耀，而失落或越轨此范式者，此类文论、评点，多是疵皮之论，缺乏价值。

刘勰在《序志》篇中说：“盖《文心》之作也，本乎道，师乎圣，体乎经，酌乎纬，变乎骚，文之枢纽，亦云极矣……上篇以上，纲领明矣。至于剖情析采，笼圈条贯，摛神性，图风势，苞会通，阅声字……下篇以下，毛目（细目）显矣。”所谓“上篇以上”，即“原道—征圣—宗经—正纬—辨骚”五篇，此为“文之枢纽”，亦曰“纲领明矣”；“下篇以下”，即文体论（6—18）、创作论（19—44）、批评论（45—49），此为网目，亦曰“毛目显矣”。刘勰以自觉而通透的纲目意识，以及明晰、清楚的文论纲目语言，把全书熔铸为完备的文论纲目形态：纲求其明，目求其显。此即（见图6）：

“道—圣—文”：纲领明矣　}《文心》之纲目形态
（44 类文论）：毛目显矣

图 6

这便是《文心雕龙》之“体大思精”（历代贤者之共识）。何谓“体大”？即纲领（道—圣—文）庞大完备也；何谓“思精”？即网目（文体—创作—批评）精细有致也。故曰：《文心雕龙》之纲目形态论，确是中国文论纲目形态的经典范式，为何后来之一切文论、评点、诗话等，皆在其下？若穷其原因，则是全在总纲意识上欠周全与通透，反而在细目上花的功夫太偏、太狭，这便是“捡了芝麻丢了西瓜”的思维方式所致。宋明以后，清代几百年间，只有考证之昌盛，而无大气主脉之贯通，原因当然很多，但与这种“失纲缺目”的观念，不无关系。

在笔者看来，只有执着于中国文论之纲目形态之通透审视，继承刘勰传统，确立了现当代的中国文论之纲目形态后，才能贯注中国德性仁心之文化精神，才有真正的“中国文论”可言。若弃此“纲目形态”之规范、统辖与提炼，那必将是一摊不可收拾的大杂烩。

厘析、区分文化系统中之组织结构形态，本质上是一种深刻的哲学思考，即族类生民对宇宙万物认识所遵循的方向与途径，最后，凝定为一种把握世界的族类的思维方式。由此看来，不管是总结、归纳中国传统文论，还是建构中国现当代文论，其关键之处，即在辨明、区分其系统中之结构形态问题：即区分到底是逻辑形态，还是纲目形态。如果缺乏这种区分意识，只任时髦观念或追新求异之风所摆布，即使花再多的功夫，贴出再“神圣”的标签，也等于无。当然结构形态区分之后，仍有大量的工作要做，首先是对“纲”的准确把握，力备周全、通透；其次是目的伸展，细而不烦；要做到“纲大”而“目细”。纲，要上贯源头，通达圣人之德性仁心；目，要及达诸多文学现象。或刘勰所言“纲领明——毛目显”，使之成为中国文论视阈中之二分整全世界。

值得当代学人永远玩味的是：若没有司马迁“究天人之际，通古今之变”的豁达胸怀，何以“成一家之言”？当今，“天人之际——古今之变”之视界，离当代学界太遥远了，而能“究”与“通”者，又何从说起？

围绕何谓中国文化（含文论）的纲目形态，本节依历史程序论述了五种各有特征的纲领形态与纲目形态。一是“诗言志”说的纲领形态，也许这是中国文化源流中，属源头性最早的诗学开山纲领形态。其包容量极大，不但诗歌舞要充分协调和谐，而且必须达到两个至高目的，即不但要塑造人的完美性格，而且必须“神人以和”进入“天人一体”之境界。此等诗学开山纲领，一是贯注了中国文化之最高精神：心性之完美人格与天人一体境界二者在个体中的融合，这便是中国的“诗教”（《礼记》曰：“六经皆教也”）。“诗之为教”，且成为经（“诗之为经”），它扬弃了“诗之为学”（“诗学”）之西方路向。二是《诗经》评点之纲领形态，其中尤以孔子之说为中国心性律之最高纲领：“诗三百，一言以蔽之曰：思无邪。”此是中国文化史的最后归宿与成就。故，对于中国人来说，即“不学《诗》，无以言”。离开“诗教”，中国人连说话都语无伦次，故此等圣人传统保留至今，当婴儿刚咿呀学语时，便会背“床前明月光”了。由此足见中国诗教之深远影响。三是朱子自觉地以纲目形态的明白语言评点《大学》与《中庸》，拈出一个入德之门的“三纲八目”来。这虽是开显中国民族德性仁心之纲目形态，然而也对中国文论乃至全部中国文化之研究，皆奠定理论分析基础。四是司马迁“究天人之际，通古今之变，成一家之言”的“文史哲”阔大胸怀与最高境界的纲领形态，此等境界性纲领形态，为中国文论的发展，开拓出了最大的时空阈限，树立了最高视界。五是刘勰《文心雕龙》“体大思精”的中国文论纲目形态，这是吸纳了以上四种纲领形态与纲目形态的开创性成就，终于成为前无古人后无来者的巨作。其体（纲领）由“道—圣—文”环节而通达“究天人之际，通古今之变”，达乎中国文化之源头与六经精神之底蕴；其目，时人以“文体论—创作论—批评论”简单概括之，其实远超乎此，而对中国文化中浩繁之各类文体皆有真知灼见；创作论、批评论皆囊括中国各类文论之丰富多彩内容，穷尽毕生之力，也难有拔萃之识。刘勰之论启示我们：纲领，要有“力拔山兮气盖世”之力度；细目，要有网罗中国一切文化样式之精识鉴别。前者，需要高屋建瓴的大识大慧；后者，需要付出毕生精力之深耕细作。此等文化巨人与文论伟识，远在西方文论大家之上，尽管后来王国维以扛鼎之力，重振文坛传统之雄风，然而也难以进入那“体大思精”的雄伟建构形态中。

笔者不厌其烦地，罗列与巡视以上五种纲领形态与完备的纲目形态，只想说明两个问题：第一，纲目形态，是中国文化、文论伸展自身、显示生命之结构形态，那是一种客观实在，而非任何人的虚构。第二，由此而加深我们的“纲目形态”的自觉意识与信念，充实本土文化、文论之元气，立稳脚跟，正确进行中西文化之交流，防范西化之“入主出奴”。

四　中国民族“诗之为经”:《诗经·关雎》评点之纲目范式

中国古诗之最早评点是《诗经·关雎》，它一开头便成为纲目评点范式，这是中国文论开天辟地的首创事业。西方诗学是“诗之为学”，中国无此等思辨之诗学，只有“诗之为教”的“经学”，此即“诗之为经”的《诗经》。中西诗论文论之异途歧向由此而出。“诗之为经”，其本身即是“纲”（经即纲也）；“诗之为教”，其本身即是“纲—目”双全融合的完善“践形”方式。以“经”入“教”是中国文化的特殊定向，亦是中国民族个体成材之特定方式。中国儒家哲学体系的建构即是孔夫子“兴于诗—立于礼—成于乐”之三联式，其突破口与开其大端者，即《诗》也，且“不学《诗》，无以言”。故此中的纲目关系、形式，将必是双向齐全、见仁见智了。细细检索，此范式之开创性，将大有裨益。

万事开头难。《关雎》诗，是《诗经》之开卷之作，其重大意义为历来论者所重。有人统计，历代论《关雎》者，不下二百家，足见其义之大矣，亦足见其阐释内蕴之难矣。

本文不作释《关雎》题旨之历史搜索和巡视，只选择那具有重要代表意义者，加以考察，以见其诗论评点中“纲目范式”之布列特征。

先看孔子在《论语·八佾》中评《关雎》曰：“关雎乐而不淫，哀而不伤。”此“乐而不淫，哀而不伤”，可谓一言定诗学之乾坤也，成为后世诗学论者的最高准则。熊十力曰：“孔子删《诗》，以《关雎》冠经首，而《论语》记其赞《关雎》，乃以哀乐双融发明心地。呜呼！全经之蕴在是，人生无上之诣亦止乎此乎。”[①] 熊氏之赞，可说是把中国诗论之大纲

① 熊十力：《读六经·中国历史讲话》，中国人民大学出版社 2006 年版，第 92 页。

深蕴说尽了。这是诗论之绝代纲领形态。有了此纲，则可以开显出“哀—乐”之无限的细目来。

次看《毛诗序》。这是一篇具有开创性意义的评点诗论，纲目俱全。《毛诗序》中，前面之总论为纲，其后之分论为目。全诗每首皆有条分缕析之细目，虽纲目融合，但又不掩细目之精要（虽有附会之处，但总体有识)。如《柏舟》诗，其曰“言仁而不遇也。卫顷公之时，仁人不遇，小人在侧”。此中之“言仁/仁人”，即属心性之纲；其他即目也。毛诗这种“纲—目”一览无遗之整全胸怀，既要有精思聚萃之力，但更需有高纲大领的卓识。我们且看其对《关雎》的纲目形态之把握：

(1)《关雎》以“后妃之德”，“经夫妇，成孝敬，厚人伦，美教化，移风俗”。此是中国文化中“诗教”之纲领，也是《关雎》之纲领。

(2)“《关雎》……之化，王者之风，故系之周公。……《周南》、《召南》，正始之道，王化之基。是以《关雎》乐得淑女，以配君子，忧在进贤，不淫其色；哀窈窕，思贤才，而无伤善之心焉，是《关雎》之义也。”此条是纲目融合，而又凸显其目（此条汲取孔子之评点“乐而不淫，哀而不伤”之大旨)。继承圣人传统，开拓本己之颖思。

(3)突出以《关雎》为首之风诗的纲领意义：“故变风（去弊）发乎情，止乎礼义。发乎情，民之性也；止乎礼义，先王之泽也。”这是“情—礼义”的界限大划分,“情与礼义”双融而为人生之贞守情操，“发”而有“止”而不过之，这是“诗教”的总目的。

很明显,《毛诗序》关于《关雎》诗之纲目形态，显现于三个层次的厘析上：诗教之大义——风诗的功能→《关雎》诗之特殊价值（“后妃之德也，风之始也”/“《关雎》乐得淑女，以配君子……不淫其色；哀窈窕，思贤才，而无伤善之心焉”)。由远而近，由总而分。这便是“以纲统目”“以目显纲”的融合形态。

再看朱子对《关雎》诗的评析形态：体大思精，纲大目细；上探本源，下评语句。

朱子之《诗集传》，可说是对《诗经》研究之集大成者，既集纲体之源，也集目用之精。看其《诗集序》，即见诗教（诗学）纲体之源。一是首先解答了“诗何为而作?”的理论大问题（天之性—性之欲—思/言出—咨嗟咏叹/音响节奏)。二是确立中国诗教的主要内容：唯圣人言为教，才可以化天下/孔子删订《诗经》，正其统乱，被于万世之功效/风诗谓之正经，使人得其性情之正/诗之为经者，在于“人事浃于下，天道备于上，而无一理之不具也”。三是学诗之法：“本之二南以求其端，参之列国以尽其变，正之于雅以大其规，和之于颂以要其止，此学诗之大旨也”，“于是乎章句以纲之，训诂以纪之，讽咏以昌之，涵濡以体之，察之性情隐微之间，审之言行枢机之始，则修身及家，平均天下之道，其亦不待他求而得之于此矣”。此学诗之法，即为学诗细目之大全。这里也有三个层次：一是把握学诗之大旨（“本之于开端—参之于尽变—正之于大规—和之于其止”）；二是学诗之多向性之入口处（章句—训诂—讽咏—涵濡，明纲纪而同时体验诗情）；三是在性情隐微之间、言行机枢之始，把握住那内圣外王之大道。后世之言诗者，难越其范式也。

索根源—入诗教—明方法。此是《诗集传序》之纲领层次形态。

再看朱子如何具体细致地评点《关雎》。《关雎》诗只五章，每章四句。朱子遵照其学诗之法，先进行“章句以纲之”，逐章逐句而明其纲，即以目通纲；次是“训诂以纪之”，逐章逐句进行必要的历史事件、文物自然之训诂，以真显目（历代注者，皆不明“雎鸠”是何物，只空泛说是一种水鸟。但朱子则进而考释曰：此鸟“生有定偶而不相乱，偶常并游而不相狎”。这种“不乱—不狎”之特征选取，使《关雎》之“兴”义，贯通全诗。这是大学者兴喻之切，诗思之精。这是兴诗之真也）。由此而开显诗句“性情隐微之间”“言行机枢”之大秘密，使人感悟全诗之旨。朱子在评点结语处曰：“孔子曰：关雎乐而不淫，哀而不伤。愚谓此言为此诗者，得其性情之正、声气之和也（A）……然学者姑即其词而玩其理以养心焉，则亦可以得学诗之本矣（B）。匡衡曰：妃匹之际，生民之始，万福之原。婚姻之礼正，然后品物遂而天命全。孔子论诗，以关雎为始（C）……自上世以来，三代兴废，未有不由此者也（D）。”A、B两点，是言学诗之本：“以性情之正而养心”；C、D两点，是言论诗必以关雎为始之重大诗学意义和历史意义（此为《中庸》所言：“君子之道，造端乎夫妇”之诗性辉煌）。评点结语，是朱子诗论之纲目回环形态。这种血气回环特性，将纲目之完备形态，推向更高、更深邃之境界。

此是朱子之评诗纲目形态之新境界，由单向平面而走向纵深回环，由现实而荟萃于历史。从而确立“诗之为经”的牢固之理论依据。

朱子诗论之纲目形态，可言之曰：纲远大而目精细，内贯血气反复回环之经学形态。

由上三家诗论（孔子—毛亨—朱子），可以看出有三种评点诗论含蕴有别的不同纲目形态。此三者之交会、融合、比照，则谓纲目评点诗论之范式也：孔子开其端，毛氏接其脉，朱子集其大成。此是“诗之为经”的诗教纲目形态，即以诗“践形”的实践形态。

孔子（关雎乐而不淫/哀而不伤）：属“一言定乾坤”的扛鼎纲领形态，以纲涵目。此外属于此类纲领形态者，还有哲学家牟宗三先生的卓识，其言曰：“中国文化智慧的根源是两首诗。一首是‘天生烝民，有物有则，民之秉彝，好是懿德’(《诗经·大雅·烝民》)，孟子引这首诗证明性善（道德创造之本心/如西方讲上帝创造）。还有一首是《诗经·周颂·维天之命》：‘维天之命，于穆不已。於乎不显，文王之德之纯’（表示本体宇宙论）。这两首诗是儒家最根本智慧的发源地……中华民族文化有本，这个本就是这两首诗。最根本的文化生命的方向就在此。”[①] 确定两首诗是中华民族文化发展的方向与智慧之根源，既需要有丰富的史识，与通透中华文化发展之全历程，更需有哲学家的深远之卓识。纲是越高越大，目则越多，越细，涵咏无穷矣。由此可知，“诗之为经”与“诗之为学”的巨大差异；“诗之为经”既关乎个体之“践形”尽性，更关乎民族文化发展之方向。

毛诗：是纲中有目，目中寓纲的双向融合形态。

朱子：确立了超越习俗的“诗之为纲/诗之为教”的特殊纲目形态，即纲大目细的血气回环形态。

由上三家形态，即可见出，评点诗论（诗教）之纲目形态，虽是以“纲—目”二分为体，但却可以千姿百态。虽千姿百态，而又绝不离开“纲—目”之二分，纲有二相性：即布局之鸿与力度之重；目既有分疏之妙，更有精细之当。此等“先立乎其大者，其小者不能夺”的理论提取与切分，正是纲目形态得以确立的依据。概而言之，“孔子—毛亨—朱子”三者在“诗之为经”上均有大贡献。孔子开其大端（立乎其大者），毛亨接其主脉，朱子集其大成，开显新卓识、进入大视阈。这是中国评点诗论（诗

① 牟宗三：《康德第三批判讲演录》。

教）纲目形态之三范式，其中尤以朱子的诗论详备无遗，可谓中国评点诗论纲目形态的全面拓展，给后世留下了经学范式的光辉榜样。

在这里有一个极为重要的相关问题需要提出来略加讨论与说明。中国有许多学人说，中国文化发展的态势，“头大尾小”，“越古则越大”，“今不如昔”。此与世界其他民族文化之发展态势不一样，按照进化论之说，应该是“后来者居上”，然而中国文化发展之态势大不一样，今人谁能匹敌于孔孟、诸子百家？甚至也难以和朱子、二程、象山、阳明并驾齐驱（梁漱溟说，“中国文化早熟，理（义理之理）性首出”云云，其实就是纲领形态早熟、首出。梁先生感觉敏锐，但未入堂奥，眼花缭乱）。问题的全部关键在于中国文化的两个大特征：一是心性文化之德高性纯。中华民族之德性仁心在源泉上，只能是一元的（圣人与民同类），绝不能是多元的。故中国诸多圣人，从燧人氏、伏牺氏开始，途经尧、舜、文王、周公，下至孔孟，只构成一个系统，曰“圣人系统”，即德性仁心“生生之德”的大系统。后来者只能在此基础上“微调”、补充，而再不会有大的开拓和修改了。此圣人系统若从燧人、伏牺时代开始，至孔孟时代，经历了好几千年的文明洗礼，其所经历的时间之长与奋斗之艰辛，亦旷古所未有，所以中华民族是世界上最值得称道的、最古老的民族（其他三个古老民族如埃及、巴比伦、印度等，有的早已不存在，埃及、印度尚存在，但古老文明早已中断，乃至渐趋泯灭，而印度则没有历史），中华古老民族德性仁心之深蕴底座与丰富性，实是一个大深渊。后世之六经、十三经仅其一彩羽而已。“经”者，亦“纲”也；圣人序列系统开创了古代诸“经”，亦即开创了仁心德性所必须遵循的“大纲”也。中国经学之纲目流布方式，是依“经—传—注（疏）/集解”四大环节展开的，因而形成了一个中国经学的深蕴系统。此系统足以让现当代学人耗尽毕生精力也难以钩玄提要。不难看出：“经—传—注（疏）/集解”与“纲目形态”是一体之两面，唯有抓住这一体两面进行梳理，才会源流双收。这是把握中国心性文化要义的根本方法论。舍之而求其他，那必舍本逐末。近百年来西化之后，不管是大陆学人还是台港学人或海外华裔学人，对中国文化之研究，皆丢经弃本而逐西，大陆学人热衷于流行教条与时髦，海外学人则热衷于西方当代“认识论”及其陌生术语。此等潮流，离经、离纲太远了。二是由心性文化而来的体验、认识与分疏厘析万事万物的特有思维方式的形成，此即本书所详论的“纲目形态”也。中国之心性文化，由孔子、朱子确立了此等纲目形态范式之后，人们只能在“目”上细细思量了，那“纲”却如房屋之大脊梁一样，如何增添和更动？此与西方“因果律/数理·逻辑”之逐物文化（造物塑型文化），完全两样。“心”，如深山古井，源泉汩汩；“物”，如工艺品，越造越精、越美。“心”只此一颗，“德”只此一类，是绝对的一元系统，是绝对的高纲大领，而“物”何能比之？“纲目形态”导航与规范了“德性仁心”之源流走向；“德性仁心”，确立了“纲目形态”之标准范式。总之，“纲目形态—德性仁心”二者，互为表里，相互含蕴与生成，成为中华民族文化精神亘古不衰、历世不退的基石，亦是中华民族处世不败的根本原因。清代以后的衰败现象，以及当代的西化时髦，那是丢纲弃本、失德遗心的必然现象。其次，问题还在功夫论上。“纲目形态—德性仁心”之二面一体，仅是就理论层面而言。实际上问题的本质在于：心性文化绝非西方式之抽象理论文化，而是出于“政教—治道”的实践文化，故功夫论是活化生命、重启“范式”的根本环节。明儒黄梨洲说：心无本体，工夫所至，即其本体。这便是“体—功夫—用”三联式中之血气贯通问题了。“体—用”之贯通全在功夫论上。圣人系列开出的“德性仁心—纲目形态”，是一包含与融合了“体—功夫—用”三环节于其中的实践范式，但后人如何活化其血脉畅通其筋络呢，全靠功夫论。如果说，先圣哲人为我们开创了“德性仁心—纲目形态”的完备范式，那么，后人应接续者，与其说是范式之填补、修正，毋宁说是呈现“德性仁心”（心体/性体）之功夫论。弃功夫论而畅言西方时髦，是今人之致命伤，成了逻辑文化的俘虏。

纲大目细，“头大尾小”，是中国民族历史发展之必然，我们不必叹息心性“蜀道难”。最值得珍惜者，是要有“一夫当关，万夫莫开”的“心性功夫论”。

五 “纲目”观念的起源与“纲目形态”之发生

西方人逻辑结构体系之思维方式，根源于其数理·逻辑科学的昌盛，也根源于其商业社会的需要（哈贝马斯说：买卖关系，是商品社会的根源，也是自由平等民主人权的根源），商品流通的发达方式，是依托于数学与逻辑的。那么，中国古代文化中的“纲目”观念及其纲目形态的挈领与布列之思考方式，又是从何而来的？

1. 中国民族缺少“知性”认识功能，故既无逻辑体系之思维方式，也无西方式之科学，无法产生“××学”“××概论”之类的学科

按照康德的理论分析，人之认识功能系统是三个阶段（或三环节）：感性—知性—理性。感性，处理收摄混沌之客观“现象”；知性，以科学精神，条分缕析此“现象”，使之成为“××学”。这是一个对“现象”进行分疏，寻找操作规律的“操作系统”；理性，对“感性—知性”之认识结果，提升至人生最高目的之意义上，成为“哲学”（美学）之终极境界，这是范导系统。康德提出两大原理来控制与贯通三大环节：以“组织性（建构性）原理”来贯通“感性—知性”阶段，这是统一认识事物的客观规律阶段，成就科学；以“范导性（指导性）原理”来范导“组织（建构）”，即以“理性”（理念）来范导“感性—知性”科学规律之构成，防范越轨或走向悖论。应该说，康德认识论中之三联式，是西方认识论中最有价值，且最为严密的认识论系统，以之处理“现象—科学—哲学（美学）”问题，是最为恰当的方式，由此而结合“感性—知性—理性”三环节以及相对应之文艺现象、文艺理论、美学三阶段，以图7示之，即为：

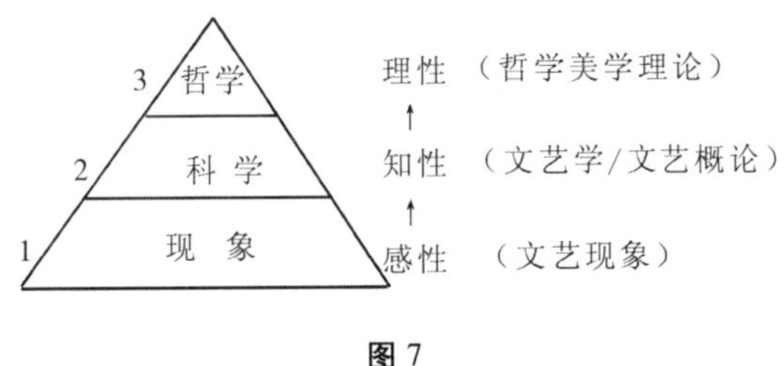

图7

这是西方文化系统中认识论的三大层次。其中最有启示意义者，是“知性—科学”层次，它只处理如何剖析现象的操作规律（故黑格尔有句名言：“知性不能掌握美”）。这种知性规律虽高于感性认识，但又低于上层的理性观念（理念）。中国学人往往把上图的第二、三层混合言之，即知性、理性不分。长期以来，中国学界只有“感性—理性”二阶段（二层）论。这是学术的倒退。只有明确上图三层次之认识论图式，才能从

真正严格的意义上理解长期以来中国为什么没有西方式的“科学”之根本原因（我们只有入世的“技术”，但没有纯理论之“科学”），也就是说，中国人的思维方式绝异于西方，我们没有在“数理·逻辑”功能统辖下的认识论，有的也许只是“感性—理性”二极感悟论（感得很深，悟得很高），但绝对没有“知性”环节，这是许多贤人哲者的共识，例如梁漱溟先生、牟宗三先生都力持此说。牟先生甚至设想如何在中国文化中开出这个知性来，曰“自我坎陷”云云。然而由于整体思维方式不同，路向绝异，只侧重于某一环节之改造（或增添），还是不行的。当然也可以从中看出中国文化在近代发展中之大弊。因为西方文化中各类科学，如××学、××概论，皆源于其知性分析，而我们没有此类知性功能，也照仿制造各类“××学”“××概论”（如“汉语语法学概论”“文艺学概论”“美学概论”等）。方法是西方的，内容是中国的，造成“错位拉扯”，此等“××学”“××概论”其实是三不像。笔者之所以提出这个问题来，目的还是回到“各依其源，各归其类”之观念链条上来：西方民族特长于其“逻辑结构”之思考，中国民族特长于其“纲目形态”之统摄。近百多年来，西学东渐，入主出奴。必须严防“误认他乡是故乡”，造成学科形态之大杂烩、大混乱。

2. 中国文化中的“纲目”观念意识，从上古根源上说，从何而来？这是很值得探索的大问题

（1）古代农舍的启示。“仓颉造字，鬼神泣”，说明汉字的神奇奥妙。如“家—室—牢—宰”一类字，凡以“宀”为部首者，皆与住屋有关。故知中国人之“宇宙”观念，也必与所居住之农舍有关（上下四方曰宇，古往今来曰宙）。农人日夜穿梭出入于农舍中，这是一个大天底下的小宇宙。农人那上下四方，古往今来之观念皆在其中。从发生学上说，宇宙意识（康德曰时空意识），是一切其他意识之总源头、总纲领。故宗白华在其《美学散步》一书中说，中国古代之农舍（日出而作，日入而息，一生穿梭于此农舍中），是产生中国古人“宇宙”观念的原型物。此外，衣食住行人生四大样，此“住”之生命印象亦当是最为深刻的。对农舍的构筑、审视，使农人会获得一切时空观念、性命观念与构筑观念等等。此农舍之脊梁担当了全舍构筑的负荷，无它则全舍散架，故此农舍之大脊梁，便会成为构筑农舍之担纲者（现代人所谓之“担纲”者，其意也大

约是本于此矣）。在现代人的学思中，所谓以脊梁为纲，此等明白简朴观念和农舍的宇宙意识，是协和一致的。正如后来董仲舒所言的“王道之三纲，可求于天”(《春秋繁露·基义》)。由“天”（地）而求其纲，这是农业社会之必然观念。由“上天”而思“脊梁”，不管在视域上还是在比喻想象上，都有同构性。成语曰“天崩地塌”，原因如何？何者可以支撑？此“崩塌—支撑”观念，唯“脊梁”可以喻之也。《易传》说，古人之认识方式，是“近取诸身，远取诸物”,“诸物—诸身”是中国人“及乎身而止”的认识方式，故从农舍中获得宇宙意识，且以农舍之脊梁为担纲之意识，是何等之亲切，而绝不追求什么“最高的存在/最后的存在”，以那无限的渺茫、玄虚来慰藉自己。

（2）农民织布的“经—纬”启示。中国农业社会是自供自给的社会，以织布解决穿衣的问题，此是一项重要的“智力”活动与工艺性之实践行为，从纺麻到织布，均与“糸”打交道。织布机中之纵线，曰经；横线曰纬。先经而后纬，才能织布。此“经”字，也相仿于“纲”（偏旁部首相同，功能一致）。故《说文解字》曰：“纲者，维纮绳也。”此“纮绳”虽是冠冕上之“绳”，但却是最有提携力的绳，对全局皆有稳定之意义。

（3）造汉字的启示。仓颉造字，鬼神泣。说明此是一项惊天动地的大事。造字，不是体力活动，然而却是破天荒的智力大突破。汉字的历史，据专家们研究，起码有四千年的历史（由甲骨文可以推断）。据唐兰先生的研究，中国古代造汉字也只三种方法：象形—象意—象声（许慎的六书说，仅是后世秦汉人构词用字的六种方法）。此中之“形—意—声”，实是三维世界：形，是对物之复写、再造；意，是人对世界感受的构思与体验；声，是物与音的融合而为一。上古三代汉字，已达三千至四千多，但全离不开“形—意—声”的关联，此亦可曰是全部汉字之“纲”，其下分类之汉字即是“目”。此是造汉字之总纲，若次而再分，则是偏旁部首。山旁，统辖一切与山有关的字；水旁，统辖一切与水有关的字；人旁，统辖一切与人有关的字（余类推）。见其偏旁，即知此字之归属与“类”义。这也是一种“以纲统目”的造字法。应该说，汉字“形—意—声”以及部首偏旁之造字纲领意义，是中国民族文化产生“纲—目”观念与“纲目形态”的主要原因与智性根源。只此造字一项，则足以说明中国文化产生“纲—目”形态的充分依据。其次，汉字造字方法之智思特征，与纲目形态之整理、分疏活动，应该说，是属于同一个智力功能系统，其间不需要任何转译与转换。至汉代的董仲舒则有许多此类智力功能相类说，如《春秋繁露·王道通三》曰：“古之造文者，三画而连其中，谓之王。三画者，天地与人也；而连其中者，……非王者孰能当是?”[①] 同时，董子后来大力提倡所谓五伦之道中的“三纲五常”（父为子纲/夫为妇纲/君为臣纲）以统辖横贯天地的五伦之道，也多类于此也。古代哲人，大多贯通“造字构词—天地人系统—纲目形态”三者之关系，这是中国人的一种巨大智慧，他们在对应性的三个方向做出了巨大贡献和创造，使中国人的智力能源，于有分中有大合，于大合中能见出其应然之有分。一部《说文解字》、一部《康熙字典》，洋洋大观，“宇宙—人生—造字”，一揽天下万物。但繁而不乱，细而不杂，故日本人又曰：“说文解字”，实际上是一部关于汉字（渊源）的哲学论著。[②] 西方人以数理·逻辑之推演，成就其线性智慧；中国人则以交织、叠合的纲目形态成就了我们纲举目张的网状智慧。

（4）西方数理·逻辑之思维方式，在其源头上获益于毕达哥拉斯的数论；中国文化中的纲目形态之思维方式，在其源头上则是获益于《易经》的直接启示。易经，既是占卜见吉凶之人生哲学，也是中国古代之最早、最简朴之文字学。文字学（如阴〈— —〉阳〈—〉说、卦象说和“王道通三”说），开创中国之人生哲学，那原发处、原生点在什么地方？即在此“—（阳）”与“— —（阴）”也。此“—/— —”是什么？有人说是生殖器的象征（乾父坤母）。故此“—/— —”即是生命之总体纲领也（乾即天，坤即地）。“一阴一阳之谓道”，“立天之道曰阴与阳；立地之道曰柔与刚；立人之道，曰仁与义”，于是此“—/— —”符号及其产生之“道”，即能统辖一切生命现象之产生。这种生命意识中的最高之纲领原点，使中国人之纲目观念普照四方。它既清楚明白，想象丰富，但又相当难解而神秘。

其次，由乾/坤一体，而演化为“八卦”（乾、兑、离、震、坤、艮、

① 董仲舒：《春秋繁露》，中华书局1992年版，第328—329页。

② ［日］阿辻哲茨：《图说汉字的历史》，高文汉译，山东画报出版社2005年版，第84页。

坎、巽）。此“八卦”又成为全部卦象（64卦）之纲。由此，中国古人之纲目观念，已处于相当成熟阶段。《系辞传》曰：“易有太极，是生两仪，两仪生四象，四象生八卦。”老子曰：一生二，二生三，三生万物。此中之关键是“一”，其动力源是“生”。这是文字（一）与哲学/诗学（生）的伟大而神秘的结合。故中国古人之纲目形态，确具有相当的神秘性，但这种神秘绝不引向宗教之迷茫，而是引向生命之勃发（“生生之谓德也”）。总之，易经之纲领观念、纲目形态设置，真可谓大而全、高而远、百无一漏之大慧识。

（5）中国人思维方式，易传曰“八卦而小成，引而伸之，触类而长之，天下之能事毕矣”。《文言》曰：“六爻发挥，旁通情也。”大约这便是中国成语“触类旁通”（类比律）的原始来源。《系辞上》又曰：“方（道）以类聚，物以群分，吉凶生矣”，全部易义皆在“类聚—群分”中显出。以“类聚”（类比）而“群分”，是中国认识、体验万事万物的一条根本大律，简言曰“类比律”。故《礼记·月令》曰：“察物色，必比类。”《礼记·缁衣》曰：“义不一，行（法式）无类也。”故知：类比，即是见义之法式（标准），荀子则把此“类”意识看作一种法律，“故法不能独立，类不能自行，得其人则存，失其人则亡”。（《荀子·君道》）

中国文化中之类比律，遍于各种智慧活动中，如《诗经》中“兴比赋”之“兴比”是也；《尔雅》以十九类（实为七大类：言语系统/家族系统/日常起居饮食/天文/地理/植物），以统辖人之所见所闻来启蒙初入学（小学）的儿童识字辨物，以类意识去群分万物，以纲统目，造就儿童的纲目观念系统是也；汉字造字法之部首偏旁（189个）是也；诸子百家哲学中之寓言方法是也；孟子曰：“圣之民，亦类也”，圣人者，民之类者是也……概而言之，中国人之思维方式绝异于西方，而是取象于物，显灵于人的“类比律”（触类旁通律），其功能不是逻辑推理·数学计算，而是“触类”而“旁通”的类比，故中国说理之最后依据、准则，并不是什么“绝对真理”，什么最后存在、最高存在、第一因（本体论）之类，而是“将心比心/心心相印”“事实胜于雄辩”之全相全息性类比律。当年冯友兰就说，西方之思维方式，是以概念（理）说理；中国人之思维方式，是以事说理。前者是抓住“概念”说开去（推演开去），后者是抓住“事实”说开去（类比开去）。此说有一定的合理性。

综观上面五点："农舍脊梁启示—织布之经线启示—汉字'形—意—声'造字法之启示—《易经》阴阳符号（道）之启示—类比律（触类旁通）之总合说明"，其中"脊梁—经线—类比"皆侧重于"物"性，"造字法—易经符号"，则侧重于智思之"智"性。二者之反照、交融则形成了中国文化中特有的"纲领"观念，与上下兼备的"纲目形态"分类意识。

行文至此，我们得到了一个确确凿凿的中西文化大别之标志：西方文化遵循数理·逻辑符号与功能，成就了他们智思活动中的"逻辑结构体系"；中国文化遵循万事万物"触类旁通"之类比律功能，成就了我们德性仁心运思中的"纲目形态"。故在现当代的学科建构中，切忌中西相混，追奇求异，错位拉扯，而背离中国文化"纲目形态"之根本精神和要求。

此谓作文著书之目的也，虽无红学之成就，却能深味那"十年辛苦不寻常，看来字字皆是血"的艰辛。

[注一] 关于什么是"范畴"的含蕴、意义等，实在是一复杂的哲学理论。本书不是西方哲学史，故只能简便地勾勒几句。"范畴"（categories）是亚里士多德为了完善他的逻辑学（逻辑演绎）而创设的重大概念。按希腊文的原义，"范畴"并非一个名词性的单一概念，而是由"实体"及其一切变化形式之总和而引申出来的众多关系。其目的是需要明白："逻辑演绎的最初前提是怎样得到的？既然演绎法必须从某个地点出发，我们必须从某种未经证明的东西而开始，而这种东西又必须以证明以外的其他方式而为我们所知。"（罗素《西方哲学史》上，商务印书馆 2011 年版，第 258—259 页）这便是"范畴"出现的理论背景。故希腊文范畴之原义，并不是名词性概念，而是"指示、证明"之逻辑意向，故亚氏创设的十大范畴便是"实体、数量、性质、关系、地点、时间、姿态、状况、活动、遭受"之"实体总和"关系。西方哲人又称，这是"包容"存在的所有形式的十个类。这类范畴创设的特性曰："实体之总和"；后来中世纪，则演化为"最高种类的总和"；康德改造十大范畴，以先验逻辑析取其"量—质—关系—样式"四者进行先验逻辑之演绎（范畴使经验成立/无范畴，经验世界则是一堆杂乱之物，如果失去普遍性、必然性，则无知识）。于是有十二范畴（"量、质、关系、模态" ×3＝量〈全称、特称、单称〉、质〈肯定、否定、无限〉、关系〈直言、假言、选言〉、模态〈或然、断然、必然〉）。使每一项都与人类理解的一种功能相对应（先验认识能力）。其颖思，不在于"实体之总和"，

而是怎样才能得到这些先验假定的理解形式（即先验思维形式）之总和。很明显，康德是用先验思维形式去淘选亚氏十大范畴的“实体之总和”的，此可曰：“先验思维形式之总和”（唯有如此才会有康德的庞大的逻辑建筑术）。至于现当代西方哲学，急趋于逻辑实证，故以罗素为代表，他创设了“类型理论”（限制认识领域与限制运算越轨），来代替西方传统的“范畴”覆盖性，此可曰“逻辑之总和”（以上参阅［英］安东尼·弗卢主编《新哲学辞典》相关条目，上海译文出版社）。简言之，西方之范畴理论，由亚氏开始，途经康德至罗素，则有四种相关之“总和”样式：“实体之总和—最高类之总和—先验思维形式之总和—逻辑之总和”。应该说，每类“总和”都有其时代性、体系归属性，即其时其人之合理性，而绝非唯“逻辑之总和”为上帝。这里又出现了西方理性之大悖论：一方面“范畴”为逻辑演绎之不可缺者，另一方面，数理逻辑又必须扬弃它（即扬弃普通逻辑。赖尔在《心的概念》一书中认为，必须以“范畴规则”来取代“范畴习惯”。也即是说：世界必须是“逻辑的构造”）。此等悖论，罗素说得很分明：“‘范畴’这个字——无论是在亚里士多德的著作里，还是在康德与黑格尔的著作里——其确切涵意究竟指的是什么，我必须坦白承认我始终都不能理解。”（罗素《西方哲学史》上，商务印书馆，第258页）“范畴”涵意在数理逻辑面前，必然会陷于“不能理解”的，因为前者多以“总和”形式涵盖，后者则是以绝对的精确度来“刻画”运演，误差极大，故罗素称之为“确切涵意”难以理解。应该说，前后二者，对非逻辑文化的中国学人，都是难以理解的。心性文化，一旦面向逻辑文化的“实体—最高类—先验—逻辑”等特性，一般都会茫茫然，我们的“拿来主义”过于强烈，未知“其所以然”，先搬其然用了再说。这是中西文化相混中的惯例和手法。

对“范畴”一语，中国大陆学人，最熟悉还是列宁在《哲学笔记》（人民出版社1990年版，第68页）中那段名语：范畴者，“认识网上之纽结”也。其言曰：“在人面前是自然现象之网。本能的人，即野蛮人没有把自己同自然界区分开来。自觉的人则区分开来了。范畴是区分过程中的一些小阶段，是帮助我们认识和掌握自然现象之网的网上纽结。”列宁这段话，因丢弃了理论的逻辑演绎背景，故是很空泛的，其要义仅是指出：范畴是认识事物的工具（网上纽结）。中国学人，一般引申为：范畴者，即重要的名词概念也。于是西方之“范畴”复杂理论，在我们这里便成为光秃秃的一根“枯树桩”了，于是中土心性文化中，凡是有相互联系的“心—性—理—情”概念，都可以随手组合为“范畴体系论”而不知迷入歧途了。如果我们认清了逻辑结构体系之演绎形态，同时也强化了我们中土文化中的“纲目形态”，我想，许多迷误的东西都是可以避免出现的。

退一步说，中文用“范畴”（洪范九畴）去译亚氏之categories，也是较准确的。《尚书·洪范》曰：“天乃锡禹洪范九畴，彝伦攸叙。”洪者，大也；范者，法（规范）也；畴者，种类也。九畴即九类治国大法。此是治国的根本而整全成套的大法。此与上文所言之“××之总和”的范畴套式是相类的。不知为何今人偏视之为“名词之单一性”概念。此便是“失之毫厘，谬之千里”了。

［注二］关于“形而上学”“本体论”（Ontology）问题，国人的理解值得分析。笔者认为，还是看看西方之权威条目是怎样分析的。英国《不列颠百科全书》（第15版）的定义曰：“本体论关于‘是’本身，即关于一切存在的基本性质的理论或研究（A）。这个术语一直到17世纪才首次拼造出来，然而本体论同公元前4世纪亚里士多德所界定的第一哲学或形而上学是同义的（B）。由于后来形而上学也包括其他的研究（例如哲学的宇宙论和心理学），本体论就毋宁指对‘是’的研究了。本体论在近代哲学中成为显学，是由于德国理性主义者克利斯蒂安·沃尔夫，依他的看法，本体论就是关于诸是者之本质的必然真理的演绎的学说（C）。然而他的伟大后继者康德却对作为演绎体系的本质论，以及对上帝的必然存在（当作最高最完善的是）所作的本体论证明，作了重大影响的拒斥（D）。由于20世纪对形而上学的革新，本体论或本体论的思想又变得重要起来，这主要表现在现象学家以及存在主义中，其中包括了海德格尔（E）。”① 以上A点是本体论的定义（关于“是”〈存在〉本身的理论）；B点，指出本体论这个术语是17世纪沃尔夫才提出来的（且与亚氏“第一哲学”“形而上学”同义）；C点，说沃尔夫在分类时，把本体论、宇宙论、理性灵魂学、自然神学四者都包含在形而上学的总目中，由于第二、三项在近代已归入实证科学，第四项已归入基督教，故形而上学就直接研究本体论。（参见黑格尔《哲学史讲演录》四，商务印书馆1996年版，第189页）简言之，本体论就是“走向诸是者本质的必然真理”与“演绎的学说”。前者曰：“穷玄探源”，后者之“演绎的学说”，归属于逻辑推演范畴。因之西方本体论则有两个对峙相关的方面：内容（穷玄探源）——形式（逻辑演绎）。

次看《美国大百科全书》关于本体论的条目：“本体论是形而上学的一个分支，它研究实在本身，这种实在既是与经验着它的人相分离，又是与人对于它的思想观念相分离（A）。这个术语由克利斯蒂安·沃尔夫（1679—1754）导入，以指介乎研究世界的起源与结构的自然哲学和研究心灵的精神哲学之间的一片思辨思想领域。他教导说，本体论应当为那些比自然哲学或心理学中考虑的问题更为基本的问题找答案（B）……本体论是思辨地探索，它要向实在从根本上说究竟是多种不同表现中的一这样的东西呢，还是多样性的东西（C）？在这两种情况的第一种里，如果实在要被思想为是服从于形式逻辑法则的，一致而统一的东西，那么就必须发现出一些重要的

① 转引自俞宣孟《本体论研究》，上海人民出版社1999年版，第23—24页。

范畴来（D）。”① A点，说本体论研究“实在”本身，但它之玄虚性却与人及其观念相分离（即超验性）；B点，本体论之术语是由沃尔夫提出来的，它研究的是一片思辨玄虚的领域（自然哲学与精神哲学之中间地带）；C点，是指本体论研究思辨之“一”呢还是“多样性”？D点，如果是研究此思辨玄虚之“一”，那就必须发现“一些重要的范畴来”，使其服从于“形式逻辑法则”。此条目比《不列颠百科全书》更切乎本体论之玄虚本性，但更明白地指明：本体论不能是一个上帝的混沌，它必须服从于形式逻辑法则，由重要的相关范畴来演绎。此条目，同样指出了西方本体论必须包括两个相关的方面：内容（穷玄探源）——形式（逻辑法则/范畴）。以上两条目关于“内容—形式”二相性之规定，也许是依据黑格尔哲学而作出来的。那个“绝对理念”之运动功能，即属“穷玄探源”方面；那个“正—反—合”之逻辑范式，即是“逻辑法则”方面。黑格尔哲学缺少其中任何一项都是不行的。故西方本体论，是“玄虚实在——逻辑法则”的双向融合物，舍其一，即为残缺。本体论之内容（穷玄探源）方面，中国哲学，只讲“穷理尽性以至于命”之尽性穷理问题（此理亦是性之义理，而非“物”之理），不求（不讲）那个离开心性的最高、最后的玄虚“实在”（物性），若勉强沾之，则只有庄子的“自本自根”说（本根说），至于形式方面的“逻辑法则”则无（中国文化不是逻辑文化）。故在中国文化中，到处运用“本体论”是欠当的。何故？本体论的玄虚追问探索，完全破坏了中国哲学“天人一体”“道器一体”“下学上达”的血脉贯通形态，亦曰完善形态，失去了中国哲学是“尽性”哲学之本色（熊十力）。故中国文化中之本体论，本质上是一个殖民观念。

［注三］关于朱子所注四书的排序，还有另一种说法，即“大学—论语—孟子—中庸”，据说这才是朱子的原序。但又为何调整为“大学—中庸—论语—孟子”之当今顺序呢？朱自清说“那是书贾因为《学》（大学）、《庸》（中庸）篇页不多，合为一本的缘故；通行既久，居然约定俗成了”（朱自清《经典常谈·四书第七》）。两种排序所异者，是《中庸》排序的先后问题。若从纯方法论上看，当以今之通行本为当；若从侧重于把握“心法”之大局、目的着眼，或深浅易懂而言，则以《中庸》殿后为当。但“心法”毕竟是“法”，朱子曰“其书始言一理，中散为万事，末复合为一理，‘放之则弥六合，卷之则退藏于密’”。此中之“始言一理—散为万事—复合一理”，这是哲学思维中的“一”与“多”的开合关系。此与《大学》三纲八条目的方法论，层次虽异趣而理境则一。由此而言之，《大学》《中庸》作为方法论之排序确也合理。历来论者都认为《大学》《中庸》的创作年代与作者，都难以确定，因而四书间便自然具有两种排序方式：历史顺序/逻辑顺序（逻辑一词为借用/亦可言之为

① 转引自俞宣孟《本体论研究》，上海人民出版社1999年版，第23—24页。

“义理顺序”)。朱子历其一生旨在教人如何入门，而《大学》之方法论地位在任何情况下都冠绝于四书之首，足见其方法论意识之通透，故他也可能以“逻辑顺序”(义理顺序)为尚。朱自清之误解(未见其论之依据)，只是推至“书贾”身上，恐怕欠当，朱子在《语类》中也直言过：“某说个读书之序，须是且着力去看《大学》，又着力去看《论语》，又着力去看《孟子》。看得三书了，这《中庸》半截都了，不用问人，只略略恁看过。”(《朱子语类·卷六十二》)这是学、论、孟、庸之排序。但朱子又同样说过：“读书，且从易晓易解处去读。如大学、中庸、语、孟四书，道理粲然，人只是不去看。若理会得此四书，何书不可读！何理不可究！何事不可处！”(《朱子语类·卷第十四》)这是另一种学、庸、论、孟的排序。这里存在着两个疑问：一、朱子本身就有两说，该如何分判认定？二、读书之顺序是：学—论—孟—庸，而成书(编册)流行的顺序却是：“学—庸—论—孟”。形成此局面者，到底是“书贾”的勾当，还是尚有更合理的解释？

2013 年 12 月 31 日

引言　近现代中国古代文论研究之回顾与反思

中国古代文论[①]，作为一门学科，其理论体系之形态，应该是怎样的？

在近现代中国古代文论研究已进行近百年的今天，还提出这样的问题，或许人们会问：这到底是一个真问题，抑或是一个伪问题呢？为此，我们首先需要对近现代近百年的中国古代文论研究，作必要的回顾与反思。

迎着近现代中国历史“大变局”的风雨，中国古代文论研究，走过了自己近百年的历程。在这近百年过程中，中国古代文论研究者以自己的心血换取了丰硕的研究成果，其中尤其是在“史”的研究方面，成就更是卓越。当然在“论”即中国古代文论体系方面的研究，在晚近也跟着取得了可喜的成绩。对近现代近百年中国古代文论研究取得的丰硕成果，近年已见到有不少带总结性的论文发表，乃至学科学术史性质的专著出版。[②] 但这些论著，一般着重在已有研究成果的罗列，及其各自在学科学术史上的地位与价值的分析与评判上，而较少中国心性之道的形上反思意识，至于对学科研究整体性的形上的深刻反思则更谈不上了。这对如何进

---

① “中国古代文论”学科涵盖近百年中国古代文论研究史上出现的中国文学批评史、中国文学理论批评史、中国文学理论史、中国文学思想史和中国古代文学理论体系等各种命名与表现形态，其中“中国文学批评史”为最早出现的学科形态，本书探讨的是其理论体系之形态（即自身的生命形态的展开方式）。

② 论文有罗宗强等的《近百年中国古代文论之研究》(《文学评论》1997 年第 2 期）等多篇，专著有蒋述卓等著的《二十世纪中国古代文论学术研究史》(北京大学出版社 2005 年版）等。

一步刺激并引导中国古代文论研究走向深入，拓展学术空间，迈向新阶段是不够的。笔者与时贤有别，虽然也要简要回顾近百年的中国古代文论研究取得的丰硕成果，但侧重点则是站在作为中西文化的核心结构上，即全部哲学的共同模型的高度以反思，从宏观高度审视这一研究，如何自开端与奠基以来就无形中自我设定的限度，并以此为契机进一步探索中国古代文论研究的新的学术空间、新的研究架构模式与新的研究智思方向。拓通中国心性哲学—中国美学—中国文论三者的轴心精神，希企在形上境界中贯通起来。

一 近现代中国古代文论研究的简要回顾

全面总结近现代近百年中国古代文论研究的丰硕成果，及各成果在学科学术史上的地位与价值，是学科学术史的任务。在这里，笔者只能舍全面而转向简要的回顾。为了形成焦点以把握实质，笔者准备将这近百年中国古代文论研究，归纳为圆圈式或说首尾相应式的两个时段以分析：

（一）研究的开端与奠基

要探讨近现代近百年中国古代文论研究，自然首先要了解近现代中国古代文论研究何时发生以及何以发生，此即开端与契机问题，而前者又受后者制约。笔者认为导致近现代中国古代文论研究开端的契机主要有两个：一是近现代中国大学教育学科课程设置的导引。其中最重要的可以说是1903年颁布的《奏定大学堂章程》。在该章程中，设有“中国文学门”，主要课程包括“文学研究法”、“《说文》学”、“音韵学”、“历代文章流别”、“周秦至今文章名家”以及“古人论文要言”等十六种。其中对“古人论文要言”，在《章程》中还明确提出“如《文心雕龙》之类，凡散见于史集者，由教员集编为讲义”①。这显然就是后来中国古代文论课程的基本方向与内容。在此《章程》的指引下，到1914年起，黄侃（1886—1935）就率先在北京大学开设《文心雕龙》研究课程。以后就一花引来百花开，形成20世纪20年代并延续到三四十年代中国古代文论研

① 舒新成：《中国近代教育史资料》（中册），人民教育出版社1981年版，第546页。

究的小高潮。因此有学者（如罗宗强等）就认定应以 1914 年黄侃开设《文心雕龙》课程为近百年中国古代文论研究的起点。从经验事实角度看，是可以的，但从逻辑与学科发展角度看，则还不可以。

按黑格尔在《逻辑学》中的说法，开端不只是经验事实那么简单。开端是抽象的发展终点，发展终点是具体的开端，也就是开端与发展终点应是螺旋圆圈式的。在我国古代，例如在朱熹那里也有以常山之蛇为喻的首尾相应的方式的说法。这首尾相应式其实也就相近于黑格尔的圆圈式，二者是大体一致的，这点，贺麟（1902—1992）在《黑格尔哲学讲演录》中曾讲过。

从这个角度看，黄侃的《文心雕龙》课程，以及即使后来经整理出版的《文心雕龙札记》，并没有提供作为开端标志的，影响近现代中国古代文论研究的基本概念，以及体系性的架构模式。因此，黄氏的《文心雕龙》研究课程就只能算作近现代中国古代文论研究的“前驱”，或“伏根”，还不能算真正的开端。

促成近现代中国古代文论研究的真正开端还有第二个契机，那就是在强势西方文化与文论的影响下，中国学界普遍以认识论哲学为基础的西方文化学术观念，作为中国学术近现代化的标准，以整理国故、重估传统。

自鸦片战争后，西学东渐，戊戌变法后，思想界更是“人人谈西学”，经“五四”新文化运动的与传统决裂，中国传统学术已威信扫地。这时以认识论哲学为中心领导观念、核心结构与思想基础的西方科学观念、科学精神与科学方法成为时尚，成为人文学界整理国故、重估传统学术的标准。朱自清（1898—1948）在谈到中国文学批评史学科形态的源起时就说过：

……中国文学批评史的出现，却得等到五四运动以后，人们确求种种新意念新评价的时候。这时候人们对文学取了严肃的态度，因而对文学批评也取了郑重的态度，这就提高了在中国的文学批评——诗文评——的地位。二十年来我们已经有了至少五种中国文学批评史，进展算是快的……这也许因为我们正在开始一个新的批评时代，一个从新估定一切价值的时代，要从新估定一切价值，就得认识传统里的种种价值，以及种种评价的标准；于是乎研究中国文学的人有些就将兴趣和精力放在文学批评史上。①

这就是说，作为中国古代文论的一种命名的中国文学批评史的起始产生，乃五四以后，“人们确求种种新意念新评价”，就文学来说，所谓“确求的种种新意念”，就是种种西方文学观念，也即纯文学观念；所谓“新评价”，就是以西方的新的文学批评标准与方法，“从新估定”中国传统文学理论的时代产物。

作为中国学者撰写的第一部《中国文学批评史》，作者陈钟凡（1888—1982）在该书的《自序》中也写道：“1921 年 8 月至 1924 年 11 月，任东南大学国文系主任兼教授，对当时之学衡派盲目复古表示不满，乃编国文丛刊，主张用科学方法整理国故。”② 他的《中国文学批评史》正是用“科学方法”即西方认识论为基础的科学方法，还应包括科学观念，就他的著作看，确切地说就是以西方纯文学观念为标准“整理国故”，这就他的著作看，确切地说就是整理、重估中国固有文学理论批评传统的产物。

在促使近现代中国古代文论研究学科产生开端的两大契机中，后者是更为关键的。因为它不仅影响了近现代中国古代文论研究的中心领导观念，即认识论哲学以及纯文学观念和文学批评观念的形成，而且构成了近现代近百年中国古代文论研究学科发展的方向与限度。至于前一个契机则促成了近现代中国古代文论研究首先在大学课堂中伏根、萌发，然后才对整个社会学术界造成影响。

学界较普遍地认为，陈钟凡 1927 年出版的《中国文学批评史》，为现代中国古代文论研究学科开端和奠基的标志。这怎样看呢？笔者认为是可以这样看的。但要作两点说明：一是，因为从我们认同的黑格尔说的圆圈式，或朱熹说的首尾相应式意义的开端看，陈著的确具备了这种开端的条件，但还要注意的是，不能因此而抹杀前此即 1903 年以来尚属近代的中国古代文论研究，如前述的黄侃《文心雕龙》研究等的意义，这也是我们要在开端的现代中国古代文论研究前面加上个“近”字的原因。这

① 《朱自清序跋书评集》，生活·读书·新知三联书店 1983 年版，第 240—241 页。

② 陈钟凡：《中国文学批评史》自序，中华书局 1927 年版，第 2 页。

些皆可以视作陈著为标志的开端与奠基的前驱、酝酿和伏根的先行阶段。也就是说陈著的出现不是晴天霹雳，而是一个前有伏根而逐渐萌发的过程。二是，不认同陈著已充分完成了开端与奠基，它只是第一块奠基的基石。从较充分的意义说，近现代中国古代文论研究的开端与奠基，起码是由三块基石才从“史”的角度较完整地奠定的，这就是陈氏和下面将要谈到的郭绍虞和罗根泽三人的同名《中国文学批评史》。当然有人认为，再加上朱东润的《中国文学批评史大纲》和方孝岳的《中国文学批评》也无不可，但后二者实际上只是补充而已。

下面先具体谈谈对陈著《中国文学批评史》，作为近现代中国古代文论研究学科开端与奠基的第一块基石的理解和认识。

首先它具有明确的贯穿全书的中心观念，这就是西方认识论哲学及以之为基础的纯文学观念和文学批评观念。在陈著中第一章即探寻并确定“文学之义界”。他充分考察了“中国历代学者”及“晚近学者”对文学观念无不“持说纷纷，莫衷一是”的情况后，又把目光投向西方，发现“远西学者之持论，亦未尝不如是也”。然后陈氏把目光锁定在美国学者亨德的文学精义上。但是陈氏并不以此为满足，而是要顾及中西文学“并重”，在关照了中国文学之“殊科”即特殊之处以后，形成了自己的文学观念：“文学者，抒写人类之想象，感情，思想，整之以辞藻，声律，使读者感其兴趣洋溢之作品也。”①

陈先生的原则是“以远西学说，持较诸夏”。虽说“并重”，但应该说陈氏这个所谓中西结合的文学定义，实质上仍姓“西”，属西方纯文学观念。他在亨德文学定义的基础上所加上点中国文学之“殊科”，如“声律”等，实际上只涉及我国自魏晋以来逐渐明晰的，可与西方纯文学观念相对应的文学观念的内容。而魏晋时代逐渐形成的纯文学观念只是我国传统文学的支流，而非主流观念。

这个文学观念在陈氏著作中作为基本概念，贯穿全书，成为指导他选材和对各种文学观点进行评价的标准。同时，作为第一奠基者，陈氏的这个源自西方的纯文学观念还对后继者如郭绍虞、罗根泽等以重要影响，而陈、郭、罗三位作为现代中国古代文论研究学科的奠基者，又对后来中国

① 陈钟凡：《中国文学批评史》，江苏文艺出版社 2008 年版，第 4 页。

古代文论充分发展时期的研究以重要影响。但由于作为开端的这个文学定义，其骨干是西方纯文学观念定义，吸取的中国文学观念要素，也仅是中国文学支流意识，而排斥了中国文学主流意识。因此，它虽然体现了时代特点，但却存在根本性的缺陷，即实际上游离于中国文学和中国文论主流之外，或与之背离，对中国古代文论研究的深入，则自开端就造成了限制与限度。对这一点，现代学者，往往还没有充分认识到。

陈著的另一个重要概念是"文学批评"。朱自清说过，"'文学批评'一词，不用说是舶来品"。[1] 陈先生对当时已舶来并在学界已流行的这一概念也极为重视，因此以第二章的篇幅予以探究界定。陈先生考察了我国自魏晋南北朝刘勰、钟嵘以来，虽然对"诗文之评论……为书众矣"，但对于"批评"一词，始终未能确认其含义。于是同"文学"概念一样，他同样把目光转向西方："考远西学者言'批评'之涵义有五"："指正""赞美""判断""比较及分类""鉴赏"。"若夫批评文学，则考验文学著述作品之性质及其形式之学术也。故其于批评也，必先由比较，分类，判断，而及于鉴赏；赞美指正特其余事耳。"[2] 可见陈先生于"远西学者"的文学批评五涵义是有所筛选论证的，但仍不出西方文学批评的范畴。正如罗宗强等指出，由于陈先生"认为中国古代文学理论与作家作品评论常常交融为一，故借用西欧学者的称谓，以'文学批评史'命名"。[3] 也是对中国古代文论研究学科的第一个学科形态的命名。对这个开端的命名，一方面如罗根泽等所指出的，虽然不能准确地传达出本学科的全部内容信息，但约定俗成，已逐渐为学界所普遍接受。另一方面，从前述圆圈式或首尾相应式开端意义看，正是这一内囊源自西方的学科命名和学科规范，对本学科的发展造成了相应的限制与限度（详下）。

其次，陈先生不仅明确地界定了文学与文学批评这两个对中国古代文论研究学科具有重要意义的概念，而且以之为指引，展现了第一个以朝代为线索分段研究的中国文学批评史架构模式，这就是从第三章开始至第十二章共十章篇幅，"分八期"阐述的结构模式。"八期"指"周秦""两

① 《朱自清序跋书评集》，生活·读书·新知三联书店 1983 年版，第 236 页。

② 陈钟凡：《中国文学批评史》，江苏文艺出版社 2008 年版，第 5 页。

③ 罗宗强等：《古代文学理论研究概述》，天津教育出版社 1991 年版，第 330 页。

汉”“魏晋”“宋齐梁陈”即南朝“北朝”“隋唐”“两宋”“元朝”“清代”。这个论述架构模式，虽在往后的中国文学批评史著作中或有所调整和进一步完善，但大体皆不出此架构模式影响，也就是说具有一定的笼罩性。

对陈先生以这个结构模式论述的具体内容，很多人已看到了他的不足，如简单、粗糙、遗漏等，一句话就是“抽象”。也因此，朱自清对它评价极低。[①] 但其关键性的缺点不在这里，万事开头难，作为开端，存在这些不足，应是难免的。正所谓“开端”是“抽象”的终点是也，但只要方向正确，后人是可以不断地补充发展完善的。所谓终点是“具体”的开端是也。笔者倒是以为，陈著的最大问题，乃在于以西方认识论哲学美学为基础的纯文学观念及相应的文学批评观念，看待与之性质大相径庭的中国文学理论批评。这就是说中国文学批评史研究自开端就与其实际内容处于巨大的悖论下进行。近百年来中国古代文论研究的根本问题乃至衍生的各种问题，其根源盖出于此。这在陈著那里首先出现的就是排斥应是中国古代文论主线的孔子儒家文论，盖以“不知文学本身自有价值”或“不认识有独立之价值”，或“不脱先秦儒家之窠臼”以排斥之，以及对刘勰《文心雕龙》毫无认识等。

学界较普遍地认为，郭绍虞（1893—1984）的《中国文学批评史》才是中国文学批评史学科的真正奠基者。这声誉的形成当然首先由于郭著与陈著相比，规模由七万到七十多万字，要宏大得多。但同时也应与其一问世，即获得著名学者朱自清的高度评价，认为郭著“虽不是同类中的第一部，可还得算是开创之作”；[②] 同时还得到胡适亲自审查，并将之列入“大学丛书”有关。实事求是地说，笔者认为郭著只宜称为中国文学批评史学科的奠基作之一，是不宜过誉为“开创之作”的。郭先生就承认自己曾根据陈钟凡的《中国文学批评史》“在大学中开设此课”，同时，承认自己“研究中国文学批评史完全是受陈先生的启发”。[③] 既然是在完全受他人影响与启发下进行同一学科的研究，如何去“开创”这一学科

① 《朱自清序跋书评集》，生活·读书·新知三联书店 1983 年版，第 235 页。

② 同上书，第 235、241 页。

③ 郭绍虞：《我是怎样研究中国文学批评史的》，载《治学集》，上海人民出版社 1983 年版，第 141 页。

呢？不是费解吗？

笔者认为，郭著的主要特点在于以下几方面：第一，是在陈著以西方文论为基础明确界定的纯文学观念的基础上，进一步明确了文学观念在中国文学批评史的中心地位，并从发展角度，力图揭示中国文学观念内涵的演变。他认为对中国文学观念可分两个时期把握，一是自周秦时期文章博学的广义的文学观念经两汉与魏晋南北朝两个时期的演进，渐归于明晰。二是南北朝以后，复为逆流进行，经过隋唐的“文以贯道”到北宋的“文以载道”两个时段的一再复古而归于混淆，即回复到混淆的广义的文学观念，于是传统的文学观念得以形成。[①] 在文学观念上，郭先生有时也用来源于日本的“纯文学”和“杂文学”观念来谈中国文学观念。他把周秦以及隋唐以后复古的混淆的广义文学观念归入“杂文学”观念，将演变到魏晋南北朝渐归于明晰的文学观念归入纯文学观念。他认为魏晋南北朝渐归明晰的文学观念即纯文学观念为“离开传统思想而趋于正确”，而混淆的广义的杂文学观念，特别是在隋唐以后以文以载道为核心内容的复古文学观念，则为“乌烟瘴气”。[②] 这显然是受时代影响，以西方纯文学观念为标准的结果。

第二，是以文学观念的演进为主线，建构了一个与陈著以朝代作为线索的有所不同的中国文学批评史体系结构模式。与文学观念的演进同步，他把中国文学批评史区分为三个时期：一是自周秦、经两汉到魏晋南北朝为文学观念的演进期，文学观念逐渐由混沌渐至明晰；二是自隋唐至北宋为文学复古期，主张“文以贯道”“文以载道”，于是又回复到了混沌的、广义的杂文学观念，“于是传统的文学观念得以形成，而且亦始有其权威”；三是“南宋、金、元以后至现代，庶几成为文学批评的完成期”[③]。郭先生又套用黑格尔的正、反、合逻辑思维模式言说中国文学批评史发展的三阶段。他说：“假使说文学观念演进期为‘正’，则复古期为‘反’，而本书下卷所述则为‘合’。”[④] 这似为有新意的说法。

应该说郭著以文学观念演进的中心问题为轴心，是不同于陈著的以朝

① 郭绍虞：《中国文学批评史》上卷，百花文艺出版社2001年版，第3—13页。

② 郭绍虞：《照隅室古典文学论集》上，上海古籍出版社1983年版，第46页。

③ 郭绍虞：《中国文学批评史》上卷，百花文艺出版社2001年版，第4页等处。

④ 郭绍虞：《中国文学批评史》下卷，百花文艺出版社2001年版，第3页。

代为线索的，但两书结构体系仍有共同性，因为郭著也没有离开朝代，实际上郭著只是在陈著以朝代为线索的基础上又迭加进一个有人为思想性质的正—反—合逻辑中心线索而已。

第三，与陈著简单、疏漏相比，郭著的显著特点是材料丰富。虽然仍然缺少小说、戏剧的材料，但在诗文方面已挖掘得相当充分。朱自清在谈到这点时，称赞郭著仍"第一个人大规模搜集材料来写"。[①] 郭先生在改写本后记中也说，其著"只能……是一部资料性的作品"。这是实事求是的。

郭著的学术价值地位已为学界所共识，只是以不同的言说谈论而已。但对其不足，似尚少见明言。笔者认为郭著的最大不足，也与陈著相近，皆在作为中心的文学观念上。本来，郭著认为，中国文学观念演进的主线是由混沌渐至明晰，又复归于混沌，也就是由广义的杂文学到纯文学，又复古为广义的杂文学。从现象看，这在一定程度上已反映了中国文学观念演变和文学批评史的实际，但他认为只有渐趋明晰的纯文学观念与我们相同，为正确，因此力图以之为标准，清理评价整部中国文学批评史，这就有如汪春泓所已指出的以"支流或潜流取代主流""以偏概全之嫌"了[②]。与此同时，郭先生套用黑格尔的正—反—合逻辑思维模式，以文学理念的演进为主线将中国文学批评区分为正—反—合三个阶段，以揭示中国文学批评自身发展规律。如上所指出，这是有新意的，但这套用也存在明显问题，一方面有转换概念之嫌，特别是在"合"环节特别明显，由文学观念转换为文学批评观念。其实中国文学批评的发展规律，以郭氏套用的正—反—合模式描述并不准确。它应是与中国文化的核心中国哲学的演进相一致，为大开大合，[③] 这才是真正的正—反—合。郭氏不足的思想根源，与陈著一样，皆为受时代学术大趋势以西学为标准的影响，在此种趋势下，论者的心灵往往高高在上，自然不易与古文论相应，与古人心灵相通，而难以进入古人思想堂奥，了悟其苦心孤诣而获得真了解。所

① 《朱自清序跋书评集》，生活·读书·新知三联书店1983年版，第241页。

② 汪春泓：《关于"文章学"与"文学批评"的思考》，载《古代文学理论研究》第22辑，华东师范大学出版社2004年版，第209页。

③ 林衡勋、劳承万：《关于中国文化哲学与中国文论发展的开合大律问题》，载《古代文学理论研究》第23辑，华东师范大学出版社2005年版，第1—17页。

谓“乌烟瘴气”之类的评价就出于此种心态。

以上把陈著与郭著皆看作学科开端与奠基之作。但二著还不足于完成学科的奠基，还必须加上罗根泽（1900—1960）的《中国文学批评史》，三位一体，才可以说完成了学科的奠基。笔者认为罗著的特点或说对学科完成奠基的意义有三。

一是罗著第一次明确了一个与中国文学现象实际较近的文学观念，并由之进一步奠定了中国文学批评学科的研究对象、性质和内容。与前所论述的陈著其文学观念，虽有中国文学观念成分，但骨干是西方的，可说实为西方纯文学观念。郭著虽从发展角度看文学观念，但他认为，只有到魏晋渐趋明晰，即接近纯文学观念，才为正确，而排斥甚至说混沌与复古谈文以载道的文学观念为“乌烟瘴气”。这显然也远离了中国文学的主流实际。针对时代对文学观念的“各家纷纭，莫衷一是”。罗著开篇即对文学观念作辩证分析，认为中国文学观念，不宜取广义，也不宜取狭义，而应取折中义，并与西方折中义区分开来，还认为“最有名的文心雕龙，就是折中义的文学批评书”①。这是较早自觉意识并力图维护中国文学观念的自有特点，纠正视狭义即纯文学观念为“正确”的狭隘文学观念的偏颇。以此文学观念为基本立场，罗先生进一步明确了“文学批评”的内涵，认为文学批评概念虽然是舶来的，但其学科意义，也有广义与狭义之分，“狭义的文学批评就是文学裁判；广义的文学批评，则文学裁判以外，还有批评理论及文学理论”。“中国的文学批评本来就是广义的，侧重文学理论，不侧重文学裁判。所以研究‘中国文学批评’，必须采取广义，否则不是真的‘中国文学批评’。”他还认为，“中文的‘批评’一词，既不概括，又不雅驯，所以应当改名‘评论’”。学科“似应名为‘文学评论’，以‘评’字括示文学裁判，以‘论’字括示批评理论及文学理论。但‘约定俗成’，一般人既大体都名为‘文学批评’，现在也就无从‘正名’，只好仍名为‘文学批评’了”。他还认为“西洋的文学批评偏于文学裁判及批评理论，中国的文学批评偏于文学理论”②。这就将中西文学批评区分了开来，从而保留了中国文学批评的自我特色。应该

① 罗根泽：《中国文学批评史》（一），上海古籍出版社1984年版，第4页。

② 同上书，第5—13页。

说，这是自陈钟凡开创中国文学批评学科以来，一直到罗著才对中国文学批评学科的研究对象、内容、性质作了最为明晰的界定并为学界所认同。这是罗著作为中国文学批评史学科奠基作的标志之一。

二是在学科体系建构模式上，陈著开创了以朝代为线索的模式，郭著在此基础上，又套进了一个思想来源于黑格尔正—反—合为基本逻辑结构的线索，但在“合”环节则有转换概念之嫌。罗著在此基础上，以自己丰富的中国史学修养为依托，特别是以章学诚“尽其天而不益以人”为原则，参照中国史书最主要的三种架构模式：编年体、纪传体和纪事本末体，而创构了一个不拘于一种模式，兼揽众长的“综合体”模式，即“先依编年体的方法，分全部中国文学批评史为若干时期”，“再依纪事本末体的方法，就各期中的文学批评，照事实的随文体而异及随文学上的各种问题而异，分为若干章”，“然后再依纪传体的方法，将各期中之随人而异的伟大批评家的批评，各设专章叙述”，以期“庶几近”、“尽其天而不益以人”。[①] 可以说，与文学观念、文学批评观念一样，罗氏的“综合体”文学批评学科体系架构模式的提出，也标志着中国文学批评学科体系模式奠基的完成。

三是罗著在文学批评取材的“全”与“细”上也是空前的。在前头的陈著取材大致局限于“诗文评”，郭著曾有大幅度的扩展，但是由于他视明晰的纯文学观念为“正确”，因此影响了他的取材视野与评价，同时又不解地让小说、戏曲材料阙如。罗著于文学观念视野开阔，较接近中国文学的实际，因此在取材上也真正打开了空间，最大限度地做到了“搜览务全”，同时评价也较稳妥。

当然，罗著作为学科的奠基作之一，即使可以视为奠基的完成之作，也不是十全十美的，而是仍然存在不足，与五四以来大多数学者无不受时代新思潮影响而不免趋新一样，罗先生也会套用一些西方理论套子分析中国文学现象。如他就套用过西方地理文化学派的某些观念分析中国南北文学，被朱东润称为“妄兴南北之说”。同时，即使是他较接近中国文学实际的折中义文学观，曾有纠正时代以西衡中的偏颇，但其观念在骨子里仍然是西方文论的纯文学观占主导地位，甚至可以说亦是以之为标准，而并

① 罗根泽：《中国文学批评史》（一），上海古籍出版社1984年版，第33—34页。

不是与古人在心灵相通基础上深刻理悟的产物，这正如黑格尔所说，一个人思想不能超越时代，正如其肉体不能超越自己的皮肤一样。

可以说罗根泽的《中国文学批评史》的出现，已标志着中国文学批评史学科自陈钟凡开创以后奠基的完成。因为它不仅对作为最重要的文学观念，同时对文学批评史学科的研究对象、内容和性质，都已界定得相当明确；而且对中国文学批评史学科体系的架构模式，也都充分地建构了起来。在以后相当一段时间里都不再见到有整体性的突破，只见到大都循此方向作某些补充和完善。也就是说，后来的发展大致已为之涵盖与笼罩。

还要谈及的是，在罗著出现的同时或稍先稍后，还有两部著作也产生过相当影响，这就是朱东润（1896—1988）的《中国文学批评史大纲》和方孝岳（1897—1973）的《中国文学批评》。朱著的结构与陈、郭、罗著似均不同，他是以批评家为线索的。这很使人想到司马迁的史学列传体。司马迁的列传体相对于《尚书》的记言记事体、孔子《春秋》和《左传》的编年体是一种创造。但要知道司马迁的列传新体，是他学孔子的结果。正如钱穆（1895—1990）所说，前此的“记事和编年这两体，已在太史公的《史记》以人物为中心的列传体之内包融了”。[①] 在这点上，朱著并没有表现出司马迁那样的创造新体例或架构的意识和深度。近年有学者指出，朱著架构与传统中国史学的纪传体的内在关系较少，而更重要的是受英国传记体文学的影响。[②] 这应说是有见地的。

与前面所有著作的冠名不同，方孝岳的《中国文学批评》没有以“史”冠名，何哉？按该著《导言》明示，该书“大致是以史的线索为经，以横推各家义蕴为纬”，从而讨论“各家之批评原理”。[③] 在这之中，他运用的比较方法以及宽“眼界”“眼力”已指向未来的中西“比较文学批评学”。这些皆为该书的重要特色。但总的来看，方著以及朱著对由陈、郭、罗著完成的学科开端与奠基，无论在文学与文学批评等基本概念，还是在整体性的架构模式上，皆无整体性的新的突破，只存在某种程度上的补充完善意义。因此，的确，就中国文学批评史学科的开端与奠基

---

① 钱穆：《中国史学名著》，生活·读书·新知三联书店 2000 年版，第 69 页。

② 张思齐：《英国传记批评对中国文学批评史的触媒作用》，载《古代文学理论研究》第 22 辑，华东师范大学出版社 2002 年版，第 369 页。

③ 方孝岳：《中国文学批评》，生活·读书·新知三联书店 1986 年版，第 5 页。

来说，已由陈、郭、罗三著大致完成。但方、朱著仍然有一定的补充完善意义。也因此，说中国文学批评史的开端与奠基由陈、郭、罗三部同名著作完成则可，但从更充分的角度讲，说由陈、郭、罗、朱、方五著共同完成也无不可。

（二）研究的发展与限度

以上我们从文学、文学批评的基本观念和学科架构模式两大视界，观照了中国古代文论最早出现的学科形态中国文学批评史的开端与奠基。笔者认为中国文学批评史学科的开端与奠基不是由一部，而是由陈、郭、罗三部同名著作共同完成的，当然再加上朱、方著说五部著作完成也无不可。时间在20世纪20—30年代或延续到40年代。从以上确立的从首尾相应式或圆圈式的开端意义看，开端不只是开端，开端是贯通并限制着发展乃至终点的。以此眼光或说原则观照20世纪下半叶以来中国古代文论研究的发展，可以区分为两个路向：一是继续从“史”即中国文学批评史研究的路向去分析，二是从“论”，即“中国古代文学理论体系”研究的路向去分析。

1.“史”方面研究的发展与限度

20世纪下半叶，中国社会发生了翻天覆地的变化，与此同时社会意识形态和学术思想方面也发生了翻天覆地的变化。因此在20世纪下半叶的头20年左右，中国文学批评史学科研究，与整个中国学术界一样，皆处在学术指导思想与方法论的转换、调整、适应，或说新的酝酿时期。这时，在中国文学批评史学科研究领域，虽然有郭绍虞的缩写本《中国文学批评史》和改写本《中国古典文学理论批评史》（上卷），黄海章的《中国文学批评简史》、刘大杰的《中国文学批评史》以及敏泽的《中国文学理论批评史》等著作问世，但除了留下鲜明的时代思想印记以外，似都没有在学术上有真正的突破性意义。中国文学批评史学科研究较积极的成果，是在被称为思想解放新时期的20世纪80、90年代出现的。其中显著的实绩主要体现在三部皆为规模宏大的著作：蔡钟翔等主编的五卷本《中国文学理论史》（1989），王运熙等主编的七卷本《中国文学批评通史》（1989—1993），和罗宗强主编的八卷本《中国文学思想史》（1986—　）。此外还有张少康等著的《中国文学理论批评发展史》等，数不胜数。但最有代表性的还是前三著，因此予以重点分析。这三著中的任何一部的规模都足可以令人叹为观止，但从圆圈式或首尾相应式的思想视野看，它们仍然只是前述三著或五著奠定的学科开端与奠基的发展与具体化而已。

先看蔡钟翔等主编的五卷本《中国文学理论史》。这是一部200多万字的大书，其特色是可以从多方面欣赏的。我们这里主要联系前述学科的开端与奠基明确的两大基本观念以及架构模式以观照，认为其最具特色之处，主要表现为以下三方面：首先是关于学科的观念即命名上，该书力图为学科“正名”。其《绪言》说：

> 自陈钟凡先生的著作开始，“中国文学批评史”的名称一直沿用至今。但“文学批评”一语来自西方，与中国传统文论的实际并不吻合。……陈先生虽然倾向于以“西”绳“中”，但确实道出了“远西学者”的概念与中国诗文评论之间的出入。
>
> 后来，罗根泽先生又正面提出了这个问题。他辨析：“……中国的文学批评本来就是广义的，侧重文学理论，不侧重文学裁判。所以研究‘中国文学批评’，必须采取广义，否则不是真的‘中国文学批评’。”因此，罗先生主张应当改名为“文学评论”，但考虑到“‘约定俗成’，一般人既大体都名为‘文学批评’，现在也就无从‘正名’，只好仍名为‘文学批评’了。”
>
> ……
>
> 现在，我们取名为《中国文学理论史》，除了也有“正名”的意思外，主要因为本书的内容着重于评述古人的文学理论；对于具体作家和作品的批评，亦总有一定的理论观点作指导，所以我们也应去发掘其理论的内蕴，才不致局限于就事论事。①

由此可见，该书的新命名是要为学科正名，将舶自西方的“文学批评”，正名为“文学理论”，但“文学理论”又是自产吗？其实，对文学批评学科的内涵，到罗根泽已界定得十分清楚。至于“中国文学批评”的命名，已为“约定俗成”，既然是“约定俗成”，其内涵学界都心知肚

① 蔡钟翔等：《中国文学理论史·绪言》（一），北京出版社1987年版，第36—37页。

明，重新正名，未尝不可，但意义似不大。总之，对于开端与奠基来说，该书正名的内涵已为罗著所涵盖，不过其力图通过学科正名走新路，则可给学界以深刻启示。

其次是关于文学观念，蔡等著认为，从古至今的中国文学理论，使用过两种不同的文学观念，建立了两种不同的范畴体系。以五四为历史分界，自周秦至五四前，是杂文学观念，中国文学理论是以杂文学观念为基础建立起来的范畴体系。五四后由传统的杂文学观念向纯文学观念转化，文学理论也由“传统的杂文学理论体系向现代纯文学理论体系转化”。如前朱自清所说，纯文学与杂文学观念是由日本学者先提出来的。在强势西方文学观念与文学理论的影响下，中国学者大都认为西方纯文学观念为“正确”、为“进步”，反之也可以说中国杂文学观念为不正确或落后。在文学批评史学科的开端与奠基时期，陈先生和郭先生就是这样认为的，郭先生更为明显。蔡等著在文学观念问题上其实是跟着郭著说，只是由郭著说的“正确”转而说为“进步”而已。[①] 中西文学观念是否可以以纯文学观念与杂文学观念概括与区分？又纯文学观念与杂文学观念是否可以以“正确”与不“正确”，“进步”与“落后”……看待？笔者认为这是应该进一步作深入研究的。这里涉及中西文论的中心领导观念即作为核心的中西哲学美学基础问题。对这，在反思部分将作较深入的探讨。

再次，蔡著的另一特色，是力图揭示中国文学理论史发展的基本规律与特质。它认为：“从周秦以至清末，中国文学理论发展的历史，基本上就是以儒家思想为基础的政教中心的文学理论与以道、释哲学为基础的审美中心的文学理论，在对立、斗争、渗透、融合中，辩证发展的历史。中国文学理论的庞大、完整的概念、范畴体系，也正是在这一辩证发展的过程中推移、演变、丰富、完善起来的。”[②] 这是与开端和奠基阶段，郭著以正—反—合为中心线索的模式不同的另一种概括，郭著显明是套用黑格尔的逻辑思维模式，但有转换概念之嫌；而蔡等著则基本上是套用当时仍然盛行的“斗争”与“合一”的另一种说法。但这样一来，这一说法就与上文说的中国文学自周秦至五四前皆为杂文学观念与体系的说法，自相

---

① 蔡钟翔等：《中国文学理论史·绪言》（一），北京出版社 1987 年版，第 31 页。

② 同上书，第 23 页。

矛盾了。看来这一说法是否符合中国文学理论史发展的实际，是应该继续研究的。总之就以上三点看，蔡等著无论就两大基本观念，还是就体系架构的中心线索看，似未有超越前述开端与奠基的规范，仍然受其所限制，只是较早实现大幅度的具体化与理论深化的发展而已。

其二，是王运熙等主编的七卷本《中国文学批评通史》。这应是20世纪60、70年代刘大杰等主编的三卷本《中国文学批评史》的进一步发展。其取材之广，规模之宏大，又是三部大书中最令人叹为观止的一部。这部大书的特色也可以从不同角度去欣赏。但从与本学科自开端与奠基就确立的两大基本概念和架构基本模式相联系角度看，则可以作如下观。

首先在文学与文学批评两大基本观念方面，它是有进一步明确之处的。关于“文学批评”，该著认为：“本书所谓‘文学批评’，包括文学观念、理论、具体的文学批评、鉴赏以及其他有关文学理论批评的思想资料。其之所以统称为‘文学批评’，是根据约定俗成以求简括。当然，我们并不反对将文学研究的各部门作细密的区分。”[①] 从这段话的注解中，可以看到著者采用的文学批评观念与美国学者韦勒克、沃伦合著的《文学理论》中相关概念的联系。但著者没有谈到与本学科的开端与奠基者的联系。这如何看呢？若将二者贯通起来看，还是可以明显地看到二者的密切联系的，尤其是与罗根泽有关文学批评观念的联系，正因此，一部大书，它不求新的正名，而是遵循“约定俗成”原则将之命名为《中国文学批评通史》，只加一个“通”字，以体现其求贯通性的最大具体化。

关于另一基本概念——文学，著者认为：“古今关于文学的观念处在不断发展变化中。”与开端与奠基的郭绍虞等学者的看法一样，篇中亦采用日本学者先用的纯文学与杂文学的分法，大致亦认为，在先秦为混沌的杂文学，“两汉的文学观念上承先秦而有所变化，正处在由混沌趋向明晰的过渡阶段”。“魏晋南北朝是文学的自觉时代”，其时“称文学作品为文或文章”。魏晋南北朝人的文章即文学“包罗虽广，但他们对于作品中具有审美意义的一些特点，已经有较明确的认识，这是魏晋文学思想的重要内容，较之前代是一个巨大的进步”。著者认为：“促使杂文学观念从根

① 王运熙等主编：《中国文学批评通史·先秦两汉文学批评史》，上海古籍出版社1990年版，第1页。

本上开始瓦解，新的纯文学观念因此而建立的是，由于梁启超、王国维等连续不断地从不同角度、不同方面引进和宣传了西方的纯文学思想和美学观念……凡此种种关于文学审美特性的探讨，都推动了纯文学观念的建立。而纯文学观念的建立，即是对于'文学'本身理解的一种飞跃。"①由上引述可见，该书虽然认为文学观念处在不断变化中，似乎认同不同时代、不同民族存在不同的文学观念的合法性，但实际上，也与开端与奠基时期的学者特别是与郭绍虞相近，大致也认为中国古代主要是杂文学观念，纯文学观念只有魏晋文学自觉时代稍趋明晰，并同样认为纯文学观念为"正确"或"进步"，反之，杂文学观念为不正确或落后。由此也可见出该书在文学观念上，也只见现象、尚不及根源本体，也就是不问何以中国古代文学观念与西方文论的文学观念不一样，制约这文学观念的哲学中心领导观念是什么的深层次问题。

其次是关于该书的架构，著者说："较之我们过去主编的三卷本《中国文学批评史》，体例相近，但内容方面则有较大的发展。"而著者过去主编的三卷本《中国文学批评史》即上述刘大杰主编的《中国文学批评史》，在体例即架构模式上与开端和奠基标志的陈、郭、罗《中国文学批评史》的共成模式也是相近的，或说为之囊括，也就是说并没有标以新的架构，在这传统的架构下，其所用心乃在："多卷本的《中国文学批评史》规模比较宏大，力求较为全面地清理各历史阶段文学批评的发展过程，对曾有所建树的批评家与论著进行科学的评价，并努力发掘新的材料，展示中国文学理论批评的丰富多彩和灿烂成就，总结其经验与教训，为文艺理论研究和创作提供借鉴与参考，为繁荣新时代的学术文化服务。"②

由此可见，最大规模的七卷本《中国文学批评通史》，无论在文学与文学批评这两个基本观念，还是在结构模式上都没有大的新的改弦易辙，而是大致都自觉或不大自觉地受本学科的开端与奠基就形成的文学与文学批评基本观念和结构模式的制约，只是实现最大限度地具体化和理论深化的发展而已。

① 黄霖：《近代文学批评史》，上海古籍出版社1993年版，第9页等处。

② 王运熙、顾易生主编：《中国文学批评通史·先秦两汉文学批评史·说明》，上海古籍出版社1990年版，第1页。

最后，是罗宗强主编的八卷本《中国文学思想史》。这是20世纪最后一部令人叹为观止的本学科大著。这部大书的理论特色，自然也是可以从不同角度去欣赏的，但与本学科自开端与奠基就确立的文学与文学批评基本观念和学科架构基本模式相联系角度看，则可以作如下观：

首先最瞩目的是“文学思想”概念与学科的命名。这与王运熙等主编的大书承传自开端与奠基就约定俗成的“中国文学批评史”命名不同，也与蔡钟翔等主编的大书欲正名为“中国文学理论史”不同，罗先生主编的大书则易名为“中国文学思想史”。在罗先生主编的大书中，似乎没有看到他何以将约定俗成的“中国文学批评史”易名为“中国文学思想史”，而不同于先前蔡先生等欲将《中国文学批评史》正名为“中国文学理论史”有直接说明的论述。但从罗著的一些话中还是可以看到他的用意的。他说：“如果离开当时的创作实际，不惟无法了解其时文学思想发展的真实面孔，即使对于文学理论和文学批评，也很难作出符合于历史真实的解释。……文学思想发展……的主体，是由创作反映出来的，理论形态只不过是创作所反映的文学思想倾向、文学观念的升华而已，虽然它往往更明确也更深刻。”[①] 由此可见，在罗著那里，有三个关系密切的概念：文学理论（文学批评）—文学思想—文学创作。若从逻辑关系看，文学思想是中间环节，与文学创作关系更直接，是创作的直接反映，而文学理论形态则是文学思想的升华，更明确更深刻。罗著把重心放在中间环节，也即与创作关系更直接的文学思想，而不是更深刻更明确的升华形态的文学理论。大致正因此他不承传自开端与奠基就约定俗成的中国文学批评史学科命名，也与力图正名的“中国文学理论史”有别。从而形成了该书一个最大的研究特色：不仅注意把握古代文学理论、文学批评中表现出来的文学思想，而且还注意古代文学创作的实际中体现出来的文学思想，也就是从文学理论批评史与文学史的结合上去总结文学思想的发展历程。用罗先生自己的话说就是：“本书的研究方法，是把文学批评、文学理论主张与文学创作的倾向结合起来考察，了解文学思想发展的实际情况，它在各个时期的主要

① 罗宗强：《魏晋南北朝文学思想史》，中华书局1996年版，第3—4页。

特点，它演变的轨迹，以及它的历史的与理论的价值。”①

罗先生的研究模式得到学术界的普遍赞赏，从其核心指导思想看，也符合一般认识论哲学的基本观点。一般认识论哲学的基本观点认为，存在决定意识，意识是存在的反映；理论是实践经验的总结、实践是理论的基础与根源。从一般认识论哲学角度，对文学理论与文学创作实践的关系，也可以作如是观。因此从文学理论与文学创作实践的结合上自然可以更全面地把握古人的文学思想。不过，通过这一研究模式，我们还可以看到一个问题，即论者对古代文论蕴含着一种存疑，认为它不足以概括古代文学思想，因此，要绕过古代文论，直接从古代文学创作实践提炼出古代文学思想，以补充古代文论对古代文学思想概括的不足。但这一对古代文论的存疑中也包含着一个对存疑的存疑。即既然心灵容易相应的古代学者对古代文学创作实践所表现出来的文学思想都不能通过概念范畴以概括总结出来；那么经过现代思想“洗脑”，而早已与传统不同程度“决裂”的现代学者，能与古人心灵相通，从古代文学创作实践中领会其文学思想的实际情况，并更深刻地总结出来吗？我们想这是很容易出现陈寅恪在《冯友兰〈中国哲学史〉审查报告》中指出的，著者“今日之谈中国古代哲学者，大抵即谈其今日自身之哲学者也”。这是谈中国古代哲学。古代文论亦然，著者也很容易以自己的文学思想代替古人的文学思想的。同时，作为形而下的感性经验的文学创作实践，是丰富多彩、无限多样而令人应接不暇的。如何从中提炼出概念，以概括古人的文学思想，应该说是更为困难的。此外，更根本的是，指导我们切实地理解中国古代文论或文学思想的哲学中心领导观念，不应是一般认识论哲学，而应是中国心性哲学。这在下面反思中还要更详细地谈到。

其次，在作为基本观念的文学观念上，著者一如前著持纯文学观念，并认为中国文学观念，到魏晋南北朝的文学自觉时代，发展为“文笔问题的讨论，本来有可能出现一种纯文学的概念，但是后来夭折了。这夭折，有中国文化的极为深刻的原因”②。但具体是什么极为深刻的中国文化原因呢？似乎作者并没有具体说明。倒是由此可以领悟到著者其实是持

① 罗宗强：《隋唐五代文学思想史·引言》，中华书局2003年版，第1页。

② 罗宗强：《魏晋南北朝文学思想史·引言》，中华书局1996年版，第8页。

以认识论哲学为基础的纯文学观念的标准，似与自本学科开端与奠基以来就形成的主流走向并没有多大区别。

最后，在本学科的史的体系架构模式上，著者说："本书不拟采取向来文学史和文学批评史常用的以人为纲的体制，而采用以时间段落为纲的体制。"① 但必须指出的是，自开端与奠基以来中国文学批评史的常用体制，并非如著者所认为的是"常用以人为纲的体制"。"以人为纲的体制"最显著者只有朱东润的《中国文学批评史大纲》。前文说过，中国文学批评史的体制，自开端的陈钟凡的以朝代为纲，中经郭绍虞的以朝代又贯以正一反一合的中心线索为纲，到罗根泽的"综合体"体制，已形成一庞大的具有囊括性的架构模式，即使是著者采用的"以时间段落为纲的体制"，其实也已被囊括在内，是并不见得有超越的创新性的。

以上是着重谈三部最有代表性的中国文学批评史大著，以之简要回顾中国古代文论研究在"史"方面的发展。这三部大著虽然其规模都令人叹为观止，并各具特色；但从圆圈式或首尾相应式的思维视野看，它们皆不外为较为抽象的本学科的开端与奠基的最大限度的具体化与理论深化的发展。这是因为它们虽然各具特色，但收缩到哲学核心看，其中心领导观念皆为一般认识论哲学和美学所限制的结果。由此，可以进一步推论，今后即使再有更多的同类著作出现，若仍为同一认识论哲学与美学的中心领导观念所限，仍持源自西方文论的纯文学观念为"正确"或"进步"，大致都只会是本学科的开端与奠基的不同情况的具体化与理论深化的发展而已。也就是说，要想有新的突破，那就必须在根本的哲学美学核心问题即中心领导观念上下功夫。对这，在后文的反思中还会再谈到。

2. "论"方面研究的发展与限度

以上是以圆圈式或说首尾相应式的思想方式，简略地回顾了近百年中国古代文论的中国文学批评史学科形态，自开端与奠基以后的发展及其限度。下文拟再进一步谈另一方面，由"史"上升到"论"，即中国古代文论体系方面的研究的发展及其限度。

已故美籍华裔学者刘若愚（1926—1986）说过："尽管目前在中国和日本已有十多种比较概括的中国文学批评史……从各种各样的原始材料中

① 罗宗强：《隋唐五代文学思想史·引言》，中华书局2003年版，第1页。

搜集了许多有关的材料，然后给予条分缕析。但这还不够，我们仍需做更系统更彻底的分析与探求，以便从中国批评家的作品中引出内蕴的文学的理论。”于是刘先生自觉奋起，要率先“阐明中国的文学理论”①。也即要撰写构建中国古代文论体系性的著作。不过，在刘先生意识到这个问题之前，早在20世纪40年代，在国内已有傅庚生（1910—1984）做了这方面的研究，写出了《中国文学批评通论》，并于1946年初版。傅书分三部分即三篇：上篇：绪论，含文学之义界、文学批评之义界、创作与批评、中国文学批评史略等四章。中篇：本论，含中国文学批评之感情论、中国文学批评之想象论、中国文学批评之思想论、中国文学批评之形式论四章。下篇：结论，含个性时地与文学创作、文学之表里与真善美、中国文学之文质观等三章。全书共十一章，其中显然是以中篇本论为全书主体。傅书是由“史”上升到“论”的较早尝试，其尝试很明显是以当时在中国影响较大的美国文论家文切斯特的文学四要素：情感、想象、思想、形式为框架的。傅著只不过是对号入座，将中国文学理论批评的相关材料分别归拼纳入本论之“中国文学批评之感情论、中国文学批评之想象论、中国文学批评之思想论和中国文学批评之形式论”之中。这在当时确为一种大胆的选择，有令人耳目一新之处。但也为中国古代文论研究由“史”上升到“论”，即中国古代文论体系研究一开端即开了一个“西方文论在中国”体系模式的先例。

到20世纪70年代，刘若愚撰写中国古代文论体系性著作《中国的文学理论》也不例外。只是他以更为现代的美国文论家艾布拉姆斯（刘译为“亚柏拉姆斯”——引者按）的著名的文学理论体系四要素：世界、作者、作品、读者为基本架构。当然刘先生并不一味盲从，而是作了比较研究。他说：“我自己的研究表明，有些中国理论与西方理论极其相似，同样可依这一方法分类。然而有些理论则很难归属于亚氏四种理论中的任何一种，因而我重新排列了这四种要素。”这是指刘先生将艾氏四要素的类似三角形排列重新调整为双向运动的椭圆形排列。他认为：“这种排列可以表明作为构成整个艺术过程的四个阶段的四个要素之间有着怎样的内在联系。我所谓的艺术过程，不仅仅是指作家的创作过程和读者的审美体

① 刘若愚：《中国的文学理论》，中州古籍出版社1986年版，第5—6页。

验，而且还指先于作家的创作过程和读者审美体验之后的活动。在第一个阶段，宇宙影响作家，作家反映宇宙；基于这种反映，作家创作了作品，这是第二阶段。当作品及于读者，直接作用于读者，是为第三阶段。在第四阶段，读者对宇宙的反映因他对作品的体验而改变。这样，整个过程形成了一个完整的循环体系。与此同时，因为宇宙影响读者的方面也作用于读者对作品的反映，还因为通过体验作品，他又同作家的心灵产生联系，从而再体验作家对宇宙的反映；这样，循环便按相反的方向运行，因而，图表中的箭头具顺时针和逆时针两个方向。"根据这个重新排列的图表，并兼及相关问题，刘先生把中国古代文论体系建构成一个包括六类内容，即："玄学论、决定论、表现论、技巧论、审美论和实用论"[①] 构成的严密体系。从这个体系中，我们可以看到刘先生作了很多变通，但基本要素与框架，无疑仍然是艾氏的，因此，仍然是"西方文论在中国"体系模式的一种表现。

刘先生这种"把中国文学理论按西方的框架分为几大块再选择若干原始文本分别举例加以说明"的方法，连美国哈佛大学著名的研究中国文论学者宇文所安也"不大赞成"[②]。不过虽然宇氏不大赞成，但笔者认为，刘氏以其精湛的中西文论造诣，的确建构了一个以西方文论体系模式为标本的中国古代文论体系的典型形态。刘著的关键问题不在西方文论体系模式是否能移用，而在于像大多数研究中国古代文论的学人一样，尚不明确在中国古代文论研究中，中国心性哲学作为中心领导观念的意义。

此外，自20世纪80、90年代以来，在国内还有不少力图建构中国古代文论体系的著作出现，如祁志祥等人分别著的同名著作：《中国古代文学原理》、王运熙和黄霖主编的《中国古代文学理论体系》等，在这里，主要谈一谈后者。

王运熙和黄霖主编的《中国古代文学理论体系》由《原人论》《范畴论》和《方法论》三卷著作构成。分别"是从原理、范畴、方法三个不同的方面来加以论述的。第一卷《原人论》，以'人'为中国古代文学和

---

① 刘若愚：《中国的文学理论》，中州古籍出版社1986年版，第12—17页。

② ［美］宇文所安：《中国文论：英译与评论·序言》，上海社会科学院出版社2003年版，第2页。

文论的本源，从‘心化’‘生命化’‘实用化’三个层面来阐发人的本源意义及其在古代文论体系中的展现，把文学批评史上众多的命题贯串起来，以求构建一套具有民族精神的文论体系。第二卷《范畴论》，将文学范畴的研究作为打开中国古代文学理论体系的一把钥匙，全面地考察了它们的构成范式、主要特征、基本类型、逻辑体系及其与创作风尚、文学体制的关系等诸多问题。第三卷《方法论》，对中国传统文学批评方法的总体特征以及批评视界、类型、体制等也作了深入细致的分析，并对中国传统文学批评方法的历史演进、与西方文论的相异之处等，也发表了自己的见解。这三卷，既各自独立，各有个性，又相互配合，相互呼应，共同探讨了中国古代文学理论的体系”[①]。虽然这么说，但在笔者看来这三卷书，应以阐明文学本源论的《原人论》为纲，而以另二卷为目，为进一步的展开和补充完善。因此，我们在这里主要谈《原人论》。笔者认为，该著的最大特色，主要表现在如下两点：

一是，该“体系”的著者，大多参加过七卷本《中国文学批评通史》巨著的研究撰写，由“史”上升到“论”，这是自然而然的进程，因此在著作中，处处可以看到对材料的运用自如与选材的精审，尤其是《原人论》。

二是，与前面分析过的傅著与刘著主要靠依据西方学者的文论框架填充中国文论的材料成书不同，该书是力图以中国文论固有的理论概念、范畴和自己的思维构架，来建构中国式的文论体系的。作者曾对中国古代文论体系的研究划分为三个层次：第一层次其基本思路是“像傅先生那样，依据近现代引进的西方理论为坐标，将我国古代文论材料组织到固有的框架中去”。第二层次是“……挖掘传统文论的民族个性，用‘言志’‘缘情’‘兴象’‘意境’‘形神’等术语来构筑框架，描述体系”。第三层次是“进一步致力于钻研中国传统的文化思想和哲学精神，并参照和借鉴西方的文学理论和思维方法，来探究中国古代文学批评的核心精神，力图抓住了某一‘牛鼻子’后，能纲举目张，满意地构建起一个符合中国民

① 黄霖等：《中国古代文学理论体系·原人论·前言》，复旦大学出版社2000年版，第1页。

族品格的古代文论体系”[①]。该体系自然是属于中国古代文论体系建构中的第三层次，即最高理论层次。该《体系》三卷，如前所述，其中最重要的自然是第一卷《原人论》，它是《体系》的本体论，是纲，《范畴论》与《方法论》是目，三书纲举目张，构成了一个“满意”的古代文论体系。作为体系的纲，《原人论》的最大亮点，是抓住了一个“牛鼻子”，拈出“原人”一词来概括中国古代文学理论体系的基本品格和核心精神。作者就自“以为能直取心肝，且独得神韵”[②]。有评论甚至认为，《原人论》是作者“拈出全新的古代文学本原论，不仅找到了古代文论体系真正的逻辑起点，也能开解学界一桩百年迷案”[③]。果真如此，那当然好极，学界福音。但思量过后，不免令人存疑。已有学者指出，“《原人论》的命题虽然堪称是直取心肝独得神韵，但与《范畴论》和《方法论》的名称并不相配”[④]。其关键还在“牛鼻子”的“原人”。如作者所指出，“原人”原出《孟子·尽心下》，在孟子那里，“原人”就是“乡原”，原与愿同，又可写作“乡愿”。孔子认为：“乡原（愿），德之贼也。”（《论语·阳货》）作者取意虽然不如此，经作者层层推论，使“原人”具有了“以人为本原”之意；但这个意义在古代文论乃至中国古籍中都难以找到。以这样一个原本并不光彩而要让人（作者）赋予新意义的词语强加给中国古代文论并作为其体系的核心概念，还以之标举本原、本体。这如何能统一学界认识，起到应有的作用？那是相当困难乃至麻烦的。

这是否预示着一个问题，在力图离开现成的西方文论体系的框架，走自己的路，建构中国古代文论体系时，究竟路在何方？笔者认为也许还在探索中，或说尚未找到建构它的真正框架，特别是作为真正“牛鼻子”的中心领导观念及哲学核心结构。因此，在抓住这个中国哲学和文论真正核心之前，在力图摆脱西方文论框架而走自己的路时，往往不是漫无方向而盲目，就是又扭扭捏捏地走回头路，总是不容易得要领的。这不仅

① 黄霖等：《中国古代文学理论体系·原人论》，复旦大学出版社2000年版，第1页。

② 同上书，第5页。

③ 黄念然、朴英顺：《古文论体系研究的学术理念——从三卷本〈中国古代文学理论体系〉谈起》，《复旦大学学报（社会科学版）》2000年第6期，第77页。

④ 彭玉平：《从历史形态走向理论形态——兼评三卷本〈中国古代文学理论体系〉》，《北京科技大学学报（社会科学版）》2002年第2期，第41页。

在“史”的研究上是如此，在“论”的探索中也必然更是如此的。

二 对近现代中国古代文论研究之反思

以上，笔者将近现代近百年中国古代文论研究收缩为两个问题：即20世纪上半叶的中国古代文论研究的开端与奠基，和下半叶以来的发展与限度，作了简要的回顾与分析。由这简要的回顾与分析，可以明确两点：一是近百年中国古代文论研究，虽然20世纪上半叶尚属抽象性质的开端与奠基，和下半叶特别是80、90年代以来令人叹为观止的研究规模，不可同日而语，但从圆圈式或首尾相应式的思维方式看，从贯注其间的文学观念、架构模式以及更为深层的核心哲学中心领导观念看，两者其实是一致的。因此20世纪下半叶，特别是80、90年代以来令人叹为观止的研究规模，实际上也只不过是其较为抽象的开端与奠基的最大限度的具体化与理论深化的发展而已，所谓终点乃具体的开端是也。

二是在近百年中国古代文论研究过程中，我们已看到形成过两种不同的学科研究方式和叙述形态。即“史”的研究方式和叙述形态（含“中国文学批评史”、“中国文学理论史”和“中国文学思想史”等）和“论”的研究方式和叙述形态，即中国古代文学理论体系。这两种研究方式和叙述形态，虽然表面看来层次不同，但贯穿其间的主导性文学观念是大体一致的，即都是源自西方文论的纯文学观念，若再进一步收缩到最核心的哲学根基，作为其中心领导观念的则显然同样是西方的强项认识论哲学与美学。

那么，对近现代近百年中国古代文论研究整体成果的价值，应如何估量呢？本来估量每一主观文论研究成果，都需要一个客观的完整的文学理论基型。但目前这样一个客观的成熟的中国古代文论基型尚不存在，客观存在的只有中国学者所理解的西方文论基型。自中国古代文论研究的开端，中国学者就以不同表述的西方文论基型，作为标志现代化的普世的文论的基准，来研究中国文论的史和论。到现在已有越来越多的学者认识到中西文论不同，西方文论的基型只能作为参照，而不能作为估量并建构中国古代文论的基准。但客观的完整的中国古代文论的基型还没有出现，换句话说，这只是努力接近的目标。因此，虽然已见到不少对中国古代文论研究的个别成果乃至整体成果作评价的文章，但由于目前尚不存在客观的完整的中国古代文论的基型，因此，实际上尚无法真正估量近百年中国古代文论研究取得的成果的真实价值。

近年有学者说，为了避免价值不大的重复劳动，“中国文学批评史的编纂工作目前已经暂告一段落……中国文学批评史的下一步工作，就是用巨大的努力，贯彻现代文学批评意识，为我国历史上伟大的文学家们写评传”①。论者大致已自觉地或不自觉地认识到中国古代文论（文学批评史）研究，由于前述三部令人叹为观止的大书的出现，已走向高峰，迈向阶段性的“终点”。但论者不是引导学界反思而是引导学界转向写“评传”。这就游离了本学科进一步发展的主流方向了。笔者认为，虽然我们以西方文论为基型，以纯文学为主导性文学观念和以认识论哲学美学为中心领导观念或核心结构的研究，走向了阶段性的“终点”，“暂告一段落”，但并不是标志着中国古代文论研究的完成。从近百年中国古代文论研究自开端就选择西方文论的基型和纯文学观念为主导性文学观念，以及认识论哲学美学为核心结构，这与中国古代文论的实际并不相适应，即不能深刻揭示中国古代文论的特质与真正面貌，中国古代文论研究还有一段自己很长的路要走。至于这条路应如何走，其主导性文学观念和研究基型，以及作为中心领导观念或核心的哲学根基为何？这仍都需要我们对已有研究成果作深度反思，以及提高学术视野才能明了。在这里，先就三方面的问题作反思。

（一）对研究态度问题的反思

这个问题在中国古代文论研究界似尚未见有人明确提出与论述，这表明古代文论研究界于此还未有自觉。因此，必须从已有较明确看法的一般历史学界与哲学界的看法谈起，以便从中获得相应的启示。唐君毅（1909—1978）说过，吾人的看历史之态度有两种：一种为“如一般历史家，止于一居今以述古，循流以考源之态度”。另一种为“哲学之态度……为直下在人之精神理想之泉源处立根，以顺流而下观之态度……由

① 张思齐：《英国传记批评对中国文学批评史的触媒作用》，载《古代文学理论研究》第22辑，华东师范大学出版社2002年版，第398页。

是而见历史之步步进展，即人之精神理想之步步生发，步步为人所实践之历程”[①]。这是讲“看”也即研究历史有两种很不同的态度，自然所“看”到的历史境界也截然不同。中国古代文论特别是中国文学批评史也是一种“史”，如何看待也可以有两种态度，而相应地也会出现两种不同的研究境界。从目前所看到的古代文论研究，特别是在中国文学批评史研究方面，如以唐先生的两种态度区分，应说大多为一般历史家的态度，只止于古代文论现象由流溯源的描述；而缺乏哲学的态度即从古代文论家之“精神理想之泉源处立根”的态度。正因此，虽然我们已经有了很多古代文论特别是中国文学批评史的研究和著述，但由于大多只止于以西方文论为基础以及以纯文学观念为主导性文学观念“居今以述古”“循流以考源”之态度对待文论现象，而不在古代文论家“精神理想之泉源处立根”，因此已有论著难免肤浅，甚至不着边际。

如果说唐君毅还是从原则方面谈对待历史的态度，那么下面我们谈到的牟宗三（1909—1995）倒是深入一步具体从操作方面谈对待历史的态度。他说：“吾人看历史，须将自己放在历史里面，把自己个人的生命与历史生命通于一起，是在一条流里面承续着。又须从实践的观点看历史，把历史看成是一个民族的实践过程史。把自己放在历史里面，是表示：不可把历史推出去，作为与自己不相干的一个自然对象看。从实践看历史，是表示：历史根本是人的实践过程所形成的，不是摆在外面的一个既成物，而为我们的‘知性’所要去理解的一个外在体。归于实践，所以区别‘理解’。置身历史，所以区别置身度外。这两义是相联而生的。”[②] 牟先生在这里区分了两种对待和处理历史的态度：一是将历史推出去，作为与自己不相干的客观外在物、外在自然对象看，以置身度外的认识论之“知性”去理解。二是以实践的观点看，把自己放在或处于历史中，即把自己的生命与民族历史生命通在一起，是在一条流里承续着看即研究。这也可以给我们以借鉴。已有的近百年的中国古代文论研究，特别是“史”的研究，由于自开端就受强势的西方以认识论为基础的文化与文论的影

① 牟宗三：《历史哲学·附录一：中国历史之哲学的省察》，台湾学生书局1988年版，第10页。

② 牟宗三：《历史哲学》，台湾学生书局1988年版，第1页。

响，大多都是将古代文论看作是外在体，客观自然对象，而置身度外，再以认识论的“知性”认识去理解分析。因此，我们虽然已有了很多古文论研究论著，但我们并不能把握古文论的历史生命，更遑论“承续”了。

与牟宗三相近，但有更深入阐述的是陈寅恪（1890—1969），他在给冯友兰（1895—1990）《中国哲学史》（上卷）写的“审查报告”中说过：“凡著中国古代哲学史者，其对于古人之学说，应具了解之同情，方可下笔……所谓真了解者，必神游冥想，与立说之古人，处于同一境界，而对其持论所以不得不如是之苦心孤诣，表一种之同情，始能批评其学说之是非得失，而无隔阂肤廓之论。”[①] 在这里，陈先生进一步的地方在于，他已由前述二先生深刻地分析而区分的客观存在的研究态度，转向审视研究主体的主观态度，研究主体如何取得研究和评论古人学说的资格。这就是要对古人学说具了解之同情，而要具了解之同情，则必须尽可能与立说之古人，处于同一思想境界，对其持论所以不得不如是之苦心孤诣，表一种的感同身受之同情。这才可能理悟到位，而不隔阂肤廓。应该说这是了解古人学说真相的唯一恰当的，能实现主观与客观合一的主观态度。研究中国哲学是如此，研究中国古代文论也是如此。在这里，现代研究者不应有过多的现代优越感，更不应居高临下，如视其为“乌烟瘴气”等。我们应该心存敬畏，才能入乎其内得其真义，出乎其外下笔作恰当的客观评论。近百年中国古代文论研究，研究者难以统计，又有几人能怀此态度？

（二）对文学观念和理论体系问题的反思

正如中国古代文论学科研究的开端和奠基者之一的罗根泽，在其大著《中国文学批评史》开宗明义所说：“欲研究‘中国文学批评史’，必先确定‘文学批评界说’；欲确定‘文学批评界说’，必先确定‘文学界说’。”[②] 由此可见，中国古代文论研究最重要的概念或说起点是“文学”与“文学批评”概念，二相比较，文学概念又更为重要，对文学批评乃至对整个中国古代文论研究来说应处于主导性位置，因此我们可以称之为

---

① 陈寅恪：《审查报告》（一），载冯友兰《中国哲学史》（下），中华书局 1961 年版，附录第 11 页。

② 罗根泽：《中国文学批评史》（一），上海古籍出版社 1984 年版，第 3 页。

主导性或中心概念。

在近百年中国古代文论研究中，文学观念是相当复杂的。既有如朱自清所说源自日本的“纯文学”与“杂文学”之说，又有变通为广义文学、狭义文学与折中义文学观念的运用。从近百年中国古代文论研究的实际情况看，由于受强势的西方文化与文论的影响，因此，大多数学者皆持纯文学观念为正宗和标准，并以这一纯文学观念去考察中国文学观念的发生和发展，但大多数学者包括郭绍虞等看到的都是一个失望的三段论，即由先秦混沌的文学观念演进到魏晋南北朝而渐至明晰，而隋唐宋以后又复归于混沌。于是，在失望中，研究者进而断定中国古代文学观念不是纯文学观念，而是杂文学观念或折中义文学观念。这似乎明确了中国古代文学观念问题，但实际上并非如此，因为所谓杂文学或折中义文学观念区分的基准，仍然是西方的纯文学观念。正因此，我们很多古代文论研究者包括郭绍虞等名家，往往把我国古代文学观念由先秦的混沌演进到魏晋南北朝的渐趋明晰，视为中国古代文学观念渐趋“正确”或“进步”；若以此为准，那么在先秦的“混沌”以及魏晋南北朝后的复归混沌，则为错误或落后了。这样，我国古代在文学观念上，除了魏晋南北朝稍显一丝不太明亮的正确或进步之光外，其余漫长的时期里，皆处于不正确或落后的幽暗中了。这真是不堪设想的。这到底是历史存在的错误，抑或是我们研究者的误读呢？

近年，陈平原在为萧山来裕恂于1905年撰写的《中国文学史》再版写的《序》中谈到，该书有“文学”与“学问”、“道术”不分的情况后说：“随着‘五四’新文化运动的兴起，学科边界日渐明晰，史家转而从审美角度来讨论‘中国文学’，像来著那样‘芜杂’的‘文学史’，因此逐渐被淘汰出局。不过，完全套用西方‘纯文学’思路，以今律古，同样不无流弊，所谓‘经国之大业，不朽之盛事’，本就不是单纯的‘审美’，谈论古代中国的诗文，如何在‘文学史’与‘学术史’之间，保持必要的张力，对于研究者来说，其实是一个不小的挑战。”① 这段话其实也是点了自“五四”以来，一味以西方纯文学观念为基准研究中国文学

① 陈平原：《中国文学史·序》，载来裕中旬《中国文学史》，岳麓书社2008年版，第11页。

史的死穴，并在存疑中表现了一种觉醒。陈先生说的是中国文学史，但与中国文学史相辅相成或说作为其中一部分的中国文学批评史或中国古代文论研究界，似尚未见到有这样的觉醒，自开端与奠基至今，一直在持纯文学观念为“正确”或“进步”的标准，而不感到自己的研究早已面临着与陈先生在文学史领域指出的“挑战”，此确太不敏感了。

其实固守西方纯文学观念为“正确”或“进步”，只是自“五四”以来，不少中国学者尤其是古代文学或古代文论研究者的一厢情愿，在西方，则其实并不那么固守。例如在诺贝尔奖，这一世界性的权威奖项中，其文学奖就从来并非只奖给纯文学作品的作者，而是也奖给在我们看来是非纯文学作品，甚至哲学著作的作者，如 1908 年奖给德国哲学家奥伊肯，1927 年奖给法国哲学家柏格森，1950 年奖给英国哲学家罗素等，也奖给写出杰出历史著作的作者，如 1902 年奖给德国历史学家蒙森，1953 年又奖给撰写出杰出历史著作的英国的丘吉尔等。[①] 已故港台学者徐复观（1903—1982）说过：“近数十年来，我国学术界受西方文学的影响，以实用性文学为我国文学传统之一大弱点，因而特注重提倡传统中之纯美文学，尤以继承乾嘉学派者为然。但若想到西方文学发展之趋向，逐渐以新闻文学为中心，则我国实用文学之传统或竟系一大优点。”[②] 对此，不知仍然固守纯文学观念为“正确”或“进步”论者有何感想。

由上分析可见，在中国古代文论研究中，一味持源自西方的纯文学观念为“正确”或“进步”，以对待中国古代文学与中国古代文论研究，则未必妥当，也未必符合中国文学与文论发展的未来。中国文学观念应如何定性，如何命名？到底是纯文学、杂文学或狭义文学、广义文学与折中义文学，还是皆不合适？不合适又如何？这是后文要继续探讨的问题。在这里我们首先要明确的是，中国出现“文学”概念，要比西方早得多，西方是到 16 世纪才有明确的文学概念，而我们早在孔子那里就有了明确的文学概念。只是五四以来，学界一直持纯文学观念为“正确”或“进步”，因不符合，而避而不谈而已。其实孔子的文学观念与现代诺贝尔奖

① 参见刘文刚《诺贝尔文学奖名著鉴赏辞典》，湖南文艺出版社 1991 年版，第 5—24 页等处。

② 徐复观：《中国文学精神》，上海书店出版社 2004 年版，第 168 页。

的文学观念，以致徐复观认为的现代西方文学发展趋向，倒是存在着明显的现象上的一致。

上文引罗根泽说，欲研究文学批评，必先确定“文学界说”，即先确定文学观念。这也就是说文学观念是研究文学批评的起点，并贯穿始终。从上文对近现代百年中国古代文论研究的简要回顾可见，由于受强势西方文化哲学与文论的影响，近百年中国古代文论研究界在文学观念问题上，几乎是毫无批判地接受西方纯文学观念，并以之为标准判断文学观念是正确、进步或错误、落后的。当然在这过程中，也间或有所保留，因此有些学者，例如陈钟凡等在界定中国文学观念时，也会夹杂进一些中国文学观念的“殊科”因素，罗根泽甚至持中国文学观念为折中义文学观等，但这一些说法，都仍然是以西方纯文学观念为标准的。

文学观念，既是文学批评史研究的起点，又是贯穿整个研究过程的中心观念，但即使是中心观念，也只是一观念。我们知道，西方文论以纯文学观念为逻辑起点和中心观念，建构的文论体系是概念逻辑体系。那么近百年中国古代文论在“史”方面的研究，大多持纯文学观念为标准，相应地是否也持概念逻辑体系模式呢？从逻辑上说，应该是肯定的。但问题在掌握西方文论的概念逻辑体系，相应地也需要掌握作为西方文论的概念逻辑体系的认识论哲学基础，及数理·逻辑思维方式。这也是难度很大的。因此，我们看到，在“史”方面的研究者一般对文学观念界定得很清楚，但在文论体系上并没有同时也相应明确道明。为了省略篇幅，在这里，我们也不再逐一予以挖掘追踪辨析。同时，笔者认为，在文论体系问题上，可以以“论”方面的研究为代表看出。应该说在“论”方面的研究，研究者的文学观念与体系意识都是很明确的。上引傅庚生就很明确。他在《中国文学批评通论》中所建构的中国文论体系很明显就是模仿美国文论家文切斯特的四要素，即情感、想象、思想、形式文论体系模式的产物。同样，影响更大的刘若愚在《中国的文学理论》中建构的中国文论体系也是模仿美国文论家艾布拉姆斯的四要素，即世界、作者、作品、读者文论体系模式的产物。如果说傅庚生模仿的文切斯特和刘若愚模仿的艾布拉姆斯的文论体系，是西方文论概念逻辑体系的一种设计的话，那么傅庚生和刘若愚所模仿建构的中国文论体系，也大致可归属于概念逻辑体系范畴，当然不能说很纯粹，因为内里都有点中国文论特色的思考，故都有不同程度的混杂。在傅、刘的模仿性的所谓中国文论体系中，实际上中国文论只是材料身份，而没有自身的生命形态。这也就是学界说的，只是“西方文论在中国”，而还不是中国的文学理论。在这里，中国文论只是西方文论概念逻辑体系的一个例证而已。在这种情况下，中国文论是不能站立起来，与西方文论平等对话的。至于黄霖等著的影响更大的《中国古代文学理论体系·原人论》，应该说是第一部追求中国古代文论体系自身形态的有意义的尝试性大著。但遗憾的是，内里尚缺乏研究中国古代文论的“基准”意识，其中尤以自我界定的“原人”为中心观念为麻烦事。同时，就文论体系形态而言，还没有由西方文论的概念逻辑体系转向中国文论的纲目体系形态的自觉意识。我们知道，中国文论体系不是孤立的问题，它是中国文化哲学的一部分，因此，要把握中国文论体系的自身形态，必须从更高层次或说作为核心的中国心性哲学为基础讲起。上文讲过，以仁心德性为核心的心性哲学与纲目体系乃互为表里的关系。因此，要明确中国文论体系之形态为纲目体系，必须同时对近百年来中国古代文论研究的哲学基础问题作必要的反思。

（三）对作为基础的哲学问题的反思

根据中西哲学提供的智慧，牟宗三曾概括出一个全部哲学的共同模型①。这个哲学共同模型，依佛教用语可以表述为“一心开二门”，“二门”为“生灭门”和“真如门”。“一心”指心体，可区分为二层次：自性清净心与成心。成心相通呼应生灭门，自性清净心相通呼应真如门。而依西方康德哲学，“二门”则可表述为“现象与物自身”。康德的“现象”就相当于中国佛教的“生灭门”，康德说的“物自身”则相当于中国佛教的“真如门”。从这共同模型看中西哲学，则各有侧重，积极与消极。西方哲学于“生灭”、“现象”一门积极，开得好，科学与民主就属于“生灭”“现象”门的事，并成就了伟大的认识论哲学，贡献巨大。中国则刚好相反，于“生灭”、“现象”一门消极，开得差，因此，科学不发达、民主不健全，于学之成为学向的认识论哲学及相应的逻辑学也没有形成。因此，有人说中国没有哲学，是可以这么说的，但必须明确，这里

① 牟宗三：《中西哲学之会通十四讲》，上海古籍出版社 1997 年版，第 85 页等处。

说的哲学是指西方式的认识论哲学。这是中国文化中的憾事。但中国于“真如”、“物自身”一门积极、开得好，因此也成就了一门有别于西方认识论哲学的心性哲学、人生哲学或道德形上哲学，同样贡献巨大。而西方则刚好相反，于“真如”、“物自身”一门消极、开得差，即使伟大的康德也只有“洞见”，只有“意志自由”、“上帝存在”、“灵魂不灭”三设准，及道德神学，而没有建构起道德形上学，这同样为西方文化中的憾事。可见，从哲学的共同模型看，中西哲学各有积极与消极，因此也各有成就，各有长短，中西方实为一可以互补会通的格局。（下详）

西方文论都有强烈的西方哲学背景，但主要是西方认识论基础。西方哲学的结构，按康德的说法，乃为一真善美统一的结构，认识论研究真，伦理学研究善，美学研究美，真善美三分而又统一于认识论哲学。真美善三分的美学在西方也叫感性学、情感学。西方纯文学观念形成的哲学美学基础就是基于认识论哲学美学的审美情感学。

如前所述，由于中国于生灭、现象一门消极。因此，在中国古代没有形成学之成为学问的认识论哲学，当然也有一些片段思想资料。也因此，没有形成学之成为学问的以认识论哲学为基础的认识论美学及认识论美学的各分支，当然也有一些片段思想资料。由于没有认识论哲学与认识论美学的基础，因此中国自然也没有形成以审美为主要特征的纯文学观念及系统理论，当然也有一些片段思想资料。笔者认为，这就是众多中国古代文论研究者，想从中国古代文论中发现西方式的纯文学观念，及以之为逻辑起点的概念逻辑体系，而终于不免失败而失望并不免迷惑的终极思想原因。只是我们许多研究者不从根本的哲学美学上寻找解释，只局限于文论现象本身而已。

中国古代没有形成西方式的纯文学观念，及以之为逻辑起点的概念逻辑体系，因此，以纯文学观念为标准评论中国古代文论是不恰当的，为非“同情之了解”。当然同样也不宜以杂文学观念为标准去评论中国古代文学与文论，因为杂文学观念的基准仍然是纯文学观念为基础，并且只涉及量而没有涉及文学之质。

上文说过，中国没有形成学之成为学问的认识论哲学，和以认识论哲学为基础的认识论美学。但中国形成了以“真如”、“物自身”、常道、心性本体为对象的道德形上哲学，和以道德形上学为基础的道德形上学美学。哲学是民族文化的核心和灵魂，是文化的浓缩形态；反过来，各种文化包括文学则是哲学核心的扩散与呈现形态。因此，可以说中国文学是中国道德形上哲学与美学（或说中国心性哲学与美学）的文学现象呈现形态，而中国文论则是中国心性哲学与美学的文学理论呈现形态。我们可以从这一最高高度理解中国文学与中国古代文论。同样也可以以这同一最高高度理解西方文学与西方文论。如此，我们就可以更深刻地理解中西文学与文论的性质与特点，并通过高层次的比较，真正发现中西文学与文论的共同点与歧异点。由此可见，所谓纯文学与杂文学，广义文学与狭义文学乃至折中义文学等并不是中西文学的实质性区分，只是一种人为的套套。至于说西方纯文学观念为“正确”，或“进步”，中国文学观念因没有达到纯文学观念为“错误”或“落后”，那更是荒谬。这正像说中国文字没有走上拼音化为落后，并死路一条；西方文字因走上拼音化而为“进步”，为世界文字的共同方向一样。其实按名家，例如苏联学者 B. A. 伊斯特林所说，中西文字的起源皆为象形文字，如作为西方文字源头的古埃及、古苏美尔文字就皆为象形文字。[①] 但后来随着经济生活的发展，西方文字因受其认识论哲学分析性思维方式的限制，不能从象形文字跳出以发展，只好另辟蹊径，走拼音化方向。然而中国人则依靠自己的哲学的整体性思维方式，“从象形文字跳出”[②]，以象形、象意、象声，创造形、音、义三者矛盾统一的完美文字体系，形成自己独特的文字创造模式，从而也终于保住了中国文字不为拼音化代替，显示了中国文字的强大生命力。中国文字与中国文学和文论，皆作为中国文化的核心中国哲学的呈现方式，表现了大致同样的独特发展过程。

有人说过，凡是人类理性中应有的内容皆应在人类历史中出现。如上所述，中西文化哲学发展中，各有成就一面，亦各有憾事。中国文化哲学在发展中只于物自身、真如、常道、心性本体一门积极，取得丰硕成果；但于生灭门、现象界、非常道却消极，科学与民主发展滞后，学之成为学问的认识论哲学也没有形成，终成极高明中的憾事。但此作为理性的内

---

① ［苏］B. A. 伊斯特林：《文字的产生和发展》，左少兴译，北京大学出版社 1987 年版，第 37、163 页。

② 钱穆：《中国史学名著》，生活·读书·新知三联书店 2000 年版，第 52 页。

容，自然也应在中国出现。这是我们应该向西方学习之处，因此，文论界近年又出现一种借“去西方中心主义”而排斥西方文论的倾向，这也是不妥当的。相反，西方文化哲学于生灭门、现象界、非常道积极，科学与民主较充分发展，学之成为学问的认识论哲学取得至高成果，但他们于物自身、真如门、常道消极，开得不好，也终成憾事。明乎此，我们就会明确中西哲学及其所呈现的各学科形态各自分际与会通之处。

然而从近百年来中国古代文论研究的情况看，由于研究者没有明确此点，不能从最高的哲学视野看待中国古代文论，因此在研究框架上，一开始即将中国古代文论纳入以西方认识论哲学为基础的西方文论框架中去分析，这是以西方文论的长处衡中国古代文论之短处。因此，处处看到中国古代文论的不足。以短处对别人的长处，自然自我矮化而“失语”。按西方研究框架，再怎样努力发掘材料，我们也发掘不出古代文论的精彩之处的。前面谈到已有学者不自觉地看到这点，发出了为避免重复劳动，中国文学批评史可告一段落，改为去撰写大作家评传的呼声。但应该说这不是中国古代文论研究的新方向。那么中国古代文论研究的新方向是什么？笔者认为中国古代文论研究要超越既有“限度”，开拓新的学术空间和方向，就必须像牟宗三研究中国哲学那样，发现共同的文论模型。

前文说过，牟宗三通过确立全部哲学的共同模型，明确了哲学虽然只有一个，但有认识论哲学与道德形而上学两种理论形态。同时明确了西方哲学的强项在认识论哲学，短处在道德形上学；中国哲学则刚好相反，其长处在道德形上学，短处在没有形成学之成为学问的认识论哲学，当然也有片段的思想资料。

哲学是文论的母体，或说基础与核心。依全部哲学的共同模型，我们相应地也可套出一个全部文论的共同模型，在这个共同模型里，由于中国没有形成学之成为学问的认识论哲学及数理·逻辑思维方式，因此，相应地中国也没有形成以纯文学观念为逻辑起点的概念逻辑体系。当然由于中国哲学中也有片段的认识论哲学思想资料，相应地在文论方面，中国也存在片断的有关纯文学观念及以之为逻辑起点的概念逻辑体系的思想资料。与中国哲学为道德形上学或心性哲学相互呼应，并为表里，中国文论形成的主流是以由技进于道的道文学观念，或大文学观念（《老子》说：“道强为之名曰大”），为起点的纲目体系。明确了这一点，我们也就可以进一步明确，中国古代文论研究的新的学术空间，和新的研究方向。这就是超越近百年来所走的以西方纯文学观念及以其为逻辑起点的概念逻辑体系为标准的限制，实践证明这与中国古代文论的实际是不相应的；而转向走与中国心性哲学相表里的中国文论纲目体系的研究方向。这是一个明确中国文论自身体系形态的研究方向，笔者认为只有明确了中国文论自身理论体系之形态（即自身生命形态的展开方式），中国文论才能真正站立起来，与西方文论平等对话，并走向新的未来。这就是我们通过回顾与反思近百年来中国古代文论研究所获得的深刻启示。

第一章　导论:中国学问大传统与古代文论纲目体系

《庄子·天下》是作于战国时代的，我国古代第一篇学术史评论作品。视野高远，后世莫有继者。然正是指引我们从事学术研究之大道正途，后世之失正在偏离于此正途大道。在此文中，作者以道术为标准，明确了学术研究的二层次：即道术与方术。在庄子那里，道术是指涵盖一切的无所不在的宗（本）、精、真、大全整一或说本末合一的恒常不变的“常道”，亦乃“天地之美，称神明之容”，“古人之大体”。方术乃为百家于道术的见仁见智，因此，乃“不该不遍”“时有所闻”的“一曲之见”之末“术”或“非常道”。由道术而方术，乃“道术将为天下裂”的产物与结果。于此学术之趋势，作者感到可悲之至。慨叹百家的“往而不反”（返），学术难能返归道术之“合”。这样“后世之学者，不幸不见天地之纯，古人之大体”，能见到的只有“一曲之见”的方术了。

庄子（约前369—前286）两千多年前于道术将为天下裂的慨叹与遗音，至今尚存，情况依旧。在这里，我们不说整个学术界，而只说文论界，就可以说是继续走着庄子揭示的道术将为天下裂的道路，到近现代更加剧了这一趋势。但“反者，道之动”，按道运行的规律，总是要往而返的，最后总要返归的。这就是正走向反，必然又走向合（返），这是必然的走向。遵循庄子的遗训，吸取近现代中国古代文论研究的经验教训，笔者在这里尝试返归中国学问大传统以研究中国古代文论。

本章着重从中国礼乐文化的大背景谈中国文学观念的形成，从中国礼乐文化的核心心性哲学谈中国文论的纲领和中心领导观念，并进一步参考前贤的思想成果，尝试建构属中国文论自己生命形态展开方式的纲目体系。

一 中国礼乐文化精神与文学观念之形态

中国古代文论研究由“方术”性走向的“往而不返”的“反”，转向“往而返”的“合”，首先要返到哪里呢？自然要返归到中国文化学术大传统。正如钱穆所说：“欲求了解某一民族之文学特性，必于其文化之全体系中求之。”要了解中国文学特性自然也如此，“乃在就中国文化特性而求了解中国文学特性……”[①] 这里说的是了解中国文学，而要了解其形上形态的中国文论当然也如此。因此，在这里，我们的古代文论研究就首先从把握中国传统文化的精神特质谈起。

（一）中国礼乐文化系统与文学（诗）的文化根系

关于对中国文化传统的看法，也是很复杂的，可谓人说人殊，到底应如何入手？参照时贤的有关提示，笔者认为，首先要把握的应是中国文化中最初萌发的由隐而显的观念形态，然后才能把握其根系与核心结构。

1. 中国文化中最早出现的观念形态

中国人文历史的起点在哪里？学界有不同的看法。其中考古学界最有影响的新成果之一是认为，全世界现代人的共同祖先是 20 万年前一位非洲妇女。中国人也不例外。但这一被称为“走出非洲”的理论，最近又受到了挑战。因为据报道，“以色列发现 40 万年前人类遗骸”。如果此说成立，那新论乃为“人类最早来自中东而不是非洲”。[②] 可见问题复杂，难以形成最后结论。着眼中国，我们中国人自称炎黄子孙，自然中国人文历史传统，也就可以从此讲起。司马迁的《史记》就从黄帝讲起。以此为上限，学界仍有不同看法，如：炎黄同源，三代同宗说（李学勤），炎帝、黄帝和鸟夷三族系说（吴锐），以及“六大系统说”（苏秉琦）等。这些说法都各有各的依据和道理，可以继续争论下去。但这些说法也都仅是一般历史现象的描述。而按牟宗三的说法：“人文历史的开始断自观念

① 钱穆：《中国文学论丛》，生活·读书·新知三联书店 2002 年版，第 29 页。

② 《以色列发现 40 万年前人类遗骸》，《参考消息》2010 年 12 月 29 日第 7 版。

形态的开始。”① 人文历史不是自然对象，人不是上帝，也不是动物，但人具有神性也具有动物性。拥有无限的上帝没有历史，没有前进能力的动物也没有人文历史。只有处于神与动物之间，既有神性也难以摆脱动物性的人才有人文历史。人类是有一颗向善的道德心的。此道德心发出理想，理想的内容就由隐而显地凝聚成为观念。在各民族的生活实践中，由理想内容凝聚的观念就指导着各民族的实践。同时，观念形态又是在实践中不断丰富发展的，并逐渐过渡到命题与概念。

由于各民族所处具体环境与条件不同，所以各民族在实践中，其向善的道德心所发出的理想内容也不同。因此，首先涌现出来的作为理想内容凝聚的观念形态也不同。

与西方文化发祥地古希腊为岛国不同，中国是有辽阔内陆的国家，这一自然环境的不同，在一定程度上决定了希腊的商业性社会，和中国农业性社会的不同性质的走向。农业社会的人民与耕地相联系，胶而不能移。世世代代生于斯，长于斯，丧于斯，于是世世代代祖宗的坟墓也安葬于斯，形成越来越大的血缘氏族群体。这些现实条件的不同，使中西民族各自向善道德心发出的理想内容，以及由之首先凝聚形成的观念形态也不同。

牟宗三曾指出，与西方古希腊文化哲学首先关心把握“自然”，最早涌现出的一批杰出代表人物大多为自然哲学与科学家不同，中国文化哲学首先把握的是“生命”，② 最早涌现出的以二帝三王为典范性的代表人物皆为圣王智哲。中国文化哲学最早关心抓住的“生命”，不是自然生命、生物生命，而是道德生命、理性生命。中国文化哲学就由最早关心抓住的“生命”这一种子衍生出中国文化哲学观念的谱系树。

这一文化哲学观念最早最全面地体现在“正德，利用、厚生”（伪《古文尚书·大禹谟》）这一基本命题中。“正德”，就是要端正自己的道德生命，涉及的是后来说的“内圣”。“利用、厚生”，是指安顿百姓，妥善对待百姓即人民的生命，涉及的则是后来说的“外王”。“正德，利用、厚生”这一基本命题，开启的就是后来儒家打开的所谓“内圣外王”之宏规。总之，与西方的文化源头古希腊，最先涌现的一批作为西方智慧化身

---

① 牟宗三：《历史哲学》，台湾学生书局 1989 年版，第 4 页。

② 牟宗三：《中西哲学之会通十四讲》，上海古籍出版社 1987 年版，第 10 页等处。

的代表人物，大多为自然哲学与科学家，他们首先关心把握的是自然及其规律不同；作为中国最早智慧化身的是二帝三王，这些作为政治教化领袖的圣王智哲，他们首先关心把握的是“生命”以及趋向于“内圣外王”的宏规。他们以自身实践典型地表现了这一观念形态，成为后世的永恒的标准与楷模，向往的偶像，民族精神凝聚的核心。

“内圣外王”属于道德政治范畴，若转向文化哲学观念言之，亦可名之为仁智合一。表现这一观念形态，可用自黄帝至周这中国文化第一时期，作为经验之府，观念之所从出的史官的职责以说明。《周礼》曰史有两句名言：“掌官书以赞治”(《天官冢宰·宰夫》)，“正岁年以序事”(《春官宗伯·大史》)。牟宗三对这两句话作的综合解释说：

> 前一句则表示：根据历代的经验（官书）以赞治，这是属于道德政治的。后一句则表示：在政治的措施中，含有对于自然的窥测。古天文律历由此成。这是属于“智”之事。我们可以说，智就在政治的措施中，在利用厚生中表现，在道德政治的笼罩下而为实用的表现。由此，即可明：中国的文化系统是仁智合一而以仁为笼罩者的系统。①

这就是说，在中国文化观念具形的源头上，虽然表现了“内圣外王”统一、“仁智合一”的天人合一的宏大规模，但又隐含着内圣笼罩外王、仁笼罩智的倾向。进一步也就是说，中国文化在观念的具形上，自开端就是一个内圣外王统一、仁智合一，但又内含着以内圣与仁为笼罩的文化系统。开端是抽象的终点，终点是具体的开端。沿着此模式与方向，中国文化在往后的发展过程中，充分表现了自己的辉煌，但由于“外王”“智”方面始终未能独立彰显出来发展，这也造成了中国文化发展过程中出现诸多憾事。特别是随着社会的发展，科技的进步，尤其到了近现代，科学技术日益成为巨大的生产力，中国终于积弱而落后挨打。这一切都可以从中国文化最初涌现出来的观念形态、基本命题及其形成的文化哲学系统中得

① 牟宗三：《历史哲学》，台湾学生书局 1989 年版，第 165 页。

到解析。牟宗三还由此提示了了解中国文化生命发展的“大关节”。[①]

2. 中国文化的礼乐结构

上说自黄帝至周这中国文化第一期所首先萌发的观念形态是“生命”，但其基本原理“仁智合一”“内圣外王”则仅为一普遍的道德实在、精神实体。随着道德政治观念原始模型的发展，到殷周之际，周公监于二代制礼作乐，礼乐完备，中国文化的这一观念形态和道德实在，精神实体，才得以以较充分的形式展现出来。也就是说，从此中国文化之人道传统才有恰当的形式以确立。故前人有云：“人统之正，讬始文王。”[②]

按王国维（1877—1927）的《释礼》论证，“礼”最初应与原始社会巫史时代的宗教活动有关，所谓“事神至福”，[③] 后来逐步应用于人与人之来往及物质交换关系，最后才上升为一套立人道的规范的典仪制度，以及体现道德伦理价值与生活方式的规范。作为人道之礼的真正具形应自虞夏开始。孔子在《论语》中就谈到夏礼、殷礼，只是保存的文献不足证，已讲不清楚。因此，真正为后世所乐道的作为人道的礼乐文明之礼，只能从周公制礼讲起。《左传·文公十八年》云：“季文子使太史克对曰：……先君周公制礼……”最先讲到周公制礼。孔子指出过夏礼、殷礼与周礼的因革损益关系。但相对于粗略的夏礼、殷礼来说，周礼也不是一般的借鉴因革关系，而是带有革命性的改革。不但各种礼如五礼：吉、凶、宾、军、嘉皆粲然完备，而且原则分明。对周公制作的粲然完备的周礼或曰周文的主体，后世的孔子曾赞叹曰：“周监于二代，郁郁乎文哉。”（《论语·八佾》）周公制作的礼，虽然包罗众多，粲然完备，但归结起来，则主要包括两大纲目，或说可以分为二大系列：一是亲亲，一是尊尊。所谓亲亲之杀，尊尊之等。亲亲是就着家庭血缘关系说的。亲其所亲，子女最亲的是父母，父母最亲的是子女。这是从纵看，从横看，还有兄弟。这是属于亲亲一系。杀，是指亲亲之礼中有亲疏之别，这是天理。从自己往上追溯有：自己、父亲、祖父、曾祖、高祖。这五世为五服。这是亲亲一系。另有一系列为尊尊。尊尊是属于政治的，尊尊之等的等是指它有等级关系。

---

① 牟宗三：《历史哲学》，台湾学生书局 1989 年版，第 165 页。

② 转引自牟宗三《历史哲学》，台湾学生书局 1989 年版，第 49 页。

③ 《王国维文集》4，中国文史出版社 1997 年版，第 99 页。

尊尊一系又可分为两小系：一小系是王、公、侯、伯、子、男；另一小系是王、公、卿、大夫、士。这两小系虽同属尊尊，有等级，但又有不同，前一小系属于政权，是世袭的，是不变的；后一小系中的王、公、卿、大夫、士是属治权方面，不能世袭，是可变的。总的来说，周礼就是把二大纲目或系统的精神融合在一起，以制定出一套适合于人们日用行为的规范模式。王国维在名作《殷周制度论》中曾指出："周公制作之本意"，"其旨则在于纳上下于道德，而合天子、诸侯、卿、大夫、士、庶民以成一道德之团体"。[①] 也即是建立一个以道德—政治为中心"群居而不乱"(《荀子·礼论》)，即有序而和谐的社会制度。

这一套以亲亲、尊尊为两大纲目或系统的粲然完备的周礼，不是天上掉下来的，也不是地上自然长出来的，而是周公在继承损益夏、殷等前代之礼的基础上的天才创造，但这天才创造也不是脱离人的实际的凭空创造，而是本于人性，出于人情，根在人心。所谓"礼仪三百，威仪三千，莫非性情中出"。[②] 孟子也说过："仁、义、礼、智根于心。"（《孟子·尽心上》）礼的"根"也在于人"心"。

"王者功成作乐，治定制礼。"(《礼记·乐记》) 周公不仅制礼，而且作乐。《吕氏春秋·古乐篇》云："武王即位，以六师伐殷，六师未至，以锐兵克之于牧野。归乃荐俘馘于京太室，乃命周公作《大武》。"作为乐的《大武》就是孔子评论过的《武》乐。作为乐舞，《武》乐已失传，但据近现代学者王国维、高亨、阴法鲁和杨向奎等的先后考证，《大武》的乐语或乐诗就是《诗·周颂》的一部分，包括《我将》或《时迈》《武》《赉》《般》《酌》《桓》六篇，但篇次已错乱。他们各据所见，对六篇次第各自作了排列。[③] 皆用功所得，足供参考。

周公作乐的意义，不仅在于就作《武》乐那么简单，还在于他打破了"三王之兴，礼乐不相沿袭"（《宋史》）的旧原则，而以豁达的胸怀创造了一个新原则。正像他制礼有承传损益夏、殷等前代之礼一样，在成功后作《武》乐的同时，也一并承传与整理了前此五代圣王成功后所作

① 《王国维文集》4，中国文史出版社 1997 年版，第 43 页。

② 转引自牟宗三《中国哲学十九讲》，上海古籍出版社 1997 年版，第 89 页。

③ 杨向奎：《宗周社会与礼乐文明》，人民出版社 1997 年版，第 342—347 页。

的乐。即黄帝之《云门大卷》，唐尧之《大咸》，虞舜之《韶》，夏禹之《大夏》，商汤之《大濩》，合为六代乐舞，且一并用于郊庙祭祀之礼，[①] 以体现周虽小邦，但其承继天命维新的合法性。这六代乐舞，有学者认为就是后来成为中华民族文化基因库，与礼乐文明核心结构的六经之一《乐经》，[②] 这是可以认同的较合理的说法，后文还要谈到。由此可见，周公制礼作乐，作为中国文化史上影响深远的创造活动，不仅内容丰富，而且提供了一种最高范式。孔子崇敬周公不是没有来由的，他的"述而不作"，实为以述进而作的原则，其实也正是周公制礼作乐范式的承传和理论原则化。而孔子的"述而不作"原则，正是中国文化之所以能承传发展，保持中国文化优良传统精神不坠、文献典籍完整不流失之根本所在。当然，它在后来的发展过程中，也形成过消极性的局限，任何原则也都会呈现两面性。

周公制礼作乐构建了中国文化的核心结构。礼与乐分别是这个核心结构的两面，两者有分工，各有功能、作用和意义，就主要方面说，即何谓"乐合同，礼别异"（《荀子·乐论》），两者不能分开，而需要相互作用，才能相得益彰，而成为一个完善的结构。"礼别异"，就社会群体来说，就是通过尊尊、亲亲两大纲目将社会群体区分亲疏和等级差别，明确各自地位与责任，从而形成一个亲疏与等级既有别又有序的"群居而不乱"的社会有机体。"礼者，天地之序也"（《礼记·乐记》），又"礼也者，理也"(《礼记·仲尼燕居》)。礼以"天地之序"即天地之道为参照，是天道与人道合一，或简说天人合一。从原则上说是体现了治理社会的理性的。但其严肃性，怎样都在形式上使人与人有隔阂、相离之感。"乐合同"，"乐者，天地之和也"(《礼记·乐记》)，又"乐，情也"。在社会群体有亲疏与等差的各成员之间，又潜藏着趋向于"和"的自然感情。这种根系于人的向善心之同然自己如此的感情，通过乐的作用，得到了共同抒发，共同感情就使人与人走向"合同"。也就是由乐（yuè）而上达精神心理之乐（lè），也即"和"的社会大和谐。《乐记·乐化》在描述到乐的作用时说："乐在宗庙之中，君臣上下同听之，则莫不和敬；在族长

---

① 参见项阳《〈乐经〉何以失传》，《光明日报》2008年6月23日第12版。

② 同上。

乡里之中，长幼同听之，则莫不和顺；在闺门之内，父子兄弟同听之，则莫不和亲，故乐者，审一以定和，比物以饰节，节奏合以成文，所以合和父子君臣，附亲万民也。”这样，礼与乐相互作用，相反而又相互走向，便使异而不离，同而不流，让整个社会得以合乎中道以运行发展。正因为有其合理性，所以它可以支持周王朝运行八百年，成为中国有史以来享年最为长久的朝代。

不过，周公制作的礼乐，虽然是“因缘人性”，根于人“心”，但基于时代的原因，主要为“士礼”，如现存的《仪礼》，就是“士礼”，而尚非“庶人之礼”，所谓“礼不下庶人”(《礼记》)，庶人只能“由之”。既然礼乐是“因缘人情”，根于人“心”的东西，就意味着它是可以且必须随时代之变而发展的。孔子在“礼崩乐坏”过程中，已以“损益”规律“百世可知”指出了这一点，孟子也进一步明确，但往后两千多年，有机会参政的“士”，特别是儒家之“士”，没有人能继承周公制作礼乐的精神，遵循孔孟的指点，创作出适合时代发展的新礼乐，而任其为专制者各取所需，形成礼乐制度严重落后而僵化。这里原因多多，但不能不说是极大的憾事。对此，徐复观曾有较深刻的探讨。[①]

这里还要注意的是，礼乐虽然相反而相互为用，但相比较，礼是“修外”，乐是“修内”。乐的意义其实是要通过礼的意义而显的。但礼也要通过乐以完成与存在，所谓“立于礼，成于乐”。不过后来的表现往往是，乐对礼有一种依附性，而礼对乐则有一种笼罩性，可能正因此，应是解说《乐经》的《乐记》，也成了同样是解说《周礼》的《礼记》中的一部分，没有能独立出来，这影响深远。

礼乐既然是基于人的性情，根于人“心”的自觉创作，自然也需要人基于人的性情，根于人心的自觉意识以履行实践体现，才能成为有生命力的东西。孔子（前551—前479）说：“礼云礼云，玉帛云乎哉；乐云乐云，钟鼓云乎哉?”(《论语·阳货》) 当礼仅仅被视为玉器、丝帛之类的礼物，乐仅仅被看作钟、鼓之类的乐器；也就是说仅仅流为虚伪造作的外在形式器用，没有内在生命的文饰外观，礼乐也就失去了其精神生命的意义，自然要“礼崩乐坏”了。

---

① 参见徐复观《中国思想史论集》，上海书店出版社2004年版，第293页等处。

孔子看到了礼乐文明内在的生命力的丧失，仅剩下作为外在文饰的形式。但无论社会或个人要站立起来，又都需要相应的礼乐形式，所谓“立于礼，成于乐”。而周公监于夏、殷二代损益创作出来的礼乐，自然比夏、殷二代礼乐更完备，更具现代性。因此，在时代百家一片否定周文的浪潮中，孔子以反潮流的精神，表示认从周公的礼乐及其精神。所谓：“郁郁乎文哉！吾从周！”（《论语·八佾》）“这‘从周’，对孔子来说不是复古而是重今。”[①] 孔子认为，周文的根本问题，不在礼乐本身，而在丧失了内在生命力。他说：“人而不仁，如礼何？人而不仁，如乐何？”（《论语·八佾》）如果没有仁作为内在生命力，那么只有礼乐文饰是没有什么意义的。由此可见，孔子比诸子高明的地方在于，他在反省“礼崩乐坏”的过程中，看清楚了问题的实质。仁，才是礼乐真实生命力之所在。于是，仁成了礼乐的最高原则和生命精神。孔子还通过仁与礼关系的阐发，从而让礼也随仁逐渐由形而下的文化概念上升为形而上的中国哲学概念。这在后文还要谈到。

关于中国礼乐文化与中国文化的原始精神，唐君毅说过以下带有总结性的一段话：

> ……中国文化之原始精神，历唐虞夏商至周，即可以周代之“礼”、“乐”二字表示。……在周代之礼乐之文化中，礼有文化性、宗教性、道德性的意义，亦有政治意义。故政治亦即在礼制中。……行礼必用乐，乐包含音乐、舞蹈、诗歌，即一切今所谓文学艺术之事。将礼与乐对言，礼是成就人与人之生命精神活动之活动之秩序、节制与条理；乐是成就人与人之生命精神活动之充实、和融与欢喜。此中可讲者甚多。总之，我可简单说，中国文化之原始精神之形成于周初者，即此一礼乐之精神。……礼乐之表现是文，其精神是文德，即此文之质。此质、此文德即人德。文德见于其文，……[②]

唐先生这段话主要明确了如下几点：一是周代之礼乐二字，不只姓

① 杨向奎：《宗周社会与礼乐文明》，人民出版社1997年版，第453页。

② 唐君毅：《中华人文与当今世界》（二），广西师范大学出版社2005年版，第605页。

周，乃中国自有人文历史以来，二帝三王上古三代以来，或中国人文历史第一期的文化精神之集大成，也即是说周代礼、乐二字代表了中国人文历史第一时期的文化精神。二是表示中国文化原始精神的礼、乐二字为一二元结构。区分地说，礼为文化性、宗教性、道德性，或说礼统辖文化性、宗教性与道德性；乐则统辖音乐、舞蹈、诗歌以及一切文学艺术。三是礼的功能是“成就人与人之生命精神之活动之秩序、节制与条理”；乐的功能是“成就人与人之生命精神活动之充实、和融与欢喜”。四是无论礼还是乐之表现皆为“文”，是文饰，外在形式，其内在精神才是质，即文德，文德即人德，同时人德也只有在礼乐之文的表现上见，即文即德。也就是礼、乐之文表现的是德，人的道德性。礼表现道德性，乐也“通伦理”，也表现道德性。这点非常重要。由此可见，在表示中国文化原始精神之礼乐那里，即规定着中国乐，包括中国一切文学艺术皆表现道德性，为道德⇌乐（艺术）。开端即抽象的终点，终点即具体发展的开端。中国文化原始精神基因如此，这就内在地规定了乐及以后中国文学艺术的发展方向。中国没有重分别的纯文学艺术文化基因，只有重和合的合道德与艺术为一的基因。纯乐、纯文学艺术也可以有，但它不是原始基因的生发。因此不是嫡系，也不会是主流，只能是别子，支流。这是为中国礼乐文化原始精神所内在规定的，为内在血缘性。

3.“礼崩乐坏”及《乐经》失传与诗的根系

周公制礼作乐开创的周代礼乐文化系统，经数百年的运转，随着社会的发展，夹杂着人性的堕落而走向僵化，内在生命全无仅剩外在文饰的空架子，人们也不愿遵循这套游戏规则了。这自然导致了礼崩乐坏。这一过程，不仅作为礼的规范功能丧失，而且乐的作用和地位无所依也随之失去。

“礼崩乐坏”之后一个与礼乐特别与乐相关的大问题是《乐经》失传。鉴于《乐经》已佚亡，于是引起了后世对它的种种疑惑。主要有三：一是《乐经》到底有无？二是《乐经》到底指什么？三是《乐经》何以失传？

《乐经》到底有无？我们知道，学界是有相当一部分学者认为根本不存在《乐经》的。如邵懿辰说：“乐本无经也，乐之原在《诗》三百篇中，乐之用在《礼》十七篇之中。”[①]（《礼经通论》）不过笔者认为，主张无《乐经》，或《乐经》就在《诗》三百篇中的人，也应难以回答一些问题。如：《左传·襄公二十九年》吴国公子季札访问鲁国，“请观于周乐”，鲁国接待者“使工为之歌”的有《国风》《小雅》《大雅》和《颂》，这些全是《诗》三百中的项目，由此可见《诗经》当时全为乐歌或乐诗，后来乐曲失传，才剩下纯粹的诗。季札不但听“歌”，而且接着又“见舞”。他见的舞有《象箾》《南籥》《大武》《韶濩》《大夏》和《韶箾》，全是王者之乐舞，或说六代乐舞。这些乐舞除了《大武》与《诗三百》有交叉外，其余均不在《诗三百》，但与《周礼·春官·大司乐》教国子的乐舞：《云门大卷》《大咸》《大磬》《大夏》《大濩》《大武》，则六中有四皆同。由此可见，季札所见的乐舞，不同于所见的乐歌，那是两个虽有交叉，但又各有所属的不同本子。如果说前者即乐歌为《诗三百》，那么后者即王者之乐舞当不属《诗三百》，当属另一本子，是什么？笔者认为就是失传的《乐经》，不然，这些王者之乐舞当归何处？这是第一。第二，孔子也将诗与乐的功能分开讲，所谓“兴于诗，立于礼，成于乐”（《论语·述而》）。诗当属《诗三百》的乐诗，乐当属《乐经》的乐舞。孔子说过：“吾自卫反鲁，然后乐正，《雅》、《颂》各得其所。”(《论语·子罕》)，这是孔子说自己，自卫国返归鲁国，结束了十四年的游历生活，有空静下心来，删诗正乐，使礼崩乐坏后的《雅》《颂》实含《诗三百》中各乐章得以修正，使其恰当。这是“正乐”，孔子精通音乐，但没有讲孔子也精通乐舞。因此，孔子的正乐，正的是《诗经》的乐歌，与《乐经》的乐舞似无关。也可能正因为孔子不能正乐舞，弟子中缺少承传乐舞的，故此成为以王者之乐舞为核心的《乐经》亡佚一因素。当然乐舞不只是“正”的问题，“正”只是思想和技术性问题，还有更重要的政治制度即礼，礼崩自然相应的乐要坏。第三，视六经为秕糠的庄子在《天下》与《天运》等篇中都多次谈过《乐经》，将它与《书》《诗》《易》等并列，还将《乐》的精神特质概括为所谓“乐以道和”等。以上三点皆是难以否定的，不能否定就该肯定。《乐经》应存在过。但随着礼崩乐坏，乐自然走向衰落。如上所谈，特别是上引季札在鲁所请

① 转引自杨向奎：《宗周社会与礼乐文明》，人民出版社1997年版，第303页。

观的周乐，是应包括乐歌与乐舞的，并分属《诗经》与《乐经》，其中《乐经》为王者之乐舞，自然为周乐的核心代表与标志，乐歌也为乐诗，周乐仍诗乐舞合一。礼崩乐坏对乐来说自然对作为核心部分的《乐经》最受伤，从人员流散看，乐的机构也在撤销。《论语·微子》中说："太师挚适齐，亚饭干适楚，三饭缭适蔡，四饭缺适秦，鼓方叔入于河，播鼗武入于汉，少师阳、击磬襄入于海。"乐舞师离散出走，乐就不但衰落，而且难免走向失传。

既然《乐经》在我们这里认为是有的，那么具体指什么呢？这也是众说纷纭的。上文谈到，从礼乐文化结构角度、与礼相对，我们比较认同一种说法，即认为《乐经》是指"在周代被奉为经典的，作为雅乐核心存在，所备受推崇的六代乐舞。这里的'乐经'是经典乐舞的含义"。六代乐舞是指"黄帝之《云门大卷》，唐尧之《大咸》，虞舜之《韶》，夏禹之《大夏》，商汤之《大濩》，周武王之《大武》"。[①] 当然，参照《诗经》，开放点，也还可能是以这六代乐舞为核心部分加上相关经典古乐舞的结集。不过，这些仍然是无从实证的合理猜测而已。

至于《乐经》为什么会佚亡？历来学界主要有两种说法：一是俗乐兴则古乐亡，即乐经为代表的古乐，为新兴娱乐性的俗乐所战胜而消亡。如"朱载堉曰：古乐绝传率归罪于秦火，殆不然也。古乐使人收敛，俗乐使人放肆，放肆人自好之，收敛人自恶之，是以听古乐惟恐卧，听俗乐不知倦，俗乐兴则古乐亡，与秦火不相干也"(《经义考》)。二是认为《乐经》"亡于秦"，或亡于"秦火"。上引朱载堉说的一段话已涉及这一看法，另沈约也说过《乐经》"亡于秦"（《钦定四库全书总目·乐类》)。朱氏以俗乐在欣赏上优于古乐的特点，以及魏文侯对子夏所言自己对古乐与新乐的不同感受的个案，论定古乐消亡不关秦火，乃是一个自然的淘汰过程。但朱氏的论定的破绽有二：一是魏文侯的个案能否夸大为普遍现象令人存疑，因为其时对古乐，尤其是其核心的六代乐舞赞赏有加的也大有人在。如上引《左传·襄公二十九年》记载有吴公子季札访问鲁国，欣赏了周乐之乐歌，也欣赏了六代乐舞的《大武》《大夏》《韶濩》与《韶箾》等，其中他赞《韶箾》："德至矣哉，大矣"，盛德"蔑以加"，"观止矣，若有他乐，吾不

① 项阳:《〈乐经〉何以失传》,《光明日报》2008 年 6 月 23 日第 12 版。

敢请已”。另外，《论语·述而》也记载，孔子在齐得以“闻《韶》，三月不知肉味”。并说：“不图为乐之至于斯也”，即说想不到《韶》乐能达到如此迷人的境界。二是《乐经》非指泛泛的古乐，如上文所定义，其核心部分乃指六代乐舞。《乐经》古乐与俗乐本是两种不同性质，具有不同功能的音乐形式。它主要是用在具有道德政治意义的祭天（郊祀）、祭祖等军国大典。与侧重于日常娱乐功能的俗乐在原则上是不同的，不存在必然的冲突。因此说俗乐兴古乐必亡，乃缺乏常识之论。

至于第二种说法，认为《乐经》“亡于秦”或“亡于秦火”，则有一定的道理，但尚需作具体分析。作为周代礼乐文明标志之一的《乐经》，以汇集六代圣王成功所作的六代乐舞为核心结构，体现了周公大同天下意识的豁达胸怀，这与秦始皇的趋于自我膨胀的家天下意识不同。因此，在礼乐上，秦朝开始不再沿袭周公开创的圣王乐舞承传的传统，而采取体现家天下意识的自我彰显的样式。于是作为六代圣王的六代乐舞，不再被应用于祭礼，也不再奉为经典。不再重视导致逐渐亡佚，这也是很自然的事情。但是不应用，可以作为古董封存起来，也不一定亡佚。因此相比较，比“亡于秦”，“亡于秦火”应是较彻底的看法，这里的“秦火”，不是一指向，而是可有二指向：一是指秦始皇的“焚书坑儒”的“火”。但秦始皇所焚的书，并非面向所有儒家承传的古代经典，《诗》《易》《春秋》等就没有焚。因此说《乐经》亡于秦始皇的焚书，似理据也不十足。此外，“秦火”还可另有一指向：秦末农民战争的“秦火”。特别是项羽的火烧咸阳宫，有可能将被弃用而封存在咸阳宫藏书馆的《乐经》，一并被霸王的一把火烧掉了。这一说法已有徐复观等人指出过。然而这些说法，即使如何据理，也只是无法实证的猜测。事实只有一个，《乐经》亡佚。

但这两种难以实证的说法，也主要是就外因方面作猜测推论。其实，《乐经》失传，也还应有其自身内在的原因。《周礼·春官》谈到“大司乐：掌成均之法。……以乐德教国子：中、和、祗、庸、孝、友；以乐语教国子：兴、道、讽、诵、言、语；以乐舞教国子舞《云门大卷》《大咸》《大磬》《大夏》《大濩》《大武》”。这是说大司乐实施乐教的课程体系，包括乐德、乐语与乐舞三方面内容。由乐教转向乐自身，相应地也可以说乐的内容包括三方面。若从层次看，又可以说包括两个层次。其中

“乐德”是属于乐的道德伦理价值与意义的形而上层次，乐语也叫乐诗为乐的语言文字存在形态，乐舞指乐的音乐舞蹈具象表现形态，后二者皆属乐的形而下形态，而以乐舞为主导方面。乐语的语言文字存在形态为实，所谓言质实。音乐舞蹈具象形态为虚与实之间。在音乐中虚高于实。因此，乐语服务于乐舞，这是乐的正常形态。但随着礼崩乐坏，如《论语·微子》中说的乐师出走，管理机构倒闭，靠直接传授的乐舞承传系统也就中断，后继无人，乐舞失传退隐。这应说是乐舞佚亡的内在原因。乐舞失传，乐作为形而下存在形态，就只有乐语（乐诗）了。

而作为乐的形而上层次的“乐德”，虽然属于“虚”，但正因此作为乐的道德价值的精神与意义，具有笼罩性。这一层次意义，由于承传久远，如《尚书·尧典》中就有“教胄子”的传统，同时，如上所谈，周公在制礼作乐期间就承传前代传统，设专门机构“春官”实施管理，由大司乐执掌乐教，并把“乐德”作为第一项乐教内容，也自然成为乐教的第一原则而影响深远。此外，对乐德即乐的精神价值与意义，又由先秦诸子主要是儒家学者作了较为深入的研究与阐发，并以形上形态保存在相关著作，如：《论语》《周礼·乐记》和《荀子·乐论》等名著中。因此，以乐德为代表的乐的精神价值与意义也没有失传。这样，虽然说《乐经》失传，但从乐的三方面内容看，实际上只有乐舞失传，乐德所代表的乐的精神价值与意义，以及乐语即乐诗也都可能存在。就乐语而言，起码，如上所述，作为《乐经》一部分的《大武》的乐语就存在，并以《诗经·周颂》中诗的形式保存着。这就是说，在礼崩乐坏的时代大潮中，不仅如上所谈，礼虽然“崩”了，但经孔子的反思，使仁作为礼的最高原则得到了共识与确立，而进入新阶段。同时，乐也虽然“坏”了，但在这“坏”的过程中，它也相应地转换了自己的存在形式，即由乐语自主而走向了诗，起码有一部分如《大武》就保存在《诗经》中。按闻一多（1899—1946）的看法：“《周颂》和《大雅》是《三百篇》里最古部分。”[①] 对这一说法，学界是有争论的。但如果《周颂》确有为周公制礼作乐所作的《大武》的乐语，并由乐语自主而转化为诗的话，那么应该说此看法乃是的论。

① 《闻一多全集》第10卷，湖北人民出版社1995年版，第16页。

钱穆也说："西周以来，中国已成为封建的统一，黄河流域历淮汉而至江，在广大地面上，无不奉周天子为一尊，其文学亦属政治性。如诗之有雅颂，乃王室文人所为，歌唱于周天子之宗庙与朝廷，诸侯来朝，同所讽诵，成为一大典礼。""自王朝文学推广至诸侯，乃有列国风诗，郑、卫、齐、唐、秦、陈皆有诗，富地方性，多采自民间。"但经周王室之改制与编配，或列国卿大夫之润色，"谱以特定之乐调，施之特定之场合，便亦转为政治性……故诗之有风雅颂，实皆出于西周王朝，周公制礼作乐一主要项目也"。[①]

杨向奎（1910—2000）亦说，就《诗经》产生的时代说，"有时间可考者以《周颂》为最早，如上述，《大武》产生周初，《大雅》亦有周初诗；其次为《小雅》、《商颂》、《鲁颂》，至于《国风》，来自民歌部分，很难断定其绝对年代"。如《关雎》，内容乃一恋歌，自原始社会可能就有，但"君子"字样，乃西周后习惯用语。可见，《国风》这些可能来源甚古的民歌，经采诗官采集后，经过加工，已纳入周公开创的礼乐文明系统，施于礼义。因此，就《诗经》来说，其在形成时间上也就应靠后。[②]

闻、钱、杨三先生的看法，虽然与学界关于《诗经》风雅颂产生先后的主流看法不同，但实事求是地说，确也难以反对。

此外，从文字起源角度看，乐字比诗字早，乐字有甲骨文、金文，诗字则没有。朱自清在《诗言志辨》中说："'诗'这个字不见于甲骨文、金文，《易经》中也没有。……这个字大概是周代才有的。"他还就《诗经》中只出现的三个"诗"字，作具体分析，进一步论定，诗字的出现是在"周初"，也有可能是"东周"。[③]

总之，经"礼崩乐坏"，又经《乐经》亡佚，就乐方面说，如上文所引唐君毅所说的，乐作为文学艺术总代表就退隐了，代之而起的是由乐语自主而转化的乐诗或诗，是诗三百。音乐处于虚实之间，但音质为虚，故乐以虚为主。诗以语言文字为材料，言质实，故诗为实，实为正，虚为负。乐由乐语自主转化而走向诗，为中国文学艺术的总代表。这样也就为

---

① 钱穆：《中国文学论丛》，生活·读书·新知三联书店2004年版，第48页。

② 杨向奎：《宗周社会与礼乐文明》，人民出版社1997年版，第368页等处。

③ 《朱自清全集》6，江苏教育出版社1990年版，第142—143页。

中国文学艺术的发展奠定了更质实的基础。当然，诗（文学）全面取代乐，就时间上说，如龚鹏程所认为，大致要到汉代，随着《仓颉篇》《释名》，特别是《说文解字》等一批字、词典的出现，标志着中国语言文字书写系统的全面成熟，以语言文字为工具的诗（文学）的总代表地位也才真正确立。[①]

钱穆说过："中国全部文学则尽从此诗三百来。"[②] 这是把《诗经》看作是中国文学的总源头。就直接源头上说，这是对的。但我们不要孤立地只注意到直接源头，因为直接源头之上还有个总源头、总的根系，这个总源头、总根系，如上所论述就是中国文化的礼乐核心结构，特别是礼乐核心结构中的"乐"以及乐教传统。

中国是讲承传的国度。黑格尔也讲，开端是抽象的终点，终点是具体的开端。中国文化的礼乐结构、礼乐关系以及礼乐教精神，作为总源头、总根系，也规定着以后中国诗以及各种文学艺术的发生发展与特质，为开端即终点一范式。除非我们整个地离开中国文化的血缘性传统，但这是不可能的。如此，我们也就可以更好地理解先秦以来主要是孔子以后的诗（文学）观念，又尤其是儒家诗（文学）观念。孔子就是从礼乐文化高度讲的。但由于礼崩乐坏，又礼居于礼乐关系的主导面，孔子要"克己复礼"，企望社会克服己私跟着理性走，因此孔子更主要是讲礼，但孔子不是一般地讲礼，而是以仁为礼的最高精神原则与内在生命力来讲礼。由于"乐坏"，或许其时乐三个构成部分之一的乐语已逐渐自主而转化为诗。因此，孔子虽讲乐，但更多是讲诗。但无论讲乐、讲诗，孔子无不承传贯通着礼乐精神，并且是以重新阐发的充满生命力的礼乐精神去谈乐、诗及其他文字艺术。其中"志于道，据于德，依于仁，游于艺"(《论语·述而》)，可以说是一总原则。这里的"志于道"，是指以道为志向。"仁"、"德"，乃指仁心、德性，是礼的最高精神原则和生命力所在，"艺"，是指礼、乐、射、御、书、数，即包括乐以及诗和所有文学艺术；"游"即自由创造。这个游，很容易让人想起庄子的"游"。但应该说两者有一致性，但也不相同。同，即都讲自由创造，但庄子的"游"

① 参见龚鹏程《中国文学批评史论》，北京大学出版社 2008 年版，第 71 页等处。

② 钱穆：《现代中国学术论衡》，岳麓书社 1986 年版，第 228 页。

从根本上是针对儒家的。庄子的“游”是靠“心斋”“坐忘”“损”至无为而来的虚静之心的“游”，是“以天合天”的无道德内容的“游”。

至于儒家的“游”，则是靠“吾养我浩然之气”，功夫实践，持守、存养或重获德性仁心、本心的“游”。孔子说的：“从心所欲不逾矩”（《论语·为政》），就是道德仁心的“游”。儒家的“游”是性与天道，或人道与天道，简言之是天人合一之“游”。人指人道，道德仁心之心路与实践之路。学界一般认为，道家的“游”，没有道德的内容或说经“损”而摆脱了道德的束缚，因此比儒家境界高。应该说，这是值得商榷的。这里的关键在对道德如何理解。牟宗三说：“道德并不是来拘束人的，道德是来开放人，来成全人的。”[①] 通过从心方面提升人，道德不仅将人与动物区分开来，而且将人从私心、罪过中解放出来。如果如上所说，道家是以“退”“损”的方式解决心游问题的话，那么可以说儒家是以“进”，提升的方式解决心游问题。用方东美的用语表述，此为与西方深度心理学不同的“高度心理学”问题。孔子这种依仁心、德心游于艺的自由创造精神，从根源角度看，显然是承传周代集大成的礼乐文化精神来的，但孔子以仁心为最高原则，将之引到了更高层次。至于后来《毛诗序》说：“发乎情，止乎礼义”，等等，显然仍然是承传礼乐传统而来，但其不讲仁心、德心之“游”的自由创造，似乎有将“发乎情”的自由创造与“礼义”对立，有失孔子本旨，礼乐文化精神的真义。其实不然，“礼义”是指理性，在心性哲学中，情与理（礼义）是合一不分的，只有在认识论哲学美学及纯文学那里，情与理才是对立的。

由上，我们已可以较全面地触及到了中国文学观念问题。就目前情况看，对中国文学观念问题，可以说有两种理解路向，如用本章伊始引用的庄子的用语，可表述为道术路向与方术路向。所谓方术路向，即就文学理解文学，具体点说就是以西方认识论为基础的西方纯文学观念框架为标准，理解中国文学观念。如《引言》部分所论述过的，我国近现代古代文论研究者，大多就遵循这一路向，他们如朱自清说的以从西方输入的“新的文学意念”，即西方纯文学观念为标准去研究中国传统文论，从中寻找中国的纯文学观念，结果均大失所望。因为他们皆发现，在漫长的中

---

① 牟宗三：《中国哲学十九讲》，上海古籍出版社 1997 年版，第 75 页。

国文学与文论史发展过程中，除了魏晋南北朝偶现一缕纯文学观念的曙光之外，其前后漫长过程皆为文学观念的混沌或复归混沌，也可以说是暗淡一片。因此，他们不无感叹地得出中国文学观念老是不“进步”，或“落后”的结论。文学观念“落后”，不“进步”，自然一部中国文学史与中国文学理论史皆为无光的暗淡的历史。

这是方术研究路向所理解到的。另一路向则为“道术”路向。像钱穆、牟宗三、杨向奎、徐复观等人那样，不是以西方纯文学观念为标准，孤立地就中国文学研究中国文学，而是将中国文学观念放在中国文化的根系，即作为中国文化的礼乐结构及礼乐精神去研究，那样的研究就大致是道术的研究路向。从这一路向出发去研究，我们可以不为西方纯文学观念障目，自然可以发现中国文学观念自有特色，及其精彩之处。只是与方术路向取得令人叹为观止的成果相比，这一路向研究尚处逐渐自觉过程中，钱穆等人只是先导。

中国文学的根系在中国礼乐文化结构。中国文学观念的发展亦为礼乐精神所一以贯之，只是随着社会发展也相应地改变自己的形式而已。因此，我们要准确理解中国文学观念，必须回到发生中国文学的文化谱系树的根系礼乐文化结构去理解。

（二）中国心文化精神与文学观念形态

中国以生命为首出观念的文化系统，可以从两方面讲。从广度一面说，为以上讲的礼乐文化结构。从深度一面讲，则为内在心性文化系统。由心见性，心为根源。因此，由深度一面说，中国文化乃心性文化系统。简而言之，亦为心的文化系统，以根于心为特质。

1. 中国心文化的精神

透过对“郁郁乎文哉”的周代礼乐崩坏的反省，孔子看到了礼乐文化危机的深度实质一面。因此他不跟着诸子百家一起反对，而是提出了一个令人深思的尖锐问题，即所谓：“礼云礼云，玉帛云乎哉？乐云乐云，钟鼓云乎哉？”（《论语·述而》）意为所谓礼，难道只是作为礼仪使用的玉器、丝帛之类的器用吗？所谓乐，难道只是钟鼓之类的乐器吗？孔子提出的问题的深意在于：揭示了时代只把礼乐仅仅看作为外在文饰，而丢失了礼乐作为礼乐的本源与内在生命力。这礼乐的本源与内在生命力用概念表示就是仁。仁概念的提出也就使我们对中国文化的理解由外在礼乐文饰推进到内在心性。这样，仁就成为标志心性文化哲学的开端范畴。仁的全面意义在孔子那里还没有明确的规定仅为指点性。其间又经过《中庸》"天命之谓性"等中间环节的酝酿，到孟子才具体明确其意义。孟子（约前372—前289）说："仁，人心也。"（《孟子·告子上》）又说："仁义礼智根于心。"（《孟子·尽心上》）这样，孟子不仅明确了仁的意义，而且进一步明确了以仁为核心的中国文化的特质和根源皆为"心"。换句话说就是中国文化是以心为特质和根源的文化。简而言之，就是心文化。

当然，这样说还主要是就儒家的观点讲。但其实作为儒家反对派的道家和佛教也是这样认为的。道家的创始人是老子。老子的中心范畴是"道"，"道"是形上范畴，道在老子那里有"常道"与"非常道"之分，老子讲的道主要是"常道"，亦即自己如此的自然天道。常道是不可道，不可言言而非的。因此，把握常道，不能通过日益的"学"，只能通过"日损"的工夫修养到"无为"，"致虚极，守静笃。"（《老子·16》）才能领悟这形上常道。到庄子，老子的工夫已落于人的心上讲。当然这心与成心、机心、智心或逐物之心相对，是指通过"心斋""坐忘"工夫修养而成就的虚静之心。"唯道集虚"，道就由这虚静之心领悟或呈现出来。可见道家文化也是以"心"为根源的。

佛教是外来宗教。中国原本也有原始宗教，但中国原始宗教观念很早就消融于强大的政治伦理观念中，神则为圣所统辖。但现实生活中的人生，仍然有许多问题不是政治伦理所能全部解决的，也为儒家以及道家思想所关注不够，例如涉及生、死的一些人间悲情问题。因此中国人对宗教依然有一定的需求。这样无神论的佛教自然很容易被中国人所接受而兴盛起来。佛教对佛以及极乐世界的信仰，本是向上、向外的追求，但到禅宗，则认为"明心见性"，"见性成佛"，实际上也是认为本心即佛，无须向外、向上追求。这就是说，佛教—禅宗也就将宗教要求归结到人的心上，以心为本源。当然，这心也不是指欲心、识心，而是指自性清净心。因此，可以说佛教文化也是以心即自性清净心为根源与特质的文化。

总之，在中国无论儒家文化、道家文化，还是佛家文化都视"心"为根源。中国文化是以"心"为根源与特质的文化。

那么，从中国文化，这里主要是从儒家文化角度，应如何理解作为中国文化的总根源及特质的心呢？心，在现代是一个应用广泛的涉及多学科的概念，如现代生理学、心理学以至认识论哲学等都有心的概念。那么我们是否可以将中国文化的心，纳入现代生理学、心理学或认识论哲学的框架中去理解呢？学术界是有人这样进行的。学术自由，可以做这样的尝试。但应该说无论如何分析，这个取向也是不能讲出作为中国文化总根源与特质的心的意蕴的。例如将中国文化之心，纳入现代生理学或心理学框架中去理解，你就会将中国文化的心与这两个学科相通的概念心或脑相联系去理解。现代生理学或心理学讲的心或脑，是指人体的一个器官，但你不能讲中国文化之心，也只是人体的一个器官，这样讲，如果王阳明还能说话的话，他就会起来反对，因为他认为“心非一团血肉”，即非一个人体器官。钱穆也认为：“中国人言‘心’，则超脑之上。脑仍是身体中一器官，心则融乎全身，又超乎身外。心为身君，乃一抽象名词，而非具体可指。”[①] 古代的王阳明、现代的钱穆这样讲，自然是出于对传统文化的“心”的深刻理解。这也就提示我们，要理解中国文化总根源与特质的心，西方现代相关学科框架只能作参照，关键的还是要返归传统的纵贯线，与古人智慧相契应，才能理悟其实质。如此，从儒家文化角度，我们大致可以理悟到作为中国文化总根源与特质的心的内涵，虽然复杂多义，但大致主要的有以下两方面的指向：

首先，作为中国文化总根源与特质的心，不是指一般意义的心，而是指“本心”“良心”，或是以“本心”“良心”常做主的心。这为孟子在人禽之辨中首先明确，然后又为后世学者予以坚持与发展。

前文说过，面对时代的礼崩乐坏，孔子提出仁以对治，挽救文化生命。本来仁就属于心的问题。孟子说：“仁，人心也。”（《孟子·告子上》）但尚欠点明。经《中庸》“天命之谓性”等的过渡，到孟子的言心与性就承仁而成了时代思想的主题。随着时代礼崩乐坏的持续，人也逐渐失去内在精神生命境界的约束，社会政治道德伦理也日益堕落。这反映到人的心性上，就是人性的日趋恶化，人向禽兽方向堕落。

虽然中国古代没有形成学之成为学说的生物进化论理论，更没有出现恩格斯那样深刻的洞见：“人来源于动物界这一事实已经决定人永远不能

---

① 钱穆：《中国思想通俗讲话》，生活·读书·新知三联书店2002年版，第98页。

摆脱兽性，所以问题永远只能在于摆脱得多些或少些，在于兽性或人性的程度上的差异。”① 但从社会现实中，前圣先贤还是感受到了人性堕落后兽性恶长的事实，并表现在人的日常生活中。在《孟子》中就见到孟子屡屡批评种种禽兽不如的行为。孟子的学生告子甚至提出了混淆人禽界限的人性论观点，所谓“食色，性也”(《孟子·告子上》)。人与动物是否有区别？人之所以为人的人心、人性的底线、根底究竟是什么？又在哪里？在这场人禽之辨中，孟子首先尖锐地提出了这个问题：“人之所以异于禽兽者几希？”(《孟子·离娄下》) 在时代礼崩乐坏，人们心性日趋堕落的现实中，人与动物禽兽，人心与兽心，人性与动物兽性的差别，的确只剩下那么几微依希的一点点。对这“几希”，孟子又称“端”，也就是四端，即所谓“恻隐之心”、“羞恶之心”、“恭敬之心”与“是非之心”(《孟子·告子上》)。由于礼崩乐坏，时代人性的放纵，这微弱的几希、端点的人心、人性，即本心、良心，已大致被世人抛弃了，即所谓“有放心”，而且“有放心而不知求”(《孟子·告子上》)。即抛弃了这几希端点的本心、良心而不知道如何去找回来。这洞见体现了孟子的高明。此后，儒家文化哲学的方向和核心就在于如何帮助人们明确人之为人的本心、良心，以及找回此本心、良心，存养并发扬光大此本心、良心，并进而实现“知性知天”。合起来即“尽其心者，知其性也，知其性，则知天矣”(《孟子·尽心上》)。因此，在儒家看来，能作为中国文化的总根源与特质的“心”，只能是这人之为人的根本的本心、良心。并与前文所讲的道家的虚静之心与佛教的自性清净心相呼应，以及相互补充。

其次，作为中国文化内在总根源与特质的“心”内涵的又一层次，是指与“人心”相对的“道心”。不过，这涉及一桩逾千年的学术公案。

与“人心”相对的“道心”概念，出自伪《古文尚书》的《大禹谟》。该篇中有几句话被说成是尧传舜、舜传禹的有关治国安邦的十六字心诀，即：“人心惟危，道心惟微，惟精惟一，允执厥中。”这几句话概括得十分精粹。并对以后中国文化哲学，特别是对宋代理学有重要影响，甚至可以说为宋代理学的重要思想基础之一。但它却出自伪书，这一矛盾在学界形成一场旷日持久的或否定或肯定的反复争议。如何看待这个问题

① 《马克思恩格斯选集》3，人民出版社1972年版，第140页。

呢？笔者认为，首先，要明确伪《古文尚书》是怎样一部书。按尚书学史专家刘起釪（1917—2012）所讲，伪《古文尚书》没有历史来历，是突然冒出来的。时值永嘉丧乱，西晋倾覆，文化破坏，今、古文“众家之书并灭亡”。东晋初梅赜乘虚而入，献上所谓有孔安国传的古文尚书，后称伪孔氏古文尚书，或伪《古文尚书》，此后伪《古文尚书》一度取代今、古文尚书成为流行版本，直到唐天宝之前，一直被认为“是《尚书》真本”。[①] 对伪《古文尚书》的伪，从宋代开始有人正式疑辨，到清代，经闫若璩在《古文尚书疏证》中逐条驳难，全面推翻，“伪”的铁案如山，难以翻转。目前看来，从历史学角度看，书确是伪书。但问题在，历史与思想是否会存在矛盾？以及如何看待其对思想史产生的颇大影响。

刘起釪在评价到伪孔氏《古文尚书》时说：

> 这部伪孔氏《古文尚书》总结和承袭了汉代经学的全部成就，益以魏和西晋以来各种经说，着重把古文家所推崇的圣道王功贯串在全书经文和传注中，同时加进了自己时代所需要的东西，主要表现下列两个方面：
>
> （1）儒生们有惩于王莽、曹丕及司马氏都利用《尚书》记载尧舜禅让和周公践阼莅政的故事夺取政权，因而特别强调维持封建纲常，这就有助于本朝濒危的政权不被人夺取。……
>
> （2）全书最突出的一点，即尽力宣扬尧、舜、禹、汤、文、武、周公之道是一脉相承的，因而要给他们编造一个一脉相承的圣道，尤其锐意编造一篇《大禹谟》，把舜从尧那里所受之道，谆谆周详地传授给禹，其中“人心惟危，道心惟微，惟精惟一，允执厥中”四句，被后来儒家吹嘘为“虞廷十六字”，称颂为尧、舜、禹“三圣传授心法”。这对后来儒家哲学理论起了不可低估的作用。[②]

历史就是历史，那是不能编造的。《尚书》是以记言为主的历史文献。伪《古文尚书》的作者，把继承前人的思想成果和自己总结的新成

① 刘起釪：《尚书学史》，中华书局1989年版，第184页等处。

② 同上书，第197—198页。

果当作历史，甚至编造为圣王的历史，那是违反历史原则的，作伪不容置辩。但问题在，十六字心传的提炼所依据的思想因素在古代文献中确实存在，只不过为零散存在形态，并不伪。正因此，尽管出自伪书，但正如刘先生所指出的，明知其伪，而十六字心法对后来儒家特别宋代理学哲学理论仍能起到“不可低估的作用”。

至于对儒家哲学理论起了怎样不可低估的作用，这可以不是作为历史学家的刘先生的学术任务。这任务应落在哲学家身上。在这方面，笔者认为陈荣捷（1901—1994）抓住要领从圣道道统角度讲得比较清楚。当然陈先生不是直接从伪《古文尚书》，特别是《大禹谟》讲，而是以朱熹为研究对象讲的。陈先生认为儒家圣道道统观念，为孟子首倡，中经若干环节，到朱熹完成。朱熹完成的圣道道统观念包括两个方面：一为道统传授之序列，即：伏羲—神农—黄帝—尧—舜—禹—汤—文、武—周公—孔子—颜子、曾子—子思—孟子—周子—二程子。二为道统的哲学内容为何？朱熹是以出自《大禹谟》的“人心惟危，道心惟微，惟精惟一，允执厥中”的所谓“十六字心传”作解释的。这一解释使圣道道统观念有了确定的哲学内容，从而使之上升为哲学范畴。陈先生认为，这固然较为武断，且只举其要旨，尚未备言，但确为“新儒学发展之哲学性内在需要”。①

后儒特别是宋代理学哲学思想成果的一个重要方面，是完成圣道道统的阐释。如陈先生所言，圣道道统起自孔孟到宋代朱子大致完成。在这中间有许多思想环节，如韩愈、二程等，这是较为公认的，但就朱熹大致完成的道统内容看，伪《古文尚书》，特别是《大禹谟》及其十六字心传似乎也应是不能否定的环节。

此外，熊十力还专门谈到对“十六字心传”的思想应如何看的问题，他说：

> 伪孔《古文尚书》“人心惟危”四句，见伪《大禹谟》。为宋儒所宗，宋儒虽已疑其伪，而卒不肯直斥之。清人始明断其伪。遂谓宋

① 陈荣捷：《朱子新探索》，上海华东师范大学出版社2007年版，第287—291页；陈荣捷：《朱子论集》，上海华东师范大学出版社2007年版，第12—18页。

学所宗者已失其据。不知伪书依执中一词，而采道书之言，以相发挥。《荀子·解蔽篇》引道书曰：“人心之危，道心之微。”此伪书所本也，然义实相通。中，即道心。执中，即道心常存。不能执中，即私意私欲起，而谓之人心矣。辞有增入，而义无诬妄也。伪书其可轻排乎？佛家《大乘经》，本非佛说，而以不背释迦教义故，皆得视为佛说，凡伪书名言法语，以为出自古圣贤，无不可也。①

熊先生这段话有三个思想要点于理解“十六字心传”非常重要：一是对出自伪《古文尚书》的“十六字心传”，其实以朱熹为代表的宋儒，与清代以闫若璩为代表的一派学者，都知道从历史文献角度看，它是伪的。宋儒知其伪而“卒不肯直斥之”，是宋儒能区分历史与思想，伪的是历史，但思想是不伪的，故“卒不肯直斥之”。至于闫氏等清人与宋学对立，只有考据学，没有思想。从历史考据学角度，伪《古文尚书》及“十六字心传”是毫无价值的，清人认为考定了伪《古文尚书》及“十六字心传”为伪，宋学也就会因之没有了历史依据而倒塌。殊不知，这正暴露了清人学问的简陋，分不清思想不等同于历史。其次，“十六字心传”说得非常精粹，思想境界非常高。熊先生意谓，这绝非一般作者所能凭空虚构创造，而必定有所本。熊先生认为，其所本语，就出自《荀子·解蔽》所引《道书》的“人心之危，道心之微”，只是《道书》已失传。当然接着熊先生讲，《道书》也仍然有所本。所本者何？只能一直向上推想，最后自然要推想到老祖宗那里去。因此，十六字心传，虽然不一定是尧—舜—禹三代圣王相传的心诀，但从源远流长的远景角度看，的确可以追溯并寄托在作为思想源头的圣王那里去。十六字心传的思想的确是中国古代思想界自远古以来就心仪的一种思想境界，并经过若干代思想家不断智思、不断追索而由隐而显地总结出来的。至于为什么在东晋前后这个时代被总结出来，这有历史偶然性，也有必然性。因这个时段从历史角度看最为黑暗，物极必反，阴阳交替，贞下起元，又遇到一个不知名的思想家极能融会贯通，于是就总结出来了也未可知。三是怎样看待不大可能是圣王原话的“十六字心传”的思想价值？熊先生以佛家《大乘经》

① 熊十力：《读经示要》，中国人民大学出版社 2006 年版，第 384 页。

为参照。《大乘经》本来也不是佛自己所讲的经典，但它“不背释迦教义”，体现了佛的思想，因此可以“视为佛说”。如此类推，《大禹谟》中出现的“十六字心传”，虽然不一定是三圣所直接说的名言法语，但其思想也不违背以三圣为代表的古圣贤为精神源头的中国传统文化思想，特别是儒家文化思想的心仪境界的取向，而是相符合一致，因此说它源出“古圣贤，无不可”的。顺便说一句，杨向奎在《宗周社会与礼乐文明》一书中，也以大致相近的观点看待周公制礼作乐，孔子作《易传》等。

熊十力作为哲学家，他的看法超越了历史学家，可以给我们很多有益的启示。对“十六字心传”的思想，熊先生主要讲到前二句有所本。这还不够，还应进一步谈及后二句“惟精惟一，允执厥中”的思想也有所本。这二句的核心在一、中，所谓精一执中。古代典籍有大量谈到“中”的文献材料。《尚书·尧典》：“帝曰：夔！命汝典乐，教胄子，直而温，宽而栗，刚而无虐，简而无傲。”《论语·尧曰》：“尧曰：咨！尔舜！天之历数在尔躬，允执其中，……舜亦以命禹。”《礼记·中庸》：“舜其大知也欤！……执其两端，用其中于民。”等等。可见“十六字心传”的思想后两句也是有所本的。在《论语》那段话中，甚至提供了三圣承传的思想线索。

熊先生将“中”解释为“道心”，“执中”解释为“道心常存”。这与《中庸》说的“未发之谓中”相呼应。从这里也可以看出，熊先生对“十六字心传”思想的理解，是以“道心”为其核心的。精一执中，就是如何执着存养守住这道心，使之在胸中常存并作主，以控制根源于动物性部分的私欲人心，以走正路。

以上分析可见，作为中国文化总根源与特质本体的“心”，其内涵应包括两个层次，首先，是本心、良心层次；其次如宋儒，从道统高度讲，则是指与人心、欲心相对的“道心”层次，或圣心层次。本心、良心与道心是一致的，但细分，又有层次的不同。

总之，中国文化是以心为根源与特质本体的文化，简言之，为心文化。由如上所论述，这心又主要是指本心、良心与道心，因此，我们又可以进一步说，中国心文化是以本心、良心与道心为主导的心文化。钱穆说："中国文化传统即在此天地良心四字一俗语中"[1]，也近此意。这心文化既是中国文化的特质，亦为中国文化的精神所在。这是从文化层次讲，若上升到哲学层次，应如何讲，特别是对这"心"的哲学属性如何讲。过去极左时期有句话曰：唯心论盛行，形而上学猖獗。如此将中国文化讲成是以心为根源，不是十足的唯心论吗？

对此，在这里是要做点说明的。笔者认为，首先要区分两种不同学科形态的哲学，即：认识论哲学与道德形上学哲学或心性哲学。唯心论与唯物论是认识论哲学的学派区分，与道德形上学哲学似无关系。对认识论哲学的唯心论与唯物论的区分，恩格斯讲得最清楚：

> 全部哲学，特别是近代哲学的重大的基本问题，是思维和存在的关系问题。
>
> ……
>
> 哲学家依照他们如何回答这个问题而分成了两大阵营。凡是断定精神对自然界说来是本原的，从而归根到底以某种方式承认创世说的人（在哲学家那里，例如在黑格尔那里，创世说往往采取了比在基督教那里还要混乱而荒唐的形式），组成唯心主义阵营。凡是认为自然界是本原的，则属于唯物主义的各种学派。[2]

在哲学上，中国虽然也有一些有关认识论哲学的片段思想资料，例如存在于名家、墨经、《荀子》中的一些片断思想资料，但却没有形成学之成为学问的认识论哲学。中国形成的是另一种学科形态的哲学，即道德形而上学或称心性哲学。因此，作为中国文化的根源和特质本体的"心"，就不应纳入认识论哲学的唯心与唯物范畴以分析，只能纳入道德形而上学或心性哲学去分析。这在下文我们还要讲到。

2. 中国文学观念形态

中国文化是一个整体概念。在这个整体中，中国文学是其中一个部分，一个花样，或说是一个子目。因此，我们要准确地理解中国文学观念

---

① 熊十力：《读经示要》，中国人民大学出版社2006年版，第80页。

② 《马克思恩格斯选集》第4卷，人民出版社1972年版，第220—221页。

之形态，就必须放在中国文化之整体中进行。如前所述，中国文化是一个仁智双全，但又以仁笼罩智的仁智合一的文化系统。对这个文化系统，可以从广度一面看，也可以从深度一面看，因此，对中国文学观念之形态，也就可以从广度与深度两方面看。

如上所谈，从广度方面看，中国文化可名之为礼乐文化系统，其中的乐，则既为礼乐文化结构的一部分，同时从文学艺术角度看，如上引唐君毅等人所认为的，它又是中国文学艺术的总代表，是孕育后来出现的各种文学艺术样式的总源头。随着礼崩乐坏以及《乐经》失传，乐的地位衰落，原先仅作为构成乐的乐舞、乐德与乐语三位一体结构之一的乐语，就逐渐自主出来，而演化成为乐诗或诗。例如上文讲过的作为《乐经》六大舞乐之一的《武》乐的乐语就逐渐自主出来，而演化成乐诗，并作为《诗经》中《周颂》的一部分。自始乐诗或诗就代替乐成为中国文学艺术的总代表和总根源。同时，中国文化的礼乐关系，也就逐渐转化为礼与诗的关系，所谓“诗书执礼”。由于从礼乐文化结构角度，诗是从礼乐特别是乐所出，所以我们可以说中国礼乐文化特别是其中的乐，乃中国诗以及其他中国文学艺术的原始总根系所在。

中国礼乐文化结构由礼与乐两部分构成。一般来说，礼作为典章制度表现为伦理理性的规范（序），乐则由乐（yuè）而乐（lè），表现为感性心理的“和”。这样，礼乐结构也就体现了一阴一阳之谓道的精神。本来一阴一阳之道的阴阳是同时存在并可以互相转化的，观乐也可以知礼。但礼为理性，因此，一般地实际形成的又是礼统辖乐的礼乐一体的结构关系。这样由原本的礼乐关系转化而来的礼诗关系，也就承传着这一种关系模式，也就是形成礼统辖诗的礼诗一体关系。《毛诗大序》所谓的“发乎情，止乎礼义”，所讲的情与理合一的关系，实际上就有理（礼义）统辖情的倾向，就是明证。

礼诗一体关系结构由礼乐文化结构发展而来，表明了中国礼乐文化特别是其中的乐乃中国诗（文学）以及其他文学艺术发生的总根系。但要了解中国文学观念的形成，还必须进一步从中国文化的深度一面讲。

如前所述，对中国文化从深度讲，是由孔子开创的，孔子面对并反省礼崩乐坏，提出了“仁”以对治，孟子说：“仁，人心也。”从此礼乐文化从深度来说也就进入了心性文化层次，简言之为心文化。从心文化层次理解文学，如上文所述，其总原则是孔子提出的“志于道，据于德，依于仁，游于艺”。(《论语·述而》) 对这段话，前文已略有分析，这里再从另一角度讲。这段话，又很容易只理解为一般道德与艺术的关系，并认为道德是束缚人，而不是解放人的，从而引出道德与艺术的矛盾对立。以人物为代表，在历史上就出现过两个著名的代表人物程伊川与苏东坡的矛盾冲突。程伊川是理学大师，讲理性道德，代表道德相、善相；苏东坡是才子，追求艺术自由，代表艺术相、美相。苏东坡讨厌程伊川那种道德矜持，受不了他那浓重的道德相；而程伊川也看不惯苏东坡凭一己之才气的放纵过度，艺术美相太重。于是两大代表人物发生矛盾冲突，并始终没有化解。苏东坡与程伊川的矛盾冲突，表现在理论上就是道德与艺术的矛盾，作为大人物的程伊川与苏东坡都不能化解这个矛盾，说明这个矛盾在历史与现实中普遍存在，并较严重。其实回到孔子提出的总原则，其精神是很好地解决了矛盾的。学界一般不重点关注孔子在这段话开头就说的“志于道”，这是先提出目标，志向，立志于道，什么道？按《论语》中子贡所讲，自然是“性与天道”，即心性人道与自然天道相贯通的天人合一之道，这道也是《论语·尧曰》中说的尧传舜、舜传禹的“允执厥中”之道。金景芳说过，孔子的核心思想有两个：一个是仁，另一个是时中，[①] 即中道。孔子一开始就提出立志心中常存中道，但这道是虚位，定名是德、仁。因此具体是依据德、仁，德是德性，仁，孟子说“仁，人心也”。总起来就是以与中道相贯通的仁心德性。“游于艺”，“游”即自由创造。这样，道德与艺术，虽然道德为本、为大，但按孔子的中道思维，并不居高临下，必须大而化之，道德善相大相化掉了，艺术美相也可化掉，程伊川令苏东坡讨厌的矜持善相化掉了，苏东坡令程伊川反感的恃才放纵过度的辞章美相也可以化掉，二人可相视而笑，互相接受。道德与艺术的矛盾可以化解，并可以走向统一，形成道德⇌艺术，也就是善（真）美合一的艺术。

如前所述，中国文化从深度说是心性文化，或说以仁心、本心与道心为主导的心文化。心文化既是中国文化的特质，也是中国文化精神之所在。中国文化精神不是抽象的，它会表现或说具形于中国文化各具体形态

---

① 参见金景芳、吕绍纲等《孔子新传·导读》，长春出版社 2006 年版，第 2 页。

中。中国文学是中国文化的一部分，或说一个具体形态。因此，中国文化精神也会表现或说具形于中国文学中，这就正如钱穆所说的“一部中国文学史……亦无不可以天地良心四字说之”。[①] 从文学体裁上说就会表现与具形于具体的诗歌、散文、戏曲与小说等各种体裁的作品中。本书不是文学史，而是集中概括说明文学现象的文论。因此在这里，我们不具体谈中国文化精神在中国文学史具体作品中的表现或说具形的现象形态，仅谈对这种具形的现象形态集中概括说明的理论形态，换句话说就是中国文化精神在中国文论特别是其基本观念中的表现或具形。作为中国文化精神的表现或具形的第一个文学观念形态或说第一个定义是“诗言志”。[②] 文学概念最早见于《论语·先进》，孔子以文学作为其设立的四门课程之一（其他三门为：德行、言语、政事），教授学生。按杨伯峻《论语译注》，文学是“指古代文献，即孔子所传的《诗》、《书》、《易》等”。在这里，诗就作为文学艺术的总代表出现。诗的第一观念、第一定义，也就代表了文学形成的第一观念、第一定义。如何理解“诗言志”这第一观念、第一定义呢？关键在如何理解“志”。历代学界对“志”作了难以统计的研究，看法可谓众说纷纭。而现代学界一般比较认同朱自清引用过的闻一多的看法。问题在如何进一步理解，后文还要谈到。闻先生在《歌与诗》中说：

> 志字从“㞢”，卜辞“㞢”作“㞢”，从“止”下“一”，像人足停止在地上，所以“㞢”本训停止。……“志”从“㞢”从“心”，本义是停止在心上。停止在心上亦可说是藏在心里。[③]

闻先生还明确了“志有三个意义：一、记忆；二、记录；三、怀

① 钱穆：《现代中国学术论衡》，岳麓书社 1986 年版，第 80 页。

② “诗言志”（含《尚书·尧典》：“诗言志”、《左传》：“诗以言志”、《庄子》：“诗以道志”等），朱自清在《诗言志辨·序》中将诗言志定位为中国诗论的“开山的纲领”，这是的论。但诗言志作为中国诗论（文论）中涌现的第一命题，还包含众多意义，笔者在这里先从中国文化的角度，将之看作中国文学（诗）的第一观念与第一定义。

③ 《朱自清全集》6，江苏教育出版社 1990 年版，第 133 页。

抱”[1]。在这里，由志是“停止在心上”或“藏在心里”，可见，志的本义乃是从属于心体的，如此，诗言志乃是指诗是表达内在深层心体的志的。后来《毛诗序》解释诗言志，说：“诗者，志之所之也，在心为志，发言为诗，情动于中而形于言。”这是说，诗为志所生出，志为根源，为深层心体为未发，发则为情，将志情形子言则为涛。因此，诗表达的是心志发出的情，情乃心志之情，亦可谓志情或情志。可见诗言志，这文学第一观念、第一定义，显然是中国心文化精神的表现。受之影响，其后出现的中国文学艺术的各种样式，皆自视为心艺术，皆以心为总根源，皆以表现心体所生发的心性情意为第一义。如对音乐，《乐记》说：“凡音之起，人心生也……”对语言与文字，扬雄《法言》说：“言，心声也；书，心画也。”对书法，孙过庭在《书谱》中说：“情动形言，取会风骚之意；阳舒阴惨，本乎天地之心。”人是天地之心，天地之心亦即人心。对画，张璪说：“外师造化，中得心源。”等等。

与中国文化的心的内涵在儒家为仁心、本心、良心、道心、大心、道德天心，在道家为虚静之心，佛教为自性清净心相一致，中国文学的心也要求为赤子之心、童心即绝假纯真的最初一念之本心等。同时，对作家，则要求进行工夫修养，其中在儒家则要求“养浩然之气”，培养胸襟，扩大个人心量为一国之心，天下之心，从而实现以“气盛”之个体之心表一国之心，天下之心志。

总之，从中国文化的广度说，由于中国文学（诗）是从礼乐文化系统特别是其中的乐演化发展而来的，所以中国文学（诗）承传并贯通着礼乐精神。又由于礼乐的内在精神生命为仁心德性，所以中国文学（诗）的内在精神实为道德⇌艺术。也即善（真）美合一的艺术。因此，对中国文学（诗）形成的第一观念，或第一定义：诗言志，就必须从这一文化背景与文化精神去分析，才能得到恰当的理解。以后，由诗言志经“志于道”等，又发展为就整个中国文学说的文以明道的道文学观念。由此可见，中国古代没有形成西方那样的纯文学观念（起码其不占主流），近现代中国古代文论研究者，如朱自清所说，以输入的西方“新的文学意念”，即西方的纯文学观念为标准，去研究中国古代文论，结果无不得

① 《朱自清全集》6，江苏教育出版社1990年版，第134页。

出较早为郭绍虞所概括的看法：中国文学观念在先秦至魏晋以前是“混”的广义文学观念，至魏晋则渐归于明“析”，以后又复归于“混”的广义文学观念。[①] 这种看法，如以西方纯文学观念为标准以衡量，可以说是准确的。但郭先生等认为中国文学观念只有演变到魏晋时相近于西方的纯文学观念，才为“逐渐正确”，其余时段则皆为“落后”，或对比“正确”而为“错误”。这就不对了。这是以西方纯文学观念为唯一标准，而脱离中国文化与中国文学实际的结果。正因此，我们要换一角度，回归中国文化学术大传统，重新审视中国文学观念的特质。

二　中国心性哲学的特质与古代文论的纲领

文化是一个综合体，具体方面则表现为历史、文学、政治、经济等众多形态。由散开的各种具体文化形态的现象向内凑，收缩到问题的最核心处，这就是哲学。按牟宗三的看法“哲学可以做庞大的文化这一个综合体的中心领导观念”[②] 也即纲领。它是指导文化发展的智慧和方向，当然也是指导文化的子目文学发展的智慧与方向。因此在谈了中国文化与中国文学的关系以后，自然，进一步就要谈到作为中心领导观念的哲学与中国文学及其形上形态的中国文论的关系，这里主要是谈后者，从而明确中国文论发展的智慧与方向。不过，在谈到这个问题时，首先就遇到一个尴尬的问题，即中国到底有无哲学？

（一）中国哲学的学理探索

中国到底有无哲学？这应是一个自近现代以来就出现的老问题，一个老的学术公案。这个问题之所以形成，大致有两方面的原因：一方面是处于强势的西方哲学家，大多以西方认识论哲学为标准，因而无视或轻视东方哲学与中国哲学。因此在他们撰写的以哲学史命名的作品中，往往只字不提或以极少的篇幅谈到东方哲学与中国哲学，如黑格尔的《哲学史讲演录》等。当然也有较厚道的，如罗素的《西方哲学史》与《西方的智

---

① 郭绍虞：《中国文学批评史》上，百花文艺出版社2003年版，第1、6页等处。

② 牟宗三：《中西哲学之会通十四讲》，上海古籍出版社1997年版，第1页。

慧》等，就给东方哲学与中国哲学留有地盘。另一方面，也有中国学者在强势的西方哲学面前，自乱阵脚，或妄自菲薄。当然于开始时段，也的确有情有可原之处。因为回顾古典，我们的确连“哲学”一词也没有，更遑论有西方那样的准确的哲学理念和明确的哲学体系。我们知道，“哲学”一词是近代日本哲学家西周从 Philosophy 翻译过来的。后来黄遵宪在其名著《日本国志》中把“哲学”一词介绍到中国，于是“哲学”一词才开始在中国学界流行。

中国有无哲学的命题的基本内容，大致包括两个层面，即学科层和学理层。由于这个问题涉及民族文化的核心问题，所以中国学界是耿耿于怀的。也因此，相关论争也就不时提起。从较热烈的情况看，大致有两个时段。

一是五四前后，面对强势的西方文化哲学，对中国有无哲学的问题，不少学者，包括著名学者胡适（1891—1962）、冯友兰等都作出了积极的回应。他们都分别给哲学下了定义，并创作了有关中国哲学的著作。其中，最早以现代方式研究中国哲学的是胡适，他以英文写作的博士论文《中国古代哲学方法之进化史》，后来在国内出版时，被译作《先秦名学史》。温公颐曾说它是一部“颇有学术价值的中国逻辑史专著”。胡先生后来在该书基础上改写的《中国哲学史大纲·卷上》，把老子列为中国哲学的开端，则被学界有些人称为“无头的哲学史”。[①] 以现在的眼光看，胡适虽然开创了中国哲学研究，撰写了第一部中国哲学史著作，即使还不是通史，仅有上卷，而开创之贡献功不可没，但他对中国哲学的核心特质的确缺乏相应的理悟，并没有抓住。接着胡适的研究，有受到学界较高评价的冯友兰的《中国哲学史》，该书为第一部完整的中国哲学通史著作。此外，有关中国哲学的著作，还有张岱年（1909—2004）的《中国哲学大纲》、范寿康（1896—1983）的《中国哲学史通论》、钟泰（1888—1979）的《中国哲学史》以及熊十力的《新唯识论》等。可以说在这一时段，中国有无哲学的问题，已从学科一面作出了肯定的回答，而从学理上虽有回应，但尚难以成立。因为已有的中国哲学著作，除熊著外，大致皆依附西方哲学框架，搞的是西方哲学在中国，而还不是中国的哲学。如

① 牟宗三：《中国哲学十九讲》，上海古籍出版社 1997 年版，第 49 页。

冯友兰说："哲学本一西洋名词，今欲讲中国哲学史，其主要工作之一，即就中国历史上各种学问中，将其可以西洋所谓哲学名之者，选出而叙述之。"[①] 他的名著《中国哲学史》，就是这么一部从"中国历史上各种学问中，将其可以西洋所谓哲学名之者，选出而叙述之"的典型著作。这样的写法，显然是西方哲学在中国的模式，如此，中国哲学有之，也只是西方哲学的一个例证。这尚非真正的中国哲学。因此，这在学理上，中国哲学还不算成立。作为首屈一指的大陆大哲学家冯友兰都还未有在学理上解决此问题，他人也就遑论了。

由于只是在学科上而还不是在学理上真正解决问题，所以中国到底有无哲学问题就始终存在着，困扰着学界，并时不时问题又泛起。第二次较热烈的讨论，似应该是由《哲学动态》2002 年第 1 期"学术沙龙"栏刊登的一篇题为《西方哲学在中国：过去·现在与未来——西方哲学三人谈》的文章引起。文中有一个青年学者说了一句"哲学按照其本义毕竟是西方的东西"。于是，触动了对问题敏感的人的神经。由是发起讨论。其实，在此稍前一些时间，已有法国著名学者德里达在上海的一次座谈会上，更直接地说过"中国没有哲学"，[②] 也激起了反响。只是这次是外国人讲，而上面《西方哲学三人谈》是中国人自己贬损自己而已，因此，更易刺激国人的神经，随后国内多个刊物发表了不少论争的文章，但大多激愤有余，而有关学理即合法性问题，其实一样没有突破性解决。

当然讲大的学理问题没有解决，并不是说没有讲到任何中国哲学的特性问题。些少还是有的。其实在第一时段，冯友兰就承认哲学除了"正的方法"即逻辑分析方法之外，还有"负的方法"。这就在哲学方法论上松动了，有转向的迹象，只是在内容上，理论体系之形态上还没有更进一步而已。这是事实教训的结果。因为冯先生在构造他的新理学体系所用的四个基本范畴：理、气、道体、大全中，有气、大全两个不能用正的方法即逻辑分析方法讲，所以只好回归借助传统的哲学方法：与西方哲学逻辑分析方法即正的方法相对，他称之为"负的方法"。可见，这还只是冯先生为了体系的自圆其说，而在哲学方法论上的一种后撤而已，还不是真正

① 冯友兰：《中国哲学史》上，中华书局 1961 年版，第 1 页。

② 陆扬：《中国有哲学吗——德里达在上海》，《文艺报》2001 年 12 月 4 日。

的学科形态转向。

进入21世纪初，作为冯友兰、张岱年的学术传人陈来，综合冯友兰、金岳霖（1895—1984）、张岱年等前辈的相关思想，特别是张岱年的思想，试图解决中国哲学的合法性即学理问题。他引述张岱年的看法，将人类哲学看作一个“共相，是一个‘家族相似’的概念，而西方哲学和中国哲学一样，只是一个殊相，一个例子”。[①] 这样，就将西方哲学的中心地位降了下来，同时，也把中国哲学的地位提升了上去，都看作是“共相”辖下平起平坐的“殊相”或“例子”的关系。这个比喻的说法，中国学界应是满意的了，也有重要的启示意义。不过，若进一步问，这个“共相”的哲学应如何理解，其具体框架如何？恐怕会犯难。因为，我们目前只有西方认识论哲学的框架，一个“共相”哲学的框架似乎还未有。因此，所谓“共相”、“殊相”或“例子”概念的区分是可以的，但若真要具体操作起来，恐怕还是前文引述过的冯友兰那样的方式，“即就中国历史上各种学问中，将其可以西洋所谓哲学名之者，选出而叙述之”相类。更明确地说，就是西方认识论哲学的框架，中国哲学的“例子”。因此，很难说这么一个笼统的比喻说法，能解决中国哲学的合法性即学理问题。

就目前我们视野所及的有关说法，笔者认为，似乎只有牟宗三的说法和取向，才是解决这个问题的切实可行的大道。

牟宗三对此问题的解决也有个过程。但他一开始就可谓高屋建瓴，并能抓住问题的关键。他在20世纪中期的有关“中国哲学的特质”的讲演中，就独具慧眼，从东西方哲学的“不同方向与形态”，不同“内容形态”上讲，[②] 即认为中西哲学存在着“方向与形态”的不同。但具体根本解决，还是他晚年以一人之力翻译代表西方传统哲学的高峰，即康德的三大批判：《纯粹理性批判》、《实践理性批判》和《判断力批判》，完全消化了康德哲学，也进而把握了西方哲学的全部结构及成就与缺点。并以之与中国儒道释为主流的哲学，特别是佛教“一心开二门”的宏观结构相

---

① 干春松等：《“中国哲学”研究面临的挑战——访北京大学陈来教授》，《社会科学报》2002年1月31日第5版。

② 牟宗三：《中国哲学的特质》，上海古籍出版社1997年版，第4页。

摩荡，终于在明确了“全部哲学的规模”、哲学的“宇宙性的概念”以后，创造性地开出“全部哲学的共同模型”、“两层存有论”等，才为中国哲学的合法性存在，在学理上找到了根据。

（二）哲学的共同模型与哲学两种理论形态

毛泽东在列宁说过的“辩证法也就是（黑格尔和）马克思主义的认识论”基础上，进一步说过：“哲学就是认识论，别的没有。”① 哲学界对哲学的看法，其主流也是认为，哲学就是认识论。不过，即使对西方来说，认识论虽然是西方哲学，特别是近代西方哲学的最高成就，西方哲学的皇冠；但也不是西方哲学的全部，更何况中国哲学？因此，要在学理上解决中国哲学的合法性问题，首先在哲学观念上，就必须突破哲学就是认识论的哲学观。而要理直气壮地解决这个问题，首先就要从哲学的古义、原义或本义谈起。

1. 全部哲学的共同模型

前文说过，西方哲学的源头是古希腊哲学。因此，西方哲学的古义、原义和本义自然也在古希腊首先形成。“爱智慧”是希腊人赋予哲学词义的第一义。据说最早发明和使用哲学这一词义的人是毕达哥拉斯（约前580—前500）。② 这一说法是记载在赫拉克里特（前535—前475）讲述过的一个哲学故事中。故事说：

> 毕达哥拉斯有一次同弗琉斯的统治者雷翁谈话，雷翁称赞他的天才和雄辩，并询问他的技艺是什么。毕达哥拉斯答道，他不是什么技艺的大师，只是一个爱智慧的人（哲学家）。雷翁对这个词感到陌生不解，这时毕达哥拉斯就举了一个有名的比喻以释其义。他说，生活就像奥林匹克的赛会，聚到这里来的人们抱有三种动机：参加竞赛以夺取荣誉的桂冠；来做买卖；单纯地做一名观察者。在生活里，有些人为的是名，有些人为的是钱，可是有少数人做了最好的选择，他们

---

① 转引自彭泽农等《马克思主义哲学体系研究》，中国社会科学出版社1984年版，第225页。

② 杨适：《哲学的童年》，中国社会科学出版社1987年版，第32页。

把自己的时间用来思考自然，做爱智慧的人，这就是哲学家。[①]

从这个故事虽然可以得出毕达哥拉斯是第一个使用哲学词义为爱智慧的人，但爱智慧的词义仍然十分模糊，还需要进一步的规定。国内有学者主要根据亚里士多德（前384—前322）在其《形而上学》中有关“智慧”的论述，特别是他下的定义：“智慧是关于某些原因和原理的知识”，并作进一步的推论，认为亚氏的定义是强调“哲学是人类可以知道的知识，是能说明万事万物的最根本原因或原理的知识”。[②] 这一分析似有把作为哲学词义的爱智慧的古义局限于认识论范畴的倾向。

与上说不同，牟宗三则以康德（1724—1804）的看法为指引，对古希腊哲学词义的爱智慧作了另外一种解释。牟先生在多处讲过这个问题，其中较集中的一段话说：

真正的哲学问题依“哲学”一词之古义（原义）是“爱智慧”，康德解为“实践的智慧学”。何谓“智慧”？能导向“最高善”者才算是智慧。对于最高善有向往之冲动即名曰“爱智慧”；而爱智慧必在理性概念之指导下才可，因此爱智慧即涵爱学问，此即中国往圣前贤所谓“教”。何谓教？凡足启发人之理性，通过实践之途径以纯净化人之生命以达至最高之圣境者即谓之教。此显然是有关于“智思物”（noumena）者；若以学名名之，则是属于“超绝的形上学”者。[③]

牟先生的此说法与前述说法不同，相比较，应是牟氏的说法更好地抓住了希腊哲学词义爱智慧古义的核心与最高目标。但此一说法也只是抓住了其核心与最高目标，还不是其全部意义。笔者认为，要获取希腊哲学古词义爱智慧的全部信息，必须将之与牟宗三特别重视的康德的“宇宙性的概念”即完整意义的哲学概念联系起来一并理解。这在下文再谈。在

① 转引自杨适《哲学的童年》，中国社会科学出版社1987年版，第126页。
② 杨适：《哲学的童年》，中国社会科学出版社1987年版，第37页。
③ 牟宗三：《中西哲学之会通十四讲》，上海古籍出版社1997年版，第72页。

这里，先回顾一下相关的西方哲学史，特别是古希腊哲学史名家对希腊哲学古义的看法，以此做参考。笔者在这里主要谈一下德国文德尔班（1848—1915）的《哲学史教程》，与法国莱昂·罗斑（1866—1947）的《希腊思想与科学精神的起源》[①] 中的一些说法，然后再回到康德与牟宗三的哲学观念。

文德尔班对希腊哲学词义爱智慧古义有自己的看法，他说：

> 现在我们仍可认出，φιλΟσοφετυ和φιλΟōοφτα两词在文献中初次出现时，它们简单而不确切的涵义是“追求智慧”，而在苏格拉底以后的文献中，特别是在柏拉图和亚里士多德学派中，“哲学”一词获得了明确的意义，根据这个意义，“哲学”指的恰恰是德语“Wissensehaft”［科学］。按照这个涵义，一般哲学指的是我们认识“现存”事物的井井有条的思想工作，而个别“哲学”指的是特殊科学，在这些特殊科学里我们要研究和认识的是现存事物的个别领域。
>
> 同“哲学”一词的上述第一种理论意义很早就结合在一起的是第二种理论意义。希腊哲学发展到一定阶段，原始的宗教意识和伦理意识便进入分崩离析的过程中。这不仅使有关人的天职和使命问题变得愈来愈有必要作科学的调查研究（参阅后面第一篇第二章），而且使有关正当的生活行为的教导成为首要目标，最终成为哲学或科学的主要内容。因此，希腊化时期的哲学便获得了基于科学原则的生活艺术的实践意义——智者派和苏格拉底早已为这一种涵义开辟了道路。[②]

按文德尔班的说法，希腊哲学词义的“爱智慧”古义的含义应包括两种理论意义，第一种理论意义是“科学”，用现代的用语表述，即科学与哲学，从其发展，也可称为“认识论”。第二种理论意义是“科学原则的生活艺术的实践”，用现代的用语表述，也可称为伦理学或道德哲学。

① 本节对该书修订者段德智的《中文修订版序》有参考，见《希腊思想和科学精神的起源》，陈修斋译，广西师范大学出版社2003年版，第13—40页。

② ［德］文德尔班：《哲学史教程》上卷，商务印书馆1987年版，第8—9页。

文氏认为，哲学“爱智慧”古义的这两种含义或理论意义是“很早就结合在一起的”。以哲学古义所涵的这两种理论意义为指引，文氏展开了对希腊哲学发展的研究，并将之区分为三个时期，即宇宙论时期、人类学时期和体系化时期。文氏对希腊哲学发展的分期，与罗斑对希腊哲学发展的分期相近，并存在一定的互补性，因此，我们将之结合起来一起讲。

罗斑认为希腊哲学的源头是荷马史诗的道德思考，与原始宗教神话，正如其书《序》的作者昂利·贝泰所说：“希腊哲学出于道德与宗教。”对希腊哲学的具体发展，罗斑与文德尔班划分的阶段大致一致，只是用语有异。罗斑对希腊哲学的发展，亦划分为三个阶段，即形成期、成熟期与老年期。罗斑的形成期又可分为两个时段，一是科学与哲学时段，相当于文德尔班的宇宙论时期，另一哲学史名家梯利则径称为自然哲学时期，也有人称为物理学时期。第二个时段为智者派与苏格拉底的以“人”为中心的人类学时段，如用文德尔班的划分，这个时段，也可以看作是宇宙论时期到体系化时期的过渡时期。

由宇宙论时期走向人类学时期，这是宇宙论时期追求的自然即宇宙的本质是水、火、土、气、数等之类，屡屡陷入困境，而“要逃出这绝境，实在必须有一次全盘的革命”①。这样，哲学的思考就由专注于外在宇宙即自然，转向于人本身，由自然主义转向人本主义。人类学的两大命题，分别是智者普罗塔哥拉的“人是万物的尺度”和苏格拉底的“认识你自己”。这命题的提出，证明他们这里主要指苏氏研究的对象已不是自然即宇宙，而是伦理道德。但苏氏对伦理道德不是强调实践，而是强调“道德即知识”，认为“真正的知识基于普通定义”。这就强调了伦理道德的思辨性。可以说苏氏的目标，不仅在宣布真理，更重在教人一种说服人的方法与技术。即一种以思辨理性为基石的“问答法”或“助产术”。这“助产术”方法就成了他的学生柏拉图创始的“辩证法”的先兆。区别在于，苏氏的“普遍定义”与可感受的事物尚不分离，而柏拉图的“理念”则与任何可感受的事物相分离。可以说，苏氏的“普遍定义”是柏拉图理念哲学问世的阶梯。苏格拉底的人类学，以及以他和智者派为创始的希

---

① ［法］莱昂·罗斑：《希腊思想和科学精神的起源》，广西师范大学出版社2003年版，第133页。

腊哲学伦理学的这一特色，显然是受希腊哲学形成期第一时段自然哲学的影响的结果。其与中国心性道德形上学自开始即强调实践性，而非定义，存在着鲜明的不同之处。

罗斑的希腊哲学的成熟期，在文德尔班划为体系化时期，又分两个时段：一是柏拉图与亚里士多德师徒等，在苏格拉底之后建立了三门不同层次理论科学或思辨科学：数学、物理学（自然哲学）和神学（第一哲学，后物理学、形而上学）。柏拉图与亚里士多德哲学体系虽有不同，但皆极富思辨品格与人文意蕴。按文德尔班的分法，体系化时期，除了柏拉图、亚里士多德体系性哲学形成，代表希腊哲学的高峰的第一时段之外，还有个第二时期，即希腊化—罗马时期。这是体系化时段哲学思辨特征充分展现，导致“物极而反”，势头受到遏制，哲学重心开始转移，由思辨理性转向实践理性，思辨哲学或形而上学转向实践哲学或伦理学。这在一定意义上可以说是希腊化—罗马时期哲学在向第一时期第二时段（罗斑），也即人类学时期（文德尔班）的一种回归，并走向斯多葛派所认为的，伦理学无论如何都应是哲学的中心内容与目的。但这也不是简单的回归，而是有不同的。罗斑说的希腊哲学形成期第二时段或文德尔班说的人类学时期的伦理学重在社会伦理学，公共道德、社会正义等，希腊化—罗马时期的伦理学则已转向个人伦理、个体道德等。这是时代已发生变化的原因。

哲学向道德伦理方向回归，这只是一面，另一面，这也是社会道德与信仰走向危机的结果。用《老子》话说，即所谓“仁义出，有大伪”。于是希腊思想也就由个人伦理逐渐进入新的神权主义或宗教时代。正如梯利所指出的：“希腊哲学像它开始一样，乃归结于宗教。”① 自此，希腊哲学思想也就进入缺乏创造性的老年期、衰落期。

由上对文德尔班与罗斑有关希腊哲学思想发展的分期的简略叙述可见，希腊哲学古义爱智慧的内涵意义，的确按文德尔班所认为，应包括两种理论意义，即宇宙论，亦即自然科学与哲学，可为后来的认识论所统辖；还有就是人类学，可为后来的道德形上学所统辖。希腊哲学古义的这两种内涵意义，也就为后来康德哲学回到哲学的宇宙性概念，即完整意义的哲学概念奠定了根源性的基础。

① ［美］梯利：《西方哲学史》，商务印书馆 1995 年版，第 8 页。

在希腊哲学之后，西方哲学的发展经历了近千年的黑暗的中世纪宗教哲学，又经历了文艺复兴时期哲学的过渡，终于到了近代哲学。西方近代哲学的发展，恰逢时代和社会发展的需求，即资本主义的兴起，工业与商品经济的发展，和人们对知识科学发展的需求。这就导致了以认识论哲学为中心的发展。近代认识论哲学在发展过程中又形成过诸多派别，其中最有代表性的是两大派别：一是在欧洲大陆形成的以笛卡尔、斯宾诺莎和莱布尼茨，以及康德的祖师沃尔夫为代表的唯理学派；二是在英伦三岛形成发展的以培根、贝克莱和休谟为代表的经验学派。康德本来是唯理派形而上学哲学的传人，但最终为经验派的怀疑论哲学家休谟的独断论所警醒，使他走出了唯理派形而上学哲学的迷宫，从而走上独立建立自己的哲学体系的道路。学界一般称康德哲学是前此西方哲学发展上的“哥白尼式的革命”。国内有学者认为，所谓“哥白尼式的革命”，是指“康德实现了对经验论与唯理论的综合与超越”。[①] 国外学者如德国的奥特弗里德·赫费则认为：“康德的哥白尼式革命说的是客观认识之对象不是自发地显现的，而是必须通过（先验的）主观表现出来的。”[②] 英国学者 H. J. 裴顿则说：“康德把自己的哲学革新比诸哥白尼所开始的革新。……使人心成为现象性世界的中心，这样，事物就必须符合于我们的心，而不是我们的心符合于事物。”[③] 应该说，这些说法大体一致，并都是康德哲学“哥白尼式的革命”的应有之义。但笔者认为，这些说法说的仅为康德哲学两层立法中的人的知性为自然立法，还不及最核心的意志为自我立法，因此，远不是康德哲学“哥白尼式的革命”的全部内涵。甚至可以说仅是其初始层次。康德是由此初始层次进入了更深层次的哲学革命，从而开拓了西方哲学的全部智慧与方向。按牟宗三的识见，这主要涉及两个相互联系的问题：一是由哲学的“学院概念”推进为哲学的“宇宙性的概念”，二是“现象与物自身之超越的区分”，以及“人是有限的存在（人之有限性）”

① 程志华：《牟宗三哲学研究——道德的形上学之可能》，人民出版社 2009 年版，第 153 页。

② ［德］奥特弗里德·赫费《康德——生平、著作与影响》，人民出版社 2007 年版，第 44 页。

③ ［英］H. J. 裴顿：《康德的经验形而上学——〈纯粹理性批判〉上半部注释》，韦卓民译，华中师范大学出版社 2009 年版，第 42 页。

预设的提出。按裴顿的看法："必须记住的还有一点，康德主张，在哲学里定义应该是最后出现的，而不应该是一开头就出现的。"① 若按此康德的逻辑，自然应是第二个问题在先，第一个问题在后。

牟宗三说过：

> 康德的《纯粹理性批判》，甚至其哲学底全部系统，隐含有两个预设：
>
> （1）现象与物自身之超越区分。
>
> （2）人是有限的存在（人之有限性）。
>
> 第一预设涵蕴（implies）第二预设，第二预设包含（ineludes）第一预设。是则第二预设更为根本。②

牟宗三说，康德于"现象与物自身（物之在其自己）之超越的区分亦只是随文点到，未曾事先予以清楚而明确的证成"；但却"是康德哲学底全部系统底重大关键，几乎其书中每一页俱见到。这就是其最高而又最根源的洞见"。③ 无独有偶，韦卓民也认为："康德的全部批判哲学是认为我们所能认识到的一切事物、所知道的整个世界，都是形形色色的出现（或说现象），而出现就必须有所出现的'某东西'，……如果康德放弃了'自在之物'这个观念，他的全部批判哲学就从而垮台了。"④ 这其实也是裴顿的看法。韦先生和裴顿的看法在一定程度上支持了牟宗三的看法。

正是基于"现象与物自身之超越的区分"，以及"人是有限的存在（人的有限性）"的两大预设，康德才能向上承接古希腊哲学词义爱智慧的古义，从而开拓西方哲学的智慧空间，并引导西方哲学的新路向，西方哲学才能由"学院概念"走向"宇宙性的概念"。

哲学的"宇宙性的概念"是康德在《纯粹理性批判》中的概念，按

---

① ［英］H. J. 裴顿：《康德的经验形而上学——〈纯粹理性批判〉上半部注释》，韦卓民译，华中师范大学出版社2009年版，第16页。

② 牟宗三：《现象与物自身》，台湾学生书局1980年版，第1页。

③ 牟宗三：《现象与物自身·序》，台湾学生书局1980年版，第4页。

④ ［英］H. J. 裴顿：《康德的经验形而上学——〈纯粹理性批判〉上半部注释·中译本前言》，华中师范大学出版社2009年版，第7页。

这哲学的“宇宙性的概念”，康德认为严肃的哲学研究应关注统一的三个问题：

一、我能知道的是什么？
二、我应该做的是什么？
三、我可以期待的是什么？①

在《逻辑学讲义》中，康德也将哲学的“宇宙性的概念”称为哲学的“世界概念”。按照这个哲学概念，康德对全部“哲学领域”提出了下列问题：

(1) 我能知道什么？
(2) 我应当作什么？
(3) 我可以期待什么？
(4) 人是什么？

形而上学回答第一个问题，伦理学回答第二个问题，宗教回答第三个问题，人类学回答第四个问题。但是从根本说来，可以把这一切归结为人类学，因为前三个问题都与最后一个问题有关系。②

对康德的所谓哲学的“宇宙性的概念”或“世界概念”，牟宗三解释说：“所谓‘宇宙性的’意指‘完整的’。完整意义的哲学包含两层立法，而以善为最高目的。”又说，依康德的说法，所谓哲学的两层立法是指：“就知识一层说，是知性为自然立法，就道德这一层说，是意志为自我立法。这两层立法是全部哲学的规模。”③ 牟宗三的解释是将康德的哲学的“宇宙性的概念”或“世界概念”的三个问题或四个问题收缩为更为根本的两个问题，体现为三大批判，当然这里不能忘记赫费所认为的《判断力批判》的中介价值。

① ［德］伊·康德：《纯粹理性批判》，韦卓民译，华中师范大学出版社1991年版，第688页。

② ［德］康德：《逻辑学讲义》，许景行译，商务印书馆1991年版，第15页。

③ 牟宗三：《中国哲学十九讲》，上海古籍出版社1987年版，第364页。

由康德哲学的“宇宙性的概念”或“世界概念”的内涵可见，它又是与我们上文分析过的希腊哲学的古义存在着根源性关系的。如果纳入黑格尔揭示的正、反、合逻辑演绎三段论以分析的话，那么就西方哲学的发展来说，那就是：古希腊哲学的古义爱智慧为“正”，其后一直至哲学的“学院性概念”为“反”，到康德哲学的“宇宙性的概念”或“世界性概念”则为“合”。康德哲学“宇宙性的概念”的提出，如牟宗三所指出的，也就明确了内涵全部哲学的规模，及其最高目的：善。西方哲学是以康德这个模型为代表，其他一切片面的、特殊的哲学都可收进这两层立法中。

如上所谈，对康德哲学的“哥白尼式的革命”的内涵，学界各有不同的看法，牟宗三的灵眼之所以特以觑见康德哲学的“宇宙性的概念”，和“现象与物自体之超越的区分”的更深层次意义，是因为他是以中国传统哲学的视野看康德哲学，将中国传统之儒道释哲学与康德哲学及西方传统哲学相互比较、相互摩荡，然后相互提升，并相互照察出来的。

在将中国哲学与康德哲学相互摩荡中，牟宗三一方面以中国传统哲学为参照和刺激，照察康德哲学的框架结构，另一方面又以明确的康德哲学框架，照察较为模糊的中国传统哲学。在相互摩荡和来回照察中，牟宗三终于明确了一个可以涵盖中西哲学的共同模型，并从这个共同模型中，照察出了中西哲学的优缺点，和可以接头、会通并共同走向未来之处。

在中国传统哲学的庞大而散乱的思想材料中，牟宗三独具慧眼于佛教著作《大乘起信论》，又特别灵眼觑见其“一心开二门”。《大乘起信论》说：“依一心法有二种门。云何为二？一者心真如门，二者心生灭门。是二种门皆各总摄一切法。”[①] 佛教的心是自性清净心，二门是生灭门和真如门。牟宗三是从佛教讲起，其实道儒二家也是一心开二门的。《老子·1》说：“道可道，非常道。名可名，非常名。无名天地之始，有名万物之母。故常无，欲以观其妙；常有，欲以观其徼。此两者，同出而异名，同谓之玄。玄之又玄，众妙之门。”这里也是一心开二门，二门就是：非常道、非常名、有名，常道、常名、常无。一心，在老子只讲到“损之又损，以至于无为”，还不十分明确，到庄子的“心斋”、“坐忘”、“丧我”等，就明确了此心是虚静之心。儒家亦是一心开二门的，子贡

① 转引自牟宗三《中国哲学十九讲》，上海古籍出版社 1997 年版，第 293 页。

说："夫子之文章，可以得而闻也，夫子之言性与天道，不可得而闻也。"（《论语·公冶长》）这里就讲了夫子的学问有二门：文章和性与天道。夫子之"文章"，是指可以讲述的历史文献，典章制度、鸟兽草木之名之类。"性与天道"，也可以由《中庸》的两句话以表述："天命之谓性，率性之谓道"，这为孔子之后，儒家哲学的中心议题。儒家讲的心，就是仁心、本心、良心与良能以及道心等。

由此可见，中国传统哲学都是一心开二门。一心，在佛教是自性清净心，在道家是心斋、坐忘、吾丧我而来的虚静之心，儒家则为仁心、本心与良心及道心等。二门，在佛教为生灭门与真如门，道家为非常道与常道，儒家则为文章和性与天道。统起来说，道家的"非常道"，儒家的"文章"就相当于佛教之"生灭门"；道家的"常道"，儒家的"性与天道"就相当于佛教的"真如门"。在中国传统哲学中，牟宗三以较为明显的佛教的一心开二门框架为代表，照察西方哲学的代表康德哲学，认为，从中国传统哲学立场看，康德哲学也合乎一心开二门，或说也是一心开二门的。而以康德哲学照察中国传统哲学，则中国传统哲学也合乎康德哲学的一物的"现象与物自体之超越的区分"，进而也可有执的存有论与无执的存有论，或现象界与智思界，或经验的实在论与超越的观念论，以及知性为自然立法，和意志为自我立法等的区分。中国传统哲学讲的"生灭门"、"非常道"、"文章"，从不同程度上讲就相当于康德哲学上讲的"现象"、"有执的存有论"、"经验实有论"以及"知性为自然立法"等；而中国传统哲学讲的"真如门"、"常道"、"性与天道"，就不同程度上相当于康德哲学讲的"物自身"、"无执的存有论"、"超越观念论"以及"意志为自我立法"等。

由此将中国传统哲学与西方哲学的高峰与代表康德哲学相互摩荡、相互刺激的过程中，牟宗三由希腊哲学的古义，康德哲学的"宇宙性的概念"，进而明确了一个全部哲学的共同模型。这个全部哲学的共同模型，用中国佛教的用语表述就是：一心开二门，如用康德哲学的用语表述就是在一物之"现象与物自身之超越的区分"上开有执之存有论和无执的存有论，或知识为自然立法与意志为自我立法，而以至善为最高目的。

2. 哲学的两种理论形态

从希腊哲学的古义到康德哲学的"宇宙性的概念"，再到牟宗三将中国传统儒道释哲学与康德哲学相摩荡，从而明确全部哲学的共同模型。这就为纷纭复杂的中西哲学问题提供了一个可以统一观照的框架与视角。牟宗三说："古今中外的哲学都是'一心开二门'。这一句话所表示的哲学间架（philosophical frame）有共同性。不过在人的思考过程中，有开得好与不好，有开出来有未开出来，有开得充分有开得不充分。其中或轻或重都系于个人的哲学识见（philosophical insight），亦系于民族的文化传统。"①

就中西哲学而言，虽然都是"一心开二门"，但中西哲学于二门各有轻重。西方哲学起源于古希腊。如前所述，古希腊文化生命首先抓住的是自然，从而西方文化形成重自然的传统。在哲学层次，相应地西方哲学也是于"生灭门"，或"现象界"（有执的存有论、经验实在论、知性为自然立法）较积极，不仅于科学代有发展，而且民主制度也建设了起来，作为对"生灭门"或"现象界"的认识的反思的认识论哲学理论形态亦得到了完备的发展，成为西方哲学的皇冠。至今，以康德《纯粹理性批判》和黑格尔《逻辑学》为标志的西方认识论哲学，仍然令我们叹为观止。

但以这一全部哲学的共同模型照察西方哲学，他们虽然于"生灭门"或"现象界"积极，开得好，卓有建树，足以显精彩；但于另一门即"真如门"，或"物自身"本体界（智思界、无执的存有论、超越观念论、意志为自我立法）则态度较为消极。虽然如上所谈，自古希腊，这一门就成为古希腊哲学古义之爱智慧的重要理论层面，智者派与苏格拉底的以人为中心的人类学思想对古希腊哲学有重要影响，但他们如苏格拉底主张的"道德即知识"，而知识则基于"普通定义"，又使这一门在发展中终为"生灭门"或"现象界"所笼罩或统摄。即使康德能自觉地由思辨理性转向实践理论，甚至认为实践理性优于理论理性，但在他那里，作为实践理性的核心范畴：自由意志，灵魂不灭，上帝存在，仅是设准，并不能现实地呈现，用中国哲学的用语表述，也就是不能证成，因此不通透，仅为局限于纯粹思想的道德神学层次，并没有能完成道德的形而上学，也就是只具有框架形态的意义。因此，总起来可以说，西方哲学于"真如门"、

① 牟宗三：《中西哲学之会通十四讲》，上海古籍出版社1997年版，第217页。

“物自身”本体界较消极，开得不好。

同样，以全部哲学的共同模型照察中国传统哲学，则可以看到中国传统哲学也是一心开二门的，但由于中国文化开端首先抓住的是生命、道德生命与理性生命，致使此后中国传统哲学无论儒道释皆于生灭门、现象界消极。孔子全圣，代表仁智合一。《论语》伊始就讲“学”，孔子的“学”不是一义，而是有二义：一是“效义”、学知识，“多识于鸟兽草木之名”之类；一是“觉义”，仁心德性之觉悟，可见是仁智合一，但实践切磋交流与自我昂立，又应以仁统率智、智依于仁。孔子之后儒分为八，又主要有二。思孟派专讲心性之学，荀子派长于“学”义之学知识、开知性与逻辑，但受到心性学派的笼罩，终不成气候。道家于“可道”的“非常道”之现象界、生灭门，也不能正面而视，重视的是“众妙之门”的非“可道”的“常道”本体界、智思界，道家甚至将“为学”与“为道”对立而排斥“学”。至于后来东渐的佛教，虽然曾给我们带来了世界三大古典逻辑学之一的“因明学”，以及相应较多的认识论思想资料，进一步是可以开出认识论哲学的。但我国固有的同属世界三大古典逻辑学之一的“墨经”尚且被弃之不顾，外来的因明学自然也难得有人长期光顾。佛教的长处自然在人生哲学的真如门一面，并可弥补中国传统儒道哲学中缺乏悲情关怀的一面。由此可见，中国传统哲学也有过属于逻辑学的墨经、因明学，在自然科学上，我们也有奠定世界自然科学基础的四大发明，和很多实用知识等，也有“学”的传统基因，但总的来说，中国传统哲学于“生灭门”、现象界消极。因此，我们虽然也讲与德性之知相对的闻见之知，但始终概念的心灵未能彰著出，智的知性形态亦始终未能转出。因此，我们终于不能开出现代意义的科学，而且学之成为学问的认识论哲学也未能建构起来。正如牟宗三所指出的，这是中国文化与中国哲学“高明中的憾事”。①

不过，以一心开二门的全部哲学的共同模型照察，虽然中国于“生灭门”、现象界消极（尤其是生灭门的经验知识方面，至于生灭门的人生方面则不消极，特别是佛教），因此，即使也有不少认识思想资料，但终

① 《牟宗三先生全集》第27卷《牟宗三先生晚期文集》，台湾学生书局1990年版，第77页。

于学之成为学问的认识论哲学没有建构起来。这是中国哲学的缺处，但中国哲学于另一门："真如门"、物自身本体界（超越的观念论、无执的存有论、意志为自我立法等）则持积极的态度。

前文说过，康德哲学也开二门，由思辨理性转向实践理性，由经验知识转向人生问题，并且康德不是像很多西方哲学家那样把人生问题作为现象讲，而是作智思界讲。实践理性在康德那里最核心的范畴有三：自由意志、灵魂不灭、上帝存在。但这三大范畴在康德那里只是"设准"，既是"设准"，则是空的不能落实、呈现。因此康德的实践理性，仅为纯粹理性的道德神学，神是纯粹理性之意，而没有完成真正的道德形而上学，成为实践智慧学。康德的关键问题在，只承认上帝有智的直觉，而人是有限的存在，没有智的直觉。这就从根本上影响了道德形而上学，实践智慧学的成立。因此，牟宗三说，对康德的道德形而上学有框架，没有证成，关键在他对"一心"没有认识，西方哲学自希腊哲学开端即讲"自然"，讲客体，康德哲学之哥白尼式革命的成果之一是由客体转向主体，但也只局限于"识心"如何可能。没有"一心"的思想传统基因，一切靠转向，也是难以彻底转过来的。相比较，只有中国哲学对"心"有深刻认识。中国文化哲学开端即抓住生命，生命的核心问题即"心"问题。人"心"是最为复杂的，中国哲学对之钻研精深通透且区分十分清楚。中国哲学无论儒道释皆对"心"有深刻的识见，有明确的区分。作为道德形而上学讲的"心"，在儒家讲，就是仁心、本心、良心、道心；同一层次，在道家则为以心斋、坐忘功夫形成的虚静之心；在佛家则为自性清净心。持有、存养、扩充这"心"，使之在实践中呈现，发之中节，就能成圣，成真人，成佛，就能人皆可为尧舜，人皆可成佛。成圣成真人成佛就是道德之证成、呈现。康德的道德形而上学虽有理论框架，但没有这个证成，终成空论。其道德形而上学也仅成停留在纯粹理性思辨层次的道德神学。因此，牟宗三说，中国哲学这个证成，可以使康德哲学"百尺竿头，更进一步"。[①] 这所谓"更进一步"就是由其原来的纯粹理性之道德神学走向道德形而上学，实践智慧的完成。这是中国哲学对康德哲学以及西方哲学

① 《牟宗三先生全集》第 27 卷《牟宗三先生晚期文集》，台湾学生书局 1990 年版，第 302 页。

的意义。同样，康德哲学对中国哲学也有重要意义，因为中国哲学虽有证成，但没有形成现代哲学框架，我们可以借助康德哲学的框架将中国哲学的精彩内容阐释出来或说撑开来，并且在西方哲学中就只有康德哲学有这个框架，其他哲学体系是不可能有的。

由希腊哲学的古义、康德的哲学的“宇宙性的概念”和“现象与物自身之超越的区分”，以及将佛教一心开二门为标志的中国哲学，与西方哲学特别是康德哲学相互摩荡，牟宗三给我们朗现了一个全部哲学的共同模型。以这个全部哲学的共同模型照察，哲学不是只有认识论一种理论形态，而是应有两种理论形态，即认识论哲学理论形态和道德形而上学理论形态。认识论哲学理论形态为西方长期经营，成就卓著，为西方哲学的皇冠。而道德形而上学理论形态之框架意义，如前文文德尔班所论述，自希腊哲学古义就有此“涵义”，至近代则为康德哲学所建构，但康德哲学只有框架，而没有证成之，因此实际只有纯粹理性的道德神学。以一心开二门为标志的全部哲学的共同模型照察中国哲学，则可见。中国哲学的确于生灭门、现象界消极，因此，中国哲学虽然也有不少有关认识论的思想资料，但没有形成学之成为学问的认识论哲学。中国哲学虽然于另一门即真如门、物自身本体界积极，但也没有建构出道德形而上学的理论框架。但其思想资料足以证成康德的道德形而上学，即将其由道德神学百尺竿头更进一步提升到道德形而上学。康德哲学是西方哲学的高峰，因此，这也是中国哲学进于康德哲学并西方哲学之处。这亦是中国哲学值得骄傲与珍视之处，还是中国哲学可以成立的学理之所在。由此可见，就理论形态观之，中国哲学的理论形态乃道德形而上学，亦可名之实践智慧学，或心性哲学。

康德哲学是西方哲学的高峰，学界认为，康德以前的哲学皆流向康德，后康德的哲学皆从康德流出。简而言之就是蓄水池。可能是缺乏相应的传统基础，因此，康德以后的西方哲学大多与康德哲学不相应，在哲学的共同模型上很快就由康德之开二门收缩为只开一门，就连最亲近康德的学生费希特都不相应，认为康德的物自身纯属画蛇添足的虚构体，并以“自我”取代物自身。到了黑格尔则把物自身一并收进那无所不包的大口袋绝对理念中，然后将所有一切学科皆纳入这绝对精神理念的自我辩证发展的逻辑过程中，自然也就没有二门。维特根斯坦（1889—1951）似乎有二门："可以用命题即语言来说（gegagt）的东西（或能思想的东西也是一样的）和不能用命题来表现而只能表示（gezeigt）的东西。我认为这是哲学的根本问题。"[①] 但又认为，善、美等价值世界不可说，"而凡是不能说的事情，就应该沉默"[②]。这也是消极到了极点。大名鼎鼎的现象学大师胡塞尔对本体界（noumena）根本不接触。海德格尔讲存在主义的"烦"等，触及人生感受问题，但也仅是局限在生灭门、现象界层面，并不涉及本体界的道德形而上学或实践智慧学。总之，如牟宗三所认为的，现代西方哲学自康德以后，只剩现象（phenomena）一门[③]，物自身本体界一门已放弃，一笔勾销，或为他物所取代。可见现代西方哲学发展也处于困惑之中，离开了康德开辟的哲学大道，而找不到轨道与门径。

至于现当代中国哲学，由于中国传统哲学在一心开二门的共同模型中，生灭门、现象界之经验知识方面开得差，文化上没有形成科学系统，在哲学上没有能形成学之成为学问的认识论哲学理论形态。与西方哲学的长处之认识论哲学相比，更是不成比例，不成体统。在急于走现代化道路过程中，我们自然要优先向西方的长处科学与认识论哲学学习。因此，胡适、冯友兰等现代中国哲学先驱，于前期一下子能抓住西方认识论哲学也是必然的，中国学人想以西方认识论哲学框架为参照，建构中国哲学体系也是情有可原的。他们的研究也时有精彩之处，如胡、冯之于名学等。在研究过程中，他们也时有觉悟与修正。如冯友兰就将胡适的无头哲学史修正过来，以承传上古三代的孔子为开端，这就有头了。同时，在论述过程中，冯友兰还从他提出的四组范畴：理、气、道体、大全中，有两个：气、大全不能以逻辑分析方法即所谓正的方法以论述，而转向承认中国哲学固有的负的方法为哲学方法[④]，也算是一大觉悟。但大多数学者，始终不明一心开二门的哲学共同模型，不明哲学有两种理论形态，因此，对中国传统哲学的精彩之处，甚至进于西方哲学的高峰康德之处，以及对人类智慧的特殊贡献，始终没有抓住，以致自五四以来直至21世纪仍然不时有学人在否定中国有哲学，就非咄咄怪事了。

---

① 转引自维特根斯坦《逻辑哲学论·译者后记》，商务印书馆1985年版，第127页。

② ［英］维特根斯坦：《逻辑哲学论》，商务印书馆1985年版，第20页。

③ 参见牟宗三《中国哲学十九讲》，上海古籍出版社1997年版，第450页等处。

④ 参见冯友兰《贞元六书·新知言》，华东师范大学出版社1996年版，第869页。

黑格尔说过："凡是现实的都是合理的，凡是合理的都是现实的。"① 牟宗三也说过："凡是人类理性中应有之内容皆应在人类历史中出现。"② 按一心开二门的全部哲学的共同模型，中国哲学不仅应出现道德形而上学、实践的智慧学，而且也应出现科学与认识论哲学。但由于中国哲学于这二门有积极有消极，终于形成中国哲学的特殊结构。因此，作为中国哲学的学者，应首先将中国哲学最精彩的道德形而上学，借助康德哲学的框架，将之阐释或撑开来。这不仅是对历史负责，而且也是对世界哲学的贡献，对人类精神的贡献，特别是处于种种危机，尤其是心性精神危机的现时代，似尤为迫切。当然我们也应虚心地向西方哲学的长处即认识论哲学学习，并借助西方认识论哲学的框架，将中国哲学中属于认识论哲学的思想资料，也阐释或撑开来，使中国哲学形成合理的一心开二门的完整结构。

总之，只有明确一心开二门的全部哲学的共同模型，才能明确哲学的两种理论形态，进而明确中国哲学之所以成立的学理即合法性，以及中国哲学的积极与消极面，长处与短处，再进一步才能找到中西哲学会通、接头之处，以及共同开创哲学的真正未来。

（三）中国心性哲学的特质与古代文论的纲领

上文以牟宗三明确的全部哲学的共同模型，即以中国传统哲学的"一心开二门"和康德哲学"现象与物自体之超越的区分"，以及思辨理性与实践理性的区分对接，从而明确了全部哲学应包括两种理论形态，即认识论哲学理论形态与道德形而上学理论形态。如果不明确哲学的共同模型，确认哲学有两种理论形态，或将哲学两种理论形态收缩为只有一门或只有一种认识论哲学理论形态，则可以说中国没有哲学，因为中国的确没有形成学之成为学问的认识论哲学理论形态。曾记得一代学者王元化在听了老朋友德里达说中国没有哲学后，应记者提问解释说："如果说哲学是指逻

---

① 转引自《马克思恩格斯选集》4，人民出版社1972年版，第211页。另黑格尔《法哲学原理·序言》（商务印书馆1982年版，第11页）译文为："凡是合乎理性的都是现实的；凡是现实的东西都是合乎理性的。"

② 《牟宗三先生全集》第27卷《牟宗三先生晚期文集》，台湾学生书局1990年版，第436页。

辑和体系，那么在西汉之前，中国或许谈不上哲学，……但是汉代以后，佛教传入，到魏晋印度佛教的因明学已为士大夫们相当熟悉，后来的著述中，逻辑与体系都已不在话下。”[①] 这解释的基调，仍然是只有一种认识论哲学理论形态。

但如果认同并接受全部哲学的共同模型，明确哲学有两种理论形态，那么，虽然中国哲学于认识论一门比西方哲学矮了半截，但于道德形而上学一门则尽显精彩，甚至其理境有进于康德之处。只是我们仍然有缺憾，因为我们没有现代框架，因此，如果我们要将精彩显出来，则必须借助康德哲学的现代框架，与康德哲学会通：所谓康德哲学有现代框架，无证成；中国哲学有证成，但无现代框架，二者会通，自然相得益彰。牟宗三的研究已明确地指出了这一点，但要实现这一目标，尚须学界共同努力。

1. 中国心性哲学的特质

上说以全部哲学的共同模型照察，并与西方哲学的高峰康德哲学相比较，中国没有形成学之成为学问的认识论哲学理论形态，但中国于道德形而上学理论形态则尽显精彩，并且其理境有进于康德之处。因此可以说，中国哲学就是道德形而上学。中国哲学又可以细分为儒、道、佛哲学，其中儒家为主流，道、佛为支流。儒、道、佛三者有别，但又互补相通为一。道德形而上学或实践智慧学，这是今语，若按传统讲法，则又可叫心性之学、内圣之学或成德之教等。

中国哲学是承中国文化而来而向内凑到核心，或说提升到最高度的产物。中国文化首先正视人，抓住的是主体生命—德性生命，承此而来，中国哲学自然也以人的生命—道德生命为中心课题。讲中国文化，可以从二帝三王，唐尧虞舜禹夏商周讲起，如司马迁讲历史文化就从黄帝讲起。但讲哲学则必须从春秋战国之“礼崩乐坏”讲起，从承传上古三代文化的孔子讲起。孔子哲学是针对“礼崩乐坏”或“周文疲弊”的反省而发的。但与时尚不同，孔子不是否定周文，而是认同周文，所谓“郁郁乎文哉，吾从周”。(《论语·八佾》) 并主张对被掏空了内容、失去了生命的周文，注入“仁”，使其生命化。“仁”的概念的提出，标志着孔子哲学的开创，中国心性哲学的发明。但孔子并不认为自己是创造者，而是说：“述而不

① 参见陆扬《中国有哲学吗？——德里达在上海》，《文艺报》2001 年 12 月 4 日。

作，信而好古。"（《论语·述而》）学界有说，这是孔子谦虚，也有说孔子为守旧派。都不对，其实这里大有深意。中国自古称道尧舜。孔子说："大哉！尧之为君也，巍巍乎！唯天唯大，唯尧则之。"（《论语·泰伯》）孟子说："人皆可以为尧舜。"（《孟子·告子下》）毛泽东的诗词名句中也有"六亿神州尽舜尧"。（《送瘟神·其二》）可见，尧舜精神贯穿古今。孟子说："尧、舜，性者也；汤、武，反之也。"（《孟子·尽心下》）《中庸》说："自诚明谓之性。"这是说，尧、舜之心体性体乃自诚明呈现，这呈现也就是中国心性文化哲学精神的创立。"汤、武，反之也"，则是说尧舜以下的人包括汤武，由于种种原因，都受一定的蒙蔽，因此都要经过逆反功夫，心体性体才能呈现。并上接尧舜自诚明的心性文化哲学精神。到孔子已距周公五百年，他凭"信而好古"之心志，得以常常梦见周公，即与周公精神心灵相通，并通过周公上通尧舜，同时还通过"学而不厌"的"学"（觉义），而领悟了自尧舜以自诚明方式创立的心性文化哲学精神。这种以心体性体为本体的心性文化哲学精神，孔子认为是早已为尧舜以来的圣哲所创立，他只不过是从《易》、《书》、《诗》中已有的忧患意识，而转出"尚德"、"好善恶恶"等道德观念的发展中提炼出"仁"等概念，将之发明表述出来，并指点后人承传之而已。因此，他说自己是"述"而非"作"。也由此可见，孔子哲学有植根深远的文化背景，和道德实践精神源泉，为有头而非无头的哲学。

孔子哲学以"仁"为核心范畴，"仁"以上古三代道德生命文化为基础，开辟了中国哲学的生命智慧的价值与方向，挺立了道德主体性。仁义内在，如果说孔子"仁"代表内圣，那么，为孔子所呼应感通的尧舜为代表的上古三代圣王，乃寄托着儒家外王之理想。牟宗三说过，孔子以"述而不作，信而好古"所创辟的内圣之学，"与尧舜三代之政规业绩合而观之，则此相承之道即后来所谓'内圣外王之道'"。[①] 也由此可见，孔子哲学就其愿景而言可以说乃一内圣与外王相结合，仁与智相统一的系统，为一博大而精深的哲学开端，为一灿烂而永照人间的日出。

孔子之后，"儒分为八"，所谓"有子张之儒，有子思之儒，有颜氏之儒，有孟氏之儒，有漆雕氏之儒，有仲良氏之儒，有孙氏之儒，有乐正

① 牟宗三：《心体与性体》上，上海古籍出版社 1999 年版，第 164—165 页。

之儒”。(《韩非子·显学》) 孔子代表全圣，仁与智合一，内圣与外王统一，弟子只能见仁见智，八派应各有所得，但究竟哪一派为孔子传统之系统，代表了孔子生命智慧之基本方向呢？经毫无感通的汉代传经之儒，歧出的魏晋南北朝，以及隋唐的过渡，到宋，终于有了结论。

在中国儒学史上，宋以前是周、孔并称，宋以后是孔、孟并称。“周”表显的是尧、舜、禹、汤、文、武、周公一脉相承的道统系列。周孔并称，按牟宗三的看法：“周、孔并称，孔子只是尧、舜、禹、汤、文、武、周公之骥尾，对后来言，只是传经之媒介，此只是外部看孔子，孔子并未得其应得之地位，其独特之生命智慧并未凸现出。但孔孟并称，则是以孔子为教主，孔子之所以为孔子始正式被认识。”[①] 诚哉是言，但笔者认为，还可以有别的看法，因为在这里，“周”代表了由尧舜一直到周公之道统的承传序列，周、孔并称，孔乃道统的传承者。同时，如前所述，由尧舜一直到周公，虽然不甚清晰，但从文化层次，则代表了仁智合一，以及内圣与外王统一的理想。孔子有素王之称，有德无位，仅为内圣的创辟者和代表。周、孔并称也表显了孔子哲学有头，并乃表仁智合一，内圣与外王之道的理想，外王应是其应有之义。至于孔、孟并称，如上牟先生所说：“则是以孔子为教主，孔子之所以为孔子始正式被认识。”但这也还可以有另外的看法，即孔学中外王内容的隐去，以致最后流失。孔、孟并称，从道统方面说，确立了孔子儒学一分为八后，孟子的法统地位，但也意味着孔学原本内圣外王、仁智合一规模的收缩。特别是到宋后，尚存的孔学另一大学派代表人物荀子，被程伊川认为：“只一句性恶，大本已失。”[②] 荀子在一定程度上代表了孔子儒家仁智合一系统中智方面的一些因素，荀子被排斥掉，虽然捍卫了儒家内圣方面的纯粹性，但也意味着宋以后，儒学已由原本的仁智合一系统收缩为只有仁单方面的内圣系统。外王与智（智有神智、理智，这里指理智即知性层面，下同），被忽视或简单化，甚至，朱子只是“道问学”讲得多点，就被人称为“别子”。因此，外王与智得不到充分的讨论，加上社会形态等外在因素，致使外王与智（知性）始终没有开出，相应地作为全部哲学共同模型所概括的认识

① 牟宗三：《心体与性体》上，上海古籍出版社1999年版，第12页。

② 程颢、程颐：《二程集》上，中华书局2004年版，第262页。

论哲学也日益荒芜，终成中国哲学极高明中的憾事。不过，中国哲学（儒、道、释）虽然在外王和智（知性）方面有缺陷，没有形成学之成为学问的认识论哲学；但中国哲学于内圣智慧方向之心性哲学方面则成学问、尽显精彩，并可证成西方哲学所不能证成的道德形而上学，甚至其理境有进于西方哲学的高峰康德哲学之处，仅此，也就有所交代。即使从民族主义的立场，也足以自慰了。

以上是谈孔子创辟的儒家哲学为代表的中国哲学的生命智慧及发展方向，下面再谈这一哲学的特质。

牟宗三说，中国哲学的特质，“用一句最具概括性的话来说，就是中国哲学特重‘主体性’（subjectivity）与‘内在道德性’（lnner—morality）”。[①] 这里说的中国哲学包括中国思想的三大主流，即儒、道、释三家，三家都重主体性。在这三家中，儒家又为主流中的主流。与其他两家不同，儒家对主体性复加特殊的规定，即复加内在道德性，如此，其所特重的主体性，也就成为道德的主体性。这是从最概括性的高度讲，而进一步具体一层，又当如何理解？

如前所述，儒家哲学为孔子所创辟。孔子哲学的核心范畴为“仁”。“仁”的提出和确立，不但开启了儒家哲学，也旋即开辟了儒家哲学生命智慧的价值与方向，挺立了道德主体性。陆象山（1139—1193）说：“夫子以仁发明斯道，其言浑论无罅缝。孟子十字打开，更无隐遁。”[②] 当然，细致一点说，打开“浑沦无罅缝”的仁，按徐复观的看法，应还有相传为子思所作，孟子受过影响的《中庸》。[③] 这可以结合在一起看。象山的意思是说，孔子性之，其浑沦无罅缝为一的“仁”，统摄一切学问；孟子辩之（反之），以纵横结合的方式，将浑沦为一的仁教之弘规系统彻底地展示开来。孟子在打开“仁”的过程中，首先从孔子以“不安”、“克己复礼”、“爱人”等指点仁，进而由仁进入心。所谓“仁，人心也”。（《孟子·告子上》）“仁、义、礼、智根于心。”（《孟子·尽心上》）心为仁的根源。孟子的心不是一般说的人心，因为随着礼崩乐坏以来时势的每

① 牟宗三：《中国哲学的特质》，上海古籍出版社1997年版，第4页。

② 《陆九渊集》，中华书局1980年版，第398页。

③ 徐复观：《中国人性论史·先秦》，华东师范大学出版社2005年版，第86页等处。

况愈下，人性的堕落，人与禽兽之间的差别也就在毫厘之间。所谓“人之所以异于禽兽者几希”。(《孟子·离娄下》)“几希”，也就是“端”，“端”有“四端”，即“恻隐之心”、“羞恶之心”、“辞让之心”、“是非之心”。(《孟子·公孙丑上》)这四端之心是人心之根本，因此又称本心，也叫良心。其时，人之本心、良心已丢失，但不知道如何找回来，所谓“有放心而不知求”。孟子认为，最重要的是把这本心、良心找回来，所谓“求其放心”(《孟子·告子上》)，并存养之，扩充之。有这本心、良心为心之本体，人的道德主体性才能真正挺立。

孟子又以孔子的仁为背景，从主观自觉道德实践的超越层面，而不是经验知解层面的道德本心言性，并沟通仁与孔子说过的“性相近”的性的关系，认为本心、良心即性，心性为一。当然，据《中庸》：“天命之谓性”，也可以说是客观超越性地从本体宇宙论的立场言性。从这一立场说，天命实体之下贯于个体，并且于个体即为性。这虽然表显为主客观之异途，但两者实可相互呼应，共鸣一致。这样，孟子就从主体道德实践的超越层面，而不是从知解层面将仁打开，使德之源的仁与本心与性（性善）通而为一。至此，孔子以仁开辟的道德主体性，就由孟子十字打开其丰富内容，才朗然地挺立起来。

仁、心、性皆主体性问题，进一步还有个仁、心、性与天即客观关系问题。天，在中国哲学中有多层含义，有现象经验层的自然之天，有人格神意义的天，也有实体意义的天，即“天命不已”的本体意义的道体的天。在儒家哲学那里，天，主要是后者。孟子说：“尽其心者，知其性也。知其性，则知天矣。”(《孟子·尽心上》)这是孟子将在孔子那里践仁知天的浑沦为一打开为：尽心知性则知天。至此，孟子总算是以自己与孔子相应的心灵，将孔子这圣之时者，其言性之，以浑沦为一的“仁”开辟的儒家生命智慧方向之弘规，以辩之（反之），并从主客观关系方面较充分地展示了出来。孔孟并称，也属理所当然。

汉儒对孔孟的生命智慧没有心灵上的呼应，仅停留在对遗经的文字训诂层面，搜集保存注疏遗经，是汉儒的贡献。到魏晋南北朝，儒家生命智慧完全歧出，转向旁支的道家或外来佛教。玄学以道释儒，儒家道家化，虽然开儒家学说新途，但将儒家义理纳入道家学说之框架，那是本末倒置，说明他们在生命智慧方向上根本不能产生呼应。以儒家哲学为主流的中国哲学，经此长期歧出，或说大开，即道、佛之兴起，到宋代，中国哲学之生命智慧方向终于回归正轨。中国哲学的发展，也终于由大开转向大合。

韩愈（768—824）说："斯吾所谓道也，……尧以是传之舜，舜以是传之禹，禹以是传之汤，汤以是传之文武周公，文武周公传之孔子，孔子传之孟轲，轲之死，不得其传焉。"[①] 在这里，韩愈是以承传孔孟之道自居的，但宋人不这样认为，觉得韩愈不够格，而承传"不得其传"的孔孟之道者另有其人，程颐（1033—1107）说：

> ……周公没，圣人之道不行；孟轲死，圣人之学不传。道不行，百世无善治；学不传，千载无真儒。……先生生千四百年之后，得不传之学于遗经，志将以斯道觉斯民。……先生出，倡圣学以示人，辨异端，辟邪说，开历古之沉迷，圣人之道得先生而后明，为功大矣。[②]

应该公平地说，韩愈为得道运之先兆，为过渡，而真正从道德生命智慧方向上，承接上孔孟千年不传之道的的确为以程颢为代表的宋儒。对宋代理学一般又称为新儒学，其新在哪里呢？按牟宗三的说法首先可归结为二：一是它相对于"汉儒的以传经为儒为新"；二是对于先秦以来儒学的庞杂系统，确定以孔子为标准，由圣者尽伦之成德之教为生命智慧方向为新。[③] 这是有见地的。不过，对牟先生来说，这里与其说是以孔子为标准，不如说是以孟子为标准，并以孟子统摄孔子，正如他所欣赏的陆象山之学纯是孟子学，并以《孟子》统摄《论语》一样。除了牟先生的"新"看法外，自然还可见仁见智。笔者认为，如从儒学发展史角度，它的新还表现为一次大开之后的新大合。儒学自先秦以后，虽然在汉被确立为统治思想，但只是利用，并无儒学真精神的表现。汉儒停留在对遗经的文字训诂，而不及生命智慧、义理精神的感通。魏晋以后，长期歧出，儒学真精

① 《韩昌黎全集·原道》，中国书店 1991 年版，第 174 页。

② 《二程集·明道先生墓表》上，中华书局 2004 年版，第 640 页。

③ 牟宗三：《心体与性体》上，上海古籍出版社 1999 年版，第 12—13 页。

神可谓失传乃久。宋代儒家承接慧命，要由大开走向大合，必须攻破歧出期间道、释兴起形成的堡垒。因此，宋代儒家大多都像程颢（1032—1085）那样“泛滥于诸家，出入于老、释几十年，返求诸六经而后得之”①。在这过程中，宋儒既攻破了道、释的堡垒，吃透了其基本精神，迎接了挑战，也吸取了其中的有益东西，然后反求六经，丰富并拓展了原始儒家的思想。因此，这是一次大开之后的新的大合，一次非常辉煌的归返。这对于先秦原儒来说，或对汉儒来说，皆为“新”。

宋明新儒学是一个庞大而复杂的思想系统。对这个思想系统有多种区分，一般区分为二派，即陆、王心学与程（伊川）、朱理学。亦有牟宗三的三系说，即在原二系的基础上又分出五峰、蕺山系。对这三系，牟先生又认为陆、王与五峰、蕺山“两系以《论》、《孟》、《易》、《庸》为标准，可会通而为一大系，当视为一圆圈之两来往：自《论》、《孟》渗透至《易》、《庸》，圆满起来，仍是此同一圆圈，故可会通为一大系。此一大系，吾名曰纵贯系统。伊川、朱子所成者，吾名曰横摄系统”②。二大系中，牟先生认为陆、王，五峰、蕺山一大系为大宗，亦合先秦儒家古义，程朱为旁支，另开一传统，为“别子”。对宋代理学二派三系等的区分，陈荣捷表示了不同看法，他说，据“《宋元学案》，真是百花齐放。所谓三派二派，简单言之而已”③。不过，在笔者看来，虽然宋明理学学派众多，称得上百花齐放，但从中国儒家哲学的最高成就和精彩处表现为道德形而上学或实践智慧学来看，的确为陆王心学抓住了核心。陆王心学主要继承孔学中的孟子学派，推进孟子学说。象山说自己的学问是“因读《孟子》而自得之”。又说：“夫子以仁发明斯道，其言浑沦无罅缝。孟子十字打开，更无隐遁。”象山对孟子十字打开后的弘规，并不像一般人所遵循的思路，与时俱进作进一步的推进和展开分析。虽然象山也有某些稍为超过孟子之处，如对孔子“践仁知天”，孟子将此打开为“尽心知性知天”，象山认为，这里的心、性、天似有距离、限隔，而进一步说心、性、天合一。但总的来说，象山并没有超越孟子而实乃为其所含。正

---

① 《二程集·明道先生行状》上，中华书局2004年版，第638页。

② 牟宗三：《心体与性体》上，上海古籍出版社1999年版，第44页。

③ 陈荣捷语，见韦政通主编《中国哲学辞典大全》，世界图书出版公司1989年重印，第495页。

因此，牟宗三说："象山纯是孟子学。"[①] 象山的学问，被后继者王阳明（1472—1529）评点为"濂溪、明道之后，还是象山，只是粗些"[②]。这主要是象山往往以启发指点、训诫、遮拨等非分解的方式来继承孟子的思想，而缺乏分解方式的"议论"以揭示"实理"。相比较，王阳明则义理精熟，擅长分解方法，且文理周密。然按牟宗三的看法，虽然阳明"义理精熟，然未至四无碍之境"[③]，即亦有其局限性。总之，陆王心学遵循孟子十字打开孔子发明的仁道弘规的思路，接着挺立以心性（本心、良知）为本体的道德主体性，体现了儒学道德形而上学的核心价值。

与陆、王派相对的学派是程、朱派。二派论者，往往又将朱熹看作是宋代理学的集大成者。而三系论者牟宗三则持论刚好相反，以为陆、王心学才是宋学的正宗或大宗，而朱熹（1130—1200）反而是"别子"。牟先生这样论定朱子，其概括的理据有二：

> 因其一，将知识问题与成德问题混杂在一起讲，即于道德为不澈，不能显道德之本性，复于知识不得解放，不能显知识之本性；二，因其将超越之理与后天之心对列对验，心认知地摄具理，理超越地律导心，则其成德之教固应是他律道德……[④]

这不同看法，反差太大。到底应如何看，这是一个很复杂的问题，在这里仅从侧面说点陈荣捷与熊十力相关的看法，以期得到一些启示。

首先是学界在谈到两派的代表人物朱子与象山学问的不同时，往往又归结为一个不知起于何时何人的说法，即象山主尊德性，朱子主道问学。对这一看法，似已成定论。但按陈荣捷对相关文献的研究，认为此说的"始创者，恐是象山本人"[⑤]。元儒吴澄《尊德性道问学斋记》亦谓朱子有偏于道问学之意。王阳明在他的《朱子晚年定论摘录》中，全文摘录

① 牟宗三：《心体与性体》上，上海古籍出版社 1999 年版，第 17 页。

② 王阳明：《王阳明全集·传习录》2，北京燕山出版社 1996 年版，第 912 页。

③ 牟宗三：《从陆象山到刘蕺山》，上海古籍出版社 2001 年版，第 16 页。

④ 牟宗三：《心体与性体》上，上海古籍出版社 1999 年版，第 44 页。

⑤ 陈荣捷：《朱子新探索·尊德性而道问学》，华东师范大学出版社 2007 年版，第 186 页。又本节的以下引文均出陈先生本文，其他文意也对陈文有所参考。

了吴文，以证“朱子晚年趋于涵养，渐与其本人思想相同”。以后心学传人就越演越明确，如黄宗羲说，朱子“以道问学为主”，黄百家亦谓“朱子主乎道问学”。按陈先生的研究，朱子不是不主尊德性，而是针对象山“专是尊德性事”，又“自信太过，规模狭窄”，而提出“集长补短，力求中庸之道”。又朱子对尊德性与道问学有十分辩证的分析，认为，尊德性而道问学一句是纲领。尊德性极高明，为本为大，功夫易简，而道问学细密、精微，为末为小，功夫节目繁多，正因此，“平日所论，却是问学上多了”。也因此，被人误认为不主尊德性，而主道问学。

可见，朱子与象山的区分，不在谁主尊德性，谁主道问学，而是象山是“专是尊德性”，而朱子则是既“尊德性而又道问学”。象山是“纯《孟子》学”。朱子不是纯《孟子》学。虽然在为他所大致完成的圣道道统中，如以前所论述过的是以孟子为承传孔子的环节，但问题在孟子环节表示的是唯一一个人，还是以他为代表？若是以他为代表，则还应包括其他人和其他思想因素，而不是孤零零的一人。与陆象山不同，朱子除了承孟子思想外，他的确亦有荀子（约前313—前238）心态，如他在讲《大学》“格物致知”和《论语》伊始的“学”，皆显荀子心智。但问题在是否有荀子心态就离开了孔孟统系之大宗或正宗呢？这里儒家到底是以孔子为标准，还是以孟子为标准？如果以孟子为标准，因朱子不是纯《孟子》学，有荀子心智而可以说他为“别子”。但是以孔子为标准，就不能那样说了，因荀子毕竟也是孔后儒家八派之一，亦为孔子的直系成员。到底应如何看呢？在下文我们再看看熊十力在《读经示要》中论孔孟荀以及宋明理学的几段话，可能会获得理解问题的某些启示。

熊十力说：

……儒学积上古及三代圣明之经验，而完成于孔子。其源甚远，故为正宗。（第175页）

孟子以辟杨、墨自任，至詈以禽兽。……孙卿非十二子，亦过当。大概战国季世之学者，识量已狭。孟、孙大贤弗能免。（第177页）

今宗孔，而不究诸子百家，何以见孔子之大乎？（第173页）

宋儒识量，不无可议。……宋儒诚欲复兴儒学，则诸子百家之篇籍尚存者，与其有单词碎义可寻者，皆当表而出之。使学子各因其性之所近，才之所长，而专治焉。鼓舞求知之风，则绝学无忧不振。而以心性之学为中心。譬如太阳为中心，而八大行星皆绕之以转，无有纷乱。学术思想，须有中心，亦复如是。即大本何患不立。宋儒果能如此开拓，则吾国自北宋以来，悠悠千载间，当不至成为今日之局。（第 175—176 页）

以《论》、《孟》与宋儒语录对照，则《论语》句句是存养心性工夫。而确不曾把心性当作一物事来持守。《孟子》便不似圣人神化，渐为宋儒开端。（第 176 页）

宋儒一意反禅学，只知追寻孔、孟心性之旨，而于治平之道，无所创悟。（第 191 页）

儒家尚有孟、孙二派，其书俱存，而宋儒独宗孟氏，于孙卿则犹以异端摈之。《孟子》又但宗其言心性者，弗能发其民贵之论。……然则宋儒名为宗孔，而实去孔甚远，名为复兴儒学，而实不窥儒者之大体。……吾谓其病在偏枯者以此。（第 174 页）

明学以阳明为主，阳明仍是承两宋心性之学，但自有创发，且与陆子较近。其视伊川紫阳，即入手工夫不必同。而陆、王之彻悟，实有高于程、朱者。此心性学之内部，所以有程、朱、陆、王二派之争。……但如对汉学而言，……则阳明固是程、朱、象山后嗣，即明学统于宋学，不须别出言之也。[①]（第 181—182 页）

以上之所以不厌其烦地抄录熊先生的话，是因为笔者认为，如将熊先生的这几段话涉及的思想贯通起来，实可为一部自孔子上承并发明上古三代精神创立儒学，并经孟、荀到宋明理学的儒学发展史大纲。在熊先生看来，儒学本来可以发展为一个以儒家心性之学为中心，正如太阳系之以太阳为中心又众行星及卫星环绕同行般的博大精深的思想体系，但终于自战国始的时代原因，孟、荀开始气量变狭，后来终于使在孔子开端那里为内圣与外王、仁与智合一的规模，逐渐演化为单一内圣方向的“偏枯”之学，到宋明甚至同为心性之学内部的程朱与陆王派系一直在内耗纷争不

① 熊十力：《读经示要》，中国人民大学出版社 2006 年版，第 173—191 页。

已，而于治平、贵民等外王于不顾。求知之风不但得不到开拓，甚至有荀子理智与心态，则视为异端，以排斥之，以致外王与智（知性）方向荒芜，最终酿成日后日益积弱挨打之局，令人感叹。

按牟宗三的说法，中国哲学不但儒家哲学特重主体性，而且同为主流思想的道、释哲学也都重主体性，也同为“心性之学”。[①] 不过，虽同为心性之学，都特重主体性，但又有不同，儒家如上所述，其特重的主体性，又复加特殊的规定，即复加心性道德内容。因此，这主体性更确切地说则为道德主体性。

道家也是中国本土诞生的哲学。学界有学者从申、吕之地曾是炎帝族起源活动之地，吕、申之地灭亡后归楚，而老子是楚人，因此论证道家代表炎帝文化系，而与儒家代表的黄帝文化系，墨家代表鸟夷文化系不同。[②] 这有新见地，但论证的跳跃性太大，一时似令人难以信服。在这里，笔者还是比较认同学界较通行的看法，认为“诸子出于王官”，因周礼崩乐坏或周文疲弊的反省而起。只是与儒家认同并改革传统不同，道家否定传统，否定传统文献六经，认为六经皆秕糠，其间更与儒家相反对，互相形成挑战。学界有人推崇道家的创始人老子，认为中国哲学开端的代表人物为老子，《老子》也为代表著作。这既违反历史，也违反逻辑。因为中国哲学历史的开端不会以反面开始的，逻辑也不会先有反命题，然后才有正命题。因此，成为中国哲学起点的只有上承上古并发明三代精神而首先熔铸出“仁”的形上哲学概念以表述的儒家，儒家为正，道家在一定程度上为儒家的反对派，二家并行而不相悖。道家哲学没有道德内容，其追求的是超乎人文的自然天道，用老子的概念表述就是“常道”，常道乃自然天道即自己如此的道。与儒家哲学一样，道家哲学的特质也在强调主体性，不过与儒家哲学强调的主体性，复加内在心性或道德性不同，道家的主体性，由于其哲学没有道德的内容，因此，其复加的心性，也是不具道德内容的心性，而是经“损”、“心斋”、“坐忘”工夫而来的虚静之心性。道家认为必具如此心性的主体，才能领悟或得见常道即自然天道。

与儒道皆本土文化基础上产生的哲学流派不同，佛教乃外来的哲学流

---

① 牟宗三：《历史哲学·增订版自序》，台湾学生书局 1989 年版，第 2 页。

② 吴锐：《中国思想的起源》3，山东教育出版社 2003 年版，第 1003—1030 页。

派。它之所以能在中国生根发展，得益于它于儒道两家皆在一定程度上忽视了对人间悲情的深切关注，为中国固有文化哲学的一个重要补充。同时，佛教的宗旨是普度众生，并认为众生皆有佛性，即人皆可以成佛，这与中国儒家的宗旨："人性相近"，我欲仁，斯仁至，人皆可以为尧舜，道家的人皆可以成真人，皆相近，易于相融为一。佛教哲学目光远大，框架较明显，不似中国本土哲学，往往浑沦为一。前文说过，牟宗三就从佛教的重要著作《大乘起信论》发现了一个可以对接康德哲学，"现象与物自体之超越的区分"的框架："一心开二门"，二门即生灭门与真如门。佛教又逻辑思辨细密，具有西方认识论哲学的某些特点。前文曾引王元化说过哲学若从逻辑与体系讲，在西汉之前，中国或许谈不上哲学，但汉代后佛教传入到魏晋时，佛教的因明学已为士大夫相当熟悉，著述中，逻辑与体系已不在话下。可见，佛教还在逻辑与体系上给中国哲学以重要补充。佛教哲学的特质，与儒道哲学一样，也重在主体性。但与儒家哲学的主体性，复加道德心性内容，为道德主体性不同，也与道家哲学的主体性，复加虚静之心性不尽同，它是主体性复加自性清净心性。佛教认为只有修持到自性清净心性，才能得道成佛。

总之，中国哲学儒道佛三大主流，其哲学皆为心性哲学，其哲学的特质皆在特重主体性。由于各自所复加的内容不同，因此，虽同为重主体性，但又有不同，儒家为心性道德主体性，道家为虚静之心性的主体性，佛家为自性清净心性的主体性。

对主体性，如以康德"现象与物自体之超越的区分"的框架来区分，那么主体又可以区分为现象意义的主体，也即认识论意义的主体，和物自身意义的主体，也即道德形上学意义的主体。若以这个主体框架照察，那么，中国哲学儒道释三家的主体，又当属物自身意义的主体，而非现象意义的主体，其所面对的是物自身意义境界、真如门、常道、心性本体，而不是现象界、生灭门、非常道等。

2. 中国古代诗论与文论的纲领

关于文化与哲学的关系，牟宗三说过，文化"可以从各个角度，各方面来看，但向内收缩到最核心的地方，当该是哲学。哲学可以做庞大的文化这一个综和体的中心领导观念。故欲了解一个民族的文化，开始时可以散开地由各方面来看，从各方面向内凑，如从文学、历史、经济、社会、政治等各方面凑到核心，还是个哲学问题”[①]。这一说法，指明了文化与哲学最内在的基本关系。对文化综合体，包括其各方面的文学、历史、经济、社会、政治等来说，哲学是其核心、中心领导观念、纲领；反过来说，文化这个综合体，散开来说包括文学、历史、经济、政治、社会等文化方面的细目，则是哲学这个核心、中心领导观念、纲领的引申、散开或呈现。因此，研究文化问题，散开来说包括文学、历史、经济、社会、政治等细目是不能离开哲学这个核心、中心领导观念、纲领的统辖指导和智慧的。

这里说的是哲学与文化的最一般的内在关系，进一步推演，自然中国哲学与中国文化的关系也是如此。这里不是一般地说中国哲学与中国文化的关系，而是以此为前提，推演以谈作为中国文化的一方面、一部分或一细目的中国文学与中国哲学的关系，最内在地说也是如此。即中国哲学是中国文学的核心与中心领导观念或纲领，亦可说中国文学也为中国哲学所统辖，而中国文学则是中国哲学这个核心、中心领导观念或纲领的展开或呈现。

前文说过，中国哲学的特质与西方哲学不同，西方哲学的成就主要在认识论哲学，重自然与客观性。康德哲学的“哥白尼式的革命”，虽然由重客观转向重主观，由现象转向物自身，但思维方式仍然局限在认识论范畴内，他对道德形而上学就没有证成，仅为纯粹理性的道德神学。而中国哲学则刚好相反，于认识论消极，没有形成学之成为学的学问，或说没有形成认识论哲学，而主要成就则在康德没有证成的道德形而上学或心性哲学方面。中国心性哲学的特质，按牟宗三的说法在特重主体性，其主流的主流儒家哲学则复加内在心性道德内容，为心性道德主体性。儒家哲学是由孔子从正面开端的。时值“礼崩乐坏”乱世，孔子得以创始儒家哲学，得于他“述而不作，信而好古”，或说既述亦作。“信而好古”，使他从精神上得以与上古尧舜禹直到周公一脉的圣哲的心灵相通，他常常梦见周公就是心灵相通并有承传其精神意识的表显，这使他领悟了一个自古一以贯之下来的哲学精神。同时他又从《书》、《诗》等古代历史文献的“重德”、“敬德”等中得到印证与启示，终于创立“仁”概念。“仁”是

① 牟宗三：《中西哲学会通之十四讲》，上海古籍出版社1997年版，第1页。

既“述”又“作”的结果，就其原本就是古代圣贤实践创造的一以贯之的哲学精神而言，为“述”，而孔子拈出“仁”概念，发明这哲学精神，亦为“作”。孔子说“述而不作”，这有他伟大的谦虚一面，同时也表明了“仁”的本源一面。

《书》、《诗》其实就是中国文学的源头，因此，从文献角度讲，中国哲学内在道德主体性的特质，其实最早就潜藏在作为现象形态的文学作品中。牟宗三曾反复点明，中国哲学的主流中的主流儒家哲学的智慧，其实就从《诗经》二首诗来，或说这二首诗就是中国哲学之智慧的根源。[①] 这两首诗为：一首是《诗经·大雅·烝民》：“天生烝民，有物有则。民之秉彝，好是懿德。”另一首是《诗经·周颂·维天之命》：“维天之命，于穆不已。于乎不显，文王之德之纯。”

第一首诗，是以天下事物都有法则为比，兴起讲天生众多老百姓，其自然禀赋，全都喜爱好的品德。孔子曾赞过此诗：“为此诗者，其知道乎?”（见《孟子·告子上》引）孟子顺孔子之意，进一步引以证人本心之性善，讲人的道德性。第二首诗则以主体领悟的客观天道庄严肃穆运行不停比兴，赞叹文王心性品德之纯正，而显现光明，也将在人间运行不停。《中庸》曾引用此诗以讲孔子的“性与天道”，证自然天道与文王道德性命通而为一之根源。而牟宗三则进一步从中国心性哲学的高度，将这两首诗结合起来，以明中国心性哲学之天道与道德性命之人道相通为一的根本原理。这样说当然也讲得通。但形象大于思想，对之，还可以作别的分析。笔者在这里准备从一个侧面，由之讲中国心性哲学与中国诗（文学）的密切相通关系。

在西方也有人讲哲学与诗（文学）的密切关系的。例如牟宗三就谈到逻辑实证主义讲的“概念的诗歌”[②]。冯友兰亦说过维也纳学派将形上学比诗，如石立克说：“形上学是概念的诗歌。”[③] 逻辑实证主义把意义限定，认为只有能够外延化的知识才有意义，而形上学没有认知的意义，没有外延化知识，因此没有意义，只能满足于主观情感。于是他们进一步把

① 牟宗三：《心体与性体》上，上海古籍出版社 1999 年版，第 31 页等处。

② 牟宗三：《中国哲学十九讲》，上海古籍出版社 1999 年版，第 22 页。

③ 冯友兰：《贞元六书·新知言》，华东师范大学出版社 1996 年版，第 958 页。

形上学里讲的话说成是概念的诗歌，像诗歌一样，只能满足我们的主观情感。这样讲的哲学与诗（文学）的关系，并没有相互交融、贯通的关系。与上文讲的中国心性哲学与《诗经》二诗的密切交融相通关系完全不同。

现在学界已很少有人讲到的俄国19世纪天才文学批评家杜勃罗留波夫（1836—1861），他在其著名的文学评论文章《黑暗的王国》中，曾说道："把最高尚的思维自由地转化为生动的形象，同时，在人生的一切最特殊、最偶然的事实中，完全认识它的崇高而普遍的意义——这就是一种到现在为止，还没有什么人能达到的，使科学和诗完全交融在一起的理想。"① 这里说的"科学"就是指"哲学"。杜氏自然没有读过中国哲学著作，以及以前文列举到的《诗经》二首诗为代表的中国诗与文学。如上所谈，在中国，心性哲学与诗（文学）的"完全交融在一起的理想"，早在数千年以前的《诗经》就完美地做到了。

之所以为杜氏所认为哲学即"科学和诗完全交融在一起的理想"，在西方一直没有人达到，而中国早在《诗经》就能达到。这也并不是说中国人特别聪明，西方人不聪明，不是的。这主要是如前所述，西方是两个世界，西方文明开端首先抓住客观自然，以知识为中心，其哲学的皇冠是认识论哲学，认识论哲学关注抽象的外延真理，文学不宜表外延真理、概念真理，若表也是如上冯友兰等人所谈的为不交融的"概念的诗歌"。而中国不同，中国是一个世界，中国文明开端首先抓住的是主体生命，其哲学的辉煌在心性哲学，心性哲学关注的是靠内心真切体悟的内容真理，而文学（诗）也可以表内容真理，因此，中国心性哲学与中国诗（文学）可以完美地交融在一起。

对中国文化要向内凑到最核心，才是中国心性哲学的问题。这时，作为中国文化的一方面或一子项目的中国文学也才与中国心性哲学构成关系。一般情况下，我们是从文化层次谈文学，以及文学与其他同样为文化之一方面或子项目，例如历史、经济、社会、政治的关系。这时文学是可以作为一个相对独立的文化方面或子项目看的。若此，对文学可以有两层次的区分，从感性形象形态看，是文学作品。从理性看，也可以对文学现

① ［俄］杜勃罗留波夫：《杜勃罗留波夫选集》第1卷，上海译文出版社1983年版，第274页。

象作形而上的理论总结，形成文学理论。这样，从哲学与文学关系上说，也就有两层关系，即哲学与作为现象的文学作品的关系，和哲学与作为形上理论形态的文论的关系。文论由于属形上层次，与哲学更密切，与哲学的关系以及受哲学的影响也就更直接，更具核心意义和根源性。现代学界由于受西方重分别的影响，往往只谈文学与文论的关系，而不凑到内在核心的哲学，因此，无论谈文学，还是谈文学理论，或二者的关系，往往都是不彻底的。

笔者认为，从中国文学与中国哲学的关系看，可以说，中国文学是中国心性哲学的形象形态的呈现，而中国文论则是中国心性哲学的理论形态的呈现。这是立足于中国文化哲学谱系树立场上的讲法。立足于中国文化哲学谱系树的根本讲，这是最彻底的讲法。由于在这里研究的主要是中国文论，而不是中国文学，因此，在这里就主要谈中国文论与中国哲学的关系。

从以上对中国文化与中国哲学关系的理解为前提，既然中国哲学是中国文化包括其一方面或子目的中国文学的核心、中心领导观念，那么自然地中国哲学也是中国文学的形上形态中国文论的核心、中心领导观念。如上所谈，中国没有形成学之成为学问的认识论哲学，中国形成的是西方没有证成的道德形而上学，中国也叫心性哲学。因此，作为中国文论的核心或中心领导观念的哲学，自然不是认识论哲学，而只能是心性哲学。而中国心性哲学的特质是特重主体性，这也就从核心上决定了中国文学，同时也决定了中国文论亦特重主体性。

当然，这只是以中国文化与中国心性哲学的内在深层关系为前提，而进一步对中国文化的一方面或一子项目的中国文学及其形上形态中国文论，与中国心性哲学的内在深层关系作的推论。因此，还需要我们结合中国文学，这里主要结合中国文论（诗论）的实际，予以进一步的具体分析。

说中国文论（诗论），自然离不开“诗言志”。“诗言志”作为中国文论（诗论）中首先涌现出来的命题，学界已作了很多研究，但往往只从单一层面的诗论作研究，这自然不能尽窥其丰富意义。对这个命题，是可以而且应当作多方面或多层次研究，才能较深刻地把握其意蕴的。在这里，笔者认为暂可作三个层次的研究，首先是文化层次，其次是文论

（诗论）层次，最后是向内凑到核心的中国心性哲学层次。在前文，我们已从中国礼乐文化层次对之作了分析与定位，认为“诗言志”乃中国诗（文学）的第一观念、第一定义和第一义。同时亦是中国诗论（文论）的第一命题。我们之所以这样认定，如前所述，其中一重要依据，是基于其出处。《尚书·尧典》说：“帝曰‘夔’！命汝典乐，教胄子，直而温，宽而栗，刚而无虐，简而无傲。诗言志，歌永言，声依永，律和声。八音克谐，无相夺伦，神人以和。”由上引文中的“典乐”可见，其时诗属礼乐文化体系范畴，乐如唐君毅所说乃文学艺术的总代表，诗是乐的一部分或一项目。因此，“诗言志”所涵，也不只是诗“言志”，而且包括乐及其所代表的所有文学艺术项目皆“言志”。这是从礼乐文化层面观照“诗言志”。总之，我们的看法，是把“诗言志”看作是礼乐文化体系中，首先涌现出来的关于诗（文学）以及乐和所有文学艺术的第一观念、第一定义和第一义，同时也是诗论（文论）的第一命题。

对于“诗言志”，从诗论（文论）层次，学界已作了很多研究，其中最有代表性的是朱自清，特别是其《诗言志辨》，提出“诗言志”是中国诗论的“开山的纲领”①，更是影响深远。把“诗言志”定位为中国诗学的“开山的纲领”，这是朱先生的卓识，可谓一下子就抓住了中国诗论的牛鼻子，为中国诗论（文论）研究奠定了基石，并指明了方向。在后来的研究中，朱先生不仅进一步明确了其内涵，而且探讨了“诗言志”的二次“引申、扩展”。首先，就诗方面说，是“诗言志”，经“吟咏情性”的中介、过渡，引申发展到“诗缘情”，但前者作为纲领一直统辖着后者，直到袁枚将“韩熙载之纵伎”等的言“男女私情之作”看作“言志诗”，以及受外来影响和现代“抒情诗”的发展，“诗缘情”作为“诗言志”引申、发展的“新标目”、“新传统”才逐渐抬头。其次，就诗到“整个中国文学”的发展来说，由于各体中国文学的发展，诗言志的“开山的纲领”，也就引申发展到“文以载道”的关于整个中国文学的文论纲领。这样，朱先生也就通过确立“诗言志”为中国诗论的“开山纲领”，并引申、扩展到了有关整个中国文学和文论的“文以载道”的纲领。朱

① 《朱自清全集》6，江苏教育出版社1990年版，第130页。又本节的其他引文均见于是书。

先生对文以载道论述较少，只确立了“道的概念比志的概念广泛得多”。但能首先确立诗言志的诗论的纲领，进而由之引申发展而明确文以载道为整个中国文学与文论的纲领，从而奠定中国文论研究的基础与方向，也就贡献巨大了。不过，若进一步追问，朱先生何以不进一步像研究“诗言志”那样展开研究文以载道？笔者认为，这自然有为论著的所论范围所限，同时还应有“道”的问题，首先是哲学问题，需要在哲学层次解决。而朱先生主要是从诗论层面研究诗言志，其任务已完成。但若上升到中国文化（包括文学）与中国哲学关系，或说中国文化哲学谱系树整体多层次模式的研究的话，朱先生的研究尚欠一个层次，即由文化、诗论（文论）向内凑到最核心的中国哲学层次的研究。这层次研究，在当时要作的话，也受到很多限制，既受时代西学重分别的思维方式的影响，同时，当时中国哲学之有无尚处于纷争之中，至于其理论形态有别于西方认识论哲学，更无从谈起。这样，这个层次的研究无论如何也不能苛求于他人，而正因此，我们作为后人，可以像冯友兰说的那样，可以“接着”朱先生“讲”。

如前所论，与西方哲学理论形态为认识论理论形态不同，中国哲学理论形态为道德形而上学或心性哲学理论形态。西方认识论重自然、客观。虽然康德哲学的哥白尼式的革命，实现了转向，由重客观转向重主观，由现象转向物自身；但西方哲学在两个关键问题，即两个世界及人没有智的直觉上限制了西方哲学，即使康德哲学其主要成就也就停留在认识论范畴内。康德就没有证成道德形上学，自由意志仅为设准，而挂空，因此，其道德形上学仅为纯粹理性的道德神学。而中国哲学不同，它虽然于认识论哲学消极，没有能建构形成学之成为学问的认识论理论形态，但中国哲学承认人有智的直觉，可以证成道德形而上学，而为实践智慧学，其这一理论形态的理境有进于康德哲学之处。

同时又如前所述，中国哲学的特质，无论儒道佛皆特重主体性，只是在特重主体性之上又复加的内容不同，儒家哲学其主体性复加以心性道德内容，为心性道德主体性；道家哲学的特重主体性，又复加虚静之心性，而为虚静心性的主体性；佛家哲学的特重主体性，又复加自性清净心性，而为自性清净心性的主体性。这样，由中国礼乐文化层，经诗论（文论）层，再向内凑到核心的中国心性哲学，并明确其特质为特重主体性，我们就可以看到，“诗言志”其实正是中国心性哲学及其特质特重主体性，在中国礼乐文化之文学方面，及诗论（文论）层面的呈现而已。当然反向思维也可以说，中国心性哲学及其特质的特重主体性，又正是中国礼乐文化之文学（诗）方面及其形上形态文论（诗论），并中国礼乐文化之其他方面向内凑到核心的产物。因此，从哲学高度可以说，中国心性哲学及其特质的特重主体性，乃“诗言志”的哲学根源，或说哲学依据。钱穆说过：“中国文学可称之为心学”，又说中国“文学亦重心性”，“平剧剧情则主在人之心性”。[①] 其意亦近之。

“诗言志”出自《尚书·尧典》，古代经典为儒家所承传，因此一般地也就认为其属儒家诗学纲领，从核心哲学层次看，属儒家心性哲学范畴。但儒家哲学作为中国哲学中主流的主流，也需要道、佛哲学来补充。因此，扩大开来，也就可以说“诗言志”同属儒道释，《庄子·天下》中就有“诗以道志”的说法。由于儒道释心性哲学，虽然皆特重主体性，但各自又复加的内容不同，因此，在“诗言志”，特别是“志”的内涵上，也会有不同，儒家心性哲学的特质的特重主体性，又复加心性道德内容，这就从哲学核心的高度上，决定了儒家讲的“诗言志”，表有心性道德内容的“志”。这最典型莫过于《诗经》，屈原与杜甫。《诗经》不必说，对屈原，钱穆说：“屈原为离骚，则亦自述己志，自抒忧情，……宋玉不如屈原，不在辞，乃在志。”至于杜甫，尊称诗圣。何以称诗圣？管世铭说：“少陵一生，笃于伦谊，……至于爱君忧国，每饭不忘，……其得于诗之本者厚矣，故曰‘诗圣’。”[②] 这里说的“伦谊”、“爱君忧国”、“本”皆属儒家道德心性的内容。道家心性哲学特质的特重主体性又复加心斋、坐忘工夫而来的虚静之心性内容，也在哲学核心上规定了道家诗论之“诗言志”为表虚静之心性内容的自然心志。佛家心性哲学的特重主体性又复加自性清净心性，这亦在哲学核心上规定了佛家诗论之“诗言志”，为表有自性清净心性内容之心志。对这，前者在陶渊明、诗仙李白，后者在诗佛王维的诗中皆有典型的表现，在这里暂不详论。

在这里顺便谈一下徐复观的一个著名观点。徐先生说过，庄子由心斋

① 钱穆：《现代中国学术论衡》，岳麓书社1986年版，第227、232页。

② 《李白杜甫全集》，北京燕山出版社1995年版，第634页。

的工夫所把握到的虚静之心，“实际乃是艺术精神的主体”[①]。又说：

> 庄子与孔子一样，依然是为人生而艺术，因为开辟出的是两种人生，故在为人生而艺术上，也表现为两种形态。因此，可以说，为人生而艺术，才是中国艺术的正流。不过儒家所开出的艺术精神，常须要在仁义道德根源之地，有某种意味的转换。没有此种转换，便可以忽视艺术，不成就艺术。程明道与程伊川对艺术态度之不同，实可由此而得到了解。由道家所开出的艺术精神，则是直上直下的；因此，对儒家而言，或可称庄子所成就为纯艺术精神。[②]

徐先生这两段话的内容很丰富，其中有一个观点是认为，同作为艺术精神主体，道家的虚静之心，比儒家道德之心有“直上直下”的优越性。应该说，徐先生的见解是很深刻的，不过，还是可以作分析的。笔者认为，就直接意义上说，庄子说的由心斋工夫而来的虚静之心，是得道、见道的心性哲学主体。《老子·12》说：“五色令人目盲，五音令人耳聋。”《庄子·胠箧》也说：“灭文章。”道家认为，文学艺术是人为，违反自然，因此，在哲学与文学艺术相分意义上，庄子之虚静之心只是相近似，而不会是艺术精神的主体。前文讲过，中国心性哲学与中国文学艺术自伊始就可以完美地交融在一起。庄子也讲过“道，进乎技”，道（哲学）比技（艺术）更高层次，但可以交融在一起。从这层意义上讲，虚静之心也是艺术精神主体，道家推崇“天乐”，天即自然，自然即自己如此，天乐即自己如此的乐，亦即进乎技或说化掉技的道乐。与道家不同，儒家的主体是道德心性主体，从哲学与文学艺术相分的意义上讲，它也是心性哲学主体，而不是艺术主体。从相分意义上讲，心性哲学与文学艺术，善与美是有矛盾对立性一面的。徐先生讲程伊川等的“艺术态度”是说他们“忽视艺术”，就讲出了这矛盾对立性一面，我们在前文讲过程伊川与苏东坡的矛盾，也是如此。但对程伊川来说，也不是作某种“转换”的问题，而是要把道貌岸然的道德相大而化之，善相化掉，走向更高层次的

① 徐复观：《中国艺术精神·自序》，春风文艺出版社 1987 年版，第 3 页。

② 徐复观：《中国艺术精神》，春风文艺出版社 1987 年版，第 118 页。

善美合一，孔子主张的尽善尽美合一。对这方面的问题，以后还要谈到。

"诗言志"是统辖诗论的纲领。如朱自清所认为，由诗扩大到"整个中国文学"，由诗论扩大到文论，"诗言志"的纲领就引申、扩展到"文以载道"("文以明道")的纲领。但应该说，当时学人将"文以载道"理解为"以文学为工具，再借这工具将另外的更重要的东西——道——表现出来"[①]，是不对的，是缺乏对中国心性哲学理解的表现。因此，为避免望文生义的误解等，笔者认为以下文谈到的刘勰提出的"文以明道"取代"文以载道"为文学纲领或许更恰当。

对接续"诗言志"纲领出现的"文以载道"("文以明道")纲领的思想胚胎，可以说形成于孔子。孔子经常讲"志"，并明确"士志于道"。(《论语·里仁》)又对《诗经·大雅·烝民》评论说："为此诗者，其知道乎?"(《孟子·告子上》引)这已讲到了诗中的道，并已将志与道贯通了起来。志，从凑到核心的哲学讲，也就是道的问题。孟子谈诗，主要讲"志"，所谓"以意逆志"等，讲"气"，所谓"知言"、"养气"等，而不大讲道，或由志进入道及二者的相通关系。荀子讲道，但他被认为"大本已失"，的确他讲的道，有属抽象外延真理、概念真理的倾向。因此只能算是过渡。当然，作为过渡的还可算上扬雄。到魏晋文学自觉时代，随着各种文体充分发展，由诗扩展到丰富多样的文体。而文学发展又出现了"文体解散"，追奇逐艳，"离本尔甚"的根本方向性危机。这时，才有一个像当年孔子梦见周公般，也在梦中追随孔子，实际上是在文学上心灵与孔子相应而相通的刘勰（约465—520），在"诗言志"纲领之后，明确了一个面对整个中国文学的"文以明道"的纲领，所谓"道沿圣以垂文，圣因文以明道"。(《文心雕龙·原道》)

要注意的是，"文以明道"纲领的道，从核心的哲学上讲，不能从认识论哲学形态把之看作抽象的客观规律或外延真理、概念性真理的道，前述朱自清文中所引学者的看法，就如此，因此笔者认为是不对的。在哲学上，我们应转向中国心性哲学形态讲。对作为主流中的主流的儒家之道不能孤立讲，而应像孔子那样将"性与天道"一起讲，"天命之谓性"，性的根源是心，这心应是道德天心，亦为众圣相承传的道心。因此，这道应

① 参见《朱自清全集》6，江苏教育出版社1990年版，第172页。

为德性天心、道心真切体悟或说与自然天道相通为一之道。在作为补充的道家和佛家，则分别为，以虚静之心“见”的自然常道，和为自性清净心“见”的佛性之道。三家之道皆为天人合一的内容真理之道。

正因此，刘勰讲“文以明道”，既讲“原道”，“本乎道”，文源于道，又讲前圣与后圣一脉相承之“道心”，所谓“道心惟微”。也就是说，在刘勰那里，文以明道的道是原道与道心相统一之道，如作分析，则可以说包含着原道与道心二面。但在二面中，显然“道心”为主体。没有道心便无法见自然天道。亦无文章，所谓众圣“莫不原道心以敷章”。中国心性哲学的特质在特重主体性。这就从核心哲学层次决定了讲文以明道的纲领，自然亦应是特重主体性的“道心”。道心即常心，上下古今贯通为一之心，既为我心之同然，亦为他心之所同然。这样的“道心”，才能作为钱穆揭示的，作为“心学”的整个中国文学及其形上形态的文论的纲领主体。

对整个中国文学的“文以明道”纲领之相通合一的两方面，后世接着刘勰讲的人，大多只讲“原道”一面，而不讲或少讲“道心”这更深刻一面。如唐代韩愈、柳宗元讲“文以明道”，宋代周敦颐讲“文以载道”，朱熹讲“文皆是从道中流出”等都有此倾向。韩愈讲“文以明道”，他在《原道》中说：“吾所谓道也，非所谓老与佛之道也。”又说：“尧以是传之舜，舜以是传之禹，禹以是传之汤，汤以是传之文武周公，周公传之孔子，孔子传之孟轲，轲之死，不得其传焉。”韩愈主要讲儒家之道与老、佛的不同，乃众圣相传之道，虽涉及原道，但不及“道心”，也就尚停留在“虚位”层次。朱熹非专孟子学，被称“别子”，他的确夹杂着荀子心态，他说的道也不纯是心性哲学之内容真理之道，也夹杂着外延真理之道的成分，其后学更是突出。宋代儒学号称新儒学，实以理学派为主流。因此，在强大的宋代理学的笼罩下，宋代文学，特别是诗词，有走向理学化、概念化倾向，甚至出现“要皆经义策论之有韵者尔，非诗也”（刘克庄语）。因此，在诗论上，引起了严羽的强烈反对，其反对的主要矛头之一，就是对准“以议论（理）为诗”。（《沧浪诗话》）按朱熹的讲法：“道为统名，理为细目。”理也是道。严羽反对“以议论（理）为诗”，也就是反对以道为诗，扩大开来，也就是反对“文以明道”的纲领。差之毫厘，失之千里，这应该说是对“文以明道”纲领的“道”的片面理解，并已从靠内心真切体悟的内容真理的“道”，走向客观化的抽象的外延真理，概念真理的道（理）之结果。

上文说，对“文以明道”之道所包含的相通为一的两方面，学界较少人讲“道心”这更深刻的一面。但并不是没有，明代就有，甚至很突出并一度成为主流。明代最有影响的文论学说，是李贽评点《水浒传》提出的“童心”说，汤显祖与吴江派论争《牡丹亭》提出的“至情与理冲突”说，以及袁宏道针对前后七子复古主义提出的“独抒性灵”说等，从这些学说的最终哲学归宿来说，都可以纳入“道心”一面讲。当然，只从文论层面是讲不清楚这个问题的。但若向内凑到核心的哲学看，则很清楚，这是新儒学思想转向的产物。我们知道，就宋明新儒学学派大系的区分，可分为理学派与心学派。心学的影响在宋代不及理学，但到明代出了个王阳明情况就不同，心学的影响反过来大过理学。在哲学上是如此，同样在文学与文论上，心学的影响也大于理学。在文论的“文以明道”纲领之道的理解上，自然也就由侧重于“原道”一面转向于“道心”一面。于是出现上述李贽、汤显祖、袁宏道等人为代表的诸说，也就是很自然的事。

在这里还要进一步分析的是，在上文我们将“童心”说、“性灵”说等的出现，向内凑到核心哲学，将之看作是心学影响的产物，并可将之纳入“文以明道”纲领之道的“道心”一面。但要注意的是，作为中国心性哲学的心学，其特质的特重主体性，是复加心性道德内容的，即使作为补充的道家或佛教的特重主体性，也复加虚静心性或自性清净心性的内容。但文学或文论家受心学影响提出的“童心”说、“性灵”说等，则因个人因素不同所致而不一定复加道德内容等。正因为可能没有道德内容等的根底或底线，因此，往往会向下坠而为欲心、私心泛起。袁宏道的“性灵”说标榜露、俗、趣，袁枚甚至以“韩熙载之纵伎”为“言志”等，皆可以看出乃论者因没有道德内容等的底线而滑向盲目。“性灵”说的骤起骤落，原因很多，但从文以明道的纲领和向内凑到核心哲学看，不能不说，此说虽受心学的影响而起，但终因亦在无道德内容等的根底，而脱离文学纲领轨道和核心哲学指导而盲目下坠。

以上，我们将朱自清揭示的“诗言志”的诗论的“开山的纲领”，并引申、扩展到“整个中国文学”的“文以明道”纲领，在已有诗论与文论层次论述的基础上，“接着”从向内凑到核心的心性哲学层次“讲”，以明确其中国心性哲学的基础。与西方哲学主要是认识论哲学理论形态不同，中国哲学主要是道德形而上学或心性哲学，其特质是特重主体性，并复加心性道德内容等。从中国哲学的核心层次讲，中国诗论与文论的“诗言志”与“文以明道”纲领，只不过是中国心性哲学及其特质特重主体性，在诗论与文论上的呈现和表现而已。当然反过来说也成立。对“整个中国文学”来说的“文以明道”纲领，我们还根据刘勰《文心雕龙》，将其“道”区分为相通为一的“原道”与“道心”两方面。并认为，在刘勰之后，“文以明道”纲领及其“道”的两方面都得到了一定程度的发挥，但也出现了偏差，这些偏差，皆是对“文以明道”纲领的“道”两方面片面理误的结果。因此，笔者认为，要深刻地理解并把握朱先生揭示的“诗言志”的诗论纲领，并引申、扩展到“整个中国文学”的“文以明道”纲领，必须以准确把握作为核心层次的中国心性哲学为前提。离开了这个核心哲学，单从文论层次，是很容易因没有根底而滑出轨道的。对“文以明道”纲领，我们在下文还要更充分地讨论到。

三 中国学术研究的“基准”与古代文论纲目体系

本部分的研究，主要是在由中国心性哲学的特质而明确中国古代文论纲领的基础上，进一步探讨中国古代文论纲目体系。为行文的连贯性起见，需要上接前文有关线索。在《引言》中，我们曾回顾了近现代中国古代文论研究界对中国古代文论体系的探索，并着重分析了最有代表性的刘若愚的《中国古代文学理论》和黄霖等的《中国古代文学理论体系》。通过回顾分析，我们发现近现代学者在对中国古代文论体系的把握上存在两大问题：一是研究者往往将中国古代文论的材料套在现成的西方文论体系框架或变形了的西方文论框架上而了事。这用现行学界的用语表述，则为“西方文论在中国”，这可以以在《引言》中分析过的傅庚生和刘若愚的著作为代表；二是虽然有学者力图脱离西方文论在中国的模式，走自己的路，但在建构自己的中国古代文论体系时，又往往陷入因方向不明而盲目。这虽然也可以取得一定意义的局部成绩，但毕竟不是根本性解决问题的东西。因此，从根本上说，仍然存在一个路向何方、轨道何在的问题。

对这，上文谈到，我们从《庄子·天下》获得启示，认为根本的道路就是由学界一直向往的“方术方法”，“返归”传统的“道术方法”，从我们一直向往的“一曲之见”，转向中国文化哲学谱系树之全体大用，并由礼乐文化向内凑到核心的中国心性哲学，从而确立作为这谱系树“枝叶”的中国古代文论的位置及其体系问题。笔者认为，这才是解决问题的根本道路和轨道。我们的已有研究就走在这样一条道路上，下文再继续探讨两个问题。

（一）由哲学的共同模型到文论两种体系形态

上文分析过，由于中国的大陆环境、农业经济与宗法社会等因素制约着中国文化创造伊始，即与处于岛国、商业贸易经济的古希腊为代表的西方文化创造伊始不同。古希腊文化首先抓住自然，中国文化则首先抓住的是生命——道德生命、理性生命，进而创立礼乐文化——心性文化以定人伦规范。文化的核心是哲学，研究文化问题向内收缩到最核心即为哲学问题。哲学只有一个，但中西哲学的路向各有不同。据牟宗三的看法，要正确理解中西哲学之不同，及讲中西哲学会通，必须明确哲学的宇宙性观念及全部哲学的共同模型，这就是在“一心开二门”：生灭门与真如门，及“现象与物自体之超越的区分”的基础上，形成的两层存有论：有执的存有论与无执的存有论，或经验实在论与超越的观念论。西方哲学于生灭门、现象界积极，科学发展，民主制度走向健全，并以此为基础创立了认识论哲学，这是西方哲学的骄傲。中国哲学虽然于生灭门、现象界也有“为学”、“闻见之知”等说法，但总的来说态度消极，因此于知识科学无建树，学之成为学问的认识论哲学也没有建构起来，也可以说没有西方式的认识论哲学。这是中国哲学的憾事。不过西方哲学虽然于现象界、生灭门积极，在认识论上显精彩；但他们于物自身智思界、真如门方面也有憾事。即使作为西方哲学高峰的康德虽然开二门，但也只在认识论即纯粹理性批判方面独领风骚，而转向实践理性方面，也只提出具思辨意义而无法证成的自由意志、上帝存在与灵魂不灭的“三设准”。因此只有纯粹理性的道德神学，而没有形成道德形上学。而中国哲学则相反，中国哲学虽然于生灭门、现象界消极，但于真如门、物自身本体界则积极，可以说中国哲学的全部精神都集中于此方面，因此很通透。中国哲学更证成了连康德也没有证成的道德形上学，这是中国哲学值得骄傲之处。

肯定两个世界，明确全部哲学的共同模型，进而把握哲学的两种理论体系形态，清晰中西哲学各自的优缺点，这样中西哲学的会通和走向更高层次之未来，也就会呈现出坦途。中国哲学于认识论方面消极，没有形成学之成为学问的认识论哲学，在这方面，西方认识论可以给我们以借鉴。使我们在这方面充实，并发展科学与民主政治。但西方也于道德形而上学方面不通透。而在这方面中国通透的心性哲学可助其将缺陷照察出来，促其前进，使其百尺竿头更进一步。当然在这方面，中国心性哲学，虽然有证成，但无现代框架，我们也还须借鉴康德的现代框架将我们已证成的心性哲学展示出来。当中西哲学会通并各自重新调整完成，人类哲学的未来，最终将走向一个整全的哲学，这就是仁智合一、德福一致的圆善。但目前我们的第一步则是通过比较会通，明确各自的优缺点，并各自重新调整自己。在这里，我们的任务不是谈哲学问题，而是谈中国文论问题，但为了让我们谈的中国文论问题有根底，则必须从核心的哲学问题开始而已。

1. 西方认识论哲学与西方文论概念逻辑体系

由上分析可见，以全部哲学的共同模型照察，中西哲学在发展中各有侧重，西方哲学的皇冠在认识论，中国哲学的皇冠则在道德形上学。西方哲学认识论为西方哲学家发挥得淋漓尽致。这种哲学自柏拉图、亚里士多德创立起，到康德、黑格尔发展到高峰，然后又由后认识论哲学将之推向精微而“穷”。“穷则变，变则通，通则久。”(《易传·系辞》) 西方认识论哲学也到了应“变”的境地了。西方认识论哲学的展现模式为概念逻辑体系。这种概念逻辑体系模式，在理论上，马克思（1818—1883）将之表述得很清楚：

正如从简单范畴的辩证运动中产生群一样，从群的辩证运动中产生系列，从系列的辩证运动中又产生整个体系。

把这个方法运用到政治经济学的范畴上面，就会得出政治经济学的逻辑学和形而上学，换句话说，就会把人所共知的经济学范畴翻译成人们不大知道的语言，这种语言使人觉得这些范畴似乎是刚从充满纯粹理性的头脑中产生的，好像这些范畴单凭辩证运动才互相产生、互相联系、互相交织。请读者不要害怕这个形而上学以及它那一大堆范畴、群、系列和体系。①

在这里，马克思揭示了认识论哲学的概念逻辑体系模式，或“真正的‘逻辑结构’论”②。这就是由“简单范畴”（元范畴）经逻辑辩证运动演化为范畴“群”，再经逻辑辩证运动演化为范畴之“系列”，范畴之“系列”又经逻辑辩证运动而构成整个范畴“体系”。由“简单范畴”的起点到整个范畴体系建构的终点，靠的是内在逻辑推演的辩证运动。这是纯粹理性的头脑进行的纯粹理性的以范畴为元素的建筑物。从方法论上讲，康德在《纯粹理性批判》中将之称为“建筑术”。西方认识论哲学著作，皆为此一模式的建筑物，康德哲学是如此，黑格尔哲学是如此，其他西方哲学家的哲学也是如此。如黑格尔的以《逻辑学》为核心的庞大哲学体系，就是一概念逻辑体系的典型。该体系就是从“元范畴”（绝对理念）讲起，如何以纯粹概念的形式经辩证运动，由单纯到复杂，由低级到最高级，形成囊括集合全部内容的绝对理念，然后绝对理念又经辩证运动外化（或异化）为自然哲学、精神哲学（又分主观精神：精神现象学等，客观精神：法哲学、历史哲学等，绝对精神：美学或艺术哲学、宗教哲学、哲学史等），最后绝对理念又依辩证运动回归自身，为一圆圈式的首尾相应的逻辑结构体系。③

不仅西方哲学为概念逻辑体系结构，而且在哲学指引下，其他学科也是如此结构。如上面引文之第二段就可以看到，马克思就把这个构成概念逻辑体系的方法，出色地运用于政治经济学研究，从而形成他的“政治经济学的逻辑学和形而上学”的。

在文学理论方面，熟稔西方哲学认识论哲学和逻辑学的西方文学理论家，也是运用这种建构概念逻辑体系的模式与方法，建构他们文学理论方面的“逻辑学和形而上学”的。如王元化提到黑格尔的《美学》（亦即艺术哲学，含文学理论），就是美学与文学理论方面概念逻辑体系的典型。④

① 《马克思恩格斯全集》4，人民出版社1965年版，第142—143页。

② 劳承万：《当前文艺学理论研究中的几个问题》，《学术月刊》2002年第4期。

③ 贺麟：《黑格尔哲学讲演集》，上海人民出版社1986年版，第411—412页等处。

④ 王元化：《文学沉思录》，上海文艺出版社1984年版，第5页。

在上文，我们曾概略地总体谈过黑格尔庞大的哲学体系为概念逻辑体系的典型。在这里，再进一步谈作为次一层次之美学。在黑格尔哲学体系中，美学或艺术哲学为其最高理念——绝对理念的外化的一种绝对精神形态。黑格尔的美学纲领是艺术“美是理念（绝对精神）的感性显现”，是绝对理念在艺术领域的外化或异化，一种辩证运动或逻辑推演。这种逻辑推演过程，又按精神战胜物质过程的原则，表现为由低级到高级的发展过程，即由较低级的偏重客观物质的“象征型艺术”，演进到较高级的主客观统一的古典型艺术，再演进到最高级的精神统率物质的浪漫型艺术，最后，最高级艺术又向哲学过渡，回归到绝对精神理念自身的最高表现。[①]

总之，在西方，不仅西方认识论哲学为概念逻辑体系，而且像马克思将哲学概念逻辑体系的模式与方法运用于政治经济学研究，形成“政治经济学的逻辑学与形而上学”一样，西方文论家，如黑格尔等也将概念逻辑体系的模式与方法运用于美学与文学理论研究，形成美学与文论的“逻辑学与形而上学”，即概念逻辑体系。直到现在，由于其核心的哲学没有变，这种体系模式与方法原则亦不变，只是趋向更细腻或花样百出而已。

2. 中国心性哲学与中国古代文论纲目体系

与西方认识论哲学的清晰的概念逻辑体系相比较，作为中国哲学之皇冠的心性哲学体系则显得模糊而难明，也很少人谈过其体系的具体形态。在文学理论方面，30 年前，只有王元化（1920—2008）在一次全国性文论大会上应邀谈到“文艺理论体系问题”时，推荐过两个“值得我们参考与借鉴”的文论体系：“一个是黑格尔的美学，一个是刘勰的《文心雕龙》。”黑格尔的哲学，美学即艺术哲学含文学理论的体系，在前文我们将之作为西方哲学与美学的概念逻辑体系的典型，已作过粗略的分析。对刘勰的《文心雕龙》，王先生说：“《文心雕龙》五十篇有相当严密的体系，……全书的体系有一个特点颇值得注意，这就是纲与目的关系。刘勰采取了以纲统目、纲举目张的办法”，“以原道、征圣、宗经为骨干，创立了道—圣—文这样一个体系”。[②] 由此可以得出一个看法，与黑格尔的

① 贺麟：《黑格尔哲学讲演集》，上海人民出版社 1986 年版，第 590—599 页。

② 王元化：《文学沉思录》，上海文艺出版社 1986 年版，第 7 页。

美学即艺术哲学为概念逻辑体系不同，刘勰《文心雕龙》的体系为纲目体系。这是在文学理论史上，第一次在最高的体系形态上区分中西文论的不同特点。并可由此进一步明确与西方文论体系形态为概念逻辑体系不同，中国文论为纲目体系。但遗憾的是，由于种种原因，王先生此后再没有就这个问题展开更详细的论述，在学界也没有引起相应的反响。但已埋下了思想的种子。20多年过后，终于有心灵相应的劳承万接过王先生的话题作了较为深入的论述。[①] 但劳先生的论述也主要是概述纲要的性质，还没有展现其具体形态。因此，在这里我们想接着王先生与劳先生的话题作进一步的探索。

如前所述，在西方，既然概念逻辑体系，首先表现为哲学体系形态，美学与文论的概念逻辑体系仅是其哲学概念逻辑体系形态模式与方法的一种应用。这就启示我们，探索《文心雕龙》为代表的中国古代文论纲目体系不能孤立进行，也必须从中国心性哲学的体系形态讲起，然后过渡到刘勰《文心雕龙》为代表的文论体系形态。若此，我们的探索就需要涉及更广阔的领域，触及一些更棘手的问题，但也只能勉为其难了。这样，行文之笔就要先荡开去谈研究中国学术，主要是成果较丰富的哲学与史学方面研究的“基准”和“阶梯”，以明确中国文论研究的“基准”和“阶梯”，然后再回过头来接着谈中国文化哲学以及中国文论的纲目体系问题。

（二）中国学术研究基准与“人体解剖对猴体是钥匙”

在这里，我们先要谈一个问题，这就是，与西方认识论哲学例如黑格尔哲学有较为清晰的概念逻辑体系相比，中国学术即其核心的中国心性哲学则体系模糊，用牟宗三的话说则为无框架。为什么会无框架呢？对此，应如何看呢？从前辈学者那里，我们可以得到对问题理解的一些启示。

熊十力说过：

> 吾国先哲，学贵深造自得，本无意著书。其或依古文字而为传以寓己意。如《易》依卦爻之辞，《春秋》依鲁史是也。后来传注诸作

① 劳承万：《当前文艺学理论研究中的几个问题》，《学术月刊》2002年第4期。

皆仿于此。其或随意自为笔札，如老、孟诸子。或弟子记述师说，如《论语》之篇。后来语录及论学书诸作，亦仿于此。若西人著书，务刻意经营以求条贯精密，统系严整，自成一种巨制。其作风与吾先哲根本不同。一尚辩智，一引而不发故也。①

熊先生认为，这是由于中西哲人“作风”之根本不同。西方哲人的“作风”“尚辩智”，故其“著书，务刻意经营以求条贯精密，统系严整，自成一种巨制”。中国先哲的“作风”为“学贵深造自得”，“引而不发”，“无意著书”，或“随意自为笔记”等，后人“仿”此，因此没有形成刻意经营的统系即体系。

钱穆说：

……中国人论人，尤重于论学。……

……中国人做人，本非由单独一己做，康成之所谓相人偶是也。如孝，则必对父母，而父母各异，如何孝其父母？亦何一言可尽？故必求人之反之己性，反之己心，以自尽其孝，则不必亦不能写为孝的哲学一书。此犹孔子并不写为仁的哲学一书是已。故若谓中国有仁孝哲学，则必人人自为之，又必待此下百世人同为之。中国哲学之必为有共通性、一贯性、传统性，而不成为专家言者在此。②

钱先生是认为，中国哲学不是“专家言”的专家之学，而是“人人自为之”，“百世人同为之”的“有共同性、一贯性、传统性”的反求心性的学问，故自始孔子就不写概念性的“仁的哲学”一书，后人也遵传统而不写此类书。

唐君毅在谈到历史哲学时讲过：

中国昔亦非无历史哲学，唯融于经史之学中耳。中国先儒之不详于历史哲学，唯以数千年来中国有一一贯承之文化系统，其中之道之

① 《熊十力论学书札》，世纪出版集团、上海书店出版社2009年版，第14页。

② 钱穆：《现代中国学术论衡》，岳麓书社1986年版，第32—34页。

> 所存，大体为人所共喻，故不须繁说耳。然今则时移势易，吾人已与一迥然不同之西方文化系统相遇。则前之所共喻而不须繁说者，乃不得不待于重加研察，表而暴之，为之博喻繁说。……面对西方之学术文化之冲激，重新自觉中国之历史文化之道之理之所在，为中国之历史文化，作一哲学的说明。①

唐先生是说，不仅西方有历史哲学，而且中国也是有历史哲学的。但为什么中国没有西方式的历史哲学著作呢？因为中国历史哲学等门类学科统统融合在中国经史之学中，为之一部分。同时中国先儒之所以不详于分别独立的历史哲学，是因为融合于中国经史文化大系统中的中国历史哲学之道，为古人世代所"共喻"，即大家都明白，所以不须一部繁说的历史哲学。但今天时势不同了，面对强势的西方文化冲击，在古人那里无须繁说的历史哲学之道，在今天则需要博喻繁说，使之对应西方历史哲学而树立起来。唐先生这里说的是历史哲学，其意义也同样适用于我们在这里要研究的中国古代文论，即也可以作如是观。

总之，从以上三先生的话，可以了解到，中国古代何以没有西方式的博喻繁说的体系性哲学之类的著作，是由于中国传统学问的特点，以及形成的文化大传统决定的，并非我们古代不可有。没有博喻繁说的体系性著作，在古代可以，因为古人靠的是在一脉相承的大传统下心灵相应，以逆觉工夫反求心性以诚明。但在经已与传统"决裂"，与传统已血脉中断的现时代，则不可以了。这需要适应时势的发展，而实现文化传统的现代化。当然，这里要严格遵循的是钱穆所说的一个原则："故言现代化，则必求其传统之现代化，而非可现代化其传统。"② 那么，如何实现传统学科的现代化呢？牟宗三说："中国思想中……缺少概念的间架却有毛病。因此现在各方面要求现代化，就是要建立概念的架构。"③ 现代人已不会做逆觉工夫，只能靠概念"辩之以相示"。(《庄子·齐物论》)

---

① 唐君毅：《中国历史之哲学的省察——读牟宗三先生〈历史哲学〉书后》，载牟宗三《历史哲学·附录一》，台湾学生书局1989年版，第8页。

② 钱穆：《现代中国学术论衡》，岳麓书社1986年版，第226页。

③ 牟宗三：《中国哲学十九讲》，上海古籍出版社1997年版，第245页。

1. 中国史学与哲学研究的“基准”或“阶梯”

中国古代学术思想材料散乱驳杂而无系统，如何把握其实质与核心，以免陷入主观随意性？按前辈学者的看法，其中有个“基准”与“阶梯”的问题很重要，这里先从中国学术最强大的史学，与核心的哲学谈起，然后过渡到我们所要研究的中国古代文论领域。

这里说的“基准”一词，是我国古代史学研究名家钱穆的用语。他说，我们做学问，要有“一个做学问的基准或说立脚点”，不然易犯错误。在谈到古代史研究的“基准”时，他说：

> ……诸位定该研究一下古代史，才能懂得下面的历史。古代史也可把来作研究下面历史的一个基准观点。……要弄清楚上面，最好还是读《左传》。我们要研究古史，研究西周，研究商和夏，先要有个准备工作，有一个靠得住的基础和标准，那么一定要看《左传》。诸位要读廿四史，通常我们说，先读《史记》、《汉书》，或者再加上《后汉书》、《三国志》，合称四史，先把四史熟了，下边有办法。但《左传》又是读四史之基准。诸位莫说我要研究宋史，先去读《左传》有什么用？但研究宋史也要有个基准，从上向下。……我们今天的错误，在我们先没有一个做学问的基准或说立脚点。①

从上面的引文可说，钱穆是认为做学问，包括研究历史要有个“基准”，这个基准也就是基础和标准、立脚点，就研究历史的基准来说，它是“从上向下”的。

钱穆又说：

> ……史学也仅是魏晋南北朝时四柱（经、史、子、集——引者注）中的一柱，不能同两汉经学相比。我如此讲学术，等于如我们在南方所见的大榕树，一根长出很多枝条，枝条落地再生根，经学是中国古代学术一个大的根，长出了六艺，就中《春秋》这一个枝条落到地，又生出《史记》，它再长出来又是一棵大树，这就是我现在

① 钱穆：《中国史学名著》，生活·读书·新知三联书店2000年版，第39页。

讲的《汉书》、《后汉书》、《三国志》等。诸位看这大榕树，新的长出来了，旧的还在那里。……文学也一样，《诗经》着了地，长出汉代人的乐府，乐府慢慢儿长成一新条，如古诗十九首又是一新条，就变成了当时的新文学。

……有了《史记》、《汉书》以下的二十五史……这些正史也只是从大传统里生出的小枝小节，有此传统，而更无大的创兴，经学是最早一个大传统。……至于今天以后的中国史学，该再来些什么，此刻我们不晓得，不过我想总有一点是可知的。就如大榕树落地生根，却不能在上面把它根切断，根切断了，生命已失，哪里又来新的?[①]

在这里，钱先生以大榕树比喻中国学术大传统，在这个大传统中，史学传统出于最早、最大的经学传统，也就是中国史学从经学变来。经学同时也就是史学的根本与基准。钱先生的有关史学研究的“基准”的看法，可以给我们入手研究中国文论以深刻的启示。

此外，我们还注意到司马迁（前145—前86）“折中于夫子”的看法。所谓“自天子王侯，中国言六艺者折中于夫子，可谓至圣矣”。（《史记·孔子世家》）这就是说，中国自古从上至下，谈论六经，皆折中于夫子。所谓“折中于夫子”，用现代语言表述，也可以说就是以孔子为标准或基准。对此，现代学界一般认为司马迁保守。其实这大有深意。前文说过，中国人常说尧舜，毛泽东诗词中也有“六亿神州尽舜尧”的名句。中国六经的精神起源或说自诚明形态的确立，应始于尧舜。孟子说：“尧、舜，性者也；汤、武反之也。”（《孟子·尽心下》）《中庸》说：“自诚明谓之性。”这是说尧舜心体性体乃自然诚明显露出来的。这也是中国心性文化哲学精神以自诚明形态的确立创造。“汤、武，反之也。”是说尧、舜以下的人由于种种原因，都有一定的蒙蔽，因此，都需要经过一定的逆觉工夫才能使这心体性体呈露，并上接尧舜创立的中国心性文化哲学精神。到孔子，已距周公五百年，他以“信而好古”之心，得以常常梦见周公，即与周公精神心灵感应相通，并通过周公上通尧舜；同时还通过学而不厌的“学”（觉义），而领悟了尧、舜以自诚明方式创立的中国心

① 钱穆：《中国史学名著》，生活·读书·新知三联书店2000年版，第108—109页。

性文化哲学精神，并以“仁”发明表述出来，又立教以指点后人承传之。在司马迁那里，他是把孔子看作六经的化身，中国自尧舜就以自诚明方式创立的心性文化哲学精神的化身看的。因此，他的“折中于夫子”，就使自己的历史学紧扣了自尧舜以来中国心性文化哲学精神的大本、大脉。唐君毅说：“司马迁，以史学承孔子。”[①] 也就是指此意。总之，司马迁的“折中于夫子”，就是以孔子为标准，以六经为大传统，以此为得当，为正确轨道。

由上分析可见，钱穆提出的史学研究的“基准”，与司马迁的“折中于夫子”的内涵实质是一致的，只是时代不同而已。司马迁去圣未远，较易于感应孔子思想，从而接通孔子为中继并阐发的自尧舜以来的中国历史精神血脉。但钱穆则不同，他经过了五四的与传统的决裂，因此他更重视对历史传统的“学”，强调以史学“四书”即《史记》、《汉书》、《后汉书》、《三国志》为基准，而史学“四书”又以《左传》为基准。《左传》作为史是对《春秋》经作的传，即在史或说“事”方面的发挥。由《左传》为基准，其背后就是以《春秋》为标志的六经大传统。这样由《左传》以及史学“四书”为基准的“从上向下”，就是要保证史学能承传孔子发明的上古三代尧舜以下的中国历史精神的主脉大气。这应是钱穆强调的史学研究“基准”的深意。

以上是谈中国史学研究的基准，下文再谈作为中国文化之核心的中国心性哲学研究的“基准”与“阶梯”。

关于这个问题，早在宋代，就有朱熹祖述程颢和程颐的观点和做法，将《礼记》中的《大学》与《中庸》两篇抽出来，使之与《论语》、《孟子》并列，并将四书结合起来，看作代表由孔子经曾参、子思传到孟子的一个儒家系统。朱子说：“四子（四书——引者按），六经之阶梯。”[②] 这是说四书，这孔子到孟子形成的思想系统，是阶梯，上升、通达六经，中国文化哲学大系统的阶梯。在这里，“阶梯”，除了次第之意、平台之意外，亦有上说基准之意，以及大传统之意。

① 唐君毅：《中华人文与当今世界补编（一）》，广西师范大学出版社 2005 年版，第 314 页。

② 黎靖德编：《朱子语类》7，中华书局 1986 年版，第 2629 页。

现代新儒学的代表人物牟宗三，视朱子为孔孟心性哲学嫡系以外的别子。他不认同朱熹的以上述四书为阶梯与基准之说，而是认为不是四书而应是五书，即在原四书的基础上，另加《易传》。他说："儒家从它最基本的义理，最核心的教义来看，就是这五部书。"[①] 就书来说，牟先生说的这五部书与朱子说的四书并不矛盾。《朱子语类》中有一则谈到《易传》说："因论《近思录》曰：'不当编《易传》所载。'问如何？曰：'公须自见。'意谓《易传》已自成书。"[②] 可见朱子也相当重视《易传》，只是考虑到"已自成书"，没有编载进去。这里的问题不在四书，还是五书问题，而在对这些书的关系如何看的问题。谁为中心，谁为基准或标准，谁为规定者，谁为被规定者的问题。

牟先生说："《论》、《孟》、《中庸》、《易传》通而为一以言宋明儒之主要课题为成德之教。"[③] 由此，他又提出新"四书"说，以之区别于朱子的旧"四书"说。对《大学》，牟先生认为："《大学》里面讲三纲领、八条目，它也是从主观的实践到客观的实践，它把儒家实践的范围给你规定出来，但是它本身的方向却不确定。它主要是列举了这些实践纲领，可是却没有对这些纲领作什么解释。"又说："《大学》只是把实践的纲领给你列出来，但是要如何实践，实践的哪个领导原则是哪个方向，《大学》里面不清楚。因为《大学》本身不明确，那么到底要如何来实践呢？这个道德实践后面的基本原则到底是什么呢？这个地方我们当该以《论语》、《孟子》、《中庸》、《易传》来作标准，用它们来规范《大学》。我们不能反过来以《大学》为标准来决定《论语》、《孟子》、《中庸》、《易传》。"又说："朱夫子讲儒家是以《大学》为标准。……他有一个毛病，他拿《大学》作标准来决定《论语》、《孟子》、《中庸》、《易传》，结果通通不对。"[④] 他认为应倒过来，像王阳明那样，以《论语》、《孟子》为标准"来规范《大学》"。还认为，"实可将《大学》与《论》、《孟》、《中庸》、《易传》分开看，而以《大学》为待决定者，由此以识宋、明

① 牟宗三：《中国哲学十九讲》，上海古籍出版社 1997 年版，第 67 页。
② 转引自陈荣捷《朱子新探索》，华东师范大学出版社 2007 年版，第 261 页。
③ 牟宗三：《心体与性体》上，上海古籍出版社 1999 年版，第 363 页。
④ 牟宗三：《中国哲学十九讲》，上海古籍出版社 1997 年版，第 79—80 页。

儒之大宗。若以《大学》为决定者，则即形成伊川、朱子之系统”。[①]

由上引文可见，牟先生的确目光犀利，他不是空泛地确立四书或五书为儒家成德之教的基准或标准，而是进一步明确内里还有谁为中心原则，决定者的更深层次的问题。不过，从朱子编四书的意图看，与牟先生的看法似还是有区别的。朱子主要是从学（读）的角度安排四书的次序。他说："先读《大学》以定其规模，次读《论语》以言其根本，次读《孟子》以观其发越，次读《中庸》以求古人之微妙。"陈荣捷说："朱子置《大学》为首，甚至列于圣门最源头之书《论语》之前。其主因即在朱子以《大学》中有修身治学之模式。"[②] 也就是有个撑开的纲目框架，从学者的角度看，的确是便于摸到入路门径的。朱子其实也不视《大学》为根本，根本源头乃《论语》，《孟子》是圣门源头的"发越"，《中庸》是其"微妙"深化。我们知道，相比于史学，哲学是更核心的问题。中国心性哲学不是思辨的产物，乃是实践的智慧学。因此，它不仅要明确实践的范围，如何实践，而且更要明确指导实践的基本原则，指导原则不同，实践的方向也不同。关键乃在后者。牟宗三之所以强调要以《论语》、《孟子》、《中庸》、《易传》规范《大学》，就是强调道德实践的领导原则和方向，不然实践也会是不合道的。总之，朱熹的"四书"说，以及牟宗三在此基础上以论辩的方式提出的，指导原则更明确的"新四书"说或"五书"说，虽然有差别，但目标都在一个：即强调如何承传孔子发明上古三代文化精神而开山的中国心性哲学的主脉大气。不然就很难说是真正意义的中国哲学，至少不是中国心性哲学的主流正统。由朱熹的"四书"说以及牟宗三的"新四书"说或"五书"说，于研究中国心性哲学及六经的阶梯或基准意义，这也可以给我们研究中国古代文论以深刻的启示，让我们明确研究中国古代文论，也要像研究中国儒家心性哲学一样，明确其阶梯与标准以及大传统，不然，会陷入主观随意性而不上轨道，更遑论接上其主脉大气。

2. 中国古代文论研究的"基准"或"阶梯"

以上是谈研究中国史学与中国心性哲学的基准或阶梯，在下面准备进

---

① 牟宗三：《心体与性体》上，上海古籍出版社 1999 年版，第 18 页。

② 陈荣捷：《朱学论集》，华东师范大学出版社 2007 年版，第 22—23 页。

一步研究中国古代文论的基准或阶梯。不过，在这里首先要说明的是，在中国古代文论界鲜见有研究的基准或阶梯的提法。这一提法，可以说是笔者从中国学术研究领域中，较为强大的史学与较为深刻的哲学研究方面讲基准与阶梯，而推论出来的。目的是使我们的古代文论研究能接通传统的大气主脉，上轨道，以免陷入主观随意性。

如上分析，研究中国史学的基准或标准，按钱穆的看法，归结起来，就是下面的历史必须以上面的《史记》、《汉书》、《后汉书》和《三国志》为基准或标准，而这四部书又以《左传》为基准，而《左传》依据的是孔子的《春秋》，由此确定中国史学从经学来，六经是史学的最后基准。如果说钱穆还主要是从史学表现为著作的现象讲，那么司马迁则从史学之哲学核心精神讲，即所谓“折中于夫子”。即以承传发明上古三代文化哲学精神的孔子思想为标准。至于研究中国心性哲学的基准或阶梯，虽然有朱熹的“四书”说，又有牟宗三的新“四书”说或“五书”说之区别，以及到底是以《大学》，还是以《中庸》为框架展开的问题，这可以有不同意见。但朱熹“四子（四书）六经之阶梯”一语，就明确地告诉我们，研究中国文化的核心中国心性哲学也是有基准或阶梯的。作为中国文化的核心、中心领导观念以及智慧方向的中国心性哲学是如此，自然作为其呈现和表现形态之一的文学，及其形上形态的文论，也是如此，即是也要明确研究其基准或阶梯问题。

参照研究中国史学与中国哲学，其中尤其是中国哲学的基准或阶梯，我们看到朱熹在确定“四子”研究阶梯时，首先是从《礼记》中抽取出《大学》、《中庸》，并将之与圣门最源头之书《论语》及《孟子》结合为四书以确立。牟宗三的新四书或五书也不离《礼记》。由此可见，《礼记》是很重要的。《礼记》据说是汉代才成书，并有大、小戴记之别，这可暂时不管它，关键在明确其内容实质。熊十力说过：“大小《戴记》当有战国及汉初儒者增窜之说。然其中大义微言，必出夫子传授，七十子后学相承未坠。最可宝贵。”[①] 这就是说《礼记》中各篇思想已不纯，但其中大义微言，必出于孔子传授，然后七十子后学承受口义，转相传授，充分消化，酝酿成熟，待书写条件具备，又出现好事学者，于是将之著之竹帛，

① 熊十力：《读经示要》，中国人民大学出版社2006年版，第389页。

由口语文本转化为质实的文字文本。上述的《大学》、《中庸》的形成就应该是这么一个过程，并相传分别为曾子、子思所记立言。我们这里要说的《礼记》中另一篇《乐记》，按熊十力对《礼记》的理解，也应是这么一个形成过程，即孔子传授，经七十子后学承受口义，转相传授，充分消化，然后由后学著于竹帛成篇。这是儒家一篇论述礼乐文化、特别是音乐并含所有文学艺术原理的形上理论著作，有人甚至认为它就是失传的《乐经》。这就未必。但参考《毛诗序》与《诗经》的关系，《乐记》应与《乐经》有关，并由《乐记》从一侧面可推知《乐经》曾辉煌地存在。参照朱熹、牟宗三从《礼记》中抽出《大学》《中庸》构成四子书以明确研究儒家哲学核心价值的基准与阶梯，我们也可以从《礼记》中抽出《乐记》作为研究中国古代文论的基准与阶梯之一。与《乐记》相关的还有《荀子》中的《乐论》，以及稍后的司马迁的《乐书》，考虑到荀子之“大本已失”，司马迁的《乐书》基本来源于前二书。因此，的确只能以有孔子大义微言的《乐记》为基准或阶梯，而以荀子的《乐论》以及司马迁的《乐书》为补充参考。

“兴于诗，立于礼，成于乐。”在以成德之教为核心价值的儒家哲学中，诗、礼、乐是不同阶段成德修身的重要项目。孔子有关“乐”的大义微言，有《乐记》相传授，而关于《诗》的大义微言，孔子也应有所传授，除了《论语》中所记外，应当还有不少。这方面应为孔门四科十贤中文学大贤子夏所相承，并转相传授，关于《诗经》的言论，其中最重要的是《毛诗序》。这《序》又有小序与大序之分。《经典释文》引旧说云：“起此至‘用之邦国焉’，名《关雎序》，谓之《小序》；自‘风，风也’讫末，名为《大序》。”又引沈重说：“案郑（玄）《诗谱》意，大序是子夏（卜商）作，《小序》是子夏、毛公合作。卜商意有未尽，毛更足成之。”[①] 由此可见，《毛诗序》的诗学思想可能有后人窜入处，但其中大义微言应出于孔子相传授，为七十子后学如子夏们转而相传授，消化后著之于竹帛。因此，我们可以抽出《礼记》中的《乐记》，以及《毛诗序》，并与圣门最源头之书《论语》以及《孟子》构成四书，以作研究中国古代文论的基准或阶梯。熊十力说：“孔子六经，诸子百家之渊源也。

① 陆德明：《经典释文》，中华书局1983年版，第53页。

今宗孔，而不究诸子百家，何以见孔子之大乎？”[①] 由此可以推演说，以上述四书为基准或阶梯，可以把握以儒家为主流的中国古代文论的核心价值，大气主脉，但不足以见孔子儒家文论之大，还必须同时顾及诸子百家的文论，其中尤其是作为儒家最主要的反对派道家老庄的文论，要以孔子儒家为正，从对立面讲的道家老庄为反，一正一反相互补充，才相得益彰、完满俱足。因此，这四书又可以写成，《乐记》、《毛诗序》、《论语》及《孟子》并含对立面的道家老庄文论等。

按儒家道统的说法，自孔子传法孟子后，道统不得其传，即中断，自此，儒家生命智慧的大气主脉陷于歧出，亦可称大开。经两汉到魏晋，这时中国文化生命在最活跃的文学方面首先进入自觉时代，但由于没有儒家生命智慧大气主脉的贯穿，因此，出现了看似繁荣但实际异常混乱的局面。在文论上更是如此，虽然“论文者多矣”，诸如：“魏文述典，陈思序书，应瑒文论，陆机《文赋》”等；但皆“各照隅隙，鲜观衢路；……未能振叶以寻根，观澜而索源。不述先哲之诰，无益后生之虑”(《文心雕龙·序志》）之作。这时才有一个像当年孔子凭“信而好古”之心志，常常梦见周公一样，也凭“述先哲之诰”的心志，得以梦见孔子的刘勰拨乱反正，写出正本清源的大作《文心雕龙》。此书被清人章学诚评价为“体大虑周”、“笼罩群言”、“勒为成书之初祖”,[②] 而备受知音之赞许。但在笔者看来，仍然方向不明，不及近人唐君毅评论到位。唐先生说：“孔子后五百年，而有司马迁，以史学承孔子；再过五百年而有刘勰，以文学承孔子。”[③] 唐先生在这里将刘勰与司马迁相提并论，说司马迁是在史学方面承传孔子生命智慧，即心性哲学之主脉大气；而刘勰则是在文学与文论方面承传孔子的生命智慧之大气主脉。史学与文学这些文化现象形态都先行一步，而哲学这更深刻的核心领域则要推迟到宋代才得以接续承传孔子生命智慧的大气主脉以发展。既然如此，那么，刘勰的《文心雕龙》自然也应成为我们研究中国古代文论的基准或阶梯之作。当然我们也不能孤立《文心雕龙》，而应以《文心雕龙》为正，其他没有体现孔子

---

① 熊十力：《读经示要》，中国人民大学出版社 2006 年版，第 173 页。

② 章学诚：《文史通义》上，中华书局 1985 年版，第 559 页。

③ 唐君毅：《中华人文与当今世界补编（一）》，广西师范大学出版社 2005 年版，第 314 页。

生命智慧大气主脉，不能探源寻根的同时代著作，如陆机的《文赋》等，也可以作为《文心雕龙》为基准与阶梯的补充而供对比参照。

这样，参照研究中国史学与中国哲学，尤其是中国哲学的基准与阶梯，那么研究中国古代文论的基准与阶梯构成也应包括五部书：《礼记·乐记》、《毛诗序》、《论语》和《孟子》，及《文心雕龙》，作为圣门源头孔孟对立面的道家老庄，以及因为“大本已失”的荀子《乐论》等，还有与《文心雕龙》同时代的没有体现孔孟生命智慧主脉大气的陆机《文赋》等，以及前前后后的众多文论著作也应成为参照补充以辅助。

那么这五部书的关系如何呢？朱熹曾说过：“四子（四书）六经之阶梯，《近思录》四子之阶梯。”在这里，文论的《文心雕龙》意义就相当于宋代哲学的《近思录》。朱熹又说：“某要人先读《大学》，以定其规模。次读《论语》，以立其根本。次读《孟子》，以观其发越。次读《中庸》，以求古人之微妙处。”① 参照朱子这里说的“四书”关系的看法，又上文牟宗三说的以《论语》、《孟子》、《中庸》规范《大学》的看法，并按文论“五书”的实际，我们可以以文论的《文心雕龙》类比哲学的《大学》以初定中国古代文论纲目体系的基本规模，再以承接并发明上古三代中国文化精神的《论语》和《孟子》，以及《乐记》、《毛诗序》等以规范《文心雕龙》纲目体系的根本与方向。笔者认为，这样建构的中国古代文论纲目体系才会上轨道，才会承接上中国古代文论的主脉大气，才是真正意义的中国文论。不然，至少不是中国文论的主流、正统。当然考虑到文论问题的复杂性与多样性，这只是主脉大气，是主线，还可以有其他旁支辅线，例如道家老庄文论、佛禅文论，以及其他不在主脉大气之内歧出的文论为对应参照。即如熊十力曾指出的太阳统辖众行星及卫星构成太阳系一样，也与这主脉大气的文论统辖其他歧出的文论并行不悖，而不是互相排斥，并以此态度贯穿到往后不同时段，以还原中国古代文论的圆满形态。

3. 中国学术研究基准与“人体解剖对猴体是钥匙”

对上文谈到的研究中国学术，无论是研究中国史学，或是研究中国哲学，还是由二者推论出来的研究中国古代文论的基准、标准或阶梯，都体

① 陈荣捷：《近思录详注集评》，华东师范大学出版社 2007 年版，第 3、118 页。

现了一种如钱穆所概括的“从上向下”的特点。如中国史学，如钱穆所说，下面的历史，应由《史记》、《汉书》、《后汉书》、《三国志》为基准，而这四书又应以《左传》为基准，《左传》又应以《春秋》等六经为基准等。司马迁也说，应“折中于夫子”，即以孔子为基准，孔子乃六经体系的承传整理者和微言大义发明者。史学从经学来，唐君毅也说，司马迁“以史学承孔子”。在哲学上，朱熹说：“四子（四书）六经之阶梯，《近思录》四子之阶梯。”在四书中，后出的《大学》、《中庸》又以圣门之最早源头《论语》为“本”，也即为本源基准，这也体现了从上向下设基准之意。在我们由研究史学和哲学的基准与阶梯，而推演出来的研究中国古代文论的基准和阶梯中，也一如唐君毅所深刻指出的那样，刘勰“以文学承孔子”，即刘勰的《文心雕龙》是上承孔子，以孔子文学思想为基准之意，除外，其他学科我们没有涉及，但似也应如此不例外的。

由此研究中国学术的基准和阶梯的“从上向下”的特点，我们又想到马克思的一个著名的说法：

> 人体解剖对于猴体解剖是一把钥匙。低等动物身上表露的高等动物的征兆，反而只有在高等动物本身已被认识之后才能理解。[①]

马克思在这里说的“人体解剖对于猴体是一把钥匙”，既是一种认识方法论，但也可以说有基准的意义，即进化到最高等的人体是低等的猴体的标准。这样，马克思在这里所说的，则刚好与我们上文所谈论的研究中国学术，包括中国史学、中国哲学与中国文论的基准或阶梯的“从上向下”原则相反，为一可以相应地概括为“自下向上”的原则。这如何看？

笔者认为，这里不是谁正确谁不正确的问题，这主要是因为中西学术不同智慧方向的问题。前文说过，中国文化伊始抓住的是“生命”——道德理性生命，由此而逐渐形成的是以心性哲学为核心的文化。而西方文化创造伊始，首先抓住的是“自然”，由此而逐渐形成的是以认识论哲学为核心的文化。中国心性哲学的心性或心体性体，在儒家为仁心、本心、良心，在道家为虚静之心，在佛教为自性清净之心。但作为心性哲学主流

---

① 马克思：《〈政治经济学批判〉序言、导言》，人民出版社1972年版，第28页。

中的主流的儒家，其仁心、性体并非仅仅一种概念的创造，作为创始人的孔子就说自己是“信而好古，述而不作”。这并非只是孔子的谦虚，其中确有实情。孟子说:“尧，舜，性者也；汤、武，反之也。”《孟子·尽心下》。中国人常常称道尧、舜，在孟子看来，中国心性哲学讲的仁心、性体，早在以尧舜为代表的圣哲就以自诚明的自然方式呈现，呈现即创立。这接着“述而不作”，就是说，仁心、性体的精神实体自尧舜即创立，已“作”，孔子只是以心灵生命感应相通，并用“仁”概念将之发明表述出来而已。“汤、武，反之也”，是说后世自汤、武以下皆由于种种原因而受到一定的蒙蔽，因此都要作一定的逆反功夫，此仁心、性体才能呈现，并上接尧、舜。到春秋战国，“礼崩乐坏”，世风每况愈下，已到了“人之异于禽兽者几希”的地步。但孟子坚信尧舜创立，孔子发明的仁心即本心是善的，或向善的。人们此时只是受各种私欲所蒙蔽，或说丢失了而不知道如何将之找回来，即孟子说的“有放心而不知求”。(《孟子·告子上》）从正面可以说，中国心性哲学就是如何领悟孔子“述而不作”的仁心、本心或良知和如何以之为基准不断求其放心，并承传此心的实践而已。哲学是核心，是主干。为其统辖的其他中国文化项目也是如此展开的，中国史学与中国文学及文论也是如此。因此中国学术研究的基准或阶梯，就形成了那么一个如钱穆说的“从上向下”的纵贯线意识的特点。

而西方文化创造伊始抓住的是“自然”，逐步形成的是以科学为基础的认识论哲学为核心的文化。人类的认识是一由低级到高级的发展过程，正如个人由儿童成长为成人一样。逻辑与历史一致。因此，西方认识论的逻辑范畴体系的排列顺序，也遵循认识的由低级向高级发展的认识过程，并且认为高级是低级的根据与说明，高级范畴是低级范畴的真理（黑格尔），马克思的人体解剖对于猴体解剖是一把钥匙，是一种形象的说法，是说作为高级的人体也是低级的猴体的根据和真理。这是从认识方法论角度说的。

牟宗三曾引用过西方学者斯宾格勒《西方的没落》中说的观点，似也可以说明这个问题。斯氏认为，每个民族都有个“十九世纪”。这个“十九世纪”是象征意义的，是说每个民族只有一个“十九世纪”，只开一次花，开完就衰了，就完了，如西方的希腊、罗马、近代文明都如此。因此，他得出了“文化断灭论”的结论。西方人根据西方文化的发展历史，很容易得出此看法。参照斯氏的看法，牟宗三说，中华民族也有个“十九世纪”，但中华民族的“十九世纪”，不在西方说的“十九世纪”，而是在春秋战国。他说：“中国的古代文化发展至春秋战国时代为最高峰。”[①] 但他认为中国文化在后来并没有像斯氏所认为的“断灭”。中国文化也有兴衰，有兴就有衰，呈现为波浪式的连续性之生生不息，如野草一岁一枯荣，春风吹又生，枯—荣、兴—衰，又枯—荣、兴—衰的连续性发展前进方式。历史学家张光直（1931—2001）也以历史文明的不同形态角度区分了中西文明。他认为西方古代文明为一“破裂性”形态的文明，而“中国文明是一个连续的文明”。[②] 既然如此，我们研究中国学术，史学、哲学、文学与文论自然也必须以纵贯性的态度，才能理解这种文化学术的生命智慧的根源。以“春秋战国时代为最高峰”为“基准”，以把握这个生命智慧在后来的承传接续发展，而不能倒过来。

上文论述过，与西方哲学主要成就在认识论哲学不同，中国哲学于认识论消极，其主要成就在另一种哲学形态——道德形而上学，在中国也叫心性哲学。中国心性哲学作为一种生命智慧自诚明久远，按孟子“尧、舜，性之也”的说法，这一生命智慧自尧舜就以自诚明方式呈现创立。孔子以“信而好古，述而不作”的心志，得以感应领悟并以“仁”概念发明表述斯道，到孟子“十字打开”其全部弘规而尽显。用牟宗三的说法，这就是中国“十九世纪”的“最高峰”。以后中国哲学就是如何领悟并接续承传“发越”、“微妙”这一心体性体的生命智慧问题。因此，理解中国心性哲学，以及以中国心性哲学为核心的中国文化各项目，就需要持纵贯意识，如钱穆所说“从上向下”，所谓“四子（四书）六经之阶梯”，“折中于夫子”等都是这个意思，这样才能牢牢地把握中国文化哲学的生命智慧的血脉与方向。马克思的“人体解剖对于猴体解剖是一把钥匙”，属于认识论的方法论。中国哲学不属于认识论，不过，虽然如此，但中国哲学，也有个对之如何认识的问题，如对儒家哲学的特质和历史发展，就有个认识问题，至于以中国心性哲学为核心的中国文化各项目，包括我们在这里要进行的中国古代文论研究，所涉及的很多具体问

① 牟宗三：《中国哲学十九讲》，上海古籍出版社 1999 年版，第 84 页。

② 张光直：《中国青铜时代》，生活·读书·新知三联书店 1999 年版，第 488 页。

题，也都有个如何认识的问题。因此，马克思揭示的方法论，对我们的研究仍然有十分重要的指导意义，但一般地只表现为对具体问题研究的指导。

（三）中国古代文论纲目体系的构想

在上文，我们在理论体系之形态上论述了中国古代文论体系为纲目体系以后，又绕了一个大弯，去谈研究中国学术包括中国史学、中国哲学的基准或阶梯，并由之为参照，以推论研究中国古代文论的基准或阶梯。我们的目的是由此明确具体建构中国古代文论纲目体系的入手处与建构的标准问题，以免陷入主观随意性。现在这一研究已经完成，这样，就可以回过头来接着谈具体建构中国古代文论纲目体系的问题了。在这里，我们的视野仍然不局限于中国古代文论方面，而是准备从中国古代文化哲学纲目体系的整体视野的考察开始，然后再回到作为其中一个子项目或说作为这谱系树一枝叶的中国古代文论纲目体系问题。在前文，我们已从发生源头上谈过几种纲目体系的形态。在这里，再对中国文化哲学的纲目体系建构模式作一些具体考察。

1. 对古代文化哲学纲目体系建构模式的考察

如上所谈，与西方以认识论为核心的西方文化各项目，包括西方文论，其表显方式多采取概念逻辑体系的建构模式不同，以心性哲学为核心的中国文化各项目包括中国古代文论，其表显方式多采用纲目体系模式，二者是表里关系。话虽如此说，但在中国，正如上文所引唐君毅谈中国历史哲学时所说，中国不是没有历史哲学，中国历史哲学是靠心与心相通以“承传”，为人所“共喻”，因此，不须“博喻繁说”。也就是说，即使中国历史哲学为纲目体系，也没有形成显态的“博喻繁说”的存在形式。历史哲学是如此，其他中国文化哲学学科也是如此。这样，说中国文化哲学各学科的建构模式为纲目体系，而这个纲目体系究竟如何？并不是明白地摆在那里，而是还需要我们去梳理考察，然后可以明确的。

纲、目，原为一比喻。纲，是指提纲的大绳，比喻事物的总要；目，指提纲的网眼、细目，比喻事物的细部。纲与目的关系是纲举目张，意指撒网时举起网上的大绳，所有网眼即细目都得以自然张开。比喻抓住事物的主要环节或关键，就自然带动其余，或说抓住要领，事情就条理分明。

古人很早就在比喻意义上运用纲目概念，如《尚书·商书·盘庚》讲到“若网在纲，有条而不紊”。这是将政治上的君臣关系比作纲、目关系。任何比喻都是蹩脚的，因此为了广其用，必须就比喻义上升到哲学层次。《尚书·周书·洪范》可以说已上升到了哲学层次。该篇对洪范九畴的表显方式无疑已具有了纲目体系的雏形。当然《洪范》为记言体历史著作，若上升到哲学高度视之，还应有一义理之总纲。这就是马一浮（1883—1967）说的：“‘为政以德’，此其义具于洪范。”[①] 也就是说，这洪范九畴所表显之目，已为“为政以德”义理之总纲以贯之。如果说从洪范的纲目体系模式，因其为历史记言体，还有点“隐”，那么，从哲学角度看，“四书”，首先是《大学》，其“三纲八条目”的表显方式则无疑为一典型的以纲统目、纲举目张的纲目体系形态。朱熹从读的角度谈到四书的次序时说：“先读《大学》，以定其规模。次读《论语》，以言其根本。次读《孟子》，以观其发越。次读《中庸》，以求古人之微妙。”[②] 朱子是从读四书顺序讲，如果转向四书的体系模式角度，我们可以看到，如果说《大学》已是一经典的纲目体系，那么《大学》合四书其余三书即四书，则为一逐级或逐层深化《大学》的纲目体系的更深层次的纲目体系。朱熹又说：“四子（四书）六经之阶梯。”[③] 这也是从读的角度谈四书与六经的关系。如果转向体系角度讲，如果说四书为一哲学深层次的纲目体系，那么六经则为一个以四书为阶梯而上达的更为博大精深的纲目体系。

牟宗三说朱子，“他有一个毛病，他拿《大学》作标准来决定《论语》、《孟子》、《中庸》、《易传》，结果通通不对。……我们当该以《论语》、《孟子》、《中庸》、《易传》来作标准，用它们来规范《大学》”[④]。牟先生甚至排斥《大学》出“四书”，而选立新“四书”。但其实朱子并不见得是以《大学》作标准来规范《论语》等。他只是以《大学》“三纲八条目”，来初步确定或说撑开儒家心性哲学之内圣外王纲目体系的规模。他说得很明确，儒家哲学的根本为《论语》所进一步讲，《孟子》与

① 马一浮：《中国现代学术经典·马一浮卷》，河北教育出版社1996年版，第292页。

② 转引自陈荣捷《朱学论集》，华东师范大学出版社2007年版，第22页。

③ 《朱子语类》7，中华书局1986年版，第2629页。

④ 牟宗三：《中国哲学十九讲》，上海古籍出版社1999年版，第79—80页。

《中庸》则可见根本的“发越”与“微妙”。牟宗三对朱子及旧“四书”的看法，只是他持纯孟子学的看法。在这里，如从纲目体系视之，笔者倒是赞成朱子以《大学》为初阶以整合四书为一整体的内圣外王的纲目体系。王阳明以良知教套讲《大学》等四书，虽然深刻地抓住了纲，但有纲无目，体系难以撑开。这是沿袭象山“先立乎其大者”之余绪。象山的“先立乎其大者”，又是从孟子来的。孟子说“先立乎其大者，则其小者不能夺也”。（《孟子·告子上》）孟子是立乎其大者，也不放过“小者”的，而到象山，则只立“大者”，“小者”则丢掉了。这就有有纲无目之嫌，纲为本、为大，目为细目，为末、为小，纲为体，目为用，即体即用，即纲即目，没有目、末、小者，纲、体、本、大者也是无法表现、呈现的。因此，熊十力在谈到《大学》一关键命题“致知在格物”时说：“余以为致知之说，阳明无可易。格物之义，宜酌采朱子。”王阳明的致知的知是指良知，但熊先生是以为识得良知本体，不是便“沉虚溺寂”，如道、释二氏一般，而是要“依本体良知之明，去量度事物，悉得其理，则一切知识，即是良知之发用”或“妙用”。[①] 因此，“格物”，他不采阳明而采用朱子。上文引说过，牟先生不赞成朱子讲《大学》，进而也不赞成旧四书，而另立新四书，而排斥《大学》，这样，新四书的纲目体系，当然也有，但其概念与条理就难以那么分明了。

上文说过，自文化创制伊始，中西方文化抓住的方向就不同。中国文化首先抓住的是生命——道德理性生命，西方文化的源头古希腊首先抓住的是自然。经长期发展，西方形成了其以认识论哲学为核心的文化哲学体系。就呈现的体系之形态言，西方哲学认识论为概念逻辑体系，并影响到其他文化学目的体系形态，同样为概念逻辑体系。至于中国心性哲学的体系形态则为纲目体系，也已影响到其他文化学目的体系之形态，同样为纲目体系。而且可以说，这个纲目体系有广义与狭义之分。广义的纲目体系，是说整个中国文化体系，就是一个以中国心性哲学为中心领导观念、为纲，各具体文化项目如历史、政治、社会、经济、文学艺术等为目构成的纲目体系。就狭义纲目体系而言，是指像中国心性哲学为纲目体系一样，以中国心性哲学为核心的各文化学目如历史、政治、经济、社会、文

① 熊十力：《读经示要》，中国人民大学出版社 2006 年版，第 80—81 页。

学艺术等也各为一子系统的纲目体系。

在中国最强大的史学，就可以如此看，从广义看，中国史学也是中国文化哲学纲目体系的一个子项目。司马迁的《史记》，按钱穆的看法，是构成中国史学基准的四部史学大著之一，但司马迁并不把《史记》作为孤立的著作，把史学作为一孤立的领域。司马迁说："折中于夫子。"孔子乃中国六经的承传整理者与微言大义发明者，中国心性哲学的创始和化身，"折中于夫子"，就是以孔子为代表的经学——中国心性哲学精神为纲，为基准。唐君毅说："孔子后五百年而有司马迁，以史学承孔子。"[①]就是此意。如果说司马迁以广义角度建构中国史学纲目体系，那么则可以说朱熹是从狭义建构中国史学纲目体系。在这方面，朱熹得益于他对四书，特别是四书初阶的《大学》表现出来的纲目体系的理解与熟悉，于是他将中国心性哲学纲目体系模式，首次运用于编写他的历史学著作《资治通鉴纲目》。该书以编年的形式叙事，但每叙一事皆采取"纲、目并列"，"纲以提要，目以备详"的模式。所谓"纲"，就是简明扼要地叙述某年某月发生的重大事件，这部分以大字书写刻印；所谓"目"，就是对"纲"中所简明扼要叙述的事件进一步给予周详的阐述与交代，这部分用小字书写刻印。不过，如果认为朱子的《通鉴纲目》采纲目体系，仅为一种史学编年叙事模式，这就肤浅了。朱子发明这一史学纲目体系模式是有深意的。他说："大纲概举而监戒昭矣，众目毕张而几微著矣。"[②]朱著《通鉴纲目》乃由司马光的《资治通鉴》的曹魏正统的挑激引起。他在答问者时说："三国当以蜀汉为正，而温公乃云，某年某月'诸葛亮入寇'，是冠履倒置，何以示训？缘此遂起意成书。"[③]他要为蜀汉争正统，进而端正王朝纲纪。这才是《通鉴纲目》的内在纲目所在。但这个"纲"不是从中国心性哲学的心性核心纲领或中心领导观念引发而来，这就有失心源。熊十力说过："自秦汉以来，小康之儒伪造一套尊君理论，托于孔子，而儒学失其真。"[④]所谓封建社会的王朝正统，不属孔子《春秋》之微言大义，实小康之儒的产物。因此，严格地说，在史学界，唯

① 唐君毅：《中华人文与当今世界补编（一）》，广西师范大学出版社2005年版，第314页。

② 朱熹：《资治通鉴纲目序》1，长征出版社1996年版，第3页。

③ 《朱子语类》6，中华书局1983年版，第263—267页。

④ 熊十力：《体用论》，中华书局1994年版，第177页。

司马迁《史记》的广义纲目体系不失纲领。朱熹的《通鉴纲目》的纲目体系，实际上只是徒有纲目叙事形式，而有失真正的以心性哲学为核心纲领的中国文化哲学纲目体系的核心精神。

除了哲学与史学领域外，在中医学领域，还有李时珍著的《本草纲目》。这是我国明代中医药物学的经典著作。李氏也采取了纲目体系的叙述模式。这是李氏心领神会中国文化哲学纲目体系精神，并首次运用于科学著作的成功尝试。《本草纲目序》说："旧本一千五百一十八种，今增药二百七十四种，分为一十六部，著成五十二卷，虽非集成，亦粗大备，僭名曰本草纲目。愿乞一言以托不朽。予开卷细玩，每药标正名为纲，附释名为目，正始也。次以集释、辨疑、正误，详其土产形状也。次以气味、主治、附方，著其体用也。"又说："……唐宋增入药品，或一物再出三出，或二物三物混注。今俱考正分别归并，但标其纲，而附列其目，如标龙为纲，而齿、角、脑、胎、涎皆列为目；标粱为纲，而赤、黄、粱米皆列为目之类。"[①] 可见，李氏《本草纲目》虽取纲目体系结构模式，但只是在中药药物学的分类上采取以纲统目的叙述模式，并不涉及中国心性哲学精神。有说法认为，中医主讲阴阳平衡，心性调适，乃中道之医，也是体现中国心性哲学精神的学问；但统观《本草纲目》的确只是一以纲统目体系结构，与我们在上文分析的以心性哲学为核心为纲，一以贯通的纲目体系模式有所不同，乃科学著作纲目体的典型。

随着与传统决裂的时代的发展，中国心性哲学之精髓已为人所不易感应领悟，作为与中国文化哲学相应的广义或狭义的纲目体系模式也日益退出人们的思维与视线。在现代，由于强势西方文化哲学日益成为学界主流，因此，虽然我们也在讲中国文化哲学的概念、命题，并不见得完全"失语"；但我们对其精神的确在心灵上已难以感应，血脉难以流通。不过作为炎黄子孙，毕竟与纯粹西方文化血统的族类仍有区别，这就是仍然不可避免地携带有中国传统文化哲学的基因。如在哲学上毛泽东曾说过，哲学就是认识论，别的没有。就这句断语看，毛泽东对中国传统心性哲学已毫无感应，或者说已决裂。但他晚年在"文化大革命"期间曾发出一著名最高指示："阶级斗争是纲，其余都是目。"对这一最高指示的内涵，

① 李时珍：《本草纲目》上册，人民卫生出版社 2005 年版，第 17 页。

这里不加评论。但显然可见，其体系结构模式，无疑是中国心性哲学纲目体系型的，列宁、斯大林决不会这样讲。这表明毛泽东仍然携带着或说承传着传统心性哲学的血脉基因。可见，对传统心性哲学，不管如何决裂，毕竟是剪不断，理还乱的。

上文已讲过，唐君毅曾从历史哲学的个案，透视出中国文化哲学精神及其相应的纲目体系结构模式，为古人所“共喻”，只是没有显态存在形式，因为它是师承直传的无须繁文详说。但随着师承的失传与逐代浮浅，以致人们已遗忘了这一精神传统。孟子说：“尧、舜，性者也；汤、武，反之也。”（《孟子·尽心上》）我们不属圣贤，既不能“者之”，也难以“反之”。时至今日，大致我们只有可能如庄子所说的靠“辩之以相示”(《庄子·齐物论》）了。

以上是对中国文化哲学纲目体系建构模式的初步考察，着重在中国心性哲学与史学方面。我们考察的目的是想明确这种体系结构模式的存在方式和形态特点，并以之为参照，以探索中国古代文论纲目体系。

2. 关于中国古代文论纲目体系的构想

在上文，我们以学界较明确的研究中国史学，与中国心性哲学的基准或阶梯，以推论出研究中国古代文论的基准或阶梯。接着又考察了中国文化哲学，特别是中国史学与中国心性哲学的纲目体系建构模式，以此为参照，也就可以过渡到探索中国古代文论纲目体系了。

关于研究中国古代文论的基准或阶梯，我们参照中国史学与中国心性哲学，明确了应包括五部书：《礼记·乐记》、《毛诗·毛诗序》、《论语》、《孟子》，以及如唐君毅所说，“以文学承孔子”的刘勰的《文心雕龙》。在这里，对《文心雕龙》，还要多讲一点。因为《文心雕龙》现在看似很受推崇，但有人认为它在历史上很寂寞。吴熙就说过：“刘氏一部惨淡经营的伟著，不闻于世；一直埋没了一千多年，直到清末，才渐渐有人去注意它，才为章太炎先生所推赏。”正因此挑激，杨明照（1909—2003）花费大半辈子光阴，查阅群书，广为网罗，摘抄了数十万字的有关《文心雕龙》的评论等方面的资料，写成书名为《文心雕龙校注拾遗》的大作，批驳吴说，以证明“《文心雕龙》在历史上的地位和影响究竟怎样”[①]。杨先生的努力

① 杨明照：《文心雕龙校注拾遗·前言》，上海古籍出版社1982年版，第15—18页。

获广泛赞赏，但也有学者如龚鹏程认为杨氏的劳作，纯属“呆呆”作为。因为他“不知引述名言、著录刊刻、甚或校订注释，均不足以显示其影响。影响，特别是文学理论的影响，必须有理论内在的呼应关系，《文心雕龙》跟宋朝以后的文评主流，关联确实并不密切。直到近代，客观精神大盛，成体系的要求再度抬头，《文心雕龙》的地位才越来越高”。对《文心雕龙》的整体评价，龚先生也不太赞成把之说成什么“钩深穷高、鉴周识圆，在我国古今文学名著里，还找不出第二部来”的“牢笼百代的巨典”。（王更生《文心雕龙研究》）他认为《文心雕龙》所讲的“大概只能算是中国文学批评的基本常识。后世推高极深，恐已远远超出它的理论水平及范畴。所以，不懂《文心雕龙》，不可以论中国的文评；只知《文心雕龙》，也不足以论中国文学批评”。[①] 对龚先生的“基本常识”说，如何看？笔者认为也非方向明确的同情之了解的评论。对《文心雕龙》，近年还出现过一部可视作与上述杨明照著作呼应的作品，这就是汪春泓的《文心雕龙的传播与影响》。这是一部很有参考价值的著作。但笔者认为，如要真正同情了解《文心雕龙》，首先，必须回到以中国心性哲学为中心领导观念，为纲的文化背景，如此，才能真正上轨道，不然，不上轨道，只会陷入说不清的公婆论。其次，对其体系之形态，也不能纳入代表现代化的西方文论框架以分析，而必须回到传统的纲目体系。前文谈到，王元化就是以之作为纲目体系的典型，与黑格尔《美学》为代表的西方美学与文论概念逻辑体系作对比讲的。

前文说过，参照朱熹“四子（四书）六经之阶梯”，以及谈读四书的方法：“某要人先读《大学》，以定其规模。次读《论语》，以立其根本。次读《孟子》，以观其发越。次读《中庸》，以求古人之微妙处。”这是从读的角度谈读中国心性哲学的四书的方法。如果转从体系角度讲，并转而讲中国古代文论的五书，又以《文心雕龙》类比《大学》，那么我们可以这样讲，就是以《文心雕龙》定中国古代文论纲目体系的初步“规模”，然后接通《论语》、《孟子》、《乐记》、《毛诗序》等以定其根本方向，看其发越、微妙。但这之中，不是线性机械的，而是融会贯通的，并统辖对立面并行不悖，从而构成博大精深的纲目体系。

① 龚鹏程：《中国文学批评史论》，北京大学出版社2008年版，第119—124页。

关于《文心雕龙》的理论体系，我们注意到学界已作了很多探讨，除极个别学者例如张国光认为它根本没有什么体系之外，绝大多数学者都认为它有理论体系，并且各自都根据自己的认识，构想了《文心雕龙》的体系形态的。对之，如从形式结构角度，大致可以归结为：二分结构说（可以以范文澜为代表）、三分结构说（可以以徐复观、罗宗强为代表）、四分结构说（可以以郭晋稀、王运熙为代表）、五分结构说（可以以周振甫、刘大杰、陆侃如和牟世金为代表）、六分结构说（可以以复旦大学中文系古典文学教研室主编的《中国文学批评史》为代表）、七分结构说（可以以詹锳为代表）等。[①] 但这些不同说法，大多有一个共通点，即大多可视为是从现代西方文论概念逻辑体系框架套现出来的。除此之外，在上文也谈到，还有一种转向传统文化立场的说法，这就是王元化创始，而为劳承万所进一步论述的纲目体系的说法。这才是我们接着讲的起点。其实关于《文心雕龙》的理论体系问题，刘勰自己已讲得很清楚，他在《序志》中说：

> 盖《文心》之作也，本乎道，师乎圣，体乎经，酌乎纬，变乎骚；文之枢纽，亦云极矣。若乃论文叙笔，则囿别区分；原始以表末，释名以章义，选文以定篇，敷理以举统。上篇以上，纲领明矣。至于割情析采，笼圈条贯：摛神性，图风势，苞会通，阅声字，崇替于《时序》，褒贬于《才略》，怊怅于《知音》，耿介于《程器》，长怀《序志》，以驭群篇。下篇以下，毛目显矣。位理定名，彰乎大易之数，其为文用，四十九篇而已。

这就是说《文心》全书五十篇分上下两篇，上篇明纲领，下篇显毛目，上下两篇为纲举目张的纲目体系。对刘勰讲得很清楚的纲目体系，学界很多人之所以不能理解，是因为大家心中只有西方式的概念逻辑体系的观念，而没有传统的如唐君毅所提示的为古人所"共喻"的纲目体系观念。因此，自然心中之镜便照察不出来。现在的问题是，在明确了《文

① 蒋述卓等：《二十世纪中国古代文论学术研究史》，北京大学出版社 2005 年版，第 284—285 页。

心》为纲目体系以后，如何如牟宗三讲的建立概念框架，以现代方式将之表述出来，毕竟古今有别。其次是如何参照古代纲目体系建构的模式，特别是朱子谈读四书的方法，并转为建构纲目体系的方法，以《文心》纲目体系为初阶规模，进一步结合由研究中国史学与中国哲学的基准或阶梯，推演出来的研究中国古代文论的基准或阶梯即五书中的其他四书，特别是《论语》、《孟子》以确立其根本与方向、发越与微妙，当然还包括其他对立面的补充材料，从而完成中国古代文论纲目体系的建构。

研究纲目体系的办法是纲举目张，研究《文心雕龙》纲目体系，自然也不例外，首先要抓住其纲。按刘勰的说法，上篇二十五篇皆为明纲领。但核心灵魂显然在文之枢纽的前五篇，又主要是原道、征圣、宗经三篇。上引王元化说，刘勰就是以这三篇为骨干，创立道—圣—文体系的。对这三篇及其关系如何理解是很关键的。我们注意到学界有人将之互相孤立甚至对立起来理解。如有人特别强调原道之道，如牟世金说："可以毫不夸大地说，若不知'原道'之'道'为何物，便无'龙学'可言。"[①] 又有人认为征圣不重要，重要在宗经，如纪昀说，征圣"此篇却是装点门面，推到究极，仍是《宗经》"[②]。这样将三篇相互孤立甚至对立起来，如何理解作为"文之枢纽"的核心之深意呢？

其实这三篇是可以合成一篇看的，其核心思想用刘勰的话表述就是："道沿圣以垂文，圣因文以明道。"简言之，也可表述为：道—圣—文（经），还可以进一步抽象为"文以明道"，这就是由朱自清确认为接续诗论的"诗言志"的"开山的纲领"，而引申扩展的面对整个中国文学的纲领。文以明道的纲领的底蕴就是"圣因文以明道"。因此，对这三篇的理解，简而言之，对道—圣—文的理解，不仅关系到对《文心》的文之枢纽的核心的理解，而且关系到对整个中国文学与文论的纲领的理解，是不可以不慎重的。在哲学上有两个说法，可给我们提供理解的参考思路。一是熊十力的说法。熊先生在谈到《大学》的三纲领时说过："《大学》开端，举三纲领。曰'明明德'。曰'新民'。曰'止于至善'。三纲领，实是一事。一事者，'明明德'是也。而析言以三者，义有独重，不得不

① 牟世金：《文心雕龙研究论文集》，人民文学出版社1990年版，第36页。

② 黄霖导读、整理集评：《文心雕龙》，上海世纪出版集团2008年版，第3页。

从明明德中，别出言之。”[1] 二是钟泰在谈到他读《庄子》的心得时说过：“庄子之真实学问，在《大宗师》一篇。所谓‘大宗师’者何也？曰：道也。……然其曰‘大宗师’者何也？盖道者，虚名也，惟实证者得而有之，故曰：‘有真人而后有真知’。真人即大宗师也。……明道也，真人也，大宗师也，名虽有三，而所指则一也。特以其本体言之，则谓之道；以其在人言之，则谓之真人，谓之大宗师耳。”[2] 以这两个说法为参照，我们对上述问题的理解，也就可以明确一个基本的思路，这就是说，对这三者，如从其本体言之，则谓之道、原道，就其作者言之则为圣，以其在文者言之则谓之文、道之文，三者贯通为一。

道、圣、文三者贯通为一，实是一事，这就是从浑沦实质看，但又义有独重，必须析言以三，分别言之，即以三者撑开一，以“辩之以相示”，才易于为人所理解。

先说“道”。

对道的理解，在不知道为何物，便无龙学可言的普遍共识之下，学界对道的研究倾注了不少心血，据统计，至今已发表的专论已不下数十篇，至于在论著中论及的则难以统计。道的内涵是什么？则有儒道说，自然之道即道家之道说，佛道说、儒道佛之道相兼说，以及客观自然规律说等不同说法。[3]

对这些不同说法，该如何看？若孤立于文论层次是讲不清楚的，唯有陷入公婆论，但若上升到核心的哲学层次，问题则很清楚。上文论述过，哲学有两种理论形态：认识论哲学与道德形而上学或心性哲学。西方哲学的皇冠在认识论哲学，中国哲学于认识论消极，没有形成学之成为学问的认识论哲学，中国哲学的成就主要在道德形上学或心性哲学。因此上述说法中有认为刘勰的道的含义是指客观自然规律等的，则显然是将道纳入了认识论范畴，为混淆不同哲学理论形态的表现。而刘勰的道自然应属心性哲学范畴。但儒道佛三家皆属心性哲学，那到底又是哪一家之道呢？这就不能孤立地就刘勰《文心雕龙》研究道，因为只就刘勰《文心雕龙》研

① 熊十力：《读经示要》，中国人民大学出版社 2006 年版，第 52 页。

② 钟泰：《中国哲学史》，东方出版社 2008 年版，第 47 页。

③ 蒋述卓等：《二十世纪中国古代文论学术研究史》，北京大学出版社 2005 年版，第 285 页。

究道，说为儒道佛哪一家之道，皆可有据，正因此引出种种说法，可见难以确定。这就要进一步从纵贯线看，从研究中国文论的基准或阶梯的整体，特别是作为定根本方向的圣门源头《论语》看。前文论述过，文以明道是从诗言志引申扩展而来的。孔子说过："士言志"，"志于道"。又说："作此诗者，其知道乎。"这是从源头上内在地规定了志向道的发展。如唐君毅所说，刘勰以文学承孔子。因此，其道，首先是承孔子之道。承传孔子之道，这才扣紧了中国文论的主脉大气。但孔子的伟大，在其道并不孤行，可以与同属心性哲学的道家之道、佛家之道并行不悖。因此，说刘勰之道是以孔子儒家之道为主，又兼取道、佛之道是可以的，但"辩之"到此是远不够的，因此还不及道的性质。

刘勰的道，指称为"原道"，又称"自然之道"。对原道，有注曰，原，本也，原道，指原本意义之道。至于自然之道，则被认为是指客观自然规律。于是引出了道是指客观自然规律的说法。上文说过，这就混淆了认识论与心性哲学两种不同哲学理论形态的道。可见，只用传统有限的概念是很难讲清楚原道的，这里需要引进上文讲过的康德哲学的一个概念。康德说同一物有两种表象，现象与物自身。又说：现象与物自身的区分是主观的超越之区分。道之为物，当然也可以有两种表象，即可以有现象意义的道和物自身意义的道。认识论哲学讲的道是与主体相对的现象意义的道，而心性哲学讲的道，可归于物自身意义的道。刘勰讲的道属心性哲学范畴，而不是属认识论范畴，因此，其道，也可归于物自身意义的道。刘勰讲道，特标原道，又称自然之道，其内涵应是指原本如此之道，或自己如此的道。这就是物自身意义境界的道。

在西方，人/神（上帝）是两个世界，上帝有无限心，有智的直觉，而人没有无限心，没有智的直觉。在中国人/圣是一个世界，人虽有限，但可无限，人皆可以为尧舜，众生皆有佛性，人可超凡入圣、成佛。这无限心就是指圣心、道心。要见或领悟这原道、自然之道，自己如此的物自身意义境界的概念用不上的道，要靠无限心即圣心、道心。因此，刘勰在《文心雕龙》中讲了原道、自然之道后，跟着就要讲圣、圣心、道心，不然原道就要落空。

次说"圣"。

对论述圣的《征圣》篇，清人纪昀认为是"装点门面，推到究极，仍是《宗经》”。纪氏的看法是错误的。这是清代学术由宋明心性之学回归汉代经学，过于沉迷考据传注，心灵已完全不能与心性之学的大气主脉相应的表现。现代学界继续奉纪说为圭臬，必然继续犯错，并与《文心》的深意无缘。《征圣》篇不是“装点门面”，圣更不是。在刘勰那里，圣是非常重要的，圣之谓圣，其心是圣心，千圣一心，这圣与圣相承传的圣心就是道心，圣心、道心乃悟道之心，道化之心。众圣“莫不原道心以敷章”。圣之圣心、道心见、悟道，然后将之敷章转化成文即道之文。没有圣，圣心、道心，道不能见悟，不能敷章成文，就一切皆空了。可以说原道、道之在其自己的物自身意义境界的概念用不上的道与圣心、道心是一体二面，二而一，一而二，是不能分离的，一定要一起讲。

按《孟子·公孙丑上》记有的子贡的说法，圣的全部意义是“仁且智”。因此对圣可以进一步从两个路向去理解。“圣人，人伦之至也。”（《孟子·离娄上》）这是着重从“仁且智”的“仁”即伦理道德人格之价值人格或人格标准去讲。“作者之谓圣。”（《乐记》）则又有着重从“仁且智”的“智”即才性人格讲的意味。宋人特重圣人的“仁”，即道德人格，因此对圣人往往只从道德人格讲，所谓“大贤以上即不论才”（程伊川）。甚至将圣人的道德人格与才性人格对立起来，形成在文学上只讲“文以载道”，而以“文辞为能”为“弊”。还发生过持道德人格的程伊川与持才性人格的苏东坡（1031—1101）的长期不快而不能化解。其实圣人的这两种人格并不必然对立，而是可以融合的，形成以道德人格为主导、为源而又融合有才性人格的完美统一。刘勰在《文心雕龙》中赞“公旦多才”，孔子更是“独秀前哲”，“金声而玉振”，具有集大成之才。可见在刘勰那里的圣就是周公、孔子那样的“仁且智”，即其道德人格统辖有才性人格的两种人格两全其美合而为一的圣，而不是后来宋人的单一道德人格的圣。“作者曰圣”，表圣为缀文者即作者之纲，为作者的本义和精神灵魂。

次说“文”。

“道沿圣以垂文，圣因文以明道”，又众圣“莫不原道心以敷章”。这“文”、“章”既然是道经圣之道心见悟道而“敷”，而“垂”，自然就为“道之文”，或道心之文。这道之文，与圣相应，也就叫经。刘勰说：“经也者，恒久之至道。”又引《易》说：“‘鼓天下之动者存乎辞’。辞之所以能鼓天下者，乃道之文也。”是讲作为发明并表显“恒久之至道”的经，即道之文具有感动鼓舞天下的力量。道之文为文（文学）之纲。

除此之外，还有非圣即一般缀文者即一般作者原非道心即技心而垂的文，而敷的章，这相应而为技之文。技之文作为目可为道之文的纲所统辖。

总之，“文”，是道—圣—文三者一的最后落实。对之，绝对不能孤立理解，而一定要理解为道、圣（圣心即道心）、文三者一的文，即道之文，这才能成为文学之纲。

讲到这里，笔者想顺便谈一下《文心雕龙》书名之深意。这是很多学者热衷过的。按上文对道、圣、文之理解，笔者认为这个“文心”也必须从心性哲学范畴去理解。“夫‘文心’者，言为文之用心也。”对这，一般人只从“用心”，即心之用去理解，而不首先从心之体，即心体去理解。即体即用，没有体如何用呢？因此析言之，首先要从心体讲。按刘勰之意，文心作为为文之用心的心体应包括两个不同层次：一般文心即技心层次，二是由一般文心、技心，上升到圣心即道心层次。在这两层次中，圣之圣心、道心为体、为纲，统辖一般文心即技心。对“雕龙”，也不能理解为受时代影响而只重形式主义。刘勰一句“岂取驺奭之群言雕龙也”的反问，就与形式主义划清了界限。刘勰《文心雕龙》说：“人文之元……《易》象惟先。”表明刘氏讲文学是以庖牺创始的《易》象为源头讲起的。《易》六十四卦，是讲《易》道的。“《易》道在《乾》、《坤》”（熊十力语），其中又以《乾》为灵魂。《乾》道为何？其卦爻辞从初九“潜龙勿用”到用九“见群龙无首”。全以龙的形象为象征，这就是说龙是道的象征。中国人每每以自己没有《圣经》为憾，但中国有六经，其中《易经》为群经之首。《圣经》由旧约、新约构成，约是指上帝与人订下的契约，基督徒把《新约》看作耶稣降世重新与人订立的契约，并奉之为自己生活的经典。中国是一个世界，因此没有与上帝订下什么契约，但我们的祖先，先哲圣人为我们指引了生存之道。这道作为不传之秘就表述在圣哲留下的以《易经》为首的遗经中。人生的路如何走？这里没有契约，全靠人的自觉。觉什么？觉悟道。这里有非常大的自由度，没有觉者就上不了轨道，人生就东倒西歪。《文心雕龙》书名与其文之枢纽的纲领相一致，其深意就在要求我们能“征”或“师”即参照师范以孔子为代表的先贤圣哲的榜样，提升自己为文之用心，上升到圣心即道心层次，以觉悟道，并将之表述在文中，以此引导文学的正确轨道与方向。如果如有些人所理解文心仅为现代创作心理学讲的一般的为文之用心、技心，那只能雕出虫来，龙何之有？即使能雕出精致的龙，那也只是动物的龙，而不是中国人所向往的以道为灵魂的龙。

上文讲道、圣、文三纲，主要以《文心雕龙》为初阶讲，又主要从儒家角度讲，如此，就整个中国文学与文论看，还是不够的，因为还有个道、释文论如何摆放的问题。这正是我们要进一步论述之处。其实，上文从儒家角度讲道、圣、文，只是从正面讲，问题是可以面面观的，除了正面外，还有另一面，或反面，作为儒家的另一面或反面就是道、释。按逻辑讲也是如此，先讲正面，然后转向讲另一面或反面。

前文讲中国心性哲学时论述过儒道佛哲学虽然各有不同，但皆为心性哲学。其特质也同为特重主体性，只是复加的心性内容不同，儒家复加道德心性，为道德心性的主体性。道家复加虚静之心性，为虚静心性之主体性。佛家复加自性清净心性，为自性清净心性的主体性。前文还论述过，如按佛教“一心开二门”，康德讲的“现象与物自身之超越的区分”以照察，儒、道、释所讲的道，皆非生灭门、现象意义的道，乃皆真如门、物自身意义的道。也就是说，无论儒家的“性与天道”，道家之“常道”，释家的佛性真如之道，若按康德的说法，皆属物自身意义的自己如此的道。儒家之圣人可以凭圣心即道心领悟“性与天道”，并莫不原道心以敷章，创作出“性与天道”合一之文。同样，道家之真人、至人、天人等也可以凭虚静之心领悟“常道”，并莫不原虚静之心敷章、创造出“常道”之文。佛家也当如是。总之，“道沿圣以垂文，圣因文以明道”，是正面对儒家讲，显其大，从另一面也可以从道家、佛家讲。如此讲，抽象为文以明道的整个中国文学的纲领，才同样是一个统辖儒、道、佛文论的整个中国文论的纲领。

上文说过，“圣人，人伦之至也”，是讲圣是人伦道德人格的最高榜样与典范。“作者之谓圣”是讲圣人也是才性人格，就文学方面讲，是指创作主体即作者方面的最高典范，在这方面，圣又可以统辖道家之真人、至人、天人，佛家之佛等。将“道沿圣以垂文，圣因文以明道”抽象为“文以明道”的整个中国文学与文论的纲领。似无主体，但按中国汉语，无主体不是真的无主，而是将主语泛化。这样，就不仅可指圣人（真人、佛等），而且可以开放出来指广泛的文学作者，从纲领上要求都要克服私心，将为文之用心的心体即文心，经修持存养工夫提升到道心层次。这不是将为文之用心束缚在道心上，刚好相反，道无所不在，道心无限。因此，这是一种解放，迈向真正意义的主体创作自由。中国的人/圣（真人、佛）是一个世界。人皆可以为尧舜，众生皆有佛性（真人性、圣性），这就是一般文心、技心走向道心的心体、性体的哲学基础。这样，以圣心即道心作为“为文之用心”的心的体和纲，就引导并统辖着整个中国文学创作，如牟宗三在《康德美学讲演录》中所讲的不再只想着技，而是“总要想着道”，“技而进于道”，并以之为“中国最高境界”，“因此，纯粹的文学在中国不能有”。当然，也不是没有，也有，但在中国文学中地位不高。不过像宋儒那样“陋”于辞章之美，也不对。文学也绝对不能离开技的，没有技就没有文学，只是不能是独立的技，技要为道所统辖。纯文学在中国文学中地位不高，因此不能成为主流，只能成为道之文之纲所统辖的支流或目。郭绍虞感叹中国没有清晰的纯文学观念[①]，在文学纲领上讲，原因就在于此。

上文讲述，道、圣、文是一回事，这是从浑沦的实质上说，要清晰化，就要以三撑开一，并“辩之以相示”。刘勰就如此为我们明确了中国文论纲目体系的道、圣、文三纲。

次说“闻道”。

在《文心雕龙》中有《知音》篇，环绕着该篇，前后还有《时序》、《才略》、《程器》诸篇。其所讲理论内容，从现代文论角度照察可属文学鉴赏范畴，但《知音》所讲并非现代文论之文学鉴赏讲的“止乎情”等，而是还要“沿波讨源”。这“源”是指什么？似尚未明确其方向。因此，要确定其方向，一方面要与上文确定的道、圣、文贯通一起来理解，另一方面又要放在研究中国古代文论的基准或阶梯五书，特别是圣学源头之书《论语》中获得规定。在《论语》中，孔子常引导弟子学诗。前文讲过《诗经》是文史哲不分家浑沦为一的著作。孔子的“学”有两层次意义：觉义与效义。可面对不同根器的学生，最高层次自然是觉义，觉悟道。上

① 郭绍虞：《中国文学批评史》上，百花文艺出版社2001年版，第1页等处。

引过孔子说："作此诗者，其知道乎。"孔子更明确地说过："朝闻道，夕死可矣。"(《论语·里仁》)"闻道"不一定从"诗"来，但将上引两段话结合起来，不能排除"闻道"可以从"诗"来。因此，从圣学源头看，我们又可以以孔子的"闻道"，规定刘勰《知音》中那尚不很确定的意义为"闻道"。以之呼应道、圣、文，同为一可以以道一以贯之的文学纲领之目。

最后说"诗教"。

刘勰在讲到道、圣、文（道之文）即经时说过"'经'也者，恒久之至道，不刊之鸿教也"。道之文的"经"是"教"，这一思想在刘勰那里只是偶一闪现，并不展开，但说的却是中国礼乐文化的核心思想所在。《周易·贲·象》说："观乎人文，以化成天下。"《礼记·乐记》说："先王之制礼乐也，非以极口腹耳目之欲也，将以教民平好恶，而反人道之正也。"这是讲礼乐即教。早在《尚书·尧典》中，舜帝就命夔"典乐，教胄子"。这就是讲乐教。可以说儒家承传的上古六经都是教。《礼记·经解》引孔子说："入其国，其教可知也。其为人也，温柔敦厚，《诗》教也。疏通知远，《书》教也。广博易良，《乐》教也。洁静精微，《易》教也。恭俭庄敬，《礼》教也。属辞比事，《春秋》教也。"虽六经皆教，六经"异科而皆同道"，但《易》道精微，不易教人，《书》不便讽诵，《春秋》不常习。因此，孔子一般只说："兴于诗，立于礼，成于乐。"这里虽然没有教字，但实为三教。后来乐经失传，因此，后来也就讲诗、礼，诗便讽诵，又突出诗教。《毛诗序》开端即说："风，风也，教也；风以动之，教以化之。"并进一步提出"美教化"。就从诗教讲。这就是由乐教，经六经皆教到诗教的概略过程。也可见诗教以乐教、六经皆教为背景，并内涵之，而诗又向文发展，一般说诗教也就内涵了文教，甚至戏曲教、小说教。

朱自清曾将"诗教"与"诗言志"并列，认为是中国诗论的"两个纲领"之一。但他又认为诗教"是汉代提出"，"是就读诗而论，作用显然也在政教"。[①] 与讲"诗言志"一样，朱先生对"诗教"也只从诗论层次讲。中国学问文史哲浑沦为一，缺乏作为核心的心性哲学的视野，是不

① 《朱自清全集》6，江苏教育出版社1990年版，第130页。

易讲出其深意的。中国文化哲学的“教”显然不是现代教育的教文化科学知识的教，也不是令人生厌的政治教条的教。用《老子》的区分，它不属“为学”范畴，而属“为道”范畴。按牟宗三从心性哲学高度的讲法：“何谓教？凡是以启发人之理性，通过实践之途径以纯净化人之生命以达至最高之圣境者即谓之教。”[①] 他在《康德第三批判讲演录》中讲到诗教时，又说：“文学方面一定要技而进于道。从诗教方面看，通过诗而达到生活，生活要道化，而诗要生活化。”[②] 诗教含文教。从诗教讲，也就是通过文学而达到生活化，而生活要道化，所谓道化，就是使生活上轨道，即上引《乐记》讲的“反（返）人道之正”。诗教含文教通过文学达到生活化、道化，也就呼应了另一纲领“诗言志”——“文以明道”。其实“文以明道”，道，犹路也，也就是从存在与创作角度讲文学不是“明”即表显现象意义的生活，而是要“明”即表显道化的生活，有道（并统辖无道）的生活。由此可见，由“诗言志——文以明道”一直到“诗教含文教”，皆有个文学生活化、道化的问题。

综上所述，从刘勰《文心雕龙》初定其规模，又经研究中国古代文论的基准与阶梯其余四书：《论语》、《孟子》、《乐记》、《毛诗序》以探本定方向，及发越、微妙，我们可以大致确定中国古代文论纲目体系的纲由道、圣、文/闻道、诗教五纲之目构成，同时这五纲皆相通为一，从“道沿圣以垂文”角度言之，是为道所一以贯之而相通为一，如从“圣因文以明道”角度讲，则是以圣之圣心即道心所一以贯之而相通为一。

按朱熹在《朱子语类》中的说法，纲目可有二解：或纲之目，或纲与细目。上文是从纲之目，即纲与纲讲，为一个层次。以后还要讲到纲与细目，就有两个不同层次了。但无论从哪个路向理解，办法都是纲举目张，以纲统目，即纲即目。上文还讲过，就纲目体系而言有广义与狭义之分，就广义而言，整个中国文化哲学就是一个以仁心德性及其哲学形态的心性哲学为核心、为纲，各文化形态为细目的纲目体系。仁心德性、心性哲学与纲目体系，二者自为表里。不过虽有广义、狭义之分，但实际上又分不开。笔者在这里讲的中国古代文论纲目体系，则是一个在这广义纲目

---

① 牟宗三：《中西哲学会通十四讲》，上海古籍出版社 1997 年版，第 72 页。

② 牟宗三：《康德第三批判讲演录》，台湾《鹅湖月刊》2000 年第 26 卷第 12 期。

体系统辖下的狭义纲目体系。

罗宗强在谈到《文心雕龙》各部分的关系时说："文之枢纽，是统领全书的。上篇论文体，下篇论文术。文之枢纽的基本思想，不惟贯串于上篇论文叙笔中，且亦贯串于下篇文术论中。"[①] 罗先生认为文之枢纽贯串《文心雕龙》全书名篇之说法是有见地的。不同之处在于：他是从三分逻辑结构去讲，我们则是从纲目体系去理解。转向叙述方式角度，这也可以说《文心雕龙》纲目体系是采取纵贯的叙述方式。先纲举，然后目依次张开。在《文心雕龙》之前，已有《大学》取这种叙述方式。除了这种叙述方式外，前文讲过朱熹的《通鉴纲目》则有不同，它虽也取纲目体系，但所记之事，皆"纲以提要，目以备详"。这种纲目体叙述方式，与上述纵贯式不同，可以视为纵贯横写，或纵横交错的叙述方式。这种叙述方式显然更适合内容较复杂且篇幅较长的作品。根据前文确定的研究中国古代文论的基准或阶梯，本书叙述的内容主要以《文心雕龙》定其初步规模，又以《论语》、《孟子》、《乐记》、《毛诗序》定其根本与方向、发越与微妙，同时还涉及较多另一面或反面的思想，内容相当复杂。因此，本书的纲目体系叙述方式，拟采取纵贯横写，或纵横交错的叙述模式以展开。

四　研究中国学术与中国文论的思想方法论

马克思曾引用黑格尔的话说过："……形而上学同整个哲学一样，可以概括在方法里面。"[②] 这里有一个意思是说，哲学的内容与它的方法是一致的，为可以互相概括的关系。上文论述过，中西哲学为两种不同理论形态，西方哲学的主要成就在认识论哲学，中国哲学的主要成就则在道德形而上学或心性哲学。理论形态不同，研究内容不同，自然研究的方法论也不同。从大处着眼，可以说能将整个中国哲学"概括在方法里面"的方法，主要有三个：一是"究天人之际，通古今之变，成一家之言"；二是"先立乎其大者，则其小者不能夺也"；三是"允执厥中"或"唯务折

① 罗宗强：《魏晋南北朝文学思想史》，中华书局1996年版，第257页。

② 《马克思恩格斯全集》4，人民出版社1965年版，第139页。

衷”。哲学是中国文化的核心，由核心扩大开来看，能将整个中国文化学术概括在方法里面的方法，自然也就是这么三个。中国文论是以中国哲学为核心的中国学术的一个子项目，自然与整个中国文化学术一样，也可以概括在这三个方法里面。这是从哲学或文化学术与方法关系的一方面说，反过来，也可以将这三方法，看作是构成研究中国学术包括中国文论的基本思想方法论。

（一）“究天人之际，通古今之变，成一家之言”

这一思想方法论可以说是司马迁从《史记》创作经验中总结提出来的。大意可见于《太史公自序》，但最完整的表述则见于《报任安书》。里面说：

> 仆窃不逊，近自托于无能之辞，网罗天下放失旧闻，略考其，行事，综其终始稽其成败兴坏之理，[上计轩辕，下至于兹，为十表，本纪十二，书八章，世家三十，列传七十]，凡百三十篇，亦欲以究天人之际，通古今之变，成一家之言。①

对这一思想方法论应如何理解呢？我们先看看史学家的看法。钱穆说：

> 所谓“天人之际”者，“人事”和“天道”中间应有一分际，要到什么地方才是我们人事所不能为力，而必待之“天道”，这一问题极重要。太史公父亲看重道家言，道家就侧重讲这个天道，而太史公则看重孔子儒家，儒家注重讲人事。“人事”同“天道”中间的这个分际何在？而在人事中则还要“通古今之变”——怎么从古代直变到近代，中间应有个血脉贯通。此十个字可以说乃是史学家所要追寻的一个最高境界，亦可说是一种历史哲学。②

① 张大可注释：《史记全本新注》四，三秦出版社 1990 年版，第 2196—2197 页。

② 钱穆：《中国史学名著》，生活·读书·新知三联书店 2000 年版，第 75 页。

钱先生的分析是很有见地的，但也有可以进一步接着讲之处。司马迁"究天人之际"的"天"，自然是指天道，但不必限定是道家之天道。道家讲天道、常道，但较少联系人道讲，以至荀子说庄子，"蔽于天而不知人"。道为统名，为虚位。因此，各家可各道其所道。儒家也讲天道的。《论语》中就有讲"性与天道"。虽然子贡有说孔子讲的性与天道不可得而闻，但那盖根源于人有不同之根器。到《中庸》则以此开出两大命题展开探讨，所谓"天命之谓性，率性之谓道"，这"道"是孔子讲的"天道"。关于孔子晚年所爱好的《周易》，特别是相传为孔子所作，至少开其端绪的《易传》，更是大讲天道的，因此，对天、天道，还应主要从儒家讲，才与人、人道相呼应。司马迁讲的"人"自然主要讲人事，进而讲人道。对人事，不是孤立地讲，而是要"通古今之变"。就《史记》来说，就从上古中国人的始祖黄帝讲起，一直讲到当时的近现代。司马迁要将古今打通，从其演变中把握历史"成败兴坏之理"，贯穿其中的历史精神的大气主脉，也就是历史人道，以便鉴往而知来。这种由古今历史人事的演变发展进而把握历史人道主脉大气的史学大传统，不是始于记言、记事体的《尚书》，而是始于孔子作的《春秋》。因此，钱穆认为，章学诚说司马迁《史记》"得《尚书》之遗"，不恰当，而应说，"《史记》乃是接着《春秋》而来"的。① 章学诚于六经中，特地提出《易》、《春秋》说，认为："《易》以天道而切人事，《春秋》以人事而协天道。"② 应说，这是很有见地的说法。由此可见，司马迁就《史记》创作经验而总结提出的这一方法论，并非仅仅是他的独创，而是源出于六经，特别是《易》、《春秋》的大传统。古人云，上下四方曰宇，古往今来曰宙。前者宇即指空间，后者宙即指时间。可见中国古代的宇宙论，乃一时空坐标大系统。如果将司马迁方法论中的"天"，抽象为空间，将"人"抽象为时间，那么司马迁的这一方法论，也就可以纳入宇宙时空大系统的方法论。

在这里还要注意的是，司马迁方法论中谈到的"成一家之言"的理解。中国古代学术有两大分野：王官之学与百家之言。后者又是从前者产生的，所谓诸子出于王官。据钱穆的看法，这中间一个最重要的中心人物

---

① 钱穆：《中国史学名著》，生活·读书·新知三联书店2000年版，第263页。

② 章学诚：《文史通义校注》上，中华书局1985年版，第20、29页。

就是孔子。他有一部《春秋》，是六经中最后一部，又有一部《论语》，那又是诸子百家言中最早的一部。写学术著作要有自己独立的见解，司马迁的“成一家之言”，就是要由古今历史材料中深造自得，别有会心，得出自己的真知灼见。但要注意的是，这里的真知灼见，“成一家之言”，不是指一专家之学。钱穆说：“中国人言学以成家，乃指上有师承下有传人，如一家之相承，仍指其共通性，与西方之个人各业相别各成一专家大不同。”① 司马迁的要“成一家之言”，也就不是仅仅要形成自己个人与众不同的独特见解，成专家之学，而是要通过深造自得，领悟并上承中国史学大传统的大气主脉，并由后人再承传下去。他在《太史公自序》中说：“先人有言：自周公卒五百岁而有孔子。孔子卒后至于今五百岁。”亦应有人承传孔子。司马迁虽然说：“意在斯乎！小子何敢让焉？”但既然意识到，自当当仁不让，要自觉上承孔子。正如上文曾引唐君毅说，“司马迁，以史学承孔子”。可见，“成一家之言”在司马迁那里，并不是现代人所理解的仅仅在形成个人观点，成一专家之学，而是通过“究天人之际，通古今之变”，以深造自得，领悟把握孔子从上古周公那里承传下来的中国历史大传统的大气主脉，天人合一之道。这里“成一家之言”，亦就是“如一家之相承”，既有向上相承，又世世代代向下相传发展下去。

可见，这一思想方法论，虽然为司马迁从史学角度总结出来，但体现的正是中国学术大传统的基本精神。但遗憾的是，自司马迁总结出这一思想方法论之后，能继者寥寥，即使去司马迁不远，同为史学家的班固，也不能同情了解，从方法论上透视，他只遵循一套格式而写成《汉书》，并无“如一家相承”之感。汉代学术思想复杂，其主流并没有接上孔孟之根脉，而是走着杂而无统的道路。其后魏晋南北朝隋唐五代更是完全歧出，一直到宋，才出现一批卓越之士得悟不传之秘于遗经，也终于接续上孔孟思想之根脉，并为我们开辟一个学术思想发展的新时代，即新儒学时代。

宋代新儒家将司马迁从史学角度总结出来的思想方法论，提升到了哲学的高度。这就是邵雍（1012—1077）提出来的“学不际天人，不足谓

① 钱穆：《现代中国学术论衡》，岳麓书社 1986 年版，第 121 页。

之学”。[1] 这是从反面提出，若从正面讲，则应是要学际天人，才足谓之学。从反面提出，这是从否定排除，而达到更充分甚至唯一的肯定。这一哲学思想方法论的提出，也就从最高层次上规范了中国学术研究精神境界的最高标准，并封杀了其下行堕落的空间。

“学不际天人，不足谓之学”，出自邵氏被称为天书般的《皇极经世书》。该书为一庞杂的系统。按韦政通的看法，其主旨“主要企图是把阴阳消息的自然史与古今治乱之社会史，统合于同一个秩序之中，这个秩序是由元、会、运世之数来表达的，为中国的天人之学开出一个新的模式”[2]。但由于其系统的庞杂与精微，“非二十年功夫”（谢良佐语），不能通其学，令很多学人望而却步。因此邵氏其学也就很少能为人所真正理解。朱熹也不把作为北宋五子之一的邵雍的学说精粹编入《近思录》，这在一定程度上也影响了邵氏学说的传播与影响。这是从一面看，也有人从另一面看，认为邵氏为“自秦汉以来，一人而已耳”[3]。可见，邵氏的影响还是很大的。同样他从哲学高度提出的学际天人的思想方法论也影响深远，可以说乃一中国哲学与中国学术思想方法论的纲领。

邵氏的真正厄运，乃在近现代，因为邵氏那套所谓天人之学，从现代认识论的唯物主义观点看来，乃为唯心主义的神秘胡说。因此，自近现代以来，邵雍的这一套学说，以及由之提出的上述方法论原则，也就只有被批判的命运，而被严重忽视。直到当代，随着中国经济的崛起，国学热的出现，在重估文化传统精神价值过程中，由司马迁—邵雍相继提出并走向更高层次的学际天人的思想方法论与学术视野，才屡屡被学界提起，但依然少有知音。

总之，由司马迁从史学角度首先提出，到邵雍提升到哲学高度的“学际天人”的方法论，是一体现中国学术胸襟与学识境界的方法论原则，应为中国学术研究所普遍遵循的研究方法论的纲领。

回到中国古代文论研究，像中国史学一样，中国古代文学与文论亦是中国学术研究的一个子学目，自然也应遵循这一方法论的原则。因此，正

① 邵雍：《皇极经世书》，海南出版社 1993 年版，第 380 页。

② 韦政通：《中国哲学辞典大全》，世界图书出版公司 1989 年版，第 411 页。

③ 转引自侯外庐等《宋明理学史》上，人民出版社 1984 年版，第 206 页。

像司马迁研究史学不局限于狭义的史学，而是求其通，置史学于“天人之际”的学术大背景中去求通定位，于“古今之变”中把握其血脉贯通一样，研究中国古代文论，也应如此，也不应孤立地研究中国古代文论，也应置之于“天人之际”的广阔学术背景中去求其通和定位。于“古今之变”中去求其血脉贯通，并于此别有会心，或深造自得，以成一家之言，即真正把握中国古代文论的主脉大气。

但遗憾的是现代学者受西方学术研究的模式和方法的影响，在古代文论研究上，也往往热衷追求纯文学理论，喜作专家之学，不求回归探明中国古代文论主脉大气之共通性。这样研究已受西方影响的现代文论是可以的，但以之研究古代文论则会真意全障，大体全失，陷入血脉不贯通或只见树木不见森林的境况，而无价值可言。因此，明确上述研究中国学术与中国文论的思想方法论原则，就有极为重要的意义。

（二）“先立乎其大者，则其小者不能夺也”

《孟子·告子上》有一段公都子与孟子的问答：

> 公都子问曰：“钧是人也，或为大人，或为小人，何也？”
>
> 孟子曰：“从其大体为大人，从其小体为小人。”
>
> 曰：“钧是人也，或从其大体，或从其小体，何也？”
>
> 曰：“耳目之官不思，而蔽于物；物交物，则引之而已矣。心之官则思，思则得之，不思则不得也。此天之所与我者，先立乎其大者，则其小者不能夺也。此为大人而已矣。”

在这段问答中，公都子的问题是：“同样是人，有的成为大人、圣人或德行完备的人，有的则成为小人即一般老百姓，为什么呢？”孟子的回答是：“顺从大体（即重要官能）就成为大人、圣人或德行完备的人。相反，顺从小体（指琐碎官能）就成为小人即一般老百姓。”孟子于这进一步的问题回答说：眼睛、耳朵这类小体官能器官不会思考，易被外物蒙蔽，因此，它们与外物交会接触，就会被外物吸引过去。而大体官能器官心则不同，它会思考，会思考就能觉悟、自得，不思考就不会觉悟自得。这是天赐给我们人类所特有的大体官能器官。因此，“先立乎其大者，则其小者不能夺也”，即先确立这大体重要方面，那么小体细小方面就不能取代大体，也就是大体部分始终确立，那么人就会成为大人、圣人或德行完备的人。在这里孟子近取诸身，以人身的耳、目与心讲人身的大体、小体，进而讲德行做人，必须确立大体，而不要为小体所干扰，更不要为其所取代。这样才能成长为有德行的大人、圣人或德行完备的人，而不会堕落为小人。由此可见，孟子的“先立乎其大者，则其小者不能夺也”，虽然以平易的问答方式讲出来，但确立的则是一重要的修行做人的方法。在我国古代，修身做人与治学为文的方法是贯通在一起的，并且往往由修身做人的方法转化为治学为文的方法。这是中国治学为文方法论的一个重要特色，因此，我们往往要从此讲起。

孟子的这一修身做人的基本方法，并非无源自创，而是有所承传的。孟子说：“乃所愿，则学孔子也。”（《孟子·公孙丑上》）这一方法论也可以说是孟子从孔子那里学习承传下来的。在《论语·子张》中，子贡在回答卫国大夫公孙朝问“仲尼焉学”问题时说过：“文武之道，未坠于地，在人。贤者识其大者，不贤者识其小者，莫不有文武之道焉。夫子焉不学？而亦何常师之有？”按子贡的说法，孔子的学问修养的形成，是对散落人间的文武之道能“识其大者”并学无“常师”。从方法论上看，孔子作为圣贤，在承传文武之道上就是能“识其大者”，而不为“其小者”所夺的典范。可见孟子这 方法论，其源就在“学”孔子。

孟子以“学”孔子的榜样提出的“先立乎其大者，而其小者不能夺也”的修身治学方法论，辞后虽少有发明承传者，但与文武之道、孔子之道一样，亦“未坠于地”。到宋代新儒学，终于有心派领军人物陆九渊进一步将之申明。与其他理学家都有明显的师承不同，陆氏的学问没有师承，至少没有明显的师承。那么他的学问是怎样来的呢？据《陆九渊集·语录》记詹阜民问：“先生之学亦有所受乎？”曰：“因读《孟子》而自得之。”按陆氏这一表白，他没有师承，仅是自学《孟子》而别有会心而自得之。因此，牟宗三说，陆九渊是纯孟子学。牟宗三曾将陆氏学说概括为六个基本点，并点明每一个基本点都是本于孟子，并无新说。其中作为六个基本点之一的“先立乎其大”的方法论自然也是本于孟子。同样也不是新说。同时他的学说也没有走一般人所遵循的随时代需要而重新作分析论述的套路，而只是随机指点、启发、重申。① 但从中，我们还是可以明显地看到陆氏的这一方法论，已将孟子原本主要作为修身做人的方法论，推进到哲学层次，并转化为治学方法论。

陆氏本于孟子的“先立乎其大”的易简治学方法论，显然是针对“今世论学者”即程朱，尤其是程颐，程氏治学十分注重外在行为规范，讲究非礼勿视、勿听、勿言、勿动之拘瑾，大有“本末先后”、“颠倒错乱”之嫌。陆氏本于孟子的“先立乎其大”的修身而转向治学的方法论，显然是针锋相对的反拨，强调治学不能陷于本末倒置，而应先立乎其大者，也就是先确立发明本心之“大”，不然一切皆无从谈起。不过，虽然陆氏本于孟子，并基于时代环境而有所推进，但与孟子相比，陆氏尚有不同。这就是，在孟子那里，似乎“先立乎其大”，但并不排斥“小”，只是强调“小”不能取代“大”；而陆氏连“小”提都不提，也就是说“小”在陆氏那里没有任何位置，属于排斥之列。大、小，本、末只是位置不同，倒是相辅相成的。陆氏排斥“小”，他的后学甚至排斥读经。这样，也就恰如真理跨进了一步，而陷入了谬误之境。

由此可见，陆九渊虽然提升了“先立乎其大”的方法论的层次，但用现代西方某哲学家的看法也只是片面的深入。陆氏天分高，没有师承，只靠读《孟子》自得，学问也就有相当的局限。在这方面，他不同孟子，据孟子表白，“乃所愿，则学孔子也”。孔子承“文武之道”之“大”，又学无“常师”，博大精深圆通，自无偏颇之论。因此，作为思想方法论原则，为了克服陆氏的偏颇，我们还得回到孟子的“先立乎其大，而小者不能夺也”。“先立乎其大”，确立发明本心、良知之大为本，但也要以“大”统辖、驾驭“小”，也就是以纲统目、驾驭目。

熊十力有一封就良知主宰问题答唐君毅的信，就这个问题讲得非常好。他说：

> 孟子言仁熟，不可单在此二字面上悟去。孟子言先立乎其大，又尊舜之明物察伦，又主扩充。此三义仔细参透，小可悟仁熟之旨。明儒“良知烂熟”，未尝不从仁熟二字来。其实，他们见到良知，于孟

① 参见牟宗三《从陆象山到刘蕺山》，上海古籍出版社 2000 年版，第 2—3 页。

子性善及先立其大有见处，而明物察伦与扩充功夫皆太欠在。二溪至多可谓狂者，良知烂熟何可以此加之。……二溪甚粗，细玩孟子言行，足知其于良知未烂熟，且常不是良知。二溪取予便乱，何况其他。不独孟子，去阳明亦太远。

双江、念庵，龙溪议其于良知未真信得及，此亦乱说。二公病在溺寂耳，与二氏近也。二溪于先立其大有见处，而双江、念庵则于先立其大见之而已有得处。见与见而得二意大有分，须注意。明物察伦与扩充则二溪与双江、念庵同缺了。扩充与明物察伦紧相关，宋、明受二氏影响。

……

只务鞭辟近里切己，对知识方面无形忽视，自于伦物处疏脱。其言治平，言王伯，好似作教条去崇奉，不是良知从现实中去扩充得来，阳明本人尚于伦物处做扩充功夫，但其教人仍偏于立本与向里，故门下多人狂禅去。①

对于“先立乎其大”作为修身与治学方法论，熊十力在这里作了全面论述，并对阳明及其后学作了分析与评判。文中虽然没有点及始作俑者或说中间环节的陆九渊，但作为修身与治学方法论看，显然熊十力是由陆氏回到了孟子，并强调孟子是“言先立乎其大”，又“尊舜之明物察伦，又主扩充”。仁义、本心、良知是本、是大，自然要先行确立，但不能溺寂于此，而不能没有明物察伦及扩充之“小”、“末”，二者是纲与目，统辖与被统辖，又是相辅相成的关系。由于陆于心学派特别是其后学多于“小”方面的“明物察伦与扩充功夫”，或“缺”，或“忽视”，或“疏脱”。熊氏看出此弊。因此，在《大学》的“格物”的解释上，他不取阳明，而“采朱子”。②

由孟子承孔子而提出的“先立乎其大者，而小者不能夺也”的修身与治学方法论，就其最高层次来说乃一哲学方法论。因此，对中国文化学术各学目的研究都有指导意义，自然对中国文论研究也有指导意义。

① 《熊十力论学书札》，世纪出版集团、上海书店出版社 2009 年版，第 74—75 页。

② 熊十力：《读经示要》，中国人民大学出版社 2006 年版，第 80 页。

熊十力在谈到人文科学时说过："人文社会所以异于偏尚科学化之唯偏重经济与政治之严密组织与各专门技术等等而日趋于物化者，其必别有致力处，必有所归趋与真实据处。……若于此不能有真切发挥处，第泛言艺术、宗教、哲学、道德等语，恐终不会有根据处也。艺术、宗教、哲学、道德等学目固可列举，但须发明大本，而后言此等学目。"他还谈到"艺术理论，无论若何高深，决不能彻根源，总不外情感移人，期与大自然契合为一而已。……吾总觉艺术家好学僻怪而实小器，时或好表示与人为缘而实假，表示超凡而实小与俗恶，其所学在情趣上，无真见、无真根据。……吾先哲鄙视诗文家，以其止于情趣之域故也"①。其实熊先生没有注意到在艺术理论方面，我国古代就有非"止于情趣之域"之"小"，而能"发明大本"之"大"的著作，《文心雕龙》就是。钱穆在谈到《文心雕龙》时讲过，刘勰在《文心雕龙》"讲文学，便讲到文学的本原。……他能从大处会通处着眼。他是从经学讲到文学的，这就见他能见其本原、能见其大，大本大原他已把握住"。又说："刘勰讲文学，他能对于学术之大全与其本原处、会通处，都照顾到。因此刘勰并不得仅算是一个文人，当然是一个文人，只不但专而又通了。"②

钱穆曾引中国传统一说法，"一为文人，即无足道"③。因为单纯的文人，只讲"专"、"情趣"，只懂辞章之学，只在技巧上用功，也就是仅懂得"小"。不过也要注意，不要讲绝，因为文人之所以为文人，首先必须懂得辞章之学、掌握技巧，不然还有资格叫文人吗？只是要懂得这辞章之学，这技巧，只是"专"，均属"小"，不要以这"小"夺"大"，或只专而不通，而缺乏大本为根底。刘勰之所以高明，就在他不仅专，而且通；不仅懂得"小"，而且能将中国文学的大本、大原把握住，也就是能"先立乎其大"，然后以大为纲统辖小、专之目。因此，如钱穆说，他既是一文人，但又超越一般文人。按钱穆的看法，在中国古代学术界，刘勰已在古代文论这一学目上，为我们树立了运用"先立乎其大，而小者不

① 《熊十力论学书札》，世纪出版集团、上海书店出版社 2009 年版，第 101—102 页。

② 钱穆：《中国史学名著》，生活·读书·新知三联书店 2000 年版，第 131—132 页。

③ 钱穆：《现代中国学术论衡》，岳麓书社 1986 年版，第 260 页。

能夺也”的传统方法论原则，研究中国古代文论的典范。在中国学术尤其是文论研究上，我们要想取得真正的成果，自然也应从刘勰的典范中得到启发，如何先立中国文论之“大”，然后以“大”为纲统“小”的目。中国学术的特质如钱穆所揭示的不重在专、分别，而重在通、重在和合。这与西方学术重专、重分解不同。因此我们不能将中国文论只看作是一片孤零零的树叶，而应找到这树叶的根干，以及它长在树上的位置，要在谱系树的整体之大上才能真正明了，牵一发而动全身，就一叶而及全树。这是研究中国学术，这里主要讲研究中国文论之难，但也是研究中国文论的魅力所在。

（三）“唯务折衷”

“唯务折衷”作为研究中国古代文论的思想方法论，是由刘勰在《文心雕龙·序志》中提出来的。他说：

> 夫铨序一文为易，弥纶群言为难，虽复轻采毛发，深极骨髓；或有曲意密源，似近而远，辞所不载，亦不胜数矣。及其品列成文，有同乎旧谈者，非雷同也，势自不可异也；有异乎前论者，非苟异也，理自不可同也。同之与异，不屑古今，擘肌分理，唯务折衷。

这是说写一篇分析评论个别作品的文章是较为容易的，但要创作一部涵盖所有作品的体系性著作则是相当困难的。首先，在研究上，你就会遇到数不胜数的或重或轻，或深或浅，甚至曲曲折折地要追溯到极为幽深的根源性的问题，还有言近而意远，以致言不尽意的问题。其次，在具体结构成体系性著作时，还会遇到在发展趋势上看必须赞同采纳的前人的观点，以及从理性上看不能苟同的前人论说。在这之中，赞同还是不赞同，应不理睬它是古代的还是现代的，但都要作精密的剖析以判断，唯一的要务就是“折衷”。可见，“唯务折衷”是刘勰思维与创作《文心雕龙》的基本思想方法论。清人黄叔琳在《文心雕龙序》中早就明确了这一点。现在的问题是，对这一思想方法论应如何恰当地理解。

《说文》说：“折，断也。”《广韵》说：“衷，当也。”《韵会》说：

“折衷，平也。”有人由此将“折衷”解释为就是“求至当，求恰当”。[①]也就是对文学理论、作家作品作出恰当的评判。对此如何看呢？这是一种立足于文字训诂角度的看法，头脑未必与刘勰相应，难以说是真了解。那么应如何理解其真义呢？

刘勰“唯务折衷”的思想方法论，虽然是直接就《文心雕龙》创作提出来的，但不能孤立地看。接前文马克思引黑格尔的内容与方法可相互概括的观点，我们必须结合其思想内容，并首先弄清楚它深远的思想根源和哲学基础，才有可能获得真了解。

按《引言》分析过的郭绍虞在《中国文学批评史》中的看法，中国没有形成清晰的纯文学观念，这仅为一线曙光，中国文学观念的主流是混沌的文学观念，即文史哲浑沦为一的文学观念，或说由技进于道的道文学观念，《老子》说，道“强为之名曰大”。因此，又可称为大文学观念。刘勰说文学为明道的“道之文”就是持混沌的道文学观念即大文学观念的。他将经典与文学一起讲，认为文学是经典大树上长出的枝叶，即所谓“文章（学）乃经典之枝条”。也就是说文学是从经典的根源上生发出来的。他的《文心雕龙》立论的宗旨就是要“敷赞圣旨”、“述先哲之诰”。这里的“圣”就是以周、孔为代表的先贤圣哲，其中以孔子为集大成，为最大代表。唐君毅曾将刘勰与司马迁相提并论，说：“孔子后五百年而有司马迁，以史学承孔子；再五百年后而有刘勰，以文学承孔子。”[②]也就是此意。

《文心雕龙》的思想核心在前五篇，刘勰称之为“文之枢纽”，也就是纲领。其中前三篇《原道》、《征圣》、《宗经》又是核心之核心，枢纽之枢纽，纲领之纲领。这三篇又只是一篇，可概括为一句话，这就是刘勰说的：“道沿圣以垂文，圣因文以明道。”这核心的本义就是确立道、圣、文（经）为文学创作与文学作品的最高典范。刘勰为文之用心非常明确，就是要在一个于文学创作方面，已陷入追奇逐异，文体解散，离本弥甚；同时于文学理论与批评方面，又各照隅隙，鲜观衢路，停留在巧辩泛议，不着文学根源本体。总的来说就是，文学创作与文学理论批评都陷入了方

① 周振甫：《文心雕龙选译》，中华书局1980年版，第13页。

② 唐君毅：《中国人文与当今世界补编》1，广西师范大学出版社2005年版，第314页。

向不明的混乱时代，从宏观上正本清源，明确其根本方向，以引导文学创作与理论批评回归发展的正道。

前文论述过，中国文化首先抓住生命，由此形成的中国文化的核心为心性哲学。中国心性哲学的特质在特重主体性。这主体性的核心问题就是主体心性。落实到文学方面就是文学之心性，简言之就是文心。文心正才能在文学上走正路，才能以正确标准恰当地处理文学与理论批评问题。

在《文心雕龙》中，文心可以区分为两个层次：一般文心与道心。其中以道心为文心之纲。道心就是圣心，所谓众圣“莫不原道心以敷章”，亦所谓“道心惟微”。对《文心雕龙》之“文之枢纽”中频出的“道心”概念，学界并没有给予足够的重视，更少人将之与伪《古文尚书》联系起来。这使众多论者与正确理解失之交臂。范文澜、周振甫等注家倒是注释了《文心雕龙》中所大量引用的伪《古文尚书》中的材料。伪《古文尚书》，“伪”字冠首，似乎一有伪字，便一文不值，但这只是从历史角度看，若转向思想角度看，倒又似乎可另当别论。从古代朱熹到近现代的熊十力等都对其中的思想非常重视，特别是《大禹谟》篇总结的圣与圣相传的所谓“十六字心传”：“人心惟危，道心惟微，惟精惟一，允执厥中”，其思想价值，更是为从朱熹到熊十力等思想家所肯定。熊十力还作过深刻的分析，他说：

> 伪孔《古文尚书》“人心惟危”四句，见伪《大禹谟》。为宋儒所宗。宋儒虽已疑其伪，而卒不肯直斥之。清人始明断其伪。遂谓宋学所宗者已失其据。不知伪书依执中一词，而采道书之言，以相发挥。《荀子·解蔽篇》引道书曰：“人心之危，道心之微。”此伪书所本也，然义实相通。中，即道心。执中，即道心常存。不能执中，即私意私欲起，而谓之人心矣。辞有增入，而义无诬妄也。伪书其可轻排乎？佛家《大乘经》，本非佛说，而以不背释迦教义故，皆得视为佛说。凡伪书名言法语，以为出自古圣贤，无不可也。①

应该说熊先生的分析还是挺有说服力的。儒家有一个很重要的道统观

① 熊十力：《读经示要》，中国人民大学出版社 2006 年版，第 384 页。

念。按陈荣捷的看法，儒家圣道道统观念，为孔孟首倡，中经若干环节，到朱熹完成。朱熹完成的圣道道统观念包括两个方面：一为道统传授之序列，即伏羲—神农—黄帝—尧—舜—禹—汤—文、武—周公—孔子—颜子、曾子—子思—孟子—周子—二程子。二为道统的哲学内容为何？朱熹是以出自《大禹谟》的“人心惟危，道心惟微，惟精惟一，允执厥中”的所谓“十六字心传”作释的。这一解释使圣道道统观念有了确定的哲学内容，从而使之上升为哲学范畴。这固然较为武断，且只举其要旨，尚未备言，但确为“新儒学发展之哲学性内在需要”①。

马克思说过：“人体解剖对于猴体解剖是一把钥匙。低等动物身上表露的高等动物的征兆，反而只有在高等动物本身已被认识之后才能理解。”② 如果以朱熹所完成的道统观念为成熟形态，也即是马克思说的“人体”，那么由此上溯的各个有关道统观念形成过程的环节，则皆可以视为“猴体”。如以朱熹完成的成熟的道统观念为参照，则可以看出，伪《古文尚书》，特别是《大禹谟》所提供的环节特别重要。正如上引刘起钎说，一方面他尽力宣扬尧、舜、禹、汤、文、武、周公之道是一脉相承的，即有明确的传授序列；另一方面又总结提炼出十六字心传为圣道道统的核心内容。这已具备了朱熹后来进一步总结完成的道统观念的初步形态。③ 当然，在这里，我们的重点并不是探索伪《古文尚书》，特别是《大禹谟》，在朱熹完成的道统观念中的环节性意义；而是要明确儒家圣道道统观念，特别是伪《古文尚书》，又尤其是其中《大禹谟》的环节，对刘勰《文心雕龙》的影响。

在《文心雕龙》中，刘勰在讲中国文学传统时，很明显是参照了儒家圣道道统的，并认为是同一根源。他讲文学开端从庖牺创作的《易》象开始，所谓：“人文之元，肇自太极，幽赞神明，《易》象惟先。”最后讲到周公、孔子则为集大成，从而形成了文学传统的类似于儒家圣道道统的众圣承传序列。文学众圣相承传的核心同样是道心，所谓“道心惟微”，众圣“莫不原道心以敷章”。由此可见，刘勰已初步完成了一个文

① 陈荣捷：《朱学论集》，华东师范大学出版社 2007 年版，第 12—18 页。

② 马克思：《政治经济学批判序言、导言》，人民出版社 1972 年版，第 28 页。

③ 刘起钎：《尚书学史》，中华书局 1989 年版，第 197—198 页。

学道统观念，并且将这个文学道统纳入儒家道统，为同一生命之树。儒家圣道道统的哲学内容是“十六字心传”，刘勰初步完成的文学道统的哲学内容是源自“十六字心传”的“道心惟微”。从哲学角度讲的道心作为核心统辖文学的文心。对“十六字心传”的哲学核心内容，可进一步概括为精一执中，如上所引熊十力认为“中”，就是“道心”，“允执厥中”就是道心长存。刘勰“惟务折衷”的思想来源和哲学基础，显然就是“十六字心传”为基础的“允执厥中”。“衷”就是“中”。“折衷”即“折中”，“唯务折衷”，就是务必使道心常存，则所持论无不至当，合乎中道。这与司马迁的“折中于夫子”，王充的“折中以圣道”(《论衡·自纪》)，是相一致的，只是讲的角度不同而已。

当然，这只是从方法论的纲上讲，至于作为目的具体方法，自然也要为纲所统辖。在研究《文心雕龙》的方法论上，不少论者只从具体方法的目上下功夫，而没有上升到纲上讲，因此，也就没有上升到必要的层次，这显然与刘勰心灵不相通，论者只是自己在讲自己而已。

关于研究中国学术与中国文论的思想方法论，笔者在这里主要讲三个。除外，当然还可以讲，但从我们的研究角度，就讲三个已经可以了。这三大思想方法论各有各的意义，但又相互关联，不应各自孤立看，从司马迁的“究天人之际，通古今之变，成一家之言”到邵雍的“学不究天人，不足谓之学”的思想方法论，可以说体现了中国学术与中国文论研究的学术胸襟与学术境界。从孟子的“先立乎其大者，则其小者不能夺也”，到陆九渊的“先立乎其大”的思想方法论，可以说体现了中国学术与中国文论研究的学术形态模式。从“十六字心传”的“允执厥中”到刘勰的“唯务折衷”的思想方法论，则体现了中国学术与中国文论研究的学术理想与中道标准。这三大思想方法论皆是从方法论的纲上讲，至于此外的很多具体方法，都要以相应的以纲统目的办法去讲，才算到位。

第二章 "道"论

在《导论》中，笔者以研究中国史学与中国哲学的基准或阶梯性著作为参照，也确立了研究中国古代文论的基准或阶梯性著作，这就是《论语》、《孟子》、《礼记·乐记》、《毛诗序》以及《文心雕龙》五书。又以朱熹谈读"四书"的方法为参照，并转向讲研究中国古代文论纲目体系，从而将中国古代文论纲目体系，确定为以道、圣、文/闻道、诗教五纲之目为纲的纲目体系。其中前三者直接来自《文心雕龙》，后二者，在《文心雕龙》中亦有所呈现，笔者又进一步以研究中国古代文论的基准与阶梯的其他四书以作进一步的确证，从而完成了中国古代文论纲目体系的纲的建构。

刘勰说："道沿圣以垂文，圣因文以明道。"在这道、圣、文三位一体中，他认为道是"文"及文学的本源、本体。因此，他在《文心雕龙》中就先写《原道》篇，或说是先讲道。笔者在这里准备接着刘勰从道、圣、文讲起，因此，也同样先讲道。我们知道，道被金岳霖称为中国文化哲学中"最崇高的概念，最基本的原动力"①，乃第一概念。道既是中国哲学的第一概念，也是中国文论的第一概念。在这里，对"道"，笔者准备先从对《文心雕龙》的道的现代研究的反思讲起，然后过渡到确定道研究的哲学框架以及明确其意义取向，还论述道作为纲与其所统辖的目。

一 综论作为纲的"道"

（一）从《文心雕龙》的道的现代研究谈起

对《文心雕龙》中道的意义的重要性认识，可谓古今一致，刘勰将

① 金岳霖：《论道》，商务印书馆1987年版，第16页。

之列为《文心雕龙》五十篇之首，确立“原道”第一的位置。现代《文心雕龙》研究也十分重视对“道”的研究。其中牟世金的一句话最得研究者的心声：“可以毫不夸大地说，若不知‘原道’之‘道’为何物，便无‘龙学’可言。”① 正因为学界有此共识，因此，研究者为揭开“道”之谜不断倾注心血，撰写了众多篇章，发表了诸多看法。对所发表的不同看法，粗略地归结起来，大致可以概括为以下五种基本意义取向：

第一种指向是认为，《文心雕龙·原道》之“道”是指儒家之道。如子贤在《辨〈文心雕龙〉的“道”》中说：“刘勰所称道的‘道’，就是儒家之道。”王元化也基本上是持此种看法的。他说：“刘勰的前期思想本之儒家，后期思想则趋向玄佛并用。《文心雕龙》成于齐世，是前期作品，这一点无烦再论。”② 在这里，虽然王先生没有直接道明，但分明是可以推知的。在所见论著的看法中，可以归入儒道说的为绝大多数，包括老前辈学者范文澜、詹锳等大致都持这种指向的看法。

第二种指向是认为，这“道”是指“自然之道”或道家之道。这种指向，始于清人纪昀，他认为刘勰《原道》“标自然以为宗”。近人黄侃也持此看法，他说：“彦和之意，以为文章本由自然生，故篇中数言自然。”又说：“庄、韩之言道，犹言万物之所由然。文章之成，亦由自然。”③ 这就把自然之道与庄子，还有韩非联系在一起。蔡钟翔在《论刘勰的“自然之道”》中说得更清楚：“刘勰所着力探索的是文学的创作规律和发展规律”，“而客观规律性正是道家‘自然之道’的基本含义”。

第三种指向是认为，这“道”是指佛道，或以佛统儒、佛儒合一。这主要是以马宏山为代表的观点。马氏为标举此说写过多篇文章，他认为：“刘勰的‘自然之道’从它的名称看，有‘自然’、‘太极’和‘神理’；从它的本质看，是‘佛道’、‘佛性’，也可以称为‘道心’。”他还解释了刘勰所谓“道沿圣以垂文，圣因文以明道”的名言，认为“应当是：‘道（佛道、佛性）沿圣（孔子）以垂文（儒经、名教），圣（孔子）因文（儒经、名教）而明道（佛道、佛性）。’这句话所表示的是

① 《文心雕龙研究论文集》，人民文学出版社1990年版，第36页。

② 王元化：《文心雕龙创作论》，上海古籍出版社1984年版，第66页。

③ 黄侃：《文心雕龙札记》，华东师范大学出版社1996年版，第3—4页。

‘以佛统儒，佛儒合一’的关系”①。此外，张启成、石垒等大致也持此种看法。

第四种指向是认为，《原道》的道是以儒家之道为主，又兼通佛、道。这种说法可以以张少康为代表，他说：“刘勰的‘道’，既是具体的社会政治之‘道’，又是抽象的哲理性的‘道’，它是以儒家为主，而又兼通佛、道的。”② 此外杨明照、周振甫也大致持这一看法。如周振甫说：“刘勰的所谓道，具体内容就是以儒家为主兼采道佛等。”

第五种指向是认为，刘勰的“道”既不属儒家的道，也不属佛、道的道，而是指一种客观的自然规律。这主要是陆侃如、牟世金的看法。他们说：“刘勰的‘道’是‘自然之道’……所谓‘自然之道’，刘勰是用以指宇宙间万事万物的自然规律。”③ 等等。

应该说，已有的对“道”的各种阐释已几乎涵盖了刘勰的“道”所可能涉及的所有方面，也都能给人以一定的启示。但深刻反思这已有研究成果，则可以看出，存在两大根本性的问题。一是已有研究往往将道作为孤立的客观性对象以研究，而没有像刘勰那样将道与圣相对应起来研究，于道、圣、文三者一的基础上讲道。因此，这已有的道的研究成果，由于缺少了圣的对应，三者一的基础，也就往往陷入方向不明的主观随意性，到底这道是指儒家之道，道家之道，佛家之道，或三者合一之道？似乎都有理，也就陷于公婆论。二是从已有的研究成果还可以看出，论者对中国哲学理论形态似乎缺乏深识，因此，在对道的理解上有游离于中国心性哲学基础，而转向认识论的“宇宙间万事万物的自然规律”的说法。这就是说已将道研究纳入了认识论的哲学框架。由此可见，现代学界对“道”的研究，从最重要一点来说，乃是尚缺乏一个明确的作为核心的哲学框架。这个核心问题不解决，我们对已有的有关道的研究就没有衡定的基准，也难以将道的研究推进一步。因此，下文我们要首先解决这个问题，然后过渡到对“道”意义的具体理悟。

① 马宏山：《〈文心雕龙〉之道辩》，《哲学研究》1979 年第 7 期。

② 张少康：《文心雕龙新探》，齐鲁书社 1996 年版，第 81 页。

③ 陆侃如、牟世金：《文心雕龙译注》上，齐鲁书社 1981 年版，第 1 页。

（二）道研究的哲学框架及其意义取向

首先是道研究的哲学框架。

在《导论》中，我们已谈到全部哲学的共同模型问题，这个共同模型是牟宗三借用佛教《大乘起信论》提供的“一心开二门”，以及康德的“哲学宇宙性概念”和“现象与物自身之超越的区分”，并实现二者相互摩荡而总结出来的。所谓“一心开二门”，是先肯定人有一真常心，或自性清净心，而由此心开出生灭门与真如门，或说俗谛与真谛二界。牟先生由此“一心开二门”融摄所有佛教派别，认为所有佛教派别都可以纳入“一心开二门”进行分析。进而牟先生又以统一的佛教之“一心开二门”融合儒、道二家，认为儒家与道家哲学也都是“一心开二门”。只是“一心”在儒家那里由佛教的真常心、自性清净心转化为儒家的仁心、本心、良知、道心，在道家那里则转化为虚静之心。在融合了中国儒、道、释三家哲学以后，牟先生又认为“一心开二门”也可以融摄消化康德哲学以及西方哲学，以为自古希腊开端的西方哲学也是“一心开二门”的，只是开得出或未开出，以及开得好与不好的问题。在有作为西方哲学蓄水池之称的康德哲学那里，他设准人有与属于真如、物自身本体界相关的意志自由、上帝存在、灵魂不灭三概念，如此，康德哲学也就开出了二门，只是他认为这三概念只是设准，是价值存在，而不是实在的事实。因此牟氏说他只有框架，没有证成。但他毕竟开出了二门。因此，牟宗三认为，中国哲学只有以康德哲学为桥梁并对接才有意义。这是有见地的，不然与其他西方只重现象一门，只有精彩的认识论，而没有讲真如、物自身本体界，讲道德形上学这另一门，则中西哲学无法对话，中国也就陷入无哲学（认识论）的危机，或仅降格为认识论哲学的思想资料身份。

对康德哲学，牟先生还有自然与自由以及相应的自然法则与道德法则，自然界的哲学与道德哲学、有执的存有论与无执的存有论、经验实在论与超绝观念论等各种说法，这些都可以纳入“一心开二门”的共同模型中。总之，“一心开二门”，是一个可以融会或说涵盖中西哲学的，普遍适用的哲学共通模型。从这一共通模型看，所谓生灭门、现象界讲的也就可以归属于认识论哲学，另一门真如门，物自身本体界讲的也可以转向道德形上学哲学。肯定全部哲学的共同模型，也就肯定了有两种哲学理论形态，即认识论哲学与道德形上学。西方哲学于生灭门，现象界积极，其认识论哲学尽显精彩。但西方哲学于真如门，物自身本体界消极，连康德哲学也只有意志自由、上帝存在、灵魂不灭三设准，没法证成，停留在纯粹理性思辨上，也就是只有道德神学，而没有形成真正意义的道德形上学。至于中国则刚好相反，于现象门消极，不能正面而视，因此没有形成学之成为学问的认识论哲学。这是中国哲学的憾事。但中国哲学于讲真如门、物自身本体界的道德形上学即心性哲学上积极，可以说全部心智与精力都用于此。因此也尽显精彩，其理境甚至有高于康德之处。弄清楚了全部哲学的共同模型，以及中西哲学的不同成就与不同理论形态，有关道的研究的哲学框架也就出来了。

由上分析可见，对道只能纳入道德形上学或心性哲学框架以分析，而不能纳入认识论哲学框架以分析。无论过去，还是现在，凡将道纳入认识论以分析，都难以说有价值可言。

其次是关于道的哲学意义取向。

明确了研究道的哲学框架为道德形上学或心性哲学，进而还要明确道的哲学意义性质或意义境界取向。关于这一点，如唐君毅所讲，古人靠直传，自然很清楚，但已与传统心性哲学不相应或决裂，或已彻底走向认识论的头脑是很难理解的。因此，在这里，我们要借助于康德哲学的一个基本观念为理论框架以分析。

如前所述，牟宗三在《现象与物自身》中说过：

> 康德的《纯粹理性批判》，甚至其哲学底全部系统，隐含有两个预设：
>
> (1) 现象与物自身之超越的区分。
>
> (2) 人是有限的存在（人之有限性）。
>
> 第一预设涵蕴（implies）第二预设，第二预设包含（includes）第一预设。是则第二预设更为根本。[①]

在这里，我们主要不是谈康德哲学，而是借助康德哲学的现象与物自

① 牟宗三：《现象与物自身》，台湾学生书局1976年版，第1页。

身的超越区分的框架，撑开在中国哲学中极为复杂又难以区分清楚的道。康德说：“物自身与现象之分不是客观的，但只是主观的。物自身不是另一个对象，但只是就着同一对象而说的表象之另一面相。”① 由现象与物自身的区分，进一步康德也谈到了相应的主体。按康德之意，主体有两属：一是属于上帝，一是属于人类。上帝是无限存在，人类是有限存在。就心讲，上帝是无限心，有智的直觉，人类是有限心，无智的直觉。由于心不同，就同一物来说，对上帝而言为物自身，对人类而言，则为现象。由于在康德那里，主体两属，人不是上帝，没有无限心、智的直觉，故物自身只是一个价值概念，而不是一个事实的概念。康德系统不足以充分而显明地证成物自身，因此，物自身概念就不能稳定住，只能有各种各样的无定准的猜测。但康德哲学中有意志自由、上帝存在、灵魂不灭三大设准。在他的系统中，有意志自由可以契接物自身的朦胧思想。虽然他的意志自由并未明显地规定为无限心，但可以给我们以启示：如果在人类身上可展露一主体，它自身具有无限心、智的直觉，那么在康德那里只有价值意味的物自身，就会具体地朗现在人类面前。西方哲学的主体二属错开为上帝、人类。自然不能展露这一主体，故这有价值意义的区分，自然不能证成。但转向中国心性哲学则不同，为另一片风景。在中国心性哲学中，有限心与无限心同为一心，有执主体与无执主体同为一人。也就是人虽有限而可无限，传统的讲法就是：人皆可以为尧舜，涂之人可以为禹，众生皆有佛性。当其执时，是有限心，即挑起现象，现象呈现。当其无执时，无限心则面对物自身。这就是说，现象与物自身的区分只是主观的，具有超越义，但这主观义、超越义，即使康德也不能证成，而中国心性哲学则可以证成。这就是所谓康德有框架，无证成；中国无框架，但可以证成。这就是中国哲学可使康德哲学百尺竿头更进一步之处。同时借助康德哲学的这一框架，又可以使中国哲学的相关思想得到撑开以阐释，可谓双得益彰。

在这里，我们不是要顺着康德谈这个问题，因为这个问题在牟宗三《现象与物自身》等著作中已有很充分的论述，并得到国内学界一定程度

① 转引自牟宗三《现象与物自身》，台湾学生书局1976年版，第17页。

的认同和研究发挥。[①] 在这里，笔者的用意是借用康德的这一框架，转向谈学界一直难以理出清晰头绪的道，明确其意义性质取向。从而为谈《文心雕龙》中的道，并以之为阶梯进一步谈中国古代文论纲目体系的纲的道奠定基础。

回到中国心性哲学。关于道，虽然各家各派都在谈，但其中思想资料最丰富的还是道家。我们先看《老子》，按《老子》的看法，道为有物："有物混成，先天地生，寂兮寥兮，独立而不改，周行而不殆，可以为天地母。吾不知其名，字之曰道，强为之名曰大。"(《老子·25》) 道既然是有物，那么按康德现象与物自身超越区分的框架，我们也可以说道作为有物可以呈现出两种面相：一为现象意义的道的面相，一为物自身意义的道的面相。在《老子》那里，其实已有这种区分，只是以前我们没有将之与康德的框架相对接，而照察不出来而已。《老子·1》说："道可道，非常道。"这句话其实也可以换一种讲法：道不可道，乃常道。这样就有了两种道，或说道之为物，有两种面相，一是可道的道，即可以以一定的语言概念去逻辑分析、论述、界定的道，这是"非常道"，借助康德现象与物自身框架以分析，则为现象意义的道，可归入认识论哲学的范畴。另一种道的面相，是不可道的道，即不能用语言概念去逻辑分析、论述、界定的道，这是"常道"。按康德现象与物自身的框架，则为物自身意义性质的道，即道之在其自己的道[②]，可纳入道德形上学或心性哲学范畴。在《老子》那里，正面而视的是不可道的常道，而不是非常道。《老子》及后继的《庄子》的全副精力就是描述这不可道的常道，或物自身意义性质的道及其领悟的心之养成与工夫方法。

按上引康德的讲法："现象与物自身之分不是客观的，但只是主观的。"这就是说现象与物自身不是客观地摆在那里的，而是面对不同主体显现的主观：同一物，对有无限心，智的直觉的上帝而言，显现为物自身，而对没有无限心，智的直觉的人类而言，则显现为现象。借助这一分析框架，我们也可以这样分析道，在老子那里，道的区分，即非常道与常

① 参见程志华《牟宗三哲学研究》，人民出版社2009年版，第165页。

② 张岱年也有"此道是自己如此的"的说法，载《中国哲学大纲》，中国社会科学出版社1982年版，第18页。

道的区分，现象意义的道与物自身意义的道的区分，也不是客观的，不是客观地摆在那里的，而是主观的区分，是面对不同主体显现的不同的道的面相。有所不同的是，在康德那里，主体两属：一为上帝，一为人类；一为无限心，有智的直觉，一为有限心，无智的直觉。两主体错开，没有合一的可能。但在中国心性哲学则不同，主体不是两属错开，而是同为人。人虽有限而可无限，有限心经修持工夫可上达无限心。不过，主体虽同为人类，但人是有层次的，就心而言，以道家言，就有识心、成心、欲心、机心与虚静之心之分。就主体人讲，就有一般人与真人、圣人、天人、至人、神人之别。这样，同样面对道，对一般人，对其识心、成心等而言，则显现为非常道，现象意义的道；对真人、圣人、天人、至人、神人，对其道心、虚静之心则显现为常道，道之在其自己的物自身意义性质或意义境界的道。道家的全部心血都在见“常道”、为常道，亦可简说为“为道”、见道。为了见常道，首先就要在自身主体方面努力，这就是修养工夫论。《老子》所讲的“损”，“损之又损，以至于无为”，“致虚极，守静笃”，《庄子》中讲的“心斋”、“坐忘”等皆为工夫论，以修持主体的心达虚静之心，而得见、悟“常道”，亦即道之在其自己的物自身意义境界的概念用不上的道。

这是先就思想资料较丰富的道家之道讲起的。其实同为心性哲学的儒家的道，同样可以借助或说纳入康德现象与物自身的框架以分析。在《论语》中，子贡说过一句意义至今难以定论的话：“夫子之文章，可得而闻也；夫子之言性与天道，不可得而闻也。”（《论语·公冶长》）刘宝楠《论语正义》说：“《史记·孔子世家》云，孔子以《诗》、《书》、《礼》、《乐》教弟子，盖三千焉。据《世家》诸文，则夫子文章，谓《诗》、《书》、《礼》、《乐》也。《世家》又云，孔子晚而喜《易》……盖《易》藏太史氏，学者不可得见……孔子五十学《易》，惟子夏商瞿晚年弟子，得传是学，然则子贡言性与天道不可得闻，《易》是也。”徐复观认为，刘说“根本不能成立”。而认为朱《注》：“文章，德之见乎外者，威仪文辞，皆是也。性者，人所受之天理；天道者，天理自然之本体，其实一理也。”“较刘《注》为近是。”[①] 刘注当然“不能成立”。他将六经撕裂为

① 徐复观：《中国人性论史·先秦》，华东师范大学出版社2005年版，第50—51页。

二，认为《诗》、《书》、《礼》、《乐》为“文章”，《易》则讲“性与天道”。孔子承传的六经为一完整体系，是不能如此割裂的。关于被徐先生称为“近是”的朱《注》，自然较妥。他不从撕裂六经讲，而是从“外”与内(“德”）角度讲，“德”（内在的本体）之“见乎外者”的“威仪文辞”（含刘《注》讲的《书》、《诗》、《礼》、《乐》、《易》、《春秋》中讲的文辞——下同）为“文章”，至于内在本体的“德”即为“性与天道”，其中“性”又指个体自然禀受的天理，“天理”亦为本体的天道。可见在朱《注》看来，性与天道又是合二为一的，是个体性体与天道本体相贯通为一。就传统哲学角度讲，朱《注》这样讲，的确为“近是”。但对现代人来说，仍然有一种朦胧之感。要清晰化，亦可借助康德“现象与物自身之超越区分的框架”及其主观性以分析。一般认为，孔子与老子为同时代的人，虽然对礼崩乐坏，一个正面回应，一个反面回应，但思想有一致性，在道问题上，如以上文分析过的老子的道的两面相：可道的非常道，与不可道的常道为参照。“夫子之文章”，即“德之见乎外者”的“威仪文辞”，其实表示的皆是如老子说的概念用得上的可道之非常道，不过是指儒家认为的可道之道而已。不同是《老子》是直接从道讲，子贡则是从表现为“威仪文辞”讲，可道可表显方面讲。而“性与天道”，以《老子》之道为参照，则是指概念用不上的不可道之常道，亦只不过是儒家认为的常道而已。当然，这种区分也是主观的，取决于主体。《老子·41》说：“上士闻道，勤而行之；中士闻道，若存若亡；下士闻道，大笑之。”孔子也说过相近的话。孔子说：“中人以上，可以语上也；中人以下，不可以语上也。”(《论语·雍也》）人的资质、根器是有区别的，可道之非常道，一般人包括中人以上、以下的人皆可理解。表显讲述此道，自然大家都“可闻”，可理解，但如《老子》讲的不可道之常道，在《论语》讲的，“上”即“性与天道”，则不是中人以上，以下的人都可以得而闻的，也许只有《老子》讲的“上士”，《论语》讲的“中人以上”，上根器的人才能得以闻，才能觉之悟之，并“勤而行之”，即实践、生活化。子贡之叹，可以说是他可能深深地感悟到了此点，也可能反之。不过，以子贡的资质，应属前者为多。由此可见，儒家之道，其实也如道家之道一样，也可以借助康德的现象与物自身之超越的区分的框架以分析：子贡说的“夫子之文章”之道乃现象意义性质的道，“夫子之言性与天道”之道则为物自身意义境界的道。这样，我们对儒家之道亦如对道家之道一样，也就有了清晰之区分。

至于佛家之道，更可以借助或说纳入康德现象与物自身之超越的区分的框架以分析。在《导论》中就谈过，牟宗三就是将佛教的“一心开二门”：生灭门与真如门，与康德哲学的宇宙性概念，及现象与物自身的超越区分，相摩荡而明确全部哲学的共同模型的。从道的立场上讲，佛家之道自然也可以区分为生灭门与真如门之道，并与康德的现象与物自身对应。

与牟宗三认为，中国哲学只有以康德哲学为桥梁并对接，才能明了其作为哲学的意义一样，笔者认为，在道的问题上，也只有借助康德的现象与物自身超越的区分的框架以分析，才能清晰其意义的性质。中国哲学可以区分为儒道佛三家，如上所谈无论儒家，还是道、佛，三家所讲的道皆可以借助或纳入康德的现象与物自身区分的框架以分析，皆可以区分为现象意义的道和物自身意义的道。正像在康德那里，现象与物自身的区分不是客观的，而是主观的一样。在中国哲学三大家那里，现象意义的道与物自身意义的道也不是客观的，而是主观的。在康德那里，所谓现象与物自身的区分是主观的，是说同一物，对人类而言，是现象，对上帝而言，则呈现为物自身，呈现出两种表象。上帝有无限心，有智的直觉，人类没有，因此，对于人类，物自身是黑箱，人类只面对现象。主体二属：人类与上帝，各有所面对。这在康德那里是非常清楚的。纳入康德的框架，作为有物的中国儒道释哲学之道，自然也可以有现象意义的道与物自身意义的道的区分。这种区分也不是客观的，而是主观的。现象意义的道，在道家是指可道之非常道，在佛家是指生灭门之道，在儒家是指“夫子之文章”所表显之道。现象意义的道，为现象意义的主体面对，就“心”而言，是由道家的“为学”之心、成心、机心，佛教之识心，儒家的闻见之知的心所面对。而物自身意义境界的道，在道家为“常道”，佛家为真如门之道，儒家为“性与天道”。是为物自身意义的主体所面对。这物自身意义的主体在道家为真人、至人、神人，佛家为佛，儒家为圣人。就“心”而言，道家为虚静之心，佛家为自性清净心，儒家为仁心、本心、良心、良知、道心。与康德的主体二属：上帝/人类，绝对不能混淆不同，在中国儒道释哲学，主体同为人。无论现象意义的主体，还是物自身意义的主体，即凡人，还是真人、佛、圣人皆是人，凡人之识心与真人、佛、圣人之虚静心、自性清静心、本心、道心皆为一心。这是中国哲学比康德哲学有优势之处，可揭开物自身的黑箱，证成康德的框架。但也由于主体二属又为一，并同一心，所以在主体问题上，中国哲学也就比康德哲学的主体二属不能混淆要复杂。一方面，如儒家所说，人皆可以为尧舜，或如佛家所说，众生皆有佛性。也即人虽有限而可无限，可以有智的直觉，但另一方面，人不仅有限，而且还有“人之异于禽兽者几希?”(孟子语)。可以说人作为主体从心而言，是圣心、人心、兽心同为一心。当然兽心可以暂时忽略不计，只就一般人心、识心、成心与圣心、道心讲。那么按康德所言，现象与物自身的区分是主观的框架，道的意义取向，自然也不是决定于客观，而是决定于主观、主体，更深入地说是取决于主体的心，取决于主体是现象意义的主体，还是物自身意义的主体，取决于主体之心是识心、成心，还是道心、圣心，虚静之心，自性清净心。现象意义的主体，其识心、成心，闻见之知的心，契接、面对现象意义的道，可道之非常道，生灭门之道，“夫子之文章”之道。物自身意义的主体，其道心、本心、虚静之心等，契接面对物自身意义境界的道，不可道的常道，真如门之道，性与天道。

不过，主体一属，圣人凡人同为人，圣心、凡心同为一心。既然同为一心，就不会如康德所说的主体二属，上帝与人类错开。人皆可以为尧舜，众生皆有佛性，既然凡人皆潜在有圣性、佛性，那么这潜在的圣性、佛性也会在相应的时段由凡人呈现出来，只是不可能一贯表现，仅为偶尔或间隔性呈现而已。当然也有人私意太重、积恶太深，本心即圣心被完全遮蔽而无从呈现。而圣人、真人、佛以无限心、本心、道心、虚静之心、自性清净之心的智的直觉契接物自体意义的道，也可能有凡心的干扰。孔子全圣，颜子亚圣，据说颜子也只能做到“三月不违仁”。孔子全圣，但正如王近溪所说，孔子也不免临终一叹。当然这是圣人之叹，与常人之叹应有区别，但又同为一叹。也就是圣人也是人，也难免呈现一般人之心，契接现象意义的道。所不同的是圣人之圣心、道心常为一心之主。圣人，还有真人、佛等代表了人类的高标，为人类精神之纲。圣心、道心等为人心之纲，以圣人之圣心、道心为纲，才能引导人类走向光明。所谓“天不生仲尼，万古长如夜”。中国哲学就是要阐明这人类理性心性，文学就是要呈现这人类理性心性之光，并引导人类之心性皆转化为良知而一并呈现。

明确了道的意义性质或意义境界的取向，我们也就可以由哲学转向或说过渡到谈《文心雕龙》之道，并以之为阶梯，进一步谈中国古代文论纲目体系的纲的道了。

（三）作为古代文论纲目体系的纲的“道”

1. 关于《文心雕龙》中的道

前文由对《文心雕龙》中的道的现代研究的反思谈起，中间追溯到研究道的中国心性哲学的框架，以及道的意义性质取向。现在我们已明确了这些问题。这样，也就可以接着谈前文反思过的《文心雕龙》中的道的问题，并可以以此为阶梯，又结合研究中国古代文论的基准其余四书以及对立面的相关思想，进一步研究中国古代文论纲目体系的纲的道了。下文就先谈《文心雕龙》中的道。

《文心雕龙·原道》讲“道”，但文中并没有直接讲道是什么，或给道下定义。因此，我们要把握“道”，首先必须梳理一下《原道》全篇大意，跟着作者的思路，透过“文”把握“道”。《原道》脉络清楚，可分为三大段去理解。自此篇始至“有心之器，其无文欤”止为第一大段。第一大段也是全文的首句是“文之为德也大矣”。这是一句极为重要，也最富争议的话。对它如何解读关涉到对《原道》的思想结构的理解，以及对“道”如何定性的大问题。笔者认为这句话首先表显了刘勰的学术境界以及对文学的高视野。它以高屋建瓴之势，一句话即与时代文学思潮的“各照隅隙，鲜观衢路”的各色各样的文学观划清了界限。至于具体对这句话应如何理悟，我们先看学界的三个关注点：文、德、大。对“文”，罗宗强力排众说，认为应是“泛指文采”①，而我们顺原文的理势，则还是较认同日人斯波六郎的看法，认为应是指“文章，亦即文学”②。对“德”，笔者与罗先生一样，较认同王元化的看法：“德者，得

① 罗宗强：《读文心雕龙手记》，生活·读书·新知三联书店2007年版，第6页。

② 王元化编：《日本研究〈文心雕龙〉论文集》，齐鲁书社1983年版，第39页。

也”，“德为道的表现”[1]。对“大”的看法，罗先生认为：“有遍义，指范围之广大。”笔者则认为，要理解“大”，还涉及“也”。对“也”，至今尚未见到直接给予的解注。“也”一般作语气助词，但也可以作副词。笔者认为在此处应作副词看，有“犹亦，承接上文，表示同样”之意。但这样理解也有麻烦，因为“文之为德也大矣”为劈头首句，何来承接的上文。这就要我们按文意联系下一句“与天地并生者何哉”一起理解。这下句应是在确立“文”“与天地并生”即一起产生起源发展的理论前提后的设问，自问自答。这样，“天地”及天地之文就成了“文之为德也大矣”的劈头首句的实际“上文”。因此，从逻辑上是补充了前提或“上文”的。如此，我们可以这样理解这句话：自然天地之文是伟大的，同样，与之“并生”的作为天地之心的人所创造的文章即文学作为得道的表显，亦是伟大的。

这两种“文”，虽然“并生”，但只是从逻辑上讲是如此，因为无论天地之文，还是人文之文，都是人的意识的产物。但实际上就时间上看则是有先后的。因此，刘勰先描述天地之文说：“夫玄黄色杂，方圆体分，日月叠璧，以垂丽天之象；山川焕绮，以铺理地之形；此盖道之文也。”这是融合《尚书·顾命释文》、《易》的《象辞》与《系辞》等一些说法赞美性地描述“天之象”，“地之形”。刘勰进一步认为，这天造地设的美丽的“天之象”、“地之形”不仅仅只是现象意义的“文”，而且还皆是表显自己如此的天（地）道的“道之文”。至于人文、文章即文学的起源、产生、出现则有个过程。刘勰说：“仰观吐曜，俯察含章，高卑定位，故两仪既生矣。惟人参之，性灵所钟，是谓三才。为五行之秀，实天地之心。心生而言立，言立而文明，自然之道也。”这是从大的路向讲述这个过程。通过“仰观”、“俯察”，有了明确的高低定位，于是形成天地的区分，人是由天地之性灵和五行英秀之气的累积孕育出来的。其德配天地，因而构成天地人三才。这里的“惟人参之”的“参”既有“三”义，也含有罗宗强力主的“参悟、仿效、模拟”之意[2]。天地人中唯有人是具有参悟、仿效与模拟的精神能力，因此人又为天地之心。天地之心的

① 罗宗强：《读文心雕龙手记》，生活·读书·新知三联书店2007年版，第9页。

② 同上书，第18页。

人的心灵产生，语言也就创立出来，语言创立完成，人类文明包括人文、文章即文学也就产生了。这是一个自然的即自己如此的发生发展过程，表显了自然的即自己如此的道理。刘勰对这个思想过程的描述，既充分地取材于《周易》、《尚书》，也融合了道家道生化万物的自然观等思想因素。

以上是从宏观高度论述“文之为德也大”与“天地并生者何”。论述的逻辑层次是：天地皆有表显自然天（地）道的道之文，人为天地之心，有参悟、仿效的精神能力，故人亦应有表显道之文。下文刘勰再从遍及周边的无心无识的动植万品也皆有表显天（地）道之文，进一步论述作为有心有识的天地之心的人应有表显人道的道之文。他说：“傍及万品，动植皆文：龙凤以藻绘呈瑞，虎豹以炳蔚凝姿；云霞雕色，有逾画工之妙；草木贲华，无待锦匠之奇。夫岂外饰，盖自然耳。至于林籁结响，调如竽瑟；泉石激韵，和若球锽：故形立则章成矣，声发则文生矣。夫以无识之物，郁然有彩，有心之器，其无文欤。”这是说，天地之间的动植万品皆有文，其中龙凤、虎豹、云霞、花草树木等呈现了其超越画工、锦匠之人工美的自然美的色彩。至于林间天籁之响，其音调美如吹竽弹瑟；泉水击石之成韵，则和谐得美如击磬打钟。总之，天地间动植万品的色彩或自然成文章，或生成“形文”，或生成“声文”。这些天地间无心无识的动植万品都有丰富的表显天地之道的文章色彩，或“形文”或“声文”，那么作为天地之心的唯一有心有识的能参悟、仿效的人，怎么没有文章呢？这是以反问表肯定。这样，刘勰就既从文章即文学与天地之文“并生”的宏观方面，又从遍及周边的同为天地间的动植万品皆有文的具体方面寻找到了根据与原理。同时也内含着这样的意义：“天之象”、“地之形”的天地之文皆为表显天地之道的道之文，动植万品之“形文”或“声文”也皆为表显天地之道的道之文；“惟人参之”，作为人文的文章即文学，则应是作为天地之心的人参悟、仿效天地之文，动植万品之文而进一步创造的结果。因此，也就有了天道与人道相贯通，表显天道的道之文与表显人道之道之文相贯通之意，而为下文张目。

以上我们较详细地分析了第一大段的内容。显然，刘勰在这段文字的论述中，主要文意并不在天造地设的天象地形所表显的道之文，以及无心无识的鸟兽草木表显的道之文，而是要以之为起兴，兴起下文要讲的自庖牺直到孔子众圣创作的道之文，或说为之铺垫。

第二大段由“人文之元，肇自太极”起，至“写天地之辉光，晓生民之耳目矣”止。这一大段又可明显地分为两小段。第一小段原文说：

人文之元，肇自太极，幽赞神明，《易》象惟先。庖牺画其始，仲尼翼其终。而乾、坤两位，独制《文言》。言之文也，天地之心哉！若乃《河图》孕乎八卦，《洛书》韫乎九畴，玉版金镂之实，丹文绿牒之华，谁其尸之？亦神理而已。

这里的“元”，我们认同斯波六郎解作“本源”，而“太极”、“神明”、“神理”等则理解为道的不同角度的称谓。“太极是‘道’初生时的名称。”① 整句是说，人文的根源、本体，开端时叫太极，深究蕴奥神妙莫测的道，要算《易经》中的《易》象符号最先。它由庖牺画八卦开始，孔子作辅助性解释性的十翼以最后完成。对其中的乾坤二卦，孔子还特别制作了《文言》来解释，这是语言文字之文，是真正的天地之心的人之创作。这里承接上文确认：作为天地之心的有心有识的人的人文创作是《易》象开端到言之文，即语言文字之文。而这段自“若乃《河图》孕乎八卦……亦神理而已”，是补证一个来自《周易·系辞》等书的传统旧说，庖牺画八卦是参悟于《河图》、《洛书》。《河图》、《洛书》不是人文，但也不是天地及动植万品之类的文。刘勰显然是视之为天地及动植万品之文，到人文、文章即文学之间一个对人文、文章即文学创作最有启示性意义的，而仍然属于天道之文的中介环节。这个属于最切近人文包括文章即文学的天道之文的《河图》、《洛书》，也只是神理即神妙莫测的天道的表显而已。这一小段主要仍然是文字产生前，人文创造的开端和发展，以及人文的孕育与天地文贯通的关系，也就是人道与天道的贯通关系。

第二小段原文说：

自鸟迹代绳，文字始炳，炎皞遗事，纪在《三坟》，而年世渺邈，声采靡追。唐虞文章，则焕乎始盛。元首载歌，既发吟咏之志；益稷陈谟，亦垂敷奏之风。夏后氏兴，业峻鸿绩，九序惟歌，勋德弥

① 王元化编：《日本研究〈文心雕龙〉论文集》，齐鲁书社1983年版，第45页。

> 缛。逮及商周，文胜其质，《雅》、《颂》所被，英华日新。文王患忧，繇辞炳曜，符彩复隐，精义坚深。重以公旦多材，振其徽烈，剬诗缉颂，斧藻群言。至夫子继圣，独秀前哲，镕钧《六经》，必金声而玉振；雕琢情性，组织辞令，木铎起而千里应，席珍流而万世响，写天地之辉光，晓生民之耳目矣。

这是接着讲自庖牺以《易》象开端作为天地之心的人的人文创造，到文字产生，则人文创造日益发展以至辉煌。刘勰概略地枚举了自三王的《三坟》，中经“唐虞文章”，“元首载歌”，夏后“九歌”，商周“雅颂”、文王“繇辞”，公旦“剬诗缉颂、斧藻群言”等，以表人文包括文章即文学越来越发达的轨迹和传统。从作者方面则枚举了庖牺、尧、舜、禹、文王、周公等众圣，尤其突出了周公。自“至夫子继圣……晓生民之耳目矣”，则集中讲孔子继承历代众圣的事业，又以个人的能力超越了他们，通过“雕琢情性、组织辞令”，完成了“六经”的修订，成为众圣与人文包括文章即文学事业的集大成者。从此，孔子的道德学问，孔子集大成的写天地辉光，表显“性与天道”或说天道与人道相贯通的天人合一之道的《六经》，就成为启发生民聪明才智而流传万世的珍品。

综合以上两小段的分析来看，第二段的主要内容从人文之元即肇始的《易》象讲起，以历史发展的观点，概述了人文之道之文的发展过程，及其最高成果，这就是众圣创造，而由孔子集大成后完成的“写天地之辉光，晓生民之耳目”的《六经》。

第三段的原文说：

> 爰自风性，暨于孔氏，［玄］元圣创典，素王述训，莫不原道心以敷章，研神理而设教，取象乎《河》《洛》，问数乎蓍龟，观天文以极变，察人文以成化；然后能经纬区宇，弥纶彝宪，发挥事业，彪炳辞义。故知道沿圣以垂文，圣因文以明道，旁通而无滞，日用而不匮。《易》曰：“鼓天下之动者存乎辞。”辞之所以能鼓天下者，乃道之文也。

这是承接上文并带有全文总结性的最为重要的一段话。开头四句是总结了以《六经》为标志的人文包括文章即文学的创作，是自庖牺开端，到孔子完成的。接着自“莫不原道心以敷章……彪炳辞义”十句，是进一步论述圣人是如何创作完成《六经》的。总结了圣人创作的原则是“莫不原道心以敷章”。归结了全文的趣旨，这就是：“道沿圣以垂文，圣因文以明道。”强调了圣人创作的道之文即《六经》具有感动天下的力量。

纵观全篇，刘勰虽然以《原道》为题，但并不是论述道是什么，给道下定义。然而从作者最后归结的全文乃至《文心雕龙》全书趣旨的两句话：“道沿圣以垂文，圣因文以明道”看，道何所指？还是可以领悟的。这两句话的关键词有：道、圣、文。其中有二即圣、文是明确的。圣，无疑是指自中国人的始祖庖牺始，又炎、黄二帝，尧、舜、禹、文王、周公以及最后的集大成者孔子。简单地可以说圣，是指儒家众圣，又可以集大成者孔子为代表。文，是指语言文字的道之文即孔子集大成以镕钧的《六经》。圣，确定，文，确定，自然进而作为道、圣、文三位一体的道也可以确定，这道，自然是指儒家之道，不会是指道家之道，或佛家之道。这从全文的辅助性总结的“赞”中总结到道之文要“彪炳仁孝”，也可以进一步明确。“仁”是孔子儒家哲学的核心范畴。至于“孝”，孔子说：“孝弟也者，其为仁之本也。”(《论语·学而》)“孝弟”是“仁”的血缘根本。“仁孝”标志的正是儒家心性之道，孔子之道。

总之，从道、圣、文三者一的角度，我们可以确定《原道》的道为儒家之道，为孔子之道。上引唐君毅说，刘勰以文学承孔子。也就是指刘勰在文学上承孔子之道。这可以说是没有疑问的，这也是徐复观①，以及国内不少学者所持的看法。与他们不同之处在于，笔者不止步于此，而是要由此进一步追问，我们应如何理解孔子儒家之道。孔子之道不是孤立的，也不是无头的。孔子自谓：“述而不作，信而好古。”他的道不是独家发明创造，乃是从上古三代承传下来，是一种集大成的产物。正因此孔子之道，代表了中国文化哲学的主脉大气。承传孔子之道，亦才是承传这主脉大气，才是走在正道上。这一点，刘勰应是非常清楚的。

关于上古三代之道的传统，亦称为道统，这一说法，按陈荣捷所讲，始于孔孟。孔子说：“唯天唯大，唯尧则之。”(《论语·泰伯》)孟子则

① 徐复观：《中国文学精神》，上海书店出版社 2004 年版，第 177 页。

说：“尧舜，性者也；汤武，反之也。”（《孟子·尽心下》）《中庸》亦说：“自诚明，谓之性。”又说：“天命之谓性，率性之谓道。”尧、舜代表了中华民族如天一样博大的自性。“尧、舜，性者也”，是说这民族自性是尧、舜以“自诚明”即自然呈露方式表现出来的，呈露即实践创造，是“天命”，亦“天道”之自“性”的圣化、人化，也是生活化。反过来，也可以说尧、舜乃“天命”亦“天道”的民族自“性”的创始和化身。尧、舜以下，即使汤、武也因各种原因皆有一定的阻碍，而需要逆觉工夫才能领悟并承传这一伟大民族心性精神，并生活化。这民族自性，这一心性精神，原本就是民族精神的天命、天道，因此为一天人合一之心性，亦为一天人合一之道，也因此，孔子将“性与天道”一起讲。

这“性与天道”，就是尧、舜“自诚明”即实践创造的中华民族自己如此的自性，自己如此的天命、天道。这“性与天道”，如上所谈不能纳入认识论讲，必须纳入心性哲学讲。若借用康德现象与物自身超越区分的框架，则不能从现象意义讲，而必须从自己如此的物自身意义讲。

陈荣捷认为，儒家道统说法，虽然伊始于孔孟，但要到朱熹才大致完成其论述。并认为朱熹完成的圣道道统观念包括两个方面：一为道统传授之序列，即伏羲—神农—黄帝—尧—舜—禹—汤—文、武—周公—孔子—颜子、曾子—子思—孟子—周子—二程子。二为道统的哲学内容为何？朱熹是以出自《大禹谟》的“人心惟危，道心惟微，惟精惟一，允执厥中”的所谓“十六字心传”作释的。这一解释使圣道道统观念有了确定的哲学内容，从而使之上升为哲学范畴。这固然较为武断，且只举其要旨，尚未备言，但确为“新儒学发展之哲学性内在需要”①。

当然在孔孟至朱熹之间，还有很多道统观念形成过程中的具体环节。对这些具体环节的意义，则可以以马克思说的“人体解剖对于猴体解剖是一把钥匙”的方法去观照。

马克思说过：“人体解剖对于猴体解剖是一把钥匙。低等动物身上表露的高等动物的征兆，反而只有在高等动物本身已被认识之后才能理

① 陈荣捷：《朱子新探》，华东师范大学出版社2007年版，第287—291页；陈荣捷：《朱子论集》，华东师范大学出版社2007年版，第12—18页。

解。"[1] 因此，陈荣捷所阐释的朱熹所大致完成的道统观念，就为我们理解形成过程中各环节的圣道观念提供了钥匙。如果以朱熹所完成的道统观念为成熟形态，也即是马克思说的"人体"；那么由此上溯的各个有关道统观念形成过程的环节，则皆可以视为"猴体"。若以朱熹完成的成熟的道统观念为参照，则可以看出，伪《古文尚书》，特别是《大禹谟》所提供的环节特别重要，上引刘起釪在评价到伪孔氏《古文尚书》时说过："这部伪孔氏《古文尚书》总结和承袭了汉代经学的全部成就，益以魏和西晋以来各种经说，着重把古文家所推崇的圣道王功贯穿在全书经文和传注中，同时加进了自己时代所需要的东西，主要表现下列两个方面：（1）儒生们有惩于王莽、曹丕及司马氏都利用《尚书》记载尧舜禅让和周公践阼莅政的故事夺取政权，因而特别强调维持封建纲常，这就有助于本朝濒危的政权不被人夺取……（2）全书最突出的一点，即尽力宣扬尧、舜、禹、汤、文、武、周公之道是一脉相承的，因而要给他们编造一个一脉相承的圣道，尤其锐意编造一篇《大禹谟》，把舜从尧那里所受之道，谆谆周详地传授给禹，其中'人心惟危，道心惟微，惟精惟一，允执厥中'四句，被后来儒家吹嘘为'虞廷十六字'，称颂为尧、舜、禹'三圣传授心法'。这对后来儒家哲学理论起了不可低估的作用。"[2] 刘起釪这里对伪《古文尚书》评价的第二点特别重要，但很明显，这还是一种史学的态度。

按刘起釪的总结评价，伪《古文尚书》一方面它尽力宣扬尧、舜、禹、汤、文、武、周公之道是一脉相承的，即有明确的传授序列；另一方面又总结提炼出十六字心传为圣道道统的核心内容。这实际上已具备了朱熹后来进一步总结完成的道统观念的初步形态。当然，在这里，我们的重点并不是探索伪《古文尚书》，特别是《大禹谟》，在朱熹完成的道统观念中的环节性意义；而是要明确儒家圣道道统观念，特别是伪《古文尚书》，又尤其是其中《大禹谟》的环节，对刘勰《文心雕龙》，特别是对其中《原道》篇的影响。

刘勰与伪《古文尚书》有关系，范文澜、周振甫等在注释《文心雕

① 马克思：《政治经济学批判序言、导言》，人民出版社1972年版，第28页。

② 参见刘起釪《尚书学史》，中华书局1989年版，第197—198页。

龙》时都讲到，如周振甫在《文心雕龙选译》中对《论说第十八》文下“安国之传《书》”注说：“孔安国……作的《古文尚书传》，早已散失。”刘勰看到的《古文尚书传》，是东晋枚赜的伪《古文尚书传》[①]。在刘起釪的《尚书学史》中，还引崔述说:“刘勰《文心雕龙》始引伪《书》。”[②]这里说的伪《书》，就是指伪《古文尚书》。除外，还有《序志》、《宗经》、《明诗》等诸篇中引用的《尚书》，都是伪《古文尚书》。但刘勰在文学道统观念上与伪《古文尚书》有联系，受之影响，则似很少人讲到。刘勰怎么会读伪《古文尚书》并受之影响呢？对这一个问题，刘起釪在《尚书学史》中是这样讲的。他说，这是值永嘉之乱，西晋倾覆，文化破坏，今、古文“众家之书并亡”之时，东晋梅赜乘虚而入，献上的所谓有孔安国传的古文尚书，后称伪孔氏古文尚书，或伪《古文尚书》，此后伪《古文尚书》一度取代今、古文尚书成为流行版本，直到唐天宝之前，一直被认为是《尚书》真本。[③] 处于南朝齐梁年间的刘勰自然不知其伪，读的《尚书》自然只有伪《古文尚书》。对伪《古文尚书》的伪，是从宋代始有人正式疑辨，到清代，经闫若璩逐条驳难，全面推翻，“伪”的铁案如山，难以翻转，才定性为“伪”的。也就是说，在刘勰时代伪《古文尚书》还不姓“伪”。

刘勰受伪《古文尚书》的影响，笔者认为影响最大的应是其道统观念。关于儒家道统观念，如上所谈，如陈荣捷所认为，那是一个自孔孟就开始酝酿的问题，刘起釪从历史角度，认为伪《古文尚书》是在编造。但从思想史角度，如上引熊十力所认为，那的确有其依据，是不能轻易否定的。这桩公案，不是我们在这里所要辨清的，笔者只是想指出，伪《古文尚书》作为儒家圣道道统形成过程中的一个环节，的确对刘勰确立中国文学道统观念有影响。并认为这个影响是很大的，刘勰正是以之为一启示，从而从儒家的圣道道统演绎发挥出一个儒家的文学传统或说道统。尽管刘勰还没有用到道统概念，但其内涵已统摄在“原道”或道的观念中则是明显的。像儒家的圣道道统，特别是像刘起釪所指出的伪《古文

① 周振甫:《文心雕龙选译》，中华书局 1980 年版，第 114 页。

② 刘起釪:《尚书学史》，中华书局 1989 年版，第 356 页。

③ 同上书，第 184 页。

尚书》一样；刘勰在这里所演绎的文学道统也包括两个层次：一为文学道统承传之序列。刘勰在儒家有关著作，特别是伪《古文尚书》已明确的尧、舜、禹、汤、文、武、周公之众圣序列的基础上，有所发挥，表现为向上上溯至庖牺，然后是炎帝、黄帝，再下接尧、舜等，序列的终端也不是周公，而是在周公之后增加了孔子，并以孔子为集大成者，也即文学道统的最后完成者。孔子之后者，在朱熹等人的圣道道统序列中是有孟子等的，在刘勰这里则没有列。这里是否有这样的寓意，即在孔子之后，在文学方面没有承传道统者，而如上文所引唐君毅所说："刘勰，以文学承孔子。"[①] 而刘勰也如此自树呢？正是，所谓"建德树言"是也。二为文学道统的核心哲学内容。上文说过，朱熹总结完成的儒家圣道道统的哲学内容，是以出自《大禹谟》的"人心惟危，道心惟微，惟精惟一，允执厥中"的所谓"十六字心传"作释的。在《文心雕龙》特别是《原道》篇中，刘勰提取了圣道道统核心内容的"十六字心传"的"道心惟微"（"莫不原道心以敷章"）与"允执厥中"（刘勰在《序志》中为"唯务折衷"），为其文学道统的核心内容。这八字实际上也囊括了十六字的真义。前文引述过，陈荣捷说朱熹完成的圣道道统观念具有武断性，但确为新儒学发展之哲学性内在需要。我们也可以说，刘勰明确的文学道统观念也确有一定的武断性，然而的确也是文学与文学理论发展的内在需求。总之，可以说，刘勰的文学道统观念是建立在哲学圣道道统观念的基础上的。

因此，对刘勰所意识到了的文学的圣道传统的核心内容："道心"、"道心惟微"，也就不能如学界有些人那样避而不谈，或作"自然之道的基本精神"，与"自然之道的基本精神是精妙"的之类不着边际的解释，而必须以"十六字心传"为基础去理解。"十六字心传"如上引熊十力所说，那是宋代新儒学的重要思想基础，各派系的解释纷纭复杂。但一般的对"道心"可理解为义理之心，为本体，其难明而易昧，故微，唯能精而察之，道心常存，则发即用无不中、正，即执中。刘勰当然还不见得有那么完备的理解，但他强调"道心"为众圣悟道之心，并认为众圣"莫不原道心以敷章"。这"道心"，虽然不一定是众圣间以口耳相传，但却是圣之为圣所必具与确证，这样，道心也就成为众圣间关联的脐带。刘勰

① 唐君毅：《中华人文与当今世界补编》（一），广西师范大学出版社2005年版，第314页。

将“十六字心传”中原本为政治哲学的圣道道统的“道心”，“道心惟微”，转化演绎为文学上的“道心”、“道心惟微”，无非是面对一个在“为文之用心”上已陷入追奇逐异的时代，要以“师乎圣”为“纲”，首先就要在“心”上师乎圣的“道心”，即将由一般的“为文之用心”的文“心”，提升为“道心”，则发用无不正、中，而上轨道。自然也就能凭“道心”而领悟原道，创作出如“经”那样的能感动并鼓舞天下的“道之文”。因此，在这一层面的内涵中又以“道心”、“道心惟微”最为关键，也正因此，刘勰在《原道》篇的“赞曰”即辅助性结论中，要突出“道心惟微”。

我们在这里花那么多篇幅去讲刘勰与伪《古文尚书》的关系，特别是其中作为圣道道统形成过程的环节，是要说明对刘勰《文心雕龙》的道，必须放在儒家圣道道统的背景去分析，才能理解其深意。刘勰将这道定性为“原道”、“自然之道”，就大有深意，并不是轻描淡写所能讲清楚的。

刘勰讲文学，并不像同时代一些人那样，将文学作为纯文学讲，而是将文学与六经一起讲，他把文学看作是“经典的枝条”。这是大家明确的。但其中还蕴含着一个重要意义就不见得大家都明确了，这就是文学道统是圣道道统的支流，像文学为六经所统辖一样，文学道统也为圣道道统所统辖。因此，笔者在这里要花一些篇幅将问题辨析清楚。

总之，在明确了《文心雕龙》的道，必须与圣、文（经）三位一体讲，并明确这道是指儒家之道、又以集大成的孔子之道为代表以后，要进一步理解，则必须从圣道道统的背景去讲，从而明确这儒家之道、孔子之道直通上古三代圣哲心性之道，并以之为源。孔子之道为“性与天道”。孟子说：“尧、舜，性之也。”《中庸》说：“自诚明谓之性”，又说：“天命之谓性，率性之谓道。”尧舜自诚明之性，亦是中华民族心性精神之天命、天道。因此为天人合一之性，亦为天人合一之道。孔子讲的“性与天道”，就是源自尧舜自诚明的性，亦即天命、天道。孟子又说：“汤、武，反之也。”是说汤、武以下之人由于各种原因造成阻碍，因此都需要进行逆觉反思工夫，才能领悟这“性”即“天命”、“天道”，并世世代代承传下去。这是从心性哲学理论上讲，转向哲学背景的圣道道统讲，则可以说表现为两个方面，一方面，表现为自庖牺起始至孔子的众圣承传序列，另一方面，这“性与天道”从心上讲又更集中地内化为“道心”，并统辖孔子讲的“仁心”，孟子讲的“本心”、“良心”以及心学派讲的“良知”等。因此，这“性与天道”与“道心”是一致的，只是从不同角度讲而已。

如此，学界对《文心雕龙》之道，仅停留在明确是儒家之道层面，就应该说还是相当空泛的，而必须进一步放在圣道道统的背景去探索，才能更深刻地把握其深层根源与意义。刘勰为什么将其讲的道称为“原道”？原，本也，根本之道，原也为源。刘勰讲的道，不止于儒家之道，孔子之道，它源自久远，源自上古三代，为尧舜所代表的圣哲所发明，又为孔子所集大成以表述。孔子讲“性与天道”，从道统观念上看，又内化为“道心”。这“性与天道”、“道心”靠承传，靠心灵相应的人领悟并实践。语言分析、逻辑概念是无能为力的。在没有改变思想基础与思维方式的情况下，或许可如唐君毅的讲法，对道的理解为古人所可共喻。但经一百多年，在强势西方文化的影响下，现代中国人大多已转变了思想基础与思维方式。这样，对道的理解，就不易心灵相应了。在现代，人们对传统思想观念的理解，往往喜欢与西方有关思想观念对接，或以之为思想框架去分析。但正如牟宗三所认为的，中国哲学只有与康德哲学对接，才能显示其意义。在前文，我们以牟宗三的说法为基础，而进一步认为，对中国哲学与文论的道，也必须借助并纳入康德现象与物自身之超越的区分的框架去分析，才能对其意义性质作出恰当的理解。道之为物，也有二面相，一为现象意义的道，一为物自身意义的道，对《文心雕龙》讲的道，即儒家之道，孔子的“性与天道”自然不属现象意义性质的道，而是属物自身意义性质的道，并与不同的主体对应。在康德那里，主体二属：上帝/人类。人类没有无限心、智的直觉，因此只对应现象的面相，上帝有无限心、智的直觉，自然面对物自身意义的面相。但在中国，主体皆属人，然人中有圣人（真人、佛）/一般人二层次，一般人自然面对物的现象意义面相，圣人（真人、佛）则可面对物的物自身意义的面相。道之为物，也有二面相：现象意义的道与物自身意义的道。一般人面对现象意义的道（非常道，俗谛之道，“夫子文章”之道），而圣人（佛、真人）则可面对物自身意义性质的道（常道，性与天道，真如门之道）。刘勰《文心雕龙》中的道，是指儒家之道，更确切地说是指孔子的“性与天道”，它源自上古尧舜为代表的圣哲“自诚明”而“性之”，因此既是“天命”，亦是“天道”。刘勰在《文心雕龙》中又称此道为“原道”、“自然之道”，即指自己原本如此的道，如此之性，故为天命、天道。纳入康德的现象与物自身的超越区分的框架，那么这种道自然可纳入物自身，为物自身意义性质的道即道之在其自己的道。这种意义性质的道，自然只能与圣人以及圣人之圣心或道心相感应，为其领悟把握。一般人要领悟把握则要经过工夫修持而将自己的心提升到道心层次。因此，刘勰讲道，要把道、圣、文（经）作为三者一的整体讲，他在讲了道之后，接着就要讲圣（圣心），以及文（经），不然道就无法落实而落空。

刘勰将《文心雕龙》中的道，称为“原道”、“自然之道”，这“原道”，其实又可作两路向理解：一是本体意义理解；指原本如此的道，这已如上所谈。还有一路向的理解，则是由原通源，而讲文源于道，道是文，首先是经的源头。刘勰在《宗经》中对道的落实的六经，有“禀经以制式”的讲法，这与颜之推的“文章源出五经”的讲法是相一致的，只是一直接，一间接而已，都是文源于道的不同讲法。对刘勰的这种说法，徐复观有个评论。他说：“刘彦和为了提倡文应宗经，因而将经推向形而上之道，认为文乃本于形而上之道，这种哲学性的文学起源说，在今天看来并无多大意义。今日研究文学史的结论，大概都可以承认文学起于集体创作的歌谣、舞蹈，远在文学出现之前。这倒是谈我国文学起源的一条新路。”① 关于文学起源，这是一个很复杂的问题。从现象意义看，说文学起源于集体创作的歌谣、舞蹈，的确有很多经验事实为依据，自然是“谈我国文学起源的一条新路”。但问题在以刘勰为代表所认为的中国文学本于形而上之“道”的“哲学性的文学起源论”，是否就“无多大意义”了呢？笔者认为还不能过早下定论。其实经验事实也是很散乱的，你能找出最早诞生的文学作品、歌谣或舞蹈吗？如能找出，它又如何影响往后的作品？这都是相当难落实的。海德格尔在《艺术作品的本源（起源）》中，曾绕开直接经验事实，以有生于无的原则，认为艺术不一定从

---

① 徐复观：《中国文学精神》，上海书店出版社 2004 年版，第 179 页。

艺术产生。这被叶秀山视为关于文学艺术起源的新方法。① 笔者在这里不准备具体谈这个问题，因为太复杂了。但既然涉及刘勰的文源于道，自然要从哲学角度作一总说明。从哲学角度看，由于笔者认同全部哲学的共同模型的看法，认为哲学有两种理论形态，认识论哲学与道德形上学或心性哲学。由此，笔者认为从经验事实角度讲文学起源，从哲学角度视之，则为认识论角度，更确切地说为认识论的发生学角度。而刘勰的“文学本源于道”的说法，不能以认识论哲学视之，因为其哲学基础是奠基于心性哲学之上的。孟子说：“尧、舜，性者也；汤、武，反之也。”心性哲学看问题的一个重要原则，如前引钱穆所说，是从上向下的。以尧、舜为代表的上古三代圣哲所自诚明的心性，即天命，亦天道，乃天人合一之性，亦天人合一之道。而汤、武以下皆须逆觉反思工夫，而始得领悟并承传之，而成为民族精神。以此为思想核心，转而谈经、中国文学，则中国文学之性、天命、天道，概而言之，中国文学之道，当形成并呈现于《诗》、《书》等六经，特别是《诗》。《诗》当然有其集体创作的原始形态，但其原始形态为何？已无从或难以考据。即使能考据，那这原始形态的诗就代表了中国文学的起源吗？很难说。司马迁在《史记·孔子世家》中讲到孔子删诗。他说：“古者，《诗》三千余篇；及至孔子，去其重，取可施于礼义，……三百五篇。”② 当然《诗》是否孔子所删，后世有争论。既有持孔子删诗说，亦有持王官大史删诗说，在这里不必去辨清。总之，《诗》是经人按礼义教的标准删修过则无疑。这样，就有原“三千余篇”与《诗》“三百五篇”的关系。对《诗》“三百五篇”来说，“三千余篇”自然是其原始形态，或说其起源，“三百五篇”的《诗》则为经典形态。两者谁代表了中国文学的起源或源头？就经验事实看，自然是“三千余篇”的原始形态，但无从考据落实。但如按黑格尔开端与终点一致的逻辑关系，或按朱熹以常山之蛇首尾相应的观点看，以《诗》为代表的《六经》则为中国文学的真正源头与起点。钱穆说：“中国全部文学则尽从此诗三百来。”③ 钱先生是认为《诗经》乃中国文学的真正源头与

① 参见叶秀山《世界为何会“有”“无”》，《中国社会科学》1998 年第 3 期。

② 张大可：《史记全本新注》，三秦出版社 1990 年版，第 1184 页。

③ 钱穆：《现代中国学术论衡》，岳麓书社 1986 年版，第 228 页。

起点。按前述道、圣、文三位一体的看法，如果从形而下的“文”讲，中国文学的源头或起点为《诗经》为代表的六经。那么转向形而上讲，那当然也可以说，中国文学源于“道”。这是从中国心性哲学角度讲中国文学的起源。总之，笔者认为，如刘勰等从中国心性哲学的形而上之道讲中国文学的本源或起源，亦应是一条有中国文化哲学特色的路，并可与现代建立在认识论基础上的以经验事实现象为依据，探索中国文学起源或起点之路，相互补充而并行不悖，似不应互相排斥，在问题未弄清之前，是不应有褒贬的。

2. 作为古代文论纲目体系的纲的道

以上是讲《文心雕龙》中的道。我们从道、圣、文（经）三者一的立场，首先认为这道是指儒家之道；进而认为更确切地说这道是指孔子的“性与天道”；并且认为，这道不是孤立的、无头的，而是以“尧、舜，性者也”为源，以儒家圣道道统为背景，并与圣道道统的哲学内容的核心即道心相应。这道是中国文化哲学主脉大气的表现。还认为，这道在古人，如唐君毅所说，应很清楚，为古人所“共喻”。但随着强势的西学东渐，现代中国人的思想基础与思维方式已转向认识论哲学，心灵已不易与这道相应。在此思想背景下，为了将道区分清楚，可以借助可对接的康德哲学的现象与物自身的超越区分的框架以分析，那么这道则可看作为物自身意义性质的道，即道之在其自己的概念用不上的道。

刘勰《文心雕龙》是我们根据研究中国哲学与中国史学的基准与阶梯的启示，而推演出来的研究中国古代文论的基准或阶梯的代表性著作。既然它的性质是基准或阶梯，就只是基准或阶梯，还不是全部。同时儒家思想一般代表正面，而除了正面以外，还应有反面或对立面和侧面等。这才是全面的或完整的。对中国古代文论纲目体系的纲的道的看法也应如此。除了《文心雕龙》正面讲的儒家之道、“性与天道”外，还应有反面即对立面或侧面讲的相关道的内容，起码就应有道家讲的道和佛家讲的道的相关内容等为辅助。

正如儒家之道中可以纳入中国古代文论纲目体系的纲的道，是“尧、舜，性者也”的“性与天道”，亦即天人合一之道。如借助康德现象与物自身超越区分的框架以分析，则为物自身意义性质的道一样。在道家中可以纳入中国古代文论纲目体系的纲的道，也应具有同样意义性质的道。如前所述，按康德现象与物自身之超越的区分的框架，道家的常道与非常道，也可以借助这个框架以分析。道家的“非常道”，可对应于康德框架的现象，为现象意义性质的道，这在道家为识心、成心或机心所把握的道。而道家的“常道”，则可相对应于康德框架的物自身，为物自身意义境界的概念用不上的道，道家之主体要通过“日损，损之又损，以至于无为”，“致虚极，守静笃”，或“心斋”、“坐忘”工夫修持成虚静之心，才能把握领悟这种道。道家的基本经典《老子》和《庄子》，用冯友兰的用语表述，都是以“负的方法”讲这种“常道”或物自身意义性质的道的状况，以及如何得或见这种道的修持工夫与方法，还有就是如何杜绝“非常道”混入“常道”，并给予严厉排斥。

同样，可以纳入中国古代文论纲目体系的纲之道的，除了儒家的“性与天道”、道家的“常道”之外，还应包括佛家相应意义性质的道。前文讲过，佛教对牟宗三发现并确定全部哲学的共同模型有影响。牟宗三正是通过对佛教《大乘起信论》提出的一心开二门：生灭门与真如门，与康德哲学的哲学宇宙性概念、一物之现象与物自身的超越的区分，二者相摩荡，并以中西哲学的基本事实相检验而确定的。佛教的一心开二门：生灭门与真如门，对道来说，也就区分了二种道：俗谛之道与真谛之道。佛教的全部修持工夫所想要达到的自性清净心，就是要与真谛之道相契接。若借助康德现象与物自身的超越之区分，俗谛之道可纳入现象，为现象意义性质之道，而真谛之道则可纳入物自身，为物自身意义境界的概念用不上之道。

总之，中国古代文论纲目体系的纲之道，若以研究中国古代文论的基准或阶梯的代表性著作，刘勰《文心雕龙》中的道为基准或阶梯，应包括正面讲的孔子发明上古三代“尧舜性者也”的“性与天道”此一天人合一之道，还包括从对立面或反面或侧面讲的道家之“常道”，以及佛教之真如之道。这三家的这三种道，若借助康德哲学的现象与物自身之超越的区分的框架以分析，都可纳入物自身，为物自身意义境界的道，即道之在其自己的概念用不上的道。按康德所说，现象与物自身之分不是客观的，但是主观的，也就是说物自身意义的道：儒家的“性与天道”、道家的“常道”、佛教的真如之道，不是客观地摆在那里的，待我们去反映，不是的。主观的是说这三种道：儒家的“性与天道”、道家的“常道”、佛家的“真谛之道”，是分别对应于儒家的圣人之圣心、道心、仁心、本心、良知，道家的“无为心”、虚静之心，佛家的自性清净心来说的，是相对应的契接关系。唐人王之涣诗云：“欲穷千里目，更上一层楼。”站在不同层级的楼上可见到不同的境界的风光，所不同的是，后者可为物理时空，而前者则为心性的精神境界。这不是认识论的唯心主义。儒、道、佛皆强调艰苦的脚踏实地的修持工夫、实践工夫，从而获得此心性的更高层级精神境界，以便得见此道、闻此道。

以上是说作为中国古代文论纲目体系的纲的道的内容，但任何事物都是成对的，有正面亦有反面，在相对中形成整体。正如美必须包括或统辖丑，才能构成完整美学一样。同样道理，构成中国古代文论纲目体系的纲之道，从主导面说是儒家的“性与天道”，从侧面说还有道家的“常道”，佛教的佛性真如之道。如果把这三家之道都看作正面，那么与之相对立的另一面即反面，则分别还有儒家的“夫子文章”即“德之见乎外者”的“威仪文辞”所表之道，道家可道的“非常道”，以及佛家的俗谛之道。对这三种道，若借助康德哲学的现象与物自身之超越之区分，则皆可纳入现象，为现象意义性质的道。

按康德哲学的说法，现象与物自身的区分，是主观先验的。主观的也就是主体的，对不同主体来说的。在康德哲学中，主体二属：上帝/人类，因此，在康德那里，同一物，对有无限心、智的直觉、全知全能的上帝而言，为物自身；而对无无限心、智的直觉的人类而言，则为现象。康德哲学主体二属，对物各有所对，是清晰而不能混淆的。但在中国心性哲学主体虽可二分：圣人（真人、佛等）/凡人（一般人），就心来说，虽也可二分：圣人之仁心、道心、本心、良心，真人等的虚静之心，佛之自性清净心，与凡人（一般人）之人心（欲心等）。但主体圣人（真人、佛）与凡人（一般人）皆为人，仁心、道心、本心、良心、虚静之心、自性清净心与一般人、凡人之心皆为人心。人虽有限而可无限，人皆可以为尧舜，众生皆有佛性。孔子全圣、仁浑然无间断，孔子以下如颜子被称亚圣，也只能“三月不违仁”，三月或三月之间，也就可能由圣趋凡。同时，既然人虽有限而可无限，人皆可为尧舜，众生皆有佛性，那么，就心性说，仁心、道心、佛性皆为所有人包括圣人、真人、佛与凡人、一般人之自性，或说存在所有人的生命中，只是圣人、真人、佛工夫到家、修持境界高，因此，仁心、道心、虚静之心、自性清净能常为一心之主，得以常常呈现。而一般人、凡人则缺乏修养工夫，常受欲心、私意干扰，或受之遮蔽，致使欲心、私意常为一心之主，因此，仁心等的呈露只能是偶然性的或与欲心、私意相互混淆。有的人因为私欲蔽锢、积恶太深，致使其仁心等终生无法呈露过。这是从中西哲学比较角度看，西方哲学主体二属则有其清晰之处，而中国心性哲学主体虽二属，但又圣凡可为一，倒是亦增添了内在的复杂性。

以上，我们以研究中国古代文论的基准或阶梯的代表性著作《文心雕龙》为基础，探讨了作为中国古代文论纲目体系的纲的道。认为这个道应包括体现中国文化主脉大气的儒家之道，更确切地说是孔子的“性与天道”为一的天人合一之道。“尧舜，性者也；汤武，反之也。”因此亦为一人化、生活道化之道。同时还涵括道家之“常道”，佛教的真谛之道。如借助康德哲学的现象与物自身的超越区分的框架，则可纳入物自身意义性质或意义境界的道，即道之在其自己的概念用不上的道。但这只是从正面说，若从完整意义上说，还要从反面看，则这作为纲的道还应统辖反面的道，包括儒家之道中的“夫子之文章”即“德之见乎外者”的“威仪文辞”所表显之道，道家的可道的“非常道”及佛家的俗谛之道。如借助康德哲学的现象与物自身的超越区分的框架，则可纳入现象，为现象意义性质的概念用得上的道。但要说明的是，这后一种道不能喧宾夺主，而必须为前一种道所统辖。之所以如此，这是由中国哲学特重主体性，而且中国心性哲学的特重主体性的主体又以圣（真人、佛）为纲，若内化为“心”说，则以圣心、仁心、本心、道心以及虚静之心、自性清净心为纲决定的。这在后文还要从道、圣、文三者一的圣与文角度讲到。

前文引述朱自清的说法，他认为，中国文论是由诗论的“诗言志”的“开山的纲领”，经引申扩展到整个中国文学的“文以载道”(“文以明道”）的纲领的。这可谓一眼彻底。只是他对这后一命题没有作具体的展开，特别是对“道”没有作心性哲学的深刻分析而已。上文对作为中国古代文论纲目体系的纲的道所作的分析，笔者认为也可以看作是对朱先生这一见解之中的后一命题，特别是其中的“道”的接着讲。

二 作为纲的道与其统辖的目

在上文，我们阐述了作为中国古代文论纲目体系的纲之道。道作为纲不是孤立的，从哲学层次和文论层次看，还应有其所统辖的目。朱熹说过：“道为统名，理为细目。”又应问“道与理如何分”时说：“‘道’字包得大，理是‘道’字里面许多理脉。”又说：“‘道’字宏大，‘理’字精密。”① 可见在朱熹那里，道“包得大”，“宏大”，是作为统称讲。进一步，我们也可以将“道”看作是对应于“理”的“细目”的“纲”。即“道”为大纲，理为细目。两者的基本关系是道作为纲统辖作为细目的理。由此扩大开来，从哲学层次或文论层次看，作为纲的道所统辖的细目，自然不只是理，还应包括一些一般已从哲学或文论层次反复讨论过的概念，如德、志、情（性情）、意等。对这些概念，如从纲目体系角度视之，皆可看作是作为纲的道所统辖的与理同一家族的细目。过去，学界对这些概念，往往孤立地讲，并且不是讲成并行不悖，而是讲成相互对立，相互排斥，如讲诗缘情就讲成与诗言志对立等，而陷入公婆论。我们在这里以心性哲学为基础，从纲目体系角度，将德、理、志、情、意等皆看作是作为纲的道所统辖的同一家族的细目，正是它们共同织就了中国古代文论根源本体的“精密”之网，而不再是一孤立的点。

（一）道与德

道已如上述，下面先讲德，然后再讲道与德的关系。对道与德的关系，又准备从两方面讲，先从心性哲学角度讲道与德的哲学关系，然后以之为哲学基础，进而讲作为道之目的德与文学的关系。

1. 道与德关系的哲学分析

与道字一样，德字在商代的甲骨文中就有。这说明有关“德”的意识在我国先人中很早就产生，才需要造字以表显之。在我国现存古代典籍如《书》、《诗》中就用到不少“德”字。如《尚书·召诰》曰：“肆惟王其疾敬德？王其德之用，祈天永命。”又《尚书·君奭》曰：“‘天不可

① （宋）黎靖德编：《朱子语类》1，中华书局1986年版，第99页。

信’。我道惟宁王德延。”这是认为王者的德性品质是其统治的根据。在《诗经》中，也大量用到“德”字，如《诗经·大雅·烝民》曰：“天生烝民，有物有则；民之秉彝，好是懿德。”又《诗经·周颂·维天之命》曰：“维天之命，于穆不已。于乎不显，文王之德纯。”前一诗是以有物必有其法则为兴起，讲天生的众多老百姓的自然禀性皆是喜爱好的品行。后一诗是以天命（天道）运行的规律，庄严肃穆，永不停兴起，赞扬文王之品德纯正。皆有自然天命实体与人之心性相通为一之意旨。《书》、《诗》中的“德”字大多指人的心性品德言，但还以单独运用为多。到孔子，他从《书》、《诗》等典籍中的“重德”、“敬德”、“德纯”等精神资源转而提炼出“仁”，以之一以蔽之他的思想核心。孟子说：“仁者，人也。合而言之，道也。”（《孟子·尽心下》）意思是说，作为孔子思想核心的仁，是基于并概括人的心性品德。这总起来说，乃人生正道。也就是说仁关联着“德”。孔子还将仁与道、德对举，所谓“志于道，据于德，依于仁”。（《论语·述而》）这三个概念虽然对举三分，但实际上是相互关联而不可分割的，其中又以道统辖德、仁。

《老子》八十一章古亦称《道德经》，分上、下两篇，上篇三十七章论道，称“道经”；下篇四十四章论德，称“德经”，隐含着道与德对举可分但又合一之意。将道与德联结起来为道德概念，较早见于《管子》，其《君臣下》篇说：“道德定于上，则百姓化于下矣。”《荀子·劝学》也说：“故学至乎《礼》而止矣。夫是之谓道德之极。”以上引文，大致概括我国古代从道、德分别说，到道、德对举而不分，再到道、德合而为一的思想线索。从中我们也大致可以看到古代哲人对道、德及其相互关系的理解过程。

韩愈在《原道》说：“仁与义为定名，道与德为虚位。”所谓“虚位”，就是说为公共名词的空概念，各家各派可各表，即各自可赋予不同意义。韩愈是儒家学者，他明确的道、德意义，自然不同于道、释的道、德意义，所以说：“其所谓道，道其所道，非吾所谓道也；其所谓德，德其所德，非吾所谓德也。”对于各“道其所道”，已如前述，至于各“德其所德”的具体情况，则首先要明确道与德的哲学关系。《管子·心术上》说：“虚（无）［而］无形谓之道。……德者，道之舍，……故德者得也。得也者，其谓所得以然也。”这是说，道是虚无形上本体，德是道居宿的场所。因此，德就是得，讲它分得道这么回事。《老子·21》说：“孔德之容，惟道是从。”这是说，（大）德的特征是从即根据道来的。可见在老子那里，道是德的标准，德是得道于心，并转化为得道者生命的特征。《庄子·天地》说：“泰初有无，无有无名，一之所起，有一而未形。物得以生，谓之德。”这是说道是无形无名的形上本体、本源，事物得到道就产生出来，这就是德。在这里，与上引《老子》一致，道也是生物的根据，生物是得道的生命表现。《韩非·解老》说：“道有积而积有功；德者，道之功。”这是说，无形的道有所积聚，而且这种积聚有功效，德，就是道这种积聚的功效。王弼（226—249）注《老子·38》说：“德者，得也。……何以得德？由乎道也。”注《老子·51》说：“道者，物之所由也；德者，物之所得也。由之乃得。”可以说，王弼通过注《老子》，对道与德的哲学关系作了最全面的总结。以上几段不同出处的引文，可以说已大致讲清楚了道与德的哲学关系。道是无形的形上本体，本源；德与得相通，是谓人分得或禀受道、得于道，也指物分得道而生成。因此，道也就居宿于德中、物中。对这，如从体用关系讲，道为体，德为用；如从纲目结构角度讲，则道为纲，德为细目，以表现道。

如前所述，孔子儒家之道，是上承上古三代以来之道，又分两层次，或说为两种不同意义性质的道，一为道、德之见乎外者的“威仪文辞”，包括孔子整理过的六经，简而言之，亦子贡说的“孔子之文章”之道，但其更深层次则为子贡说的“性与天道”。这也可以说为另一种意义性质不同的道。这里的“性”，是孟子说的“尧、舜，性者也”的“性”，或《中庸》说的“自诚明谓之性”的“性”。这“性”，不只是性，也是“天命”、“天道”，即《中庸》说的“天命之谓性，率性之谓道”。因此，这性与天命、天道是贯通合一的，所以子贡称之为“性与天道”。对这，孔子主要从仁方面讲，孟子说：“仁、义、礼、智根于心。”（《孟子·尽心上》）仁的根源在心，因此孔子讲仁，也就是从根源的心讲。孔子提出仁，但正如钱穆说，他不是要以仁为核心写仁的哲学，而是强调实践工夫，强调对“性与天道”的“德”亦即“得”，并可表显于各方面，表现在政治方面就是“为政以德”（《论语·为政》），等等。但不只是表现，从哲学上讲，如牟宗三所概括的，就是践仁知天，实现仁、性与天道的相通为一，承传尧舜自诚明的道统，或说走尧舜开端的正路。

儒家关于道与德的关系，朱熹有一段话讲得很清楚。他说：

> 道者，古今共由之理，如父之慈，子之孝，君仁，臣忠，是一个公共底道理。德，便是得此道于身，则为君必仁，为臣必忠之类，皆是自有得于己，方解恁地。尧所以修此道而成尧之德，舜所以修此道而成舜之德，自天地以先，羲黄以降，都即是这一个道理，亘古今未常有异，只是代代有一个人出来做主。做主，便即是得此道理于己，不是尧自是一个道理，舜又是一个道理，文王周公孔子又别是一个道理。

这是说，道是公共的，德是对道各有所得以成己。因此，道与德是“一个物事”①。但由于他对道没有两个层次或说两种意义性质的理解，因此对德之理解也就有局限。上文说过，孔子儒家的道，如用子贡的话讲，可以区分为“夫子之文章”所表显的道，及“性与天道”合一的道。这种区分，按前引康德的思想框架以分析，可以说也是主观的，具主体性。按子贡的说法，一般人对孔子之道“得而闻”的皆为“夫子之文章”，亦即“见乎外者”的“威仪文辞”所表显的可道的道，而不可“得而闻”孔子深层意义的“性与天道”合一的不可道的道。因此久而久之，对孔子之道的理解也就浅层次化，即仅仅停留在“威仪文辞”表面层次，因此，得这浅层次的道的“德”，自然是“下德”而不是“上德”，而受到道家的批评。

上文说过，道家对道区分得很清楚：可道的“非常道”与不可道的“常道”。道家老庄哲学的立意，就是启示如何理解这种不可道的常道，以及如何得这种常道的方法，包括老子的“损”和庄子的“心斋”、“坐忘”等。持常道及得常道方法的眼光，道家老庄看到了真正意义的常道在儒家中的失落。儒家热衷于“得”见乎外者的“威仪文辞”之道的“德”，就是失深层意义之道的表现。因此，《老子·38》说他是“失道而后德”。并且认为这个“德”是“下德”，而不同于他的“上德”。对“上德”与“下德”的不同，他又进一步说：“上德不德，是以有德；下

① （宋）黎靖德编：《朱子语类》1，中华书局1988年版，第231页。

德不失德，是以无德。上德，无为而无以为；下德，为之而有以为。”①在这里，与老子将道区分为“常道”与“非常道”相一致，他也把得道的“德”区分为二：“上德”与“下德”。“上德”与常道相对应，是指分得常道的“德”。“下德”则与“非常道”相对应，为分得“非常道”的“德”。老子的道指自然无为自己如此的天道，即常道。他说的上德自然是分得常道的“德”。他认为，与常道自然无为，自己如此相一致，得常道的“上德”，也自己如此，自然也不追求外在化的德迹的表现，而或被俗人看作无德，而实际上正是有德，这德是指得常道。“下德”追求外在化的表现，似乎不离德，实际上正是没有德，这德也指得常道的德，没有德，是指没有分得常道。上德顺应常道自然无为自己如此而无心于自我外在表现。下德循非常道而注重外在表现并且是有心表现。这是老子以对道的区分，来实现对“德”的区分，以此进一步批评儒家的德，为注重外在表现的德，实为低层次的“下德”，与道家的“上德”是有根本区别的。

庄子还进一步认为：“虚静恬淡寂漠无为者，天地之平（本）而道德之至。”（《天道》）又说：“知其不可奈何而安之若命，德之至也。”（《人间世》）道家作为一个学派，能明确道可分为二，并能把握自己如此的常道，这是很了不起的。庄子把得常道看作德的最高境界也是对的。但在中国是讲阴阳变化，讲时中的，若情况时势变化到家国处于危难的关头，你还在那里知其不可奈何而安之若命，消极地坦然地仅仅接受为自己的命运，并把之看作德的最高境界，这就不对了。这就难怪荀子要批评庄子“蔽于天而不知人”了。从历史上看，作为大哲学流派的道家始终不能成为中国思想的主流中的主流，就在于他缺乏一种历史担当精神，而其思想根源恐怕不出在其对道、德的深刻理悟与区分，而出于其对这深刻理悟没有达到“化”，而不能“时中”。因此相对于“时中”的孔子，老庄只能退居第二。

至于朱熹认为，老子说：“失道而后德”，这是将原本只是一个物事的道与德，“分做两个物事”。② 这是朱子不理解老子的道有常道与非常道

① 杨树达：《周易古义·老子古义》，上海古籍出版社 1991 年版，第 42—44 页。

② （宋）黎靖德编：《朱子语类》1，中华书局 1986 年版，第 231 页。

的区分。与此相一致，得道的“德”自然也有两种区分：上德与下德。上德与常道相对应，是一个物事；下德与非常道相对应，为另一个物事。至于上德与非常道，下德与常道，当然是两个物事的问题了。这是误解，朱子的说法是不对的。

2. 作为道之目的德与文学的关系

明确了道与德的心性哲学关系，我们也就可以以之为指导，进一步谈作为道之目的德与文学的关系了。首先谈儒家。儒家的基本观点可以说主要体现在孔子的两段名言中。一段是：“志于道，据于德，依于仁，游于艺。”(《论语·述而》）这段话中道、德、仁与艺似乎表现为一种阶梯式或环节型的关系，但实际上是前三者先构成一种内在关系，然后再与艺构成关系。在这里的道，自然是指儒家之道，即孔子承传自上古三代以来的道统，其深层次的核心乃“性（仁心德性之性）与天道”相贯通的天人合一之道。细致地梳理，在前三者即道、德、仁中，“志于道”是指立志在道上，道为志的目标，为纲；德则作为分得道的一个具体的目；至于仁，按孟子所说：“仁也者，人也。合而言之，道也。”(《孟子·尽心下》）可见，仁，归根结底也属于道，为道所统辖。仁与德同为道的内容的目的层次。但仁也不是一般的德，而应是德中的高境界，直通心源。《论语》中说，颜子“三月不违仁”，而不说他“三月不违德”，就是明证。总起来说，这句话的前半句是说，立志在道上，为目标方向，为纲，具体则依据作为纲之目的德、仁，特别是上达最高层次的仁的境界，而实现游心即自由徜徉于“艺”中。这里的“艺”，原本之意应指“六艺”，而“六艺”的具体所指有二：一是《周礼》讲的礼、乐、射、御、书、数；二是指儒家承传的《书》、《诗》、《礼》、《乐》、《易》、《春秋》。对后者，如从人学习的角度讲，谓之六艺，就其书来讲，则谓之六经。就《周礼》讲的“六艺”，有的典籍还称为“文艺”。如《吕氏春秋·不苟论·博志》说：“养由基、尹儒，皆文艺之人也。”养由基精通“六艺”中的射，尹儒则精通“六艺”中的御。这两种说法都是指原本意义的艺，从发展意义说，扩大开来看，这“艺”是可以包括由此发展出来的文学艺术的。如此，则可以从两个角度理解这句话，一是从创作角度，是说立志在道上，以道为目标，依据具体分得道的德以及仁，实现自由创作文学艺术。二是从本体的角度，则是说，文学艺术的本体是道及分得道的德和仁，与作为具体表显的技艺即文学艺术的自由合一。

孔子的另一段名言是：“有德者必有言，有言者不必有德。”（《论语·宪向》）对这段话，一个较权威的译注说：“一个有德的人，必然能有好言语，但一个能有好言语的人，未必就是有德。”[①] 这当然是粘贴原文的解释，但就其思想所及，语意所射，还可开放点，这里说的“有德者”，是指分得道于身者，如前引朱熹说：“道者，古今共由之理，如父之慈，子之孝，……是一个公共底道理。德，便是得此道于身，……尧所以修此道而道而成尧之德，舜所以修此道而成舜之德，……”当然关于道，我们不必尽同朱氏，笔者认为孔子之道，是指承传的上古三代以来的道统，其核心乃“性与天道”合一之道。至于“言”，一般指言语、文辞，但发展扩大开来，也就可以包括文学艺术。这样，也就可以从两个角度理解，从创作角度看，是说分得道或修成此道于身者，必然能有好的言语或文学艺术创作；从本体角度讲，则可以说，文学艺术的本体乃分得道的具体的德与具体文学艺术的有机合一。当然，孔子既看到了德与言的统一一面，又看到了德与言的矛盾一面。这矛盾一面就在没有具体分得道的人也可以有言语、文学艺术创作。但显然在孔子看来，必须以前者为主，并为主导，由前者统辖后者。这样，文学创作才能走在正道上，不然就会陷入邪路。

由上分析可见，孔子这两句名言，其思想是相一致的，讲的都是道以及具体分得道于身的德，以及其最高境界的仁与具体文学艺术创作的自由合一。这是儒家文学观方面的一个很重要的观点。由此可见，孔子儒家是不怎么讲纯文学艺术的，主要讲道与具体分得道于身的德、仁，也即善与艺自由合一的文学艺术。上升到美学上讲就是讲善美合一的文学艺术。依康德的美的类型以区分，自然不属纯粹美，但也不能轻易地纳入其依存美。因为康德是讲真、善、美三分的，中国是讲真善美合一的。因此相对于纯粹美，只能说美善合一的美。学界有人将孔子如上观点，理解为“先德行后艺术”。就作者说，当然如此，但就艺术说，其实孔子并没有讲两者的逻辑先后，对这，孔子另有一句话讲得清楚：“子谓《韶》，‘尽美矣，又尽善也’。谓《武》，‘尽美矣，未尽善也’。”（《论语·八佾》）显然就艺术说，孔子是在总结并提倡一种美善高度合一的如《韶》乐那

① 钱穆：《论语新解》，生活·读书·新知三联书店2002年版，第355页。

样的艺术，并以之统辖美善矛盾或不和谐的艺术。这才是文学艺术的正路。

对于道家于道、德与文学的关系，学界有两种不同的看法，有人认为，道家老庄全方位地否定文学艺术。如《老子》说："五色令人目盲，五声令人耳聋。"(《老子·12》) "信言不美，美言不信。"(《老子·81》) 庄子也说："道不可言，言而非也。"(《知北游》) "可以言说者，物之粗也"，因此认为即使古代经典，也不过是"古人之糟粕"。(《天道》) 又说，要"擢乱六律，铄绝竽瑟，塞师旷之耳"，"灭文章，散五采，胶离朱之目"，"钳杨墨之口"。(《胠箧》) 等等，就是明证。但也有人认为，道家老庄的道"实际是一种最高的艺术精神"，"中国的纯艺术精神，实际系由此一思想系统所导出"。①

对这两种看法，如何评价呢？笔者认为都不对，其中前一种观点在分析中自明，我们着重分析后一种观点。这里首先要从道家对道的看法讲起。前文分析过，道家的道是二分的，可区分为可道的非常道与不可道的常道，道家的道是指后者。与道相一致，道家对分得道的德，也有二分，即区分为"无为而无以为"的上德，与"为之而有以为"的下德。上德是分得常道于身之德，下德与常道无涉，只是分得非常道于身的德。与推崇常道相一致，道家的德也指上德。道家哲学全部意旨就是要分清常道及分得常道于身的上德，并与非常道、下德相区分，及防止其窜入形成悖论。以此为理论前提和基本视野，我们就可以明确地看到道家的文之为德的文学观。庄子在《齐物论》中曾将音乐区分为"天籁"、"地籁"和"人籁"三类。庄子的所谓"人籁"，为"比竹是已"，是说它是人为吹奏竹箫之类乐器发出的声音。所谓"地籁"则"众窍是已"，是说由风吹大地众多孔穴发出来的声音。而所谓"天籁"，则"使其自己也，咸其自取"。意为全为自然而然，自己如此的声音。在这三种音乐中，庄子不欣赏有人为或条件因素的前二者，而唯独欣赏天籁，认为它是"至乐"、"天乐"。因为这是与他们推崇的常道，及分得常道的上德相一致的。由此，我们可以进一步明确庄子的文艺观是常道、上德与文学艺术的完美合一。而这，并不是纯艺术观。按西方哲学尤其是康德哲学的知、意、情与

① 徐复观：《中国艺术精神》，秦风文艺出版社 1987 年版，第 41—42 页。

真、善、美的区分，真、善、美是可以各自独立的，以美为宗旨，才为纯美艺术观。以西方的真、善、美观照，中国的真善美不是分立的，而是合一的。因此中国不讲独立的美，也没有形成纯美艺术观，起码不是主流。在中国，真善是指心性道德而言，但在中国，如前引韩愈所言，道德为虚位的空概念，公共名词，可各道其所道，各德其所德。上文分析过，儒道的道、德观是不同的，因此，其心性道德与文学合一的内容也就不同。但无论怎样不同，就虚位来说，皆是持真善美合一说基础上讲的心性道德与文学的合一，而都没有形成纯文学观，起码不是主流。

刘勰在《文心雕龙·原道》劈头首句就说：“文之为德也大矣。”对这个“德”，日人斯波郎解为“功德、效能之意”。[①] 这是一种较有影响的解释。但从《原道》之主旨看，更恰当地似乎应理解为分得原道之德，文学作为分得原道的一种德。正因为文学为分得自尧舜就自诚明的原道的一种德，所以文学才成为一种明道的道之文，并才能长久地感动鼓舞天下人民。这种渊源久远的道德与文学合一的道之文，是中国文学的根基，接续此方向走，才是中国文学的正道。刘勰《文心雕龙》开篇就讲《原道》，讲“文之为德”，就是要横扫一切无根本的“各照隅隙”的鼠目寸光的文学观，就在于要确立正确的道德与文学合一的道之文的文学观，以引导已陷入邪路的文学思潮回归正道。上文讲过，现代中国文学批评史学科开拓者之一的郭绍虞先生，力图以西方纯文学观为参照，挖掘中国古代纯文学观的发展，结果只能感叹而归，也就证明了这点。

（二）道与理

前文引朱熹说：“道是统名，理是细目。”在我们的体系中，道与理是进一步当作纲、目关系看待的。道已如上述，这里先讲理，讲道与理的心性哲学关系，然后以之为指导，再讲作为纲的道之细目的理与文学的关系。

1. 道与理关系的哲学分析

从文字创造角度看，相比于道有金文不同，理只有篆书，可见理应是比较晚出的文字。钱穆从思想史角度比较说，先秦至“东汉以上中国思

① 王元化选编：《日本研究〈文心雕龙〉论文集》，齐鲁书社1983年版，第39页。

想偏重在讲道，魏晋以下中国思想偏重在讲理”。[①] 钱先生特别指出，这之中的中介环节就是王弼。[②] 当然只是偏重，并不是以后，理就代替了道，也不是先秦至东汉以上就不讲理。虽然孔子《论语》没有用到“理”概念，但孟子、庄子已较多地用到了“理”字，如孟子说：“心之所同然者何也？谓理也，义也。”(《孟子·告子上》)《庄子》中“理”字也屡见不鲜，如说“物成生理，谓之形”。(《天地》)《庄子》还可能最早提出了后来宋代理学家程颢所津津乐道，并认为是自家体贴出的“天理”概念。所谓“循天之理”(《刻意》)，“依乎天理”(《养生主》)等，当然内涵不同。同时也不是东汉魏晋以后特别是理之天下的宋代思想界已不讲道，以理取代了道，也讲道的，不然如何宋学又有“道学”之称呢？总之，如钱先生所说，只是“偏重”而已。但的确又要看到，前后相比，东汉后，特别是到宋，较多地讲理，而有宋明理学之命名。学界甚至把盘亘宋明七百年的断代中国哲学史称为“宋明理学史”，如侯外庐等主编的上、下册《宋明理学史》等。对显赫的宋明理学如何分派别，学界有不同意见，牟宗三力主三系说，并作了颠倒，以为朱熹为别子，陈荣捷似乎有不同意见，钱穆可能因此难于与牟合作。大陆学者则认为主要有二派：程朱与陆王，程朱的纲领是“性即理”，陆王的纲领则为“心即理”。但无论“性”、“心”，都归于理。可见“理”的确在东汉以下，特别是宋明时段占重要地位。这样，首先就涉及在哲学上如何理解道与理的关系问题。

高诱《淮南子·原道训》注说：“理，道也。”这个注体现了东汉以前，以讲道为主，道为大家所熟悉、清楚，理则还不熟悉、不清楚，需要以大家熟悉、清楚的相近的道注释，大家所不那么熟悉、清楚的理；但到宋明，则反过来，都把理来解释道。不过，这样讲，只说明了道与理的密切关系，还没有讲到道与理的本质关系、哲学关系。笔者认为朱熹的一个讲法，倒是从根本上明确了道与理的哲学关系。这就是“道是统名，理是细目”[③]。何谓“统名”？“统”是总括的意思，“统名”是指道是总括

① 钱穆：《中国思想通俗讲话》，生活·读书·新知三联书店2002年版，第7页。

② 同上书，第5页。

③ （宋）黎靖德编：《朱子语类》1，中华书局1988年版，第99页。

性的概念，带有涵盖性而不含具体所指。这也就是韩愈说的道为“虚位”。更早，庄子则说：“唯道集虚。”从纲目体系角度，相对于下文说的“细目”，也可以说，道为纲，全句可以理解为，道是纲，理是作为纲的道所统辖的细目。当然，以虚位的道为纲所统辖的细目，不是只有理，我们在前面已讲过还有“德”，从心性哲学角度讲，还应有仁、义、礼、智、信等。孟子说过：“仁者，人也。合而言之，道也。”也就是这个意思。从文论角度，则如上述，笔者认为除了统辖德外，还应统辖志、情、意等细目，这是后话。我们这里先讲统辖的理。理，既然是道统辖的一个细目，自然与道有密切关系，具有一定的道的性质。当道不在场时，它的出场也就在一定程度上替代了道，根源着道。

对“理”的理解，历来复杂难明，20 世纪 80 年代形象思维被肯定，于是学界在研究诸如叶燮说的“不可言之理”之类的说法时，往往贴上讲形象思维之理的标签，而讲其相对的“可言之理”之类的说法时，则贴上是讲抽象思维之理的标签，并认为，这样已将难以解释的难题讲清楚了。其实还是未讲清楚的，起码尚未讲到底。理，是一个哲学概念，首先要从哲学框架上讲清楚，而不是仅仅诉之思维方式就算大功告成。现在既然我们已明确了理与道的哲学关系，而我们在前文借助牟宗三明确的全部哲学的共同模型为基础，进而借助康德的现象与物自身的超越区分的框架，明确了道可区分为两种不同意义性质的道，即现象意义性质的道，包括道家讲的可道之非常道，儒家说的“夫子之文章”表显之道，佛教生灭门之道；与物自身意义性质的道，包括道家说的不可道的常道，儒家说的“性与天道”合一之道，佛教说的真如门之道等，并认为这两种不同意义之性质的道的区分也是主观的，取决于主体心性。笔者认为对作为纲的道之细目，又历来甚至可以与道互释之理，也要置之于同一哲学框架中才能真正解释清楚。

以全部哲学的共同模型照察，西方哲学于现象界、生灭门积极，从而形成以认识论哲学为皇冠的哲学理论形态。而中国哲学则刚好相反，于现象界、生灭门消极，于物自身本体界、真如门积极，从而形成以道德形上学或心性哲学为皇冠的哲学理论形态。受哲学理论形态的影响，在道问题上，中国哲学，其中无论道家哲学、儒家哲学还是佛教哲学，皆重道的两种意义性质的道中的物自身意义境界的概念用不上的道，即道家的不可道的常道，儒家的“性与天道”合一的道，佛家的真如门之道。在道与理哲学关系问题上，又以儒家特别是宋明新儒家讲得最清楚，因此，在这里，我们重点以儒家的思想资料讲。

上文讲过，以全部哲学的共同模型为基础，借助康德现象与物自身的超越的区分为框架，儒家之道也可以区分为两种意义性质不同的道：即“夫子之文章”表显之道，与“性与天道”合一之道。如上文所引钱穆所讲，东汉以后，特别是宋明，已由先前的着重讲道，转向侧重讲理。受道的统辖，作为细目的理自然也可以区分为两种不同意义性质的理：一是由“夫子之文章”，或如朱熹的“见乎外者”的“威仪文辞”，或如刘宝楠注释的指《书》、《诗》、《礼》、《乐》等六经之文辞所表现之道所转化而来的“理”，也可以以王夫之（1619—1692）的用语表述为“经生之理”。[①] 这种“理”与其所转化的道一样，也是可道的，用王夫之的话说为“名言之理”，用清人叶燮（1627—1703）的用语，则为一般可为“人人能言之”的“可言、可执之理”。[②] 二是由“性与天道”合一的道转化而来的“理”，宋明理学所讲的“理”，无论程朱派讲的“性即理”，还是陆王学派讲的“心即理”，主导面都应该是从孔子“性与天道”合一之道转化或说脱胎出来的理。对这种心性之理，程颢又称之为“天理”。程氏还颇为得意，常说：“吾学虽有所受，天理二字却是自家体贴出来。”[③] 当然，如上所述，天理二字最早可能见于《庄子》，但意义不同。程颐在答问明道天道与天理关系时说：“问：‘天道如何？’”曰：“只是理，理便是天道也。”[④] 由此也可以看出，宋代理学的理，或天理，与天道的直接联系，应说是直接以“性与天道”合一之道转化来的。因此，与“性与天道”合一之道，“不可得而闻”一样，这理，如用程颢的话表述则是要靠心性体贴出来，亦即悟出来的。用王夫之的话说，则为“正不得以名言之理相求之理”。而用叶燮的话说则为“不可言之理”。如借用康德的现象与物自身的超越的区分的框架，那么这两种理的第一种理，正如从其转化来的道一样，可视为现象意义性质的理，而第二种理，也正如从其转

① 王夫之：《姜斋诗话笺注》，人民文学出版社1981年版，第143页。

② 叶燮：《原诗》，载《清诗话》下，上海古籍出版社1978年版，第585页。

③ 程颢、程颐：《二程集》上，中华书局2004年版，第424页。

④ 同上书，第290页。

化而来的道一样，则可视为物自身意义性质的理。中国哲学，特别是宋明理学所讲的理就是这种不可名言的天理。转向中国古代文论与中国文学，当中所讲的理，也主要是这种不可名言的理即天理，当然也可以讲人人能言之的可言可执的理，但这种理必须为前一种理所统辖。

这里还要注意的是，如在前文所引的唐君毅的提示，这种不可名言之理即天理，正如其所从出的“性与天道”合一的道一样，在古代古人那里，虽不可名言，因此不可得而闻，但可凭人同此心于同一思想体系而直传领悟。但到了现当代，随着西学东渐，强势西方文化哲学逐渐占据中国现代学界的主导地位，思想与思维方式完全改变，现代学界大致只懂并认可西方哲学所着重讲的道与理，借用康德的用语，即现象意义性质的道与理，而对中国古代心性哲学以至中国古代文论所讲的道与理，借用康德的用语，即为物自身意义性质的道与理则难以理悟，而混为一谈，并以唯心主义抹杀后者。这是所有纠缠不清的问题的哲学根源。

2. 作为道之目的理与文学的关系

以上我们对道与理的哲学关系作了具体分析，下文将以之为指导，进一步谈作为道之细目的理与文学的关系。理与文学的关系可以从两方面分析，一是理与文学的直接关系，二是理与情的间接关系，因为情一般地被视为是审美的、诗的、文学的。

先谈理与文学的直接关系。

中国最早的诗学纲领，如朱自清所指出是“诗言志”。而“志于道”，随着诗逐渐扩展为种种文学，志也转化为道，于是中国文学的纲领，自然也就由诗言志扩展为“文以明道”，可以说“诗言志”、“文以明道”，是中国文学最早与最终纲领。由于从纲目体系角度看，道为纲，是统名，德、理、志、情、意等皆是作为纲的道的不同方面、不同层次或远近的细目，而纲举目张，于是文论界就由诗言志——文以明道的纲领，逐渐衍化出种种说法，如“文以理为主”、“文以意为主”、“文以情为主”或“诗道性情”、“独抒性灵”等，在这里，就先从“文以理为主”讲起。唐代陆希声在《唐太子校书李观文集序》中说：“文以理为本，而辞质在所尚。元宾尚于辞，故辞胜其理。退之尚于质，故理胜其辞。”黄庭坚（1045—1105）在《与王观复书》说：“好作奇语，自是文章病，但当以理为主，理得而辞顺，文章自然出群拔萃。”陆九渊说：“文以理为主，荀子于理有蔽，所以文不雅驯。”[①] 刘基在《苏平仲文稿序》说：“文以理为主，而气以抒之。理不明，为虚文。气不足，则理无所驾。”等等。由这些引文可见，在中国古代，特别是宋明时期，不少文论家是主张“文以理为主”的。但也要看到，还有一种与之针锋相对的看法。认为诗文不但不是以理为主，而且与理无关，甚至理对诗文有害，使之走向非诗文。其中宋人严羽意见最为尖锐。他认为：“诗有别材，非关书也，诗有别趣，非关理也。……所谓不涉理路，不落言筌者，上也。”[②] 王夫之亦引“王敬美谓‘诗有妙语，非关理也’”，等等。这样，关于文学与理的关系就有了两种相互对立的意见：一是认为诗文以理为主，一是相反对，认为诗文与理无关。甚至以理、以议论为诗文，则非诗文。对这，应如何看呢？其实，中国古代有头脑的哲学家或文论家已对这个相互矛盾的问题，区分得很清楚，如王夫之，他是反对以理入诗的。他说：“议论入诗，自成背戾。……议论立而无诗。”(《古诗评选》卷四）但他在评论司马彪《杂诗》时又下评语说：“王敬美谓‘诗有妙语，非关理也’。非谓无理有诗，正不得以名言之理相求耳。”[③] 而在评鲍照《登黄鹤矶》评语中又说：“经生之理不关诗理。”由这几段引文可见，王夫之对理有了较清晰的区分，他认为理可以区分为二：一是“经生之理”，“得以名言之理相求”之理；二是“诗理”，“正不得以名言之理相求”之理。他反对的是前一种理入诗，这种构成议论的名言之理，经生之理入诗，则无诗；但他认为后一种意义的理，“正不得以名言相求”之理，诗理则可以而且必须入诗，甚至无这种理则无诗。此外，叶燮在《原诗》也对“理”区分得很清楚，他将“理”与“事”一起讲，他说：

> 予曰：“子之言诚是也。子所以称诗者，深有得乎诗之旨者也。然子但知可言、可执之理之为理，而抑知名言所绝之理之为至理乎？子但知有是事之为事，而抑知无是事之为凡事之所出乎？可言之理，人人能言之，又安在诗人之言之？可征之事，人人能述之，又安在诗

---

① 《陆九渊集》，中华书局1980年版，第466页。

② 严羽：《沧浪诗话校释》，人民文学出版社1983年版，第26页。

③ 王夫之：《姜斋诗话笺注》，人民文学出版社1981年版，第31页。

人之述之？必有不可言之理，不可述之事，遇之于默会意象之表，而理与事无不灿然于前者也。”[①]

在这里，叶燮对“理”也作了很清楚的区分，他也将“理”区分为二：一是“人人能言之”的“安在诗人之言”的“可言、可执之理”，二是“不可言”的“名言所绝之理”，这是“至理”，只能“遇之于默会意象之表”而“粲然于前者”的理。他也反对前一种理入诗，而认为诗应表后一种理，他在《原诗》还生动地分析过这种理在杜诗中的精彩表现。还有沈德潜也说：“诗不能离理。然贵有理趣，不贵下理语。”[②] 在这里，沈氏也把理区分为二：“理语”与“理趣”。他认为诗不能离开理，但这个理应是理趣的理，而不应是“理语”。这个“理语”的理，应近于上文引用过的王夫之或叶燮说的“可言之理”，“可言、可执之理”等，而“理趣”，则应近是王、叶所说的“不可言之理”、“正不得以名言之理相求”之理。

由上引文及分析可见，中国古代哲学家与文论家已能将理区分得很清楚，体现了古人的智慧和卓识。这一区分在古人那里是明白足够的，但在今天看来，则不免觉得零碎。因为似尚缺乏一个统一的明确框架。因此要现代规范化，必须如我们上文分析过的那样，以确立全部哲学的共同模型为基础，明确区分两种哲学理论形态，即认识论哲学与道德形上学或心性哲学。并借助康德哲学现象与物自身的超越的区分的框架，如分析理作为细目的纲，或说理之所从出的道一样，也将理区分为两种意义性质的理：一为现象意义性质的概念用得上的理，包括上引文里王夫之说的“经生之理”，可以名言之理相求之理，叶燮说的“可言之理”，沈德潜说的“理语”等，从哲学角度，亦皆可视为认识论哲学讲的理。二是为物自身意义性质的概念用不上的理，包括上引文里王夫之说的“正不得以名言之理相求”之理，叶燮说的“不可言之理”，只能“默会意象之表”而悟得之理，沈德潜说的“理趣”等。从哲学角度，亦皆可视为心性哲学讲的理。中国哲学主要为心性哲学，因此中国哲学讲的理，正如道一样，皆

① 《清诗话·原诗》下，上海古籍出版社 1978 年版，第 585 页。

② 沈德潜编：《清诗别裁集·凡例》上，中华书局 1975 年版，第 3 页。

为心性哲学讲的理。这也影响到文学也讲这种理。

上文说过，与西方哲学特别是康德哲学讲知情意及其相对应的真善美三者相分不同，中国哲学讲真善美合一，因此，中国文学也不离中国哲学，所谓文史哲不分家。在中国，正如郭绍虞等人的研究所表明的那样，古代文学观念的主流，不是讲纯文学观念，而是混沌的大文学观念，即真善美合一，文史哲互参的文学观念。“士言志，志于道。”中国古代作家、诗人是不像西方在真善美三分指引下的作家、诗人那样，仅仅满足于当一个作家、诗人的。中国古代作家诗人忌为一文人，因此有一为文人即无足观之说。因为文人在一般人的心目中，就是止于技巧，辞章之美，而不见志与道。而中国作家、诗人，尤其是那些大作家、大诗人总要由技进于道。道是统名、理是细目。进于道，也就是进于理，以上达道或理为诗文的理想目标与最高境界。上引王夫之、叶燮、沈德潜等还有很多未引述的作家、诗人都明白的，沈德潜就讲得很清楚：“诗不能离理”，王夫之说：“非谓无理有诗”等。总之古人是很清楚的，倒是现代人难以清楚。因为西学东渐后，现代人大多接受了认识论哲学，认为只有一种哲学理论形态，也只有一种道，一种理，而对中国哲学擅长讲的不可道之道，不可言的概念用不上之理，总认为是唯心主义，或看作神秘主义以否定，而不能在心灵上相感应。现在看来，要与古人心灵相应，理解这种不可名言的至道与至理，只有返归传统一途了。

以上讲的是作为道的细目的理与文学关系的一方面。理与文学关系还可以有另一方面，这表现为理与情的关系，因为情往往被看作是审美的、诗的和文学的。在这个问题上，中国古代文论看法较为复杂，大致有三种不同的看法：一是如上所说，文以理为主，自然理对情来说，也是主，进一步理解，也就有以理统情之意。《毛诗序》说，诗是“发乎情，止乎礼义”的。礼者，理也，礼义也可以说就是理性，情要受礼义即理性的节制、管辖、主导，不能横冲直撞。这是从心性哲学角度讲情与理性。若不是从心性哲学角度讲，并进一步走极端，就会以理代替情、束缚情、贬低情，而走向取消文学艺术。道家就有抨击儒家的话说：“明于礼义而陋于知人心。”(《庄子·田子方》）这人心就包括有情的因素。还有一种看法则刚好相反，是以情否定理，认为情与理是对立的，有情无理，或有理就无情，两者似不能相容。明代汤显祖在《〈牡丹亭〉题辞》中说：“嗟夫，人世之事，非人世所可尽。自非通人，恒以理相格耳！第云理之所必无，安知情之所必有邪?”在《寄达观》中又说：“情有者，理必无，理有者，情必无，真是一刀两断语。”[①] 等等，大致都属于这种看法。

第三种有关理与情关系的看法，是认为在文学中理与情的关系是融洽和谐的关系。如叶燮在《原诗·内编》中说：“夫情必依乎理，情得然后理真，情理交至，事尚不得耶?”[②] 这里说的“情理交至”就是指情理和谐融合为一。此外，刘熙载在《艺概·诗概》中也说：“不发乎情，即非礼义，故诗要有乐有哀；发乎情，未必即礼义，故诗要哀乐中节。”又说：“天之福人也，莫过于予以性情之正；人之自福也，莫过于正其性情。”[③] 礼义即理性，刘氏在这里不把礼义即理看成是对情的束缚，而看作是对情的规范，礼义即理要求诗发的哀乐之情要中节，亦即性情正，并看作是“天之福人”，而把“正其性情”看作“人之自福”。

对以上有关理与情关系的三种不同看法，又如何看呢？笔者认为，如上所谈，关键在对“理”的意义如何看。这些看法，特别是前两种看法，几乎都没有看到理可以区分为两种意义性质不同的理，他们大多只视“理”为“经生之理”或可言可执的概念性的理，而没有看到还有另一种“不可言之理”或“正不得以名言之理相求”的概念用不上之理，亦称“至理”。这种理与情是没有矛盾的，而是必然离不开的，是合一的。如叶燮所认为，情必依乎这种理，哀乐之情才能正、中节。当然埋与情关系中，还涉及情的问题。情的问题更为复杂，后文还要进一步谈到。

（三）道与志

道已如上述，下面先讲志，然后再讲道与志的关系。古文论界讲志，往往无不从“诗言志”讲起，然后讲志在往后的发展。由于只局限在文论层次讲，而我们的现代文论框架是以西方认识论哲学为基础形成的纯文学理论的框架，因此其讲法往往以情的眼光讲志，一路讲下来，也就只逐渐看到“情、志一也”（孔颖达），或“志也者，情也”（汤显祖）的“志

① 转引自袁震宇等《明代文学批评史》，上海古籍出版社 1991 年版，第 656—657 页。

② 《清诗话·原诗》下，上海古籍出版社 1978 年版，第 587 页。

③ （清）刘熙载：《艺概》，上海古籍出版社 1978 年版，第 81 页。

情含混”（朱自清），最后甚至以“情为志”，以情代替志，这样志就没有了、消失了。其实这样讲，是很难将志讲清楚的，因为置错了理论框架。在《引言》讲过，郭绍虞等学者的中国文学批评史研究表明，中国古代没有纯文学观念，至少不是主潮，自然也就没有形成以认识论哲学为基础的真善美三分，而以情美为对象的纯文学理论。中国文论之主流是以中国心性哲学为基础的，讲真善美合一的道德形上学或心性哲学文论。中国文论是中国文化的一部分，或说是其中一枝叶。因此我们要理解中国文论及其范畴，必须回到中国文化的谱系树，依据中国文化的核心中国心性哲学的框架。在“志”问题上也不能例外。“志”不仅是中国文论概念，同时也是中国心性哲学范畴，因此，我们首先必须从中国心性哲学的宏观框架上将“志”讲清楚，然后以之为依据，才能在文论层次上将“志”问题讲清楚。这样，我们首先就要对“志”作哲学分析。

1. 道与志关系的哲学分析

“志”字没有甲骨文，最早的字体只有大篆，当是一个较为后起的字。儒家较早将这个词赋以哲学意义，提升为哲学范畴，这首先体现在孔子较多地用到讲到“志”，如“吾十有五而志于学”（《论语·为政》）；“士志于道”（《论语·里仁》）；“志于仁”（《论语·里仁》）；“盖各言尔志”（《论语·公冶长》）；等等。这样说的志，大致是指人的志向与怀抱。从哲学关系上进一步讲志，大概表现为两条线索：一是志与气。孔子曾说过：“三军可夺帅也，匹夫不可夺志也。”（《论语·子罕》）由孔子启发，到孟子进一步讲清楚了志与气的关系。他说：“夫志，气之帅也；气，体之充也。夫志至焉，气次焉。故曰：持其志，无暴其气。”（《孟子·公孙丑上》）这里说的气，是指生命力，它充实于形体，形体没有气充盈，必如同死物；但有气的形体，如没有志为之统率，则生命力就会表现出盲目性。孟子这里要说的是，在心性哲学之道德实践中，志起统率的作用，气是被志所统辖指使的，因此只有随时以志提撕着气，气才不会表现出盲目性，而会沿着志指引的理想方向前进。这里强调了志与气的主从关系。志与气的这种关系，在这里不是我们所主要讲的，只是作为一种关系，要顺便讲到。

在这里，我们主要想讲志与气之外的另一种哲学关系，这就是志与道。这种关系孔子也多次讲到。孔子说：“士志于道，而耻恶衣恶食者，未足与议也。”(《论语·里仁》)这句话是说士子立志于明与践行圣人之道，而又以自己简陋的衣服与粗糙的食物为耻辱，这种人是没有什么值得与他谈论道理的。的确，与真正明道与践道相距甚远，有什么好谈呢？这里的“志”，应是指立志，“道”乃指立志的方向目标理想，在这里应是指圣人之道。孔子讲到志与道的关系时，还有很重要的一句是前文引用过的，即“志于道，据于德，依于仁，游于艺”。(《论语·述而》)这里说的“志于道”，是指立志在道上，道是立志的目标、方向或理想，但道在这里尚是个公共性的空概念，由下文的“德”、“仁”的具体内容以充实。由此，我们可以总结出“志”与“道”哲学关系的两个指向。一般来说，“志”是指立志、志向、意志坚定等，但要使志成为实现自我的起点，还需要执着于趋向的目标或理想的内容。这个内容，如抽象地表示就是道，如上引孔子说的“志于道”、“士志于道”等，这个道尚是个公共空概念，或如韩愈所说为“虚位”概念。如由抽象进入具体“定名”表示就是仁(仁义)、德等，如上引孔子说“志于道，据于德，依于仁”的“仁”、“德”，就是指具体内容。孔子有时也从立志的具体内容说过：“志于仁。”(《论语·里仁》)等等。孔子以后的儒家大多从具体内容方面发挥。如《孟子》说：“王子垫问曰‘士何事?’孟子曰：‘尚志。’曰：‘何谓尚志?’曰：‘仁义而已矣。’”(《孟子·尽心上》)这里就具体指明，“仁义”为“尚志”的具体内容。当然“仁义”的具体内容，从更高层次的虚位说，也是就道说的，并不是仁义就完全取代了虚位的道。孟子说过：“仁也者，人也。合而言之，道也。”(《孟子·尽心下》)仁义，也是道，只是一个从虚位讲，一个从具体“定名”讲，二者是一致的，这层关系是存在的。只是我们后人往往没有这样理解而已。因此，就志涉及的内容，从虚位说是道，从具体定名说是仁(仁义)、德等。而又从道统辖仁(仁义)、德等看，也就可以说，道统辖具体的志，简言之，就是道统辖志。朱自清在讲“诗言志”与“文以明道”时，曾说：“道的概念比志的概念广泛得多”[①]，而且层次要高。因此，可以说道统辖志，并非强加。既然如此，从纲目体系关系角度，也就可以把志(具体内容的志)看作是作为纲的道统辖的一个细目。

① 《朱自清全集》6，江苏教育出版社1992年版，第174页。

孔孟之后，儒家学者中，已很少直接讲志与道的关系，而较多从具体内容或发挥角度讲，如上引陆象山说："先立乎其大者。"象山是纯孟子学。这句话来源于孟子的"先立乎其大者，则其小者不能夺也"。象山这句话，可化简为"立大"，"大"的心志抱负，如孔子可指道，孟子指仁义，在象山则显然发挥为指发明本心，其他乃大即本心之用。这里不说"立"，甚至不说"志"的道与仁义等，但志于道、尚志为仁义等显然应为理解这句话的思想根源与背景。总之，明确了"志"的这两层哲学意义，我们也就可以以之为指导，进而去讲作为纲的道的另一细目志与文学特别是其中诗的关系了。

2. 作为道之目的志与文学的关系

前面讲过，对"诗言志"，虽然确立了它为中国诗学最古老的命题之一，并美其名曰中国诗学的"开山的纲领"，但由于现代研究者普遍与传统决裂，大多没有以上述中国传统心性哲学框架为指引，而是以西方认识论哲学为基础的纯文学理论的框架为指导去研究，因此，对"诗言志"的志，不是看到志与情对立，就是"志与情合混"，或如何"以情代志"。这样研究志，实际上是没有理解志，甚至可以说是将传统讲的志丢掉了。因此，我们现在研究志，就是要回归中国心性哲学框架的指引下，以中国文化史背景为依据，力图对"诗言志"的志与文学（诗）的关系作一些新探讨。

还是从"诗言志"的命题讲起。由于对《尚书・尧典》的真伪存在疑虑，所以不少人对其中舜对夔说"……命女典乐，教胄子。……诗言志，歌永言，声依永，律和声，八音克谐，无相夺伦，神人以和"的一段话也存在质疑。即使如此，仍然有《左传》的"诗以言志"，《庄子》的"诗以道志"等可以提供有力支持，因此确立"诗言志"为中国诗学的"开山的纲领"是没有问题的。不过，这里的"诗言志"，则有个最先指向性的问题，是最先指向赋"诗言志"抑或作诗言志。从中国文化历史存在的资料看，最早应是如朱自清所论证的指赋诗言志，而不是作诗言志。其中原委，劳孝舆在《春秋诗话》中已大致讲到："……风诗之变，多春秋间人所作。……然作者不名，述者不作，何欤？盖当时只有诗，无诗人。古人所作，今人可援为己诗，彼人之诗，此人可赓为自作，期于'言志'而止。人无定诗，诗无定指，以故可名不名，不作而作也。"在春秋以前，作诗言志的记录很少见，而赋诗言志的记录则比比皆是。《左传》中就有很多此类记载，最有名的有《鲁襄公二十七年》郑国七子赋诗言志一段：

> 郑伯享赵孟于垂陇，子展、伯有、子西、子产、子大叔、二子石从。赵孟曰：“七子从君，以宠武也。请皆赋以卒君贶，武亦以观七子之志。”子展赋《草虫》，赵孟曰：“善哉！民之主也。抑武也不足以当之。”伯有赋《鹑之贲贲》，赵孟曰：“床笫之言不逾阈，况在野乎？非使人之所得闻也。”子西赋《黍苗》之四章，赵孟曰：“寡君在，武何能焉？”……子大叔赋《野有蔓草》，赵孟曰：“吾子之惠也。”印段赋《蟋蟀》，赵孟曰：“善哉！保家之主也。吾有望矣。”公孙段赋《桑扈》，赵孟曰：“匪交匪敖，福将焉往？若保是言也，欲辞福禄得乎？”卒享。文子告叔向曰：“伯有将为戮矣！诗以言志，志诬其上，而公怒之，以为宾荣，其能久矣！幸而后亡。”

赵孟明说我将赋诗以观七子之志。当时七人都各赋了一首诗，赵孟听了，都了解了他们心中所指即志，同时对每人都有评论答复。只有伯有和郑伯有怨，所赋的诗里有“人之无良，我以为君”的诗句，其志是借机会骂郑伯。所以宴会后范文子以“诗以言志”的前提，推断说他“志诬其上，而公怨之”，“将为戮”无疑，后来果然被杀死。这就是赋诗言志。这些赋的诗都是旧诗，诗三百的诗。因此孔子要青年学子们学《诗》诗，所谓“不学诗，无以言”。这些诗的自身情意是固有的，但赋诗人可因应不同社交场合，仍然可以以赋诗来言自己的志。可见志与情意是不同的二层意义。当然二者也有必然的联系，只是契合点的问题。可以说，在赋诗言志中，从纲目体系看，志对于情意为纲，情意已退为细目。

《孟子·万章上》曰：“说诗者，不以文害辞，不以辞害志，以意逆志，是为得之。”这是孟子针对他的学生咸丘蒙对《诗经·小雅·北山》一诗的“普天之下，莫非王土；率土之滨，莫非王臣”的错误理解而总结提出来的一个解说诗的原则。大意是说：解说诗的人，不要拘泥于语言文字而误解词句，也不要拘泥于词句而误解损害志，要以意逆志，这样才能真正有得。这里的关键在对“以意逆志”如何理解？对此，有人重点关注“意”，到底是如吴淇在《六朝选诗定论缘起》讲的“古人之意”，即作诗人之意，还是赵岐在《孟子注疏》中说的“学者之心意”，也即解诗人的意。也有人关注“逆”是指推求，还是指推测等。笔者倒是认为如何理解“志”更为重要，不少人将“志”解释为“原意”、“本意”，甚至情意。笔者认为这是降低了“志”的层次，浅化了其意义。《毛诗序》说：“诗者，志之所之也，在心为志，发言为诗，情动于中而形而于言。”可见，“志”是理性“心志”。诗是深层次的心志生出来的，心志为诗的根源本体。情意是感性、作用、呈现，为较浅层次，情意作用为语言文辞直接表现。因此反过来也可以通过诗人情意以及解诗人的体会去推求作者深层心志，这才是有得，真正理解了作品。解说诗不同于赋诗，赋诗是言赋诗人的志，解说诗是解说理解推测作诗人的志。孟子这段话，从理论上可以看作是由赋诗言志转向关注作诗人言志的过渡。但也由此可见，无论对赋诗还是作诗来说，心志都是最根源性的。

钱穆在谈到诗时，很赞成汉人郑玄从礼之变来谈诗之兴起，用他自己的说法，这就是“要把中国全部文化史作背景来写中国文学史之微旨所在”①。他谈到冯谖客孟尝君时之歌说：“‘中国古人以诗言志，冯谖之歌其诗，即自歌其志，非以歌唱取悦他人’。……商业社会，志相同而业不同，其所尊在各自之业。农业社会业相同而可志不同，故所尊在各自之志。孟尝君门下食客三千人，而冯谖志不同，乃以其歌自尊自乐。”又说：“伯牙鼓琴，或志在高山，或志在流水，惟钟子期知之，钟子期死，伯牙终身不复鼓琴。伯牙之鼓琴，本非供人以娱乐，人之知与不知，亦与伯牙无关。但钟子期死，伯牙每操琴必念及死友，徒增悲伤，故不复鼓耳。”又说：“屈原为离骚，则亦自述己志，自抒忧情，而楚辞乃成为中国传统文学一大宗。宋玉不如屈原，不在辞，乃在志。”② 钱先生的这些论述，的确可以帮助我们理解诗言志之志对中国诗意义的真谛。

赋诗言志是春秋时代之礼义临宴赋诗的产物，多用于政治社交场合，但作为中国诗学的渊源影响深远。随着礼崩乐坏，也就由春秋过渡到战国，世风也就由临宴赋诗之类，转向策士游说，赋诗言志那套不主峭直，

① 钱穆：《中国文学论丛》，生活·读书·新知三联书店 2002 年版，第 252 页。

② 钱穆：《现代中国学术论衡》，岳麓书社 1986 年版，第 263—264 页。

主文而谲谏的风谕言志也就转化为散文式的直抒己见的显豁式的言志。由诗式的言志走向散文式的言志，可以说是文化发展，也是文学发展的必然产物。但开端就是终点。赋诗言志那一套作为渊源，不仅对后世作诗、言诗以深远影响，而且如钱穆所说：“中国全部文学则尽从此诗三百来”[①]，这样，通过诗也就影响了后来发展出来的所有中国文学艺术。因此言诗言志式的志，可以说是中国文学之所以为中国文学的或显或潜的本色特色。遗忘了这一以贯之的诗言志特色，可以说就是遗忘了中国文学。

受朱自清的影响，罗根泽在谈到“诗言志”的“志”时，认为其意义“很含混”。又受时人所论，将“志”区分为“圣道之志”和“性情之志”，并认为两者是“水火不同”，还认为荀子所讲的“诗言是其志也”的“志”，是指“圣道之志”。这样套用后来发展出来的“文以载道”，“简直是‘诗以载道’了”。[②] 罗先生在这里是以批评的立场讲“诗言志”的“志”的，但却无意中道出了中国文学的纲领及其发展的线索，这就是由“诗言志”走向“文以载道”。前引朱自清说：“道的意义比志广泛得多。”从哲学上讲，抽象意义虚位上讲的道，是可以统辖“志”的。就纲目体系说，是可以将“志”看作为纲的道所统辖的一个细目。从道与志的哲学关系看，的确可以将“诗以言志”看作是“诗以言道”，罗先生从批评的立场发现了二者关系的真知。关于时人将“诗言志”的“志”无端地区分为“圣道之志”与“性情之志”，并认为二者对立如水火，这是不对的。这显然是受西方文化的影响的结果，并不是中国文化背景得出的真义。西方文化是上帝与人类为两个世界，有对立性，中间只有耶稣作为圣子以沟通。在中国虽然也有圣人与凡人、普通人的区别，但是一个世界。孟子说，人皆可以为尧舜，毛泽东也说六亿神州尽舜尧，佛教也说，人皆有佛性，可以成佛。可见在中国圣人（佛）与凡人、普通人，虽有不同，但是是一个世界，应没有形同水火的对立，作为二者之志的“圣道之志”与“性情之志”自然也没有“水火不同”的道理，而应理解为同一观念的“志”的两个不同层次。“圣道之志为高层次，但圣人有情，圣道之志”也通普通人的“性情之志”，并引导其向上。同时，普通人

① 钱穆：《现代中国学术论衡》，岳麓书社 1986 年版，第 228 页。

② 罗根泽：《中国文学批评史》1，上海古籍出版社 1984 年版，第 42 页。

的“性情之志”通过自身的修养工夫也可以上达“圣道之志”，两者可以沟通为一，并非水火不相容。普通人的“性情之志”是必须向上走的，向圣道之志靠拢。特别是王阳明死后，提携社会向上的儒家真精神失传，后又经清代数百年的奴化统治，致人性丑陋不堪。到现在，不堪入耳目的情景屡屡出现，2009 年 9 月的“四川在线”网上说，广州一刚步入校门的六龄小童谈志向理想，不是“志于学”，而是志于“做贪官”，简直骇人听闻。这可以说，孩童尚不懂事，但也可以说童言无欺啊。人性丑陋之遗毒，已危及幼童。人只要不甘心走向堕落，人类只要不甘心走向毁灭，就当有“志”，而“志”的真精神，自然当在“圣道之志”，我们当自然承传这圣道之志，在诗文中言承传的圣道之志，以引导社会走向光明，这是人类的出路，也是文学之正道。

（四）道与情

上文谈到“诗言志”被朱自清称为中国诗学的“开山的纲领”，而获得了学界的认同。近年又见到有学者将屈原《惜诵》中的诗句“发愤以抒情”，提炼为“诗抒情”，看作是与“诗言志”相对的“中国诗论的另一个开山鼻祖”，或“又一个‘开山的纲领’”。并且认为，由于“诗歌的固有特征——抒情的”，因此随着“汉末魏晋间，经学衰落，诗歌得到解放，‘诗抒情’的观念拓展起来，并成为诗学观的主流”。[①] 这也是说，随着时代的发展，两纲领中的“诗抒情”的纲领逐渐后来居上，占了主流位置。这如何看呢？笔者认为，这种把“诗言志”与诗“抒情”对立起来的看法，最后只会陷入公婆论。并且认为，问题的关键在放在什么理论框架去分析，如果放在现行的以认识论哲学为基础的纯文学理论或诗学理论框架去分析，那是可以讲得过去的；但如果回归真义被逐渐遗忘了的传统，将之回归至以中国心性哲学为基础的道德形上学文论（诗论）的框架去分析，则可能为另一种情景。为了讲清楚这个问题，我们需要对相关概念作心性哲学的分析，然后以之为指导，再回到中国文论与诗论展开分析。并进一步讲在我们看来，作为道之细目的情与文学的确切关系。

---

① 霍松林等：《中国诗论史》上，黄山书社 2007 年版，第 123、65 页。

1. 道与情关系的哲学分析

道已如前述，下文先讲情，从心性哲学讲情，离不开性，性与情又结合为性情或情性，因此展开来看，这里关涉性、情与性情或情性三个概念。性情理论在儒家那里有较深刻的讨论，自然要首先给予关注。其中又以性概念出现较早，我们就先讲性。

虽然《论语》中只有两处讲到性，但应该说性的理论框架的开端还是孔子奠定。就体现在子贡感叹不可得而闻的“性与天道”合一，和“性相近，习相远也”（《论语·阳货》）二语。如要理解孔子说的“性”，笔者认为，不应孤立于上引孔子二语，必须结合承传孔子微言大义的七十二子，口耳相传而传说由子思写定的《中庸》，以及孟子的相关论述来理解。《中庸》说：“天命之谓性，率性之谓道”，又说：“自诚明谓之性。”《孟子》也说：“尧、舜，性者也。”综合起来看，孔子说的性，乃天命之性，与天道合一。这个性，由尧舜自诚明，自己如此坦诚地呈明出来。总起来乃中国人自己如此之本性，亦为天性。这个本性、天性作为中国人应是“相近”的，只是随着后天环境习染不同，才使这本相近之天性、本性，因此而有了差别，并距离越拉越远了。

孟子对孔子“性相近”和“性与天道”合一之性理会最深，并承传发挥，把这人之本性、天性、基因之性，进一步归结为向善之性或性善。孟子还直接或在论辩中对孔子的性意作了充分的发挥，其中最著名的是孟子对告子的批评。

告子说：“生之谓性”，又说：“食、色，性也。”（《孟子·告子上》）在这里，告子把性看作是与生俱来的，并进一步规定为饮食男女等生命、生理本能，以及由此而来的一种内驱力。这只是人性中的动物性、气质之性方面，还不是人性的全部。从“人之异于禽兽者几希”出发，孟子予以批驳，认为人之为人，人性中应有“异”于动物性一面。这“异”于动物性不同的“几希”，就是作为人性价值的内在道德性，这才是人的真正主体性。孟子驳斥说：“然则犬之性，犹牛之性；牛之性，犹人之性与？”（同上）学界有人认为在这里孟子有偷换命题之嫌，不对。孟子是对的，只是从纯逻辑分析角度看，其间有滑转或说跳跃而已。孟子是从德性智慧出发，而不是从逻辑分析人性与动物性有价值之不同。孟子又说：“口之于味也，目之于色也，耳之于声也，鼻之于臭也，四肢之于安佚也，性也，有命焉，君子不谓性也。仁之于父子也，义之于君臣也，礼之于宾主也，知之于贤者也，圣人之于天道也，命也，有性焉，君子不谓命也。”(《孟子·尽心下》) 在这里，孟子认为，口对于美味，眼对于美色，耳对于好听之声音，鼻对于芬芳的香味，手足四肢的喜欢舒服等，这些爱好都属于性，但这种性还属于人与动物共同的范畴，因此君子不认为这些就是人之所以为人的本性；而是认为：仁在父子之间，义在君臣之间，礼在宾主之间，智慧的对于贤能之人，圣人的对于天道的追求等，这些伦理道德实践中必然见出的，才是人之为人之生命中所特有的而区别于动物生命的本能属性的，这才是人之为人之性。孟子把人性看作是高于一般动物本能属性的东西，这是极有意义的，从而提升了人性的层次，赋予了价值的肯定。由此可见，与告子自生理气质角度而言性不同，孟子是从心性哲学的理性角度而言性，并将这本性归结于本心，所谓“仁、义、礼、智根于心”。这心就是本心。孟子又说：“人之所以异于禽兽者几希，庶民去之，君子存之。”(《孟子·离娄下》) “几希”就是那么几微一点点，这一点点就是人之为人而区别于动物的本性与本心。这一点点本心本性在一般人已丢失了，只有少数君子尚保存着，以致告子也看不到而将人性混同于动物性。孟子在这里是从心性哲学的理性高度讲人性的。

孟子认为人性是善的，但值得注意的是，他并不把人性的善看成是现成的，而是看作一种善“端”，“端”有所谓“四端”，端即一种萌芽状态，亦一种潜在性。要变成现实性，还需要有善的实践以呈现和一定的教化以培养，不然也易寂灭的。并认为当时的问题是时人已“失其本心”，而且，“放其心而不知求”。因此，他认为“学问之道无他，求其放心而已矣”。于是“求其放心”，以及“践仁知性知天”也就成了儒家心性哲学的永恒主题。(《孟子·告子上》) 为了求善心、性善，他强调了仁义教化的意义。

儒家学派的另一代表人物荀子，对人性的看法与孟子刚好相反。荀子的哲学的主要命题是“天人之分”，这使他的哲学框架由心性哲学走向了认识论。其人性论也是奠基于天人之分基础上，他将人性区分为：天就之性与伪性。他说：

性者，本始材朴也，伪者，文理隆盛也。无性则伪之无所加，无

伪则性不能自美。(《荀子·礼论》)

凡性者，天之就也，不可学，不可事……不可学、不可事而在天者，谓之性；可学而能，可事而成之在人者，谓之伪：是性、伪之分也。(《荀子·性恶》)

这就是说，天就之性是本始天然生成的，与生俱来的，不需要后天学习、人为教化、实践而成的。可见，荀子与告子一样，也是自生理、以气而言性。而伪性则相反，是经过后天人为学习、教化、实践而形成的。对这两种性，在一般情况下，荀子讲的性，主要是天就之性。

荀子批评了孟子的性“善”说，认为“善者伪也”(《荀子·性恶》)，即后天教化而来的。他认为人的先天之性是“恶”的。他说：

今人之性，生而有好利焉，顺是，故争夺生而辞让亡焉；生而有疾恶焉，顺是，故残贼生而忠信亡焉；生而有耳目之欲，有好声色焉，顺是，故淫乱生而礼义文理亡焉。(《荀子·性恶》)

荀子认为人性恶，因此不能“顺是”，顺“从人之性，顺人之情，必出于争夺，合于犯分乱理而归于暴”。(《性恶》) 也因此，圣人要实施礼义教化、法正而治。他说：

人之性恶。故古者圣人以人之性恶，以为偏险而不正，悖乱而不治，故为之立君上之埶以临之，明礼义以化之，起法正以治之，重刑罚以禁之，使天下皆出于治，合于善也。(《荀子·性恶》)

可以说，孟子的性善说与荀子的性恶说都是对孔子“性相近”的进一步发展。其深刻之处在于揭示了人性就其先天性而言就是一个复杂的二重结构体。这具有一定的前科学性质。现代科学证明，人类和人性的形成是连续性的人化实践过程的产物，一方面正如马克思在《巴黎手稿》中指出的：“五官感觉的形成是以往全部世界历史的产物。”① 人类作为生物

① 《马克思恩格斯全集》第42卷，人民出版社1979年版，第126页。

种类，其千百万年人化实践过程积淀的文明成果，通过基因遗传机制流传下来，从而使人类及其个体不断人性化。但另一方面，正如达尔文进化论所揭示的：人与动物同宗。恩格斯进一步指出：“人来源于动物界这一事实已经决定人永远不能完全摆脱兽性，所以问题永远只能在于摆脱得多些或少些，在于兽性或人性的程度上的差异。”[①] 弗洛伊德的精神分析心理学也将个体心灵划分为本我、自我与超我三个领域，其中本我就具有动物性。总之，人类学及精神科学等都证明了人性是“人—动物”性的二重结构体，这正是孟荀人性“善—恶”二重结构的现代科学基础。人性有恶，有动物性成分，这是儒家所常常防范的，甚至有人因此而极端。但要指出的是，在这“善—恶”二重结构体中，善是主导面，矛盾的主要方面，人性之为人性的本质所在和最后依据和最后根源。“人之所以异于禽兽者几希？”人性与兽性的差异虽然只有那么几微一点点，但就这么一点点，仁义内在道德性的善、善端，使人得以与动物区分开来。正像康德对“意志自由”等的设准，是一伟大的洞见一样，孔孟对人性区别于动物性的那么一点点善的根源心性的肯定，也是一种伟大的洞见。相反，告子、荀子把人性与动物性混为一谈，或同归于恶，即使如荀子十分重视教化、法治，但那已失去了人性的最后依据。程颐说：荀子“只一句性恶，大本已失”[②]。这确实指出了荀子根本之弊所在，尽管我们认为荀子于儒家亦有贡献，特别是于仁智合一的智（知性）一面。最近，耶鲁大学婴儿认识中心的一组心理学家进行了一项研究，发现“婴儿在6个月的时候就能发出道德判断，而且这种辨别善恶的能力也许与生俱来地铭刻在他们的大脑中”。研究发现，婴儿在观看片子后，被要求对正方形“好人”与三角形“坏人”作出“抉择”时，“80%的情况下，婴儿选择了有益（即好）的角色”。报道指出，这项研究“违背了弗洛伊德和威廉·詹姆斯等心理学家的学说。‘完全是一片混沌’”[③]。而笔者认为，这项研究，对孔孟的性善说，也可以提供现代心理学的支持。当然只有一次研究是不够的，还需要更多的研究。

---

① 《马克思恩格斯选集》第3卷，人民出版社1972年版，第140页。

② 转引自陈荣捷《近思录详注集评》，华东师范大学出版社2007年版，第310页。

③ 《参考消息》2010年5月11日。

人性中有动物性成分，即恶；也有失去人性中的人性成分（放心），即善，而不知求。这正是孟荀不同视点的发现。这也正是他们要“求放心”，实施教化的思想基础。但人性教化，特别是强化性教化，也会导致反面，即对人性的扭曲、异化而走向另一极端，对这，作为儒家对立面即反对派的道家自然要起来反对，老子批评说：“大道废，有仁义；智慧出，有大伪；六亲不和，有孝慈；国家昏乱，有忠臣。”（《老子·18》）作为教条化的仁义、智慧、孝慈等道德伦理善相会遮蔽人性大道，扭曲人性而异化。纠偏并强调人性乃自然自己如此，正是作为儒家对立面的道家的重要意义。

以上是说性，下面讲情。在《论语》中较少用到情的概念，但不能说孔子不讲情。他说过：“唯仁者能好人、能恶人。”（《论语·里仁》）好（喜爱）、恶就是情（七情）的内容。可见圣人也讲情，并且认为唯有仁人才有真情而不虚。《孟子》中也较少见讲情概念。在现行儒家文献中，似乎在《荀子》才较多地提到“情”概念，并给予明确的界定。荀子说：“性者，天之就也；情者，性之质也；欲者，情之应也。”（《荀子·正名》）他把性看作是天生的，而把情看作是性的实质内容的展开，并与人欲相应。像庄子一样，荀子还把性与情联结为“性情”（情性）概念。这样，可以说到庄子与荀子，性、情与性情或情性一组概念也就铸造完成了。但如何更具体地阐述这组概念的意义及其相互关系，则要到宋明理学家才最后完成。

这是从现行得到充分研究的文献讲，性、情、性情一组概念，如果关注到近年出土的文献，则又有所不同。如新近出土的《郭店楚简》中就有一批被确认为是有关孔孟之间学术走向的遗佚儒家文献，这批文献被认为是孔子七十子后学的著作，其中有一篇题为《性自命出》的文献，里面就有儒家早期文献中较少用到的“情”概念。里面说：“性自命出，命自天降。道始于情，情生于性。”① 这段话应发端于孔子，而经七十子口耳相传，最后相传为子思写定的《中庸》有一定联系。《中庸》开篇伊始即说：“天命之谓性，率性之谓道，修道之谓教。道也者，不可须臾离也，可离非道也。”但二者所论述的一组概念的关系与重点又有所不同。

① 李零：《郭店楚简校读记》，中国人民大学出版社2009年版，第136页。

《性自命出》论述的一组概念抽取出来为：天—命—性—道—情。并且这几个概念似乎为并列关系。《中庸》论述的一组概念抽取出来则为：天命—性—道—教，这一组概念关系并列，重点讲性与道及教。在这组概念中，没有情的位置，很显然《中庸》的作者是认为相比较情（喜怒哀乐）为次一层次的概念，是应放在论述了性与道及教之后，和明确了“性与道”（天道）合一之道之后讲，也就强调了情为性与道合一之道所统辖之意。《中庸》的主旨之一是论述《论语》中子贡讲夫子不可得而闻的“性与天道”问题。从《中庸》所论述的这一组概念的关系与重点看，它虽然与《性自命出》有关，或说为其思想来源之一，但显然是比之更为成熟的著作。

前文进过，儒家的最高层次的道或说道的核心是子贡所说不可得而闻的“性与天道”，即心性人道与天道合一的天人合一之道。在《性自命出》中有一段关于道的话说：“道四术，唯人道可道。”[①] 这里讲人道可道，使我们想起《老子》首章伊始说的：“道可道，非常道。”《老子》的作者是否看过《性自命出》等一类儒家著作，无从查考，但显然作为儒家反对派的道家就是这样认为，儒家是讲可道的人道的。因此，《老子》一开始，即要在最高层次的道上，与儒家相反对，作切割，说儒家讲的可道之人道，只是非常道，而不是常道，只有道家讲的不可道的道，才是常道。道家“蔽于天而不知人”（荀子），道家讲的常道，实际上是不及人性、人道的天道。道家老庄聪明、睿智乃智哲，但由于他离开人事、人性、人道来讲天道、常道，清高但现实感不强，他们看到人世间的污浊，而没有看到污浊中依然闪烁着光明面。因此而消极、隐遁，缺乏信心勇气和历史担当精神。因此，道家不能成为中国传统思想的主流，历史的主流，相比儒家，他们只能屈居第二。儒家之道，就其可得而闻亦即可道的“夫子之文章”之道的层面而言，易走向教条、僵化形成“经生之理”，并因此而被道家抓住。但儒家之道的核心或说深层次一面，即子贡说不可得而闻的夫子之言“性与天道”，即心性人道与天道合一的天人合一之道层面，也即圣道，则是极高明，而道中庸，则不为道家所理解，道家所理解和能抓住并给予批评的只是可道的，如子贡说的可得而闻的“夫

① 李零：《郭店楚简校读记》，中国人民大学出版社2009年版，第136页。

子之文章”之道的走向教条化、僵化的执相。

让我们再回到前面所引《中庸》的一段话：“天命之谓性，率性之谓道，修道之谓教。”还说：“自诚明谓之性”，再联系《孟子》说：“尧、舜，性者也。”由此可见，孔子儒家所讲的“性”，应是天命之性，自已如此坦诚呈明的性，落于个体，就是尧、舜自诚明之性，或说是以尧舜之性为标志。“率性之谓道”，是说遵循此性亦即天道。因此，孔子的“性与天道”是合一的，性即天道，道不只是道，而是性与天道合一之道。修行此道即教，或说教就是悟并践行这性与天道合一之道。明确了这性、道、教的关系，也就可以进入次一层次的“情”了。《中庸》的下一段说：“喜怒哀乐之未发谓之中，发而皆中节谓之和。中也者，天下之大本也；和也者，天下之达道也。”“喜怒哀乐”是指“情”，情“未发”之“中”是指什么？应是指“性与天道”合一的性，亦道，亦为心，更确切地说是道心。因此为“大本”。孟子说：“仁、义、礼、智根于心”，这心亦为道心。喜怒哀乐之“情”为“性与天道”合一的“中”之道心大本所“发”出，自然会“中节”，无不恰到好处。简而言之就是：未发是性、性与天道合一的道心；已发是情，未发与已发的中和，也就是性、道心与情的合一。这是跟随孔、孟、七十子和《中庸》的思想线索所得到的对性、情与道（道心）关系的理解。

宋代新儒学家接着孔孟发明儒家道统，重点钻研、玩味体现儒家道统的《论语》、《中庸》、《大学》、《孟子》四书和《周易》，并进一步对其中的心、性、道、情等一组重要概念的内涵及其相互关系进行深入讨论，在这之中，又以张载一个命题对这组概念的哲学关系概括得最好，这就是“心统性情”。朱熹对张氏这一命题倍加推崇。他说：“横渠云：‘心统性情也’，此语极佳。”朱子又对张氏这一命题进行了深入研究。他在答他人问时说：“问心统性情。先生云：‘性者理也。’性是体，情是用，性情皆出于心，故心能统之。统如统兵之统，言有以主之也。且如仁义礼智是性也，孟子曰：‘仁义礼智根于心’，恻隐、羞恶、辞让、是非本是情也，孟子曰：‘恻隐之心，羞恶之心，辞让之心，是非之心’；以此言之，则见得心可以统性情。一心中自有动静，静者性也，动者情也。”① 朱子这

① 《张载集》，中华书局1978年版，第338—339页。

段话的大意是说，性是体，情是用；性者静，情者动，而性、情又都出于心，根本乃心（大心），为心所统辖，所以说心统性情。朱子的阐发，使张氏这一命题之后发生了重大影响。

前文说过，宋明新儒学主要有程朱、陆王两学派，程朱主性即理；陆王主心即理，理从纯粹理性心体发。陆九渊说，宇宙便是吾心，吾心即是宇宙。陆氏后学杨简更进一步主心与宇宙为一，并极言“此心即大道”。他在入对宁宗皇帝时说：“陛下自信此心即大道乎？宁宗曰：‘然’。”[①]在言及《诗经·国风·郑风·将仲子》时，他说：“人心本善，本正，人心即道，故曰道心。”可见主“心即大道”，乃杨氏一重要思想。当然在他之前吕祖谦已说过：“心外有道非心也，道外有心非道也。”概括起来亦就是“心即道”[②]之意。不仅儒家，禅宗南泉和尚亦有名言“平常心是道”。可见，主“心即大道”有共识。如此，则上述张载“心统性情”命题，也可以转化为“大道统性情”。而纳入我们的框架，道作为纲，可以统辖作为细目的情，包括性、性情等。但又要看到，同作为道的细目的性情或性与情之间仍然存在种种复杂的关系。明人杨慎曾就性与情的关系，在《性情说》中总结出三种基本模式。他说：“君子性其情，小人情其性。性犹水也；情，波也。波兴则水塾，情炽则性乱。波生于水，而害水者，波也。情生于性，而害性者，情也。”“合之则双美，离之则两伤，举性而遗情如何？曰死灰。触情而忘性如何？曰禽兽。”杨慎这里总结的性与情关系的三种基本模式是：“举性而遗情”，“触情而忘性”或“情其性”，与“性其情”。前两种性与情关系都是各走极端，相互遗忘，即相互排斥。大概杨慎也只是认同君子的“性其情”的性情关系模式，也就是以性为本体、情为用而二者为一物的统一模式。

2. 作为道之目的情与文学的关系

上文是对道与情包括性、性情的关系作哲学分析，下文我们将以之为理论指导，进一步谈作为道的细目的情与文学的关系。先返归本节的开头。我们谈到，有人认为，中国诗学有两个诗学“开山的纲领”，一个是朱自清首先指出的，已为学界共识的“诗言志”，一为他人认为的“诗

① 黄宗羲等：《宋元学案·慈湖学案》3，中华书局1978年版，第2467页。

② 顾伯平等：《中国哲学全书》，上海人民出版社1994年版，第591页。

‘抒情’”。并且认为诗的特质是抒情的，因此，“诗‘抒情’”的纲领就逐渐取占了主流地位。笔者认为，如以纯文学理论框架以观照，这是说得过去的，但郭绍虞等的中国文学批评史研究表明，中国古代没有形成清晰的属知性的纯文学观念，只有混沌的大文学观念。与之相应，中国古代也没有形成学之成为学问的纯文学理论，起码不成为主流。中国古代形成的文论是以心性哲学为基础的，真善美合一的道德形上学或心性哲学文论（诗论）。若以此为观照的框架，那么上述观点，就很值得商榷了。

在上文也论说过，中国古代出现“情”的观念较迟，孔子虽然讲到情的内容，但《论语》中少有“情”字。在文学领域，最早讲到“情”的可能是屈原。至于在理论上，则应始于《庄子》与《荀子》，其中荀子最早将情、性引进文论。他在《乐论》中说：“夫乐者，乐也，人情之所必不免也。故人不能无乐，乐则必发于声音，形于动静，而人之道，声音动静，性术之变尽是矣。”但荀子认为一般人情不能孤立为音乐的本体，若以一般人情为本体，音乐就会“乱”。因此，“先王恶其乱也，故制《雅》、《颂》之声以道之”。作为掌管道的先王所创作的《雅》、《颂》自然是以道为“之归是矣”，即是以道为本体的，而非一般人情。受此影响，后来《毛诗序》论诗，也不单独讲情，而是将性情概念引进论诗，里面说：“国史明乎得失之迹，伤人伦之废，哀刑政之苛，吟咏情性，以风其上，达于事变而怀其旧俗者也。”从此又确立了情性为诗的本体的观念。虽然在此之后，陆机在《文赋》中提“诗缘情”说，力图确立情为诗文的本体，但应者寥寥，批评倒是不少。此后在文论界大多坚持的仍是性情本体论。如刘勰说：“盖《风》、《雅》之兴，志思蓄愤，而吟咏情性，以讽其上。”（《文心雕龙·情采》）钟嵘说：“气之动物，物之感人，故摇荡性情，形诸舞咏。”（《诗品序》）皎然说：“但见性情，不睹文字。”《诗式》严羽说：“诗者，吟咏情性也。”（《仓浪诗话》）李东阳说：“观《三百篇》之旨，根理道，本性情。”（《桃溪杂诗稿序》）王士祯说：“根柢原于学问，兴会发于性情。”（《渔洋文集》卷三）袁枚说：“诗者，人之性情也。”（《随园诗话·补遗》卷一）等等。总之，自《毛诗序》起至清代，诗文论家大都确认了诗文以性情为本体。当然陆机提出“诗缘情”说，确立情为诗文本体以后，也有坚持此说的，特别是随着封建社会走向末世，俗儒出于统治者的需要，对性的解释日益庸俗教条狭隘，并作为束缚情的思想工具，性与情冲突日益尖锐化时，情本体独立的呼声也日益强烈。汤显祖的“情之至”或“至情”超理说(《牡丹亭记题词》)，袁宏道甚至要“宣于个人之喜怒哀乐，嗜好情欲”(《袁中郎文集·袁中郎文钞》)，等等。不过，尽管这种情本论有通向近、现代中国在西方影响下逐渐出现的纯文学观念的意义，但这在中国古代，的确不占主流。原因在中国古代文论的根基是道德形上学或心性哲学为基础的真善美合一的大文学理论，在这个理论基础没有推翻之前，以情为本体的纯文学观念是难以成为主流的，只能是如郭绍虞所已指出的偶一闪光而已。

哲学家兼文论家的王夫之在以古典方式总结中国古代文论，尤其是公安派的经验教训时，对有关诗的本体，总结出很深刻的两个理论原则：一是“浪子之情无当诗情”。又说“诗以道情”，“道性之情也”。二是“经生之理不关诗理”。诗理乃“正不得以名言之理相求”之理。他认为作诗“须自得”并认同陈白沙的看法，“作诗须将道理就自己性情上发出”。[①]就第一条原则看，如以上引杨慎的划分看，在性与情问题上，可以说王夫之也是主张“性其情”，而不是“举性遗情”或“情其性”的。王夫之是大哲学家，他自然明确性情关系的心性哲学基础，也就是性为体，为静，为未发之“中”；而情为用，为动，为已发、表现。离开了性，则情无体、无本，无自性，就会下滑为欲，因此他认为情必须“上授性”。孔子评论《诗三百》，讲得何其好啊！他说：“《诗三百》，一言以蔽之，曰：‘思无邪’！”(《论语·为政》)又就其中的具体个案《关雎》评论说：“《关雎》乐而不淫，哀而不伤。”(《论语·八佾》)就前一句来说，是说《诗经》三百首，就其总的主旨来说，可用一句话来总括，就是思想无邪亦即纯正，无过无不及，也即是“中”。后一句是就《诗三百》的具体诗篇，即个案的《关雎》作评论，认为它抒发的性情（哀、乐）不淫、不伤，也即不过分、不偏不倚，亦为“中”之意。总之，《诗经》的总体到具体诗篇，无不思想性情纯正、合乎“中”道。《诗经》是中国文学的源头，钱穆说，中国全部文学则尽从此诗三百来。开端即终点。从《诗经》也就可以看到整个中国文学在表达思想情感上的特色。这个特色也正与作为中国文化的核心的中国心性哲学相一致，因为它正是中国心性哲学的核

① 王夫之：《姜斋诗话笺注》，人民文学出版社 1981 年版，第 67—144 页。

心在文学上的表现。或说中国心性哲学亦正是对中国文学等各文化形态的哲学概括的结果。

上文说过，从全部哲学的共同模型看，中国心性哲学与西方认识论哲学分属两种不同的哲学理论形态。西方文论建立在认识论哲学及真善美三分的美学基础上，从而形成以情美为核心的纯文学观念和纯文学理论。中国文论则建立在道德形上学或心性哲学，与真善美合一的美学的基础上，从而形成道德形上学文论。这样，自然其文学观念就不是表现纯情的纯文学观念，而是如郭绍虞等的研究所表明的那样为混沌的文学观念。用我们的话说，就是真善美合一，或道统性、情的大文学观念。这在古代是很自然的事。如用唐君毅的话表示，亦为古人所共喻而不须繁文细说。但随着西学东渐，特别是五四以来的与传统决裂，在文论上也以西方文论为基准，国人以此为框架和标准，研究、整理中国文论，发现中国文论中符合西方文论的东西很少很少，自然无从对话，在强势的西方文论面前，只有“失语”。

理论是行动的指南，文学理论与文学观念自然也对文学创作起指导意义。在与传统真善美合一，或道统性、情的大文学观念决裂，而走向真善美三分的纯文学观念过程中，我们看到国人并没有明了西方建立在真善美三分的认识论哲学美学基础上的纯文学观念的真正意义及文化背景，而是片面理解其内涵并重蹈历史覆辙，如公安派末流的由独抒性灵走向个人的嗜好情欲，简而言之，就是由真善美合一或道统性、情走向情，然后由情下滑到欲。其中最突出的例子之一，可以说是《水浒传》的多次重拍，而每重拍一次都把重点之一放在加重潘金莲与西门庆的戏的成分，甚至加“床戏”。潘、西门的关系尤其是潘的确可令人哀其不幸，但是不宜将此吹嘘为人性解放。上升到观念层面，这显然是由“情”下滑到了“欲”。或是增加噱头。人有七情六欲，欲当然也可以表现。人欲中自有天理，但不正则为私欲。若一味表现私欲，艺术的精神境界就没有了。那么我们的文艺又将人们的精神引向何方呢？与此同时，我们的文学艺术又走向何方呢？

（五）道与意

在我们的系统中，道与意是作为纲与细目关系对待的。道已如上述，这里先讲意，以及道与意的哲学关系，然后以之为理论指导，进一步讲作为纲的道的细目的意与文学的关系。

1. 道与意关系的哲学分析

我国古代的“意”概念，含义丰富。《说文》说：“意，志也。”可引申为志向、愿望等。如《三国志·魏志·杜畿传》：“郡中奇其年少而有大意也。”这里的意，就是志向的意思。《玉篇·心部》说：“意，思也。”《礼记·王制》：“意论轻重之序，慎测浅深之量，以别之。”郑玄注：“意，思念也。”等等，不一而足。这些都是从辞典或训诂学角度讲的“意”的内涵，但比较零碎，尚未讲到意的深意。一般来说，意属文论概念，但亦为哲学范畴，因此要深刻把握作为文论概念的意，首先必须对其作哲学分析，从宏观上把握其基本意义。

从哲学高度理解“意”，也有不同的角度。从前述全部哲学的共同模型看，哲学有两种理论形态，认识论哲学与道德形上学或心性哲学。中国没有形成学之成为学问的认识论哲学形态，但片段资料是有的，后期墨家，可谓我国古代认识论哲学代表之一，它就是把“意”作为认识论哲学术语的。《墨子·经下》说：“意未可知，说在可用，过仵。”“意”，在这里是指猜测性的臆断，这臆断正确与否，是不可预知的，因此，有的臆断正确可用，有的反过来错误不可用。在《墨子·大取》中，墨子认为，“智（知）与意异”。强调“意”必须经过实际的检验，才能判定正确与否。《墨子·经说上》云：“意、规、圆，三也俱，可以为法。”这是以规、圆喻认识手段和方法，认为人的臆断设想应结合和利用“规”、“圆”之类的工具，通过实际操作活动使之成为现实。但这种认识论哲学在中国古代并不占主导地位，中国古代哲学的最高成就与特色是道德形上学或心性哲学。中国哲学儒道释三大主流无一例外都是心性哲学。因此要从哲学高度理解意，就必须把之放回中国心性哲学的框架以分析。其中，笔者认为，心性哲学意义的“意”较鲜明地体现在道家《庄子》和有孔子遗意的《周易》哲学中，因此，我们要从中国心性哲学把握“意”，必须把目光投向庄子哲学与《周易》哲学。

先看庄子怎样讲意。《庄子·天道》说：

世之所贵道者书也，书不过语，语有贵也。语之所贵者意也，意有所随。意之所随者，不可以言传也，而世因贵言传书。世虽贵之，我犹不足贵也，为其贵非其贵也。故视而可见者，形与色也；听而可闻者，名与声也。悲夫，世人以形色名声为足以得彼之情！夫形色名声果不足以得彼之情，则知者不言，言者不知，而世岂识之哉！

这段话的关键在“意之所随者，不可以言传也”的“随”字如何理解。成玄英疏曰：“随，从也。意之所出，从道而来，道既非色非声，故不可以言传说。”① 笔者从成氏言，既然意是从道而来，为道所派生的，那么，这种为道所派生的意，自然也具有道的性质与属性。因此，既然道非色非声，不可言传；那么具有道性质的“意”，自然也就难以言说。这大致可以说是道家哲学讲的“意”的主要意义。庄子不仅明确了意为道所派生、统辖，意具有道的性质，而且在明确得道的方法的同时，也明确了得这意的方法。《庄子·外物》说：“筌者所以在鱼，得鱼而忘筌；蹄者所以在兔，得兔而忘蹄；言者所以在意，得意而忘言。”牟宗三曾说过，道家庄子的智慧是“忘”的智慧。② 其得意的方法，自然也是建立在这“忘”的智慧基础上的“忘”的方法。

再看儒家代表性哲学著作《周易》如何讲“意”。《周易》中讲意，可以说其中最著名的一段见《周易·系辞上》，里面说：“子曰：‘书不尽言，言不尽意。’然则圣人之意，其不可见乎？子曰：‘圣人立象以尽意，设卦以尽情伪，系辞焉以尽其言……’”这里的第一个意是前提，进一步推出圣人之意。如何理解这前提的意与圣人之意呢？这里首先要理解《周易》哲学的主题。《庄子·天下》说：“《易》以道阴阳。”《周易》哲学主题，就是讲“一阴一阳之谓道”。因此，我们要理解这意，特别是圣人之意，就一定要结合这主旨的阴阳之道。可以说《周易》中说的意，特别是圣人之意，就是为一阴一阳之谓道的道所统辖的意，因此为道意。这种圣人之道意，自然不是一般语言文字所能说明分析的。为了使这圣人之道意得以为后人所理解传承，于是圣人创造卦象、爻象以象征性地表达圣人之道意，这也可以说，卦象、爻象，只是存圣人之道意的手段与工

① 郭庆藩撰：《庄子集释》2，中华书局 1961 年版，第 489 页。

② 牟宗三：《中国哲学十九讲》，上海古籍出版社 1997 年版，第 136 页。

具，其本身并不是目的，也不是目标、要旨所在。“立象尽意”，准确地道出了意与象（卦象、爻象）的轻重，主次所在。卦象、爻象虽然不是文学形象，但这一命题给后人理解文学形象与道理情意的关系以重要指导与影响。

从以上所分析的《庄子》中有关道意，以及《周易》中有关道意看，在道意问题上，儒道两家哲学是存在共同性的。发现儒道在这方面的共同性，并力图实现儒道汇通互补的，是具有思想解放性质的魏晋时代，青年玄学家王弼的贡献。

《周易》是中国古代文化典籍六经之一，在道家等视为秕糠而被抛弃的情况下，为“信而好古”的孔子儒家所承传下来，并经整理阐释，使之成为中国文化思想的基因库，因此，习惯上，六经又称为儒家六经。《周易》是儒家六经中最具哲学性质的著作，后来被视为儒家哲学的宝藏。但在汉儒那里，只注意它的象数方面，把它弄成烦琐哲学的“存象忘意”，《周易》的丰富哲学思想被深埋在烦琐的象数下面，不见了。因此，要发掘出《周易》中丰富的哲学思想，即后来说的义理，只有横扫汉儒的烦琐的象数之学，由“存象忘意”转向“得意忘象”。实现将《周易》中哲学思想的道与意或说义与理，从象数中解放出来。要解决这个问题，在当时思想条件下，只有借助于与之有共同性的道家老庄哲学。《周易》中的道意作为本体是不可言的，唯有借助建立在道家“忘”的智慧基础上“忘”的方法才能理悟。

在这方面，王弼最精彩的表现，就在引用庄子哲学中“忘”的智慧与方法，具体来说就是上引《庄子·外物》中的“筌”与“鱼”、“蹄”与“兔”的比喻所显现出来的“忘”的智慧与方法，去解释上引《周易·系辞上》中一段话所写的《明象》。《明象》就是“明”不能像汉儒像数学那样“存象”，而是“明”必须“忘”，亦即是化掉象以及说明象的言、文，才能得意，也即得一阴一阳之谓道。他说：

夫象者，出意者也。言者，明象者也。尽意莫若象，尽象莫若言。言生于象，故可寻言以观象；象生于意，故可寻象以观意。意以象尽，象以言著。故言者所以明象，得象而忘言；象者，所以存意，得意而忘象。犹蹄者所以在兔，得兔而忘蹄；筌者所以在鱼，得鱼而忘筌也。然则，言者，象之蹄也；象者，意之筌也。是故，存言者，非得象者也；存象者，非得意者也。象生于意而存象焉，则所存者乃非其象也；言生于象而存言焉，则所存者乃非其言也。然则，忘象者，乃得意者也；忘言者，乃得象者也。得意在忘象，得象在忘言。故立象以尽意，而象可忘也。①

这段话的内容非常丰富，但其中主要一点，就是横扫汉儒“存象忘意”的烦琐象数学，而转向“得意在忘象”以及说明象的言、文，以确立道阴阳之易道及意为主导的义理之学。这就扭转了或说端正了汉儒在《周易》研究上的捡了芝麻丢了西瓜的错误方向。由于《周易》在儒家哲学中的重要地位，因此也可以说整个地扭转了儒家哲学的研究意义与方向。同时，因为中国哲学是以儒家哲学为主流中的主流，因此，还可以进一步说，也整个地扭转了中国哲学研究的意义与方向。以王弼为代表的魏晋玄学第一次实现了儒道汇通互补，在思想规模上成为后来宋儒回归先秦原始孔孟儒家之正道之过渡，意义是非常深远的。

魏晋玄学有三大论题：有无、本末、体用。在这三大论题中，有与无、本与末、体与用相对，其实皆为本体问题。至于另一论题言意（道）之辩则为方法论。方法论的要旨是“忘”。这表明魏晋玄学至少王弼的方法论不是认识论之逻辑的，而是心性哲学之非逻辑的。我们上文只分析了“忘”的方法或功夫。没有讲其本体问题，其实本体与方法即工夫是相即不离的。魏晋玄学的出现，提高了中国哲学思维的水平，同时作为理论基础与指导，又提高了中国文论的水平，于是，才有魏晋南北朝文论的黄金时代。在文学和文论上，《周易》的“立象尽意”和《庄子》的“得意忘言”，以及王弼汇通儒道阐发的“得意忘象”的思想，直接启示并提高了人们对文论中的道意与文学关系的深刻理解。

2. 作为道之目的意与文学的关系

晋代陆机在《文赋》中说：“课虚无以责有，叩寂寞以求音。”有学者认为，陆机观点的直接源头是《淮南子》。但汤用彤先生认为这是陆机将魏晋玄学“有无本末”之论运用于论文学。他分析说：

① 楼宇烈校释：《王弼集校释》下，中华书局1981年版，第609页。

> 盖文并为虚无、寂寞（宇宙本体）之表现，而人善为文（善用此媒介），则方可成就笼天地之至文。至文不能限于“有”（万有），不可囿于音，即“有”而超出“有”，于“音”而超出“音”，方可得“弦外之音”，“言外之意”。文之最上乘，乃“虚无之有”，“寂寞之声”，非能此则无以为至文。①

这是深契魏晋玄学精髓的大家的深刻见解。汤先生是从玄学的本体论讲，笔者这里着重从方法论讲。在整个中国文学与文论上，笔者认为，受《周易》的“立象尽意”，《庄子》的“得意忘言”以及王弼汇通儒道所形成的“得意在忘象”等思想命题的影响，重点形成了两个有关道意与文学关系的思想：

一是强调“诗文以意为主”。这一思想的表述因作者个性与语言环境不同，而有种种不同的说法。如南朝宋代范晔说：“常谓情志所托，故当以意为主，以文传意。以意为主，则其旨必见；以文传意，则其辞不流。”(《狱中与诸甥侄书》) 唐代杜牧说：“凡为文以意为主，以气为辅，以辞采章句为之兵卫。”(《答庄充书》) 宋代张表臣说：“诗以意为主，又须篇中炼句，句中炼字，乃得工耳。”(《珊瑚钩诗话》卷一) 宋代刘攽说：“诗以意为主，文词次之，或意深义高，虽文词平易，自是奇作。”(《中山诗话》) 明代王夫之说：“无论诗歌与长行文字，俱以意为主，意犹帅也，无帅之兵，谓之乌合。”(《姜斋诗话》卷二) 等等，难以一一列举。

二是沿着“诗文以意为主”的思想倾向，而走向更深层次则为“得意忘言”和“文已尽而意有余”或“言有尽而意无穷”。这一层次从诗文的意与语言文字及语言文字塑造的形象的矛盾方面，启示人们要理解诗文中意的特殊性，以及诗文中意与言的深层关系。这一思想倾向，在诗文上，最早是由比陆机晚生一百年左右的陶渊明，在他的名作《饮酒·五》中表现出来的。该诗家喻户晓，最后二句说：“此中有真意，欲辨已忘言。”这里的“真意”，也就是道意，他的诗中表达了道意、真意，但要获得此道意、真意，不能靠对诗中语言文字的辨析，而刚好相反，要靠“忘言”即化掉言及其辞典意义，“言”在这里只起桥梁引导意义，“真

① 汤用彤：《魏晋玄学和文学理论》，《中国哲学史研究》1980年第1期。

意”要靠心灵相通、相应以领悟。沿着这思想方向，在文论上出现越来越多带有个性的理论概括和说法。如刘勰说：“隐也者，文外之重旨者也。”(《文心雕龙·隐秀》) 钟嵘说：“文已尽而意有余。”(《诗品序》) 皎然说：“两重意已上，皆文外之旨。”又说“文约而意广”。(《诗式》) 刘禹锡说：“片言可以明百意，坐驰可以役万景。”(《董氏武陵集记》) 司空图说：“不著一字，尽得风流。”(《二十四诗品》) 苏轼说：“言有尽而意无穷者，天下之至言也。”(《白石道人诗说》引东坡语) 梅尧臣说：“状难写之景如在目前，含不尽之意，见于言外。”(欧阳修《六一诗话》引) 吕本中说：“语有尽而意无穷。”(《童蒙诗训》) 严羽说：“言有尽而意无穷。”(《沧浪诗话》) 王夫之说：“墨气所射，四表无垠，无字处皆其意也。”(《姜斋诗话》) 王国维说：“言外有无穷意。”(《宋元戏曲史》) 等等，亦难以一一列举。

中国文论家为了强调这种道—意的特色，往往又称这道—意为“真意”、“本意”、“意趣”、“意兴”、“意味”等，可谓用心良苦。这良苦用心不仅在强调诗文重在表意，而且要表示这意不是一般的意，而是特殊的道意。但苦于没有理论框架的区分，所以只能就“意”上做些区别。若从哲学两种理论形态区分的眼光看来，则可以说是很明确的，正像道可以区分为可道之道，与不可道之道一样，意也可以区分为可道之意与不可道之意。可道之意是认识论范畴的意，不可道的意则为心性哲学范畴的意。中国文论上讲的意以及上文讲的道意，都是指这心性哲学范畴的意。正因此，中国诗文与中国心性哲学往往交融在一起，不分家。当然中国诗文不仅擅长表这不名可言的心性哲学之意，还表心性哲学不可言之理，不可言之道。而这不可言之道、理、意又是一致的，只有层次不同的区别而已。

以上，我们先综论了作为纲的道，然而纲不是孤立的，必有目。朱熹就说过：“道是统名，理是细目。”理就是作为统名即纲的道的细目。但从心性哲学与文论来说，作为纲所统辖的细目，理应不止一个。朱熹在被人“问：‘心统性情，统如何？’曰：‘统是主宰，如统百万军。心是浑然底物，性是有此理，情是动处。’”又被“问：‘意者心之所发，与情性如何？’曰：‘意也与情相近。’问：‘志如何？’曰：‘志也与性相近，只是心寂然不动，方发出便唤做意'"。[1] 可见，在朱熹这里，理与情、志、意等都是一些既有区别又有相关交叉之处的概念。王夫之在评论到《诗经》之《邶风》时说："诗言志，非言意也。诗达情，非达欲也。心之所期为者志也，念之所觊得者意也，发乎其不自已者情也，动焉而不自待者欲也。意有公，欲有大，大欲通乎志，公意准乎情。但言意，则私而已，但言欲，则小而已。"[2] 在这里，王夫之也从诗论角度讲到了志、情、意等一组概念的区别与内在联系。还有很多此类说法。由之启发，我们在上文才认识到作为纲的道所统辖的细目，不应只有理，还应包括志、情、意以及较少被讲到的德等，皆为为道统辖的细目。过去我们由于没有明确的心性哲学基础和纲目体系意识，往往将上述概念或由之构成的命题如诗言志与诗缘情等讲成相互对立，或有你无我，相互取代的关系，这样的讲法，往往路子越走越窄，并且易陷入无休止的公婆论。而如果回到我们上述的心性哲学基础和纲目体系结构，则这些概念以及由这些概念构成的命题，正如《中庸》所讲的可以"并行不悖"。而且正是它们作为道统辖的细目，从不同方面或不同层次"并行"以圆融为一完整的网，从而让我们观照了中国文学根源本体的丰富性。而且，过去由于我们没有明确的心性哲学基础与纲目体系意识，不明确二者的表里关系，因此在讲这些概念及相关命题时，往往就只孤立地讲这个概念或命题。讲完就了事。现在从纲目体系看来，这是不够的。这样讲，即使讲得再彻底，也只是一个层次，也只是讲了目。纲举目张，目张必须以纲举为前提，或必须返回到纲，即必须讲到统目的纲的道才算讲到底，才到位。要沿波讨源，不然是没有根基的，没有根基就易受文学思潮和时势的影响而没有方向感。刘勰在《文心雕龙·序志》就批评了当时的论文者，虽众，但大多为"各照隅隙、鲜观衢路"的泛论肤浅之作，而不能引导文学界寻根索源走出追奇逐艳的迷途。因此，他要"述先哲之诰"，从文"本乎道"的根源本体的纲讲起，以达纲举目张。我们在这里先讲道及其统辖的目，乃是以现代方式接着刘勰讲而已。

---

① 《张载集》，中华书局1978年版，第340页。

② 王夫之：《诗广传》，中华书局1964年版，第22页。

第三章 “圣”论

清人纪昀在评点《文心雕龙·征圣》时说：“此篇却是装点门面，推到究极，仍是《宗经》。”李安民则进一步认为：“后有《宗经》篇，此（指《征圣》——引者）似可以不作。”① 前文讲过，刘勰撰写《文心雕龙》的用心与目的，就是由道返儒，为挽救时弊，推出“道—圣—文”三位一体之“极”为纲，以引导文学思潮重返正道。而道、圣、文是三位一体的，从本体言之为道，从作者言之为圣，就作品言之为文，如柳宗元说：“作于圣，故曰经。”（《杨评事文集后序》）这圣作之“文”即为“经”。中国哲学特重主体性。道为本体，圣为主体、中介，统辖道与文（经）。离开了圣，便无道与文（经）之一体可言。纪昀与李安民之所以作出如此错误的看法，不只是个人问题，还与时代学术风气有关。清儒反宋归汉，走向烦琐考据，中国心性哲学的主脉大气已经中断，剩下的只有对经表面的文字训诂，所以才会以《宗经》取代《征圣》，亦即以经取代圣，或说将经与圣对立起来。这一取代或对立，足以证明纪昀与李安民以及有此相同看法的人，根本无从把握《文心雕龙》的主脉精神。既然我们要以《文心雕龙》为中国古代文论研究的基准，或阶梯的代表来理解中国古代文论的精神实质，就必须紧紧抓住道—圣—文三位一体的纲领。在上文论述了作为本体的道之后，在这里再进一步论述作为创作主体的纲的圣，以及以师乎圣为纲的创作方面的问题。

① 黄霖整理集评：《文心雕龙》，上海世纪出版集团 2008 年版，第 3 页。

一 综论作为纲的"圣"

与道一样，圣也是中国文化与哲学的核心概念，因此，我们对圣首先也要从心性哲学的高度去分析，了解它的基本意义，然后过渡到中国古代文论，进而讲清楚它在中国古代文论纲目体系中，作为创作主体的作者之纲的意义，及其与统辖的目的关系。

（一）"圣"的心性哲学意义分析

1. 先从圣字谈起

《说文》说："圣，通也，从耳，呈声。"《孔传说》："圣，无所不通。"李孝定《甲骨文集释》说，圣的甲骨文"象人上着大耳，从口会意，圣之初谊为听觉官能之敏锐，故引申训'通'，贤圣之义，又其引申也"[①]。引文表明圣字有甲骨文，是较早出现的文字，就甲文依稀可辨的字形看，是个会意字，其本义是"象人上着大耳"。但有人似乎讲得更好，说为"耳人口会意，合起来指人长着大耳朵听人说话，听觉灵敏"[②]。由"听人说话"，我们又想到日人白川静在《字统》中的不同说法："聖字从耳、从壬、从口。耳和壬是强调了耳之部分的人形；口则是，是收容祝祷的容器。耳和壬是原本要素，口则是外加上去的要素，因此不能说是呈声。这是一种强调人的某种特殊功能和行为，而把人体的某个部分突出地放在人体上部的造字法。因此'圣'（聖）字的原初含义是对神祝祷、聆听神的应答和启示。"[③] 从而沟通人与神的关系。这种听觉上的特殊功能，过去一般只赋予巫觋的本领，但从造字看，也应见于圣。可见在远古时代，圣与巫觋是曾经重叠过，以后随着原始宗教文化与人文文化的分手，人文文化确立，作为该文化的核心——圣才合二而一挺立起来。古人说耳聪目明，听觉是聪明才智的基础，耳听觉灵敏，并"闻其末而达其本"（《韩诗外传》卷五），便无所不通，无所不能，由此，许慎将圣进一

① 徐中舒主编：《汉语大字典》，湖北辞书出版社、四川辞书出版社 1992 年版，第1164 页。

② 达世平等：《古汉语常用字字源字典》，上海书店 1989 年版，第 283 页。

③ 参见王文亮《中国圣人论》，中国社会科学出版社 1993 年版，第 5 页。

步训为“通”，这是中肯的。至于“贤圣之义”是经由本义引申后的再引申，为最后人文文化确立才确定下来。由此可见，圣字的意义非常丰富。

此外，关于圣丰富含义的具体所指，近年又有学者，根据郭沫若、于省吾等将甲骨文中一些有争议的文字解释为圣，如于省吾将“‘圣’解释为垦”等，以及殷周甲文卜辞中存在的圣与土、礼的关系等情况，认为“‘圣’本意是‘伟大的创造者’”。[①] 这一思路的看法虽非居主流，但亦不妨看作一种开拓圣字本义视野的补充。还有学者不辞劳苦逐一搜索了从《诗经》到《孟子》一段先秦时期的主要文献中出现的圣字并作分析，认为，圣字的本义是指聪明睿智、才、能；圣人是指聪明、有才智的能人。关于圣的道德含义，圣人指向圣王、伟人的变义，则是到春秋晚期才出现，而又一直到战国中期引申变义才取代本义。[②] 这一说法，与前一说法一样，也可以开拓我们对圣义理解的视野。但如前所述，圣（圣人）是中国传统文化与哲学的核心范畴，仅从文字与文献角度是难以将它的意义讲清楚的，必须将之放返中国文化哲学的大背景，才能真正弄清其本义及其引申义的原委。

中国文化源远流长，其源头可以从伏羲或更早讲起，而实录的历史则一般从黄帝讲起，如司马迁的《史记》就从黄帝讲起。《论语》似从尧舜讲起，尧舜并列、虞夏亦相连，夏商周三代是非常清晰的。孔子说：“夏礼，吾能言之，杞不足征也。殷礼，吾能言之，宋不足征也。文献不足故也。足，则吾能征之矣。”(《论语·八佾》）可见，即使在孔子当时，夏、殷二代的文化已遗失得很严重，只有近代的周文化保存得较好，尚“郁郁乎文哉”。《礼记·表记》记载有孔子论三代文化特征的话，他说：“夏道尊命，事鬼敬神而远之，近人而忠焉，……殷人尊神，率民以事神，先鬼而后礼，……周人尊礼尚施，事鬼敬神而远之，近人而忠焉。”在此基础上，近人柳诒徵进一步概括说，夏人“尚忠”，殷人尊神“尚鬼”，周人“尚文”。简言之，也就是中国文化曾形成过两个路向的发展，一是尊神尚鬼，形成鬼神文化，二是近人尚文，形成人文文化。尊神尚鬼的文化，自然以巫为主导和中介以沟通神鬼与人的关系。殷人尊神尚鬼。柳诒

① 阎保平：《“圣”字文化源流探考》，《延安大学学报》2007 年第 5 期。

② 董楚平：《圣字的本义与变义》，《杭州师范大学学报》2009 年第 3 期。

徵说，殷“尚鬼，故信巫，而巫氏世相殷室”[①]。巫成为文化的主导与核心。这种文化走向，也就是宗教文化的走向。到周，文化走向发生逆转，周即近人尚文，近人尚文的文化则以圣人为主导和核心。于是殷、周代表的两大文化及其主导和核心的巫与圣也激烈较量，最后以圣人为核心的近人尚文的人文文化胜出而奠定了往后中国文化发展的方向。周近人尚文，这周文就是鉴于夏殷二代文化损益而加以创造的周代礼乐文化，其中的关键人物为号称制礼作乐的周公。但在真正意义上确立圣为这种文化主导和核心的应是孔子。他的“敬鬼神而远之”，“不语怪、力、乱、神”，以及作十翼把《周易》由卜筮之书转化为哲学之书等，才从根本意义上驱逐了鬼神，也驱逐了巫的主宰和核心，而迎来了人文，迎来了尧、舜、禹、文王、周公为代表的圣，或说作为更高层次的圣以扬弃的方式统摄了较低层次的巫。圣成为文化的主导和核心，也就拒绝了中国文化向宗教文化方向发展，而必然地向人文文化方向发展的趋势。

周公制作的礼乐文化，贯穿有两大原则：尊尊和亲亲。前者是就政治地位的等级讲，后者是就人的血缘亲疏关系讲。吸取这原则的档次划分，而抽去这之中的政治地位的等级和血缘关系的亲疏的具体内容，并转向就人的品格才能为标准讲，于是人也就有了不同档次的区分。孔子就以此标准将人区分为五个品级或档次。他说：“人有五仪：有庸人，有士人，有君子，有贤人，有圣人。”(《孔子家语·五仪》）显然，在这里，孔子把圣人看作是人中的最高档次，也就是人的典范。依孔子的相关看法，班固在《古今人表》中将古今人区分为“九等”。其“序”为：上上、上中、上下、中上、中中、中下、下上、下中、下下。“序”之最高层次“上上”亦即圣人，而“序”之最低层次“下下”则为“愚人”。按作者在表中所列，自古至今（汉代）一共出现过：宓羲、炎帝、黄帝、少昊、颛顼、帝喾、尧、舜、禹、汤、文王、武王、周公、孔子十四位圣人。[②] 孔子之后，圣人不再。这里列的圣人都是指古代圣王，处于末位的孔子，有德无位，古称素王。这样孔子也就成了一个人物身份的过渡，由圣王过渡到非圣王。孟子从性本善出发，认为人皆有圣性，人皆可以为尧舜。因此，他

---

① 柳诒徵：《中国文化史》上，东方出版社 1988 年版，第 101 页。

② 班固：《汉书》三，中华书局 1990 年版，第 861—924 页。

讲圣，就不再局限于圣王，而是从心性品德讲。他说过：“伯夷，圣之清者也；伊尹，圣之任者也；柳下惠，圣之和者也；孔子，圣之时者也。孔子之谓集大成。”(《孟子·万章下》）这里孟子讲的圣，都不是圣王，而是非圣王，并且讲了四种圣的类型，而又以孔子为圣人中能随时而处其中道，并集众圣之大成而折中之者，为圣之最高代表。

中国古代到东汉一直都重人的品性德行。到东汉末之三国乱世，是一个需要人才的时代，曹操提出“唯才是举”，此风亦引起了思想界对人的重新评价，人的价值层次的重新划分。于是出现了刘劭撰写的人才学性质的专著《人物志》。该书以中庸为准则，将人才总体区分为三类：兼德、兼材与偏材，相应地人物也分为三类：圣人、德行与偏材。圣人列为人才最高一等。这样，圣人也就纳入了与传统不同的才性系统。由上分析可见，中国古代对圣人的看法还是很复杂的，要明确其基本意义与精神特质，必须由一般文字与文化层次，上升到作为核心的哲学以分析。

2. “仁且智”与圣的德性人格

以上是从圣字，以及有关圣的文献和文化角度概略地讲圣的意义及其基本指向。下文再进一步从中国文化的核心即中国心性哲学的高度对圣的意义作更深层次的分析。

上文论述过，中国文化是导向仁智合一的文化系统。作为这个文化系统的核心的中国心性哲学，自然更集中地讲仁智合一。而在这种文化及其核心的心性哲学的基础上孕育出来的圣，更理所当然地应是仁智合一的最高体现者。孔子在谈到圣时，讲“至德”与“才难”(《论语·泰伯》)，即人才难得之意，又讲“贤才”(《论语·子路》)，也讲“圣”与“多能”(《论语·子罕》)，也就是讲仁与智合一，德与才兼备。子贡有“问于孔子曰：‘夫子圣矣乎?’孔子曰：‘圣则吾不能，我学不厌而教不倦也。’子贡曰：‘学不厌，智也；教不倦，仁也。仁且智，夫子既圣矣。’”(《孟子·公孙丑上》）从子贡那里可以看到，圣的全部意义就是仁且智，即仁与智合一。孔子就是圣人，只是他伟大谦虚不以圣人自居而已。而在子贡、孟子等人的眼里，则是“自生民以来，未有盛于孔子”的，孔子是圣人的集大成者，体现圣的全副意义，是“百世师”。子贡们的理想就是向孔子学习，做孔子那样的圣人。孟子就说过：“乃所愿，则学孔子也。”(《孟子·公孙丑上》）孟子在对答他的学生公孙丑所问其“恶乎长”时，回答说："我知言，我善养吾浩然之气。"（《孟子·公孙丑上》）"知言"，是智、是能、亦是才；"养浩然之气"，是以工夫表仁、德，二者的结合也就是仁且智，德、才兼备。这是孟子学圣人孔子的具体表现。

从理论上说，孔子及子贡关于圣的仁且智的全部意义，尚处于浑无罅缝的状态，还需要十字打开。在后世的发展中，打开孔子的圣义，先后形成过三种路向。按陆九渊的讲法，孟子主要十字打开"仁"，拓展道德生命之源，但他没有同时打开"智"，实现仁智在新层次上的合一。他对孔子的圣义，主要是从仁心、德性人格路向以论述发展。他说过两句很重要的话，也可以说是他关于圣的定义。他说：

> 圣人，人伦之至也。（《孟子·离娄上》）
> 大而化之之谓圣，圣而不可知之之谓神。（《孟子·尽心下》）

首先是第一句话应如何理解？关键在"人伦"。"人伦"又称"五教"、"五伦"等，最早出现是"五教"。《尚书·舜典》说："帝曰：契，百姓不亲，五品不逊。汝作司徒，敬敷五教，在宽。"到孟子才将"五教"称为"人伦"。《说文》说："伦，辈也。从人，仑声，一曰道也。"段注："军发车百两为辈，引伸之同类之次曰辈，郑注《曲礼·乐记》曰：伦犹类也……《小雅》有伦有眷（辈）。《传》曰：伦道眷（辈）理也。论语言中伦包注：'伦道也，理也。按粗言之，曰道，精言之曰理，凡注家训伦为理者，皆与训道者无二。'"（《说文解字注·伦》）这是说，伦为辈，引申为类，就人伦讲是讲人辈分一类别，也即人与人之间的基本关系，以及约束这基本关系的规范。概括地说是道，细致地说是理，因此又叫人道，或伦理。孟子不仅将《尚书》中说的"五教"改称"人伦"，而且作了权威并成为定论的解释。他说："人之有道也，饱食暖衣，逸居而无教，则近于禽兽。圣人有忧之，使契为司徒，教以人伦——父子有亲，君臣有义，夫妇有别，长幼有叙，朋友有信。"（《孟子·滕文公上》）孟子说人伦有五，因此又称五伦。孟子不仅明确了人伦的五种基本关系，而且将之上升为人区别于禽兽的人道高度。朱熹后来对五伦又有进一步的区分。区分为"天属"，即血缘天伦：父子、兄弟，和"人合"即无血缘关系而靠人为的人伦关系：夫妇、君臣、朋友。朱熹认为，五伦关系

“纲纪人道，建立人极，不可一日而偏废”。（张伯行编《续近思录·卷五》）人伦即五伦仍属儒家讲的人类伦理道德的基本关系。“圣人者，人伦之至也”的“至”，显然是指圣人在这一基本关系中，乃为最高境界与典范，亦朱熹说的“立人极”。朱熹说的“立人极”又应来源于周敦颐说的“立人极”，朱震在解说周敦颐《太极图》时说过：“圣人定之以中正仁义（自注：圣人之道，仁义中正而已矣）而主静（自注：无欲故静），立人极焉。”[①] 所谓“立人极”，就是树立中正仁义道德的最高典范。“立人极”，亦近邵雍说的“人之至”。邵雍说：“圣也者，人之至者也。……人之至者，始得谓之人之人也。……人之人者，至人之谓也。……谓其能以一心观万心，一身观万身，一物观万物，一世观万世焉。又谓其能以心代天意，口代天言，手代天工，身代天事者焉。又谓其能以上识天时，下尽地理，中尽物情，通照人事者焉。又谓其能以弥纶天地，出入造化，进退古今，表里人物者焉。”[②] 这在心性上说，也就是孟子说的：“圣人先得我心之所同然耳。”（《孟子·告子上》）一切皆在圣人之先得我心、人人之心，因此，圣人才能成为“人伦之至”，“人之至”，而“立人极”。

孟子说的圣人为“人伦之至”，以及宋人接着说的圣人为“人之至”，而“立人极”，主要还是在人伦道德，即人的仁心德性方面界定圣。圣人为“人伦之至”，“人之至”，“立人极”，“百世之师”。当我们如此理解圣时，还要注意在上文引用过的孟子关于圣的另一句话，即“大而化之之谓圣”。这句话在孟子那里还有前言后语，完整地说是：“可欲之谓善，有诸己之谓信，充实之谓美，充实而有光辉之谓大，大而化之之谓圣，圣而不可知之之谓神。”（《孟子·尽心下》）这段话，可以说是孟子将道德修养进境由低至高区分为六个不同境界，即以天性的“善”为道德进境之初阶，然后循序而进为“信”、“美”、“大”、“圣”、“神”。这里的关键是对“圣”、“神”关系如何理解？圣是承“大”而来而进一境，“充实而有光辉之谓大”。上文说的“至”、“极”，就其迹看，在一定程度上也可以说就是“大”。如果只停留在“大”、“至”、“极”，就只是大相，大相必须大而化之，才能进境于“圣”。问题在如何理解“化之”？朱熹注

① 《周敦颐集》，中华书局1990年版，第138页。

② 邵雍：《皇极经世书》，海南出版社1993年版，第170—171页。

得好："大而能化，使其大者泯然无复可见之迹，则不思而勉，从容中道。"用通俗的话说就是，大或至、极，易给人一种道貌岸然、高不可攀、令人敬而远之的异类之感。因此必须化掉这迹，使其"大者泯然无复可见之迹"，简而言之，就是使既有的圣迹化为无迹，化大相为无大相。让人觉得你亲切无比，认为"圣人，与我同类者"。(《孟子·告子上》）人皆可以为尧舜，我可以，你亦可以。这才是真的圣。至于"圣而不知之之谓神"，这在理解上也是一句极有争议的话，关键在，神是否是比圣更高一境的另一境，或神为圣所包容。学界不少人认为神是比圣更高一层的境的。不过，笔者认为，这是不对的。笔者认同程子的看法。朱注引"程子曰：'圣不可知，谓圣之至妙，人所不能测。非圣人之上，又有一等神人也'"[①]。圣人既为"人伦之至"，"人之至"，"立人极"，虽然已化有迹为无迹，但其某些"至妙"之处，如圣人"与天地合其德，与日月合其明，与四时合其序，与鬼神合其吉凶"(《周易·乾·文言》）等，的确有为一般人所不能全然测度的地方。这些"至妙"、"不能测"之处，只能以神性比喻表述之。这就是"谓之神"。这里的确不应理解为有比圣人高一档次的神人看。孟子是学孔子的，孔子不语怪、力、乱、神。圣既为孔子儒家的最高境界，孟子是不会再预设一个更高的神人压在圣人的头上的。"神"应是如上程子说的作为圣的不可测度的"至妙"处，而为圣所包容。

以上所引孟子的二段话，可以说已从仁心德性方面深刻地打开论述了圣。按儒家道统的说法，儒家之道到孟子之后已不得其传，中断一千多年之后，才为北宋程颢为代表的新儒家从遗经中发明而承接起。宋明理学对圣的看法，自然也是承接孟子，主要从超越理性、仁心德性人格方面予以论述，其中最突出的看法莫过于程颐说的"大贤以上即不论才"。其后王阳明也说过相近的意思的话，他说："圣者，在纯乎天理而不在才力也。"[②]这里着重讲程氏言。这句话应怎样理解？一般认为，大贤以上，即圣贤，是指超越理性德性人格，不是指气性的才性人格，因此圣贤应从德论，不应以才论。圣贤也有才，但无论有多大的才，也不以才论。这句话表明，

① 朱熹：《四书章句集注》，中华书局1983年版，第370页。

② 参见《传习录全译》，贵州人民出版社1998年版，第76页。

论圣贤的主要关键在德而不在才，才对圣贤来说甚至可以忽略不计。这句话观点鲜明、精要，被后人欣赏而成为名言。在上文分析过，孟子论圣，虽然主要打开仁，从人伦德性人格方面讲，不怎样讲智、才，但他并没有讲圣的智、才方面可以不论。程颐的圣人观，可以说已由孟子主要从仁心德性的人伦道德人格方面论圣，推进到了纯乎又纯的从德性人格论圣的程度。上引王阳明的讲法，又可以说是承接并进一步加强之。从这种圣人观出发，程颐自然不会欣赏苏东坡之才，苏东坡反之更不会欣赏道貌岸然、大而不能化之的程颐，二人对立矛盾是很自然的事。当然也还不止二人会矛盾。儒家的人生目标，应是以圣人为典范，修养实践以至成圣的。孔子以后，圣人不再，唯有圣人观。在这种圣人观的指引下，儒家之工夫实践一般也就只讲心性修养，不在智、才方面讲训练用功。本来，儒家自孔子以后，在智方面已成弱项。儒家虽以天下为己任，有历史担当精神，但应变能力较差，遇事拿不出办法，一直到明末国家民族生死存亡的关头，一代大儒刘蕺山仍然如此，只能说“陛下心安，则天下安矣”的废话，而拿不出办法。最后只好眼看明亡，绝食而死。因此，颜习斋只好沉痛地嘲笑这些儒者：“无事袖手谈心性，临危一死报君王。”当然历史大势，也不是个人所能为力的问题。牟宗三说过，中国文化的一大憾事，就是没有“智的独立发展”，并转出知性形态。中国文化的“一切毛病与苦难”，皆可以从这里得到了解。[①] 而这，从圣人观来说，就是儒家文化哲学之主流只讲圣的仁，并臻乎纯乎又纯的德性人格，只讲圣为人之德性立法，立人极，树典范，而不讲圣人全副意义仁且智的智有关。

3. “仁且智”与圣的才性人格

以上谈“圣”字论说过，其字形为“象人上着大耳”，表听觉官能之敏锐，而引申训为通、为能，又为伟大的创造者，至于圣贤则为再引申义、变义、新义，这一切的综合，则构成了文字学上圣的丰富意义。在哲学上，圣的全副意义是由孔子赋予并树立典范的。这就是仁且智。上文引述过陆九渊说：“夫子以仁发明斯道，其言浑无罅缝。孟子十字打开，更无隐遁。”（《陆九渊集·语录》）孟子十字打开的是浑然一体的仁。对中国心性哲学核心范畴的圣，相应地，孟子打开的也主要是其仁方面。这在上

① 牟宗三：《历史哲学》，台湾学生书局1999年版，第180—181页。

文，我们已大致谈到。但他对圣的全副意义仁且智的智方面，则并没有打开，以后儒家学派的主流也没有打开，不但没有打开，而且像程颐等人那样，更加收缩到纯乎又纯的德性人格方面。从心性哲学的主流来看，其圣人观也就到此终结。

当然将圣仁且智全副意义的智意义作一定程度打开的也有，在这方面，笔者认为较明显地表现在《礼记·乐记》。在里面，它从“作”讲圣人之“智”，把圣看作是“作者”。其中一段重要的话说：

> 故知礼乐之情者能作，识礼乐之文者能述。
>
> 作者之谓圣，述者之谓明。明圣者，述作之谓也。(《礼记·乐记》)

要理解这段话，首先有个对《礼记》在学术上如何定位的问题。学界一般认为，它是战国至西汉的儒师传授《仪礼》时进行解释、说明和补充的文章汇编之类。若真如此，那么《礼记》的学术意义极为有限。但熊十力另有说法，他说：“大小《戴记》当有战国及汉初儒者增窜之说。然其中大义微言，必出夫子传授。七十子后学相承未坠，最可宝贵。余以为孔子之《礼》说，当于大小《戴记》求之。但后儒增窜，不可不辨。”[①] 熊先生此说亦有同调，孔颖达在《礼记·正义》中说过：“《礼记》之作，出自孔氏。”“七十二徒共撰所闻，以为此记。”如按熊先生所说，《礼记》意义广大，其微言大义出自孔子，七十子后学直承孔子，并以口耳相授而为后学撰定。这样真正意义的作者当为孔子及七十子后学。战国及汉后儒，例如大小戴氏只是编辑整理者，并非作者。作者不同，其学术意义自然不同。笔者从熊先生说。这也是我们理解上述引文的思想基础。这样就得以实现将这里讲的圣与孔子讲的圣的全副意义联系起来，又主要是将之与在孟子那里就被忽略的圣的“仁且智”的“智”意义联系起来。

上引引文的注文说：

---

① 熊十力：《读经示要》，中国人民大学出版社 2006 年版，第 389 页。

>……其文易识，其情难知。知其情，则得其本以达其末，而化裁变通，其文由之而出，故能作。识其文，则于其本犹有所未逮也，而于其已然之迹，亦可以守之而不失，故能述。作者之谓圣，禹、汤、文、武、周公是也。述者之谓明，游、夏、季札是也。

知情得本达末，故能作，这作不能简单地从一般现代汉语讲的“写作”或“创作”去理解。王充在《论衡·对作篇》中说：“造端更为，前始未有，若仓颉作书……《易》言伏羲作八卦，前是未有八卦，伏羲造之，故曰作也。”颜师古注《汉书·礼乐志》说：“作谓有所兴造也。”朱熹在《四书集注》中说：“作，则创始也。故作非圣人不能。”皆庶近之。由此可见，所谓的“作”，应是“前始未有”，而新“兴造”或“创始”者。简言之，就是创始性的伟大创作。创作了这创始性伟大创作的主体即作者，如注文所指出的乃禹、汤、文、武、周公等圣人。可见圣人之创作也要靠“知”、“能”，也就是智的。当然圣人这里创作的主要是典章制度、礼乐文章，但也通于文辞之文包括文学。总之，《礼记·乐记》一句“作者之谓圣”，以圣为典章制度、礼乐文化的伟大的创造者，从而阐发了仁且智的圣的“智”方面的意义。

牟宗三说过一句深刻区分孟子与荀子的话，他说：“悟道尊孟子，为学法荀卿。”《荀子》首篇即为“为学”，可见“学”在他学说中的重要地位，当然荀子的“学”与孔子的既含觉义又具效义的全副意义的“学”有不同，他的学主要是指效义。宋儒认为荀子只一句性恶，大本已失，但他对孔子仁且智的圣义的智方面的意义，通过“学”作了很好的展开。荀子哲学的最高命题是“制天命而用之”(《天论》)，他赋予圣人以“清其天君，正其天官，备其天养，顺其天政，养其天情，以全其天功”的伟大使命，而要完成这伟大使命，自然要具备超级的智慧与能力，以至要“知通乎大道”(《天论》)，即圣与道合一。荀子甚至认为：“圣人者，道之管也。天下之道管是矣，百王之道一是矣，故《诗》、《书》、《礼》、《乐》之归是矣。”(《儒效》)这样说也就将圣与道与六经即文贯通了起来，为后来刘勰在《文心雕龙》中提出道、圣、文为纲导夫先路。这是后话。在这里，我们首先要明确的是，在先秦诸子中，荀子是第一个将圣与道合一的思想家，尽管他说的道主要是指“制天命而用之”的自然天道，但对后儒仍有重要影响。朱熹进一步说过："道便是无躯壳底圣人，圣人便是有躯壳底道。"[①] 总之，荀子从学以至道的角度对圣的仁且智的智（知性）方面作了很好的发挥，成为由先秦到魏晋从才性人格角度论述圣的过渡。

中国自先秦就以人文文化为主导，因此特重人物，而人物在儒家为主流的文化里，又以圣人为核心。自先秦到两汉，中国文化又皆重道德，但后来内在道德演变为外在装饰，而为"名色"、"名节"。到汉末三国乱世，是一个需要而且造就人才的时代，也是一个思想解放的时代，曹操提出"唯才是举"，把才性置于道德之上，于是衡量人物的标准也就由道德伦理转向才能性情，以至气度风神。由现实而上升为理论，于是刘劭（约 168—240）的《人物志》就应运而生。

从思想上看，《人物志》鲜明地体现了时代思想解放的特色，书中虽然标榜其品鉴人物才性是"依圣训"即效法圣人孔子，但显然又吸取了道、阴阳、名、法等诸家的思想成果。在具体品鉴人物上，刘劭首先从人物外表的言语、体貌、行为等方面总结出人物的九大特征，然后以"中庸"为最高标准，以圣人为典范，将人才总体上区分为三大类：兼德、兼材、偏材。与此相对应，人物的分类则相应地区分为：圣人、德行、偏材三类。在这里要注意的是，"中庸"原是儒家语，标示儒家最高道德境界。但在刘劭这里，显然不同于儒家。所谓"兼德而至，谓之中庸"。在这里，中庸实是兼备众材而达完美。中庸就人物来说就是圣人，刘劭说："若其人又能兼德，此种人则可谓之圣人。"这就是说，兼德、中庸、圣人三者可谓一致，只是从不同角度讲而已。由此可见，在刘劭那里，圣人与儒家传统上讲的圣人也不同。儒家传统上讲的圣人，如上分析的从孟子到程颐等，都是从超越理性德性人格上界定，圣为德性的最高境界。而在刘劭这里，圣不仅是德性人格的最高境界，而且更是多才甚至是全才，是理想的人才，应具才性人格。钱穆说："故孔子讲'仁'必另加上一'智'字。后人太偏讲道德，便失却孔子仁智兼重之义。仁、智必相兼，聪明与平淡二者亦必相兼，此皆刘劭论人物之重要点。"[②] 刘劭对圣人的

① （宋）黎靖德编：《朱子语类》八，中华书局 1986 年版，第 3117 页。

② 钱穆：《人物志·附录·略述刘劭〈人物志〉》，红旗出版社 1996 年版，第 217 页。

看法的确与孟子与程颐一线的传统看法不同，但以钱穆的观点，刘劭似有回到孔子看法的味道。虽然如此，然而在仁与智、德性人物与才性人格上，刘劭显然是置智、才于德、仁之上的，这就有不知本之嫌。

牟宗三在评论到《人物志》的圣人观时说：

> 《人物志》既不能开出超越领域，故亦不能建立成德之学。是即表示其道德宗教意识之薄弱，而亦照察不出生命之非理性。成德之学既开不出，则对于圣人亦不能有恰当相应之了解。《人物志》是从才性来了解圣人。其言中和、中庸，亦是材质的。此非《中庸》中言中庸、中和之本义。……圣人是德性人格之目，不是才性人格之目。他的根基是在超越的理性，不在才质或天资，故伊川云：“大贤以上，即不论才。”……故圣人一格，不能只顺才性一向，而列入才性人格之层级中。《人物志》对于圣人不能有积极的品鉴。……然并未以专章论圣人。诚以圣人固非才性一向所能尽……①

从以上所引的一段话可以看出，牟先生对《人物志》的圣人观的看法，前后有不尽一致之处。既然圣人的根基在超越理性，是德性人格，而不是才性人格；那么，《人物志》只“顺”才性人格一向论圣人，就不是能否“所能尽”的问题，而是压根儿就方向不对。但若如此说成唯一性或排他性，则与上引钱穆对《人物志》以圣人为极的人物“重要点”的分析矛盾。钱先生倒是认为太偏讲仁、德，反而失却孔子仁智兼重之义。对这矛盾应如何看呢？笔者认为，如果以孔子的仁且智为圣的全副意义的话，那么的确只讲仁、德，或只讲智、才都是不全面的，应两者相兼地讲，但相兼地说，也不是讲成对立，或讲成平起平坐，而应讲成有根底、有本末。笔者认为，在这个问题上，唐君毅有一个不很直接的讲法非常恰当。我们甚至可以把它看作是拓展孔子圣义的第三个思想路向。他是这样讲的：

> 伏羲、神农、黄帝、女娲，在中国人从前都视为圣人。伏羲驯

① 牟宗三：《才性与玄理》，台湾学生书局2002年版，第60—61页。

兽；神农尝百草；仓颉造字，天雨粟、鬼夜哭，都被视为圣人的事业。中国历史传说上，几乎把每一种发明，都归到一个圣人身上。……与希腊之神只代表种种抽象的品德如爱神、美神、智慧之神，便不同。……然而此神到底不是人。然而在中国则一切生产工具，都归到一历史上存在的圣人。……这意义表示中国文化精神一方面之尊重生产工具之发明，一方面并知其确由人而生，而且有德之圣人而生，因而又表示了中国文化精神之一深心之信仰，即智慧源于德性。①

这段话的内容很丰富，我们这里主要联系上文讨论的圣义，重点讲讲“智慧源于德性”的命题。这个命题可以说包括两层意义：一是里面讲的“智慧”与“德性”可以对接孔子圣义的仁且智，也可以统辖上文分析的德性与才性，可以说讲的是圣的全副意义。二是“智慧源于德性”，还明确了圣全副意义两要素的根本关系。这就是德性是本、是源、是根底，而智慧、才、能是末、是流、是表现，两者相辅相成。在唐先生这里，说中国信仰智慧源于德性，也就是信仰圣的仁且智，圣的崇高德性与伟大创造性表现的统一。

在评论《人物志》时，牟宗三又说：

顺《人物志》之品鉴才性，开出一美学境界，下转而为风流清淡之艺术境界的生活情调。②

对此说法，龚鹏程认为是错的。他认为，这是“不知才性评论所开不仅为一美学境界；仅有美学境界及生活情调，亦无法用以设官分职、考绩升黜”③。这又有不尽之意。我们知道，刘劭撰写《人物志》不是站在个人立场，而是站在政府的立场，通过对人物从才性角度作总体分类，总结其特点，从而为政府量材授官作参照。这压根儿与开出美学境界无关，但《人物志》虽不直接要开出一美学境界，但正如牟宗三所说“顺”着

① 唐君毅：《中华人文与当今世界补编》（二），广西师范大学出版社 2005 年版，第 633—634 页。

② 牟宗三：《才性与玄理》，台湾学生书局 2002 年版，第 50 页。

③ 龚鹏程：《中国文学批评史论》，北京大学出版社 2008 年版，第 208 页。

品鉴才性的方向，则必然开出一美学境界以及艺术境界，因为人物之才性始终与美学境界与艺术境界联系着。特别是对人物核心层次的圣人，刘劭打破了自孟子以来的儒家传统只从德性人格以分析，而转向才性人格去分析。这样圣人，就不仅是道德主体，而且为其走向艺术精神的主体打开了空间。这一主体属性的转移，或说同时兼备，也就成为由孔子的仁且智，经《礼记·乐记》到刘勰从文学角度确立“作者曰圣”的思想过渡。

4. “作者曰圣”

“作者曰圣”是刘勰在《文心雕龙·征圣》伊始即明确的核心概念。对这一概念的思想来源及其意义，应从纵横两方面去理解。首先，从纵即直承来说，当然是从上引《礼记·乐记》的“作者之谓圣”直接脱胎出来的。但向上推，更早的思想源头，应源自孔子关于圣的仁且智。如唐君毅所说，刘勰以文学承孔子，在作者问题上，他自然也是直承孔子有关圣的仁且智的圣义的。不过，刘勰的“作者曰圣”，虽然直接脱胎于《礼记·乐记》，但其意义显然有所不同。《礼记·乐记》中说的“作者之谓圣”的圣，如上引注文所说，是指禹、汤、文、武、周公等。其所作之文，主要是指典章制度、礼乐文化之文，当然也可以包括文辞之文，但主要指前者。而刘勰“作者曰圣”的圣可以说包括更多些，可以说自创作人文之元的《周易》八卦的庖牺起始，一直到周公、孔子，但主要是指周公、孔子，又特别是指作为集大成者的孔子。其所指的圣所创作的文，也主要是指经孔子整理或创作的“道之文”即六经。

其次，刘勰“作者曰圣”，除了上述直承的思想来源外，应还有横向思想来源，或说受时代思想环境的影响和启示。这主要就是上述汉末三国魏晋南北朝以来的思想解放，以及以刘劭《人物志》为代表的著作，从才性角度论人物的特征，也将儒家传统上讲的圣人纳入才性人格以分析中得到启示。上文说过，在以《人物志》为代表的著作中，圣被从儒家传统的德性人格，转向才性人格以分析。顺着这一方向，圣就不仅是道德主体，也可以转化为艺术精神的主体，更确切地说是道德与艺术相兼的主体。这样讲，也就在一定程度上回归到孔子关于圣的仁且智，只是仁且智有颠倒之嫌。在孔子那里，仁且智是指圣的全副意义，而在这里，德性与才性相兼主要是指圣作为艺术创作精神的主体。

讲文学需要讲才情，“不论才”是难以讲文学的。程子说过：“西铭吾得其意，但无子厚笔力，不能作耳。”[①] 这里的“笔力”就是讲“才”。刘勰《文心雕龙》还赞“公旦才多”，又说“才有天资”。魏晋南北朝是思想解放，以及需要人才也造就了人才的时代，其中也不乏文学人才。学界都称其时为文学的自觉时代。所谓“自觉”，就是为文学而文学，有意识地创造文学，但思想解放，不知本而只任才气，也就没有方向感。其结果，是文学虽然有走向繁荣的趋向，但又陷入追奇逐艳。创作界是如此，批评界则“各照隅隙，鲜观衢路”，不能帮助创作界正本溯源，这样，整个文学界也就走在一条危险的邪路上。刘勰以文学承孔子，他要以历史的担当精神引导文学界走正路。因此提出了道—圣—文的文学纲领。而圣作为文学精神的主体统辖道与文。刘勰确立“作者曰圣”，把仁且智、德性人格与才性人格相兼的圣看作是真正意义的作者，作者的本义与精神灵魂，并作为作者之纲。文学的问题，首要的和主要的都是作者问题。刘勰确立圣为作者之纲，以纲统目，以圣为纲统辖作者，以明确智慧方向，这样，刘勰也就抓住了整个文学走正路的牛鼻子问题。

以上是说刘勰确立“作者曰圣”的时代意义。从整个中国文论发展来说，也影响深远。当然，刘勰的确立“作者曰圣”，以圣为作者之纲，除了上文谈到的思想来源外，即使在文学领域也不是晴天霹雳的，也是由来有自的。在文学领域，孔子的仁且智的圣义，也很早产生影响，最早受影响似可以说是屈原。屈原在《离骚》中开端就说自己是圣人的后人，又自谓“纷吾既有此内美兮，又重之以修能”。这里的“内美”与“修能”，正是圣的全副意义仁且智的不同程度的说法。可见屈原是自觉地以圣人的标准做工夫修炼自己的。当然屈原的“内美”与“修能”，不仅是指其作为文学主体，而且还指其作为政治主体方面，而我们在这里主要是从文学主体视之。唐君毅说过，司马迁是以史学承孔子。而中国文史哲不分家，从大文学视之，司马迁显然也是承圣人孔子的文学创作主体。屈原与司马迁皆可以看作是刘勰在文学领域确立“作者曰圣”的活生生的精神资源。刘勰在文学领域确立“作者曰圣”，其思想影响深远，这使作者有了方向感，有了明确的修持目标与最高境界，从而确保了中国文学创作主体精神不坠。我们可以看到，在文学评论方面，直到近代，近人王国维

① 参见《周敦颐集》，中华书局1990年版，第36页。

在评论到中国文学史上的杰出作家时，仍持“作者曰圣”的精神以评论，他说：“三代以下之诗人，无过于屈子、渊明、子美、子瞻者。此四子者若无文学之天才，其人格亦自足千古。故无高尚伟大之人格，而有高尚伟大文章者，殆未之有也。”[①] 王国维所列的四位最有代表性的诗人，在他看来，都是既有“高尚伟大之人格”，又有“文学之天才”的伟大诗人。其中“高尚伟大之人格”可统辖于圣之仁、德，而“文学之天才”则可统辖于圣的智，可见王国维仍然是以圣人的仁且智全副意义为标准以评价上述四位有代表性的伟大诗人以及所有中国作家的。这正是中国古代渊源自孔子，而为刘勰在文学领域确立的“作者曰圣”，而圣为作者之纲的创作主体精神不坠之一表现。

（二）“圣”与天才

如上所谈，也就关涉到圣与天才的关系问题。圣已如上述，下文先讲天才，又分别讲西方天才论与中国天才说，然后再讲圣与天才的关系。

1. 西方的天才论

在西方，最早运用到天才概念的拟为早期古希腊哲学家德谟克利特（前460—前370）。他认为诗人是靠灵感和天才来写作。他说：“荷马，赋有神圣的天才，曾作成了惊人的一大堆各色各样的诗。”[②] 到柏拉图（前427—前347）则进一步谈到了诗人灵感和天才的根源。他说：“凡是高明的诗人，无论在史诗或抒情诗方面，都不是凭技艺来做成他们的优美的诗歌，而是因为他们得到灵感，有神力凭附着。”因此，“这类优美的诗歌本质上不是人的而是神的，不是人的制作而是神的诏语；诗人只是神的代言人，由神凭附着”[③]。这就是说，天才及其灵感的根源为外在的上帝或神灵。

古罗马时代的贺拉斯（前65—前8），继承了古希腊德谟克利特等人的天才说，但他似乎不赞成德氏的主张，即只要有天才和得到灵感就能成为诗人，而不必勤学苦练。曾有人问他：写一首好诗，是靠天才呢，还是

---

① 《王国维文集》1，中国文史出版社1997年版，第26页。

② 伍蠡甫编：《西方文论选》上，上海译文出版社1979年版，第4页。

③ 同上书，第18—19页。

靠艺术？他说："我的看法是：苦学而没有丰富的天才，有天才而没有训练，都为无用；两者应该相互为用，相互结合。"[①] 此外，与贺拉斯同时代的郎吉驽斯还谈到天才不能传授的特点。到近代有德国的沃尔夫学派，以及美学之父鲍姆嘉通（1714—1762）等都对天才作过论述。艾迪生（1672—1712）还将天才区分为两类：生就的天才——自然天才和历史后天造就的天才等。但到康德之前，可以说西方学界对天才问题尚缺乏系统而深刻的论述。

对康德的天才论不能作孤立的论述，因为康德的天才论是其美学理论的重要部分，而他的美学理论又是其庞大哲学体系的一部分，因此，我们要了解康德的天才论必须返归康德整个哲学体系的大背景。

康德哲学有西方哲学蓄水池之称，即是说，前康德哲学流向康德哲学，为康德所集大成；后康德哲学则又从康德哲学流出。康德对人类理性所涉及的全部学问做了一个通盘的衡量与安排，以现象与物自身的超越区分为纲，写出了体现其哲学体系的三大批判。第一批判《纯粹理性批判》，是建立自然观念，说明科学知识，明确知识所管的是自然现象界，因此，只能应用到现象界而不能扩张到物自身界，也就是为科学知识、认识论划清界限。但自然知识的确立不取决于客观，而取决主观，因此，又称人为自然立法。第二批判是《实践理性批判》，讲道德，对象是善，预设意志自由等观念，涉及物自身界。讲道德涉及本体与方法（功夫），康德的方法论就是讲如何使道德法则在我们的现实生活中产生影响。如果说第一批判是人为自然立法，那么第二批判则可说是意志为自我立法。因此，习惯上又说康德哲学包括二层立法。这两大批判或两层立法，简单说来就是自然与自由问题，也就是现象与物自身之超越区分的问题。两大批判讲的自然与自由互不相干，这就有个如何沟通会合的问题。为了使这两界得于会合沟通，于是康德写作了第三批判，即《判断力批判》，作为联结两大批判，自然与自由的桥梁，因此第三批判也就成了康德哲学体系的"中介"。这是康德哲学的最高理境。

学界一般认为《判断力批判》是讲美学的，但实际上，它不是讲美本身的学问，因为美本身没有学问可讲。它讲的是判断力。判断有两种判

① ［古罗马］贺拉斯：《诗艺》，人民文学出版社 1952 年版，第 158 页。

断，即决定性判断与反省性判断。决定性判断是成功决定知识的判断，是有向判断。审美判断则不涉及客观原则，客观对象的质、量、关系等，它是无向判断。审美判断的原则是你不能证明的主观原则，或说主观的合目的性的超越原则。

康德讲自然与自由两世界，但自由王国世界不能朗现，自由意志落不下来，两个王国难以沟通，因此，这才需要审美判断插进来作为沟通的媒介。[①] 这当然难以做成。因为西方传统的真善美是各自独立的，所以这只是一构想而已，至多是实现嵌合或象征，而不可能达到真正的沟通统一。以上可以说就是我们要理解康德关于天才问题，所要清楚的康德哲学美学的前提。

康德美学的理想美是“依存美”，最高的美学命题是“美是道德的象征”。而艺术美是美的集中表现，因此，美集中地讲就是艺术美。康德讲的艺术，不是艺术的一般，也不是一般的艺术，而是以快乐情感为直接意图的本质上是合目的性的一种表象，又是以反省判断为其标准的一种艺术。同时美的艺术的合目的性，虽然是“有意”，但又不能被看作是有意的样子，即必须通过以鬼斧神工的自然的样子来表现。因此，康德将此种艺术进一步落实为“天才的艺术”。所谓“美的艺术是天才的艺术”。并由此进而论述其创作主体的天才问题。

学界在讲康德的天才问题时，不少学者往往以独创性、典范性、神秘性、无意识性、非规则性等去概括其特征。这当然亦可以，但局限于此，似有脱离康德哲学框架孤立地讲天才问题之嫌。我们在上文讲过，要讲康德的天才问题，必须以康德哲学为框架展开才有意义，康德本人就是将天才问题，放在讲完“判断力的分析”后，作为“纯粹审美判断的演绎”中的问题来讲。“演绎”，这是宗白华（1897—1986）的译法，在牟宗三那里，“演绎”则译为“推证”，并说：“推证者，证成此审美判断之普遍性与必然性之为合法之谓也。”[②]

关于天才，康德下过两个定义，对其基本特征作过两个概括。第一个定义说：“天才就是那天赋的才能，它给艺术制定法规。既然天赋的才能

① 参见牟宗三《康德第三批判讲演录》，台湾《鹅湖月刊》2000 年第 26 卷第 5 期。

② 康德：《判断力之批判》上，牟宗三译注，台湾学生书局 1992 年版，第 54 页。

作为艺术家天生的创造机能，它本身是属于自然的，那么，人们就可以这样说：天才是天生的心灵禀赋，通过它自然给艺术制定法规。"[①] 经过对这一定义的分析，康德把天才的基本特性概括为四点。他说：

> 天才（一）是一种天赋的才能，对于它产生出的东西不提供任何特定的法规，它不是一种能够按照任何法规来学习的才能；因而独创性必须是它的第一特性；（二）……天才的诸作品必须同时是典范，……它自身不是由摹仿产生，而它对于别人却须能成为评判或法则的准绳；（三）它是怎样创造出它的作品来的，它自身却不能描述出来或科学地加以说明，而是它（天才）作为自然赋予它以法规，……作者自己并不知晓诸观念是怎样在他内心里成立的，也不受他自己的控制，……；（四）大自然通过天才替艺术而不是替科学定立法规，并且只是在艺术应成为美的艺术的范围内。[②]

以上是康德对天才基本特性的第一次概括，经进一步的深入分析，康德似乎意犹未尽，于是对天才的基本特性再作第二次概括，亦概括为四点。他说：

> 第一点，天才是一种对于艺术的才能，而不是对于科学的，在科学里必须是自己被清楚认识了的法则先行着，并规定着它科学里面的手续。第二点，天才作为艺术才能是以一个关于作品作为目的的概念为前提的，因而它是一个悟性，但也是一（尽管是未被规定着的）关于材料，即直观的表象，以便表达出一概念，这也就是一种想象力对于悟性的关系。第三点，不仅是在表现出一规定的概念里实现着那预定的目的，更多的是在表达或表现审美的观念里显示出来——这些审美观念具含着对此目的的丰富的素材——因而使想象力在它的不受规则束缚的自由活动里仍能对我们表出它对于表现那给予的概念是合目的的。最后第四点，在想象力对于悟性规律性的自由协和里这没意

① 康德：《判断力批判》上，宗白华译，商务印书馆1985年版，第152—153页。

② 同上书，第153—154页。

> 图的、非做作的主观合目的性是以这些机能的一种这样的比例和情调为前提。而这些都不是遵守科学的或机械模仿的规则所能做到，而只有主体的天才禀赋才能产生出来。①

对康德二次对天才基本特性的概括，朱光潜（1897—1986）曾做过一个比较，他认为，第一次概括所提出来的天才特性的“独创性、典范性、自然性以及运用限于艺术四点都还保留在新的提法里；新的提法有两个特点，一点是强调想象力与知解力（宗白华译为悟性——引者）的自由协调，另一点是指出天才与其说是见于形成审美意象，毋宁说是见于把审美意象描绘或表达出来。这第二点是值得注意的”②。应该说，这是很有见地的。在对天才的基本特性作了更高层次的概括以后，以之为前提，康德对天才给出了一个更深刻的定义。他说：“天才就是：一个主体在他的认识诸机能的自由运用里表现着他的天赋才能的典范式的独创性。”③

对康德的天才论，学界存在不少争议，我们觉得有两点是要特别提出来讲一讲的。一是关于为什么康德将天才限定于艺术领域，而认为科学领域无天才。对于康德的这一看法，中国学界大多持批评态度。朱光潜甚至认为，这是“荒谬”的。但他认为问题的“病根”在康德哲学与美学将“内容与形式的割裂”④。这就根本没有说到点子上。前文论说过，基于现象与物自身的超越区分，康德哲学存在两大王国：自然王国与自由王国，或说自然与道德（自由）二界。康德力图沟通二界，但自由意志落不下来，两界无法沟通，这才需要审美判断作为实现两界问题沟通的媒介。以此为思想基础，我们才能厘清康德天才说的实质。康德之所以认为科学界无天才，是因为科学属自然现象界。自然现象界受机械因果律支配，科学家不可能超越自然界因果律，也就不能由自然走向自由。自然不能实现两大王国，即自然王国与自由王国的沟通。康德并不是贬低科学，他自己实际上也从事科学，而是认为科学家是伟大的，他就极力赞美牛顿为代表的科学家的伟大和令人敬仰。

---

① 康德：《判断力批判》上，宗白华译，商务印书馆1985年版，第164页。

② 朱光潜：《西方美学史》下，人民文学出版社1979年版，第388页。

③ 康德：《判断力批判》上，宗白华译，商务印书馆1985年版，第164页。

④ 朱光潜：《西方美学史》下，人民文学出版社1979年版，第392页。

而美的艺术则不同，天才艺术家其天才虽然属于自然天赋，但艺术创作是自由创作，是想象力与知性的协和运动，也就是自然与自由的协和沟通。当然，艺术创作的自由不同于自然与道德（自由）两界的自由，但正如康德美学的最高命题："美是道德的象征"，艺术创作的自由可以作为道德（自由）的象征。象征地沟通二界。前文讲过，牟宗三的译文将一般译文作"演绎"的地方，而译作"推证"，并认为"推证"就是"证成"，这一译法可给我们以启示。总之，笔者认为，要理解好康德的天才论，必须植根于康德哲学与美学的框架，孤立起来看，是不着边际的。

由此，我们想要集中讲讲前文已涉及的第二个要讲的问题，即康德天才论的真义问题。笔者认为康德天才论的意义，并不能孤立地说明，当然你可以孤立地作为一个问题来研究。但在康德那里绝不是孤立的。康德并不是艺术家，但他在这里要提出美的艺术，并且认为真正美的艺术是天才的艺术。天才的艺术的创作是没有规则的，甚至连天才自己也没有办法给予科学说明等，这都强调了天才的创作不受任何现成的规则的束缚。天才的天赋本属于自然，但他可以走向自由，创作的自由虽然不同于道德的自由，但可以创作的自由象征道德的自由。因此天才问题可以说是康德无法证明两界沟通的最后美学证明，或说天才创作的美的艺术的证明或证成。当然，这是从康德哲学角度讲，我们在这里也可以以之为前提，再从西方传统的真善美各自独立的角度讲，从这个角度讲，天才则是艺术规则的最高立法者，天才为艺术制定法规。这与中国为圣人制定艺术法规，更确切地说为圣人发明艺术之常道，则不同。

2. 中国的天才说

中国古代重道德，圣人是中国人的最高精神境界存在形态。虽然孔子已讲过"天生德于予"(《论语・述而》)，又说过"生而知之者，上也"(《论语・季氏》)等涉及天才的话；但"大贤以上即不论才"(程伊川语)，因此，至迟到汉代以前，中国没有出现西方那样的天才概念，以及有关天才的讨论。到汉末，则情况有所不同，随着中央政府的走向崩溃，挟天子以令诸侯的曹操提出新口号，把人才看重在传统所重的德行之上，即所谓"治天下，平时尚德行，有事尚功利"。这也是曹操本人的写照。曹操的"唯才是举"的才重于德的新风气，引起了学术界有关人物才性问题的讨论，并逐渐形成中国较为系统的人才学理论。其中最值得注意的是我们已从圣人角度讲过的刘劭的《人物志》。对之，在这里，我们还需要从天才角度再作一些分析。

刘劭的人才思想，虽然仍以儒家为基调，但也会通了道、名、法诸家的思想，在人物分析上，他把道德、仁义、才能功利都会通在一起，体现了魏晋时代思想解放的特点。

刘劭评人物才性以中庸为准则。这里说的中庸，应与儒家讲的中庸有辨。儒家的中庸是最高的道德标准，正如《论语·雍也》说：“中庸之为德也，其至矣乎！民鲜久矣。”但在刘劭这里，中庸不是指理性道德标准，而是理想人才的最高标准，所谓“兼德而至，谓之中庸。中庸也者，圣人之目也”。即是说，中庸，就是圣人的一种称谓。作为理想人才的最高标准，自然不局限于道德方面，应还有其他方面。刘劭说：“圣贤之所美，其美乎聪明。”又说，“先察其平淡，而后求其聪明。……圣人……能兼二美”。即是说圣人之美，在平淡的人格性情与聪明才智相兼。这相兼又有先后之分。首先是圣人必具平淡之人格性情，所谓“平淡”，钱穆说：“平者如置放任何一物，放平处便可安顿；放不平处则不易安顿。淡则能放进任何物，而使其发生变化，不致拘缚在一定格上。总之，平淡之性格可使人之潜在性能获得更多之发现与成就。”又举例说：“‘平淡’一格。此如一杯淡水，惟其是淡，始可随宜使其变化，或为咸，或为甜。人之成才而不能变，即成一偏至之材，其用即有限。”[①]“平淡”二字，明显是来自道家老庄思想，而“中庸”二字，则自然来自儒家思想。刘劭以儒道二家思想相结合来规定圣人之人格性情，并作为人才之标准，这也体现了汉末魏晋时代思想潮流的特点。

以“中庸”（含平淡与聪明相兼）为最高标准，刘劭将人才总体区分为三类：兼德、兼材与偏材。所谓兼德之材，乃指九征之德兼备的人才；兼材，乃五德中得其一二个方面的人才；偏至之材，则指九征中突出一二个方面的人才。与此人才总体区分相一致，刘劭的人物的分类也相应地区分为圣人、德行与偏材三类。圣人是指九征五德相兼达到至高完美境界，即中庸（含平淡与聪明）境界的人。德行，是指九征五德初步具备而未

① 钱穆：《人物志·附录·略述刘劭〈人物志〉》，红旗出版社 1996 年版，第 215—217 页。

达完善境界的人。至于偏材则指于九征五德中只在某一二方面突出的人。刘劭还以中庸为准则，分析了十二种“偏材”的特点，又将十二种偏至人才大体概括为两类：一是“抗”，二是“拘”。抗者过之，拘者不逮。即一为过，一为不及，都是违背中庸准则的偏材。刘劭指出，偏材之人乃由“学不入道，恕不周物”造成的。刘劭认为，偏材缺点明显，因此，要“揆中庸以戒其材之拘抗”。在三类人物以下还有几类都不是出自真性情，而属于末流之辈的人物，依次是：依似、间杂。依似，是指在九征中于某方面似乎有所体现的，但这为似是而非，这是属于淆乱德行的一类人物；至于间杂，则是指在九征中，某些方面突出，但又与另些方面相违背，是无恒性，亦为似是而非的人物。

以上，是概括地讲刘劭《人物志》的人才分类框架。在里面，圣人依然是人才分类中的极致，但与心性哲学仅赋予圣人以最高超越理性的德性人格不同，在一个需要人才的时代，刘劭又赋予圣人以最高才性人格。从心性哲学看来，这是变味、为不顺，但却是时代的需求。其实圣人也是可以面面观的。前文讲孔子与子贡讲圣人，就讲其仁且智。《庄子·大宗师》说：“卜梁倚有圣人之才，无圣人之道，我有圣人之道，而无圣人之才。”也是从道（含仁德）与才讲。前文还引述过孔子说：“天生德于予”，又说：“生而知之者，上也。”更是讲圣人的德、才识，甚至有自然天赋的性质，亦即天才。由此可以说，圣人也是天才，甚至是最大的天才。在刘劭《人物志》中，没有讲到天才概念，但他从才性角度讲圣人，以及以圣人为最高标准分析人才，自然可以成为天才观形成的思想过渡。

刘劭《人物志》虽然没有提出天才概念，但里面设有专章论英雄。对英雄又有英、雄与英雄之分。他说：“聪明秀出谓之英，胆力过人谓之雄。”他又前者以张良为代表，后者以韩信为代表。他还认为，英或雄在人才划分上“皆偏至之材”，皆不足以成大业。需“一个人身兼有英与雄，仍能役英与雄，能役英与雄，故能成大业也”。他以刘邦为代表。牟宗三的《历史哲学》将楚汉相争的时代，看作是“天才来临的时代”。像《人物志》一样，他也把刘邦看作英雄的代表。同时，亦把刘邦标举为天才人物。这样刘劭的“英雄”也就过渡为牟先生的“天才”。牟先生还认为：“《人物志》开不出超越领域与成德之学，故顺才性观人，其极为论英雄，而不在论圣贤。顺才性一路入，对英雄为恰当相应者。盖英雄并不立根基于超越理性，而只是立根基于其生命上之先天而定然的强烈的才质性情之充量发挥。故才性观人，于英雄为顺也。”[①] 牟先生这一看法，引起了龚鹏程的反对。他认为，牟先生所认为的刘劭论人物，“以英雄为极”是“错的”。刘是“以圣人为极”。并认为，“立基于生命之先天而定然的强烈才情之充实发挥者，代表性人物，依汉魏人看，乃是文人而非英雄”[②]。其实牟、龚见解的不同，首先，在于视野不同，牟先生持心性哲学立场，认为圣人属于超越理性的德性人格，不属于气性的才性人格。因此，他认为刘劭《人物志》以才性论人物，虽列圣贤为极，但于哲学看不顺，当以英雄为极才为顺。而龚先生大致是囿于《人物志》而不能出。其次，牟宗三说的“立根基于其生命之先天而定然的强烈才质性情之充量发挥”者，指的是英雄，亦是天才。从历史哲学角度，牟先生以刘邦为英雄，亦为天才的代表。刘邦的征服其时的英或雄，取得天下，靠的是天姿、天才，不是靠理性。在牟宗三从心性哲学看来，英雄、天才皆属于气性，而非理性。因此，他又说：“宋儒能立成德之学，故能识英雄之病。推尊圣人，以德为本。是以汉唐英雄之主，在宋儒之照察下，亦卑不足道矣。盖理境既宽，眼目自高也。”[③] 这是从心性哲学的高度看问题。

牟宗三在《历史哲学》和《才性与玄理》中，以刘劭《人物志》的英雄概念讲刘邦为英雄，亦为天才。但他亦讲“《人物志》之品鉴才性，开出一美学境界”。这也就通向了文人。因此除了哲学视野不同之外，其实牟先生与龚先生的说法并不矛盾。只是牟先生没有就此再作分析，而龚先生展开了分析，正好达成互补。

龚先生认为，天才宜就文人而非英雄讲。笔者认为两方面都可以说，但相比较文人比英雄，是更为广泛且有影响一面。文人的代表讲法就是才子，才子在东汉魏晋南北朝是指有文学天赋的人，可见在中国，文学的才子是与天才相当的概念，才子后来尤其是指诗人，如唐代讲所谓“大历＋才子”。但金圣叹讲“六才子”，则由诗而泛指文学。

以才性理论为基础，东汉魏晋以后，在文学界，作者之天赋才能即天

① 牟宗三：《才性与玄理》，台湾学生书局 2002 年版，第 60 页。

② 龚鹏程：《中国文学批评史论》，北京大学出版社 2007 年版，第 208—209 页。

③ 牟宗三：《才性与玄理》，台湾学生书局 2002 年版，第 61 页。

才得到了重视。如颜子推（531—590）告诫子弟说：“必乏天才，勉强操笔。”（《颜氏家训·文章篇》）天才属气性，故又称才气。曹丕（187—226）就从气角度论述并强调作家的天才。他说：“文以气为主，气之清浊有体，不可力强而致。……虽在父兄，不能以移子弟。”（《典论·论文》）作家天才之气，是个人先天禀赋的，后天力强而为是无用的，也不能从父兄那里遗传。后来，严羽更正面强调“诗有别才”，特别的才能，亦即天才，这才非关“学”。当然亦有人强调“学”。一方面，光有天才是不够的，也需要学来强化，另一方面，因为天才毕竟少，大多数人皆缺乏禀赋的天才，要靠后天的“学”而有所成就。至于进一步的天才与学的关系，就暂不在这里讲。

3. 圣与天才的关系

以上，我们讲了圣人，又讲了西方主要以康德为代表的天才论，以及中国的天才说。顺其自然，也就可以讲圣与天才的关系了。

西方是上帝与人二分世界，上帝与人之间由圣子耶稣沟通。西方没有圣人观念，只有天才概念。天才在康德那里出现在美的艺术领域，负有以美的艺术象征道德自由，实现自然与自由沟通的美学证明的使命。由于西方没有圣人观念，因此也就不存在圣与天才关系命题。但其天才观念可以作为我们谈中国的圣与天才问题的参照。

讲圣与天才关系问题主要是就中国文化哲学和文论角度讲。龚鹏程曾就《文心雕龙·征圣》之“作者曰圣”谈起，说过：“圣人即是文人，……圣人、才子、文人，是一体的。”[①] 而在他那里，如上所谈，才子亦即天才。这也就是说圣人与天才是一体的。孔子虽然说过，圣人“生而知之”，是天才，但二者决不能画等号。如上所谈即使在以才性论人物的《人物志》中，二者也不画等号。在其人才总框架中，圣人处于最高品级。内里虽然没有文人、天才、才子概念，但如上所谈，天才应与英雄处于同一层次，皆为偏至之材，至多是兼材。圣人与之是不同品级的，如何能看成“一体”呢？

从心性哲学看，则更不同体。圣人属超越理性，英雄及天才之类，皆属气性，属自然禀赋。气有尽时，所以有“英雄气短”、“江郎才尽”之

① 龚鹏程：《中国文学批评史论》，北京大学出版社 2007 年版，第 218 页。

说。从理统气角度说，圣可以统辖英雄、统辖天才、才子。圣人为纲，天才、才子、英雄为目，为纲目关系，而不是同体关系。

在天才与美的艺术关系问题上，康德有一句名言，大自然通过天才为艺术制定法规。简而言之，就是天才为艺术立法。但这样说，也只适合西方。而在中国，若说天才为艺术立法，则是不能成立的。在中国，若参照康德的说法，虽不能说天才为艺术立法，但可以模仿地说圣人为艺术立法。当然古人不这样讲，只说圣人立人极，进而亦立作者之极，为作者的本义，精神灵魂。说圣人为艺术立法，只是出于对比而模仿康德讲。进一步，我们还要明确，西方的天才为艺术立法，与中国的圣人为艺术立法，其意义是各不相同的。康德的天才为艺术立法，是在现象意义上讲的，其讲的法，属技法的范畴，因此，西方的天才为艺术立法的法是可变的。后起的天才可以由先前天才之立法之刺激，而重新立法。而中国圣人为艺术立法的法，是无法的法，是常道法。相对于康德的现象意义的法，可以说是物自身意义的法，即法之在其自己的法。是天地变，道不变，法不变的。道无所不包，无所不在。千圣一心，前圣后圣乃为一圣心，其道其法亦一以贯之。因此我们一代代人只能不断地体会领悟而日新。

中国文学源自圣人创作或整理即再创作的六经，又主要是《诗经》。《诗经》的基本精神，就是孔子发明并概括的“思无邪”亦即中道。这也可以说是圣人为中国文学立法的一种表述。钱穆说，中国全部文学则尽从此诗三百来。这也就是说，几千年中国文学的发展乃为圣人所立之道法，所一以贯之。这中间，虽然又有由《诗经》，而《楚辞》，汉赋、唐诗、宋词、元曲、明清小说等之不同，但这不同，只是现象意义的技法不同，而圣人所立之法即道法却是一以贯之而不变的。这是中国圣人为艺术立法（道）与西方天才为艺术立法（技）之重要区别。我们由此可进一步理解中国圣人与西方天才的不同意义，以及中国文学的精神特质。

（三）作为纲的圣与其所统辖的目

1. 作者何谓

前文引述过刘勰说的“作者曰圣”，但还未谈及“作者”之意。如以现代汉语看，是很容易理解的，无非是作为名词，指创作主体。但从古代汉语，特别是从“作者曰圣”的思想源流看，是并非那么简单的。从词性看，它既可作名词，又可作动词看，而无论如何看，关键在对“作”意如何理解。《说文》说：“作，起也。”《广雅》说：“作，始也。”这是辞典意义。前引述过王充等人的解释。王充在《论衡·对作》中说：“造端更为，前始未有，若仓颉作书，……《易》言伏羲作八卦，前是未有八卦，伏羲造之，故曰作也。”颜师古注《汉书·礼乐志》说：“作谓有所兴造也。”朱熹在《四书集注》中说：“作，则创始也，故作非圣人不能。”可见“作者曰圣”的“作”意，非现代汉语所谓的一般制作或写作之作，而是前始未有的具伟大意义的创始性的创作，如仓颉造字，伏羲造八卦等。

这是直接讲“作”意，此外，我们还可以通过与“述”、“论”等比较，更深入地理解“作”意。在《史记·太史公自序》有一段谈及司马迁与上大夫壶遂的对话，里面论及“作”与“述”。壶遂说：“孔子之时，上无明君，下不得任用，故作《春秋》，垂空文以断礼义，当一王之法。今夫子上遇明天子，下得守职，万事既具，咸各序其宜，欲以何明?”司马迁当然有他要“明”的历史大义，但又不可与壶遂这样的人明说，因此，只好“唯唯、否否”，而借引先人话说：

> “伏羲至纯厚，作《易·八卦》。尧舜之盛，《尚书》载之，礼乐作焉。汤武之隆，诗人歌之。《春秋》采善贬恶，推三代之德，褒周室，非独刺讥而已也。”汉兴以来，至明天子，获符瑞，封禅，改正朔，易服色，受命于穆清，泽流罔极，海外殊俗，重译款塞，请来献见者，不可胜道。臣下百官力诵圣德，犹不能宣尽其意。且士贤能而不用，有国者之耻；主上明圣而德不布闻，有司之过也。且余尝掌其官，废明圣盛德不载，灭功臣世家贤大夫之业不述，堕先人所言，罪莫大焉。余所谓述故事，整齐其世传，非所谓作也，而君比之《春秋》，谬矣。①

这段对话涉及的问题较多，在这里，我们只就“作”与“述”讲。本来司马迁尝以孔子的继承者自许。唐君毅就说，司马迁以史学承孔子。

① 司马迁：《史记》，中华书局2006年版，第761页。

如此，当壶遂将司马迁撰写《史记》与孔子作《春秋》相提并论，本应视为“知音”才是，但司马迁不同意他的看法，认为自己只是“述故事”，非所谓作，比之孔子作《春秋》，是错误的。司马迁之所以如此说，当然有时代风险的考虑，但就“作”与“述”之真义看，亦未尝不是真情。因为孔子作《春秋》已奠定了中国史学的真精神。孔子是中国史学的创始者，历史之道的发明者。司马迁只是承传者，因此相对于孔子的“作”，司马迁说自己是“述”，不能不说又是真情。

比司马迁为后的另一位抱负很大，并欲以文章名世的扬雄（前53—前18），也遇到作、述的问题。当时他正效仿孔子的《论语》写作《法言》，又效仿伏羲作《易》，撰写《太玄》。有儒者责问他说:“述而不作，《玄》何以作?”面对责问，扬雄不得不自我辩解说：“其事则述，其书则作。”(《法言·问神》）这是什么意思呢？汪荣宝疏云：“谓《玄》之义理亦述也，其文辞则作耳。道之大原出于天，虽圣人亦但能有所发明，而不能有所创造。若夫授据所学，发为文辞，垂著篇籍，则正学者之所事，虽作亦述也。司马云：‘仁义，先王之道也，方州部家，扬子所作也。’言扬子虽作《太玄》之书，其所述者亦先圣人之道耳。”当时还有儒者讥讽扬雄非圣人而超越孔子作经，乃是犯了如同政治上僭越之罪，要全家诛绝：“诸儒或讥以为扬雄非圣人而作经，犹春秋吴楚之君僭号称王，盖诛绝之罪也。”[1] 这种类比是极为荒谬的，但从一个侧面也说明了汉代对“作”与“述”意义区分的严格界限。

除了司马迁、扬雄遇到“作”与“述”问题的困扰外，后汉最富战斗精神的王充也遇到了这个问题。面对他人的责问，王充甚至还拈出了一个“论”字以调解。有人责问王充说：“圣人作，贤者述。以贤而作者，非也。《论衡》、《政务》，可谓作者。”王充理所当然不接受这样的责问，但在辩解中也只能拈出一个“论”字以回避。他说：“非曰作也，亦非述也，论也。论者，述之次也。《五经》之兴，可谓作矣，太史公《书》、刘子政《序》、班叔皮《传》，可谓述矣，桓君山《新论》、邹伯奇《检论》，可谓论矣。今观《论衡》、《政务》，桓、邹之二论也，非所谓作

① 班固：《汉书》11，中华书局1990年版，第3585页。

也。"[①] 面对责问，王充只能进一步界定作、述、论的关系，并将自己的《论衡》定位为"述之次"，即比述还要次一品级或层次的"论"。以王充为依据，这样在有关创作的问题上，也就分明地可以区分为作、述、论之品级或层次。相应地对创作者即主体而言，也就可以有圣、述者、论者之别。

从以上的引证分析中，除了看到某些僵化的思想成分之外，我们的确从中也可以看到古人对"作"赋予的真意以及作为"作"之作者的圣的真意。

2. 作为纲的圣与其所统辖的目

以上我们从多方面讲了圣，又讲了天才以及圣与天才的关系，还讲了作与作者在古代的深刻意义。有了这些作思想基础，下面我们就可以进一步谈一个问题。这就是刘勰何以在《文心雕龙·征圣》伊始就要确立"作者曰圣"，也就是确立圣为作者之纲。我们认为对这个问题可以从三方面去理解：一是如唐君毅所认为的，刘勰以"文学承孔子"。我们知道，"作者曰圣"是一个承传的命题，其思想源头可以说源于孔子，在《礼记·乐记》中表述为"作者之谓圣"，指的圣人制礼作乐，刘勰由此推演到文学创作，从而确立圣人为文学创作的主体，而立作者之极，并为纲。二是笔者认为刘勰确立"作者曰圣"，这也是与刘勰确立"文以明道"为文学纲领相呼应的。道与圣的关系，正如朱熹所说："道是无躯壳的圣人，圣人是有躯壳的道"，是一而二，二而一的关系。就文学之本体根源来说是道，就作者来说是圣人。三是刘勰之所以要明确地确立"作者曰圣"的作者之纲，立作者之人极，也与时代文学思潮有关。刘勰所处的魏晋南北朝时期，被学界称为"文学的自觉时代"。其时思想解放，激发了无数作家的才情。但终因"去圣久远，文体解散，辞人爱奇，言贵浮诡，饰羽尚画，文绣鞶帨，离本弥甚"。简言之，就是因去圣久远，众多作家遗忘了圣的精神导引，致使文学创作远离根本，脱离了文学的正确轨道。刘勰确立"作者曰圣"，就是要从作家主体入手，解决时代文风的问题。

刘勰确立"作者曰圣"，立作者之极，明作者的本义，并为纲，这是

① 王充：《论衡·对作篇》，岳麓书社 1991 年版，第 443 页。

纲目体系的讲法，而不同于钟嵘将一时代的诗人从鉴赏的角度区分为上、中、下三品的品级分法。从纲目体系讲作者，必须纲举目张，而从《文心雕龙》看，刘勰虽讲到天才，如讲到“公旦多才”、“才有天姿”等，也讲到“缀文者”即一般作者，但似还不是很集中地从纲目体系去分析。因此，要从刘勰起始的从纲目体系去讲文学作者，还需要我们进一步接着讲。如是，我们讲这个问题，就不能太拘谨，而必须将笔荡开，看看其他领域的思想资源可以给我们什么启示。

孔子从因材施教的立场曾说过：“中人以上，可以语上也；中人以下，不可以言上也。”(《论语·雍也》) 这里的“上”指上等学问，即“性与天道”。老子从闻道角度也区分说：“上士闻道，勤而行之；中士闻道，若存若亡；下士闻道，大笑之……”(《老子·41》) 上文分析过的刘劭《人物志》“依圣训”区分人物，由九征具备与否将人物区别为：兼德、兼材、偏材，相对的人物为圣人（兼德而达完美）、德行（失道而成德）、偏材（学不入道，恕不周物）。似也有从道、德区分人物的意识，但较杂。

在我国古代中医学理论中曾有一个讲法：上医治国、中医治人、下医治病。又说：上工治无病，下工治病。这种区分，也是从得医道的不同境界讲。清人邹一桂在讲到西洋画时说：“西洋人善勾股法，故其绘画于阴阳远近不差锱黍。……但笔法全无。虽工亦匠，故不入画品。”[①] 邹氏以中国画的特点看西洋画，因此对西洋画评价极低；“不入画品”，对西洋画家评价亦极低，认为仅为“画匠”，不入品级，等等。这些不同看法，都可给我们以启示。

以上是引述古人对各种人物的分类，下文要谈到现代人对人物的分类。笔者这里主要引述牟宗三对哲学人物的分类。牟宗三将哲学家区分为三个档次，他说：

> 真能人化那个被思议为宇宙性的哲学的那个人就是圣人；而这个圣人当该是孔子，因为他的智慧方向是正盈之教，而亦符合康德所说的“把一切知识关联于人类理性底本质目的”的那个哲学，即

① 沈子丞编：《历代论画名著汇编》，文物出版社 1982 年版，第 466 页。

> 哲学原型的哲学。如果依古希腊的意义，哲学家意指“道德家”而言，则康德所说的“理想的哲学家”亦当该是孔子。圣人与理想的哲学家为同一。但依中国的传统，我宁愿将圣人与理想的哲学家分开，其间当该有一点距离。因此，人化那宇宙性的哲学中所诠表的道理与方向者为“圣人”；依圣人所人化的方向，把那宇宙性的哲学之基型全部系统地彰显出来者为“理想的哲学家”。依康德，“此理想的哲学家不是理性领域中的一个技匠，而是其自身就是人类理性底立法者”。依圣人与理想的哲学家有别言，真正是人类理性立法者的那个人是圣人，而不是理想的哲学家。或如此说亦可，即圣人是人类理性底践履的立法者，而理想的哲学家则是人类理性底诠表的立法者，虽然他亦非无实践，然而未到圣人之境，因此，他相当于贤人或菩萨。
>
> ……西方的哲学传统无此样的哲学，他们只是在试探着作一些哲学性的思考活动，因此，他们所成就的哲学只是哲学的“经院性的概念”，而哲学家亦只是一些技匠（依康德此不可称曰哲学家）。[①]

在这里，牟宗三结合康德的看法，将哲学家区分为三个层次：一是圣人，主要指孔子；二是理想的哲学家，指康德；三是哲学技匠，主要指西方经院哲学家，但按康德严格意义上说，此类人又不可称为哲学家。这亦如上文引邹一桂所说，为画家中的画匠层次。笔者认为，牟宗三结合康德对哲学家的区分，可以给我们理解刘勰以及中国文论从纲目体系讲文学作者以启示。

前文讲过，前人有讲法，孔子以后圣人不再，只有亚圣。这实际上是说像孔子那样的浑无罅缝一体化的圣人不可能再出现了，但可以以十字打开，分化到各领域而形成不同领域的承传孔子精神的圣人。如在文化领域就诞生了各文化方面特别是各文学艺术方面的圣人。如，医圣（张仲景）、药圣（李时珍）、茶圣（陆羽）、剑圣（公孙大娘）等，在艺术领域，有书圣（王羲之）、画圣（吴道子）、乐圣（李龟年）等，在文学方面，最著名的有诗圣（杜甫）、文圣（欧阳修）、词圣（苏轼）等。中国

① 牟宗三：《现象与物自身》，台湾学生书局1975年版，第463—465页。

是诗国，与诗圣杜甫并列的，还有诗仙李白、诗佛王维等。不过，诗圣杜甫与诗仙李白、诗佛王维虽然同一序列，但又有不同。按牟宗三的看法，杜甫接受的儒家思想，李白主要接受的道家思想和王维主要接受的佛教禅宗思想，虽然同属中国心性哲学范畴，亦同特重主体性，但儒家思想与道家及佛教仍有不同，这就是，儒家的特重主体性，又“复加特殊的规定，而成为‘内在道德性’，即成为道德的主体性”[①]。因此，所谓诗圣、诗仙、诗佛，虽同属一档次，但还是有不同的。作为诗圣的杜甫与作为诗仙的李白相比，就其主体性来说，也就复加了道德伦理方面的内容。我们先看看前人怎样论杜甫。管世铭说：

> 少陵一生，笃于伦谊：“梦中吾见弟，书到汝为人”，同气之爱也；“香雾云鬟湿，清辉玉臂寒”，伉俪之情也；“世乱怜渠小，家贫仰母慈”，父子之恩也；“已用当时法，谁将此义陈”，“一病缘明主，三年独此心”，“尽哀知有日，为客恐长休”，友朋之谊也。至于爱君忧国，每饭不忘，尤不可枚举。其得于诗之本者厚矣，故曰“诗圣”。[②]

儒家的心性哲学不是教条，而是实践智慧学。心性道德的血缘之本乃五伦关系，上引诗论家点出杜诗的心性道德内容。此亦杜甫诗艺之生活化，处处体现了五伦道德精神。这段话的文眼在论者点出的“其得于诗之本者厚，故曰‘诗圣’”。倒过来也就是杜甫之所以称为诗圣，在“其得于诗之本者厚”。那么这“诗之本”是什么呢？笔者认为就是以五伦血缘关系为核心的心体与性体。诗论家又说杜诗为“诗史”。余成教说：

> 宋章圣谓“杜成诗自可为一代之史”。苏子瞻谓“子美诗外尚有事在”。秦淮海谓“似诸孔子集清任和之大成”。叶梦得谓“工妙至

① 牟宗三：《中国哲学的特质》，上海古籍出版社1999年版，第4—5页。

② 张武铭整理：《李白杜甫诗全集·附录二：诸家评杜》，北京燕山出版社1995年版，第634页。

到，人力不可及”。浦起龙谓“诗运之杜子美，世运之管子也。具有周公制作手段，而气近于霸。诗家之子美，文家之子长也。别出春秋纪载体裁，而义乃合乎风”。“……代宗朝诗，有与国史不相似者。史不言河北多事，子美日日忧之；史不言朝廷轻儒，诗中每每见之。可见史家只载得一时事迹。诗家直显出一时气运。诗之妙，正在史笔不到处。”①

这段话的点睛之笔在将杜甫与史家比较，认为史家“只载得一时事迹”，即历史现象，而杜甫诗则有显时代“一时气运”。历史“气运”，即历史之运行大道。这是作为“诗史”的杜诗高于一般史家之史之处。

徐复观在比较李白与杜甫时说过：

杜甫……乃系把他整个的生命，投入于对时代无可奈何地责任感里面的人。李白对当时政治的昏乱和事变，一样的感受真切，一样的动魄伤怀，不如此，便不能成其为李白。古今中外，断乎没有与时代痛痒不关，而能成为一个像样子点的诗人、词人的。这才是中国近代出不来一个真正大诗人、词人的根本原因之所在。但如前所述，李白是不断地要从动魄伤怀中飞越出去，而不肯把自己闭锁在那里，他的人生基本情调，非常像“知其无可奈何而安之若命”的庄子。庄子的生活情调是“逍遥游”（庄子有《逍遥游》篇），而李白则是“素手把芙蓉，虚步蹑太清”（《古风》）。东坡《李白画像赞》说“谪仙非谪乃其游”，这个“游”字即“逍遥游”的“游”。杜甫对于他的时代的痛切感受，并不是想飞越，而是想去承担下来。要承担却又无法承担，这便形成杜甫一生的苦难精神，及由此苦难精神所观照的苦难世界。“许身一何愚，窃比稷与契。……穷年忧黎元，叹息肠内热。……忧端齐终南，澒洞不可掇。”（《自京赴奉先县咏怀五百字》）……由此种情与景所结合的诗的形相，是“大”，因为他是担当着一个时代；是“深”，因为他不仅是观照，而是不断地向人生社

① 张武铭整理：《李白杜甫诗全集·附录二：诸家论杜》，北京燕山出版社1995年版，第635页。

会的内部去沉潜；是“厚”、是“重”，因为他经常担负着与终南山一样高的忧患。陶渊明、李白是道家思想中的两种形态，而杜甫则主要是出自儒家精神。他……上继风《骚》，下开百代……①

与徐先生概括杜诗形相的特征为“大”、“深”、“厚”、“重”相近，刘熙载（1813—1881）亦说过“杜诗高、大、深俱不可及。吐弃到人所不能吐弃，为高；涵茹到人所不能涵茹，为大；曲折到人所不能曲折，为深”②。徐、刘谈到的杜诗形相的特征，都通圣迹，因此说杜甫是诗圣，是中肯的。但迹还要化为无迹，即孟子说的：“大而化之之谓圣。”相对于孔子，杜尚未大而化之。因此以前文引述牟宗三对哲学家之三分：圣人、理想的哲学家、哲学技匠为参照，若说浑然一体的孔子是圣人，那么说杜甫等为十字打开，分派为诗圣是可以的，但相对于孔子，说为理想的诗人也是可以的，或更为恰当。

在美与艺术领域，西方如康德重天才，认为天才为艺术制定法则，或说为艺术立法。但西方天才的为艺术立法的法，皆为现象意义的艺术制作术的技法，于是天才在一定时候又刺激新的天才立法，以至于无穷。相比于西方，中国在美与艺术领域亦同样重圣人，圣人代表超越理性，天才则为气性。按牟宗三的说法，如刘邦那样的英雄为天才，而按龚鹏程的说法，中国古代重的才于就是讲大才，但都皆属气性。于是有英雄气短，文人才子即天才亦有“江郎才尽”，天才甚至会走邪路，于是才有王安石《伤仲永》之叹。在中国一般不像西方康德那样讲天才为艺术立法，若立也只是像西方那样，立的是现象意义的技法。如严羽与明前后七子代李、杜为诗立法的法，就是现象意义的技法。在中国讲作者曰圣，为艺术立法的是圣人。圣人立法的法是无法，是道法。这种道法相对于现象意义，为物自身意义的，是根源本体意义的。是无所不包，无所不在的，故又称为常道、常法，具往而返的永恒义，即使圣人也只是发明，后人只有不断地体会领悟，返本开新。因此，在中国，天才亦为仁且智的圣人所统辖，或说圣为纲，天才为目，这是从一个系列

① 徐复观：《中国文学精神》，上海书店出版社2004年版，第47—48页。

② 刘熙载：《艺概》，上海古籍出版社1978年版，第59页。

讲的作者之纲目。

前文又论及，作者曰圣，作与述、论不同。圣人作，述者述，论者论。因此相对于圣人，述者、论者皆为目。而圣人为纲，述者、论者皆为圣人所统辖。这又是从另一个系列讲的作者之纲目。

总起来说，这不同系列讲的都是作者曰圣，圣是立作者之“极”，作者的本义与心性精神灵魂，从纲目体系角度讲，则圣人为纲。圣人作为作者之纲统辖理想的作者（含诗圣等）、天才、写作技匠、述者、论者、缀文者等目。

二 “师乎圣”——创作论

刘勰在《文心雕龙·序志》中说：“盖《文心》之作也，本乎道，师乎圣，体乎经，……文之枢纽，亦云极矣。”这段话的意义，可统一说，亦可分别说，从后者言，“本乎道”是从文学的根源本体之“极”上讲，“师乎圣”则是从作者及其创作的“极”上讲。刘勰在《征圣》篇又说：“征之周孔，则文有师矣。”可见“师乎圣”的圣，是指众圣，但主要指周公、孔子，又尤其是指集大成的孔子，因为按传统的讲法，孔子是六经的选编、整理和最后完成者。所谓“极”是立人极的“极”，即以圣特别是孔子为作者及文学创作的精神灵魂和最高典范，从纲目角度则以圣人为纲。刘勰认为，只有“师乎圣”，才能在创作上走出时代已陷入追奇逐艳的泥潭而接续文学的主脉大气，返归正道。

那么在创作上如何“师乎圣”呢？刘勰首先从圣人创作的原则纲领讲。那么这个原则纲领是什么呢？刘勰说：“爰自风姓、暨于孔氏，玄圣创典，素王述训，莫不原道心以敷章……”(《原道》）刘勰认为，这里说的自伏羲起始，直至集大成的孔子，千古众圣都“莫不原道心以敷章”，就是众圣遵循的文学创作的原则纲领。我们在创作上要“师乎圣”，首先就要师乎这一原则纲领。在这一原则纲领中，最核心的，又是“道心”问题。因此，我们讲创作论，首先就从这一众圣“莫不原道心以敷章”的原则纲领，又特别是从“道心”讲起，然后以之统辖创作论的其他问题。

（一）“原道心以敷章”的文学创作纲领

1. 文心与道心

刘勰在《文心雕龙·序志》伊始即说：“夫‘文心’者，言为文之用心也。”这里的“文心”，可作《文心雕龙》的简称讲，如此，这是告诉我们，整部《文心雕龙》的创作的宗旨目的，就是要解决“为文之用心”问题。这是与中国文化是心文化，中国文学是心文学相呼应的。但这个“为文之用心”的文心，极具深意，是不能如有的译者那样，仅仅从现代汉语的立场将之轻描淡写地译作已有动词性的“用心”讲。因为在刘勰那里，“为文之用心”具有多重意义，首先从词性上，就是一词多性，既可是动词，又同时是名词。作为名词，为文之用心的心是指心体，作者之心之本体；作为动词的“用心”，才是指心体之发用，心体之发用的用心在文学创作亦为文学创作的心理活动或思维活动过程。在名词的心体与动词的用心中，又应以心体为体，用心为用。可见在刘勰那里为文之用心的文心应包括体用的内容。而我们一般现代译者，只讲为文之用心的文心的心之用即用心，而不讲文心之心体，这就将体用不二的文心根本丢掉了，而陷入主观随意性。这是无论如何也不能将“文心”问题讲到位的。刘勰所处的魏晋南北朝时期，在文学创作上已陷入“追奇逐艳”的邪路，从文心上讲，关键问题不在文心之用，而在文心之体。从心脏流出的才是血，从水池中流出的只会是水，关键在心脏、心体。刘勰提出“师乎圣”，树圣人创作精神为典范，立圣人之极，并总结出圣人创作的原则纲领，明确为“莫不原道心以敷章”，就是要从心体的根本上解决问题。

这样，我们要明确众圣“莫不原道心以敷章”的文学创作原则纲领的意义，就必须从明确“道心”的意义开始。那么如何理解“道心”呢？关于“道心”及其牵涉的一桩学术公案，我们在前文已从哲学角度做过分析。在这里为了行文的连贯仅略作概述。前文讲过，“道心”出自伪《古文尚书·大禹谟》，为尧传舜、舜传禹的十六字心传的核心。伪《古文尚书》出自东晋永嘉之乱后，今、古文《尚书》皆亡失的时期为梅赜所呈献。到宋代其伪书面目已为朱熹等人所窥破。但正如上引熊十力所指出，宋儒虽知其伪，但终不否定十六字心传，因为它确有思想根源。朱熹等不仅不否定，而且如上文所引陈荣捷所指出，还把它作为儒家道统的哲学内容。这虽然存在武断之处，但亦确为新儒家发展之哲学性内在需要。

正如上引王元化所指出，刘勰属于古文经学，他读到并在《文心雕龙》中引用的《尚书》，乃其时唯一存在的伪《古文尚书》。儒家道统问题，虽到朱熹才大致完成，但孔孟早就开其端绪。如唐君毅所指出，刘勰要以文学承孔子，自然也受儒家道统思想的影响。因此，他对十六字心传情有独钟也属理所当然。刘勰以文学承孔子，于是将儒家道统思想引申并统辖文学传统，以道心统辖文心也就自然成章，这也可以说是刘勰一创造性发展。这样在刘勰那里，“文心”问题，就不只有为文之用心的用心问题，而且有个更为根本的为文之用心的心体即道心问题。一为已发，一为未发。未发的道心为心体，已发的为文之用心，则为道心之心体之用。这就是说在刘勰那里，文心具体用不二关系。这样，刘勰就从根源本体上解决了时代文学思潮走向追奇逐艳弊端的问题，也是刘勰远远高于时代其他文论家之处。可怜的是，现代很多《文心雕龙》研究者往往没有看到这根本的一点，甚至有不少研究者，仅仅把《文心雕龙》看作是一部谈“写作指导或文章作法”的形而下的技巧性之书。这如何谈得上与刘勰心灵相通。将其层次看得那么低，如何对得起刘勰呢！

刘勰讲的道心，在儒家传统里，也可以叫圣心，千圣一心之心，在孔子那里，也叫仁心，孟子叫本心、良心，《中庸》叫诚心，《易纬》讲天地之心，张载称大心，王阳明讲良知，这些都可以看作是道心为总名，或说为纲所统辖的纲目。

上文讲过，中国文化是心文化，中国哲学是心性哲学。不仅儒家哲学是心性哲学，道、佛也属心性哲学，在中国哲学三大主流中，儒家为主流中的主流。儒家讲道心、圣心，或仁心、道家有时亦讲道心，但与儒家有不同。道家所讲较多是经“损之又损”或“心斋”、“坐忘”而形成的虚静之心。佛家所讲则为自性清净心。儒、道、佛哲学内容有所不同，如儒家哲学含道德内容，道、佛没有道德内容，但皆处于同一层次。由于在三大哲学系统中，儒家为主流中的主流。因此，就心体上讲，儒家的道心、圣心、仁心等可以为纲，统辖道家的虚静之心，与佛家的自性清净心。

道心、虚静之心、自性清净心，是从三家哲学上讲，中国文史哲不分家，又哲学乃作为文化之一的文学的核心，因此，从哲学上讲的概念也可以在文学领域讲。以之为纲，在文学领域也还有其他讲法。如孔颖达在

《毛诗正义》中讲风雅时说：

> 一人者，作诗之人。其作诗者道己一人之心耳。要所言一人［之］心乃一国之心。诗人览一国之意以为己心，故一国之事系此一人使言之也，……故谓之风。……诗人总天下之心、四方风俗以为己意，而咏歌王政，……故谓之雅。

这里是说诗经的诗，并非仅仅道诗人一己之心、个人之事，而是一人之心乃一国之心、天下之心；一人之事，乃总揽一国之事、天下之事及其风俗。要做到这样，用柳诒徵（1882—1956）治史的说法，就要诗人作者能“大其心量”。柳先生说：

> 第尝妄谓学者必先大其心量以治吾史，进而求圣哲、立人极、参天地者何在，是为认识中国文化之正轨。①

“大其心量”，就是要扩充一己之心为一国之心，天下之心的大心。当然扩充了的此“大心”只是上正轨，只是接近圣心、道心，但还不是圣心、道心。孟子说：“大而化之谓之圣。”大心尚为有迹，有迹必须化掉这有迹为无迹，才能进入圣心、道心之域。而圣心、道心，按孟子的说法，乃“先得我心之所同然”。我们之心、一国之心、天下之心，早统辖在圣心中，为圣所先得，这正是我们要“师乎圣”的高妙处。

总之，我们对刘勰的“文心”，不能仅仅理解为心之用的用心。他引用伪《古文尚书》中以“道心惟微”为标志的十六字心传，并提出众圣“莫不原道心以敷章”的文学创作原则纲领，这就告诉我们，他讲的“文心”是体用不二的，即包括心体与心用。这个心体就是道心并可以以之为总名；为文之用心的心用，乃道心心体的发用。我们认为，只有这样理解，才是与刘勰心灵相通，得刘勰之真意，并进而得中国古代文论之真意。

以上是从心体与心用或用心，即文心之体用角度分析刘勰的“文

① 柳诒徵：《中国文化史·弁言》上，东方出版中心1988年版，第3页。

心”，这是一层重要意义，除外，刘勰的“文心”还有另一层重要意义，即心体之层次意义。上文讲的“道心”，在十六字心传以及它的思想来源中，是与“人心”相对来讲的所谓“道心惟微”，“人心惟危”。按朱熹等人的解释，人心出于形气之私，故有私之底本，在一定程度上可作为欲心、私心讲，亦可泛指为一般的人心，在这里，也可以泛指为一般作者之文心。这样，刘勰提出以道心为文心之纲。这里面就隐含着一层关于心体的重要意义，这样就有一个作为一般作者之文心，如何上升为道心，或合道心的审美创作之文心的问题。

2. 文心上升到道心的中介：实践与修养工夫

余英时曾指出，是否重视修心养性是中西文化的重要区别。他说：

> 修心养性不仅是中国知识人的特征之一，而且这个观念也打进了通俗文化中。在“外在超越”的西方文化中，精神修养主要是寺院（monasteries）中修士的事，世俗知识人是不大讲究修养的。[①]

从文化角度看，这重不重修养的根源，有文化类型的不同，按余先生的讲法，西方文化是外在超越型文化，中国文化则为内在超越型文化，也可以说中国文化是心文化。西方文化是两个世界，人虽然是上帝按自身样子创造出来的，具有神性，但神、人是两个世界，人是不能成为神，修成上帝的，上帝只有一个，这就限制了西方人修养的意义。而中国则不同，中国是一个世界，虽有凡、圣之分，但皆为同一个世界的人。人皆可以为尧舜，满街都是圣人，即讲众生皆有佛性，人皆有圣性，因此皆有成圣、成佛的可能和潜在性。至于能否成圣、成佛，则关键在自身自我心性修养实践的程度。因为修养工夫为关键，所以自然为人们所重视。这是从文化类型角度讲，进一步从文化的核心哲学讲，也是如此。牟宗三说：“讲本体必讲工夫，本体工夫一定两面讲。这在西方哲学中就差了。西方哲学只是当哲学看，重视理论分解，而不重视工夫。工夫就是所谓‘实践’。但在这个地方，东方的学问就不同了。……讲道体就涵着工夫，讲工夫就印

① 余英时：《现代危机与思想人物》，生活·读书·新知三联书店2005年版，第28页。

证道体，这两面一定是相应的。不光儒家如此，道家和佛家都是如此。”①

儒家自创始人孔子起，就重视工夫修养，强调所谓“仁者静”。(《论语·雍也》）孟子自然也重视工夫修养，并强调自己擅长养就至大至刚的浩然之气。但儒家最重要的修养工夫还是慎独。慎独最早见于《中庸》、《大学》。其中在《中庸》中，慎独是作为相应“天命之谓性，率性之谓道，修道之谓教”的性体、道体的修养工夫讲的。朱熹在注慎独时，引进专讲变化之道的《周易·系辞》的“研几”思想一并讲慎独，认为慎独是讲独知与审几。② 其中独知是指人所不知而己所独知之者。“几”是指理之“小者”，及细微之事，或人欲于隐微之中，未形而将萌之状态。慎独作为最重要的修养工夫就是练就培养独知此“几”，并将之克服，而实现保护并存养心体、性体处于不偏不倚之“中”的状态。王阳明则进一步以心学的基础讲慎独，认为慎独的独知就是“良知”，“所谓人虽不知而己所独知之者，此正是吾心良知处”(传习录·下)。王阳明的良知，从心体讲，也就是孟讲的“良心”、“仁义之心”，陆象山讲的“本心”。如果以刘勰承儒家道统而来的“道心”为纲，那么“良知”、“良心”、“本心”、“道德仁义之心”等皆可视为“道心”的细目。如此，慎独也正是修养、印证此良知、本心、良心、道心之心体的工夫。在这方面，人们最喜欢讨论的是《中庸》中的一个重要命题：“喜怒哀乐未发之谓中，发而皆中节谓之和。”这个命题给予简化就是：未发—（已）发。对这个命题不能作孤立的理解，必须以此章前三句，即上文所引的“天命之谓性，率性之谓道，修道之谓教”为前提，并结合慎独工夫一并分析理解，这里的“未发”，即天命（天道）与人道心性相贯通的性，天即自然，亦即自己如此的性，从体用角度讲，也叫性体，从根源角度讲，也可叫心体。它是由慎独工夫独知其几。而存养此未发心体与性体处于不偏不倚的“中”的状态。“发”即由此心性转化表现为外在的喜怒哀乐之情，心性为体，情为用，即体即用，处于不偏不倚之中的状态的心性转化为情，自然也无不恰到好处而中节。恰到好处而中节，自然会产生和谐的效果。这也就是“率性之谓道”即遵循天命之性，自己如此之性，所走的人道。

---

① 牟宗三：《中国哲学十九讲》，上海古籍出版社1997年版，第373页。

② 参见韦政通主编《中国哲学辞典大全》，世界图书出版公司1989年版，第675页。

在这里最关键的是“中”，即不偏不倚地处于中状态的心体、性体，此“大本”也。而此“中”的心体、性体之大本的修养，就又离不开慎独工夫。此慎独工夫的重要，以至明代刘宗周之学，专“以慎独为宗”[①]。他的学生黄宗羲则进一步以之讲体用，所谓“心无本体，工夫所至，即其本体”[②]。此是说本体（心体、性体、道体）与工夫（用）的关系，不是事先在心中存在一个抽象的本体，本体乃主体工夫修持存养到一定境界的呈现。此时即正如王国维引诗所说：“那人却在，灯火阑珊处。”工夫本体相即不离，但显然工夫起积极主动作用。

由此可见，儒家以慎独为标志的修养工夫就是通过独知与审几，修持与存养此心体（性体、道体）处于不偏不倚的“中”的状态。就心体的境界层次来说，也就是脱离一般带气性私欲的人心上升到道心为总名的理性本体之心的层次。

以上是讲儒家重视慎独为标志的修养工夫，以修持存养此心体、性体、道体，或将人心提升到以道心为总名的本体层次。同样，同为心性哲学的道家也是重视修养工夫的。在哲学上，道家与儒家相反对，认为儒家搞的那一套越来越失败，即所谓“失道而后德，失德而后仁，失仁而后义，失义而后礼”。(《老子·38》) 同时社会越来越堕落，因此道家要反其道而行之。在修养工夫上也是如此。如果说儒家的工夫是进，层层加码；那么可以说道家工夫“致虚极，守静笃”(《老子·16》) 则为退，是层层减损，即所谓“为道日损。损之又损，以至于无为，无为而无不为”。(《老子·48》) 如此修成虚静无为而无不为的心体。这是老子的工夫论。到庄子则开出更为完备的修养工夫论，所谓“心斋”与“坐忘”，以此修成无为的虚静心体而得道。儒道的修养工夫虽然不同，但正如在哲学上可以构成互补一样，在工夫论上也正可以构成互补。

以上所讲，都只是从哲学上讲修养工夫，在现代，哲学不同于文学，但在中国古代，文史哲不分家。哲学作为文化的核心，同样也是作为文化之一的文学的核心。因此，哲学上讲的工夫论核心地说也可以适用于文

① 黄宗羲：《明儒学案》下，中华书局2008年版，第1514页。

② 北京大学哲学系中国哲学史教研室选注：《中国哲学史教学资料选辑》下，中华书局1982年版，第248—249页。

学，同为文学的工夫论。从文学角度看，有深度的文论家，也是重视工夫修养的。如陆机（261—303）在《文赋》中说：“伫中区以玄览，颐情志于典坟。遵四时以叹逝，瞻万物而思纷。悲落叶于劲秋，喜柔条于芳春。心懔懔以怀霜，志眇眇而临云。”又说：“其始也，皆收视反听，耽思傍讯。”这里的意义较为多样，但其中一个重要意义，是强调作家在创作前，应具备道家那样的虚静境界，又兼儒家那样崇高的情操与志向。这讲的是心体的表现或说心之用，而没有进一步讲到心体。刘勰在《文心雕龙·序志》中批评其时的文论家，不能为文学“寻根”、“索源”。这从作家主体方面说，就是心体之大根大本。陆机也在他批评范围之内。而刘勰则不同，他在《神思》中说：“是以陶钧文思，贵在虚静，疏瀹五藏，澡雪精神。”这里讲的虚静之心，是与“文之枢纽”讲的“道心”相呼应的，为道心之细目。我们正是将刘勰在“文之枢纽”中讲的“道心”与“神思”中讲的“虚静之心”联系起来，并从中得到启示，从而明确了文心的心体与心用或用心的两层意义。刘勰以后，文论界一般较多讲用心，而较少讲心体。这样，不明确文心之心体的根本，只讲用心，心用则会如墙头草一般处于摇摆不定之中。

在现代文论家中，徐复观对古代文学创作的工夫论讲得最好。他还把文学创作区分为原始文学创作和文学家出现后文学家的创作。他说：

> 原始文学，乃来自生活中喜怒哀乐的自然感发，再加以天赋的表现才能，此时连思想的影响也说不上，何待于人格的修养，……及至“文学家”出现，当然要有基本学识，更需要由过去文学作品中获得创作经验，得到创作启发与技巧。……文学修养深厚而趋于成熟时，也便进而为人格修养。但也并非为创作的前提，乃至基本条件。文学中所反映出的作者的个性（性情），多为原始生活的个性，不一定是由修养而来的个性。①

在这里，徐先生认为，讲人格修养，是文学家出现以后的事，在这之前的原始文学纯粹乃原始人的自然生命的喜怒哀乐的感发，天赋才能的表

① 徐复观：《中国文学精神》，上海书店2004年版，第5—6页。

现。但这样讲原始文学只是一种猜测，而且不及心体。如参照孟子说的“尧、舜，性者也，汤、武，反之也”(《尽心上》)的框架，我们亦可以说，原始文学，亦原始诗人“性者”也，即既是原始诗人自然生命喜怒哀乐的感发表现，亦是其性体、心体如此，二者浑沦为一。后来随着社会生活的复杂化，心体性体与心用发生分裂，前者被遮蔽，甚至“放心”，才需要“反之”，以工夫修养使之返归。当然文学家的工夫修养，既有人心如何上升到道心的问题，亦有其他方面例如生活的积累和技巧的学习问题，这里主要讲前者。

徐复观又说：“只有儒道两家思想，才有人格修养的意义。”并认为道家“由心斋的工夫所把握到的心（虚静之心——引者按）实际乃是艺术精神的主体”。相比较儒家由慎独等为标志的工夫所把握到的心——道心、道德仁义之心等，则要作出“某种意味的转换，没有此种转换便可以忽视艺术，不成就艺术”[①]，包括文学。徐先生的看法是有见地的。因为道家工夫所把握到的虚静之心与儒家工夫所把握到的道心、道德仁义之心，虽属同一哲学层次，但有不同，前者没有道德内容，后者有道德内容，因此有些大而不能化之的儒者如程伊川等会对道德意义狭隘化，而视作文害道，为玩物丧志，从而“忽视艺术，不成就艺术”。这是一方面，但还有另一面，正如唐君毅所说，“智慧源于德性”。文学艺术作为一种用心的智慧，其根源动力也正在德性仁心上。

《老子》说：“归根曰静。”道家由心斋等工夫而把握到的虚静之心，实质上是要退归至无为的根源本体之心。道家之生正如牟宗三所指出的是一种“不生之生”，也即道生，道法自然，亦即一种自然生，自然即自己如此，亦为自己如此的生。道家的虚静之心，虽然可如徐先生所说为直上直下的艺术精神，但实际上道家并不在意艺术，倒是认为文学艺术是人为，违背自己如此的自然之道，因此道家都讲技（艺术）要进于道。《庄子》中很多被认为是讲艺术创作的寓言，如“梓庆削木为鐻”、“庖丁解牛”等，皆讲技进于道。因此，道家由心斋等工夫所把握到的虚静之心，本质上说乃得道的精神，只可说相通于艺术精神。

《周易》说：“天地之大德曰生。”儒家由慎独等为标志的工夫所把握

① 徐复观：《中国艺术精神》，春风文艺出版社 1987 年版，第 3、118 页等处。

到的道心、道德仁义之心，乃与天地同体的创造性之心。当然这创造主要是道德创造，文学创造不同于道德创造，但智慧源于德性，道德创造可以“转换”并统辖文学创造。如从心角度讲，就是德性仁心、道心转换为合道心之审美创造之用心。正因为儒家的文学创造，作为一种用心的智慧，有德性仁心、道心作为根源本体，因此其创造不乏动力。在此，若全程比较作为道家艺术精神代表的李白，与作为儒家艺术精神代表的杜甫，可以获得感性的理悟，在此暂不多说。

按余英时的讲法，中西知识人的一个重要区别，在中国知识人重视修心养性，而西方知识人则不大讲究修养。不过西方人虽然不重内在心性修养，但他们重视将人作为客体以研究，他们搞清楚了人类的由来，即达尔文的进化论，发现了人来源于动物，因此人性中不仅有神性，而且有动物性。恩格斯甚至说：“人来源于动物界这一事实已经决定人永远不能完全摆脱兽性，所以问题永远只能在于摆脱得多些或少些，在于兽性或人性的程度上的差异。”① 西方精神分析学家弗洛伊德于人性中的动物性亦有深刻研究，他曾将人的心理结构划分为前意识、意识和潜意识三个层次。后来又进一步完善他的潜意识理论，将早期心理结构表述为由“本我”、“自我”和“超我”组成的人格结构，其中“本我”相当于早期心理结构划分的潜意识。弗氏认为潜意识、本我代表着人类更深层、更原始、更根本的心理能量，但这实际上就是动物性。弗氏认为潜意识、本我即动物性，是人类心灵结构的核心，是人类一切行为的最大内驱力。弗氏不仅自己运用这套理论分析作品，而且他这套理论，可以说对西方现代与后现代各种文学艺术流派皆有不同程度的影响。

有人认为，弗洛伊德的精神分析理论为深度心理学，那么与之比较，中国心性心理学只能用方东美的用语“高度心理学”来表述。现代人往往对弗氏的深度心理学欣赏不已，以为是对人性的重大发现，但对人性的高度心理学则往往敬而远之。对人性的动物性，中国人也是早有认识的，如孟子早就有“人之于禽兽者几希”的命题。或许是人性中的动物性被批判过早，或许是中国认识论哲学不发达，以致影响了人们对人性中的动物性缺乏作为客体的深入研究，故此，中国人对人性中动物性的防范性意

① 《马克思恩格斯全集》第 3 卷，人民出版社 1972 年版，第 140 页。

识很强，但深入研究不足。因此，对西方以弗洛伊德为代表，在精神分析心理学等方面所取得的成就，我们应持欢迎态度并努力学习，以填补自身的不足。但作为作家之为文之用心，以及将人作为表现对象之心，若以此为高，为核心而不加分析，则很危险。这在中国古代有个诗文“何为而作”和“所以为教”的问题，下文要讲到。

3. “诗何为而作”与“原道心以敷章”

荀子在《乐论》中说：

> 夫乐者，乐也，人情之所必不免也，故人不能无乐。乐，则必发于声音，形于动静，而人之道，声音、动静、性术之变，尽是矣。故人不能不乐，乐则不能无形，形而不为道，则不能无乱。先王恶其乱也，故制雅、颂之声以道之，使其声足以乐而不流，使其文足以辨而不諰，使其曲直繁省廉肉节奏足以感动人之善心，使夫邪污之气无由得接焉，是先王之乐之方也。①

荀子认为，音乐可以表现人内在快适的心理状态，而表现这种快适心理状态、共同感情，为人所不可避免，因此人不能离开音乐。但有音乐，则不能没有音乐的表现形式，有表现形式而不加以引导，就会发生紊乱，先王厌恶因此而发生的紊乱，于是就制作雅乐、颂乐来引导人们走正路。这就是先王圣哲制作音乐的原则。《礼记·乐记》亦有相近说法。对这，换一句话说，就是雅颂之乐何为而作。《荀子·乐论》和《礼记·乐记》说的是乐。在《诗经集传·序》中，朱熹进一步发挥《荀子·乐论》和《礼记·乐记》的这一思想并综合相关思想，以论述“诗何为而作也”。朱熹说：

> 或有问于予曰：诗何为而作也？予应之曰：人生而静，天之性也；感于物而动，性之欲也。夫既有欲矣，则不能无思；既有思矣，则不能无言；既有言矣，则言之所不能尽，而发于咨嗟咏叹之余者，必有自然之音响节族（奏）而不能已焉。此诗之所以作也。曰：然

① 《荀子全译》，贵州人民出版社 1995 年版，第 425 页。又见《礼记·乐记·乐化》。

则其所以教者何也？曰：诗者，人心之感物而形于言之余也。心之所感有邪正，故言之所形有是非。惟圣人在上，则其所感者无不正，而其言皆足以为教。其或感之之杂，而所发不能无可择者，则上之人，必思所以自反，而因有以劝惩之，是亦所以为教也。[①]

在这一段以问答形式表述的文字里，朱熹首先从一般意义的“诗何为而作”讲起，也即是诗何以会产生的问题。朱熹从心性角度讲，这是由于人的心性虽然好静，但有感于生活与客观事物而动。有动就会反思，有反思而有所得则必须通过语言表达。而一般语言不能尽，在咏叹之余，又非有音响节奏的诗以表显而不能自已，于是就有诗的创作。这是讲一般诗何为而作。由此进一步朱熹又论述圣人何为而作。由此可见，朱熹是把诗何为而作区分为两个层次的，一是一般人之诗何为而作，二是圣人之诗何为而作的。一般人之诗何为而作，如上所述是一般诗人其心感于生活与客观事物而形于言之余也的结果。但一般诗人其心之感于生活与事物或邪或正，杂交在一起，又无以反思选择，而一概表于诗。而圣人之诗则不同，圣人之圣心感于生活与事物，其所感者无不正，即使其感有杂，而能通过反思而有所选择，亦无不正，因此圣人所创作的诗，足以为教，为引导人们修身养心性的典范，“以化天下”。朱熹在这里为我们区分了“诗何为而作”的两个层次：一般诗人的“诗何为而作”与圣人之诗何为而作。就其创作过程来说，一般诗人与圣人似无不同，大致都是心感于物而形于言之余的产物。但有一个根本的不同，那就是心。一般诗人之心就只是人心，而圣人之心，当然也是人心，但又已修持存养为圣心、道心；一般诗人以人心感物不分邪正，又无从反思而有所选择于正。而圣人不同，其以圣心、道心感于物，则无不正，即使一时有杂，亦能通过反思而选择，而无不正，始终走在正道上。因此其创作的诗可以成为教，以化成天下，乃至成为经，为后人修身存养心性而不可易的教科书。

将朱熹说的“诗何为而作”以及圣人所感者无不正，结合进刘勰的众圣“莫不原道心以敷章”，则刚好补充了众圣之道心与敷章之间的一个重要理论环节。这就是众圣凭道心感于生活和客观事物无不正，然后以所

① 朱熹注：《诗经集传》，上海古籍出版社1987年版，第1页。

得形于言即敷章。朱熹的命题与刘勰的命题，可以说讲的都是一个问题，只是角度有不同，朱熹是从圣人之感者无不正讲，刘勰则从众圣感于物的道心讲。若从心体上讲，都是个道心问题。刘勰讲创作论，是以“师乎圣”为前提，或说为纲的。“师乎圣”更核心地说就是师乎圣心、道心。大凡作者都有个诗文何为而作的问题，也就是创作的动机与目的问题。其创作过程都有个感于物的问题，感于物，则有个正或不正的问题。而感者正或不正，则存乎一心。要感无不正，就要将为文之用心之心提升至圣心、道心，以合道心的审美创造之心感物则无不正，然后形于言而敷章，则诗文可以为教，有益于人心修养，以利化成天下。这里说的圣心、道心，是从儒家讲，其作为纲，还可以统辖道家的虚静之心和佛家的自性清净心。当然，这样讲，都是从作者之心体讲。

刘勰讲的“文心者，言为文之用心”的心，上文已论述包括心体与心用。在这里，我们首先讲大家较为忽视的心体，从体用不二看，心用乃依心体而起用，心用乃心体之用。若从纲目角度看，心体为纲，心用则为目。在文学创作中，心用主要表现为文学的创作过程、文学的思维方式，以及技巧的运用等问题，这些问题，我们将在下文逐一展开研究。

（二）“思—意—言”的文学创作过程论

1. 从哲学高度看文学创作过程

上文讲过，与时贤的讲法不同，笔者对刘勰“文心者，言为文之用也”的文心，不是从一个层次去理解，而是从两个层次去理解，即理解为心体与心用，而体用不二，心用乃依心体而起用。前文我们主要讲了心体，此心体乃以道心为总名。下文我们就依心体而讲文心之用。讲文心之用，我们先讲文学创作过程的规律，在讲文学创作过程的规律时，与时贤一般只从文学角度讲不同，笔者则既从文学角度讲，又从心性哲学角度讲。因为在中国古代，文史哲不分家，一方面哲学可直通文学，另一方面哲学作为核心层次较高，可以将问题看得更清晰。从心性哲学高度讲文学创作过程的规律，最有代表性的，同样是儒家与道家。

儒家关于文学创作过程的原理，最早见于“包众理”（《四库提要》）的《周易》。《周易·系辞》有几段话说：

古者包牺氏之王天下也，仰则观象于天，俯则观法于地，观鸟兽之文，与地之宜，近取诸身，远取诸物，于是始作八卦，以通神明之德，以类万物之情。(《系辞下》)

圣人有以见天下之赜，而拟诸其形容，象其物宜，是故谓之象。(《系辞上》)

是故《易》者，象也。象也者，像也。(《系辞下》)

对上引几段学界一般概括为“观物取象”的涉及八卦易象创作过程的话，不少学者从西方文论的模仿说的角度去理解，认为这也是讲“文学是模拟自然的”①。还有学者认为，它是“构成现实主义的主要因素”。在强势西方文论在我国占主导地位，而又不明我国古代文论体系自身框架的情况下，作这样的解释是很自然的。但笔者认为，这种简单地套进西方文论框架的模仿论或现实主义的理解，并不能揭示其自身意义。首先是哲学基础不同，模仿论及现实主义的哲学基础是主客二分的认识论，认识论只及现象而不及物自身。模仿说讲的是主体对客体的模仿，其要求是主体对客体现象的模拟，并以酷似、逼真的程度为判断艺术性高低的标准。丰子恺（1898—1975）曾讲述过一个古希腊的艺术故事，说的是古希腊有两位大画家才乌克西斯与巴尔哈西乌斯，两人的画皆以逼真见长。但雅典的市民希望他们同台竞技，以判高下。这一天终于到来。才氏画的是一个小孩，头上顶着一篮子葡萄，站在田野中，孩子活灵活现，眼睛似乎会说话，那葡萄在阳光下晶莹欲滴，引来两只突然飞来的贪嘴的鸟，一下子扑去啄那葡萄。而巴氏在观众为他捏一把汗的气氛中，笑嘻嘻地夹着一个裹着画的包袱缓步上台，把包袱往桌上一放，就面对观众微笑，在观众一再要他打开包袱、拿出画以比赛时，他才指着画说，画已摆在大家面前，这时观众再仔细一看，才知道他画的原来就是一个包袱。才氏模仿葡萄的逼真程度只“欺骗”了两只小鸟，而巴氏模仿的逼真程度却“欺骗”了全场的市民与画家，高下于是立判。② 这个故事充分表明了西方文论模仿说的要义，同时也表现了现实主义的要义。按一般说法，现实主义就是要

① 罗根泽：《中国文学批评史》1，上海古籍出版社 1984 年版，第 52 页。

② 详见丰子恺《艺术趣味》，开明书店 1934 年版，第 56—58 页。

求按照事物现象的本来样子反映事物。而观物取象则不同，它的哲学基础是心性哲学，观取之间，不是模仿某个客观事物现象，而是通过观大察微以心悟“包众理”，即既通“神明之德”，又类“万物之情”的天人合一之易道，然后“近取”、“远取”创造卦爻象以表显之。当然从易象创作过程看，观物取象还需要结合《周易·系辞上》中一段可以概括为“立象尽意”的话一起理解，意思才更为完整。这段话说：

> 子曰：“书不尽言，言不尽意。然则，圣人之意，其不可见乎?”子曰：“圣人立象以尽意，设卦以尽情伪，系辞焉以尽其言。变而通之以尽利，鼓之舞之以尽神。”

上文讲观物取象，圣人包牺观大察微，并不是要模仿自然万物中某一客观事物的现象，而是要心领贯通自然万物天地人之间的天人合一的一阴一阳之道，亦即天地自己如此之道。这一道既为圣人心灵所领悟，因此，又可说为“圣人之意”。这“包众理”的一阴一阳之道、易理、圣人之意，当然不是一般概念化的语言文字所能传达的。但圣人毕竟是圣人，他自有办法，这就是“立象尽意”。这象，不是模仿说的与主体相对的自然物的现象，而是能“包众理”的易象，亦即卦象、爻象。《周易·系辞下》说：“易者，象也。象也者，像也。”《周易·系辞上》又说：“范围天地之化而不过，曲成万物而不遗。”因此，对易象，不能认为就是现象，如果一定讲清这象，似可以引进康德一物有两表象即现象与物自身的超越的区分的框架以区分。就说这象不是与主体相对立的现象，而可以说是物自身意义性质的象，所谓物自身意义性质的象，就是自己如此的象，上引文说“曲成万物”，就是说成就万物如此。易象是自己如此的象，包众理的一阴一阳的易道也是自己如此的天地自然之道。

综合以上所讲的“观物取象”与“立象尽意”的内容，我们可以将《易》象创造过程归结为：观物/悟道—取象/立象—系辞/尽意三个环节。魏晋时代，王弼在“言意之辨”中，以道家庄子“忘言”思想阐发上述“立象尽意”，而提出“忘言忘象得意”的看法，进一步则可抽象出“意—象—言”命题。因此，从哲学角度讲，《周易》的易象的创作过程原理，也可以纳入“意—象—言”命题讲。《易》象不直接就是文学形象，但作为源头，它可以统辖文学形象。刘勰就是这样看的。《文心雕龙·原道》说：“人文之元，肇自太极，幽赞神明，《易》象为先。”在这里，刘勰就是以《易》象为人文包括文学的源头与先导的。易理“包众理”，其创作过程的原理当然也可以统辖文学创作过程的原理。宋人陈骙指出：“《易》之有象，以尽其意；《诗》之有比，以通其情。文之作也，可无喻乎。”(《文则》丙）清人章学诚说:“《易》象通于《诗》之比兴。”(《文史通义·易教下》）等等，这里都讲到了《易》象创造过程在创作方法上与《诗》创作方法比兴相通。

至于道家，则情况较复杂，因为道家讲道之自然，即道自己如此，而文学艺术是人为，人为的文学艺术有违自然之道，因此，一般的道家是反对文艺的，于是有所谓“灭文章”(《庄子·胠箧》）等说法，但道家特别在谈到修道工夫时，则常常讲到文艺。因此，倒过来，我们还是可以看到他关于文学创作的看法。其中最有名的就有“梓庆削木为鐻”、“庖丁解牛”、“解衣盘礴”等寓言。我们这里主要以前者为例，谈道家关于文艺创作过程原理的看法。“梓庆削木为鐻”的寓言说：

> 梓庆削木为鐻，鐻成，见者惊犹鬼神。鲁侯见而问焉，曰：“子何术以为焉？”对曰：“臣工人，何术之有！虽然，有一焉。臣将为鐻，未尝敢以耗气也，必齐（斋）以静心。齐（斋）三日，而不敢怀庆赏爵禄；齐（斋）五日，不敢怀非誉巧拙；齐（斋）七日，辄然忘吾有四枝形体也。当是时也，无公朝，其巧专而外滑消；然后入山林，观天性，形躯至矣，然后成见鐻，然后加手焉，不然则已。则以天合天，器之所以疑神者，其由是与！”（《庄子·达生》）

这则寓言的寓意，是以梓庆削木为鐻做比喻，讲养生之道的，但从另一方面，也可如陈鼓应所说是讲梓庆制作鬼斧神工的鐻的“用心的过程”[①]。这个“用心的过程”是怎样的呢？梓庆在答鲁侯所问时这样讲：

① 陈鼓应：《庄子今注今译》中，中华书局1983年版，第464页。

首先是他在制作鐻之前，不敢消耗精气心神，并通过一系列的斋戒活动，让自己“不敢怀庆赏爵禄”，“不敢怀非誉巧拙”，甚至“忘吾有四肢形体”，乃至至高无上的朝廷等，也就是完全进入一种“丧我”的虚静心境，亦即修持存养道心、虚静之心体。梓庆是匠人，不是如前文讲的包牺那样的圣人，因此特别强调通过心斋的修养工夫，修持存养虚静之心体。工夫所至即其本体，然后依心体而起此心用，这就是进入山林，以自己虚静之心发现可造鐻的树木的天就是自然本性，这就是“以天合天”，天就是自然，自己如此，“以天合天”，就是以虚静之心即自己如此之心亦即自然之心发现树木之天，树木自己如此的木质，从而形成鐻的意象。最后再依形成的意象“加手”。这样所谓鬼斧神工的工艺品鐻就创造出来了。梓庆把这个制作鐻的过程，称为“以天合天”的过程。若给予区分，也可以说包括三个环节：齐（斋）以静心——以天合天形成鐻的意象——“加手”形成艺术品的鐻。在《庖丁解牛》被人称为解牛的舞蹈中，庖丁还进一步将解牛的过程称为由技进于道的过程。庄子也是讲养生之道的，但转向艺术创作讲，在道家那里，也是个由技进于道的过程。如从艺术创作角度讲，庄子所讲的艺术创作过程的环节是很清晰的，依心体而起心用或用心过程分明。这对后来接受道家思想的文学艺术家讲创作以重要影响。在魏晋南北朝时期，陆机与刘勰就受到影响。陆机在《文赋》中讲文学创作过程，在讲到构思时说，要“伫中区以玄览”，“皆收视反听”，这就有要求构思时进入类似道家虚静之心的精神境界，以排除纷扰之意。刘勰《文心雕龙·神思》说：“是以陶钧文思，贵在虚静。”这“虚静”与道家由心斋、坐忘而来的虚静之心亦应关系密切，等等。

2. 古代有关文学创作过程的若干学说

以上是讲以儒道为代表的中国哲学，如何从核心层次看待文学创作。下文再从文论角度看古人如何总结文学创作过程的规律。从现存的文论资料看，较早涉及文学创作过程的思想资料，可见于《毛诗序》，里面谈到诗时说：“诗者，志之所之也，在心为志，发言为诗。”这里概括了诗歌创作是由心志的缘由到发言成诗的过程。但真正自觉地从理论系统高度总结出文学创作过程规律的，纵观中国文学理论史应是始于陆机《文赋》，以后，又出现过多种总结，其中较有代表性的主要有以下说法：

一是陆机的“物—意—文”说。

陆机在《文赋》中说：

> 余每观才士之所作，窃有以得其用心。夫其放言遣辞，良多变矣。妍蚩好恶，可得而言。每自属文，尤见其情。恒患意不称物，文不逮意，盖非知之难，能之难也。故作《文赋》以述先士之盛藻，因论作文之利害所由。

陆机《文赋》主要讲“用心”，如李善所注：“言士用心于文”，即用心于文学创作。其学术定位，一般认为乃中国文论史上第一篇研究文学创作过程的专论。他力图从“先士”与今之“才士”的创作经验与教训中，从其“放言遣辞，良多变”，即变化多端的文学创作中，以“追体验”的方式，总结出“文士用心于文”即文学创作过程的规律。这个规律的精义，就主要体现在他总结的“意不称物，文不逮意”这一双重矛盾，即意与物的矛盾、文与意的矛盾的命题中。对这一命题的思想基础，有人如孙月峰指出：“自‘书不尽言，言不尽意’变来”的。当然源头可能出自《周易》，但“言不尽意”，经魏晋南北朝，特别是王弼的援道入儒，已不是一个纯粹的儒家命题，而变成一个儒道互渗的命题了。陆机的命题是从反面讲的，正面讲则是说要解决意称物、文逮意的问题。因此，如果从文学创作过程的环节意识去抽象，则又可将此命题抽象为：物—意—文的文学创作过程三环节，并对应于哲学上讲的意—象—言三环节。

陆机的专论，主要讲才士之用心于文学创作，上文讲过，文心实包括心体与用心二层次。陆机主要讲心之用的用心。他虽然也涉及心体，但主要是就道家的虚静之心讲，而不及儒家心体的道德内容。因此在《文心雕龙·序志》中，刘勰仍将《文赋》列入离本弥甚的文论以批评。

二是刘勰的“思—意—言”说与“三准”说。

“思—意—言”说，是对刘勰《文心雕龙·神思》中一段话的概括，这段话是：

> 是以陶钧文思，贵在虚静，疏瀹五藏，澡雪精神。……夫神思方运，万涂竞萌。……意翻空而易奇，言征实而难巧也。是以意授于思，言授于意，密则无际，疏则千里。

而“三准”说，则是对刘勰《文心雕龙·镕裁》中另一段话的概括，这段话是：

> 凡思绪初发，辞采苦杂，心非权衡，势必轻重。是以草创鸿笔，先标三准：履端于始，则设情以位体；举正于中，则酌事以取类；归余于终，则撮辞以举要。

对“思—意—言”说与“三准”说两者的关系，王元化认为：“刘勰正是用‘思’（情志）—‘意’（意象）—‘言’（文辞）来预示他后来提出的‘三准’说，以表明‘设情以位体’——‘酌事以取类’——‘撮辞以举要’三步骤。这两种说法异语而同义，事实上，它们都代表刘勰对文学创作过程的同一看法。”① 虽如此说，但还是有不同的。王先生这里就说前者为后者的“预示”。并且在他著名的《文心雕龙创作论》中，以“三准”说作为创作过程论的正论以分析，而思—意—言只是作为《附录》。就《文心雕龙》本身来说，这样处理或许是正确的。但超越《文心雕龙》则不尽然，或许应倒过来，因为思—意—言似更具贯通性，它体现了与前文论述过的《周易》从哲学高度论述的《易》象（可统辖文学形象）的创作原理：“观物取象”、“立象尽意”的内在联系，并与上述陆机的“物—意—文”说可产生对应。张少康说过：“陆机所说的‘物’、‘意’、‘文’的关系，与刘勰所说的‘思’、‘意’、‘言’的关系是类似的。”②

但张先生没有进一步分析这“类似性”。笔者认为，这类似性就在于它们皆可以为哲学的意—象—言所统辖，并以相近似的三环节结构反映文学创作过程的规律。但又只是“类似”，内容还是有差异的。这差异最根本的就在陆机主要揭示了为文之用心的文学创作过程的规律，而没有明确此用心之启用的心体。虽然他也讲到“玄览”、“收视反听”等，但并没有明确的心体意识。而刘勰则不同，他在“文之枢纽”中首先明确了为文之用心之心体：道心，并以之为纲，其余皆目。又在构思中以“贵在

① 王元化：《文心雕龙创作论》，上海古籍出版社1984年版，第245—246页。

② 张少康：《文赋集释》，上海古籍出版社1984年版，第13页。

虚静”回归心体为过渡，然后讲依心体而启用的为文之用心，体现了他的文心的二层次意识，并明确全副意义的文学创作过程，乃依心体而起的心用。对这，我们后文还要讲到。

三是郑板桥的“三竹”说。这是郑板桥对绘画艺术创作过程规律的总结。他在《题画竹》中说：

> 江馆清秋，晨起看竹，烟光日影露气，皆浮动于疏枝密叶之间。胸中勃勃遂有画意。其实胸中之竹，并不是眼中之竹也。因而磨墨展纸，落笔倏作变相，手中之竹又不是胸中之竹也。

郑板桥的“三竹”说，即所谓“眼中之竹”、“胸中之竹”与“手中之竹”，虽然是他仅就擅长的画竹经验总结出来的绘画艺术的创作过程规律，但其原理，亦可直通文学创作过程。其“眼中之竹”转换到文学创作上讲就是玄览观感广阔的社会生活；其“胸中之竹”转换到文学创作过程中讲就是指构思所形成的文学意象；其“手中之竹”转换到文学创作上讲就是指将意象通过语言文字以表现出来的文学作品。

四是叶燮的以“我四”衡“物三”、“合为文章”说。这是叶燮在《原诗·内篇》中对文学（诗）创作过程规律的总结。其意较集中表现在以下一段话：

> 曰理、曰事、曰情，此三言者足以穷尽万有之变态。凡形形色色，音声状貌，举不能越乎此。此举在物者而为言，而无一物之或能去此者也。曰才、曰胆、曰识、曰力，此四言者所以穷尽此心之神明。凡形形色色，音声状貌，无不待于此而为之发宣昭著。此举在我者而为言，而无一不如此心以出之者也。以在我之四，衡在物之三，合而为作者之文章。

在这里，叶燮从传统文论的心与物，即主体与客体关系原理的角度去总结文学（诗）创作过程的规律。他对“我”（心）即创作主体不是像他人那样看作就是那么一块，而是深刻地将之区分为才、胆、识、力四要素。同样对“物”即创作客体也不是看作那么抽象的一块，而是区分为穷尽一切变态的理、事、情。进而他认为文学创作过程就是“我”（心）的四要素与“物”的三要素相互衡量、相互融合而构成属于我的文学作品的过程。叶氏对文学（诗）创作过程的分析在古代文论中是至为深刻的。

郑氏与叶氏的学说都是从心用或用心讲，郑氏学说中甚至没有用到心字，但他讲“胸”也就是讲心。叶燮则对我即创作主体的心，作了最为具体的分析，即细致地区分为才、胆、识、力。这种区分在古代也有先例，但没有叶氏讲得深刻。不过二人都只讲心用，没有讲到心体，使人感觉他们的用心不是依心体而起的心用。对这种情况如何看呢？笔者认为可以从两方面看，或心体问题在封建社会末期，就儒家思想来说，自王阳明之死以来，已逐步淡出而被遗忘；或如唐君毅所说，较多从哲学角度讲的心体问题已为世人所共喻，心知肚明，不必处处突出讲。这两种情况均有之，若没有遗忘，何以文学会堕落呢？而又若不存在共喻，又何来优秀作品呢？因此要具体分析，这情况较复杂，就暂时打住，下文再讲。

3. “思—意—言”的文学创作过程论

以上讲了四种较有代表性的，有关文学创作过程规律的看法，但比较零碎。如作进一步的综合，笔者认为可以以其中具有较高贯通性与包容性的，刘勰的“思—意—言”为基础以作分析。

先说“思”。

对“思”，王元化释为“情志”，刘永济释为“文思”，看法不同，但似乎刚好完整了“思”的全副意义。首先是王先生释“思”为“情志”。这可以说是直接从心用讲，但中国传统是讲用不离体，用是心体性体而起的心用。因此讲“情志”之用，还必须贯通到心体与性体。王先生没有讲到，我们可以接着讲。

“思”作为文学创作过程的第一阶段，首先是主体必须转化为文学创作主体，又称审美主体。文学创作主体与一般主体，如认识主体、欲心主体等是不同的。对进入文学创作过程的主体，中国传统强调必须转化为文学创作的主体，这种转化，按道家的思路，一般主体要转化为文学创作的主体，是必须通过心斋或坐忘的修养工夫，以“损”即排除掉各种私心、欲心，而转化为虚静之心，才能依心起用，进入文学创作过程的。而与道家的退的进路不同，儒家不是退，而是通过进或提升的进路，具体通过慎独或养气等修养工夫，修持存养其心升进至合乎圣心即道心并转化为审美创造之心，或养就此心体所发的浩然之气，此时浩然之“气盛则言之短长与声之高下者皆宜”。（韩愈《学李翊书》）因此，古代有深度的文论家都从心体讲起，然后讲依心体而起的心用或用心。陆机在《文赋》中说：“伫中区以玄览”，又说：“其始也，皆收视反听，耽思傍讯。精骛八极，心游万仞。”就有从心体而讲心用的味道。至于刘勰则最明确，他在“文之枢纽”五篇中就讲圣，圣之道心，又讲师乎圣，即师圣之圣心即道心。道心乃心体之总名。在被王元化等视为创作论的总纲的《神思》中又说：“是以陶钧文思，贵在虚静，疏瀹五藏，澡雪精神。”这是强调神思方运，贵在虚静之道心的养就。回应了“文之枢纽”师乎圣之道心的纲。这是典型的依心体而讲用心。中国哲学讲体用不二，体用相即，只讲心用的情志而不及心体，则为无根，因此只讲心用即情志而不及体，这不是传统的深刻讲法。深刻的讲法则情志又由一定的心体发出，道家强调由虚静之心体发出，儒家则强调由无过无不及的道心发出，发而中节，即走在正路上。这当然是从心性哲学讲，哲学为文论的核心，因此亦为从核心层次讲。当然现实上作者之心体是非常复杂的，但必须从纲上强调，这样文学创作主体精神才有基准，亦才不会下堕，而危机。

以上可以说是接着王先生讲，这是一方面，另一方面，“思”又如刘先生讲，亦有“文思”之义，特别是作为文学创作过程的第一阶段讲。在刘勰那里，“文思”又称为“神思”，因为在他看来，为文之用心的文思是一个非常美妙，且阴阳不测的过程，阴阳不测之谓神，所以称为“神思”。他以生花之笔描述说：

夫神思方运，万涂竞萌，规矩虚位，刻镂无形。登山则情满于山，观海则意溢于海，我才之多少，将与风云而并驱矣。

又说：

文之思也，其神远矣。故寂然凝虑，思接千载；悄焉动容，视通万里；吟咏之间，吐纳珠玉之声；眉睫之前，卷舒风云之色；其思理之致乎？故思理为妙，神与物游，神居胸臆，而志气统其关键；物沿

耳目……（《文心雕龙·神思》）

刘勰在这里描述了心用的神思过程，特别是方运阶段。对神思过程，他又细致地谈到了作者之才、情、志、气的关系问题。这显然是对曹丕等前辈文论相关思想的继承与发展。上文讲过，曹丕是从文学角度较早注意到气，并认为“文以气为主”。（《典论·论文》）刘勰则不仅谈到气，而且进一步讲到情、志、才和气。对这四者的关系，刘勰认为是：“才力居中，肇自血气；气以实志，志以定言，吐纳英华，莫非情性。”（《体性》）这是说在心之用的神思过程中，才、志、气、情各因素既各有作用，又相互作用，但皆无不取决于情性。而情性进一步分析，又可区分为情与性，在二者关系中，情为用性为体，此体为性体，性体又根于心体，因此，直接讲是性体，间接讲是心体，总起来说则为，各种因素又无不根源于性体、心体。但文学创作的神思过程，作为用心，不只是主体的心思过程，还涉及物，为心物互进，由此进入下一环节。

次说“意”。

作为“授于思”的“意”，在这里标示文学创作过程的第二阶段或二环节。对“意”，王元化释为“意象”，这是恰当的解释。“意象”，是作为为文之用心的构思成熟的产物。陆机说：“其致也，情曈昽而弥鲜，物昭晰而互进。”（《文赋》）这是说艺术构思成熟时，情意就由不鲜明到鲜明，所接之物象也就越来越清晰，进而就形成文思之新创造——意象。意象，这个词在《文赋》中还未有。在中国古代文论上第一个用“意象”概念的是刘勰。当然，超越文论著作，更早在王充的《论衡·乱龙篇》中就有：“夫画布为熊麋之象，名布为侯，礼贵意象，示义取名也。”刘勰用“意象”也是指为文用心神思成熟的成果。他说：“故思理为妙，神与物游……然后使玄解之宰，寻声律而定墨；独照之匠，窥意象而运斤。此盖驭文之首术，谋篇之大端。”这是说，心与物游、互进，创造出新意象后，然后像有独创性的工匠根据构思的新意象进行具体创作一样，还有个创作主体如何寻求和谐声律和一定恰当辞藻表现新意象的问题。刘勰甚至把之看作是驭文谋篇的首要大问题。因为它涉及创作是否成功的最后关键。这又关涉到文学创作过程的下一环节。

经用心构思而成熟的新意象，也就是郑板桥说的“胸中之竹”。叶燮说：“以在我之四，衡在物之三，合而为作者之文章。”其中“合”成的，也必然首先是胸中之文章，即意象。

在这里，还谈及一个问题，这就是意象与形象的关系问题。一般来说，西方文论讲“形象”，中国古代文论讲“意象”。但正像西方文论例如黑格尔美学也用过意象一样，中国古代也有用“形象”概念。

《尚书·说命上》说：“‘……梦帝赉予良弼，其代予言’。乃审厥象，俾以形旁求于天下。”汉代孔安国注曰：“审说梦之人，刻其形象，以四方求于民间。”此为较早所见“形象”一词，以后也有人沿用。在文学上亦有应用，如宋梅晓臣在《答韩三子华韩五持国韩六玉汝见赠述诗》中说：“迩来道颇丧，有作皆空，烟云写形象，葩卉咏青红；人事极谀谄，引古称辨雄；经营唯切偶，荣利因被蒙。”这里说的形象，乃指作品中所写烟云等自然景物的外在形态。由于在古人看来，“形象”多指事物表面的形体状态，所以很少为古文家所用。现代文论中多用形象概念，甚至以之排斥传统意象概念。这是强势西方文论影响的结果。

意象与形象，虽然有一致性，即都为象，但这象有着根本的区别。首先是哲学基础不同，西方文论的形象是建立在主客二分的认识论基础上的。形象只是就客观对象讲，主体的作用只是模仿客体对象，并以酷似、逼真为标准。如按康德的哥白尼革命后的哲学视野，由客体转向主体，它也是与主体相对的客体，为主体感性所皱起的事物的现象，而不是物自身。因人只有感性、知性和理性，而不能像上帝那样有智的直觉。中国古代文论的意象则不同，其哲学基础是心性哲学，中国哲学的主流儒道佛哲学皆为心性哲学，皆特重主体性。以中国心性哲学为基础与核心的中国文论，自然也皆特重主体性。由于中国心性哲学强调人/圣人为一个世界，人皆有佛性、圣性，因此，皆可成圣、成佛，亦皆可以有智的直觉。因此中国文论的意象，就其深意来说，就不是主体皱起的事物的现象，而是事物两面相的另一面物自身意义性质的象。如陶渊明的“心远地自偏”的虚静之心在悠然中刹那间所见即直觉的南山，就不是“横看成岭侧成峰”的现象意义的南山，而是物自身意义性质的南山，自己如此的“真面目”的南山。《周易·系辞》上讲“观物取象”、“立象尽意”，这“观”，其实就是圣人庖牺“智的直觉”，其观与取的皆物自身意义性质的象，“范围天地而不过，曲成万物而不违”的象，自己如此的卦象、爻象，这象亦为圣人之意，一阴一阳之谓道，因此为道象，亦为意象。这是中国哲学与中国文论讲的意象的核心意义。人皆有佛性、圣性，可以成佛、成圣，但各人的禀赋资质是不同的，工夫亦不同，因此可能性并非皆为现实性，现实上大多数人并不能成佛、成圣。主体如此，心体如此，因此其所视，所见，所能皱起的大多为物的面相的现象一面，而不为物自身意义性质一面。这样中国文论讲的意象，就其核心来说，是物自身意义性质的面相、道象、意象，但实际上亦为意象与现象即形象的掺杂，因此具体作品要具体分析。

再说“言”。

作为“授于意”的“言”，在这里是指文学创作过程的第三阶段，或说最后环节。对“言”，王元化释为“文辞”。这是恰当的。作为文学创作过程的最后阶段，“言”是指将驰神远思过程中形成的尚虚的意象，转换为质实的语言文字符号，使之成为可供阅读、吟咏、欣赏、消费和保存的物质形式及过程，用郑板桥的绘画语言表述，也就是由“胸中之竹”，转化为“手中之竹”。

对意象的语言文字物质化过程，陆机有精彩的描述，他说：

> 然后选义按部，考辞就班，抱景者咸叩，怀响者毕弹。或因枝以振叶，或沿波而讨源。或本隐以之显，或求易而得难。或虎变而兽扰，或龙见而鸟澜。或妥帖而易施，或岨峿而不安。罄澄心以凝思，眇众虑而为言。笼天地于形内，挫万物于笔端。(《文赋》)

刘勰亦说：

> 神居胸臆，而志气统其关键；物沿耳目，而辞令管其枢机。枢机方通，则物无隐貌；关键将塞，则神有遁心。(《神思》)

如果说陆机侧重于讲写作过程“选义”、“考辞”的复杂性的话，那么刘勰则侧重在强调语言表达的重要，为意象描绘是否成功的“枢纽”和“关键”。不过，虽然讲语言文辞很重要，甚至为最后决定作品成功的关键因素，弄不好会功亏一篑；但古代文论中，却一般很少单独强调语言文字，而是结合情志、文义一起讲。孔子讲“情信辞巧”。(《礼记·表记》) 上引陆机也是“按义”、“考辞”一起讲。刘勰在这里虽然侧重于讲语言表达的重要，但整部《文心雕龙》显然就是文心、雕龙一起讲。文心如上所述，其内涵包括两层次：为文之用心，和为文之用心的心体。心统性情，性情又包括志、气、意等。雕龙亦包括两层次：一是指语言文辞技巧；二是指表显道，这里暂从第一层次说。至于两者的关系，很显然他是以文心统辖雕龙即文辞技巧的。他在《章表》篇讲得很清楚：“悬恻者辞为心使，浮侈者情为文使。”这就是说，真诚的作者的文辞是由心志驱遣的，而浮华的作者则相反，心志受文辞的支配。钟嵘在《诗品》中引有汤惠休比较谢灵运与颜延之诗作特色的话。他说：“谢诗如芙蓉出水，颜诗如错彩镂金。”颜延之为此终其一生感到遗憾。这都说明了中国古代文论对文辞技巧的态度。虽然要明确它非常重要，但又要明确它的相应位置。中国有一句老话，如钱穆所说，徒为一文人斯无足观。这不是讲文人无价值。其言外之言，是讲文人易陷入单一文辞技巧的泥潭，而不及道。这是没有根本价值的，因此为人所轻蔑。

为什么中国文论一方面讲在文学创作，特别是最后阶段语言技巧很重要；但另一方面，又较少单独讲呢？这是因为受中国哲学影响，中国文论认为文学创作的根本问题不在美言，如所谓“信言不美，美言不信”(《老子》)，而在于尽意（道意）。中国哲学为心性哲学，特重主体性，从心角度讲，则为特重心。这心包括圣心、道心、虚静之心等，又可以以道心为总名。道心为无限心，道心所发可为智的直觉，智的直觉所把握的是物的物自身意义性质的面相，而不是物的现象意义性质的面相。就道来说，则为物自身意义性质的常道、天道，亦即自然之道，自己如此的道；在物，则为“曲成万物而不遗”的物相。此物自身意义性质的自然之道，自己如此之道为圣人所把握，则亦为圣人之意。道家讲“道不可言”，儒家讲“言不尽意”（道意)，皆揭示了道（意）与语言的矛盾，亦可谓语言功能的危机。为什么出现矛盾与语言危机？这在于，这道意为物自身意义性质的道意，而言则为只可表现象意义的物相或非常道的质实的语言，所以形成矛盾。儒道哲学皆在讲与解决这个矛盾。为了解决这个矛盾，庄子发明寓言、重言、卮言的所谓“三言”，以象征、比喻不可言即概念用不上之常道。儒家对圣人“言不可尽之意”，则通过创造卦象、爻象等《易》

象以尽。这是儒道各自从哲学上解决矛盾的根本途径。《易》象通于诗之比兴。这一哲学途径，亦通达并启示文学途径，从层次上讲这哲学途径统辖文学途径。从这个途径或角度，我们可以更好地理解陶渊明。陶氏是一位深受道家思想影响的大诗人。他以地偏心远而成就虚静之心，此心所“见”的南山，不是现象意义的南山，而是物自身意义性质的南山，自然的自己如此的南山。其心所领悟的“真意”，乃道意，亦为物自身意义性质的意，这道意不能以一般只可表现象的质实语言以表达，故要“忘言”，但可以以《易》象般的自己如此的南山等意象以暗示、比喻、象征。这是从文学创作的最高层次讲。其实，各个体文学创作是很不同的，因各自心体所达的境界千差万别。我们只是从纲或说统辖意义的最高层次讲。

在语言表达问题上，儒家还有个重要命题，这就是孔子说的“辞达而已矣”。(《论语·卫灵公》) 对这个命题的解释历来不是引向文饰，就是引向平淡，皆不免俗。这是孤立于语言表达层面理解的结果。李贽说：“五字便是谈文秘密藏。”(《四书评》) 笔者认为，要揭开其“秘密”，必须联系孔子思想的核心。按金景芳等人的看法，孔子思想的核心有二：仁、仁心与时中或中庸，前者是本体论，后者为方法论，二者相辅相成。从孔子思想核心观照，“辞达而已矣”，很显然就是孔子中庸方法论在语言表达上的要求与表现。它要求语言表达无过无不及，恰到佳处，即中。这当然是语言表达上的最高境界，达如此高境界，当然乃秘密。

由上分析可见，从哲学核心高度观照文学创作，特别是最后阶段，根本问题有二：就是如何解决道不可言或言不尽意和如何理悟“辞达而已矣”。以此为指引，文学创作有希望达高境界。若脱离这两个根本问题，只一味孤立地在语言方面用功，即使作着炼字、炼句、炼篇功夫，也只会得芝麻，丢西瓜，走向不足观。笔者认为，应将这炼字等功夫统辖于上述两大根本问题的解决过程中。

（三）中国文学创作的思维方式

文学创作过程，从思维角度讲，亦为思维的过程。上文讲过，以体用，或以纲目关系视之，无论文学创作过程或思维过程，皆为依心体而起的心用。从思维角度讲文学创作过程，首先涉及的是思维方式或思维方法问题。中国古代文论讲思维方式问题亦比较简散。现代的古文论研究者，在讲到思维问题，一般是将之纳入现成的西方文论的形象思维方式的框架以分析，仅为其一例证，这样中国文学创作的思维方式问题就被讲没了。如何另辟蹊径讲清楚这个问题，仍然是学界一重要理论任务。上文讲过，中国哲学是中国文化，亦是中国文学及其理论形态的文论的核心。而现代中国哲学对传统哲学的思维方式的独特性有着较为系统与深刻的研究。因此我们可以以之为核心与指导，转而阐明中国文学创作的思维方式问题。

1. 中国哲学思维方式的特点

综观现代中国哲学研究，笔者认为对中国传统哲学思维方式，作出系统研究，并取得瞩目成绩的非冯友兰和牟宗三莫属。冯友兰将中国哲学思维方式或研究方式概括为，对峙于西方哲学的逻辑分析的“正底方法”的“负底方法”。而牟宗三则借用在康德那里为消极概念的“智的直觉”，转化为中国哲学思维方式的积极概念。

(1)“负的方法”与“智的直觉”

先说“负的方法”。

“负的方法”是冯友兰的讲法。冯友兰是我国现代最早一批在外国留学而奠定西方传统哲学坚实基础的学者之一。他曾说过：“我认为逻辑学是哲学的入门……我对于哲学的兴趣是逻辑学引起的。”[①] 西方传统哲学的坚实基础和逻辑学的引导，使冯友兰的中国哲学史与哲学研究，从一开始就热衷于“正底方法”(亦写作“正的方法”)，而排斥“负底方法”(亦写作“负的方法”)。在成名作两卷本《中国哲学史》的《绪论》中，在谈到研究“哲学之方法”时，他指出：“近人有谓研究哲学所用之方法，与研究科学所用之方法不同。科学的方法是逻辑的，理智的；哲学之方法，是直觉的，反理智的。其实凡所谓直觉、顿悟、神秘经验等，虽有甚高的价值，但不必以之混入哲学方法之内。无论科学哲学，皆系写出或说出之道理，皆必以严刻的理智态度表出之。凡著书立说之人，无不如此……故谓以直觉为方法，吾人可得到一种神秘的经验（此经验果与‘实在’符合否是另一问题）则可，谓以直觉为方法，吾人可得到一种哲学

① 冯友兰：《三松堂全集》1，河南人民出版社1985年版，第256页。

则不可……以此之故，吾人虽承认直觉等之价值，而不承认其为哲学方法。”① 在这里冯友兰对逻辑分析的“正的方法”推崇备至，而把主要来源于中国传统哲学的以直觉、顿悟等为特征的“负的方法”，则采取排斥的态度，认为不能看作为哲学研究之方法。也就是说，冯友兰这时承认哲学研究方法只有一种，这就是逻辑分析的“正的方法”。

冯友兰真正认识到“负的方法”的重要哲学方法意义，是他在创作《新理学》等《贞元六书》的过程中。这时，他虽然以“正的方法”演绎建立了他的新理学哲学体系，但对其中的四个基本范畴（理、气、道体、大全）的两个（气、大全）却不能用“正的方法”阐明言说。至此，同样具有深厚中国传统文化哲学根基的冯友兰才心路回转，认识到哲学的方法不应只有“正的方法”，还应有“负的方法”。对这，他在《三松堂自序》中说：“在《新原道》以后，我又写了一部书，书名为《新知言》，这部书是讲哲学的方法的……在《新理学》中的四个基本概念中，就有两个（气、大全）是不可思议，不可言说的，所以不可思议，不可言说，就成为哲学方法论中的重要问题了。”从此冯友兰在哲学创作实践中终于由不承认到承认“负的方法”为哲学研究方法。也就是承认了哲学方法不再是一种，而是两种，他说：“真正形上学的方法有两种：一种是正底方法，一种是负底方法。正底方法是以逻辑分析方法讲形上学。负底方法是讲形上学不能讲，讲形上学不能讲，亦是一种讲形上学的方法。”② “负的方法”的引入，使冯友兰能得心应手地完成“正的方法”所不能完成的“表显”，最终顺利完成了他的现代哲学体系的建构。哲学创作的实践，使冯友兰认识到“正”、“负”两种方法相互间不可代替的意义，他说：“形上学有两种方法：正的方法和负的方法。正的方法的实质，是说形上学的对象是什么；负的方法的实质，则是不说它。这样做，负的方法也就启示了它的性质的某些方面，这些方面是正的描写和分析无法说出的。”③ 还使冯友兰深刻认识到这两种方法的关系：“正的方法与负的方法并不是矛盾的，倒是相辅相成的。一个完全的形上学系统，应当始

① 冯友兰：《中国哲学史》上，中华书局 1961 年版，第 4—5 页。

② 《冯友兰学术论著自选集》，北京师范学院出版社 1992 年版，第 372 页。

③ 冯友兰：《中国哲学简史》，北京大学出版社 1985 年版，第 392 页。

于正的方法，而终于负的方法。如果它不终于负的方法，它就不能达到哲学的最后顶点。但是如果它不始于正的方法，它就缺少作为哲学的实质的清晰思想。神秘主义不是清晰思想的对立面，更不在清晰思想之下。毋宁说它在清晰思想之外。它不是反对理性的；它是超越理性的。”“在中国哲学史中，正的方法从未得到充分发展；事实上，对它太忽视了。因此，中国哲学历来缺乏清晰的思想，这也是中国哲学以单纯为特色的原因之一。由于缺乏清晰思想，其单纯性也就是非常素朴的。单纯性本身是值得发扬的；但是它的素朴性必须通过清晰思想的作用加以克服。清晰思想不是哲学的目的，但是它是每个哲学家需要的不可缺少的训练。它确实是中国哲学家所需要的。另一方面，在西方哲学史中从未见到充分发展的负的方法。只有两者相结合才能产生未来的哲学。”①

从以上引述，我们可以看到，所谓“负的方法”与“正的方法”一样，是冯友兰区分中西哲学不同思维方式与研究方法的自造语。冯先生在从事中国哲学研究实践中，由只承认西方哲学逻辑分析的正的方法为唯一研究方法，而遇挫折，终于承认还有中国哲学的负的方法。他还认为负的方法与正的方法于哲学研究不仅皆不可缺，而且相辅相成。若相比较，负的方法不仅不在正的方法之下，而且是哲学研究达到“最高顶点”的方法。他甚至认为，只有正的方法与负的方法相结合“才能产生未来的哲学”。这就是说，负的方法也是哲学走向未来的方法。既然负的方法那么重要，那么什么是负的方法呢？冯先生对比着正的方法，这样表述：“正底方法，以逻辑分析法讲形上学，就是对于经验作逻辑底释义。其方法就是以理智对于经验作分析、综合及解释。”他多次举画月为例以说明：“用正底方法讲形上学，则如以线条描一月，或以颜色涂一月。如此画月底画家，其意思亦在画月。其所画之月，在他画底地方。”至于“负的方法”，冯友兰说：“负底方法是讲形上学不能讲，讲形上学不能讲，亦是一种形上学的方法。”他也多次举画月为例以说明：“此种讲形上学的方法，可以说是‘烘云托月’的方法，画家画月的一种方法，是只在纸上烘云，于所烘云中留一圆底或半圆底空白，其空白即是月……用负底方法讲形上学者，可以说是讲其所不讲，讲其所不讲亦是讲。此讲是其形上

① 冯友兰：《中国哲学简史》，北京大学出版社1985年版，第394页。

学，犹之乎‘烘云托月’的方法画月者，可以说是画其所不画。画其所不画亦是画。”[①] 总之，“负的方法”与逻辑分析、直接定义的“正的方法”相对，是不直接说的描述、烘托，是静默、体验、直觉、领悟的方式。“正的方法”来源于柏拉图特别是亚里士多德以来的西方传统哲学，而“负的方法”很明显来源于中国传统哲学，尤其是道家与佛教禅宗哲学。

在语言表达形式上，冯友兰说，正的方法往往通过长篇大论或散文的方式以表达，而负的方法则往往通过名言隽语，或说诗的方式表达以暗示，例如《老子》与《庄子》等。[②] 这样冯先生就不仅在思维方式与研究方法上，而且在语言表达形式上揭示了中西哲学的不同。从这一揭示中，我们还可以同时领悟到，中国哲学与中国文学（诗）往往交融在一起的一些秘密。不过，虽然冯先生能在不同思维方式和研究方法上区别中西哲学，并肯定中国哲学的负的方法与西方哲学的正的方法于哲学研究同样有意义，还认识到康德等亦应用过中国式的负的方法，维特根斯坦也用名言隽语等。但遗憾的是冯先生只停止在方法上，而不能由此进一步发现中西哲学乃属两种不同的哲学理论形态，并由各自自开端就有积极与消极方面造成。集中到体用关系上，也就是只讲用不讲体，这就有所限制。同时，冯先生的所谓正的方法与负的方法，纯粹是自造语，缺乏承传意蕴，因而拟缺乏规范而难以获得普遍认同和广泛运用与影响。在这方面，笔者认为，牟宗三以区分中西哲学为两种不同理论形态的哲学为基础，又以康德为交互对接，并化消极为积极，而从康德那里接过来的“智的直觉”概念更有启示意义，更能概括中国哲学思维方式的特点。

次说“智的直觉”。

智的直觉在康德哲学中是一个带有消极意义的重要概念。后来牟宗三接着在中国哲学中应用，并赋予积极的意义的发挥。按牟宗三的看法，康德哲学的“全部系统，隐含有两个预设：现象与物自身之超越的区分；人是有限的存在（人之有限性）。第一预设涵蕴（implies）第二预设，第

① 《冯友兰学术论著自选集》，北京师范学院出版社 1992 年版，第 372—373 页。

② 参见冯友兰《贞元六书》下，华东师范大学出版社 1996 年版，第 962—963 页。

二预设包含（includes）第一预设。是则第二预设更为根本”①。康德将人与上帝分属两个世界，为不同的两种精神实体存在。上帝仍为无限的存在，而人则为有限存在。上帝拥有无限心，可发出智的直觉，可创造或面对物自身；而人作为有限存在，没有无限心，因此没有智的直觉，也因此人只能以感触直觉面对物的现象，而不能以智的直觉面对物自身。这样，对没有智的直觉的人类来说，物自身只有消极意义。

牟宗三认为，康德是在西方认识论哲学或道德神学背景上讲的，因此，其深刻洞见无法证成，仅为无果之花。但若将康德洞见，由认识论哲学或道德神学转向道德形上学，或说由知识领域转向价值领域，进而转向中国哲学，则情势就完全不同。牟宗三说过：“我与康德的差别，只在他不承认人有智的直觉，因而只能承认‘物自身’一词之消极的意义，而我则承认人可有智的直觉，因而亦承认‘物自身’一词之积极的意义，而以智的直觉之有无决定‘物自身’一词之或为积极的意义或为消极的意义，则总成立。”② 牟宗三是认为，在中国哲学中，为康德哲学中的上帝所拥有的无限心，也为人所可以拥有。这就是人虽有限而可以无限。这样，人拥有无限心，自然可以发出智的直觉，也自然可以面对物自身。因此，物自身概念在中国哲学中，也就由在康德哲学中的消极意义，转化为具有积极意义的概念。牟先生还说：“如果吾人不承认人类这有限存在可有智的直觉，则依康德所说的这种直觉之意义与作用，不但全部中国哲学不可能，即康德本人所讲的全部道德哲学亦全成空话。”③ 可见，智的直觉对中国哲学以及康德道德哲学的重要意义。

那么应如何理解智的直觉呢？牟先生认为首先不能依西方认识论哲学的思路，而必须转向中国传统哲学的思路进行。其次，这不仅仅是一个理论概念层面的问题，更是一个现实中的实践问题。牟先生晚年从中国哲学儒道佛三大教分别讲，他认为人可以拥有无限心，可以发出智的直觉，尽管中国哲学没有“智的直觉”的名词。道家讲“玄”、“玄心”，经心斋修持工夫而至的虚静之心，就是无限心。道家讲的“玄览”、“观照”、

---

① 牟宗三：《现象与物自身》，台湾学生书局1976年版，第1页。

② 牟宗三：《智的直觉与中国哲学》，台湾商务印书馆股份有限公司1971年版，第123页。

③ 同上书，序第2页。

“见独”等就是指智的直觉。佛教讲佛心无限、自性清净之心等，就是无限心。佛教讲的般若智包括顿悟、妙悟、现量等，就是指智的直觉。儒家讲的圣心、仁体本心、道心等就是指无限心，其讲的“良知”、“德性之知”等，就是指智的直觉。① 人拥有无限心，可发出智的直觉。这样，人就不仅可成为现象意义的我，即作为认识主体面对现象，也可以作为物自身意义的我面对物自身。如此，同样作为人，意义就很不同。在中国哲学中，由于人拥有无限心，可发出智的直觉，因此，人就多了一层物自身意义的境界。儒家讲的“范围天地而不过，曲成万物而不违”(《周易·系辞上》)，就具物自身意义的境界。道家讲的自己如此的“自然”，又讲“齐物”、“逍遥”等皆为物自身意义的境界。佛家讲的“如如”等，亦为具有物自身意义的境界。这样，经牟宗三将在康德那里仅为消极意义的智的直觉，无法证成的物自身，引进中国哲学，不仅化其消极为积极，证成了康德哲学的无法证成，而且开拓了中国哲学理解的意义层次与境界。

牟宗三化康德哲学的消极为中国哲学的积极，论证了中国哲学肯定人拥有无限心，可发出智的直觉，因此也可面对物自身。证成康德哲学之不能证成，其理境有高于康德哲学之处。对这，如从思维方式上讲，则可以说，相比于以康德哲学为高峰的西方哲学，中国哲学以人可以拥有无限心和有智的直觉为其最大特点。这一揭示，是牟宗三对中国哲学的重要贡献。

（2）中国哲学思维方式与文学创作思维方式的特点

上文讲相比西方哲学高峰康德哲学，中国哲学思维方式以讲人拥有无限心，可发出智的直觉为其最大特点。康德哲学则认为唯上帝拥有无限心，可发出智的直觉，可创造或面对物自身，而人则没有无限心，不能发出智的直觉，不能面对物自身。这一切都只有消极意义。而人的有限心只能发出感性直觉，面对自然界、自然王国即现象界，亦简称自然。康德哲学中还有一价值世界，亦即自由世界、自由王国，也简称自由，但在康德哲学中，自由或自由意志仅为设准，落不下来，这样就自由里没有自然，自然里没有自由，两界互不相干，即不能沟通。康德哲学作为严密的体系，当然要实现两界沟通。康德如何实现沟通衔接两界呢？他的办法就是

① 参见牟宗三《康德第三批判讲演录》，台湾《鹅湖月刊》2000年第26卷第5期、第7期。

通过审美判断即反省判断，但是即使他的审美判断以合目的性为原则，也难以实现二界沟通，因为合目的性，只能说明自然神学，并不能说明美。康德的名言是：“美是道德的象征。”审美是主观的，直接看到的是现象，同时，在西方，真，是独立的；善，是独立的；美，也是独立意义的；是分别说的。为什么美一定是道德目的的象征呢？而不允许是别的象征呢？现代不必说，连中国古代也会有不同意见，程伊川是会承认的，但苏东坡就一定反对。这说明了以审美沟通二界之难，或说康德的办法根本不可能。这是康德哲学体系的缺憾。这个缺憾的要害在西方哲学传统，在康德哲学否定人有无限心，不能发出智的直觉，不能直面物自身，因而造成真善美分立。两界难以沟通，这是康德哲学讲法的缺憾，亦是它的最高启示。而中国哲学不这样讲。

牟宗三认为，了解了康德哲学的缺憾，了解了分别说的真、善、美，再转向中国哲学则不同。依中国传统直贯的讲法，不存在自由王国与自然王国的沟通问题。因为道德目的可以直贯下来。[①]《中庸》说：“唯天下至诚为能化。”“诚”表示自由，自由的诚直贯于化，“化”就是康德讲的气化的自然界、现象界，自由与自然，本体与现象两界直贯相通，用不着审美。孔子说：“兴于诗，立于礼，成于乐。”（《论语·泰伯》）这里不说乐作为美沟通二界，乐是最后的和谐，乐亦表示美，但这美不是西方哲学以及康德哲学的独立意义的美，这是儒家哲学的最高境界，和谐当然也是美，但不是独立意义的美，而是真善美合一的美，相对于独立意义的美，它是大美。《乐记》说：“大乐与天地同和。”大乐就是大美，超越或说已化掉了独立意义的美，而进入更高层次的真善美合一的美。孔子陶醉的尽善尽美的《韶》乐就是这样的大乐，这样的大美。

中国哲学与康德哲学的不同讲法，及其理境的区别的关键，皆在康德揭示，牟宗三接过在中国哲学讲，并化消极为积极，这就是人虽有限但可无限，可拥有无限心，可发出智的直觉，可面对物自身。当然这是从哲学上讲。中国文史哲不分家，同时哲学作为文化的核心，统辖各种文化现象，包括文学及其理论形态的文论。因此在中国哲学上讲的人虽有限而可无限，人拥有无限心，智的直觉，可面对物自身意义的境界，既然可以看

---

① 参见牟宗三《康德第三批判讲演录》，台湾《鹅湖月刊》2000年第26卷第5期。

作中国哲学区别于康德哲学的在哲学思维方式上的最大特点，那么自然也可以直通到文学与文论，同样可以看作是中国文学创作的思维方式的最大特点，或说作为统辖中国文学创作思维方式的纲。我们一方面要明确这中国哲学思维方式的最大特点，同时亦要抓住这直贯关系，才能抓住中国文学创作思维方式的最大特点，才能对中国文学思维方式理解到位。过去，我们往往只孤立地理解文学创作思维方式，这是不够的。哲学上，康德讲无限心，转向中国哲学，这无限心就是道心、圣心、玄心、虚静之心、自性清净心。康德哲学讲智的直觉，转向中国哲学就是讲良知、玄览、般若智、顿悟等。其实哲学在讲什么，中国文学也在讲什么，如中国文学与文论不是也讲道心、虚静之心等吗？哲学讲智的直觉，讲玄览、良知、般若智、顿悟等，中国文学与文论不是也讲观物取象与比兴，讲妙悟、现量吗？只是我们过去往往纳入西方文论思维方式的框架讲，而不从中国哲学思维方式讲，当然也搞不懂中国哲学思维方式的最大特点，并直贯下来讲，这样就讲不出中国文学与文论讲的思维方式最大特点，或说没有把握其纲及其体。当然，这是从纲讲，从最高境界讲。但中国亦存有大量未达此境界的思维方式，如著名的程伊川与苏东坡的矛盾。如果集中到真善美的角度讲，苏东坡可代表艺术美相，程伊川可代表道德善相，苏公的艺术美虽高，但只是独立地看，而不能平伏下来或化掉，程氏的道德善相虽达大的层次，但亦仅为大而不能化之。这样两人相遇，只能产生矛盾，两人矛盾的唯一解决办法，就是程伊川的道貌岸然的善相必须大而化之，苏东坡的艺术美相也必须平伏下来或化掉，如此在真善美合一的背景下，两人自然能相视而笑。并为中国真善美的理境留下典范，但两人皆不能大而化之，只能留下历史遗憾，失去一历史榜样。当然又未达程、苏境界的人还有很多很多。但这些皆不是中国文学创作思维方式的特色，相反，这些皆需要在我们讲清楚中国文学创作的思维方式，如何由哲学思维方式直贯下来，并明确了其特色以后，才能讲清楚。即使程苏的矛盾及其化解也不例外。这就是我们要把握的中国文学创作思维方式的纲，只有看到这一点，中国文学创作的特色，以及中国文学的真正光辉亮点也才能看清楚。

2. 中国文学创作的思维方式

上文我们讲中国文学创作思维方式，不是孤立地仅就文学讲，而是先明确中国哲学思维方式及其最大特点，并以之为纲，为核心，为最高境界，而直贯下来理解中国文学创作思维方式。上文讲过，中国哲学思维方式以积极意义的智的直觉为其最大特点。这智的直觉直贯下来，自然也对中国文学创作思维方式以重要影响。

现代文论讲文学创作思维活动，一般称为构思，这种讲法在中国古代的诗话（如赵翼的《瓯北诗话》）、评点（如毛宗岗评点《三国演义》）中也用到，但作为主流的讲法应为神思。如何理解神思，有学者释为“驰神运思”（罗宗强），也有学者释为“心灵活动”（徐复观）等，这些都是其应有之义，但绝对不是深义。《说文》说：“神，天神，乃出万物者也。”这似不甚相关，但《周易·系辞上》说：“阴阳不测之谓神”，倒是道及深义。为什么神思乃阴阳不测之思？这里应如牟宗三所说：“中国有这么一条路”，它（诗、文学）不封限于诗本身而满足，而是“一定要技而进于道”。① 这道当然是常道，按道家的讲法，常道是不可言、不可闻、不可见的。即是说不是现象，不是现象，就是另一面相的物自身，为物自身意义境界的常道。在艺术创作的神思过程中，作者的无限心般的虚静之心，发出智的直觉，霎时，就会阴阳不测般神遇这常道，并呈现出来，这就是神思。因此真正意义的文学创作，其始，必如陆机、刘勰所说要皆收视反听，陶钧无限心般的虚静之心，才能进入神思过程。这是从纲的最高层次讲，其所统辖的目则各有各的层次。下面再具体讲讲中国古代文论已概括的几个较有影响的文学创作思维方式。

（1）“观物取象”与赋比兴

先说“观物取象”。

对中国文学的源头六经，古文经学的排序法是以《周易》为首的。刘勰属古文经学，他也认为，中国人文创造以八卦《易》象为先。八卦《易》象贯通中国文学创作。因此，研究中国文学创作的思维方式，也必须从八卦《易》象创造思维方式的研究开始，以寻找最早的伏根。如前所引《系辞下》几段话，从思维角度看，已谈到庖牺创造八卦《易》象的思维方式问题。学界一般将之概括为“观物取象”。当然，“观物取象”是简说，全说应包括“言不尽意”、“观物取象”、“立象尽意”。那么“观物取象”作为《易》象创造的思维方式，应如何理解呢？我们注意

① 牟宗三：《康德第三批判讲演录》，台湾《鹅湖月刊》2000年第26卷第12期。

到，20世纪八九十年代，在由毛主席致陈毅谈诗一封信引发的形象思维问题讨论中，已有不少学者将《易》象创造的观物取象思维方式纳入西方文论的形象思维方式的框架以分析，并得出观物取象是形象思维的雏形的看法。于是学术界就心满意足地松了一口气，原来西方文论有的，我们的祖上也有。自此已经近30年，学界是否还持如此看法呢？就主流来说，应仍然停留于此。

一般认为，形象思维最早为黑格尔在《美学》中提出：我们在美术美里所欣赏的正是“创作与形象思维的自由性”。但对其准确内涵的界定，至今尚无定论。一般的研究是以别林斯基从黑格尔绝对理念引申过来的“诗是寓于形象的思维”或“艺术是寓于形象的思维”，[①] 为基础作进一步发挥，认为，形象思维是相对于逻辑理性抽象思维的感性具象思维，以在思维过程中始终不离作者的主观思想感情与客观感性形象为思维活动的基本特征。对观物取象，学界一般望文生义地理解为自始观察是天地物象，到创造的《易》象亦为具象的自始至终的不离象，而符合形象思维的基本特征，因而将之纳入西方文论的形象思维框架。这种研究当然是有意义的，它使古老的观物取象概念走出古坟墓，而通往了现代化，国人因此而可获得情感上的满足。

但这种将观物取象纳入西方形象思维框架以分析，并断以形象思维的雏形的结论，其实与观物取象的真意并不相应。这里涉及不同的哲学核心或基础问题，因此需要提升到哲学高度以分析。上文已论述中西哲学为两种不同理论形态的哲学，西方哲学的皇冠是认识论哲学，而中国则为道德形上学或心性哲学。西方的形象思维是建立在认识论基础上，而中国的观物取象则是奠基于中国心性哲学基础上。如果说形象思维面对的是一物的现象面相，那么观物取象面对的则为一物的物自身意义境界面相。按《周易·系辞下》等所说，《易》象创造的主体皆为圣人，也就是里面说的大人。《乾·文言》说：“夫‘大人’者，与天地合其德，与日月合其明，与四时合其序，与鬼神合其吉凶。先天而天弗违，后天而奉天时。天且弗违，而况于人乎，况于鬼神乎。”可见圣人即大人乃拥有无限心的

---

① 参见中科院外文所编《外国理论家、作家论形象思维》，中国社会科学出版社1979年版，第52页。

人，他们仰观俯察，面对天地万物所皱起的断然不是其现象，而是天造地设的天地万物之在其自己。《易·系辞》说的“感而遂通”，就是大人无限诚心的智的直觉。所谓“《易》与天地准”，“范围天地而不过，曲成万物而不违”，“拟诸其形容，象其物宜，是故谓之象”，“成性存存，道义之门”等皆是描述圣人无限心发出智的直觉，所面对的天造地设的物之在其自己的面相。同时，不仅面对，而且创造的《易》象也是“与天地准”的，所谓天地，乃自然，自然就是自己如此，就是说，《易》象以自己如此的天地为准则，亦如天地一样，同为天地万物之在其自己的象，所谓“象其物宜”的象。如晋卦（䷢）的观物取象，晋象传曰：“晋，进也。明出地上，顺而丽乎大明。”这是说圣人以无限心发出智的直觉，面对太阳从东方大地升起的自己如此的面相，又仰观俯察即面对篝火从野地上升起的自己如此的面相，以及其他一切处于上升状态性质的事物自己如此的面相，“感而遂通”此类物之性的在其自己，并根据“称名也小，取类也大”的原则，创造晋卦《易》象，以象征此类物性之在其自己。“阴阳不测之谓神”，“神也者，妙万物而为言也”。（《系辞下》）这里的“神”、“妙”当为表圣人“感而遂通”的智的直觉。但这仅为用，从体用角度，关键又在圣人与“天地合其德”而拥有无限心。无限心是康德的说法，转为中国用语，则为圣心、道心、虚静之心等。中国人文包括文学创作是以《易》象为先，为根源的。因此《易》象创造的观物取象方式，包括无限心的圣心、道心、虚静之心和感而遂通的智的直觉等，也作为根源直通刘勰以虚静之心发出的“神思”。神思中也有阴阳不测的智的直觉、感而遂通的成分，并为纲以统相关的目。

总之，《易》象是中国文化最早的自觉创造物，其观物取象思维方式对往后出现的文化创造包括文学创作的思维方式以根源性影响。因此，任何不从这根源出发的有关创作思维方式的研究，都有离本源之嫌。

其次说赋比兴。

明人张蔚然说：“《易》象幽微，法邻比兴。”（《西园诗尘》）清人章学诚也说：“《易》象通于诗之比兴。”（《文史通义·易教下》）其实早在他们之前，司马迁就以《易》象的特征类比评价屈原的诗。刘勰在《文心雕龙·比兴》篇论到“兴”时也说：“观夫兴之托谕，婉而成章；称名也小，取类也大。”因此，张、章之说，也只是接着讲而已。

叶朗更明确地指出："从美学史的发展看，'赋'、'比'、'兴'这组范畴，正是对《易传》的'象'这个范畴的进一步规定。更精确点说，'赋'、'比'、'兴'这组范畴，正是对《易传》所提出的'立象尽意'这一命题的进一步规定。"[①] 这从思维方式上讲，也就是赋、比、兴是对观物取象（与"立象以尽意"互含）的进一步规定。不过，虽然叶先生继张、章之后，更进一步揭示了赋比兴与观物取象一脉相承的内在联系，但他在分析中，却没有展示到这一内在关系的具体表现，而是转向介绍他所欣赏的叶嘉莹对赋比兴的分析中去了。叶嘉莹是在20世纪80年代形象思维研讨的大背景下，集中从情意与形象关系的角度论述赋比兴的。她首先确认中国传统文论讲的心与物，或情意与形象的关系，也属形象思维问题，并以此为基础展开对赋比兴，特别是对长期缠夹不清的比兴作系统阐释和区分的。她认为，从形象与情意，或心与物之相互感发角度看，比兴有两个显著的歧异之点：一是从相互感发作用的层次上看，一般来说，兴的感发层次大多是物、形象的触引在先，而心、情意之感发在后。而比感发的层次，则大多是心、情意在先，而借比的物、形象来表达则在后。简而言之就是：兴是由物→心，或由形象→情意；而比则是由心→物或由情意→形象。二是从相互感发作用的性质上看，一般来说，兴的感发大多是由于感性的直觉的触引，而不必有理性的思绪安排，而比的感发性质则大多会有理性的思绪安排。换言之就是，兴的感发多是自然的、无意的、不自觉的；比的感发则多是人为的、有意的、自觉的、有理性参与其间。叶氏认为赋比兴并非泛指一篇作品中任何一句或任何一部分的表达方式，而是特别重在一首诗歌开端之处的表达方式。之所以特别重在一首诗的开端，是因为以抒写情志为主的中国诗歌的感发特质，并非仅仅指作者的感发，还包括作者以何种方式带领读者使之进入这种感发作用之中。这也就是说，叶氏对赋比兴还进一步明确了两点：一是赋比兴都重在诗文的开端；二是赋比兴贯通于作者—作品—读者，贯通于诗歌整个生命之完成过程的三个环节。叶氏在形象思维规范下对赋比兴作的研究是很深刻的，尤其是对长期缠夹不清的比兴的意义与性质的区分，尤为精当，至今仍被学术界认为是最为清晰的观念，而被较多地引用，叶朗推崇亦理所当然。

① 叶朗：《中国美学史大纲》，上海人民出版社1985年版，第85页。

此外，叶氏还以赋比兴作为中国诗歌艺术创作的思维方式、方法与西方诗文艺术创作的思维方式、方法作深刻的分析比较。叶氏认为，在西方诗论中，有关诗歌创作的思维方式、方法、技巧和模式的术语分类细密、多彩多姿，诸如明喻（Simile）、隐喻（Meraphor）、转喻（Metonymy）、象征（Symbol）、拟人（Personifieation）、举隅（Synecdoche）、寓托（Allegory）、外应物象（Objective Correlative）等。但“如果以之与中国诗论中的‘赋、比、兴’相比，则所有这些技巧和模式的选用，可以说都仅是属于‘比’的范畴，而未曾及于‘赋’与‘兴’的范畴；若就‘情意’与‘形象’，也就是‘心’与‘物’之关系而言，则所有这些术语所代表的实在都仅只是由心及物的一种关系而已，而缺少了中国诗歌传统中所标举之‘赋体’所代表的‘即物即心’的感发，和‘兴体’所代表的‘由物及心’的感发。……‘赋’字的意思虽是直接陈述，但却是特指诗歌中的一种足以引起感发作用的传达方式，与英文中相当于‘叙述’之意的所谓‘Narration’并不相同，英文‘叙述’（Narration）是与‘议论’（Argumentation）、‘描写’（Description）和‘说明’（Exposition）并列的一种写作方法，一般多指散文而言，与中国诗论中‘赋、比、兴’之‘赋’的性质并不全同；至于‘兴’之一词，则在英文的批评术语中，根本就找不到一个相当的字可以翻译”①。叶氏的比较分析告诉我们，中国诗歌创作的赋比兴方法与西方诗歌创作的表现方法，只在“比”上有交叉，在“赋”上有点牵连，但与毛传“独标”，并为历代学者所最为关注的“兴”则毫不相干。而“兴”一般又认为是可以贯通赋、比，体现赋比兴的总体精神的。因此，上升到思维方式角度也就可以确认，从总体精神上说，赋比兴作为中国诗歌创作的思维方式，与西方诗歌创作的思维方式，虽有相同、相通之处，但又有自己显著的民族性。

叶氏学贯中西，她这一将赋比兴放在中西诗文创作思维和表达方式的比较中，所显示出来的特点，自然是令人信服的，但可惜的是她未有由此进一步揭示其内在深因。叶朗欣赏她对赋比兴的精彩分析，但也未曾由此进一步，并论及赋比兴与《易》象创造观物取象关联的内在根源。看来，

① 叶嘉莹：《中国古典诗歌中形象与情意之关系例说》，载《古代文学理论研究》第六辑，上海古籍出版社1982年版，第40—43页，又以上有关叶氏观点概述之依据亦见该文。

这有待学界的进一步接着讲。笔者认为，要解决这一个问题，不能局限于诗学或文论层次，而必须由此推进到其核心的中西哲学层次。前文论述过，中西哲学虽同属爱智慧，但按牟宗三揭示的一心开二门的哲学共同模型，则显然为两种不同的理论形态，西方哲学的主流或王冠在认识论哲学，但于道德形上学消极；反之，中国哲学于认识论哲学消极，其主流或王冠在道德形上学或心性哲学。又西方哲学的上帝与人是两个世界，中国的圣人（真人、佛）与人是一个世界。在西方哲学中，上帝拥有无限心，可发出智的直觉，可创造或面对物自身，而人则没有无限心，不能发出智的直觉，因此只能面对现象，物自身只是消极意义的概念。而在中国哲学则不同，中国哲学认为人虽有限而可无限，可拥有无限心也可发出智的直觉，可面对物自身。因此物自身也就由在西方哲学中的消极意义概念转化为积极意义的概念。由核心的哲学转向文学及其理论形态的文论的文学创作上讲，也就是中国诗文创作也可以由作者的无限心，发出智的直觉面对物自身，思维和表现物自身，特别是物自身意义境界的常道。这当然是从哲学核心所作的推导。回到眼前的中西诗文创作思维和表达方式的不同，特别是为西方所无而为中国所重的兴的方法，从哲学核心看，很显然正在这主体以及面对和思维及表达的对象不同。因此，我们对赋比兴的阐释，不能局限于奠基于西方认识论哲学的形象思维方式的框架，包括隶属于形象思维的“情意与形象关系”的角度，如此，就会只及现象而不及物自身，从而限死了对中国诗文最精彩处的理解。如上分析，赋比兴的哲学基础更主要的或说更基础的应属道德形上学或心性哲学，要实现这种哲学基础的转向返归原道，我们才能理悟赋比兴，特别是兴的真正本义。让我们回到赋比兴的源头。

赋比兴最早见于《周礼·春官》，里面说，大师“教六诗：曰风、曰赋、曰比、曰兴、曰雅、曰颂”。但在这里只留下“六诗”的名称，而没有留下明确的解释界定。到《毛传》，才第一次将赋比兴结合《诗经》的创作实践，给出明确义界，《毛传》特别注明《诗经》中的兴，所谓“独标兴体”（刘勰）。而里面对《诗经》的兴一般定义为：“兴者，起也。”但对压卷之作的《关雎》则有进一步的分析。《毛传》说：“兴也。后妃说乐君子之德，无不和谐，又不淫其色。慎固幽深，若关雎之有别焉，然后可以风化天下。夫妇有别则父子亲，父子亲则君臣敬，君臣敬则朝廷正，朝廷正则王化成。”《毛传》的这一解释在中国影响两千多年之久，可见影响深远。到近现代才有学者给予深刻批判，认为是为封建统治政治服务。即使在对兴义的学术研究上，也被认为是“离开了兴之本义”（叶朗）。古今不同看法，反差太大，到底应如何看待兴之本义，笔者认为，首先要解决《毛传》的学术定位问题。《毛传》是不能纯粹看作是汉代著作的。它渊源有自，并肯定出自孔门。旧说它与孔门十哲中擅长文学的子夏有关，若此，则渊源可推至孔子。是孔子说诗，经子夏等七十子后学口耳相传，然后才由后学记于竹帛定稿，这之中固然有不少错误或窜入，但其主脉应有孔子的遗意。仅从《论语》中就可以看到孔子对《诗三百》是非常重视的。他概括了《诗经》的中心思想即纲领，所谓：“《诗三百》，一言以蔽之，曰：思无邪。”(《论语·为政》) 还将这一中心思想贯通到首篇《关雎》，明确其意在“乐而不淫，哀而不伤”。(《论语·八佾》）开端就是终点，首篇作为范例，这就指明全部《诗三百》研习的思想方向。孔子还十分重视兴，所谓“兴于《诗》”，“《诗》可以兴”等，当然这是从诗教角度，而不是创作角度讲，但这两个角度是可以相互反馈的。《论语·八佾》说：“子夏问曰：‘巧笑倩兮，美目盼兮，素以为绚兮。’何谓也？子曰：‘绘事后素。’曰：‘礼后乎？’子曰：‘起予者商也！始可与言《诗》已矣。’”孔子与子夏的这段对答，就是孔子“《诗》可以兴”的“兴”的范例。如果《毛传》与子夏有关，那么这一兴义的精神必然会作为渊源贯通在《毛传》的兴义中。由此渊源有自，我们对《毛传》中的苦心孤诣，是不能以现代人与古人不相应的心灵，想出一个自以为是的兴义给予批判就了事的。

对《毛传》的兴，两郑注笺皆显拘泥，倒是因对《毛传》有承传，而同样被现代人批评为“误解”兴义的刘勰，深得其意。这是刘勰梦追孔子，以道论文，超迈时代，视野高远之福所至。刘勰关于“兴”的问题，主要见于《比兴》篇如下一段话：

> 观夫兴之托谕，婉而成章，称名也小，取类也大。关雎有别，故后妃方德；尸鸠贞一，故夫人象义。义取其贞，无从于夷禽；德贵其别，不嫌于鸷鸟；明而未融，故发注而后见也。……楚襄信谗，而三闾忠烈，依《诗》制《骚》；讽兼“比”、“兴”。炎汉虽盛，而辞人

夸毗；《诗》刺道丧，故“兴”义销亡。

这段话讲了“兴”的很多问题，但可以集中到两点：一是兴义的界定，二是关于兴义销亡。刘勰关于兴义的界定，应有司马迁以《易》象特点评论《离骚》的启示。刘勰以《易》象为人文之元，亦为文学之根源。自然《易》象创造的思维方式也贯通于《诗》的创作思维方式，特别是兴。兴的较泛的定义为“起也”，“起”什么呢？刘勰认为就是类似于《易》象的“称名也小，取类大也，其旨远”。以至这个“旨”要注而后见。刘勰所承传的《毛传》中《关雎》的兴义就是如此。对《关雎》，现代有研究者欲摆脱《毛传》束缚，还原其仅写男女恋情的本义。这是现代人的思维，不一定是原始《关雎》的意义。原始《关雎》早已灰飞烟灭，即使能找到原始底本，又能说明什么呢？对作诗人来说也许会如鲁迅所认为，从原稿和修改稿的对比中，可以明白写作的秘密，但《关雎》没有这层关系。现存《关雎》应是采诗官将民歌采集回来后经由周公，或周公的承传者，将之纳入礼义标准以修改或重作，后又经如司马迁所认定的孔子删诗，而最后确定下来的，作为影响中国文学几千年的经典的《关雎》与原作已关系不大。对《关雎》的“兴”，如上引《毛传》所云，乃由一对“君子”、“淑女”身份的青年男女的恋情兴起，这就是所谓的其“称名小”，但其兴起所起的，绝不止于这对好青年男女之恋情，这对恋爱中的好男女没有定名，可谓泛化，说为“人统之正、托始文王”的文王与后妃太姒之恋亦无不可，或说“不无道理”,[①] 其他好青年男女也无不可，但这仍然为“称名也小”。恋爱乃至爱情，在现代乃热衷为二人世界的事。然而现代日演夜唱的爱情早已泡沫化，以至把爱情的伟大果实结婚看作是坟墓，因此不少人今日结婚，明日就要闹离婚以逃离这坟墓，或把纯洁的爱情升级为性爱，这性不是性体情用的性，而是性欲质量定位的性。这就是说在日益市场化的现时代，早已没有了真正意义的爱情可言。《关雎》中所讲的爱情才是真正意义的爱情。在这过程中正如孔子所说，会有乐，但“乐而不淫”；亦会有哀，但“哀而不伤”。一切无不符合中道，思无邪，也就是爱情走在正道上。同时在古人看来，两个

① 冯浩菲：《毛诗训诂研究》上，华中师范大学出版社 1988 年版，第 80 页。

好青年男女的爱情乃至结婚，虽“称名也小”，但“取类也大”。所谓“天地一夫妇也”。（李贽《焚书·夫妇论》）这也就是《周易》与《诗经》的内在联系，《周易》讲的乃是不测的一阴一阳之天地之道，亦即无所不包的自己如此的自然之道。在六经体系中，《周易》作为哲学核心笼罩群经，当然亦笼罩《诗经》，《诗经》的开端为《关雎》，亦为代表作，讲作为夫妇道德基础的爱情之道，乃人道之始。夫妇之道直通无所不包的不测的一阴一阳的天地之道，何其伟大？这是《周易》与《诗经》之间的内在关联之大纲。这是从天人合一之道的宏观高度讲。《中庸》说：“君子之道，造端乎夫妇，及其至也，察乎天地。”儒家之道开端于夫妇之道，因为有了夫妇之一伦为始，然后才有父子、兄弟，亦才有君臣、朋友等五伦。开端即终点，作为开端的夫妇之道正，也才有后来产生的五伦之道正。这也属于兴之取类大。这兴的旨之远，以至之道，的确只有有师承并深通中国文化底蕴的注家才能注明。在现代看来，这有点荒唐，于是转为批判，但回到礼乐文明系统视野，则又如何能说它尽是无来由的胡说？问题在彼还是在此？在笔者看来，这就是《易》象通于《诗》之比兴，主要是兴，兴义应建立在《易》象的称名小，取类大，其旨远，以至于道的基础上，才能深刻理解其精义。

在《论语》中，孔子概括了《诗经》的总体精神，并以之贯通性地讲了压卷之作的《关雎》。《毛传》亦依圣人之意重点注《关雎》，因无注不明。从中，我们可以借此了解“兴，起也”之类似《易》象的称名小，取类大，其旨远，以至于道的深刻意义。孔子重点讲《关雎》的中道意义，《毛传》以注兴义，进一步发挥，其他则大多点到即止，当然这些“点”并非都点得正，因为注家并非圣人。

刘勰在《比兴》篇最后说：“诗人比兴，触物圆览。物虽胡越，合则肝胆。拟容取心，断辞必敢。”这里将比兴一起讲，实际上是有区分的，“比”只停留在“拟容”，“兴”则可达“取心”。心即大道。即可由现象转向背后的物自身意义的自己如此的自然之道。刘勰认为，《诗经》以后，唯有《离骚》承传了《诗经》之兴义，到汉代虽然创作兴盛，但辞赋家喜欢阿谀，拍马屁，题材狭窄，连最起码的美刺也没有了，于是像《易》象那样的称名小，取类大，其旨远以至于道的兴义也就在作品中消亡了。有学者认为，在刘勰那里只把兴义归于讽刺，不对，这是误解。其实这是骈体的对称。刘勰关于兴义，他在前文已界定得非常清楚。

刘勰的论断是不错的。兴义总的来说，的确已消亡，当然作为曾经存在的创作基因，民族记忆，还会不时浮起，但在批判意识主宰下，已不能理解其旨远。一代大儒朱熹在《诗集传》中讲到赋比兴，他定义兴为："先言他物以引起所咏之词也。"又在《诗纲领》中说："诗之兴，全无巴鼻。"似也不在通《易》象的"其称名也小，其取类也大，其旨远"，以至于道的精义上展开。至于被认为"最接近于'赋'、'比'、'兴'的美学本义的"[①] 李仲蒙所说："触物以起情，谓之'兴'，物动情者也"[②]，更是纯粹停留在现象面相的看法。说到这里，有关兴的看法，笔者所坚持的已与时贤有不同，对这，朱自清的研究可给我们以启示。

朱先生在其大作《诗言志辨》中有专章论比兴。他对与诗言志一样，作为中国诗论三大金科玉律之一的比兴的理论史，作了系统的梳理。对这一梳理，笔者对之有两点特别关注：一是他认为，自郑玄起，比兴义就"缠夹不清"，后世干脆比兴连用，但这连用的比兴中的兴，实际只是比体，或说就是"比体的'比'"[③]。也就是只有比，他没有说，实际上兴义已如刘勰所说，已消亡了。二是后世虽然还在用比兴，作诗填词，特别是自唐以后，"比兴"一直是最重要的观念之一。但据他认为，比兴已分为两类：一是毛、郑的比兴系统，二是大致自唐以后用赋比兴论诗说词的比兴系统，后者与前者"不尽同"[④]。朱先生的梳理对清晰比兴，特别是兴，何谓其本义、衍生义、现代义等都有重要的指引意义。

（2）"妙语"与"现量"

中国诗——文学创作思维方式，在未有外来思想因素影响的情况下，就主要讲观物取象与赋比兴，特别是后者。随着佛教东渐，并在中国生根，融合为中国文化的一部分，诗文理论家又发现了佛教的思维方式与诗文创作思维方式有相一致之处，于是他们又借用佛家语以推进中国文学创作思维方式的研究。其中影响较大的有以宋代严羽为代表所提出的"妙悟"说，和以明清之际王夫之为代表提出的"现量"说。

---

① 叶朗：《中国美学史大纲》，上海人民出版社 1985 年版，第 93 页。

② 据胡寅《斐然集》卷十八《致李叔易书》所引。

③ 《朱自清全集》6，江苏教育出版社 1990 年版，第 216 页。

④ 同上书，第 225 页。

先说“妙语”。

妙语，是严羽以禅喻诗，从禅宗中借用过来以表示诗歌创作思维方式的概念。但妙语的思维资源并非全来自佛禅，而是中国古代早就有此思想成分。最早典籍之一的《尚书》中就有“悟”概念：“今天降疾，殆弗兴弗悟。”（《顾命》）但这个“悟”，一般释为清醒，与妙悟的悟差别较大。中国道家哲学以道为最高范畴，并认为要得道必须通过“损”，涤除玄览、心斋、坐忘等修养工夫以养就虚静之心。另外还讲到易忽视的“体”。《庄子·缮性》说：“能体纯素。”成玄英《疏》云：“体，悟解也。”也就是把体悟也看作得道的方式。当然体悟与心斋等又是一致的，前者是后者的必然结果。不过，中国古代虽然有“悟”的思想资源，但真正将“悟”—“顿悟”确立为独立思维方式的乃是佛家。相传东晋、南北朝时期的竺道生著有《顿悟成佛义》（已佚）。在慧达的《肇论疏》中引有道生语：“夫称顿者，明理不可分，悟语照极。以不二之悟，符不分之理，理智恚释，谓之顿语。”意谓佛理是不可二分的整体，故对它的觉悟，就不能分阶段实现，必须顿悟。这就确立了顿悟为得道成佛的重要方式。佛禅也说“妙悟”，如《肇论》说：“玄道在于妙悟。”《涅槃无名论》云：“玄道在于妙悟，妙悟在于即真。”“顿悟”与“妙悟”大致同义。待到禅宗形成，特别是慧能南宗禅出现，顿悟更成为南禅修得佛性的主要方式，并逐渐延伸到文学艺术理论领域，作为文艺理论中讲思维方式的术语运用，如北宋朱长文《续书断》说唐释怀素：“自云得草书三昧。……尝观夏云随风变化，顿有所悟，遂至绝妙。”唐代张彦远则直接使用了“妙悟”概念：“凝神遐想，妙悟自然，物我两忘，离形去智。”（《历代名画记》）等等。

不过，真正将妙悟确立为诗歌创作思维方式的还是严羽。严羽所处的时代，诗道出现了危机，这个危机用严羽的话说就是：“近代诸公乃作奇特解会，遂以文字为诗，以才学为诗，以议论为诗。”（《沧浪诗话·诗辨》）严羽认为这是以非诗为诗，严重偏离了诗道本体，因此他要以极大的理论勇气“断千百年公案”，甚至“获罪于世之君子，不辞也”。但时代没有给严羽提供先进的思想武器，所以他只能以禅理为指导，以禅道喻诗道，以禅宗的顿悟佛性的思维方式，喻诗歌创作思维方式。他说：“大抵禅道惟在妙悟，诗道亦在妙悟。且孟襄阳学力下韩退之远甚，但其诗独出退之之上者，一味妙悟故也。"(《诗辨》) 对妙悟，严羽没有进一步分析定义。既然诗道的妙悟如禅道的妙悟一样，自然在理论上也没有什么可说可分析定义的。但他举了个例子，即拿孟浩然与韩愈相比较，说韩"学力"远胜孟，但作诗不如孟，问题在哪里？就在孟作诗靠"一味妙悟"，韩当然不能一味妙悟，他靠"学力"。由此可见，在他那里，妙悟乃与学力相对。学力指学问功力，即学问修养功底，属"理路"即逻辑理性范畴，可语言分析界定。而妙悟与之相对，为"不涉理路、不落言筌"，即不属逻辑理性，可以言语界定的。那么妙悟到底可归属何处呢？

现当代学界一般将妙悟纳入西方文论讲的灵感范畴以分析。就两者的一般外在特征而言，是很接近的。对灵感的基本特征，一般认为是非预期的即具有突发性和转瞬即逝性等。妙悟亦当有这些特征。但实质地说，两者是截然不同的。西哲鼻祖柏拉图在谈到作诗与灵感时说过："凡是高明的诗人，无论在史诗或抒情诗方面，都不是凭技艺来做成他们的优美的诗歌，而是因为他们得到灵感，有神力凭附着。"[①] 如此，诗人的灵感的根源就不是内在的而是外在的，他们作诗也只不过是代神、上帝立言而已。这显然与佛教禅道的妙悟相一致的诗道之妙悟大相径庭。佛教讲人皆有佛性，不需外求，自性自度，妙悟乃自我修持至自性清净心的开显的表现。如纳入前引康德现象与物自身之超越区分的框架以分析，西方的灵感乃属现象范畴。因为西方乃讲上帝（神）与人为两个世界，上帝（神）有无限心，可发出智的直觉（统辖灵感在内），而人没有无限心，不能发出智的直觉，自然也没有灵感，要有灵感，则只能凭上帝或神的"神力"凭附，诗人只不过是代上帝（神）立言。不过，虽然是代上帝（神）立言，但在人的世界，依然是现象界。但中国佛教则不同，中国的佛与众生是一个世界，佛是大觉，众生只是未觉，然众生皆有佛性，人虽有限而可无限，经修持工夫，有限心也可转化为无限心，在佛教是自性清净心，可发出智的直觉，在佛教是般若智，般若智包括妙悟以及下文讲的现量等表现方式。由上分析可见，妙悟与灵感的根源外在根本不同，它的根源在主体的人自身，在其自身修持存养的无限心即自性清净心。妙悟乃自性清净心所发。因此，真正的妙悟所面对的就不是如灵感所面对的现象，而是物自

① 伍蠡甫主编：《西方文论选》上，上海译文出版社 1979 年版，第 18 页。

身意义的境界，特别是物自身意义即自己如此的常道境界，这是中国诗的特有意义。严羽是个诗论家，他对佛学知识粗疏，因此只讲妙悟，而没有进一步讲妙悟的根源，这就不彻底。这是其理论上的不足。

严羽确立妙悟为诗歌创作思维方式之后，曾被较广泛地运用，叶燮的《原诗》、王夫之的《古诗评选》等都大量运用，成为古代影响较大的诗歌创作思维方式的概念。

次说“现量”。

“现量”，是王夫之从佛教借过来概括诗歌创作思维方式的概念。

现量，原是世界三大古典逻辑学之一的印度佛教因明学用语。现量与比量相对（陈那）。一般认为，比量就是指推理，属逻辑思维。而“现量就是由感官和对象（所量）接触所产生的知识”[1]，或说尚未加入思维活动的纯粹感觉知识。正如商羯罗主《入论》云：

> 此中现量，谓无分别。若有正智于色等义，离名、种等所有分别，现现别转，故名现量。

又《相宗络索·三量》说：

> 现量，现者有现在义，有现成义，有显现真实义。现在不缘过去作影，现成一触即觉，不假思量计较；显现真实，乃彼之体性本自如此，显现无疑，不参虚妄。（《姜斋诗话》卷二）

时处明末清初的哲学家王夫之，在经历了国破家亡之后，在对宋明理学的反思中，视陆王心本论为“异端”，对程朱理本论亦不感冒，倒是视张载的气本论为“正学”。王夫之发挥了张载的气本论，在道器（气）问题上，他视气（器）为根本，道依于器（气）。因此一般学者将王夫之的哲学定论为唯物主义认识论。王夫之的确想要将宋明理学热衷的仁义礼智限制在道德哲学领域，这样他就可以不受影响地讲认识论。但他又矛盾地认为，道心、仁义之心更为根本，并认为为“吾心固有”。这使他最终留

① 沈剑英：《因明学研究》，东方出版中心1995年版，第6页。

在了心性哲学的大传统中。由于王夫之哲学有明显的认识论倾向，使他对佛教逻辑学即因明学发生兴趣，并作了较多研究与运用。上面讲的“现量”与相对的“比量”就是因明学中的重要内容之一。

王夫之诗论的哲学基础大致为儒道（释）互补，他说过：“凡庄生之说，皆可以通君子之道。”(《庄子通序》）在诗论上，王夫之的宗旨是取“情景不二”说。他说：“情景名为二，而实不可离。”又说：“关情者景，自与情相为珀芥也。情景虽有在心在物之分，而景生情，情生景，哀乐之触，荣悴之迎，互藏其宅。”(《姜斋诗话》卷一）王夫之对“情”作了很深刻的分析。从儒家特重主体性出发，王夫之认为“诗……有主宾”。(《姜斋诗话》卷二）“主”，就是审美主体，也即抒情主体及其诗情。“诗以道情，道之为言路也。诗之所至，情无不至；情之所至，诗以之至……”(《古诗评选》卷四）又说：“诗源情”。(《古诗评选》卷二）这种把“情”作为诗的根源特质的认识，一方面与受宋明理学程朱学派的“性即理”的理本论影响，而逐渐演化出来的以理为诗的观念，是尖锐对立的。他曾明确地表示“经生之理不关诗理”(《姜斋诗话》卷二)，也无关诗的根源与特质。另一方面，他所强调的诗情也与受宋明理学陆王心学派的心本论所影响，并反映明中后叶出现的带近代个性解放气息的公安派的“独抒性灵”、“任性而发”而走向的“嗜好情欲”为诗情又界限分明。他也明确表示“浪子之情无当诗情”。(《古诗评选》卷二）当然话又说回来，王夫之强调诗情并不否定诗理，他只是认为经生之理不关诗理，而不是认为“非谓无理有诗，正不得以名言之理相求耳”。(《古诗评选》卷四）诗当然亦有理，但不是经生之理，而是不可名言之理。名言即概念，这就是说，诗理不是概念化的，可进行逻辑分析的理，而是非逻辑分析，可语言界定的概念化的理，以他所熟悉的因明学讲，这理显然不是比量的理，而是现量所把握的理。同时他的诗情也不是孤立的东西，这“情上受性”。他说：“诗以道性情，道性之情也，性中尽有天德、王道、事功、节义、礼乐、文章，都分派与《易》、《书》、《礼》、《春秋》去，彼不能代诗而言性之情，诗亦不能代彼也。”(《明诗评选》卷四）这就是说他讲的诗情自然只是从用上讲，体乃为性，性为体情为用，情不能离体，性体之用除了情外，还有天德、王道、事功等，作为性体之用皆各有领域，不能互相代替，情的领域在诗。由上分析可见，在古代诗文理论中，王夫之对诗情的分析总结是很深刻的。

诗歌创作中有主体与客体，心与物、情与景的关系。如上所谈，王夫之的诗学宗旨是情景不二。但现实或理论中的情景是有在心在物之分的，在文学创作中如何使有在心在物之分的情景妙合无垠、互藏其宅，而情景不二呢？王夫之大概是认为唯一的创作思维方式就是类似佛教于因明学上讲的“现量”。他说：

> “僧敲月下门”，只是妄想揣摩，如说他人梦……若即景会心，则或推或敲，必居其一。……“长河落日圆”，初无定景；“隔水问樵夫”，初非想得，则禅家所谓“现量”也。(《姜斋诗话》卷二)

又说：

> 家辋川诗中有画，画中有诗，此二者同一风味，故得水乳交融，俱是造未造，化未化之前，因现量而出之。一觅巴鼻（来由、根据），鹞子即过新罗国去矣。(《夕堂戏墨》卷五《姜斋诗集》)

由上引文描述可见，王夫之的“现量”创作思维方式是排除现成“定景”，也排除“想得”、“忘掉揣摩”之类；而是认为它只是在“即景会心”瞬间生就的方式。此外，他还认为现量作为创作思维方式，是没有“巴鼻”即来由、根据之因果可觅的，而是一种非造化现成的情景“水乳调和”或“神理凑合”的产物。他说：“以神理相取，在远近之间。……‘青青河畔草’与‘绵绵思远道’，何以相因依，相含吐？神理凑合时，自然恰得。”(《姜斋诗话》卷二）的确，“青青河畔草”与“绵绵思远道”，在一般情况下，此情与彼景是无任何因果关联的，两者相含吐，妙合无垠，只能是一种神理凑合时的“自然恰得”。王夫之还解释了他说的“神理”：“以意为主，势次之。势者，意中之神理也。”(《姜斋诗话》卷二）或反过来说，“神理”，乃情意之“势者”也。将这里的引例结合前面引论，我们大致可以明了王夫之说的作为诗创作思维方式的“现量”的基本意义。

现当代学界为了将“现量”与现代思维方式接轨，使之现代化，一般将之纳入西方文论的直觉以分析。二者的确有相一致之处。对西方文论的直觉，亦有很多不同的解释，有一较有影响的教科书看法是认为："直觉就是略省了推理过程而对事物的底蕴或本质作出直接了解和揭示。"①按王夫之所引《相宗络索》中有关现量的看法，现量中也有"一触即觉"等相近之意，但实际上二者是有根本区别的，又主要是核心哲学基础不同。西方文论的直觉是奠基于认识论哲学基础上的，它强调的是主体对客体的本质或底蕴的直接了解或揭示。而现量的哲学基础则为心性哲学。按康德的现象与物自身的超越区分的框架，又西方为两个世界，中国为一个世界的看法，西方的直觉只面对现象讲。而佛教讲的现量，虽放在属逻辑学的因明学讲，但按王夫之的讲法："禅家有三量（比量、非量、现量），唯现量发光，为依佛性。"（《姜斋诗话》卷二）这是说，虽然禅家有三量，但只有现量"为依佛性"而"发光"即表现。王夫之又说："文章本静业。"（《姜斋诗话》附录）佛性从心上讲即"自性清净心"，王夫之这里说的"静"是指文学创作的心是类似于佛教禅家的自性清净心或道家虚静心。此"静"心为无限心。因此，现量所面对的就不是物的生灭、现象面相，而可以是物的真如、物自身意义境界的面相，即物的在其自己面相。前引《相宗络索》说现量为"一触即觉"、"显现真实、乃彼之体性本自如此"，即是讲自己如此。转向诗文创作上讲，王夫之则说："两间之固有者自然之华，因流动生变，而成其绮丽。心目之所及，文情赴之，貌其本荣，如所存而显之。"（《古诗评选》卷一）如从现量讲，这样说，则有真如、物自身意义的境界。

由上分析可见，源于佛教的现量以及上文分析过的妙悟，还有兴，皆为诗文创造过程中超越现象，进入自己如此的物自身意义境界的创作思维方式，但自刘勰以后，理论界较少强调心体之修持存养，因此皆难达到相应的层次，就诗文来说，也就是可达自己如此的物自身意义境界的无我境界较少。

（四）"道"与"技"论

文学创作过程，如从可见的操作表现看，也是作者舒展写作技艺的过程，因此，文学艺术亦称为技艺。而舒展写作技艺的过程，在中国古代文

① 童庆炳主编：《文学理论教程》，高等教育出版社1998年版，第125页。

论看来，依然是依道心为总名的心体之起用。并且这个过程，按中国古代文论的看法不是技一个层次，而是两个层次，即技的层次，和由技进于道的层次。其中又以后一层次为最高层次，并体现中国文学创作的民族特色。

“道”—“技”之命题来自道家。《庄子·养生主》有一则为大家所熟悉的《庖丁解牛》寓言说：

> 庖丁为文惠君解牛，手之所触，肩之所倚，足之所履，膝之所踦，砉然嚮然，奏刀騞然，莫不中音，合于《桑林》之舞，乃中《经首》之会。文惠君曰：“譆，善哉！技盖至此乎?”庖丁释刀对曰：“臣之所好者道也，进乎技矣。始臣之解牛之时，所见无非全牛者。三年之后，未尝见全牛也。方今之时，臣以神遇而不以目视，官知止而神欲行。依乎天理……动刀甚微，谍然已解……如土委地。提刀而立，为之四顾，为之踌躇满志，善刀而藏之。”

这则寓言寓意丰富，可以从不同角度理解，笔者这里主要从“道”—“技”关系角度讲。寓言中涉及的两个角色：文惠王与庖丁，两人对这妙如《桑林》之舞的解牛舞蹈，看到的境界是截然不同的。文惠王看到的是“技”，并以最高的“技”为赞。但庖丁却不认同，他谓：“臣之所好者道也，进乎技矣。”对这，应如何理解？笔者认为，这里有个道内之人与道外之人眼光的不同问题。文惠王是个道盲之人，他看到的自然只有技，即使最高的技也仍然是属形而下层次，只有道内之人的庖丁，才知道，这不仅表现了技，而且上达形而上之道，技只是道的可见的表现形式而已。因此在道内人庖丁的眼中，这是比技高一层次的道。是什么道呢？陈鼓应曾指出，《庖丁解牛》寓言，庄子是以之“喻社会的复杂如牛的筋骨盘结；处理世事当‘因其固然’、‘依乎天理’（顺着自然的纹理），并怀着‘怵然为戒’的审慎、关注的态度，且以藏敛（‘善刀而藏之’）为自处之道”[①]。可见，这道就是生活在复杂社会中的人如何获得自由而自然自处之道，亦即养生之道，并统辖于道家自己如此的自然常道。

---

① 陈鼓应：《庄子今注今释》上，中华书局1983年版，第93页。

庖丁无疑是以解牛之技的过程即以自己的生活方式体验领悟到了这道的。

徐复观说过，道家老庄的道，“实际是一种最高的艺术精神”[①]。这就是说，道家之道，既是自由养生之道，也是艺术创造之道。当然，这里说的艺术精神，与现代讲美学独立以及以之为基础讲艺术独立（包含文学独立即纯文学），也就是只讲“技”，没有由技进于道的艺术精神是不同的。换句话说，庄子讲的美是“大美”、“至美”，与现代美学讲的真善美三分的独立意义的纯美或“小美”是不同的。以之为基础的艺术及其艺术精神自然也不同。为了表不同，徐复观用“最高”以区别。但这“最高”也难免陷入文惠王的处境。因为这不是层次比较的问题，而是涉及不同领域的问题。如果要真正区分清楚，则必须纳入康德的现象与物自身的超越区分的框架，但这将又涉及更多问题，暂且打住，方便时再谈。

牟宗三说过：“中国有这么一条思路，它不封限于诗本身而自足”，“文学方面一定要技而进于道”。[②] 中国文论研究中国文学创作之“技”，自然也不能封限于技，而必须由技进于道，并明确技与道的关系。这是老庄哲学通过“庖丁解牛”、“梓庆削木为鐻”等寓言，老早就启示我们并奠定了思想基础的。

1.“能有所艺者，技也”

《庄子·天地篇》说：“……能有所艺者，技也。技兼于事。”这是说，使能力有所表现于技艺领域的，是技。技要符合于事。即要做何事，就要用何种技，以之相应。以此推之，自然，进行文学创作也必须用相应的文学创作之技。这样说，是强调了技巧对艺术创造的重要意义。的确，任何一种称得上艺术的物品，包括文学作品都离不开一定的技巧。没有一定的技巧，甚至连最差劲的艺术品、文学作品都创作不出来。技巧对艺术、对文学的意义是不待言的。我们还注意到西方文论自古希腊的苏格拉底、柏拉图、亚里士多德起就非常注意技巧。“他们都认为诗歌理所当然的是一种技艺。”“诗人是一种有技巧的生产者。”[③] 并一直把创作的秘密归为形式技巧。歌德（1749—1832）就说过：“题材人人看得见，内容只

① 徐复观：《中国艺术精神》，春风文艺出版社 1987 年版，第 42 页。

② 牟宗三：《康德第三批判讲演录》，台湾《鹅湖月刊》2000 年第 26 卷第 12 期。

③ ［英］罗宾·乔治·科林伍德：《艺术原理》，中国社会科学出版社 1985 年版，第 18—19 页。

有费过一番力的人可以寻到，而形式对于大多数人是一个秘密。”[①] 与歌德大致同时的席勒（1759—1805）也说：“在真正美的艺术作品中不能依靠内容，而要靠形式完成一切。……因此，艺术大师的独特的艺术秘密就是在于，他要通过形式来消除素材。”[②] 席勒与歌德这里说的“形式”都包含“技”的要素在内。美国现代著名作家与文学批评家马克·肖勒一个最经常被西方现代文学批评论文引用的基本观点就是：“内容（或经验）与完成的内容（或艺术）之间的差距便是技巧。”[③] 就流派而言，西方现代文本批评诸流派，例如俄国形式主义、法国结构主义、英美新批评等，从某种程度上讲也都可以说是技巧派。

以上是讲西方文论，回到中国古代文论，我们看到理论家们也都是非常重视技巧问题的。孔夫子就既讲“情欲信”，也说过:“辞欲巧。”(《礼记·表记》)《周易》还讲：“修辞。”(《乾》卦《文言》)“言有序。”(《艮》卦六五爻辞）沈约的伟大正在于他的声律论、四声八病说，为中国近体诗形式技巧的成熟与运用打下了基础。刘勰《文心雕龙》创作论中有《声律》、《章句》、《丽辞》、《比兴》、《夸饰》、《事类》、《练字》七篇专门或部分讲文学技巧等。不少《文心雕龙》研究名家还认为《文心雕龙》就是一部讲“写作指导或文章作法”即形而下之“技”的书。以后谈诗与文学艺术技巧的篇章则难以统计与列举。中国古人还认为，没有技巧，即使构思得“意”，也不能创作出来。程颢就说过：“西铭吾得其意，但无子厚笔力，不能作耳。”(《周濂溪集》正谊堂丛书本卷六）这里说的笔力，也就是语言表现能力，包含有技巧因素在内。至于颜延之的“错彩镂金”，特别是江西诗派以“脱胎换骨”、“点铁成金”为诗法，那是遮蔽诗道太过分了。后者因此被严羽批评为“以文字为诗”，但它却在一定程度上维护了一个缺乏诗歌情意时代的诗歌创作的繁荣。现代文学艺术讲独立意义的美，并以之为基础讲文学艺术独立，讲纯文学，纯艺术，更是将技巧提高到了无以复加的程度。

总之，无论西方文论家，还是中国文论家都充分认识并强调了技巧对

① 转引自伍蠡甫《中国画研究》，北京大学出版社1993年版，第255页。

② ［德］席勒：《美育书简》，中国文联出版公司1984年版，第114—155页。

③ ［英］戴维·洛奇编：《二十世纪文学评论》下，上海译文出版社1993年版，第32页。

文学创作有非常重要的意义。文学艺术都是由技巧创作完成的，没有技巧就没有文学艺术。中西文论家大致共识了这一方面。但中国古代文论还有富于民族特色的进一步的认识，即认为，文学艺术的技不是孤立的问题，更不是终端，而是必须由技进于道，从而开拓更高层次的境界。

2. 道，“进乎技”

“庖丁解牛”从现象看的确是一种技艺活动，文惠王以最高技艺赞赏庖丁，以现象眼光看是不错的。但错在他以技为封限。庖丁一句：“臣之所好者道也，进乎技矣”，则打破了技的封限，将问题引向了一个新的道的境界。甚至让文惠王最后也领悟了养生之道的境界。

同样，文学艺术创作从现象角度看，也是一种技艺活动。因此西方文学艺术界，以及现当代中国文学艺术界将文学艺术创作看作“技”也是不错的，问题也往往以此为封限，这就限制了文学艺术创作走向更高层次境界，中国古代文学艺术创作则往往如庖丁解牛那样，所好者道，进乎技，也就是不以技为封限，于是得以实现以道为最高艺术精神。因此，最高的中国文学艺术也就进入了道的境界。其中最明显的例子就是大家所熟知的陶渊明的《饮酒》之五。在诗中，陶渊明虽然同往常一样居住在人境，但他的心境已因“心远”、“地偏”远离了喧嚣的凡尘，近似于道家的经心斋而来的虚静之心。正因此，他以悠然虚静之心境得以面对即“见南山”。他所“见”的这南山，当然已不是主客对峙并为主体所皱起的现象意义的南山，而是类似康德说的“智的直觉”的道家的玄览，所见的乃为现象的背后根源的物自身意义境界的南山，自己如此的天造地设的南山，或南山的在其自己。他也因此而领悟了“真意”，这“真意”即道意乃流行于自己如此的自然生活中，如何能以名言相“辨”呢？在冯友兰的名著《贞元六书》之总纲《新理学》中，第一章讲艺术。他发挥庄子《庖丁解牛》寓言中的思想，创造性地将艺术区分为“进于道底艺术”与“止于技底艺术”，就诗来说，也可以进一步区分为“进于道的诗”与“止于技底诗”。他认为陶渊明的上引《饮酒》和陈子昂的《登幽州台歌》等皆为由技进于道的诗。对这，我们在下章还要谈到。在上文谈到冯先生曾在哲学方法上区分了中国哲学与西方哲学在研究方法上的不同。西方哲学主要为逻辑分析的正的方法，中国哲学则主要为负的方法。但冯先生没有像牟宗三那样，以佛教一心开二门和康德哲学的宇宙性概念以及现象与物自身的超越的区分为框架，进一步区分出中国哲学与西方哲学为两种不同的哲学理论形态，而是依附于西方认识论哲学的框架讲中国哲学，这就影响了他论中国哲学的深刻程度。在道进于技的文学问题上，也是如此。这在下章还要讲到。

关于由技进于道，这里面还涉及一个技与道的关系问题。讲技进于道，并不是说道在技外，是两个不同的东西，或说技与道是两个不同阶段，而是道在技中。如“庖丁解牛”中庖丁说道，进乎技，就并不是说道在技外，而是道在他解牛之技艺表显过程中。由此可见，道与技的关系，是道技相即的体用关系，或道器关系，其中道为本，技为用或器。这种与体、与道相即的技，当然也不是一般性的独立意义的技，而是化掉此独立性的技的道技。中国古代亦称这种技为“无法”或“至法”。这样，我们还要把这独立性的技或现象意义的技，和化掉此独立性的物自身意义境界的为道所统辖的道技区分开来。这两种技如何区别呢？笔者认为，这两种技的根本区别在哲学基础不同。独立意义的技，或说现象意义的技的哲学基础是主客二分的认识论哲学。这种技是认识主体对客体进行对象性活动的手段，是认识主体单纯凭借感觉器官与认识活动所掌控的，并以技的物质性、实用性为依归。因此主体与技往往对立，现代之技更日益独立于人，超出于人。因此，认识主体在独立意义的技面前，是没有精神自由可言的，只有逐步被异化的命运。独立意义的技在现代的最高成就之一就是计算机即电脑。美国 IBM 公司研制的巨无霸电脑：深蓝曾于 1996 年与人脑棋王阿塞拜疆的卡斯帕罗夫对决，战成 2∶4，人脑暂胜。到 1997 年 IBM 研制的更先进的电脑巨无霸：更深的蓝又与人脑棋王对决，战成 3.5∶2.5，电脑已战胜人脑。据报道 IBM 公司研制的新型电脑“沃森”将成为一档电视智力竞赛节目的参赛选手，首次与人类进行角逐。① 据预计人类被电脑战胜是迟早的事。在文学艺术中，也有属这独立意义性质的技，不仅西方文论大讲这种技，而且中国文论也有讲这种技的，如薛雪在《一瓢诗话》中说的“格律声调、字法句法”等，就大致是属这类独立意义性质的技。这类独立意义的文学艺术之技与作者也是对立的，作者要么驾驭它，要么被它超出，见技不见人。

① 参见《参考消息》2010 年 6 月 23 日。

至于进于道的技，即道技，为道所统辖的技，它的哲学基础乃心性哲学。这种技与独立意义的技不同，它不是主体在对象性认识活动中，凭借感觉器官与认识过程所把握的，也不以物质性、实用性目的要求为依归，而是心性主体刚好要消除并超越这物质性、实用性对象活动，而获得精神自由所要把握的相应手段。上引“庖丁解牛”的寓言中，庖丁说他“目无全牛”，“以神遇而不以目视”，“官知止而神欲行”。这就是说他的解牛已不是单纯以牛为对象的一般认识主体施于牛的客体的对象性活动，而是“奏刀騞然，莫不中音，合于《桑林》之舞，乃中《经首》之会”。即是一种从心所欲的为道所贯通的，类似于桑林之舞般的艺术精神活动的“游”的境界。在这里，技没有独立意义，或说已化掉而进于道，或说为道所统辖，而为道技。庖丁之所以不认同文惠王的最高的技的赞许，因为文惠王只看到独立意义的或现象意义的技，而没有看到这解牛的技的活动，正是道的流行于解牛活动。实际上在庖丁那里，看似解牛的形而下之技的活动，只不过是形而上的常道的流行与呈现而已。

技可以化掉其独立性而升华到与道贯通的境界。这也是技的最高境界。清人石涛说：“‘至人无法’，非无法，无法之法，乃为至法。”(《画语录》) 独立意义的形而下的法为有，化掉法的独立意义，升华到为道所贯通或说统辖的技（法），则为道技（法），即为“无技（法）”。“无法”（技）亦即道技，当为得道，拥有虚静之心的道家真人所掌握运用。“至法”（技）亦道技（法），当然是技（法）的最上乘，最高境界。在现代中国大作家中茅盾与巴金可谓双峰矣。茅公最讲技巧，著有专集《论文学的艺术技巧》。至于巴老则认为艺术的最高境界为无技巧。他说的无技巧的技巧当然是指独立意义的技巧。而无技巧，乃指“无法”，即独立意义的技巧化掉其独立性而进于道，为道所统辖。可见，巴老晚年已由技进于道，这道不是名言概念，对巴老乃是流行的自己如此的真话。

从中国心性哲学的体用不二观点看来，道与技的关系也是体与用的关系，道为体，技为用，体用不二，道技不二。这不同于主客二分的认识论哲学，把道与技理解为二橛，道与技永远相互外在。庄子的“庖丁解牛”等喻明的是技进于道，而道在技中又道统辖技的体用关系。孔子的“从心所欲不逾矩”说的也是这样一种关系。因此，可以说，这也是中国古代文论中道与技关系中最本源的一种关系。

中国古代先哲例如庄子还认为，技可以进于道，但由技进于道，不是一个单纯的技术的训练过程，而是一个与得道修养工夫同时进行的过程。上引寓言中说庖丁开始解牛时，“所见无非全牛者。三年之后，未尝见全牛也。方今之时，臣以神遇而不以目视，官知止而神欲行。依乎天理……”，这个技术训练能力培养过程显然不是孤立的，而是与庖丁“所好者道也”同时进行的。解牛之技进于道境界，正是他得道境界的开显和具体例证。《庄子·达生》中有则寓言说孔子适楚，在树林中见痀偻者承蜩，而问及他有关巧（技）与道的关系，痀偻者介绍自己训练承蜩技巧时也是道技互进的，同为“用志不分，乃凝于神”也。这里说的“用志”与“凝于神”又皆可归入孔子“从心所欲不逾矩”的“心”。

以上讲技与道关系，技进于道问题，主要是由庄子《庖丁解牛》寓言的寓意的讲养生之道，引申发挥而讲文学的技与道关系，乃技进于道问题。其实，这样讲还未及根源性的心体问题。在此节的开头，我们讲过，从纲目角度讲，讲文学创作之技以及技进于道，仍然只是讲目，讲用。这从纲目或体用的大框架讲，主要还是归属为依心体而起用。如果由用返归根源性的体，则还要讲到如康德讲的无限心问题，儒家也讲仁义礼智根于心。这心——无限心，在儒家为圣心、道心，在道家为虚静之心。在庄子的《庖丁解牛》寓言中，主要讲技进于道，没有讲心体问题。因此，还要结合上文引述过的庄子的另一则寓言《梓庆削木为鐻》，该寓言则主要讲以心斋修持存养虚静之心问题。这两则寓言结合，将完整构成文学艺术创作过程中依心起用的依心起技的全副意义。

刘勰的文学创作纲领是“师乎圣”。“师乎圣”从根源上说就是师乎圣心，圣心亦即道心，以体用言之，则为心体。因此，文学创作从根源上讲，是不能不讲心体的，这是纲的问题。在文学创作的技与道问题上，也是如此。要讲心体，就不能不讲修持存养，这是中国心性哲学儒道释之教的传统。按前引余英时的看法，西方人是不大讲究修养的。牟宗三亦曾在哲学上引用过罗素在《西方哲学史》中论叔本华的话。罗素（1872—1970）感叹地说：“除了对动物仁慈之外，很难在他（指叔本华）的生活里找出任何具有美德的证据……在其他一切方面，他是完全自私的。一个深切地相信制欲与放弃这种美德的人，竟然从来未有尝试把自己的信念付诸实行，那是难以相信的事。”牟先生认为，“叔本华的确如此。许多西方哲人私生活的庸俗不下于叔氏，即罗素本人亦不能自外。罗素这话点出了西方哲人品德上的弱点"[①]。这主要是西方没有形成讲心体修持存养的传统。这又应与西方的上帝/人是两个世界，上帝拥有无限心体，而人没有，修持存养无自觉意义，当然不会讲而形成传统。而中国圣人/人是一个世界，人虽有限而可无限，由有限进入无限是修持存养的产物。修养有无限意义，自然形成传统。同时在西方，作家的最高层次是天才，天才为艺术制定法规。其最高层次是技法，没有讲形而下之技进于形而上之道层次。而中国作家的最高层次境界是圣人，中国不讲圣人为艺术制定法则，但讲圣因文而明道，讲形而下之技进于形而上的常道，讲圣人立人极，亦立作家之极，树作家之精神灵魂典范。而后世的作家之正道，就是"师乎圣"，以圣人为师，学孔子，走圣人之路。这一切，核心都在心体的修持存养。这也是中西文论作家论的最大不同。

在中国古代文论中，刘勰比较全面地承传了孔孟开拓的重心体修持存养的传统。他讲"原道心以敷章"，又讲"陶钧文思，贵在虚静"。"虚静"既是讲修持存养工夫，亦指工夫达成的虚静之心体。上引王夫之也有继承此传统，讲"文章本静业"等。当然讲心体之修持存养还可以有别的讲法，如刘熙载说："文，心学也"(《艺概·文概》)，"诗品出于人品"(《艺概·诗概》) 等。在现代文论中，中国大陆学者也是有讲作家修养的，但大多只讲深入现实生活，树正确世界观和艺术技巧方面的修养，这也是非常必要的，只是不及最核心的心体问题。港台徐复观最为重视作家的人格修养，有专论并引孔颖达看法，要诗人"言一人（之）心乃一国之心"，"览一国之意以为己心"等,[②] 并给予个性即社会性的解释，但也没有上升到传统的心体上讲。倒是历史学家钱穆在将中国文化看作是心文化过程中，又定位："中国文学亦可称之为心学"[③]，从而坚守了心体为核心的红线，但惜其不是专业的论述。除此之外，可以说传统意义的心体问题，在文学界已大致遗忘了。

朱熹在《诗集传序》中，于诗有三问三答，三问是：诗何以而作？

---

① 牟宗三：《中国哲学的特质》，上海古籍出版社 1997 年版，第 88 页。

② 徐复观：《中国文学精神》，上海书店出版社 2004 年版，第 1 页。

③ 钱穆：《现代中国学术论衡》，岳麓书社 1986 年版，第 227 页。

诗何以为教？诗何以为经？按朱氏关于诗的定义：“诗者，人心之感物而形于言之余也。”简单地说，诗何以而作，乃出于人心之感于物之需。诗何以为教，则在于圣人在上，其圣心所感者无不正，因此其言足以“化天下”，所以为教。至于诗何以为经，自然乃在其发明恒久之至道。朱氏的这三个问题虽然是就诗经而发，但有永恒的提点意义。现当代文学界不知心体为何物，即使有感于物事，亦不知何者为正，何者为不正，只能在艺术制作术之技上用功，而这技当然只是现象意义的或独立意义的技，而不可能由技进于道。因此，现当代文学创作问题也就只能封限于朱熹的第一个问题，而不能进展到第二与第三个问题或层次境界。由此可见，中国现当代文学创作的根本问题还在于认识和回归由技进于道的那么一条正路，而这关键又在心体问题。

第四章 “文”论

与上文说的“道”与“圣”相对应，这里说的“文”是指刘勰“道沿圣以垂文，圣因文以明道”，这一可以抽象为道—圣—文三联式的“文”。这“文”是圣人以明道之文，故又曰“道之文”，或说“文”是“道之文”的简写。“作于圣，故曰经。”在这里，“文”、“道之文”、“经”，三者含义大体一致。但道之文又可以不同于“文”、“经”，它还可以是指一般作者创作的由技而进于道境界之文等。一般说的文，在中国古代是一个有多种意义指向的复杂概念，为了便于与这一般说的文相区别，笔者将道—圣—文的文写成“文”。正像在前文，笔者把“道”看作是文学本源本体的纲，“圣”看作是文学作者之纲一样，在这里，笔者也把“文”看作是文学作品之纲以论述。

本章主要接着刘勰以及古代文论相关思想的启示讲，重点论述“文”作为文学作品的纲及其统辖的目，还论述中国文学之美，及美的“最上”形态即意境等重要理论问题。

一 综论作为纲的“文”

（一）“宗经”和以“文”为纲

1. 先从文谈起

“文学”一词的词根是文，从构词角度看，文学是从文发展而来的，文与文学有内在联系，因此讲文学，自然需要先从文讲起。从文讲起，可以有不同的思路与讲法，首先可以看到现代有一种较简捷的思路与讲法，就是从文的词典意义讲起。这种讲法，或引许慎《说文》，《说文》说：“文，错画也，象交文。”或引《集韵》，《集韵·问韵》说：“文，饰也。”或引刘熙《释名》，《释名》释“文”说：“文者，会集众彩以成锦绣，会集众字以成辞义，如文绣然也。”刘氏以“锦绣”释文，又以同义的“文绣”释“会集众字以成辞义”。顺此，也就可以过渡到释文章或文学。鲁迅在《汉文学史纲要》中就大致采取这一较简捷的讲法。他在文中引用了上文引的刘熙释“文”后，接着说：“则确然以文章之事，当具辞义，且有华饰，如文绣矣。《说文》又有文字，云‘䘵也’；‘有䘵，彣彰也’。盖即此义。然后来不用，但书文章，今通称文学。”① 以这种简捷的讲法释文以至文章或文学，强调的是文以至文章或文学的“锦绣”、“文饰”一面，这在近现代还表现为呼应西方纯文学观东渐的趋势，但就这种讲法而言，似乎还未深入中国传统的文以至文章或文学的深意，例如刘勰说的“文之为德也大矣”之深意。因此对文，我们还需一个感应文的深意的思路与讲法。这个讲法，需要从头讲起。放眼文的源头，中国古代可谓一个讲文的国度，其中从现存古籍角度看，最早讲文似非《周易》莫属。《周易》讲的文，主要是天文，亦包括为之所统辖的地文以及鸟兽草木之文等自然之文。正如《系辞下》说：“古者包牺氏之王天下也，仰则观象于天，俯则观法于地，观鸟兽草木之文，与地之宜，近取诸身，远取诸物，于是始作八卦，以通神明之德，以类万物之情。”《周易》讲观天文等自然之文，但也不仅仅止于观天文等自然之文，欣赏其锦绣之美，而是要从所观的天文等自然之文中，感悟贯通“神明之德”、“万物之情”的一阴一阳之天道，并创造八卦以表显之。同时，《周易》虽然主要是讲观乎天文等自然之文以感通天道，但并非局限于此，而是还以天文与天道相贯通于人文与人道。《贲》卦《彖传》说：“刚柔交错，天文也；文明以止，人文也。观乎天文，以察时变，观乎人文，以化成天下。”这就是说，《周易》不仅观察阴阳交错的天文，同时也观察人文文明之有节有度；观乎天文之阴柔阳刚交错，并非仅仅止于欣赏其美，而是要感悟其时刻变化不息的天道，而观乎人文文明之有节有度，则为领悟与把握人类文明化成之人道，以及天道与人道之一体关系。这才是《周易》讲文之深意。

如果说《周易》主要讲天文，又以天文贯通人文，以达一阴一阳的

① 鲁迅：《汉文学史纲要》，人民文学出版社1973年版，第4页。

天人合一之道，那么于《周易》“韦编三绝”的孔子，则可以说是以《周易》天人合一之道为底蕴转向主要讲人文。孔子是教育家，他主讲人文又侧重于以人文化成人，化成社会需要的君子。所谓“文之以礼乐”(《论语·宪问》)，“博我以文，约我以礼”(《论语·子罕》) 等皆言是也。孔门四科：文、行、忠、信中以文或文学为首，可见，文在孔子教育思想中的重要地位。从人文化成人，化成君子的角度，孔子不仅讲文，而且进一步细分为文与质，或说他已由《周易》讲文与道，转向讲化人之文与质。当然这文与质，实际上也是讲文与道。《论语》中有两段话对文与质讲得很深刻，《颜渊》一段说：

> 棘子成曰：“君子质而已矣，何以文为？”子贡曰：“惜乎，夫子之说君子也！驷不及舌。文犹质也，质犹文也。虎豹之鞟犹犬羊之鞟。”

皮刮掉了毛叫作鞟，虎豹与犬羊的不同，正在其皮毛之异。若刮掉了其炳蔚之皮毛，则虎豹与犬羊之皮就难以区别了，甚至可以说没有什么不一样的了。这是说君子小人之异，正在君子之多文，又质文合一。故说：“质犹文也，文犹质也。”文与质二者同样重要，不可偏废。这段话是子贡驳斥卫大夫棘子成妄意讥毁圣人之文教。虽然由子贡之口说出，但体现了孔子文质关系的思想。在《论语·雍也》中还记载有一段孔子亲口说的有关文质关系的话：“子曰：‘质胜文则野，文胜质则史。文质彬彬，然后君子。”这段话是说要成为君子，质与文同样重要，不仅不能有所偏废，而且应是二者相适均恰到好处。这文质彬彬之相适均恰到好处，也就是合乎中道。这显然又是孔子中道思想在文质问题上的表现。因此，如果站在文的角度讲，这也是一种文与道之关系。

《周易》、孔子以后，还有一些人如荀子、扬雄等亦有讲文乃至文与道等，但真正接着讲并有推进的是刘勰。如前所述，《周易》讲文，主要讲天文，并以天文贯通人文，以天道贯通人道，而孔子则以《周易》天人合一之道为背景转而主讲人文以化成君子之道；那么，刘勰则由《周易》、孔子之所讲，进而推进到讲文学之道。刘勰在《文心雕龙》中以“人文之元”即起始“以《易》象为先”，从而奠定了其论文的思想基础和起点。在《周易》、孔子的思想指导下，《文心雕龙》掷出的劈头首句：“文之为德也大矣”，应是在追奇逐艳的时代文坛响起的一声惊雷。接着他发挥《周易》讲天文的思想，描述天文之美说：“夫玄黄色杂，方圆体分，日月叠璧，以垂丽天之象；山川焕绮，以铺理地之形，此盖道之文也。”天地自然之文之美是值得欣赏，大书特书的，但其作为“文之为德也大矣”之处，对我们来说，更具深意者，不仅在这锦绣般的天地自然之文的美，而在这皆“盖道之文也”。此天地自然之文之美，皆天地之道的表显而已。明乎此，我们才不会专于拾芝麻而丢掉西瓜般，而专去欣赏那天地自然之文的美而遗忘了其中有道。但这样说也还不是刘勰的思想所在，刘勰的推进是以此为起兴，为过渡，承孔子进而讲人文，又特别讲众圣莫不原道心以敷章或垂文以创造的六经之文。刘勰认为六经这些辞文，之所以能感动鼓舞天下人民，不在别的，盖因其“乃道之文也”。这一说法，乃刘勰接着《周易》、孔子讲文，以至文章或文学的制高点。同时也是我们理解文以至中国文学的制高点。

2. “宗经”和以“文”为纲

在刘勰那里，“宗经”或“体乎经”与“本乎道”、“师乎圣”三者是一相互贯通的文学思想总纲。上文说过，纪昀特别重视“宗经”，但他似乎又将“宗经”与“征圣”对立，相互割裂，这就缺乏同情之了解了。要了解刘勰的“宗经”思想，先要从经讲起。经字没有甲骨文，最早字形为金文，可见是一稍后出现的文字。许慎《说文》说：“经，织也。从糸，巠声。”段玉裁注曰：“织之从丝，谓之经。必先有经，而后有纬，是故三纲、五常、六艺谓之天地之常经。”从字义大致可意会，经是从织布的纵横交错网状结构以经线为先为主导的比喻，引申而来讲文化典籍中先有并且一以贯之的具永恒指导意义的典籍。古代的经有多少呢？仅就儒家经典言，就有不同说法。例如，所谓五经、六经、七经、九经、十经、十二经、十三经、十四经、二十一经，等等，不一而足。其中六经（五经）是最通常的说法。刘勰说的经，就是指六经（五经）。我们这里说的经也是指此。一般认为六经（五经）的初型先于孔子就有，为先圣或无名氏所原作，后经孔子删、削或重新创作等集大成以形成，故有“作于圣，故曰‘经’”（柳宗元）的说法。如前文所述，这里的圣是指先圣，更主要是指孔子。孔子是开天辟地的大教育家，他删、削、整理集大成六经，贯以微言大义，是要将之作为人文化成时代需要的君子的教材用的。由于六经是经孔子最后创作完成，并为儒家世代相承传而保存下来，因此习惯上又将六经称为儒家六经。近年有学者说："六经并不是儒家创造的经典，儒家只是用这六种传世经典作为学习的教材。后来六经被宣布为儒家独有的经典，这是非常武断的，实际上是掠人之美。"① 其实这种说法才是真正"非常武断的"。因为它不尊重历史事实。

当然将六经与儒家命运联系在一起，并非是说六经的意义仅局限于儒家，不是的。六经是中国文化的永远源头，没有六经，何以言中国文化，即使能说，也是无头的。熊十力说得好，他说："六经为中国文化与学术思想之根源，晚周诸子百家皆出于是，中国人作人与立国之特殊精神实在六经。"② 熊十力的说法与《庄子·天下》的说法有异曲同工之妙。《天下》也肯定了古代文化保存在六经中，可以说六经代表了"道术将为天下裂"前中国文化学术体系，春秋战国诸子百家应世运而起，皆因于六经研习态度各有不同，见仁见智各有所得，所谓一曲之见的结果。由于诸子百家皆六经一根而发，为六经的发展，所以各自也不能超出六经体系。正如刘勰所说"百家腾跃，终入环内也"。这个"环内"就是作为总根源的六经，为其所范围。

作为中国文化的源头的六经是一个完整的体系。既然六经是一个完整体系，自然不能从学科角度给予定性。但随着学科的区分，古今学者却力图从学科角度给六经定性别。"六经皆史"③，这是史学名家章学诚站在史学立场给出的学科性别，这一说法虽然亦有一定的道理，曾获得很多人的支持，但终因片面性而引起同时代的诗人——文学家袁枚的不满，于是他也针锋相对地提出另一说法，这就是"六经皆文"。当然还要说明的是"六经皆文"是现代学者余英时依据袁枚的话意概括出来的，以便与章氏"六经皆史"相对。袁枚的原话是："六经者，六圣人之文章耳。"④（《随园文集》卷十八《答惠定宇书》）熊十力也不满意章学诚的"六经皆史"说，认为六经乃孔子所作，而孔子之书，经而非史，说是史，乃降低了六

① 吴锐：《中国思想的起源》3，山东教育出版社 2003 年版，第 1063 页。

② 熊十力：《论六经·中国历史讲话》，中国人民大学出版社 2006 年版，第 104 页。

③ 章学诚：《文史通义》上，中华书局 1985 年版，第 1 页。

④ 参见韦政通主编《中国哲学辞典大全》，世界图书出版公司 1989 年版，第 646 页。

经的层次。那么，应如何看待六经的学科性质呢？他说：“六经广大，无所不赅。而言其根极，必为之心性。”① 熊先生的说法本应是恰当的，但他终于忍不住要从“根极”即最高层次上定性六经的学科性质为心性哲学，这又有掉入前人窠臼之嫌了。应该说，从学科角度看，说六经皆史，或六经皆文，或六经皆心性哲学，都不能算错，但问题在于，六经不仅仅是史，也不仅仅是文，还不仅仅是心性哲学；它既是史，同时又是文，还是心性哲学，甚至还可以是其他。因此说它是任何一学科又都不对。六经是古代一完整的道术体系，也可以说它是中国文化思想学术之太极，其大无外，其小无内，统辖一切大小，在学科上也是如此。

在《文心雕龙》中，刘勰是从论文学角度讲六经的，但他认为六经不是一般的文，作为圣人作的辞文，六经乃为感动鼓舞天下的道之文，并且认为这六经之为道之文的道，不是一般的道，而是“至道”。他说：“‘经’也者，恒久之至道，不利之鸿教也。故象天地，效鬼神，参物序，制人纪；洞性灵之奥区，极文章之骨髓者也。”(《宗经》) 这就是说六经所表的恒久之至道，乃涵盖天地人一体之常道，因此六经乃文章所能达到的最高境界，从而成为不可磨灭的永远的教训和无穷启示的典范。此亦所谓“穷高以树表，极远而启疆”。(《宗经》) 在明确了解了六经，特别是刘勰对六经的看法以后，下文我们就可以进入刘勰讲文学“宗经”问题了。

对刘勰提出的文学要“宗经”或“体乎经”问题，应如何理解呢？我们注意到时贤在解读时，有一个较有代表性的看法，是认为，“宗经”就是宗法六经来写作或以六经为标准，具体来说，就是按六经的“写作方法”② 来写。这样解读“宗经”，与《龙学》上一较有代表性的看法，认为《文心雕龙》“是一部写作指导或文章作法”,③ 相一致的，都是持形而下的看法，而不及形而上之道。笔者认为这样讲《宗经》以及《文心雕龙》，皆非“同情之了解”。若是“同情之了解”，那么又应如何理解“道沿圣以垂文，圣因文以明道”的文学总纲，以及《总术》说的“六经以典奥为不刊，非以言笔为优劣”呢？这种讲法着眼于形而下之器的

① 熊十力：《读经示要》，中国人民大学出版社 2006 年版，第 187 页。

② 周振甫：《文心雕龙选译》，中华书局 1980 年版，第 33 页。

③ 黄霖导读本：《文心雕龙》，上海世纪出版集团 2008 年版，第 7 页。

“写作方法”，就是局限于六经的“言笔之优劣”上，而不及其“不刊”之“典奥”所及的形而上之道，有目无纲。这是捡了芝麻，丢了西瓜的路向，我们是不认同的。因此，我们认为要理解《宗经》的大义，必须告别这一路向，而另辟蹊径。这一蹊径，应包括两方面的内容：一是对《宗经》一定要联系“原道”、“征圣”，或说从道—圣—文（经）三者一的高度去理解；二是还要对刘勰所处的魏晋南北朝的文学思潮有一恰当的了解。这后一方面较为复杂，我们就先从这一方面讲。

学界一般认同魏晋南北朝为我国“文学的自觉时代”的说法。对这一说法，又一般认为源自鲁迅，但近年又有学界好事者从鲁迅此说的出处，《而已集·魏晋风度及文章与药及酒的关系》一文中所说“文学的自觉时代”，有引号，而认为此说不是鲁迅发明，而是引自他人以示不掠人之美，并终于追溯出这个他人是日本学者铃木虎雄。[①] 这是很有可能的，因为日本学者接受西方思想，自明治维新后相当长一段时间一直比中国领先一步，在文学观念上也是如此，能断定魏晋为文学的自觉时代，显然是具西方纯文学观素养观照的结果。也就是说，说魏晋为中国文学的自觉时代，一般的是与西方纯文学观相呼应的。

关于魏晋时代为文学的自觉时代的说法的理论分析，尚难见到有很系统之论述，大致是认为，自魏晋时代始，儒学衰落，诸子之学尤其是道家老庄复兴，玄学兴起，士人开始认识文学和自身价值，所谓文章者，“经国之大业，不朽之盛事”（曹丕语）等，于是士人作文开始摆脱经学的束缚，而注重于表现自我，关注人生和人的内心世界等。这些说法大致也是围绕纯文学观及创作主体的内容说的。总之，说魏晋为“文学的自觉时代”，应为持纯文学观所作的判断，它本身也代表了一种纯文学发展的趋向。但郭绍虞的中国文学批评史研究告诉我们，中国没有纯文学发展的道路。他认为，中国文学观念演进过程大致可分为三个时期：先秦到魏晋南北朝前的文学观念是“混”，到魏晋南北朝文学观念则“由混而析”，即“归于明晰”而正确，魏晋南北朝以后文学观念又由“析而返于混”。[②]

---

① 蒋述卓等：《二十世纪中国古代文论学术研究史》，北京大学出版社 2005 年版，第 32 页。

② 郭绍虞：《中国文学批评史》上，百花文艺出版社 2006 年版，第 1 页等处。

郭先生说的文学观念的“混”，用今天的术语表述就是广义文学观，或杂文学观，笔者在上文称其为大文学观。至于说到魏晋南北朝由混而析的文学观的“析”或“明晰”，是指纯文学观。郭先生对中国古代文学观念演进过程的抽象明白地告诉我们，中国古代没有一以贯之的纯文学观念的发展，纯文学观念只在魏晋南北朝偶露一曙光。也就是说，在中国古代占主流地位的文学观是“混”即广义文学观，杂文学观或大文学观。这是为中国古代文化哲学的特殊背景所决定的事实。在这里，不存在科学或不科学，进步或落后的问题，只能说是与西方纯文学观相比，中国文学观念的民族特色。在古代文学理论中，最早认识并论述这一点的是刘勰，但在持纯文学观研究古代文论的郭先生的大著中没有刘勰的相应位置，倒是被扣上了“复古”[①] 的帽子。可见，刘勰并没有为郭先生所同情了解。同情了解刘勰的是唐君毅。唐先生认为正像司马迁以史学承孔子一样，刘勰则以文学承孔子。按唐先生的视野，如果认同魏晋南北朝为“文学的自觉时代”的话，那么，在文学理论的自觉上，代表其最高成就的，就不是郭先生等人想努力抓住的那稍纵即逝的纯文学观的曙光；因为这不代表中国文学的主流，也不为中国文学的特色；而是刘勰承传孔子所发明的道之文即道文学观，或大（道强为之名曰大）文学观。这个大文学观以道—圣—文三者一的六经为文学的总根源和主脉大气，以统辖各种不同形态的文学之目。

对魏晋南北朝文学自觉时代的文学与文学理论，古文论学界一般将之区分为三派：一是以沈约、谢朓等为代表的新变派，二是以裴子野等为代表的复古派或守旧派，三是以刘勰、肖统等为代表的折中派。[②] 对新变派与守旧派，学界的看法分歧不大，对同为折中派的刘勰与肖统，学界一般也认为大同小异。但对这个大同小异的看法，笔者却不敢苟同，因为在笔者看来，刘、肖二人不是大同小异，而是刚好倒过来，为大异小同。他们在文学观上就大异，刘勰的文学观已如上述为道文学观或大文学观，而肖统的文学观，《文选序》已说得清楚，就是要其“综缉辞采”，“错比文华

① 郭绍虞：《中国文学批评史》上，百花文艺出版社 2006 年版，第 145 页。

② 参见周勋初《文史探微》，上海古籍出版社 1987 年版，第 85 页。王运熙、杨明：《魏晋南北朝文学批评史》，上海古籍出版社 1989 年版，第 183 页。汪春泓：《文心雕龙的传播和影响》，学苑出版社 2002 年版，第 136 页。

事出于沉思，义归乎翰藻”。即重在文采形式之美，这不是十足的纯文学观的内容也是极为接近的。从这极为接近的纯文学观出发，肖统在他著名的文学选本《文选》中排除了“以立意为宗，不以能文为本”的子书，还不选“姬公之籍”、“孔父之书”即六经，而大量选入其时新变派代表人物谢朓、沈约等人的作品，并评价甚高。这就费思量了。在这里问题最重大的是，《文选》不选六经，六经是中国文化，同时也是中国文学的根源，不选六经，就意味着自我割断了文学的流与源关系，使文学成了无源之水，无本之木。有说当年胡适出版《中国哲学史大纲》时，学界曾有学者认为胡适著的中国哲学史从老子讲起，而不从发明并承传上古三代传统的孔子讲起，而称他的哲学史为无头哲学史。仿此，我们也可以说，肖统的《文选》不选六经，也就成了一部无头的文学史作品选本，当然这样说，并不否定《文选》作为一部影响甚大的文学作品选本的自有价值。

上文说过，刘勰与肖统同作为折中派，不是时贤认为的大同小异，而是大异小同。二人间的大异在什么地方呢？笔者认为主要表现在两大根本方面。首先，表现在文学观念上，与肖统持“以能文为本”，“义归翰藻”的纯文学观不同，刘勰显然持道文学观或大文学观。其次，与肖统排除六经，丢掉无穷宝藏不同，刘勰视六经为文学作品之纲，并正是从六经中找到了根治时代文学弊端的法宝，以及大著作立论的根据。在刘勰那里，六经不只是一个六经的孤立问题，它是道—圣—文（经）三者一所最后凝结的文本，六经既表恒久之至道，又为千古圣心之所在。而天道难闻，圣人不再，因此有关道与圣心皆只能从六经中见出悟得。宋儒小程就说过大程得不传之学于遗经。可见，纪昀特别重视“宗经”，是有见地的。但对“宗经”，不能如时贤所认为的那样，仅作为是宗法经书的“写作方法”这形而下之器的角度去理解，而应从纲的高度去认识。从纲的高度去认识“宗经”，就可以明白刘勰提出文学“宗经”，就是要明确六经是“文章奥府”、“群言之祖”，文学的根源本体在六经，这正是文学的主脉大气所在。其次是要求文学界承接这一主脉大气，以六经为最高典范，所谓“穷高以树表”，以创作像六经那样的道之文为目标，并以道之文统辖其他各种文学形态。当然，任何文学创作，都要涉及文辞技巧和写作方法问题。这样时贤所理解的“宗经”涉及的属形而下之器用的“写作方法”问题，也就可以纳入上述之纲而显示其应有的意义。如此，才是文学之正道。总之，刘勰以道—圣—文（经）为文学的总纲，最后又归结于“宗经”，其主旨就在于明确文学的根源本体，主气大脉，从而引导已走向邪路的文学界正末归本，重新步入正路。

上文说过，刘勰提出道—圣—文（经）的文学总纲是三位一体的，讲任何一项，都牵连另两项，不能作孤立理解。在此前提下，当然也是可以分别说的。如上文说道为文学本体之纲，圣为创作主体之纲。现在则说“文”（经）为文学作品的纲。说“文”（经）作为文学作品的纲，还可以从多方面去讲，或说从多方面展开。在下文，我们对“文”（经）为文学作品的纲，侧重从两个方面展开：一是从文学文体方面展开，讲“文”（经）之文体如何作为各文学文体的根源和纲，并统辖各文学文体之目；二是从文学之二重本体结构角度讲，以“文”（经）为典范形态的由技进于道之文学作为纲，又如何统辖止于技之文学等目。

（二）“禀经以制式”与文体纲目关系

1. 从对文体论之认识与评价谈起

文体，一般是指文学的体制、体裁或样式。我国古代较多称“体”或“体制”等，现当代文论较多称体裁。体裁概念也并非舶来品，而是在我国古代亦有讲，当然意义或有不同。如南朝梁代沈约《宋书·谢灵运传论》云：“灵运之兴会标举，延年之体裁明密，并方轨前秀，垂范后昆。”此处以“明密”言“体裁”，显然体裁主要是指结构剪裁之义。唐代诗僧皎然的《诗式》亦多处言“体裁”，《品藻》篇曰：“其体裁，如龙虎步，气逸情高。”此处的“体裁”，当为风格义。明代徐师曾的《文体明辨序》云：“夫文章之有体裁，犹宫室之有制度，器皿之有法式也。”此处的“体裁”，即体制或样式，其义已接近现代文论的“体裁”概念之意。

以上是说文体。至于文体论，则是对文体的研究，形成的有关文体的系统知识和基本理论。相比于西方，我国有关文体的理论形成较晚。西方早在古希腊时代，亚里士多德就从模仿说的基本观点出发，奠定了文体分类的基本理论，并大致明确了著名的文体分类三分法，即叙事类、抒情类、戏剧类的基本模式。不过，中国古代的文体论虽然形成较晚，但有关文体分类却早有实践。在先秦，先贤已就诗、文分别结集，同时对《诗三百》也有风、雅、颂、赋、比、兴六诗的区分，对《尚书》也有典、谟、训、诰、誓、命等名称的分别。《周礼·春官宗伯第三·大祝》中也有祠（辞）、命、诰、会、祷、诔“六辞”之分。《毛诗传·鄘风·定之方中》也提到命、铭、赋、誓、说、诔、语等几种文体。班固在刘歆《七略》基础上撰写《汉书·艺文志》，除了部录专书分为六艺、诸子、兵书、术数、方技五略之外，又将单篇诗、赋著录为“诗赋略”，还把赋分为屈原赋、孙卿赋、陆贾赋和杂赋四类。其中前三类每类下又各系若干赋家及作品；至于杂赋类则按体制和题材又划分为客主赋、行德及颂德赋等十二种。蔡邕在《独断》中也提到天子命令群臣的四类文体：策、制、诏、戒，以及群臣上书天子的四种文体：章、奏、表、驳议。这些先行的文体分类操作实践，虽然只是实践，但实践必及意识，这就为以后自觉的文体分类和文体论的形成奠定了思想基础。

我国文体论的自觉时代，是伴随着魏晋南北朝的“文学的自觉时代”一起到来的。曹丕的《典论·论文》是我国现存文论中第一篇评论文学以及作家的专论，同时也正式开始了对文体分类的研究。文中说：

> 夫文本同而末异，盖奏议宜雅，书论宜理，铭诔尚实，诗赋欲丽。此四科不同，故能之者偏也；唯通才能备其体。

曹丕在这里把当时较为流行的文体分为八类：奏、议、书、论、铭、诔、诗、赋，还进一步归纳为四科，并以“雅”、“理”、“实”、“丽”，分别概括了它们各自所具有的基本特征。接着曹丕说的是晋初的陆机，陆机的《文赋》是我国文学理论史上第一篇探讨文学创作全过程的专论。他继承和发展了曹丕的文体分类学说，将曹丕的八体增设为十体，并将诗提到首位。他说：

> 体有万殊，物无一量，纷纭挥霍，形难为状。辞程才以效伎，意司契而为匠。在有无而僶俛，当浅深而不让。虽离方而遁圆，期穷形而尽相。故夫夸目者尚奢，惬心者贵当。言穷者无隘，论达者唯旷。诗缘情而绮靡，赋体物而浏亮。碑披文以相质，诔缠绵而凄怆。铭博约而温润，箴顿挫而清壮。颂优游以彬蔚，论精微而朗畅。奏平彻以

闲雅，说炜晔而谲诳。虽区分之在兹，亦禁邪而制放。要辞达而理举，故无取乎冗长。

在这里，陆机分别论述了十体文学作品的基本特征和创作要求。区分得更为细致，持论也更为精当。

但曹、陆论著均只是涉及文体理论问题，还不是专论。我国古代第一部文体论专著当数挚虞的《文章流别志论》，惜已亡佚。从残存于《艺文类聚》、《太平御览》的引录片段中，可以看出它至少论列了颂、赋、诗、七、箴、铭、诔、哀辞、解嘲、碑、图谶十一类文体。《隋书·经籍志》说它“各为条贯而论之，谓之流别”。挚氏论文体，已不是曹、陆简约式，作为专论，它是在充分占有文体历史资料的基础上，对各文体的特点、性质、异同、历史演变、发展趋势都作了论述分析，并佐以名篇为例，表现了较强的科学性。与挚虞的《文章流别志论》差不多同时的还有李充的《翰林论》，这也是一部专论文体的著作，从残文看，颇有识见，只可惜也已亡佚。

从现存角度上说，体现魏晋南北朝文学自觉时代，文体论自觉最高成就的当数大致相近年代的两部作品，即肖统的《昭明文选》与刘勰的《文心雕龙》。上文说过，现代学者一般将肖、刘看作是文学自觉时代相对于新变派与守旧派之间的折中派，并认为两人的文学观大同小异，而笔者则认为刚好相反，为大异小同。在文学观点上是如此，在文体观上也是如此。肖统的文学观是以“能文为本”为原则的。所谓“能文”，是指“事出于沉思，义归于翰藻”，也就是要有深刻的艺术构思与华美的文采辞藻。按这一文学观原则，肖统排除了经、子，只把下列39种文体归入文学范围，这39种文体是：赋类（又分15子类）、诗类（又分22子类）、骚类、七类、诏类、册类、令类、教类、策类、表类、上书类、启类、弹事类、笺类、奏记类、书类、移书类、檄类、难类、对问类、设论类、辞类、序类、颂类、赞类、符命类、史论类、史述赞类、论类、连珠类、箴类、铭类、诔类、哀文类、碑文类、墓志类、行状类、吊文类、祭文类。

肖统的文学观及其纳入文学的文类，从现代眼光看来，体现了一种重文采之美的纯文学倾向，或为有的论者所认为的属中国纯文学观的曙光；

但在我国古代以心性哲学为核心的文化背景下，这一纯文学曙光终于难以成为主流。

真正体现我国古代文体论走向成熟，并形成自己特色的标志性作品是刘勰的《文心雕龙》。在《文心雕龙》中，文体论是属于上篇纲领部分。现代学者牟世金认为，文体论是“刘勰全部文学理论的基石”。这是有见地的。不过，虽然称誉甚高，但现代学者对刘勰为代表的我国古代文体论的特色似无真正认识。对这，我们在下文再展开谈，在这里，我们先顺便谈及时论所一致认识的两点：一是他的文体分类。他将文体区分为33类，即诗、乐府、赋、颂、赞、祝、盟、铭、箴、诔、碑、哀、吊、杂文、谐、隐、史传、诸子、论、说、诏、策、檄、移、封禅、章、表、奏、启、议、对、书、记。这里还要说明的是，有论者不是将刘勰文体看作是33类，而是看作了34类，这一类哪里来呢？是加上“文之枢纽”中的“骚”，而成了34类。多一类还是少一类，那不是小事吗？但在这里不是小事，因为这体现了对刘勰文体论之深意，以及以刘勰为代表的中国文体论之特色的认识。另外还有论者怪刘勰将“五经”与“骚”作为“文之枢纽”而“不与众文体并列”。甚至将之看作是《文心雕龙》文体论的“局限性”①。这到底是刘勰的局限性，还是我们论者的局限性？笔者认为正是我们论者的局限性。这局限性影响了我们对刘勰为代表的中国古代文体论的特色无相应的心灵以理解，并解说出来，对这，下文还要讲到。二是，刘勰于文体论还有一重要贡献，这就是创造性地制定了文体研究的原则，即“原始以表末，释名以章义，选文以定篇，敷理以举统。”不仅刘勰身体力行，而且成为后人进行文体研究的不易指导原则。

肖统的《昭明文选》和刘勰的《文心雕龙》，特别是后者，不但标志着中国文学文体论的成熟，而且为其定型。以后虽然还有不少文体论著，包括文学选本，如宋代姚铉编的《唐文粹》，吕祖谦编的《宋文鉴》等，以及文体论专著，如明代吴讷的《文章辨体》和徐师曾的《文体明辨》等，在文体分类上有些不同，如《唐文粹》分为22类，《宋文鉴》分为61类，《文章辨体》分为59类，《文体明辨》分为127类等；但只是调整或损益而已，在模式与原则上则没有大的改变。也就是说仍然沿着肖、刘

① 褚斌杰：《中国古代文体概论》，北京大学出版社1984年版，第33页。

确立的共同方向。

对中国古代文体论，现代学者以现代视野对之作了很多研究，其中影响较大的有褚斌杰的《中国古代文体概论》(1984年）和吴承学的《中国古代文体形态研究》(2000年）等。对中国古代文体论的理论价值，在西方文体论的映衬下，一般评价不高，并认为它有甚多的局限性与弊病，其中最突出的是两方面：一是“分类碎杂”、烦琐；二是当时的研究者缺乏严格的逻辑训练，因此“缺乏严格的科学归纳法”[①] 等。的确，如果以西方文论的文体论为标准看待中国古代文学文体论，这样的局限性与弊病，是明摆在那里的。但我们要指出，这里其实存在一个学术盲点，即我们还没有真正认识中国古代文学文体论的特色之处，这就是正像中国古代文论体系不是西方式的概念逻辑体系，而是纲目体系一样；中国古代文学文体论也不是西方式的逻辑关系，而是中国式的纲目关系。这个古代文学文体纲目关系的特色是早在刘勰的《文心雕龙》中就明确了的，只是我们现代研究者的慧眼为西方文体论模式所蔽，而错过了。下文，我们来谈谈这个问题。

2. “禀经以制式”与文体纲目关系

前文论述过，西方文论体系是概念逻辑体系，其文体关系也是逻辑的。具体地说，就是西方文体种类的抒情类、叙事类和戏剧类的划分，具有高度的逻辑性和概括性，即使这二大文类在具体作品中的存在，虽然不总是明确地划分着，但在理论上它们总是互相独立，相互对立而有别地存在着的，各有各的逻辑规定。正如别林斯基所说：

> 虽然这三类诗（史诗、抒情诗、戏剧）像三个独立因素一样，彼此有别地存在着，但是，当它们呈现在个别诗作里的时候，它们并不总是明确地划分着的。[②]

别林斯基这里说的，就是指西方三大文类的这种理论上的逻辑关系。但与西方文体的关系模式不同，中国古代文体关系是另一种构成模式。这

① 褚斌杰：《中国古代文体概论》，北京大学出版社1984年版，第38—42页。

② ［俄］别林斯基：《别林斯基论文学》，新文艺出版社1958年版，第177页。

种关系模式由刘勰所揭示，并集中体现在《文心雕龙·宗经》一段可以概括为“禀经以制式”的话中：

> 故论说辞序，则《易》统其首；诏策章奏，则《书》发其源；赋颂歌赞，则《诗》立其本；铭诔箴祝，则《礼》总其端；记传盟檄，则《春秋》为根：并穷高以树表，极远以启疆，所以百家腾跃，终入环内者也。若禀经以制式，酌雅以富言，是仰［即］山而铸铜，煮海而为盐也。

另外，北齐颜之推也独立地或受刘勰的影响，说过一段意思相近，但意义层次较为单薄的话，我们在这里也一并引出，以作辅助佐证。颜氏说：

> 夫文章者，原出五经；诏命策檄，生于《书》者也；序述论议，生于《易》者也；歌咏赋诵，生于《诗》者也；祭祀哀诔，生于《礼》者也；书奏箴铭，生于《春秋》者也。(《颜氏家训·文章》)

前文说过，以“人文之元”为背景，以及首尾相应起源观，刘勰实际上是认为文辞文学起源于六经的。六经既然是文学的起源，六经文体自然也就是文学文体的起源。这是相一致的。因此上文引刘勰一段话的一重要意义，就是说六经文体是众文学文体，在刘勰这里是33种文体的根源本体；或说文学众文体皆是以六经文体为根源起始的。用一个比喻的说法就是六经文体为根本，众多文学文体为枝叶，六经文体与众多文学文体的关系为根本与枝叶的关系，六经文体与众多文学文体构成的是一棵文学文体的谱系树。六经文体既是文学文体的根本，也是基因。刘勰把众多文学文体离不开六经文体，说成是“百家腾跃，终入环内”。这里的“百家”，日人斯波六朗认为是指“诸子百家”，“腾跃”则“言百家有超乎五经之概”。[1] 这显得拘谨。其实在这里不仅是指诸子百家，而且是以之为前导，说众多文学文体大有超出五经文体之势。“环内”，有如庄子《齐物论》中说的“环中”，在庄子那里“环中”是指“道枢”，“枢始得其环中，

① 王元化编：《日本研究〈文心雕龙〉论文集》，齐鲁书社1983年版，第87页。

以应无穷”。以之为参照，我们也可以这样理解，刘勰这里是说，六经文体犹如道枢可以应文学文体的无穷发展。即使六朝文学文体不断出现，大有超乎六经文体之势，但又皆在六经文体的范围之内。正如枝叶超不出根本，盐总是从大海海水来，铜等金属总是从矿石出来一样。因此刘勰引导文学界，即使在文学文体上，也要文学“禀经以制式”，“正末归本”，这才是文学文体发展之正路。这是从本末层次角度讲，六经文体与众文学文体的关系。这是上引刘勰一段话的第一层次意义。独立说或受刘勰影响而说的颜之推上引一段话，亦有相近的意义。

对这段话，我们还可以从纲目关系去理解。刘勰《文心雕龙》文论体系为纲目体系，自然作为其中有机组成部分的文体论亦为纲目体系。如从纲目关系角度说，则六经文体为文体之纲，而众多文学文体为文体之目，二者为纲目关系。上文引述过现代的中国古代文学文体论研究者有人在谈到刘勰文体论时，批评他没有将六经文体与其他文学“众文体并列”①。对之，可以说，论者已意识到了这个问题，但他们不明白刘勰《文心雕龙》文体论为纲目体系。六经文体为纲，其余众文体为目。作为纲的六经文体，如何能与作为目的众文学文体混为一谈，即“并列”呢？

以上是说刘勰的文体论为纲目体系，颜之推的说法也可以纳入纲目体系。由刘勰文体论的纲目体系为阶梯，我们还可以进一步明确中国古代文学文体论为纲目体系。这是中国古代文体论的最大特色。当然，对这一特色，古人并不是都能讲清楚。而现代学界有的人，例如上引的一些人就往往只是从目上说，而不同时从纲上说，因此就显得文体之目琐碎繁杂，但如从纲目关系上说，以纲统辖众文体之目，或说众目有纲所统辖，还能说其琐碎繁杂吗？

关于中国古代文体论为纲目体系，现代研究者中也有人似有相近的看法，只是就个别现象看出。褚斌杰在其大作中，在谈到清康熙储欣纂集的《唐宋十大家类选》时，说他将文章分为六门三十类，门类情况是：

奏疏第一：书、疏、劄子、状、表、四六表；

论著第二：原、论、议、辨、解、说、题、策；

① 褚斌杰：《中国古代文体概论》，北京大学出版社1984年版，第33页。

书状第三：启、状、书；

序记第四：序、引、记；

传志第五：传、碑、志、铭、墓表；

词章第六：箴、铭、哀词、祭文、赋。

褚先生认为，储氏的六门三十类“取得纲举目张的效果”①。这是一识见。但应指出，储氏的这一分法的纲举目张大致是科学上的逻辑归纳法性质的，有近于李时珍《本草纲目》上的纲目。这与我们这里说的以刘勰《文心雕龙》为代表所体现出来的有本末生化之有机性，并为六经之道，或说心性哲学之道，所一以贯之的内外即一体两面的纲目体系，则是不同的。

刘勰之所以能明确中国古代文体论为纲目体系，这可能与他以“人文之元”为背景，又“以《易》象为先”的广阔视野有关。其实“为先”的八卦《易》象体系就是一纲目体系。传统上讲，八卦《易》象是庖牺氏仰观俯察天地万物，得悟天地之常道，首先创造出八个基本卦象，称为经卦，然后再由后人例如文王接着以八个经卦，两两相重叠之而生化成包罗众理的六十四卦象体系的。如果说八个基本经卦为纲，相重的六十四卦为目，那么《易》象体系岂不是一个纲目体系。与《易》象体系一样，许慎在《说文解字·叙》中，不仅明确中国文字创造依据《易》象原理，具体来说是“盖取诸夬”，而且还说了如下一段话：

仓颉之初作书，盖依类象形，故谓之文。其后形声相益，即谓之字。文者物象之本，字者言孳乳而浸多也。……书者如也。（《说文解字·叙》）

段玉裁在注释许氏这段话的意义时说：

形声相益，谓形声会意二者也。有形则必有声，声与形相辅为形声，形与形相辅为会意。其后，为仓颉以后也。仓颉有指事、象形二

① 褚斌杰：《中国古代文体概论》，北京大学出版社 1984 年版，第 39 页。

者而已。其后文与文相合，而为形声为会意，谓之字。如易本只八卦，卦与卦相重，而得六十四卦也。

段玉裁是认为，正像《易》象是由八经卦为纲，然后两两相重叠生成六十四卦之目，从而构成包众理的《易》象纲目体系一样，中国文字体系，也是由仓颉先创造出象形文字，谓之“文”，作为纲；然后，由“文”，作为本字，“形声相益”、“文与文相合”而创造生化成众多文字之目，从而形成中国文字体系的。中国文字体系，从其生成结构上说，与《易》象体系一样，亦可谓之纲目体系。

总之，《易》象为纲目体系，按“盖取诸夬”易理创造的中国文字体系亦为纲目体系，也许由此，刘勰终于明白中国文学文体亦如《易》象，中国文字一样，是一个以六经文体为纲，并以之为本源生化出来的众多文体为目的以纲统目的纲目体系。

对中国古代文体纲目体系中讲的“禀经以制式”，即由六经文体生化众多文体的讲法，现代学界有以有悖社会生活是文学艺术的唯一源泉，予以否定与批判。社会生活是文学的唯一源泉，这是认识论之唯物主义的不易之论。但社会生活本身也是很复杂的，从哲学高度讲，还有不同关注面相，认识论关注的是社会生活的现象意义面相，而心性哲学关注的则是社会生活的在其自己的物自身意义境界面相，即本体面相，或道的面相。同时社会生活与文学艺术之间有广阔的中间地带。在我们这样一个注重传统的国度里，在酝酿创造新文学文体时，回归传统注重经典，特别是作为源头的六经文体，在古代可以说是必然的，无可非议的。牟世金在谈到“禀经以制式”时曾说:“这种说法，自然很勉强，但也不是毫无道理。”[①]褚斌杰也说：“这种说法显然不无牵强，……也是不可否认的事实。”[②]牟、褚还主要从较泛的意义上说，如果集中到中国古代文论纲目体系上说，就更是不可否认，不仅不可否认，而且正可谓是中国古代文体纲目体系的一个特色。

3. “文学本《诗》”

上文说刘勰的文体论是以六经文体为纲的纲目体系。由刘勰的文体纲

① 陆侃如、牟世金：《文心雕龙译注·引论》上，齐鲁书社 1981 年版，第 50 页。

② 褚斌杰：《中国古代文体概论》，北京大学出版社 1984 年版，第 10 页。

目体系，我们进一步推演了中国文学文体为纲目体系，并认为这是中国文学文体论的最大特色。刘勰以后，文论界又演化出“文学本《诗》”的说法。这就由刘勰的以六经为文体之纲，更集中地归结为以《诗》为文体之纲。这一说法较早见于清人刘熙载的《艺概·文论》。里面说：

> 儒学，史学，玄学，文学，见《宋书雷次宗传》。大抵儒学本礼，荀子是也；史学本《书》与《春秋》，马迁是也；玄学本《易》，《庄子》是也；文学本《诗》，屈原是也。后世作者，取途弗越此矣。①

这里的说法，不一定都正确，如“儒学本礼，荀子是也”就不正确。一般认为，儒学并非本礼，荀子更非儒学主流。儒学是以仁，以心、性为本，孟子才代表正流。其他说法也可以进一步分析，但不是我们在这里的任务。至于“文学本《诗》，屈原是也”，则为恰当的说法。《诗经》过后接着是屈原的《离骚》。刘勰在《文心雕龙》之“文之枢纽”五章中，最后一章为“辨骚”，就是以之为中介，由六经过渡到众文体。由之，我们可以把刘熙载的“文学本《诗》”，看作是他接着刘勰讲，即接着刘勰“禀经以制式”的文学本六经，以及颜之推的“文章原出五经”讲和进一步集中化，即由六经（五经）集中为一经的《诗经》。而现代学者钱穆说：“中国全部文学则尽从此诗三百来”②，则又可以看作是刘熙载“文学本《诗》”的现代版。

“文学本《诗》”，这个《诗》是指《诗经》，但也可以去掉书名号而泛化为由《诗经》为源头演化出来的诗。同时对《诗》或诗，可以说涵盖有众多意义指向，既可以指其内容，又可以指其形式，还可以指其艺术精神等。我们这里谈文体论，重点当然是落在形式之体制上，但也不孤立绝对于此，因为中国是讲本末体用不二的。从文体上讲，“文学本《诗》”，就是讲中国文学文体是以《诗》为本源，为纲的纲目体系。这是否可以成立呢？刘熙载没有展开分析，我们作为后人可以接着讲。为了概论上的

① 刘熙载：《艺概》，上海古籍出版社 1978 年版，第 36 页。

② 钱穆：《现代中国学术论衡》，岳麓书社 1986 年版，第 228 页。

方便，我们就以现代习惯的四大文体略作分析。

首先是作为本源、作为纲的《诗》对文（散文）的统辖。中国传统讲的六经的排序主要有两种讲法：一是今文学派的讲法：诗、书、礼、乐、易、春秋；二是古文学派的讲法：易、书、诗、礼、乐、春秋。我们这里采今文学派的讲法，以《诗》为首。孟子也有说法支持，所谓：“诗亡然后春秋作。”（《孟子·离娄下》）就文体上讲，《诗》就是诗，《书》与《春秋》为历史散文，可简称为文，《诗》为首，为首有统辖的意义，也就是诗文体对散文体有统辖意义。以后在中国文学发展过程中，又有韩愈的以文为诗，苏轼的以诗为文，但始终是以诗为主流地位而统辖文。

其次是作为本源、为纲的诗对戏曲的统辖。戏剧在我国古代叫戏曲或曲。明代戏曲理论家何良俊说：“夫诗变而为词，词变而为歌曲，则歌曲乃诗之流别。”（《曲论》）又明俞彦说：“词何以名诗余？诗亡，然后词作，故曰余也。非诗亡，所以歌咏诗者亡也。词亡，然后南北曲作。非词亡，所以歌咏词者亡也。谓诗余兴而乐府亡，南北曲兴而诗余亡者，后也。”（《爰园词话》）又清邹式金说：“诗亡而后骚，骚亡而后有乐府，乐府亡而后有词，词亡而后有曲，其体虽变，其音则一也。”（《杂剧三集小引》）这些说法虽有不少差异，角度也有不同，但大致都说明了我国古代戏曲是从诗并经历词等文体形式而变化过来的，是诗的一个分支。当然由诗发展而成为戏曲，已为两种文体，两者之间肯定有很多不同，我们在这里只是强调两者之间的本末、纲目关系而已。现代学者中也有持这种认识的。如钱穆说：“元曲承自宋词，又演为戏剧，又继之以明代之昆曲，清代之平剧……其实亦可谓平剧亦上承古诗三百首而来。”[①] 又美籍华裔学者陈世骧也说：“中国抒情诗在元明戏剧中那么独占鳌头；中国每一部元明戏剧几乎是几千几百首名诗组织起来的。”[②]

最后是作为本源、为纲的诗对小说的统辖。“小说”一概念，在我国最早见于《庄子·外物》，在里面“小说”是与“大达”即大道相对，表一种琐屑言论。汉班固《汉书·艺文志》说：“小说家者流，盖出于稗官，街谈巷议道听途说者之所造也。”从此确立了中国小说一段时间内的

① 钱穆：《现代中国学术论衡》，岳麓书社 1986 年版，第 231 页。

② 《陈世骧文存》，辽宁教育出版社 1998 年版，第 4 页。

稗官野史的性质。所谓稗官野史即地方小官所写的属非正史的逸闻琐事等。明人笑花主人说："小说者，正史之余也。"(《今古奇观序》）这样看来，诗与小说似无缘了。但其实不然，特别是中国古代的伟大小说，诗对小说的统辖还是很明显的。脂砚斋在评点《红楼梦》时说过："余所谓此书之妙皆从诗词句中泛（翻）出者。"正是他眼光独到地看到了长期以来由《诗》及由之演化出来的诗词作为中国文学主流对《红楼梦》的强力渗透，从而实现了诗与小说的相互交融。为中国小说别开天地。如在《红楼梦》第二十五回写贾宝玉一早起来没有看见小红，便走出房门，东瞧西望，一抬头，只见西南角上游廊底下栏杆上似有一个人倚在那里，"却恨面前有一株海棠花遮着，看不真切"。对此，脂砚斋夹批道：

> 余所谓此书之妙皆从诗词句中泛（翻）出者，皆系此等笔墨也。试问观者，此非"隔花人远天涯近"乎?①

这样的为诗所渗透，诗与小说交融的地方，到处皆是，即所谓"皆系此等笔墨也"，并为《红楼梦》之最精彩处。不过还要进一步指出的是，在《红楼梦》中，诗与小说互相渗透，相互交融，在笔者看来，还不只是指一些片段，其更深一层次当指整部小说为诗所统辖。《红楼梦》既是一部伟大的小说，也是一首伟大的诗。从其真实叙述描写的人物、情节、环境看，为小说；但超此真实叙述描写的人物、情节、环境以象外，为空灵情景，则为诗，此小说与诗的完美交融，乃《红楼梦》之制高点。在中国古代小说中，并非只有《红楼梦》为诗所统辖，其他杰出小说也是为诗所统辖的。因此乃为普遍规律。陈世骧谈到中国古代小说时说："元朝的小说，明朝的传奇，甚至清朝的昆曲。试问，不是名家抒情诗品的堆砌，是什么？至于小说，虽然在小说里抒情诗体乍隐乍现，不好捕捉，试问，哪个人读小说不被充塞全篇的抒情诗感动（甚或时而烦透)?"② 这是深识中国文学作品特质之评论也。

以上，我们通过对《诗》以及由之演化的诗对散文、戏曲、小说等

---

① 《脂砚斋全评〈石头记〉》，东方出版社 2006 年版，第 143 页。

② 《陈世骧文存》，辽宁教育出版社 1998 年版，第 3 页。

文体的统辖的概略分析，以明确刘熙载“文学本《诗》”的以《诗》为本源、为纲的文体纲目体系。这与我们在上文分析过的刘勰的“禀经以制式”以明确的六经文体为本源、为纲的文体纲目体系是一致的。这是中国文学文体论的最大特色。现代学界为了使中国文体理论走向现代化，与现代接轨，一般将中国古代文体体系纳入西方文体三分体系，或受西方文体体系影响而在我国现代形成的四分体系以分析。应该说，这是有必要的，这可以使我们获得很多有关文体方面的知性知识尤其文体概念的明确定义，但又要看到中西文体体系的性质有根本不同之处。西方文体三分体系以及中国现代文论的四分体系是建立在文体相互独立、各有逻辑规定的基础上的；而中国文学文体体系是建立在本末生化的有机性和以纲统目的纲目关系基础上的。如果一定要以西方三分文体和现代文论的四分体系分析中国古代文学文体纲目体系，必然会在一定程度上造成肢解，造成不少文体之目无所依归而遭遗忘，甚至造成中国文体体系特点的全面丧失与遗忘。同时用相互独立、相互对立的三分法或四分法的文体理论去分析中国文学作品，也容易造成对中国文学精神与韵味的遗失。其差别大者，会有如胡适与王国维的对待中国古代戏曲。胡适从西方文体体系理论与戏剧观念出发，看到了中国古代戏剧“幼稚”，“全不懂结构”(《胡适文存》）云云。而王国维从中国文体纲目体系的特点以及中国戏曲观念的特点出发，予以同情了解，则发现了中国古代戏剧之代表“元剧最佳之处”，不在其思想结构，而在其文章。其文章之妙，亦一言以蔽之曰：“有意境而已矣。”[①] 王国维在《人间词话》中说：“词以有境界（意境）为最上。”诗词的艺术精神就是创造意境。这里讲的“意境”，如从文体上讲就是讲词，其本源乃诗。因此从文体的本源、纲上讲也就是诗对元剧的统辖。胡、王，谁对中国文学元戏曲的韵味理解更到位，不是可以立判了吗？

（三）“进于道的文学”与“止于技的文学”的纲目关系

上文讲过，关于作为纲的“文”与其统辖的文学作品之目的关系，拟分内外两个层次去讲，并先讲了外在文体层次的纲目关系，下文再讲内在本体层次的纲目关系。在讲之前，先要略说一个有关中国文学发展的名

① 《王国维文集》，北京燕山出版社 1997 年版，第 154 页。

言，所谓“一代有一代之文学”。

1. 先从“一代有一代之文学”谈起

焦循说：“一代有一代之所胜，欲自楚骚以下录为一集，汉则专取其赋，魏晋六朝至隋则专录五言诗，唐则专录其律诗，宋专录其词，元专录其曲。”(《易余籥录》) 近人王国维说得更明确。他说：“凡一代有一代之文学，楚之骚，汉之赋，六朝之骈语，唐之诗，宋之词，元之曲，皆所谓一代有一代之文学，而后世莫能继焉者。”(《宋元戏曲史·自序》) 应该说这是很深刻的见解，但要理解其深意，则还需要接着作必要的分析。下文拟接着作这个分析。要顺便说明的是，对这一代有一代之文学的个别时代，笔者作了适当调整并将时限延伸到元明清时代之小说。

德国学者施宾格勒（1880—1936）的大作《西方的没落》有一著名观点，说每一民族文化都有个“十九世纪”。这“十九世纪”是象征意义，象征民族文化的成熟或高峰。牟宗三认为，中国的“春秋战国就是个十九世纪”，“中国的古代文化发展至春秋战国为最高峰”。但牟先生不同意施氏基于西方文化成熟后就走向衰退以至灭亡而提出的文化断灭论，而是认为，文化作为生命，虽然有属自然生命一面，但又不同生物自然生命。因此，它虽然有衰退，但“它可以从自然生命跳上来找一个超越的根据来润泽提撕我们的自然生命，这样就可以永远持续下去，这就不是文化的断灭论”①。不但不断灭，还可以不断地高潮迭起，这只有从纵贯的意识才能了解与把握。牟先生是从整个中国文化说的，作为中国文化形态之一的中国文学当然也可以作如是观。如果如牟先生所认为，春秋战国是个“十九世纪”，中国古代文化发展的最高峰，那么作为重要标志的，可以说就是六经与诸子百家。其中六经是整体、根源。用《庄子·天下》的话说，乃“天地之美，神明之容”，“古人之大体”；而诸子百家乃“道术将为天下裂”的产物，因此更根本的则是六经。六经是中国文化发展的总根源，总基因库。当然也是中国文学发展的总根源和总基因库。焦氏、王氏讲一代有一代之文学时，最早只讲到楚骚，而不从最高峰，以及总根源与总基因库的六经讲起，这是有不足之处的。这与刘熙载不同，他从六经之首的《诗经》讲起，所谓“文学本《诗》，屈原是也”。(《艺

① 牟宗三：《中国哲学十九讲》，上海古籍出版社 1997 年版，第 84—85 页。

概·文概》）这就接连上了“最高峰”，以及总根源与总基因库。如此看所谓“一代有一代之文学”就可以看作是春秋战国文化与文学的最高峰之后，文学的自然生命在超越根据之润泽提撕下，并不断灭，而是一个又一个的文学高潮再迭起而已。这是从纵贯线意识才能理解。如从纲目角度看，则又可以看作是以六经或诗经为纲，而一代有一代之文学的众多文学为目的纲目关系。

上文说过，文化生命虽然亦为自然生命，但它不同于一般自然生命，因为它可以从自然生命跳上来找一个超越的根据来润泽提撕自己。于是文化生命就可以永远持续发展下去，并高峰迭起。就文学来说，就表现为一代有一代之文学。那么这个润泽提撕我们文学自然生命的超越根据是什么呢？就是天道性命相贯通之道这一实有的生命真实。从哲学上讲也表现为中国心性哲学的理性原则。还顺便说明的是这里说的中国心性哲学是指以儒家为“正”，道家为“反”，后来又有佛教加盟，从而形成正、反、合一体的心性哲学体系。下文拟从这一方面，对“一代有一代之文学”的各代文学的个别情况概略性地作一些分析。

让我们从汉赋讲起。汉代是经学时代，但汉儒的贡献仅在整理收集因长期战乱与秦火而失散的经典文献，以及对之作文字训诂，而对儒家义理的真正精神则在心灵上无一相应之解悟。董仲舒的“道德宇宙论”，高度膨胀而歪曲，其时流行的谶纬之学，亦正如刘勰所说：“无益经典而有助文章。”(《正纬》）总之，这个时代在时代精神方面充满“浊气（迂）与巫气（怪）”（牟宗三语）。汉代一代文学的标志，焦、王一致认为是赋，称汉赋。汉“赋自《诗》出”，以“极声貌以穷文”（刘勰语）、“体物而浏亮”（陆机）为其特色。汉赋特别是作为其标志的骋辞大赋以其“苞括宇宙，总览人物”(《西京杂记》）的壮阔豪迈大家气势，曾一度为大汉王朝鸿业润色，而成为一代丽文、美文，然而因其由“丽以则”走向“丽以淫”，而“繁华损枝，膏腴害骨”（刘勰语）。虽有“雅颂之亚”之称，但终因其没有承传诗经之诗言志，并志于道，而离开了自诗经源始的中国文学精神之正道，而被扬雄评价为乃“童子雕虫篆刻”，“壮夫不为”之文体。赋大家扬雄也因此金盘洗手搁笔不写。他曾要力图“济乎道”以挽救之，但终因此仅个人之觉悟而无济于事。于是一代文学汉赋也就逐渐谢幕。汉赋衰落的根本原因，在其自始就没有相应的时代精神的精华，心性哲学的提撕指引。但近年有学者却把责任算在扬雄头上，放话要追究扬雄的历史的“一定的责任”[①]。这就咄咄怪事了。

魏晋六朝是中国哲学主流开始“歧出”（牟宗三用语）的时代，这个时代儒家思想暂时退出主流位置，代之而起的是玄学。玄学家于儒家哲学不能心灵相应，心灵感应的是道家哲学。他们力图以道家思路会通孔老，说所谓“圣人体无”（王弼语）等。但“无”不是从本体层次讲生命实体，只是从作用层面讲的化境。因此，难以会通，只是在作用层面作补充而已。这样在文学上，润泽提撕文学生命的就主要是玄学和道家思想了。正如刘勰所说：“庄老告退，山水方滋。”（《明诗》）其意是说，在士人消化了老庄道家思想以后，山水诗才兴发起来。作为魏晋一代文学标志的，若如焦氏说是“五言诗”，但如王氏言则为“骈语”，都说得过去。如从“后世莫能继”角度，应是“骈语”；但按钟嵘（466—518）“五言居文词之要”之说则为五言诗。笔者这里从焦氏言，说是五言诗。钟嵘《诗品》可以说是这五言诗成就的检阅评判台。其中成就最高的诗人实际上是被钟嵘仅列为中品的陶渊明。他是最明显受道家思想影响的诗人，名作《饮酒》创造了类似道家“无”之化境的最高艺术境界。魏晋六朝被学界称为“文学的自觉时代”，的确有趋向纯文学的走向，郭绍虞认为其时文学观念由混而渐趋明晰，然而，这毕竟是一个哲学主流儒家哲学“歧出”的时代。缺乏了儒家从正面即本体层面讲的实体生命思想的润泽提撕；而仅有道家或玄学从反面即作用层面指引是不够的。因此久而久之，文学方向就出问题。这就是刘勰在《文心雕龙·序志》讲的，因去圣久远，文体解散，文学创作陷入追奇逐艳，离本弥甚的邪路。因此，他要发愤而起，以文学承孔子，著述述先哲之诰的《文心雕龙》，以道—圣—文的文学总纲，阐明文学之正道，以引导文学界回归正路。

唐代号称大唐盛世，一度国盛主英，时代精神处于振奋状态中，但这时，儒家哲学仍处于“歧出”之中，其义理精神亦尚无表现。在中国心性哲学诸学派中，只有佛教生机勃勃，并处在充分吸收印度佛教原典精神基础上，向前推进到最高智慧的禅宗。按牟宗三的看法，唐代时代精神所

① 顾易生、蒋凡：《先秦两汉文学批评史》，上海古籍出版社1990年版，第550页。

服从的不是汉代的理性原则，唐代一度所服从的是“生命原则”。[①] 这是英雄李世民和天才诗人李白为代表表现的时代。在文学方面，作为一代文学代表的如焦、王所言，是“诗”或“律诗”。唐诗代表了中国诗所可能达到的最高成就，以至鲁迅认为，好诗都被唐人做完了。唐诗靠天才，乃自然生命的感发。所谓“李白斗酒诗百篇”，就是最好的描述。但天才、自然生命皆属气，而才、气如果长期得不到理性精神的调节，润泽提撕，是会尽的，所谓英雄气短，江郎才尽，就讲的此。唐代由于缺少了理性原则的支撑，因此其历史生命的谢幕是极为可悲的。宋代理学家也由此看到了气性自然生命的缺点，而决意要向上翻，阐发儒家义理精神。不过，在唐代虽然代表理性精神的儒家哲学仍然处于“歧出”的时期，但那已属于后期，或说过渡期与酝酿期。在文学上，陈子昂以“前不见古人，后不见来者。念天地之悠悠，独怆然而涕下”的诗作发出了内心理性需求的信息，韩愈更以“文以明道”接上了以文学承孔子的刘勰，发出了向儒家回归的声音。在文学上先行一步的杜甫更以诗作表现了儒家真实生命的精神，正因此，他被人称为“似孟子”（宋黄彻），并获得了诗圣称号，其诗则被称为诗史。诗圣杜甫与天才诗仙李白成为唐诗乃至中国诗坛最为耀眼的双子星座。

经魏晋南北朝到隋唐五代长期“歧出”，儒家哲学在消化吸收反对派道家以及外来佛教的精华以后，到宋终于得以承接道统，并回归中国心性哲学主流位置，与汉代经学只是文献整理、字义训诂不同，宋代理学是义理的阐发，道统的完成。“心即理”、“性即理”、“心统性情”构成了宋代新儒学的基本命题。作为宋代文学的代表，焦氏与王氏一致认为是词，但这不是说宋代其他文学不行。宋代可以说是我国文化与文学发展的全面高峰。宋人也在写诗，宋诗数量甚至比唐诗高出十倍还多。宋人也在作文，唐宋八大家中有六家在宋等，但这一切皆不能动摇词作为宋一代文学代表的地位。词，又称诗余，是诗在唐代发展到高峰后，宋人另辟蹊径所走出来的文学新天地，所掀起的文学新高潮，也是文学不封限自己，而要生活化，生活要道化迈出的一步。在宋代，强大的心性哲学对宋词为代表的一代文学发展的调节、润泽提撕，主要不在周敦颐的“文以载道”，或

---

① 牟宗三：《中西哲学之会通十四讲》，上海古籍出版社 1997 年版，第 18 页。

朱熹的“文皆从道中流出”等直接命题的提出，而是体现在心性哲学代表人物程颐与天才词人、大文豪苏东坡的尖锐矛盾。简化地如果说程颐可以代表善相、理性原则，那么与之相对应，苏东坡则代表美相、生命原则。苏东坡不满意程颐道貌岸然的善相，而程颐也不满意苏东坡的恃才傲物的美相，程、苏的矛盾作为当事人并没有解决，但这尖锐矛盾启示了善相与美相，或说中国心性哲学与中国文学关系的一最高层境。这就是程颐必须大而化之其所代表的善相，同时，苏东坡也必须化掉其代表的独立意义的美相。这样独立意义的善相化掉，独立意义的美相化掉，也就走向了（真）美善合一的新境界。这本在孔子评《韶》乐“尽善尽美”中就明确了的。这可以为理想，为正，经程、苏的深刻矛盾为代表的“反”，也就进入更为现实的“合”环节中。如果达到这层境，那么严羽所批评的“以议论（理）为诗”，理学家批评的“作文害道”也就随之解决了。

元明清的时代精神仍然是以新儒学为主，但重心已由程朱理学逐渐转向陆王心学，正是这一转移，意义重大。说到元明清一代文学的代表，焦、王皆只说到元代的曲；至于明清，在焦、王那里没有讲。现代学者郭绍虞在其被誉为具开创性的《中国文学批评史》中也没有讲到小说批评。现代学界一般将小说看作是元明清特别是明清一代文学的代表。但从其分析看，则是现代的立场，而非传统的立场。那么从传统立场看，是否可以将明清小说看作是元曲之后，中国传统文学发展的又一高潮呢？笔者认为是可以的，但存在一定的矛盾也必须讲清楚。首先，对明清小说的特征，现代学界一般以西方小说的模式讲是可以的，但讲不出明清小说的真正特点。我们在这里必须回到传统的立场讲。脂砚斋在评点《石头记》即《红楼梦》时说：“余所谓此书之妙皆从诗词句中泛（翻）出者。”仅这一句就点明《红楼梦》为诗词贯穿的灵魂。由《红楼梦》推及整个明清小说，也可以说其灵魂皆为诗词的灵魂，明清小说皆为诗小说。对这点，美籍华人陈世骧有很好的论述。[①] 其次，中国文化的核心是中国心性哲学，作为中国文化形态之一中国文学的核心当然也是中国心性哲学。元明清小说的创作依然有心性哲学尤其心学智慧的指引、调节润泽提撕的原

① 参见《陈世骧文存》，辽宁教育出版社1998年版，第1—6页。

因。明代士人受心学影响很大，他们听心学家讲学，读王阳明等心学著作，以心学为思想基础评论小说，其中最著名的是李贽（1527—1602）。李贽师事王学泰州学派王襞，他以出自王学罗近溪（1515—1588）的“赤子之心”的“童心”说评论《水浒传》，认为《水浒传》乃出自“童心”的“天下之至文”，并将之与司马迁的《史记》相提并论，从而大大提高了小说的地位。当然这是从文论方面看，而理论往往是滞后的，在此之前，以感性得风气之先的小说家早就接受理学或心学思想的润泽提撕创作小说，其中最明显的是《三国演义》。《三国演义》涉及封建正统问题。早在宋代，朱熹就因司马光《资治通鉴》视曹魏为正统，而将蜀汉贬为“寇”的刺激，要为蜀汉争回正统，捍卫封建伦理纲常，撰写《资治通鉴纲目》。这既是一个历史问题，亦是一个心性哲学的问题。罗贯中显然是受朱熹的正统思想影响而写作《三国演义》的。可见明清小说的发展与中国心性哲学特别是心学有莫大的关系，并为之统辖。从以上两点看，把元明清小说看作是一代有一代之文学中的元明清特别是明清一代文学的代表是说得过去的。但中国传统文学就是没有将之列为正宗，而如鲁迅所说将之列入“邪宗”。这应该还有其他相矛盾的原因。钱穆在谈到《三国演义》时说过，《三国演义》与《水浒传》，“同为教忠教义之书，无失儒家大传统”。但《三国演义》“违背史实”，有失“修辞立其诚”。又《三国演义》与曹操心毒手辣之为人，让“读者之心亦每易趋于下流……故亦终不得为文学之正统”①。钱穆是认为《三国演义》以至扩大地讲明清小说之所以终不得为文学正统在于两方面：一是因虚构“违背事实”，有失“修辞立其诚”；二是从“教”高度，每每所写人物的欲心恶行之为人有引读者之心趋于下流。这的确存在矛盾。因此如何看明清小说就要看你的视点和选择了。笔者在这里是把之作为一代文学看的。

以上是从焦、王提供的“一代有一代之文学”的名言讲起，并结合施宾格勒的文化发展的“十九世纪”观点，以及牟宗三随之而明确的中国古代文化发展的“十九世纪”在春秋战国的看法。我们把作为中国古代文化形态之一的文学的高潮也看作是春秋战国，具体地说是以《诗经》为首的六经。高潮以后，中国文学在作为核心的中国心性哲学的调节、润

① 钱穆：《现代中国学术论衡》，岳麓书社 1986 年版，第 114—115 页。

泽提撕下，呈现出不断的高潮迭起，这就表现为一代有一代的文学。同时这一代有一代之文学又为《诗经》的精神所贯通，这就是钱穆说的：“中国全部文学则尽从此诗三百来。”[①] 这就是中国文学的主脉大气。这是从纵贯线看中国文化哲学与文学所把握到的。对这从纵贯线所把握的一代有一代的各体文学，我们还可以从横向本体一面归结把握。这就要讲到下一个问题。

2. “进于道的文学”与“止于技的文学”的纲目关系

以上讲的“一代有一代之文学”的说法，主要是就文学外在形态的发展角度讲的。这也是对中国文学的一种纵贯线把握。在中国古代文论中还有一种主要是从文学横向内在本体角度把握文学的讲法。这种讲法的思想渊源较明显地源于上文已讲过的《庄子·养生主》中一则可名为“庖丁解牛”的寓言。在“庖丁解牛”中，文惠王对庖丁解牛活动以最高的技以赞美，但庖丁不领情，对曰：“臣所好者道也，进乎技矣。”庖丁解牛不是艺术活动，但可以通于艺术。因此，这之中的“技”与“道进乎技”，后来就成了从本体角度理解文学艺术的思想渊源与基本构架。真正从文学本体角度看文学的是刘勰。刘勰在《文心雕龙》中提出了“道—圣—文”的文学总纲，把圣人为明道所作的感动鼓舞天下之文称为“道之文”。这“道之文”的提出，就思想渊源来说，或许与上述庄子思想有关，但也不能说就此单一思想来源。因为我们注意到实际上孔子也是以道论文的。他对《诗·大雅·烝民》曾赞之曰：“为此诗者，其知道乎?”以后荀子、扬雄更明显地以道论文。因此可以说，刘勰的“道之文”概念很可能是集儒道思想大成的产物。刘勰提出圣人作的六经为“道之文”的典范，目的是以之统辖其时已走向追奇逐艳的技之文，并引导文学回归正道，但相应的“技之文”概念并没有在刘勰文中出现。不过，这个思想在刘勰那里是存在的。以后还有很多相关的概念和提法。如朱熹在《通书解》提出“载道之文”、“不载道之文”、“害道之文”，以及在《读唐志》中又提出“有本之文”、“有实无本之文”、“无实之文”等概念，都有一定的意义，但似都不太明确。真正能综合古代相关思想，从本体角度提出明确概念以概括中国文学本体特点的见于两位现代哲学家：牟宗三

① 钱穆：《现代中国学术论衡》，岳麓书社1986年版，第228页。

和冯友兰。

牟宗三在《康德第三批判讲演录》中说：“中国有这么一条思路，它不封限于诗本身而自足”，“……文学方面一定要技而进于道。”又说：“中国以前没有开出真的领域，没有独立发展的艺术、文学、美术。……中国人以道为标准，纯粹是一个诗家没有什么意思，哪有人单以做诗为职业呢？”① 牟宗三的哲学前提是中国以前没有开出独立意义的真领域，同时也没有开出独立意义的美领域，中国古代是讲真善美合一的。因此就文学来说，就没有独立发展的文学，即纯美的文学。纯粹诗家代表“技”，独立意义的文学就是指“止于技之文学”。但中国人以道为标准，不以技为标准，因此，中国文学就一定要技而进于道，这样的文学就是技进于道之文学。牟先生没有提炼相应概念，但从他的思想提炼出“止于技的文学”与“进于道的文学”两个概念，他是不会反对的，遗憾的是，牟先生没有作进一步的具体分析。

明确提出相关的“止于技底诗”与“进于道底诗”一对概念，并作深入具体分析的是冯友兰。这是很难得的。下文我们拟先具体引述分析冯先生的精彩分析，看他能给我们什么启示，然后以之为思想基础谈我们的看法。

冯先生关于诗有“止于技底诗”与“进于道底诗”的提法，见于《贞元六书》的《新知言》。从中，我们可以看到冯先生这一提法是从哲学高度提出的，具体来说又是针对维也纳学派的一个观点，即认为“形上学可以与诗比”，或如该学派的代表人物石立克所说：“形上学是概念的诗歌”提出的。这是什么意思呢？维也纳学派是20世纪二三十年代发源于奥地利首都维也纳的一个自然科学和哲学学派，主要由德国的一群数学与物理学家组成，代表人物主要有石立克、卡尔纳普等，他们接受罗素和维特根斯坦的看法，主张应用科学的严谨来改革哲学，力图透过符号逻辑来构建一个理想的形式语言，以作各种各样科学以及哲学的基础。他们厌恶德国哲学的黑格尔传统，认为形上学不具备知识的资格，只是像诗歌或文学一样，是想象的产物，不是一种如科学一样的知识。冯先生这里所引维也纳学派与石立克的观点就是在这样的思想基础上提出来的。显然冯

① 牟宗三：《康德第三批判讲演录》，台湾《鹅湖月刊》2000年第26卷第12期。

先生对这一笼统提法有不同意见。要分析这个问题，首先要对诗作具体区分，于是冯先生把诗区分为两种形态的诗，即“止于技底诗”和“进于道底诗”。同时对形上学，他也不看作是铁板一块，而是区分为二：“有些哲学家的形上学”和“真正的形上学”。冯先生是认为如作这样的区分，那么真正如维也纳学派所说的形上学可以与诗比，就只有“有些哲学家的形上学”，以使人得到一种情感上的满足；但对于真正的形上学，和进于道的诗，则不可以这样说。因为真正的形上学并不是说无意义，无价值的话，而进于道的诗，也不是讲无意义、无价值的话，它是以可感者表显不可感觉者的。

由上分析可见，冯先生将诗区分为“止于技底诗”和“进于道底诗”，是为了具体分析维也纳学派的一个观点，但这对我们并不重要。我们觉得有意义的，是因此我们可以看到冯先生从哲学高度对中国诗所作的一个最高层次的分析，这可给我们以深刻的启示。下文先看冯先生对这两种诗的具体分析与规定。

首先，是对于“止于技底诗”的分析规定。他说：

> 有只可感觉，不可思议者；有不可感觉，只可思议者；有不可感觉，亦不可思议者。只可感觉不可思议者，是具体底事物；不可感觉，只可思议者，是抽象底理；不可感觉亦不可思议者，是道或大全。一诗，若只能以可感觉者表示可感觉者，则其诗是止于技底诗。①

他认为温庭筠的诗《过分水岭》：“溪水无情似有情，入山三日得同行。岭头便是分手处，惜别潺湲一夜声。”就是“一首止于技底诗。因为此诗想象一溪水为一同伴。一溪水是一可感觉底事物，一同伴亦是一可感觉底事物。此诗说溪水有情，说溪水惜别，都是没有意义底话。亦都是些自欺欺人底话。不但读诗者知其是如此，作诗者亦知其是如此。不过虽都知其是如此，作诗者与读诗者，都可于想象中得到一种感情上底满足。这

① 冯友兰：《贞元六书》下，华东师范大学出版社 1996 年版，第 958—959 页。

种满足，是从一种假话得来底”[①]。由上引文可见，冯先生对“止于技底诗”有两点规定：一是“止于技底诗”是“以可感觉者表示可感觉者”。二是“止于技底诗”与“有的哲学家的形上学”一样，说的都是没有意义的、自欺欺人的话，但作者与读者皆可从中得到一种感情上的满足。

其次，是冯先生对于“进于道底诗”的分析规定。他说：

> 一诗，若能以可感觉者表显不可感觉只可思议者，以及不可感觉亦不可思议者，则其诗是进于道底诗。[②]

由冯先生的分析规定可见，“进于道底诗”似有两种情况。一种情况为“以可感觉者表显不可感只可思议者”。他认为李后主词《浪淘沙令》：“独自莫凭栏，无限江山，别时容易见时难。”就是这种情况的“进于道底诗”。他说：

> 就此诸句所说者说，它是说江山，说别离。就其所未说者说，它是说作者个人的亡国之痛。不但如此，他还表显亡国之痛之所以为亡国之痛。此诸句所说，及所未说者，虽是作者于写此诸句时，其自己所有底情感。而其所表显则不仅只此，而是此种情感的要素。所以此诸句能使任何时读者，离开作者于某一时有此种情感的事，而灼然有“见”此种情感之所以为此种情感。此其所以能使任何读者，“同声一哭”。江山是具体底物，别离是具体底事。这些都是可感觉底。此种情感的要素则是不可感觉、只可思议底。但作者可以只可感觉不可思议者表显之。[③]

另一种情况的“进于道底诗”，则为“以可感觉者表显不可感觉亦不可思议者”。这“不可感觉亦不可思议者”，在冯先生那里，是指“大全”和“道体”，即他新理学四组命题提出的四个观念中不可思议言说的两

① 冯友兰：《贞元六书》下，华东师范大学出版社1996年版，第959页。
② 同上。
③ 同上书，第960页。

个。他认为陶渊明《饮酒》："采菊东篱下，悠然见南山。山气日夕佳，飞鸟相与还。此中有真意，欲辨已忘言。"就表显了不可感觉亦不可思议言说的大全。他分析说：

> 渊明见南山、飞鸟，而"欲辨已忘言"。他的感官所见者，虽是可以感觉底南山、飞鸟，而其心灵所"见"，则是不可感觉底大全。其诗以只可感觉、不可思议底南山、飞鸟，表显不可感觉亦不可思议底浑然大全。"欲辨已忘言"，显示大全之浑然。①

冯先生认为陈子昂诗《登幽州台歌》："前不见古人，后不见来者。念天地之悠悠，独怆然而涕下。"等等，则表显了不可感觉亦不可思议的道体。他分析说：

> "前不见古人"，是古人不我待；"后不见来者"，是我不待后人。古人不我待，我不待后人，藉此诸事实，显示"天地之悠悠"。"念天地之悠悠"，是将宇宙作一无穷之变而观之。"独怆然而涕下"，是观无穷之变者所受底感动。李白诗："登高壮观天地间，大江茫茫去不还。"此茫茫正如卫玠过江时所说："见此茫茫，不觉百端交集。"苏东坡《赤壁赋》："哀吾生之须臾，念天地之无穷。挟飞仙以遨游，抱明月而长终。"大江、明月是可感觉底，但藉大江、明月所表显者，则是不可感觉底无穷底道体。②

由上引文可见，冯先生对进于道的诗的规定：与止于技的诗不同，它是指以可感觉者表显不可感觉只可思议者，或不可感觉亦不可思议者。其中又分为两种情况：一种情况是以可感觉者表显不可感觉只可思议者，一种情况是以可感觉者表显不可感觉亦不可思议者。这不可感觉亦不可思议者，主要是指哲学上讲的道体与大全。这样，进于道的诗与哲学就有了共同的对象。道，旧说就指哲学，直讲，进于道的诗也就是进展到哲学的

---

① 冯友兰：《贞元六书》下，华东师范大学出版社 1996 年版，第 960 页。

② 同上书，第 960—961 页。

诗。按冯友兰的讲法，哲学是以正的方法即概念逻辑方法讲形上学，进于道的诗则是以负的方法讲形上学，并且讲形上学所不能讲，如上述大全、道体，正的方法就不能讲，而进于道的诗可表显之。但这也不是说进于道的诗就是普通的所谓哲学诗或说理诗，而是有严格区分的。他说：

> ……普通所谓哲学诗或说理底诗。这一种的所谓诗，是将一哲学底义理用韵文写出之。严格地说，这并不是诗。进于道底诗，所表显者，虽是形上学的对象；但其所用以表显者，须是可感觉者。所以诗不讲义理，亦不可讲义理。若讲义理，则成为以正底方法讲形而上学底哲学论文，不成为诗。旧说：“诗不涉理路。”(《沧浪诗话》) 所谓说理之诗，若说它是诗，它说理嫌太多；若说它是哲学论文，它说理又嫌太少。此种所谓诗，其功用实如方技书中底歌诀之类。其表面虽合乎诗的格律，但其实并不是诗。进于道底诗，并不讲道。讲道底诗，不是进于道底诗。①

以上是讲冯先生的“止于技底诗”与“进于道底诗”，下文进而谈我们要讲的“止于技的文学”与“进于道的文学”。

与冯先生“止于技底诗”与“进于道底诗”一样，我们在这里要谈的“止于技的文学”与“进于道的文学”，其思想源头亦可以追溯到庄子庖丁解牛寓言讲的技、与道进乎技，但更直接地，我们主要是接着刘勰的“道之文”讲的。当然在刘勰那里，“道之文”本义是指圣人作的以明道的六经。而我们依冯先生的启示，由“道之文”而进一步提出“进于道的文学”，则是指以“道之文”为核心与典范形态，还包括一般作者由技进于道而创作的以道为本体的文学。依冯先生的启示，我们又提炼出“止于技的文学”以配对，从而使这对范畴成为可以从本体角度概括所有中国文学作品的概念。

“止于技的文学”与“进于道的文学”的提出，既是对传统相关思想的提炼和接着讲，又有冯先生“止于技底诗”和“进于道底诗”的启示。但在这里要说明的是，虽然两对概念，每个只有一、二字之差，似无甚区

---

① 冯友兰：《贞元六书》下，华东师范大学出版社 1996 年版，第 961 页。

别，但实际上差别还是很大的。其中最重要的是哲学基础不同。冯先生的一对概念是基于对维也纳学派形上学可与诗比，或形上学是概念的诗歌笼统提法的具体分析。着重于诗（进于道的诗）可以以负的方法讲形上学，并且讲形上学所不能讲，也就是说冯先生这对概念是立足于西方哲学形上学本体论立场讲的。而笔者拈出的一对概念，既然是直承刘勰“道之文”等传统而来，自然是立足于中国传统心性哲学本体论基础上讲。这是我们要首先说明的。下文拟先分别讲“止于技的文学”与“进于道的文学”，然后讲两者之间的关系。

首先说“止于技的文学”。

上文说，冯友兰定义“止于技底诗”，是指“只能以可感觉者表示可感觉者”，并将之与“有的哲学家的形上学”相比。可见冯先生定义“止于技底诗”是奠基于维也纳学派形上学可与诗比，或形上学是概念的诗歌的基础上说的，并着眼于形上学之本体。而笔者这里讲的“止于技的文学”，既然是作为刘勰“道之文”的对应物而来，则自然回到了中国传统文学本身立场的说法。艺术包括文学是旧说的“技”，相应地“止于技的文学”的“技”则是指艺术技巧、辞章文采之美，而“止于技的文学”则是指以技为本体，并使人可得到一种情感上的满足的文学，用牟宗三的话说，是将文学的意义封限于文学自身的文学，亦可以说是纯文学。

由于中国文化哲学没有开辟出独立意义的真善美领域，而是真善美三者相即合一。因此在中国文学发展过程中，占主流地位的就不是“止于技的文学”，而是“进于道的文学”，但其间亦出现过不少止于技的文学，甚至一时占据非常突出的位置。如汉代的赋、六朝出现的骈文、宫体诗等皆贡献不少止于技的文学。当然，止于技的文学不是从文学文体，而是从文学本体角度讲的，但这些文体的作品的确较多的甚至全部的以止于技的文学形态出现。笔者这里讲讲宫体诗，这是南朝梁、陈时代所流行的一种诗歌流派。“宫体”之名即起自宫廷（东宫），如萧纲说：“余七岁有‘诗癖’，长而不倦，然伤于轻艳，当时号‘宫体’。”（《梁书·简文帝本纪》）梁代宫体诗人主要有萧纲、萧绎，以及聚集在他俩周围的一些文人，如徐干、庾肩吾、徐陵等，陈代则有陈后主陈叔宝等。宫体诗内容贫乏，所写多为衽席闺房之辞，是艳诗的代名词。宫体诗在内容上无甚可取，但词藻流丽，对偶与声律精巧，在艺术形式即技方面功夫独到，并时有创新，甚至对唐代律诗的形成还提供了艺术经验以借鉴。如萧纲的《咏内人昼眠》：“北窗聊就枕，南檐日未斜。攀钩落绮障，插捩举琵琶。梦笑开娇靥，眠鬟压落花。簟文生玉腕，香汗浸红纱。夫婿恒相伴，莫误是倡家。”(《玉台新咏》) 等等，就可以看作是宫体诗的代表作。宫体诗大多表现为以技为本体的止于技的文学。此外盛行于六朝的骈文也可以说大多表现为以技为本体的止于技的文学。对六朝骈文，王国维甚至视之为六朝一代文学的代表。骈文既是六朝文坛不断追求“新变”的产物，亦是其时汉语言文字艺术化成熟，特别是声律理论成熟，而发展起来的一种以语言形式美为艺术生命的新文体。丽辞与藻饰是骈文最基本的艺术特征。在骈文中，对形式之“巧”、“丽”的追求往往突出地压倒其内容，更遑论什么由技进于道了。因此骈文的文体特点和要求，就注定了其主要是一种封限于技，和文学自身的止于技的文学。在六朝，骈文曾一度占据主导地位，并一直绵延至初唐，但这被看作是文道不正，或文道“衰”、“溺”，因此有陈子昂“文章道弊五百年矣”的慨叹。而战胜骈文回归古文，则被视为回归文学之正道。因此韩愈被苏东坡称为“道济天下之溺，文起八代之衰”的大英雄。古文与骈文之争，关系的是中国文学的道路问题，但从我们这里讲的文学本体角度区分，骈文代表了一种止于技的文学，而古文其以文以明道，则代表了一种由技进于道的文学。止于技的文学，纯美文学可以有，可以使一些人获得一种情感上的满足，但不能为主流，为主流则不正。因为中国文学的主流正道乃是由技进于道的文学，这是自六经或诗经伊始就决定了的。

除了宫体诗、骈文以外，上文讲过的汉一代文学的赋也提供了较多的止于技的文学，因为如前所述，赋“体物而浏亮”，“丽以淫”而不是“丽以则”，已脱离了诗言志，又志于道的诗经正道。

以上为了说明止于技的文学而列举了三种文体。我们已说过，止于技的文学或进于道的文学不是文体问题，而是文学本体问题，但的确这些文体较多地提供了止于技的文学。但提供止于技的文学，也不止于这些文体，而是任何文体都可能提供止于技的文学，也可以提供进于道的文学。如赋，如扬雄“济乎道”得以成功，那也可以提供赋体的进于道的文学，只是没见成功而已。至于骈文，刘勰《文心雕龙》也是以骈文写的，但从本体角度，你是不能说他是止于技的，因为他已进于道了。当然它不是文学。可见关键不在文体而在创作主体的心灵境界和对文学的理解。

其次说“进于道的文学”。

这里说的“进于道的文学”与冯友兰说的“进于道底诗”，虽然只有落脚的“诗”与“文学”之差，似无甚区别，但实际上差别是很大的。这差别大就在道即哲学基础不同。“进于道底诗”，按冯先生的定义是指“可以感觉者表显不可感觉只可思议者，以及不可感觉亦不可思议者”。在冯先生那里“不可感觉亦不可思议者”是指有普遍意义可思维议论并定义的哲学之“理”，而“不可感觉亦不可思议者”是指不可思维议论定义的哲学上讲的道体、大全。在这里，冯先生虽用了中国哲学的概念：道体、大全，但在他那里，由于无论“止于技底诗”与“进于道底诗”的提出，都是针对维也纳学派关于形上学可与诗比，或形上学是概念的诗歌命题的具体分析。其中“止于技底诗”可与“有些哲学家的形上学”比，而“进于道底诗”则可与“真正的形上学”比。因此可以说，冯先生的对于“止于技底诗”和“进于道底诗”的分析都是奠基于维也纳学派哲学命题，扩大开来也就是西方认识论哲学基础上说的，至于“进于道底诗”的“道”包括“大全”、“道体”都可纳入这一哲学范畴之内。而笔者在这里讲的“进于道的文学”则不同，由于笔者在思想线索上已明确这是接着刘勰的“道之文”讲，所以笔者是回到了中国心性哲学基础上讲的。

中国哲学的主流儒道佛三学派都是心性哲学，他们讲的“道”都是心性哲学之道，而不是认识论讲的道。道家讲的道是自然天道，这“自然”不是认识论上讲的客观或客体意义，而是指自己如此，自然天道，是指自己如此的天道，“反者道之动”，这自己如此的自然天道是循环往复无所不在恒常不变的，因此又叫“常道”。自然天道、常道，要靠“损”或“心斋”、“坐忘”工夫修成的虚静之心以见或领悟。冯先生在分析进于道的诗时，引用分析了陶渊明的《饮酒》等诗。他在分析《饮酒》时说，陶渊明的感官所见者虽是可以感觉的南山、飞鸟，而其心灵所见，则是不可感觉的大全。其诗以只可感觉，不可思议的南山、飞鸟，表显不可感觉亦不可思议的浑然大全。这大全也就是指哲学上讲的道。在这里，冯先生将陶之“见”区分为感官所见与心灵所见，感官所见的是南山、飞鸟等的现象，而心灵所见的则是此现象所表显的不可感觉亦不可思议的浑然大全。这种分析显然是以认识论哲学为基础的由现象到本质的分析。但从心性哲学角度则不是这样分析。其实陶渊明在诗中已以“心远”、“悠然”等表出其暗合道家讲的虚静之心态，这虚静之心所见不是感官皱起的事物的现象，而是直觉天造地设的事物之在其自己。陶诗所写的南山、飞鸟等，不是诗人感官所皱起的现象意义的南山、飞鸟等，而是南山、飞鸟等的在其自己，也即康德说的现象与物自身之超越的区分的南山、飞鸟等的物自身。道在物中。这直接也就表显了自己如此的自然天道，陶诗中以所谓“真意”表出。显然陶渊明自己已领悟了这“真意”，这自己如此，或康德物自身意义境界的自然天道，但这不是语言概念所能言说论辩定义的，它靠的是无限心般的虚静心直觉领悟。陶氏是受道家思想影响的诗人，他的《饮酒》是进于道的诗、，在文学中最为典型的。

谈到这里，笔者想起了张世英将陶渊明的诗与海德格尔的形上学相比的一段话。他说：“后期的海德格尔主张召唤诗人通过诗以达到哲学上的‘超越’，哪里知道他的哲学已为早于他一千多年的中国诗人陶渊明的诗作了哲学上的说明。”张先生讲的陶渊明的诗，就主要指其《饮酒》。“作了哲学上的说明”，实际上就是指其由诗的技进于道，进到形上哲学领域。张先生还由此表明自己一个不同于海德格尔的看法。他说：“海德格尔说，诗与哲学同等，我以为诗比哲学更能表达‘存在’的真意，诗应该高于哲学。”① 海德格尔是西方后现代主义哲学的代表人物之一，以他为代表的存在主义哲学主要讲对实存的感受，因此被国内一些哲学家认为其有“能与中国古代思想冥会暗通的东西”②。海氏本人曾一度热衷于中国道家哲学，曾与台湾学者肖师毅合译《老子》，但终因中西哲学差别太大，他本人一时难以消化而放弃。西方文化哲学对真善美分别讲，各有各的独立领域，文学与哲学亦各有地盘，以致柏拉图要驱逐诗人。虽然自亚里士多德起，就讲文学相比历史，更富于哲学意味，③ 但直到杜勃罗留波夫在《黑暗王国》的书评中仍然把科学（哲学）与诗完全交融在一起看

① 张世英：《天人之际》，人民出版社1995年版，第420页。

② 张详龙：《海德格尔思想与中国天道》，生活·读书·新知三联书店1996年版，第455页。

③ ［古希腊］亚里士多德：《诗学》，人民文学出版社1982年版，第19页。

作是还没有什么人能达到的理想。[①] 如张世英所说，后期海德格尔从荷尔德林的诗那里得到启示，主张召唤诗人通过诗以达到哲学的超越。在我们看来，这仍然是沿着亚氏以来的理想讲。不过，即使诗、文学达到了哲学的“超越”，而从中国哲学的视野看来，也只是诗、文学由技进于道，是诗、文学与哲学的交融。这时，独立意义的诗、文学，或独立意义的哲学都没有了，诗、文学亦哲学，哲学亦诗、文学。技亦道，道亦技。所谓文史哲不分家，就有此意。因此，也就不存在谁高过谁的问题。这方面，中国哲学、美学讲得最好，我们在下文还要讲到。

冯友兰对进于道的诗，讲了属道家思想中两典型形态之一的陶渊明的诗，但没有明显地讲到属儒家思想的诗人。其实儒家乃中国心性哲学主流中的主流，是不能不讲的。儒道虽同属心性哲学，但有很大的不同，如果说道家之心乃虚静之心，那么儒家之心则为圣心、道心、仁义之心。如果说道家之道乃自然天道，那么儒家之道乃性与天道合一之人道。在文学上，如果说陶渊明、李白代表了道家精神，那么杜甫等则代表了儒家精神。上文讲了道家精神的代表陶渊明，下文我们则要讲讲儒家精神的代表性诗人杜甫了。冯友兰在讲进于道的诗时没有分析过杜甫，为了有所参照，我们先要看看历代有代表性的评论家如何评论杜甫。

李攀龙曰：

> 古诗妙在形容、水月镜花，言外之言，宋以后则直陈之矣……惟少陵见道过于退之，如“文章有神交有道”、“白小群分命”、“随风潜入夜”、“水流心不竞”、“出门流水住”等句，皆是道也，悟者得之。[②]

薛雪说：

> 杜浣花一举一动，无不是忠君爱国悯时伤乱之心，虽友朋杯酒间，未尝一刻忘之；颠沛不苟，穷约不滥，以稷、卨自期，公岂妄矜

① ［俄］杜勃罗留波夫：《杜勃罗留波夫选集》1，上海译文出版社 1983 年版，第 274 页。
② （清）仇兆鳌注：《杜甫全集》3，珠海出版社 1996 年版，第 1924—1925 页。

哉？（《一瓢诗话》）

刘熙载说：

杜诗高、大、深俱不可及。吐弃到人所不能吐弃，为高；涵茹到人所不能涵茹，为大；曲折到人所不能曲折，为深。（《艺概·诗概》）

徐复观说：

杜甫对于他的时代的痛切感受，并不是想飞越，而是想去承担下来。要承担却又无法承担，这便形成杜甫一生的苦难精神，及由此苦难精神所观照的苦难世界。“许身一何愚，窃比稷与契。……穷年忧黎元，叹息肠内热。……忧端齐终南，澒洞不可掇”（《自京赴奉先县咏怀五百字》），“挥涕恋行在，道途犹恍惚。乾坤含疮痍，忧虞何时毕”（《北征》），这正是他自己一生苦难精神的写照。……由此种情与景所结合的诗的形相，是“大”，因为他是担当着一个时代；是“深”，因为他不仅是观照，而是不断地向人生社会的内部去沉潜；是“厚”、是“重”，因为他经常担负着与终南山一样高的忧患。陶渊明、李白是道家思想中的两种形态，而杜甫则主要是出自儒家精神。①

从以上引文，特别是徐复观的分析，我们已可以看出作为儒家精神的代表性诗人杜甫，他创作的进于道的诗的特色。这个进于道的道与陶渊明等为代表的道家精神诗人创作的诗的进于道的道为自然天道不同，它是性与天道合一的有道德内容的人道。

以上是参照冯友兰以诗为文学代表讲进于道的文学。下面我们超越冯友兰讲讲于古代文论研究界中，包括郭绍虞《中国文学批评史》都避而不作评论的中国古代小说。对中国古代小说，一般只看作通俗文学，评价

① 徐复观：《中国文学精神》，上海书店出版社2004年版，第47—48页。

不甚高。其实从一代有一代之文学看，中国古代小说亦是中国诗经精神之流。上文引过的脂砚斋一句名言："此书（指《红楼梦》）之妙皆从诗词句中泛（翻）出者"，就在理论上明确了这一点。从文学本体角度看，中国古代小说亦可以区分为止于技的小说和进于道的小说两种形态。而笔者认为，《三国演义》就可以说具有进于道的小说的味道。因为《三国演义》并不封限于其作为一部历史小说本身，它是已由技进于道的。按毛宗岗在《读三国志法》中的说法，《三国演义》乃"折衷于紫阳《纲目》，而特于演义中附正之"[①] 的大作。这就是说《三国演义》不是止于小说之技的作品，而是已由小说之技进而表显、"附正"儒家历史哲学精神之纲维大道之作。

同样，对《水浒传》，我们也不能仅仅把它看作是一部封限于小说本身的小说。按李贽在《童心说》中的讲法，《水浒传》乃出自"童心"的天下古今之"至文"。"童心"在这里不能从现代心理学或生理学角度去理解，它是归属于儒家心性哲学的心学的。也就是说《水浒传》乃是由技进于儒家心学之道的小说（详后）。等等。

以上，我们从文学本体角度，区分并概略地讲了中国文学的两种表现形态：止于技的文学与进于道的文学。按牟宗三的讲法，中国哲学智慧，特别是儒家哲学智慧的根源源于《诗经》两首诗:《大雅·烝民》和《颂·维天之命》，这是从中国哲学角度讲，如果我们转向文学角度看，则可以说这两首诗以至整部《诗经》乃为进于道的诗、文学。这也就是说中国诗、文学自开端起就不封限于诗、文学本身而自足，而是一定由技进于道，实现诗、文学与哲学的交融，或说亦诗、文学亦哲学。《诗经》是中国文学的源头、开端。开端即抽象的终点；终点即具体的开端。这也就决定了自《诗经》开端后中国文学发展的主流与方向。这主流与方向就是中国文学不封限于纯粹之技以及文学自身，而是"技一定要进于道"。这一诗、文学的主流与方向也就决定了中国的诗人、文学家不满足于当一个纯粹的诗、文学的写家，而是要以道为标准，由技进展到道的更高层次。

中国儒家的理想是内圣与外王合一。但自孔子以后，在封建王权专制下，士人之内圣难以转化为外王。外王无所表现是一代代中国士人之痛。

① 陈曦钟等辑校：《三国演义会评本》上，北京大学出版社 1986 年版，第 5 页。

于是转向以诗言志。而士言志，志于道。以诗、文学言志，表显这志、这道及所达心灵境界，就成了代代士人间接实现内圣而外王理想的方式，以及对人生之道感受的必然选择。所谓以他人的酒杯，浇自已心中之垒块，作为创作之动力就极大地推动了中国文学创作的繁荣不衰，并确保进于道的文学成为中国文学的方向和主流。

中国文学之主流与方向是由技而进于道的文学，但止于技的文学也不会没有，因为文学作为技也有其相对独立意义的美，而作者也会有不同的心灵境界，有其适应性。止于技的文学，虽然如冯友兰所说是讲些无意义的话，但可以获得一种情感上的满足。同时也可以满足一部人对纯粹艺术的追求并推动文学作为技的自身发展与创新。止于技的文学的评价标准不是道而是技。止于技的文学创作也有其甘苦。桓谭在《新论》中说：“余少时见扬子云丽文，欲继之，尝作小赋，用思太剧，立致疾病。子云亦言，成章诏作《甘泉赋》，卒暴遂倦卧，梦五藏出地，以手收内之，及觉，气病一年。”这可能有些夸张，但也说明写“丽文”，这里指赋，可归于止于技的文学，也不易做。

总之，从中国文学的开端、发展的历史大律看，中国文学的主流与方向是进于道的文学，止于技的文学也可以有，但不能成为主流，若转化为主流，则文道不正。因此在这两种文学形态中，应以进于道的文学为主流、为纲，止于技的文学为支流、为目，并为进于道的文学所统辖，从而形成中国文学从内在本体层次看的基本结构。

以上我们通过讲中国文学外在文体之纲目，与内在本体上讲的文学的纲目，也就从内外即一体两面讲清楚了作为纲的“文”与其所统辖的目。下文再进一步讲中国文学之美及这美的“最上”形态即意境问题。

二 中国文学之美与美的“最上”形态

（一）中国文学之美与心性哲学美学

1. 心性哲学美学与牟宗三美学新说的启示

由一般地讲中国文学，进一步要讲到中国文学之美问题。而要讲中国文学之美，则又要涉及中国美学的基本观念。过去我们讲中国文学之美问题，一般的是以从西方移植过来的认识论美学为指导来讲的。但近年已有学者指出，中国古代没有西方式的认识论哲学美学。[1] 既然没有，那就有个重新认识中国美学及其美的形态的问题。美学是从属于哲学的，或说是以哲学为基础或母体的。因此，要讲美学，就需要从哲学讲起。

在《导论》中，我们参照学界的看法，已概略地讲了中国哲学问题。其中特别讲了牟宗三将佛教《大乘起信论》中提出的“一心开二门”，与古希腊哲学古义，以及康德的哲学的“宇宙性概念”和“现象与物自身的超越区分”，还有以之为基础而提出的两层立法：“知性为自然立法”与“意志为自我立法”、“经验的实在论”和“超越的观念论”、“有执的存有论”和“无执的存有论”等观念相比较，相互摩荡，共同提升，从而明确了一个可以涵盖中西哲学的共同模型。这个共同模型，如用佛教的用语表述，也就是“一心开二门”。牟宗三说：“古今中外的哲学都是‘一心开二门’，……不过在人的思考过程中，有开得好与不好，有开出来有未开出来，有开得充分有开得不充分。”[2] 牟先生认为，从一开端就抓住“自然”的西方文化哲学，于生灭门、现象界积极，开得好，因此，而成就了成就卓著的认识论哲学；但西方哲学于真如门、物自身本体界消极，开得不好，即使西方哲学的高峰康德，虽然能由认识论转向道德形上学，但也只有三设准，因此尚停留在纯粹理性的道德神学层次，而没有完成通透的真正意义的道德形上学，从而使之成为实践智慧学。而从一开始就抓住“生命”的中国文化哲学则刚好相反，虽然于生灭门、现象界消极，但于真如门、物自身本体界积极，可以说数千年来的心思全部倾注于此，因此，中国哲学虽然于认识论方面没有形成学问，但在道德形上学或心性哲学方面则通透，为真正的实践智慧学，其理境有高于康德之处。由牟宗三明确的“一心开二门”这一可以涵盖中西哲学的共同模型，我们可以明确中西哲学各自的成就与不足，以及可以互相取长补短，并共同走向哲学之未来的方向。

以上所谈，在前文已大致讲过了。在这里，我们之所以要作简要的回顾，目的是在谈中国美学的时候，首先要明确中西美学的哲学基础或母体

① 劳承万：《中国古代美学（乐学）形态论》，中国社会科学出版社 2010 年版，第 39 页等处。

② 牟宗三：《中西哲学会通之十四讲》，上海古籍出版社 1997 年版，第 217 页。

之不同。西方美学的哲学基础或母体，是西方擅长的认识论哲学，而中国美学的哲学基础或母体则是中国擅长的心性哲学。这哲学基础或母体的不同，也就决定了中西美学理论形态的不同。西方美学与西方哲学相应为认识论哲学美学，而中国美学与中国哲学相应则为心性哲学美学。劳承万又称为“心性形上之美学”①。

由全部哲学的共同模型，推演中西哲学理论形态之不同，再由中西哲学理论形态之不同推演中西美学理论形态之不同，这从逻辑上讲应是没有什么问题的。但现存的事实是，有关西方美学的论著林立，但有关中国古代心性哲学美学的论著则似乎寥若晨星。那么我们应如何理解中国古代心性哲学美学的理论形态呢？的确，有关中国古代心性哲学美学，目前尚难见到其现代理论框架的论著，但我们不能因此而否定中国古代心性哲学美学，认为乃子虚乌有。记得唐君毅在谈到中国历史哲学时曾说过：“中国昔亦非无历史哲学，唯融于经史之学中耳。中国先儒之不详于历史哲学，唯以数千年来中国有一一贯相承之文化系统，其中之道之所存，大体为人所共喻，故不须繁说耳。然今则时移势易，吾人已与一迥然不同之西方文化系统相遇。则前之所共喻而不须繁说者，乃不得不待于重加研察，表面暴之，为之博喻繁说。”② 唐先生说的是中国历史哲学，但对中国心性哲学，以及我们这里要说的中国心性哲学美学，也可以作如是观。时代不同了，在古代代代承传的，那一为古人所共喻的一贯的文化系统，包括心性哲学及心性哲学美学，在西方近现代条分缕析的文化系统的强势冲击与影响下，承传已经中断了，同时人们已不能心灵相应。现时代需要的，也是一相应的现代框架给予撑开，予以博喻繁说，辨之以相示，这样才能为现代人所理解。因此，如何将中国古代心性哲学美学现代化，则是现代学者肩负的时代使命。这个时代使命具体点说就是如何从博喻繁说的西方认识论哲学美学的框架得到启示，建构中国心性哲学美学的现代理论体系问题。

谈到这里，我们要讲到晚年牟宗三的中国古代心性哲学美学研究新成果及其遗愿。

---

① 劳承万：《中国古代美学（乐学）形态论》，中国社会科学出版社2010年版，第24页。

② 参见牟宗三《历史哲学·附录一》，台湾学生书局1989年版，第8页。

我们知道，牟宗三曾以一人之力翻译康德的三大批判，在翻译完第一、二批判以后，由于他对美学不感兴趣，所以就不准备继续翻译第三批判了。后来偶尔见到大陆某名教授译的康德第三批判上卷，竟“无一句能达”[①]。一种使命感，让已届八十高龄的牟先生又将第三批判译出。

康德的三大批判的主旨，简单来说，第一批判是分别讲真（自然），第二批判是分别讲善（自由），第三批判是分别讲美。第三批判是康德在写完第一、二批判以后，发现自然（真）与自由（善）两界不能上下贯通，才想到需要第三批判讲的审美作为桥梁来沟通不能上下贯通的自由（美）与自然（真）两界，从而结合为一谐和统一的完整系统。但牟宗三看到了康德美学不能完成其沟通自由与自然二界的学术使命。虽然康德提出了突破西方传统的“美是道德的象征”的了不起的命题，但实际上内里还缺少一个真正意义的真美善合一的环节，因此是不行的。

虽然中国古代没有独立意义的分别说的真（自然），因此不能出现第一批判那样伟大的认识论哲学著作，但中国在心性哲学方面却尽显精彩，其理境有高于康德之处，能助康德道德形上学（道德神学）百尺竿头更进一步一样；在美学方面，中国古代虽然也没有独立意义的分别说的美，因而也不能出现第三批判那样伟大的美学著作，但中国在真美善合一说方面，却尽显精彩，也可以助康德美学更进一步，这是一方面。另一方面，中国美学，也可以借助康德美学的分别说，撑开并向上翻转出中国心性哲学美学的合一说，使其精彩之处显示出来，使其作为美学智慧为世人所理解、接受与共享。

基于康德美学的启示，以及中国心性哲学美学之精彩。牟宗三晚年在翻译完第三批判，并作疏导以后，曾立下宏愿，写其美学大作，书名已确定为：《真美善分别说与合一说》，只是因年事已高，惜未有完成，终成遗愿。不过虽然著作未有完成，但在随康德《判断力批判》印行的《译者关于审美判断之超越原则之商榷》，以及《康德第三批判讲演录》、《康德美学讲演录》（台湾之《鹅湖月刊》总第407—416卷连载）等论著和讲演中，已留下了有关该大作的一些基本观点。这些基本观点，大致可以作为我们进入中国心性哲学美学的向导。对这些基本观点的内容，大致可

① 牟宗三译注：《康德：判断力之批判·译者之言》，台湾学生书局1994年版，第4页。

以概括为三方面讲：

首先是真美善分别说。

前文讲过，康德讲美学（美），正像讲真（自然），讲善（自由）一样，是采取分别说的讲法，不过，虽然采取分别说的讲法，但他又是套在他那套以认识论为基础的既定的哲学系统讲的。这就是把美学或说审美判断作为沟通自然（真）与自由（善）两界的桥梁，从而使两界联系起来成一完整系统。牟先生认为康德这样讲是不行的，因为他缺少一个合一说的环节而为“硬说”。因此牟先生要离开康德的思路，直接地从情讲，并把知、情、意作为我们人的三种心灵能力，连在一起讲，从而真正实现分别地讲这三个领域。他说：

> 分别说的真指科学知识说，分别说的善指道德说，分别说的美指自然之美与艺术之美说。三者皆有其独立性，自成一领域。此三者皆由人的特殊能力所凸现。陆象山云：“平地起土堆。”吾人可说真美善三者皆是由人的特殊能力于平地上所起的土堆：真是由人的感性、知性，以及知解的理性所起的“现象界之知识”之土堆；善是由人的纯粹意志所起的依定然命令而行的“道德行为”之土堆；美则是由人之妙慧之静观直感所起的无任何利害关心，亦不依靠于任何概念的“对于气化光彩与艺术作品之品鉴”之土堆。①

就分别说的美讲，他认为苏东坡《前赤壁赋》所写“惟江上之清风，与山间之明月，耳得之而为声，目遇之而成色……是造物者之无尽藏也，而吾与子之所共适”。即分别说的美。在上引一大段中，牟先生以陆象山的哲学名言“平地起土堆”为框架展开讲，与陆的名言相接近，牟先生在其他地方亦常引用南唐词人冯延已《谒金门》中的名句：“吹皱一池春水”以图画式的说法讲。其实牟先生用“平地起土堆”或“吹皱一池春水”的讲法，又是对应于康德的“现象与物自身的超越之区分”讲的。在这里，“平地”、“一池春水”意指物自身，而“土堆”、“吹皱”的“一池春水”即经春风吹动，池水中泛起的层层波浪涟漪，则意指现象。

① 牟宗三译注：《康德：判断力批判·商榷》，台湾学生书局1994年版，第78页。

但依康德的看法，现象只是对人，更确切地说是对人心的三种特殊能力而显，更详点说则是由人心之感性所挑起或皱起呈现于作为感性的时空中，而由人的知性及其掌握的范畴所决定的。按康德之意，所谓现象、土堆、吹皱的一池春水都只是对人来讲，并非对神来讲。依康德，这一切，在上帝之神心面前，则统统化为物之在其自己，而并无现象、土堆、吹皱的春水之类可言。西方的人/神是两个世界，与西方不同，在中国，人/圣人（真人、佛）是一个世界。人皆可以为尧舜，众生皆有佛性，人心经修持可以上升为圣心、道心、自性清净心。这样人就虽有限而可无限。在有限心的人与人心面前，自然会凸显各种现象，或各种土堆，各种被吹皱的春水之涟漪；但在经修持而形成的无限心，即或儒家的圣心、道家的虚静心、佛家的自性清净心面前，这一切现象、土堆、吹皱的春水涟漪，正像在康德那里，在上帝面前只有物自身一样，也就复归于平地或平静的一池春水。这时也就没有了各种土堆、吹皱的池水的涟漪，也没有了分别说的真美善。牟先生也就由此起兴，进而讲非分别说的真美善，亦即真即美即善三合一说。

牟先生讲的即真即美即善三者合一，不是康德所说的以审美判断沟通自由与自然二界而为一谐和统一之完整系统之合一，“乃是于同一事也而即真即美即善之合一”①。

牟先生的即真即美即善之合一说，虽然受康德的沟通合一说启发，但又有根本的不同，这不同，首先在哲学基础上的不同。康德之沟通合一说是奠基在认识论哲学基础上讲的，而牟先生的三合一说则显然已回到了中国心性哲学，是他以中国心性哲学之美学消化与超越康德沟通合一说的结果。由此哲学基础的不同，牟宗三与康德对审美判断所依的超越性原则也不同。

康德的美学著作题为《判断力批判》，显然康德讲审美是始于判断力。本来判断力只是一种认知机能，依据相应的理性原则，成功知识。判断力具有决定性，故又称决定性判断，牟先生也称之为有向判断。但在康德那里，为了实现自由（善）与自然（真）的沟通，于是他又将本属于认识机能的判断力，通过批判而“逼”出一个审美判断力来，但由于美

① 牟宗三译注：《康德：判断力批判·商榷》，台湾学生书局 1994 年版，第 82 页。

不是客观事物的属性，所以审美判断不是决定性判断，故牟先生又称之为无向判断。由康德从判断力进入审美领域可以看出，康德美学是属于认识论哲学为基础的美学。

审美判断所依据的理性原则，在康德那里是一种超越性原则。这个超越性原则，就是合目的性原则。但根据类关系范畴看，审美判断不能有任何目的，无目的，但又必须暗合着目的性，因此，对这合目的性原则，康德又叫无目的的合目的性原则。在牟先生看来，康德以以上原则作为审美判断所依据的原则是有问题的，而这正是康德美学局限之所在。转向中国心性哲学美学立场，牟宗三认为要消化并超越康德美学，首先必须以中国心性哲学美学的“无相原则代替康德的合目的性原则”①。这里的所谓“无相”就是无执、无决定，无相也就是佛教讲的“如相”。对应康德的现象与物自身的超越的区分，也就是由现象转向了物自身。这当然是从物方向讲，而从主体方面讲，相应地对应现象的人心也必须转向无限心，但这个无限心不是上帝的神心，而是儒家的圣心、仁心、道心，道家的虚静心，佛教的自性清净心。从审美角度讲，牟宗三将这主体审美心表述为：“虽妙慧心而亦道心”，或“虽道心而亦妙慧心”，或“审美之品鉴力与创造艺术之天才力固皆溶化于至善之流行与如相之真中而转成合道心之妙慧心”或“含藏妙慧心之道心”等。② 如此，则在康德那里孜孜以求的以审美判断沟通自由与自然二界，而最终只有“美是道德的象征”命题的提出，实际上仍然达不到真美善合一的境界。但在中国，无论儒家，还是道家、佛教那里，这真美善合一的境界，皆为家常便饭。对这，牟宗三常举的例子，在儒家，有孔子的“孔颜乐处”、“吾与点也”，有孟子的“大而化之之谓圣”，特别是王龙溪（1498—1583）的“四无句”。有关孔子二说，浑无罅缝，孟子之说才打开，辩之相示。所谓“大”是指大相，道德善相，大相化掉，善就融入物自身的真，同时美相进来，这就是即真即美即善三合一；“圣”是即真即美即善的标准和达此境界的代表。所谓圣心无相之谓也。但儒家义理系统中此境界的充分展开，还是在经历很多挑

① 牟宗三：《康德美学演讲录》，台湾《鹅湖月刊》2000年第35卷第3期总号第411。

② 牟宗三译注：《康德：判断力批判·商榷》，台湾学生书局1994年版，第82、87—89页。

战之后，才以王龙溪的“四无句”为代表表显出来。王龙溪的“四无句”，是在王阳明“四有句”的基础上讲的。王阳明的“四有句”是：“无善无恶心之体，有善有恶意之动，知善知恶是良知，为善去恶是格物。”(《天泉证道记》）在这“四有句”中，心、意、知、物各有规定，各有定义，可以说是对心、意、知、物的分别说，心、意、知、物亦各有相。而王龙溪的“四无句”：“无心之心则藏密，无意之意则应圆，无知之知则体寂，无物之物则用神。”(《天泉证道记》）则“无”即化掉了这心、意、知、物的分别有相，而转化为“心意知物只是一事”。这就是真美善合一的境界。在这里，物是“无物之物”，即无现象有物相的物，这是就物的存在之物自身讲，它就是真、物自身的真。无心之心是心体，无意之意，无知之知，指良知，是指心性道德本体及其知体明觉，从这心性道德本体讲是善，而把心、意、知、物四有相统统化掉，美就进来。因而这是即真即美即善合一境界。“四无句”是儒家真美善合一境界的一典型形态。

牟宗三认为，这种真美善合一说，不但儒家讲，道家亦讲。庄子说的“天地之美，神明之容”(《庄子·天下》）以及“天籁”（天乐）、逍遥、齐物境界等；老子说的“天下皆知美之为美，斯恶已”(《老子·2》）等，皆是讲这即真即美即善三合一的境界。牟先生曾拿黑格尔说的“艺术是上帝之形式”，与庄子说的“天地之美，神明之容”相比较，认为黑格尔之说“固近”庄子之说，但还达不到庄子之说的境界，因为他缺少一非分别说的合一说，亦正如康德直说“美是善的象征”之生硬，也因其缺少一非分别说一样。他说：“上帝之形式即上帝之容，上帝那里有容？要说上帝之容必须在非分别说之无相中而说那‘即真即善’的美，直说此美而说其容，此容即是庄子所说的‘天地之美，神明之容’。非艺术之有相之美而为上帝之容也。”① 牟先生的这一比较，说明中国美学真美善合一说的理境高于以黑格尔与康德为代表的西方美学的理境。

牟先生还认为，不仅儒家、道家讲这种真美善合一境界，佛家禅宗同样讲，甚至讲得更多。平常心是道是讲这种境界，禅宗话头：山是山、水是水；山不是山，水不是水；山仍然是山，水仍然是水。这后一个山是

① 牟宗三译注：《康德：判断力批判·商榷》，台湾学生书局1994年版，第86页。

山，水是水就是平常心是道，随波逐流，就是讲真美善合一的境界等。

总之，儒道佛，中国心性哲学美学皆讲这种即真即美即善合一境界，并以讲这种境界为精彩之处和最大特色之处。牟宗三说：“中国人喜欢真美善合一的境界，现在我们想把这种境界套在一个系统中去，给它一个证成（justity)。通过一个系统，凡讲到这种境界都可以吸收进来，都有根据。这样一来，你看古书就有眉目了。你看一句话是哪一层次上的话，一下子就可以看出来，不会乱。不可以比附，也不能乱的。分际不能错乱。先分别讲，然后合一讲。”① 牟先生通过说明真美善分别说，与证成合一说，就是为我们提供一个理解中国美学及其美的形态的平台。

最后，关于真美善分别说与合一说二者的关系，牟先生也是从康德讲起。康德说过，“美是道德的象征”。牟先生认为，这说法“生硬”，因为它缺少了一个非分别说的环节，但它却是康德美学所可能达到的最高境界，以之沟通自由与自然，以成功沟通性质的合一大系统。受之启示，在消化了康德之后，牟先生进一步提出了“分别说的美是合一说的美之象征，分别说的真是合一说的真之象征，分别说的善是合一说的善的象征”的看法。在牟先生这里，象征不是习惯上讲的符号意义，“象征者具体地有相可见之意”。或对被象征者，“‘象征’就表示我们在那个地方没有知识”②。在明确了象征的意义后，则又可以进一步说：“分别说的真即是那无尽藏之‘无相的真’之象征（有相可见的相）；那分别说的善即是那无尽藏之‘无相之善’之象征；那分别说的美即是那无尽藏之‘无相的美’（天地之美，神明之容）之象征。”③

牟宗三又说：“我讲分别说的真、美、善是合一说的真、美、善的象征，用‘象征’这个词还是从康德那里来，其实用这个词不太好，不太自然。我心目中最喜欢的这个境界还是用中国的话讲，我们还是通过‘吹皱一池春水’的那个‘皱’来说。‘皱’就是凸起，这三个领域都是通过我们的主观能力所凸显出来，它凸显起来，它就可以平伏下去。这个凸显是什么关系呢？陆象山有一句话说得很好，那就是‘平地起土堆’。

① 牟宗三：《康德第三批判讲演录》，台湾《鹅湖月刊》2000 年第 27 卷第 1 期。

② 同上书，第 4 期。

③ 牟宗三译注：《康德：判断力批判·商榷》，台湾学生书局 1994 年版，第 89—90 页。

真、美、善合一的境界根本是个平地的境界。这些领域，这些精彩，这些花样，通通是平地起土堆。但是，人生根本不能离开这些土堆。人不能永远生活在平地。他要出现精彩，他要去起土堆，他要生活在多姿多彩的世界里面。”① 在这里，牟先生由康德的“象征”转向中国名句“吹皱一池春水”和“平地起土堆”，表示了要讲清楚二者的关系，康德美学只是个阶梯、过渡，还必须离开康德向上翻转，才能通透，因为康德毕竟没有达到真美善合一的境界。

从中西美学比较的立场看，西方认识论哲学美学擅长于讲独立意义的真美善，或说擅长于分别说，而中国心性哲学美学擅长并喜爱讲真美善合一说。而康德美学也属分别说，他以“美是道德的象征”生硬沟通自由与自然二界所成功的沟通合一说，则成为由西方美学之分别说到中国美学的合一说的启发与过渡。牟宗三抓住了这一点，是非常有意义的。不过，虽然牟先生深知中国心性哲学美学擅长真美善合一说，他本人也欣赏这光彩的合一说，但他的美学遗愿却不是“真美善合一说”，而是题为“真美善分别说与合一说”。之所以如此，笔者估量，是他已意识到，正如唐君毅所认为，那一为古人所共喻的一以贯之的古代文化传统早已中断，既已中断，缺了那么一个理解的背景，那无相的三合一境界的美则是现代人所根本无从了解的。要玩也无异于玩弄光景，讲废话。因此它需要属知性的西方美学分别说的有相之美，撑开、象征出来，然后我们顺着分别说的美向上翻转才能讲无相的三合一的美，同时我们还要具备那合乎道心的妙慧心才能真正领悟。因此，牟先生强调先分别说，然后再合一说。分别说是一种现代知性学力，缺了现代知性学力，牟宗三谈到即使如他的境界甚高的老师辈熊十力也只能不断重复“乾元性海”，写境论，但写不出量论，学问不能现代化。可见分别说也是非常重要的。有了学以实之的分别说，才能谈得上转向合一说。

以上，大致就是笔者领悟到的牟宗三晚年关于中西美学新思考的基本内容。劳承万指出，牟宗三这一对美学问题的新思考，是一种与时论不可同日而语的“卓识”；但他独具慧眼，又看出了牟先生新说在“根系”上存在问题。由此前进，劳先生提出了“中国无美学，只有乐学”的学科

① 牟宗三：《康德第三批判讲演录》，台湾《鹅湖月刊》2000 年第 27 卷第 5 期。

新形态构想[①]，视野高远。而在这里笔者暂时驻足于牟先生新说，从中我们明确了很重要的一点，这就是，与西方美学主要是认识论美学，其讲的美主要是分别说或独立意义的美的形态不同；中国美学主要是心性哲学美学，中国心性哲学美学讲的美主要是即真即美即善合一说的美的形态。但在现代文化背景下，这种合一说的美需要以分别说的美象征出来，或进一步以“平地起土堆”的框架以展开、理解。从纲目体系角度看，又可以说，中国心性哲学美学之美的形态，是以合一说的美的形态为纲，而以分别说的美的形态为目，同时前者又统辖后者。明确了这一点而转向中国文学之美领域，也就启示了我们一个研究的新视角。

2. 中国文学之美

前文讲过，学界从美学角度研究中国文学之美，一般的是以从西方移植过来的认识论哲学美学，及其讲的分别说的美的观念为指导进行的。而上文，我们通过对牟宗三晚年美学思想的研究，明确了中国美学主要是心性哲学美学，心性哲学美学讲的美，主要不是分别说的美，而是即真即美即善的三合一的美，这一美学以及美的观念的确立，也就启示了中国文学之美研究的一新方向。这新方向，就表现为由原先的认识论美学及分别说的美的观念为指导，而转向以心性哲学美学及其讲的即真即美即善三合一的美的观念为指导。

让我们从根源讲起。如“导论”所谈，从文化角度看，中国文学根系于上古三代礼乐文化，更确切地说是根源于礼乐文化中的“乐”。因此，如何理解作为根源的“乐”，意义重大。《礼记·乐记》在谈到礼乐时说：“大乐与天地同和，大礼与天地同节。”这里说礼乐文化的“礼”是“大礼”，“乐”是“大乐”。这“大乐”，怎样理解？从美学角度看，显然不会是分别说的或独立意义说的乐，而是即真即美即善合一说的美的乐。正因此，此“大乐”才能与同样为即真即美即善的合一说的天地之大美相谐和一致。这也可以说是我们对上古三代礼乐文化的“乐”，亦作为文学根系的“乐”的基本理解。后来随着社会发生激变，礼崩乐坏，面对社会转型局面，诸子百家兴起，对社会文化的发展，各家各派，亦各

① 劳承万：《中国古代美学（乐学）形态论》，中国社会科学出版社2010年版，第33—35页。

有态度，各有主张，儒家首先站出来，以承传上古三代礼乐文化核心价值的立场，作正面回应。又首先是孔子作出回应。在谈到作为上古三代礼乐文化的“乐”的代表《韶》乐时，他评论说《韶》：“尽美矣，又尽善也。”(《论语·八佾》）如何理解这一评论，笔者认为不能如一般注家所注释，是指《韶》乐，美极了，又善极了。因为这样注释，从美学角度看，显然是从分别说的美与善讲，这是不对的，《说文》说：“尽，器中空也。”“尽美”，应是指无相的美；“尽善”，亦应是指无相的“善”。因此很明显，孔子的评论是把《韶》乐作为即美即善二合一说的乐看的。《论语》无“真”字，或说孔子认为善即真、统辖真，如此，亦可以说《韶》乐是即真即美即善三合一说的美的乐。在《论语·泰伯》中，又记有孔子说的“兴于诗，立于礼，成于乐”一段话。在这里，“兴于诗”，是讲《诗》的兴发，为感性，“立于礼”，代表道德理性，最后“成于乐”，在这里，乐是指最后形成的和谐，和谐代表最高的美，这最高的美，当然是指即真即美即善合一说的美。由这两段引文可见，孔子儒家面对社会激变转型所作的正面回应，在“乐”问题上，从美角度看，他承传了上古三代礼乐文化中的乐所包含的即真即美即善合一说的美的主脉大气精神。但其时，乐已分化，除了代表主脉大气的三合一说的美的大乐外，也开始流行新兴的独立意义的或分别说的美的俗乐。孔子所谈到的作为这种音乐的代表就是“郑声”，在谈到“郑声”时，孔子亦有评论。“颜渊问为邦。子曰：行夏之时，乘殷之辂，服周之冕，乐则《韶》舞。放郑声，远佞人。郑声淫，佞人殆。”(《论语·卫灵公》）这是从治国策略高度讲，在文化艺术上，孔子主张代表三合说的美的《韶》舞乐为主导，而“放郑声”。因“郑声淫”，郑声作为新兴俗乐过分追求独立意义的声律之美，易使人失去中正和平之气，特别是其时以郑声为代表的新兴音乐已逐渐占据欣赏的主流位置，从文化发展方向上讲，更是不能容忍的颠倒，孔子说要“放郑声”，就是要让郑声归返应在的位置，绝对不能让其成为文学艺术的主导。但如果从美学角度看，在维护《韶》为代表的合一说美的音乐的主流位置，纲的地位，将郑声这些分别说的美的音乐，处理为次要位置和为纲所统辖的目，笔者认为孔子也不一定会反对的。

由“乐”而“文学”，首先是“诗经”。孔子评论说：“《诗》三百，一言以蔽之，曰：思无邪。”(《论语·为政》）“无邪”，就是中正，符合中道，用庄子的用语说，《诗经》也是由技进于道的诗，凡进于道，皆进入“平地”，进入真美善合一说的美的境界，对孔子的这一评论，如从美的角度讲，也应这样理解。孔子以后，孟子亦擅长《诗》、《书》，他从《诗·大雅·烝民》读出“性善”义，从美学角度讲，《烝民》也就是即真即美即善合一说的美的诗，《中庸》则从《诗·颂·维尽之命》看出天道义。从美学角度讲，也即是真美善合一说的诗。总之，面对礼崩乐坏，孔子儒家从正面回应，就文学艺术上从美学角度说，儒家承传并阐发了上古三代礼乐文化中，以乐诗为代表的三合一说的美的主脉大气精神。

如果说，面对礼崩乐坏，孔子儒家是从正面回应，那么道家则是针对儒家从正面回应的问题，而从反面挑战，或从作用层面讲。在文学艺术问题上，学界有一种讲法，认为儒家正面肯定文学艺术，道家还有墨家等则否定文学艺术。这如何看？说墨家否定文学艺术是对的，墨家“非乐”，“蔽于用而不知文”（荀子语）。至于道家，虽然也说过“五音令人耳聋”（《老子·12》），“灭文章”（《庄子·胠箧》）等比较尖锐的话，但不能轻易说道家否定文学艺术，要作具体分析。道家的确有否定文学艺术一面，但它否定的只是以声律令人“耳聋”的音乐，或只有文辞技巧的文章。一句话就是只有“技”之美或分别说的独立意义之美的音乐或文章。道家认为这些有音乐美相的音乐，有文章美相的文章，皆是虚文，不是真正意义的美的音乐与美的文章，并且说它们为美，还会造成美丑对立，所谓：“天下皆知美之为美，斯恶已。”（《老子》）因此予以否定。道家否定这类只有“技”之美或分别说的美的音乐或文章，但并不是全面否定文学艺术，相反而是进而追求真正意义的美的文学艺术，这就是由技进于道，由分别说的美进于合一说的美的音乐、文章、文学艺术。这一点可从前文已从其他角度引述过的庄子讲的“庖丁解牛”寓言以说清楚。

对庖丁解牛，其实我们是可以将之作为文学艺术活动的象征或比喻看的，甚至可以看作直接就是解牛舞蹈。如何看待，则可看出有两个层次，或技的层次，或道的层次。首先文惠王是把之作为“技”看的。虽然他以最高的技来赞美，但毕竟是技的层次。因此当事人庖丁不领情，马上回答说：“臣所好者道也，进乎技矣。”由此可见，庖丁对解牛活动与文惠王看法不同，他是把之作为“道”层次看的。一般来说，必须拥有技才能成功解牛，文学创作也一样，既要通过作家美感的心灵，相遇美的事物，还要通过一定的“技”才能成功一文学作品。但若是这样止于技的成功解牛，或止于技而成功的文学作品，就只是技的解牛，只是技的文学。从美学角度看，也只是分别说的或独立意义的美的文学。这对庖丁来说，他就只是解牛专家，对作家来说，他就只是写作技匠。但庖丁认为自己不是解牛专家，他不以拥有高超的解牛之技为满足，他已由技而进于道，由技而向上翻上了另一层境界。那么这个“道”在这里应如何理解，在《养生主》中，这个道是养生之道，但把庖丁解牛作为文学创作活动的比喻或象征看，则不同。徐复观也曾从庖丁解牛讲起，他的结论是，庄子所讲的所谓“道，实际上是一种最高的艺术精神”[①]。但他没有进一步将这个“最高的”是什么讲清楚。笔者认为，在这一点上，可以接着讲。道家讲道通为一，技进于道，这就由技之“土堆”进入了道之“平地”，无相的物自身意义的境界。从美角度讲，也就由分别说的独立意义的美，进入即真即美即善三合一说的美。这合一说的美是文学艺术之美的最高层次，也就是“最高的艺术精神”的体现。

由上分析可见，在中国心性哲学美学思想形成的源头上，儒道两家就都从真美善合一说的美的高度分析与论述中国文学艺术的美是合一说的美。所不同的是，孔子儒家从真美善的正面直接讲，而道家老庄则从挑战性的反面或作用层面，抑或从道讲。这儒道互补自伊始就构造了中国文学之美的基本系统或平台。为我们鉴赏中国文学作品之美提供了标准，有了这个平台与标准，我们对某作品所写的到底是分别说层次上讲的美，还是合一说层次上讲的美，就有了分际，有了依据，而不会乱说。

儒道互补所构建的有关中国文学之美的基本思想系统，又为后来的美学家、文论家在不断的运用实践中加以补充丰富完整。在这一思想背景下观照历代美学与文论家所说的“无声之乐”，“弦外之音”，“象外之象”，“景外之景”，“文外之旨”，“韵外之致”，“不著一字，尽得风流”，“无画处皆成妙境”等都可以说是在一定程度上描述了那种“平地”般的真美善合一说的美的境界。

中国文学之美，虽然是以即真即美即善三合一说的美为其主要光彩与特色之处，此又为中国文学之美的主脉大气所在，并为西方文学之美所无

① 徐复观：《中国艺术精神》，春风文艺出版社 1987 年版，第 42 页。

的境界。然而由于创作这样的文学之美的作者需要拥有“创造艺术之天才力……皆溶化于至善之流行与如相之真中而转成合道心之妙慧心，或含藏妙慧心之道心”（牟宗三语），并通过美感与美的景色结合才能成就这合一说的美的文学。同时对鉴赏者来说，同样需要具备如此含道心之妙慧心，或含藏妙慧心的道心的审美鉴赏力，才能进入品鉴此合一说的美的作品，不然也会如文惠王之于庖丁解牛，只见到“技”，而不能由技而进于道一样。因此，达到合一说的美层次的文学作品是不会遍地皆是的，甚至可能是不很多的。刘勰在《文心雕龙》讲的以《诗经》为首的六经为代表的“道之文”，自然是合一说的美的作品，接下来如何看呢？我们可从王国维讲的一段话为线索概略地说。王先生说：“三代以下之诗人，无过于屈子、渊明、子美、子瞻者。此四子者无文学之天才，其人格亦自足千古。故无崇高伟大之人格，而有高尚伟大之文学者，殆未之有也。”[①] 王先生列举的这四位伟大诗人可以说构成了三代以后，中国文学史发展的一条基本线索。从思想基础上看，这四人又可以分为两组，屈子、子美为一组，在思想上，二人是属于儒家思想为基础的诗人；而渊明、子瞻，在思想上主要是属道家或佛家思想的诗人。正像儒家思想主要是从正面讲的思想一样，屈子、子美的诗作主要也是从正面写真美善合一说之美的诗。刘勰在《文心雕龙·辨骚》中说屈原的《离骚》“依经立义”，“取熔经意”，“自铸伟辞”。这是说屈原的《离骚》是承传了以《诗经》为代表的六经之道意，又有自己独创性的伟大的诗，也是由技而进于道的诗。因此而属于具有即真即美即善三合一说的美的诗。至于子美的诗，如前文所引的刘熙载所说，具高、大、深的意境特点，亦可以说是进于儒家之道的诗。因此从美学角度讲，亦大致可说为三合一说的美的诗。

至于渊明、子瞻一组。虽然可以说在思想上或大致属道，或属佛，但情况较为复杂。渊明在思想上倒是相对单纯，就大致属道。我们在前文已分析过他的《饮酒》，从美学角度看，那是一首属于三合一说的美的诗的代表作。渊明还有一名句，不见于《陶渊明集》，而见于《晋书·陶潜传》，里面说：“陶渊明性不解音，而畜素琴一张，弦徽不具，每朋酒之会，则抚而和之曰：但识琴中趣，何劳弦上声。”这诗应通于《庄子·天

① 《王国维文集·文学小言》，北京燕山出版社 1997 年版，第 232 页。

运》中的天乐说。显然诗中所写的渊明所品鉴的音乐之美，不是靠弦上弹出的由声律构成的有音乐相的分别说的音乐美，而是化掉此有音乐相的音乐美，或由之象征出来的无音乐美相的真美善合一说的美的音乐美。这是最高的境界，也是道的境界。

苏东坡的情况较为复杂。可以说苏东坡是我国古代少有的艺术天才，他就凭天才作诗填词，写字、画。在文学艺术创作上达到行云流水、随心所欲的程度。但诗文的文字、辞章气较重，以致严羽在《沧浪诗话》中，将他与他的学生黄山谷作为“以文字为诗”等诗病的代表以批评。在哲学上，东坡是与宋代五子的理学、王安石的新学相对的蜀学的主要成员。崔大华在谈到宋代这三个哲学派别的异同时说过：“二苏蜀学与王安石新学的相似与理学的异趣有最重要的显现。主要之点在于，虽然他们曾同泛滥于佛老，但北宋五子最终返归于儒，……而在蜀学、新学中则是被崇奉的经典理论和精神上的最终归宿。”① 苏东坡在哲学思想上最终已离开了儒家而以佛教为归宿，但他还要讲圣人之道。在这思想背景下讲圣人之道，他讲的圣人之道，当然不会深契圣人之道的精髓。因此，程颐、朱熹、王船山等对苏东坡都无好感，甚至批评。同时代的程颐更与苏东坡直接冲突。苏凭天才作诗文，但由于他的作为创造力的艺术天才力并没有溶化于至善而转成合道心之妙慧心，因此其创作的诗文作品，从心性哲学美学看来，大致也只是属于分别说的美，而还没有达到即真即美即善三合一说的美的最高美的境界。他反对道德善相重的程颐，程颐也因其分别说美相重而反对他。这也就各有所持了。

苏东坡的很多诗文，从心性哲学美学讲的美角度看，大多属于分别说的美的诗文。我们在前文引述过他的《前赤壁赋》里面所写：“惟江上之清风，与山间之明月，耳得之而为声，目遇之而成色……是造物者之无尽藏也，而吾与子之所共适。”这就是属于分别说的美的诗。这美是产生于“吾与子”之妙慧真心与凸起的现象界之气化光彩相遇，而作者之妙慧直感心并没有进于道或转成合道的道心。不过，虽然苏东坡因遭受各种政治打击，最终如崔大华所说，在精神上已由儒家转向佛家，站在佛家的立场，自然难以深契圣人之道，但他心灵既已归佛家，而佛家之哲学同样属

① 崔大华：《儒学引论》，人民出版社 2001 年版，第 471 页。

于心性哲学。因此他具有的创造天才力在转成合道心之妙慧心过程中，虽然不能转成合儒家之道心的妙慧心，但可以转成合佛教之道心（自性清净心）之妙慧心。因此，他的诗作亦可进至无美相之美，也即是真美善合一说的美的境界。本来，道佛哲学皆无直接讲的道德内容，但有针对儒家而从作用层讲的道德内容，因此我们说这无美相的美，亦可说为真美善合一说的美的境界。苏东坡有一首题为《送参寥师》的诗。里面写道："欲令诗语妙，无厌空且静。静故了群动，空故纳万境。""静"是就诗人之心讲，这是合乎佛教自性清净心之妙慧直感心。"空"与"万境"相对，是指无相，无美相之美。应该说，这已是真美善合一说的美的境界。

以上以王国维提供的文学史四人线索，概略地讲了三代以下中国文学之美的形态。中国文学之美的形态，是以真、美、善合一说的美为主流，主脉大气，这自礼乐文化之乐与《诗经》为首的六经开其端，又为后人承传以一以贯之。牟宗三说，中国人的文学道路，是不以封限于诗文自身而自足，而一定"要技而进于道"[1]。在这里，技与封限于诗文自身而自足，那是指分别说的独立意义的美。"技而进于道"，道的境界则翻上了三合一说的美的境界。这是客观基础。当然理论上可以这样说，但实际上，能真正达到真美善合一说的美的层次的文学作品，不一定会很多，但不论多少，从美学上讲，中国文学之美，就应以合一说的美的形态为主导，为灵魂。合一说的美的形态，为中国文学之美的光彩与特色之处，亦为西方文学之美所无之处。而分别说的美的形态，在中国文学之美中，亦可为一种美的形态，并且很可能不少，但无论多少，它只能为次。正像"郑声"只能为次一样。如从纲目体系角度讲，在中国文学之美的体系中，合一说的美的形态应为纲，分别说的美的形态应为目，二者合则为纲目体系。以上我们尝试从合一说的美与分别说的美的关系及区分的角度来讲中国文学之美。这是我们从牟宗三晚年美学思想研究中得到的启示而形成的新视角作的新尝试。我们在这里所讲还是很粗糙的、很概略的讲法。其实无论合一说的美的文学，还是分别说的美的文学，具体分析起来都会是相当复杂的。这是需要继续努力作更多研究分析才能臻于完善的问题。

---

① 牟宗三：《康德第三批判讲演录》，台湾《鹅湖月刊》2000年第26卷第12期。

（二）意境：文学美的“最上”形态

司空图说：“长于思与境偕，乃诗家之所尚者。”（《与王驾评诗书》）

王国维说：“词以境界为最上，有境界则自成高格，自有名句。”（《人间词话》）又说：“文学之工不工，亦视其意境之有无，与其深浅而已”。（《人间词乙稿序》）

司空图与王国维的三段引文提供了三个概念：境、境界、意境，其实在王国维的《人间词话》等著作中，就同时用有这三个概念。对这三个概念的意义，如作细辨，无疑是有不同的，但粗线条看，三者又是大体一致的。在这三个概念中，境又可作为境界的简称而合并到境界中，于是三个概念实又可收缩为两个概念。在学科的运用上，一般来说，哲学较多用境界，美学与文学较多用意境。如冯友兰在《贞元六书》中说的自然境界、功利境界、道德境界、天地境界的著名四境界说，唐君毅在《生命存在与心灵境界》中的“心灵境界”说等就是在哲学学科上讲。但也不尽然，高清海就说，哲学是“一种精神意境”[①]。因此可以说意境与境界是中国哲学、美学、文学艺术上的共同概念，而笔者这里主要从文学角度讲。

王国维说，境界概念是他首先拈出，从诗词角度可以这么说，但超出这个领域则又当别论，因为境界概念早已存在，这下文谈到。笔者认为，王国维对意境或境界概念的意义，与其说是他首先拈出，不如说是他首先将之提高到文学本体和文学美的“最上”即最理想形态位置。这使意境或境界问题，后来一直作为文学研究的焦点问题。但遗憾的是，至今学界对这个问题仍然众说纷纭，莫衷一是。在下文，我们拟接着从三方面谈这个问题。

1. 意境的哲学基础：境界形态的形而上学

关于意境或境界的哲学基础问题，学界已发表了不少专论，甚至专著以讨论，可谓各有各的不同程度的建树。但由于局限于认识论的哲学框架，所以似大多皆不太切。在这个问题上，笔者认为，牟宗三关于“中国哲学的特质”的说法，可以提供给我们一确切理解的新思路。下文先

① 高清海：《哲学——一种精神意境》，《光明日报》1995年12月23日。

了解牟先生关于中国哲学的特质的看法，然后接着谈这个问题。

从逻辑角度可以说，牟先生是先从境界概念谈起的。他认为在我国先秦的典籍中没有这两个名词。“境、界这两名词本来是从佛教典籍里面来的，……这是佛教新创的名词。”“佛教说境，由境说界，境和界都是一个实有的意义。境是指着对象讲的，……界是因义，……是原因的因，也可以说是根据（ground）的意思，有这个因，就可以决定一个范围，就可以成为一个界。……这个界就是划类、分类的意思。”又说：“境是外在的对象，唯识宗讲‘境不离识’、‘唯识所变’。这个境，就是对象，但它不能离开我们的识，不但不能离开，而且还进一步说唯识所变。我们平常以为外境有独立性，唯识把不依于主观的外境，把它拉进来，把它主观化，这就成为‘识变’。”[①] 这就是说，境本指外在有独立性的，不依于主观的实有的客观对象，然而唯识宗将它主观化，并认为是唯识所变现。唯识宗改变了人们对境的看法，由客观转向主观。

顺此并进一步，牟宗三说：“把境、界连在一起成‘境界’一词，这是从主观方面的心境上讲。主观上的心境修养到什么程度，所看到的一切东西都往上升，就达到什么程度，这就是境界，这个境界就成为主观的意义。和原来佛教的意义不大相合，但现在一般人都了解，我们就用这个普通的意义。”[②] 这就是说，境、界本都是实有意义的客观概念，经唯识宗已给予主观化。因此把境、界连成为一概念的境界，也就成为主观意义的概念，并为一般人所了解。牟先生就用这个普遍意义为基础和起点，进而转向讲中国哲学尤其是道家哲学的特质。

哲学讲的是形上学问题。牟宗三认为，与西方哲学主要以思辨的知解方式讲形上学不同，中国哲学则主要以实践工夫的方式讲，这实践工夫方式在儒家那里，主要是以本义的实践即道德实践方式，而道家则主要以修养工夫即广义的实践方式讲。因此，中国哲学形上学，又可叫“实践的形上学”。他又说，与西方哲学从古希腊哲学开始，一直到现在，一讲形上学，大体都是从客观存在上讲，从实有形态上讲，因此为实有形态的形上学（依实有之方式讲形而上学）不同；中国哲学不是从客观存在，实

① 牟宗三：《中国哲学十九讲》，上海古籍出版社1997年版，第122页。

② 同上书，第123页。

有方面讲，而是从主观方面，进一步说从主观心境方面讲，因此对中国哲学讲的形上学，牟先生给它取了个新名词叫“境界形态的形而上学”（依境界之方式讲形而上学）。在中国哲学儒道佛三大流派中，儒家除了是境界形态之外，同时又是实有形态，不过与西方哲学的实有为客观实有或上帝或原子或风火地水等不同，儒家的实有为主体心性基础上讲的天命不已的道体实有。而道家以无为本，而无，并不是客观实有，完全是由主观修行境界上所呈现的一个观念。因此从境界形态的形上学讲，“道家是纯粹的境界形态”[①]。可以作境界形态的形而上学的典型去理解。

明确中国哲学形上学的特质是不同于西方哲学为实有形态的形上学，而为境界形态的形上学。这是对中国哲学尤其是对道家哲学的客观了解，即恰如其哲学本性而了解之。但只有客观了解还不够，因为如前所述，与西方哲学讲形上学是以思辨知解方式讲不同，中国哲学讲境界形态的形上学的方式，是采取实践工夫的方式讲，因此深入一层，就还需要从实践工夫上去了解。

牟先生认为，知识是横的关系，要主客对立，亦即由横的关系而成。认识论则是反省这种关系而予以说明。而“凡是超过知识层以上的、讲道的，都是纵贯的关系”。中国儒道佛三家，虽然不轻视知识，但主要都不是讲知识，而是讲道，因此都是纵贯的关系，其中儒家讲的道是天命不已的道体，即创造性自己，真正契合创造的本义，是纵贯的关系纵讲，这是最好的形态，大中至正。道家讲的道，具有无二重性，又以无为本。所谓“天下万物生于有，有生于无”(《老子·40》)。道家的以无为本的生，是不生之生，“实是经由让开一步，万物自会自己生长、自己完成”。因此，与儒家的实践是本义的道德实践不同，“道家的实践很难用一个名词来恰当地表示，大概也类乎解脱一类的，但仍有不同。工夫是纬线，纵贯的关系是经线，那么就可以用一个新名词来表示：道家的境界形态的形而上学是‘纵贯的关系横讲’。道家的道与万物的关系是纵贯的，但纵贯的从不生之生、境界形态、再加上纬来了解，就成了纵贯横讲，即纵贯的关系用横的方式来表示。这横并不是知识、认知之横的方式，而是寄托在工

① 牟宗三：《中国哲学十九讲》，上海古籍出版社 1997 年版，第 98—99 页。

夫的纬线上的横”[①]。

道家的境界形态是纵贯横讲、横不是知识的横，而是实践工夫的横。牟先生认为，道家关于工夫的词语很多，但大体可以《老子・16》中说的“致虚极、守静笃”两句话来代表。“极是至，至于虚之极点就是‘致虚极’。守静的工夫要作得笃实彻底，所以说‘守静笃’。这就是‘虚一而静’的工夫，在静的工夫之下才能‘观复’。由虚一静的工夫使得生命虚而灵，纯一无杂、不浮动，这时主观的心境就呈现无限心的作用，无限心呈现就可以‘观复’，即所谓‘夫物芸芸，各复归其根，归根曰静，是谓复命’(同上)。这些都是静态的话头，主观的心境一静下来，天地万物都静下来了，就都能归根复命，能恢复各自的正命。不能归根复命就会‘妄作、凶’。当万物皆归根复命，就涵有庄子所向往的逍遥游的境界。庄子所向往的逍遥齐物等均已包涵在老子的基本教义里，庄子再把它发扬出来而已。当主观虚一而静的心境朗现出来，则大地平寂，万物各在其位、各适其性、各遂其生、各正其正的境界，就是逍遥齐物的境界。万物之此种存在用康德的话来说就是‘存在之在其自己’，所谓的逍遥、自得、无待，就是在其自己。只有如此，万物才能保住自己，才是真正的存在；这只有在无限心（道心）的观照之下才能呈现。无限心底玄览、观照也是一种智的直觉，但这种智的直觉并不创造，而是不生之生，与物一体呈现，因此还是纵贯横讲，是静观的态度。……若主观浮动就不自得，万物也随之不自得，于是时间空间范畴等等都加上去，就成了现象（phenomena)，而不是物之在其自己。”[②]

他又以儒家的纵贯纵讲为对比进一步讲道家的纵贯横讲。他说：“儒家顺着孟子到陆王讲心、讲良知，从‘明觉之感应’说物，创生的意义和一体呈现的意义完全顿时融在一起，而不再拆开来说良知创生与万物被生。因此儒家既超越又内在，仍保有创生的意义，因为良知是道德的创造实体，明觉是良知明觉、知体明觉，因此说‘明觉之感应为物’。儒家虽也有一体呈现的意义，但却不是佛教式的或道家式的一体呈现，而仍保有创生的意义。因此是纵贯纵讲。明觉之感应为物并不只是观照物。儒家讲

---

① 牟宗三:《中国哲学十九讲》，上海古籍出版社 1997 年版，第 106—109 页。

② 同上书，第 115—116 页。

寂感，‘寂然不动，感而遂通天下之故’。(《易·系辞上》) 道家讲寂照，佛教讲止观，这就显出不同的形态。寂感是儒家的心灵，《易·感卦》很重要，《咸象》曰：‘咸，感也……观其所感，而天地万物之情可见矣。’所以由良知并不说明觉观照物，而说‘明觉之感应为物’。感应是存在论的，涵有创生的意义。说寂照而至观照就有识知的意味，因此是横的。这当然不是认识论、科学知识中的‘识知’，而是‘智知’，智知即是无知而无不知，但总有认知的横的意味，故终于是纵贯横讲，即只是一体呈现。由此可了解各家系统性格的不同。”①

以上我们讲的是牟宗三关于中国哲学的特质的一个讲法，这就是与西方哲学是实有形态的形上学不同，中国哲学是境界形态的形上学，其中又以道家哲学为最纯粹的境界形态，并且道家哲学的境界形态是纵贯横讲。对牟宗三这些讲法，人们可以有不同的看法。我们在这里要作那么多的引述和研究分析，是冲着学界对意境或境界的哲学基础问题来的。笔者认为学界对艺术意境或境界的哲学基础，虽然谈了不少，但由于是奠基于认识论框架基础上讲，所以皆不太切合，而牟宗三的这个有关中国哲学的特质的说法，比较起来是最切合的。他自己也已由此一中国哲学，尤其是道家哲学的这一特质的基础上，点明了中国艺术境界的开出问题。他说：道家的形上学是境界形态的形上学，其“境界形态是纵者横讲，横的一面就寄托在工夫上，……道家重观照玄览，这是静态的（static），很带有艺术性（artistic）味道，由此开中国艺术境界，艺术境界是静态的、观照的境界。纵者纵讲是动态的（dynamic）；比较之下就显出‘横讲’的意义了”②。

在这里，按牟宗三的看法，中国艺术意境或境界是由道家哲学的特质，即境界形态的形上学之纵者横讲开出，也可以说为其哲学基础。与此相一致，在另一处，牟先生还说过：“中国的文学艺术都从道家的影响开出。”③ 相近的看法，还有徐复观，他说过，道家的所谓“道，实际是一种最高地艺术精神”④。对这种把中国文学艺术精神以及中国文学艺术的开出，及其美的最上形态境界的开出皆尽归于道家的看法，学界已有不同

① 牟宗三：《中国哲学十九讲》，上海古籍出版社 1997 年版，第 119 页。

② 同上书，第 115 页。

③ 牟宗三：《四因说演讲录》，上海古籍出版社 1998 年版，第 88 页。

④ 徐复观：《中国艺术精神》，春风文艺出版社 1987 年版，第 2 页。

的声音。如龚鹏程说：“近人论文学史，谈艺术精神，……以为秦汉以后中国的文学艺术精神皆本诸道家老庄，甚或主要受佛教所影响，非也。”[①]在这里，虽然龚先生采泛指，没有具体点明，但无疑牟、徐两先生的观点也可以包括在他的批评之内。龚先生只是从文论材料上作分析，没有上升到哲学高度讲。那么如上升到哲学高度，应该如何讲呢？说中国文学艺术，涉及面太大。在这里，我们还是集中回到本题，即针对艺术意境或境界问题讲。

笔者认为可以从两方面看，首先是从哲学基础方面看，如从这方面看，那么可以说，上引牟宗三对儒家哲学的看法，还有讲得不彻底的地方。因为在那里，他只由孟子经陆象山讲到王阳明的良知，这是不够彻底的。解铃还须系铃人。笔者觉得他晚年在《康德第三批判讲演录》中就讲得更彻底，他不但讲到王阳明，还由王阳明的“四有句”，讲到王龙溪的“四无句”。王阳明的“四有句”还是分别讲，是有相境界，到王龙溪的“四无句”，讲“心、意、知、物只是一事”，才由分别说之有相，进入非分别说的真美善合一的无相境界，也就是由“土堆”进入“平地”境界，如用康德的用语则为物自身意义的境界。这是从本体角度讲，若从工夫进路，还有罗近溪的“工夫无工夫相”的工夫。这是由工夫进路进入的平地境界、物自身意义的境界。“四无句”的出现以及“工夫无工夫相”的提出，才标志着儒家哲学的进路已由分别说的有相进入无分别说，或真美善合一说无相境界的自我完成。儒家既经分别说层次，又进入非分别说层次；既有存在本体骨干层又有作用层；既有实有形态，又有境界形态，为一自足独立的思想系统。相比较，道家由于本身没有存在本体问题，因此他要依附于一个骨干，主要是儒家的骨干，才能在“无”的作用层面或修养功夫层面显智慧。因此不能够自足独立，这是其吃亏处。也因此谈道家，往往作为一环节或层面谈较好，独立地讲，则易失大方向，在文学艺术上也是如此，下文还要讲到。

其次，就境界或意境本身来说，牟宗三有将之看成铁板一块的味道。其实，正如王国维所认为，意境或境界是可以区分为有我之境与无我之境两种形态的。他说过：“有有我之境，有无我之境。”又说：“无我之境，

① 龚鹏程：《中国文学批评史论》，北京大学出版社2008年版，第51页。

人惟于静中得之；有我之境，于由动之静时得之。”(《人间词话·4》）按前引牟先生所说，道家哲学的特质是其境界形态的形上学是纵者横讲，重观照玄览，是静态的，而艺术境界也是静态的、观照的境界。因此，从哲学上看，是道家开艺术境界。至于儒家哲学是纵贯纵讲，纵贯纵讲是动态的，因此自然不开艺术境界或说与之无缘。如果说艺术境界只有无我之境，如此说是可以的。但艺术境界还有有我之境。而有我之境为“动之静时得之”。道家只讲静、唯静，不讲动，自然不开有我之境。那么有我之境，从哲学上看，谁开出呢？笔者认为当是儒家。儒家哲学是纵者纵讲，是动态的，但儒家又不是只讲动，不讲静。孔子就说：“仁者静。”(《论语》）宋儒也说：“万物静观皆自得。”（程颢语）等等，当然儒家的静应是《大学》所讲，是动经“定而后能静”的定静或安静。因此按王国维的境界分类，从哲学基础上看，当是道家唯静，故开艺术境界的无我之境；而儒家由动而静之，当开另一有我之境。当然儒家也不是绝对不能开无我之境。到儒家本体工夫之自足完成的“四无句”、“工夫无工夫相”境界，或由“汤武，反之”到“尧舜，性之也”的境界，则亦可以开无我之境。

此外，艺术境界问题，也不仅是诗人“能感之”问题，按王国维的讲法，还有个“能写之”的问题。凭道家之虚静之心对人生与自然之美的观照，可成就诗人开出艺术境界，但其在心境中形成的艺术境界仅是一种心中的意象。这只是“能感之”。如此还不能保证他能将这心境中形成的艺术境界不隔地写出来成为作品。这是“能写之”的问题。要能写之，则还需要学问根底和词章技巧。这些皆需要学。就学方面说，这就需要回到儒家承传的文化大统，这文化大统之根就在六经。

魏晋南北朝时期道家复兴，玄学兴起。可谓道家与玄学思想已成为文学指导思想，也就是为骨干。按牟宗三的讲法，道家没有存有本体问题，是不能做骨干的，以之为骨干是不妥的。终于文学方向一塌糊涂，出现追奇逐艳、离本弥其的局面。因此，刘勰为端正这不正的文学方向，提出道—圣—文三位一体的文学纲领，也就是注入骨干。这是就文学艺术上讲。而就文学之美的最上形态的意境或境界的哲学基础上，也应如是观，即从儒道互补而又以儒为骨干上讲。

2. 意境内涵的结构与层次

在我们这里，意境与境界大致同义，而艺术多从意境讲，乃从之。这里先要说明的是，按前引司空图与王国维的说法，意境为诗词美的“最上（尚）”即最理想形态，而在我们这里，则不仅指诗词，而且指整个中国文学。在中国，文学起源于《诗经》，由《诗经》而诗，词是诗余，曲又是词余，戏曲是由诗、词堆砌而成，而小说，一如脂砚斋说《红楼梦》“之妙皆从诗词句中泛（翻）出者”。可见小说之灵魂亦为诗词及其意境所贯通。因此可以说在中国，不仅诗词以有境界或意境为“最上”，戏曲、小说乃至整个中国文学皆可说以有境界或意境为“最上”即理想形态。

上文我们探讨了意境的哲学基础，现在回到意境本身。关于意境本身，可分两个问题讲。一是意境的产生和历史发展，二是意境内涵的结构及层次。前一个问题，学界已作了较多研究，可说材料大致都搜集出来了，因此在这里不再凑热闹。在这里，笔者主要讨论意境内涵的结构及其层次，也就是王国维所说的意境的“深浅”问题。王国维只指点意境内涵有“深浅”即结构层次，但没有进一步作分析。到宗白华才率先对这个问题作了开拓性的打开研究，他指出：“艺术意境不是一个单层的平面的自然的再现，而是一个境界层深的创构。从直观感相的模写，活跃生命的传达，到最高灵境的启示，可以有三层次。”他还认为“蔡小石在《拜石山房词·序》里形容词里面的这三境层极为精妙：

> 夫意以曲而善托，调以杳而弥深。始读之则万萼春深，百色妖露，积雪缟地，余霞绮天，一境也。（这是直观感相的渲染）再读之则烟涛澒洞，霜飙飞摇，骏马下坡，泳鳞出水，又一境也。（这是活跃生命的传达）卒读之而皎皎明月，仙仙白云，鸿雁高翔，坠叶如雨，不知其何以冲然而澹，翛然而远也。（这是最高灵境的启示）

……西洋艺术里面的印象主义、写实主义，是相等于第一境层。浪漫主义倾向于生命音乐性的奔放表现，古典主义倾向于生命雕像式的清明启示，都相当于第二境层。至于象征主义、表现主义、后期印象派，它们的旨趣在于第三境层"[①]。在这里，与王国维一样，宗先生也认为意境不是一单层的平面，而是一个层深的创构。他把这个层深的创构区分为三个境层：直观感相模写境层、活跃生命的传达层与最高灵境的启示境层。三者是逐层深化或逐层向上升进的关系。但他不对意境创构的三境层作理论上的分别说，而是引蔡小石《拜石山房词・序》中所写来作比喻形容描述，还以西方艺术的写实主义、浪漫主义和现代派等文学艺术流派作说明，力图使人明了意境的三个境层。不过，他的说法虽然高远，但终因缺少理论上的分别说，而给人一种不甚清晰的朦胧之感，甚至使人认为意境的最高境层尽为西方现代艺术诸流派所表现。这无疑会造成人们对意境内涵境层理解上的无向与混乱。承接宗白华对意境内涵结构层次作分析的还有蒲震元，他在分析宗白华意境内涵结构"三层次"说时说："这里所说的意境深层审美结构中居于核心地位的'最高灵境的启示'这一境层，指的便是中国传统艺术理论中，特别是艺术意境理论中的与'道'认同这一核心审美层次（笔者称之为'道'之认同境层）。"从宗先生的说法以及古代意境思想资料特别是司空图有关意境思想资料中获得启示，蒲先生也形成了自己的关于意境结构审美之境层说。他认为意境生成过程的审美境层可分为象之审美、气之审美、道之认同三个境层。并认为："象之审美、气之审美、道之认同三者的逐层升华而又融通合一，实际上正是中国传统艺术意境生成中值得注意的、具有普遍意义的审美运思规律。"[②] 蒲先生的意境生成之审美境层说，与宗先生的"三层次"说一样，对我们理解意境内涵结构的秘密是非常有意义的。特别是他将在宗白华那里作为意境创构"最高灵境的启示"层明确为道之认同境层具有重要意义，但蒲先生与宗先生一样，都没有明确地论述意境的哲学基础，特别是蒲先生又质疑情景交融与意境的关系。这让他的这一说法因缺乏基础而显得生硬。

从王国维关于意境的"深浅"到宗白华具体区分为三境层，再到蒲震元承之推进。他们的说法都在证明着意境的内涵结构有个境层问题。现在的问题是，如何更恰当地把握意境内涵结构的层次，又如何准确地命名表述，使其形成一理论系统。笔者认为，这里首先需要一明确的作为母体

① 宗白华：《美学散步》，上海人民出版社 1981 年版，第 63—64 页。

② 蒲震元：《中国艺术意境论》，北京大学出版社 1999 年版，第 165—166 页。

的哲学理论框架，以及对意境相关思想资料的掌握与恰当的深入细致分析。根据上文探讨，我们已明确意境的哲学基础，最切近的乃境界形态的形上学。以之为哲学母体框架，根据意境的思想资料，并参考宗先生与蒲先生的看法，在这里，我们将意境内涵的结构区分为以下三个境层：情景交融境层、象外景外境层和进于道境层。

首先是情景交融基础境层。

应该说古代文论中有关情景交融境层的思想资料是很丰富的。如果可确认宋人李仲蒙对赋比兴的解释“叙物以言情，谓之‘赋’，情物尽者也；索物以托情，谓之‘比’，情附物者也；触物以起情，谓之‘兴’，物动情者也”（据胡寅《斐然集》卷十八《致李淑易》所引）为一种较准确的解释的话，那么可以说早在赋比兴中就包含有情景交融的萌芽。魏晋南北朝时期的陆机说：“情曈昽而弥鲜，物昭晰而互进。”（《文赋》）刘勰说：“神用象通，情变所孕。”（《文心雕龙·神思》）等等，则直接涉及了情景（物）交融问题。唐宋及以后文论家则大量直接讲情（意）景（象、境）交融问题。如皎然说：“诗情缘境发。”（《秋日遥和卢使君游何山寺宿歇上人房论涅槃经义》）《文镜秘府论》曰：“景与意相兼始好。”权德舆说：“意与境会。”（《左武卫胄曹许君集序》）司空图说：“思与境偕。”（《与王驾评诗书》）宋范晞文说：“‘水流心不竞，云在意俱迟’，景中之情也。‘卷帘惟白水，隐几亦青山’，情中之景也。‘感时花溅泪，恨别鸟惊心’，情景相融而莫分也……固知景无情不发、情无景不生……”（《对床夜话》）明谢榛说：“作诗本乎情景……景乃诗之媒，情乃诗之胚，合而为诗。”（《四溟诗话》）王夫之说：“夫景以情合，情以景生，初不相离，惟意所适，截分两橛，则情不足兴，而景非其景。”又说：“情景名为二，而实不可离，神于诗者，妙合无垠，巧者则有情中景，景中情。”（《姜斋诗话》）又说：“情景一合，自得妙语。”（《明诗评选》）等等。清代著名画家与画论家布颜图则较早将情景交融看作是境界或意境，他说：“情景者境界也。”（《画学心法问答》）近代王国维在定义意境时说：“何以谓之有意境？曰：写情则沁人心脾，写景则在人耳目，述事则如其口出是也。”（《宋元戏曲史》）也有情景（事）交融为意境的味道。

现代也有不少学者是以情景交融规范意境（境界）的，如朱光潜说：“情景相生而且相契合无间，情恰能称景，景也恰能传情，这便是诗的境界。”又说：“诗的境界是情景的契合。”[①] 李可染说：“意境就是景与情的结合。”(《漫谈山水画》)宗白华也说：“意境是‘情’与‘景’（意象）的结晶品。”他还以这一观点为指导，分析过两首诗，一首是王安石《题西太一宫壁二首》的第一首：“杨柳鸣蜩绿暗，荷花落日红酣。三十六陂春水，白头相见江南。”宗先生分析说：“前三句全是写景，江南的艳丽的阳春，但着了末一句，全部景象遂笼罩上，啊，渗透进，一层无边的惆怅，回忆的秋思，和重逢的欣慰，情景交织，成了一首绝美的‘诗’。”当然还有该诗的意境。他又分析元人马东篱的《天净沙·秋思》：“枯藤老树昏鸦，小桥流水人家，古道西风瘦马，夕阳西下——断肠人在天涯。”他分析说，这小令，“也是前四句完全写景，着了末一句写情，全篇点化成一片哀愁寂寞，宇宙荒寒，怅触无边的诗境。”[②] 还有周振甫也以情景交融分析过《诗·小雅·采薇》的意境。他说：“‘昔我往矣，杨柳依依。今我来思，雨雪霏霏。’‘依依’写军人出征时看到柳枝的柔弱，是‘图貌’，又反映了依依不舍的感情，是‘写心’，即情景交融，写出了意境。”[③]

近年有不少学者对以情景交融说意境表示质疑。对这应如何看呢？

笔者不赞成以情景交融定义意境，但也不赞成离开情景交融讲意境。既然古今学界不少大家都认为意境与情景交融有关，并以之为思想指导成功地分析了诗的意境，相信他们于此必有所见，因此我们必须认真对待。现在的问题是，我们如何同情了解，并将其过于简要的论述作进一步深化。而要深化，首先就要明确应以何种哲学思想指导分析深化。我们注意到现代学界往往是以西方移植过来的认识论哲学为指导去分析情景交融命题。因此，他们往往把情景交融的“情”看成是审美主体的定性的主观审美情感，而同样地把情景交融的“景”看成是定性的或说不可移的客观事实世界的景物，而情景交融则是审美主体定性的主观审美情感与定性的或说不可移的客观景物的交融合一。这显然不得古今学者所共同聚焦的情景交融的真髓。那么，到底应如何理解情景交融呢？笔者认为首先在哲

① 《朱光潜美学文集》2，上海文艺出版社1982年版，第54—55页。

② 宗白华：《美学散步》，上海人民出版社1981年版，第60页。

③ 周振甫：《诗文鉴赏方法二十讲》，中华书局1986年版，第30页。

学基础上，必须由认识论哲学转向我们在上文论述过的意境的切实的哲学基础：心性哲学的境界形态的形上学。以这种哲学思想为指导，意境问题首先是从审美主体的主观审美心境上讲的。依此，情景交融中的情应是指审美主体的主观心境之情。这主观心境及此主观心境之情，一般是主体经一定的实践或工夫修养所致。于古人，这实践或修养工夫多为儒道释的实践或修养工夫。依这主观心境及此心境之情，可以引发一种观看或知见，这观看或知见的世界的景物，就不是平常或科学所说，与认识论所说明的定性世界的景物或康德意义的现象界的景物，那都是依我们人的定性感知性所确定的既成事实世界的景物；而是可以有升进或异趣的审美价值世界的景物。这里的景物，不再囿于定性与单一，而是其可有无限丰富性。但不管如何丰富，一定程度的主观心境及此心境之情，必定有由此心境及心情所看到或知见的客观方面的景物相配合，因此，仍然是一定心境下的情景交融。

而当主体审美创造之心境及情志与创造力上进至合乎儒家道心心境，或道家的虚一而静的虚静心境，或佛家的自性清净心境时，主体依此心境所观看或知见的世界中的景物，就不再是康德意义的现象界的景物，而是“物之在其自己”意义境界的景物，是真美善合一审美价值的景物。但即使在这时，情与景依然是交融在一起的。汤一介说过：“‘情景合一’是一个美学问题。”[①] 情景合一也就是情景交融，同样是我们理解意境问题的美学基础。问题在我们如何恰当地理解，要有相应的哲学基础。我们在这里是将之置于中国心性哲学之境界形态的形上学基础上理解的。

其次是象外景外境层。

关于意境内涵结构的第二境层，不同于宗、蒲二先生的看法，笔者在这里用传统用语将之命名表述为象外景外境层。

古代有关意境的象外景外境层的思想资料很丰富。如追溯其思想渊源，似应始于《老子》说的“大象无形”。“大象”是指道象，包含有“象外”之意。较明确地提出“象外”概念的，似为魏晋时代受道家影响的荀粲，他针对“立象尽意”说过一段话。他说：

① 汤一介：《中国哲学范畴集》，人民出版社 1985 年版，第 28 页。

盖理之微者，非物象之所举也。今称立象以尽意，此非通于意外者也；系辞焉以尽言，此非言乎系表者也。斯则象外之意，系表之言，固蕴而不出矣。（《三国志·魏书》卷十《荀彧传》注引）

在这里，荀粲于象有物象、卦象、象外的区分，于意则有意、理之微者、象外之意的分别。但这些概念包括“象外”概念皆属哲学范畴。在美学与文学艺术领域，“象外”概念的引进，始见于画论。南朝谢赫在《古画品录》中说：“若拘以体物，则未见精粹，若取之象外，方厌膏腴，可谓微妙也。”有诗论上，“象外”概念的运用，始见于皎然等人。皎然说：“采奇于象外。”（《诗式·诗评》）刘禹锡说：“境生于象外。”（《董氏武陵集记》）司空图说：“超以象外。”（《诗品·雄浑》）等等。其中，刘禹锡的说法“境生于象外”已十分明确地道明了“象外”与意境生成的内在联系。那么应如何理解“象外”呢？在古人那里，虽然一直没有十分明确的说法，但有种种描述。在皎然那里，意境的“象外”，他称为“境象”，对其特征，他描述说：

……夫境（又作“景”）象非一，虚实难明。有可睹而不可取，景也；可闻而不可见，风也。虽系乎我形，而妙用无体，心也；义贯众象，而无定质，色也。凡此等，可以偶（又作“对”）虚，亦可以偶（又作“对”）实。（《诗式·诗义》）

司空图对意境的“象外”，又称为“象外之象，景外之景”，他引用戴叔伦的话描述说：

戴容州云：“诗家之景，如蓝田日暖，良玉生烟，可望而不可置于眉睫之前也。”象外之象，景外之景，岂容易可谈哉？（《与极浦书》）

严羽也引用佛禅的用语对意境的“象外”作了很有特色的描述，他说：

……羚羊挂角，无迹可求。故其妙处莹彻玲珑，不可凑泊，如空中之音，相中之色，水中之月，镜中之象，言有尽而意无穷。(《沧浪诗话·诗辨》)

以上所引古人的一些描述，情况较为复杂，有些是专就意境的象外景外境层讲，有些则有所夹杂。在古代那样的理论环境下，他们应是明确的。但现代人的思维方式已转换，自然不习惯，故陡生朦胧之感。那么我们如何以现代理论语言将意境的象外景外境层的意义讲清楚呢？

上文说过，就中国心性哲学的境界形态的形上学讲，意境或境界是依主观审美心境与情志的基础上讲的。诗人依主观审美心境与情志所观看或知见的景物，不是平常所说的包括科学所说以及认识论所说明的客观事实世界的景物，那是依我们人的定性或知性而确定的既成并不可移的事实世界的景物，若此定性世界的景物是康德意义的现象，则此现象，亦是对应于我们感知性而为现象。而不是可依主观心境与情志的不同，可升进变化，甚至显异趣的审美价值的景物。中国古人常写的梅、竹、松、菊最为典型。就梅花来说，陆游写过梅花，毛泽东也写过梅花，当然还有很多诗人、词人写过梅花。他们所写的梅花，都不是我们平常依定性感知性所识见的定性而不可移的事实世界的梅花，更不追求其酷似与逼真。作为审美主体，他们各有不同的实践或工夫修养，形成不同的胸襟、审美心境与情志，依此不同的审美心境与情志，他们所看见或知见或说所写的梅花形象各不相同或异趣。如果说平常以定性感知性所见的客观事实世界的梅花为标准之“象”，那么诗人、词人依不同心境与情志所见，或笔下所写的各不相同或异趣的梅花形象，当然是一种“象外”之象。陆游的名篇《卜算子·咏梅》，是他在“思为君王扫河洛”(《弋阳道中遇大雪》)，决心为国家抗金收复失地，但由于受到投降派排挤而壮志未酬的心境状态下写的。依此心境与情志，陆游的审美眼光所看到和知见的梅花，是一备受风雨摧残和群花妒忌，但又具即使粉身碎骨为尘土也不会改变自己的芳香品质的孤芳自赏的梅花形象。这一梅花形象为陆游特定的审美心境所知见。自然不同于平常以既定感知性所见到的客观事实世界的梅花，相比只能说是这一定性梅花的象外之象。又，毛泽东也写有同为《卜算子·咏梅》词，词的小序说：“读陆游《咏梅》词，反其意而用之。”毛泽东是无产阶级革命家，与陆游饱受挫折的消极心境不同，他的心境充满着与中外敌人斗争的豪情。依此心境与情志，他所观看与知见的梅花，则为在与风雪斗争中显得更加俏丽，而且在迎来春天后，它在百花丛中笑，充满了自信、豪情和乐观主义精神，一反陆游的孤独消极而为积极豪迈。这一审美价值的梅花形象，自然也与平常以既定的感知性所见的不可移的客观事实世界的梅花不相同，相比，自然也只算得是客观事实世界的梅花形象的象外之象。其他写梅花的作品，大致也可以作如是观，但应又存在种种复杂的情况。

上文引述刘禹锡说："境生于象外"，可以说已包括了上述情况，但刘氏的名言，应还包括更深刻的内容，特别是"象外"的更复杂的情况。他在《董氏武陵集记》中，在讲了"境生于象外"以后，又讲到"自建安距永明已还"的诗作，特举二例诗，所谓"朔风零雨"与"蝉噪鸟鸣"。"朔风零雨"，是西晋孙楚《征西官属送于陟阳侯作》的开头两句二字。全二句是："朔（又作'晨'）风飘歧路，零雨被秋草。"这是一首送别诗，诗中写了送别时出现"朔（又作'晨'）风"、"零雨"和"秋草"等与心境相应的有代表性的自然景物，也写了送别分手时充满怀抱的惆怅之情。但这首诗又超越这送别之情景，升进到抒写阐发了自己对道家人生哲学原理的体悟，视野高远开阔。如果说前者的送别情景是"象"，那么后者则可视为这送别情景之象的象外之象。正因此，从"境生于象外"的标准，刘氏赞其为"高视天下"之作。第二首"蝉噪鸟鸣"是南朝梁代王籍《入若耶溪》中两句的首二字。全句是"蝉噪林愈静，鸟鸣山更幽"。这是一首写游山玩水的诗。诗人以四句，先从视觉写出了暮色渐临，远山近水高空交织的空阔大背景，再写"蝉噪鸟鸣"，以听觉以动写静，从而以视听交融的方式写出了此地无边的空阔与寂静，使诗人心境中悄然兴起一种孤独寂寞之感。这是诗正面写的情景。诗最后二句："此地动归念，长年悲倦游。""此地"兼含"此时"，"倦游"，这里不是指当时的旅游，而是指长期的宦游。以一时之旅游兴起而写诗人自己长期仕途不得志，久沉下僚的悲哀。因此而"动念"即萌发归隐过幽静生活的念头。相对于正面描写的旅游情景之象，这不展开而供想象的宦游当为象外之象。刘氏高度赞美此诗，认为当是"蔚在史策"的不朽之作。并认为这种"境生于象外"的诗歌艺术传统，在唐代得到了继承发展，所谓“国朝因之，粲然复兴”。

由刘氏的诗例以及相关情况，我们可以看到，“意境的象外景外境层”，作为意境内涵结构的深入境层，具有十分复杂的情况。上引皎然说：“境象非一，虚实难明”，司空图感叹：“‘象外之象，景外之景’岂容易可谈哉!”当反映了实情。

再次是进于道境层。

对意境内涵结构的进于道境层，古人亦有不少论述。如追溯其思想渊源，在儒家，可追溯到孔子、《中庸》、孟子以“道”讲《诗·大雅·烝民》和《诗·颂·维天之命》。在道家，则可追溯到《庄子·养生主》中讲的庖丁解牛的“道，进乎技”。在中国，自始，诗人、文学家都不满足于当一个诗人、文学家，不满足于技，而是要由技而进于道，在作为诗、文学的“最上”形态的意境创造上更是如此。对于文学的由技进于道，由刘勰作了集大成的论述，而对于意境的进于道境层，作较多论述的则是司空图。如他说：“超以象外，得其环中。”(《诗品·雄浑》)“俱道适往，着手成春。”(《诗品·自然》)“道不自器，与之圆方。”(《诗品·委曲》)“俱似大道，妙契同尘。”(《诗品·形容》)“少有道契，终与俗违。”(《诗品·超诣》)等等，可以说一部《诗品》皆在讲意境内涵结构的最高即进于道的第三境层。此外，严羽、王士祯等以佛禅境论诗境，也涉及有进乎道境层之意。

司空图等人的论述是非分解的，现在的问题是，我们如何以现代的理论分析将之讲清楚，使大家都能明白。

上文说过，意境或境界问题是从主观心境上讲的，这心境是依实践或工夫修养所达到的心灵状态讲。主观上的心境上升到什么程度，依之所看到或知见的事物就上升到什么程度。这种观看或知见与我们平常所说的例如科学所说或认识论所说明的既成的客观事实世界的事物不同。这既成的客观事实世界的景物是一定而不可移的，是定性世界的事物。而若此定性世界的事物是康德意义的现象，那亦是对应于我们的既定的感知性而为现象。而依我们实践或修养工夫所达至的主观心境，所观看的事物则不同，此世界的事物不是定性不可移，而是可以升进或显异趣的，主观心境修养到什么程度，则所观看或知见的事物就皆向上升进达到什么程度。而这有升进或异趣的世界的事物，就不是客观事实世界的事物，不以酷似、逼真为标准，而是皆属审美价值或精神价值的事物。

如若主观心境经实践或工夫修养升进到极致，转化成或暗合乎儒家之圣心、道心，道家的虚一而静的虚静之心，或佛家之自性清净心，也就是合乎无限心之审美心境，这时依此无限心之审美心境所观看或知见的世界的事物也就升进至最高境界。如用儒家的语言讲，就是“浑然与万物同体”，道家的语言讲就是自然，佛家的语言讲就是如相。用康德的用语表述就是由现象转化为物之在其自己意义境界。就意境创造讲，这就是意境创造进至进于道的境界，就美相来说就是真美善合一之美。陶渊明的《饮酒》是一首大家所熟知的诗，我们在前文也已从其他方面引述过。在这里再就意境讲。我们可以说，这首诗的意境创造已进至进于道的境层。从诗中，我们可以看到，诗人写该诗时的审美心境的升进程度。诗中写他虽居住在人间，但他人入世而心已出世，所谓“无车马喧”，“心远”，“地偏”。这时，他“悠然”的心境也即近乎道家虚静之心的心境程度，这亦可以说已升进到可为无限心心境所囊括，升进到如此程度的审美心境，依之所观看或知见的静态的南山、动态的飞鸟等为代表的景物，显然皆非平常依定性的感知性所看到的定性世界的不可移的南山、飞鸟，而是向上升进到道家所说的真正意义的自然的南山、飞鸟，在这里，自然，不是平常或认识论讲的作为主观对立面的客观，而是自己如此。如用康德的用语表述，这也已不是现象意义的南山、飞鸟，而是物自身意义境界的南山、飞鸟。以南山、飞鸟提示出来的世界是一万物各在其位、各适其性的逍遥平齐的自由境界的世界，诗中所说的“此中有真意”的“真意”，就是道意，简而言之就是道的境界。作为道的真意是不可言、不可用概念辨之以相示的，欲辨之则只能失掉之，故需“忘言”。由此可见，《饮酒》的意境，就其境层来说，为已进于道的最高境层。这是由道家实践与工夫修养路数所进至的意境创造的最高境层。

前文讲哲学时讲过，西方哲学讲人/神为两个世界，中国哲学虽然儒家讲圣人/凡人，道家讲真人/凡人，佛家讲佛/众生亦为二分，但皆为一个世界，因为中国哲学讲人皆可为尧舜即圣人，众生皆有佛性，人虽有限而可无限。不过虽为一个世界，但圣人、真人、佛与凡人毕竟是两个层次。凡人要进至圣人、真人、佛的精神境界关键在实践与工夫修养的程度。陶渊明是受道家思想影响的大诗人，但不能说他是道家哲学家。在他那里似不讲真人/凡人，但有讲相应的“醉士”与“醒夫”的区别。陶氏也不一定完全做道家那样的实践与修养工夫，但作为诗人，他有他的功夫，这就是饮酒，或许他就作为饮酒的长独醉士而获得类似道家虚静之心的心境，而超越现象，而知见物自身意义境界，即万物如南山的在其自己和飞鸟的自由逍遥。就意境创造来说，则为进于道的境层。

以上是说陶氏大致是依道家的路数进至意境创造的进于道境层。当然由儒家的实践与工夫修养路数也可以进至相应心境，而依之观取并创造意境的进于道境层。前文讲过孔子、中庸、孟子从道的高度评价《诗·大雅·烝民》和《诗·颂·维天之命》，显然，从意境创造讲，这两首诗也就是已进至进于道的意境境层的诗。

中国古代的诗人、文学家，正像其他文化领域的专家一样，皆不满足于就只当文学家、诗人，而是总要由技进于道，实现文学艺术道化。这就意境创造来说，也就是要进至意境的进于道境层。但由于诗人、文学家之实践与工夫修养的程度的限制，真正能实现由技进于道的文学家、诗人，就意境创造来说，即创造进至进于道境层的意境，是不十分多的。但进于道作为意境创造的高标与方向，却一直成为指引中国文学和意境创造不断前进的灯火。

以上是简要地讲意境内涵结构的三个境层。对这三个境层的关系大致可以这样说，情景交融是意境内涵结构的基础境层，所谓基础境层是说只有情景交融才有意境可言，但又只说情景交融还不足以言意境，还必须升进到象外景外境层才能说有真正意义的意境。这就是刘禹锡说的“境生于象外”。因此可以说象外景外境层是意境内涵结构的关键境层。至于进于道境层，则是意境内涵结构的最高境层，是统辖意境内涵结构境层的纲领。但要在实际意境创造中达至进于道境层是不容易的，这需要诗人心境升进至合乎或含藏无限心的审美心境的高度，依此心境所观看或知见，才可见到万物齐平自由逍遥，或浑然与万物同体，或如相境界，或如康德意义的物之在其自己境界。中国古代文学家、诗人每每不以当文学家、诗人为满足，总要由技进于道，这就决定在意境创造上以进于道境层为最高目标。这一意境的制高点，每每令中国文学家、诗人向往不已。

3. “无我之境”与“有我之境”

关于意境美的形态，古代已有种种说法或相关思想萌芽。王昌龄

《诗格》说，“诗有三境”：“物境”、“情境”、“意境”。意境作为诗境的最高形态，可囊括物境、情境，因此，从这个角度，也可把之看作为王昌龄对意境作三种形态的区分。严羽说诗品“大概有二：曰优游不迫，曰沉著痛快。诗之极致有一，曰入神”。（《沧浪诗话》）严羽这里是区分诗品的审美形态，其实也涉及了意境的审美形态。王夫之说：“情景名为二，而实不可离。神于诗者、妙合无垠，巧者则有情中景，景中情。”（《姜斋诗话》）这里也有区分意境形态的思想萌芽。姚鼐在《复鲁絜非书》中从“天地之道”的高度，将文学风格之美区分为“阳与刚之美”，和“阴与柔之美”。这里的风格美也通意境美。王国维对意境美的形态的区分有集大成的性质。他有两种说法。在《人间词乙稿序》中他将文学意境区分为“意与境浑”、“或以境性”，“或以意胜”三种形态。而在《人间词话》中则将意境美区分为“有我之境”与“无我之境”。其中以第二种说法论述最为深刻，也最有影响。

对王国维的“有我之境”与“无我之境”的区分，海内外学界包括徐复观、叶嘉莹、宗白华、朱光潜、叶朗等名家都作过认真深入的研究，发表过自己的意见，但现在看来，还有未到位之处，因此还需要再作进一步的探讨。

在这里首先要指出的是，在学界的“有我之境”和“无我之境”的研究中，大多从王国维如何受康德、叔本华，又主要是叔本华的哲学美学思想影响的角度作分析，这当然是不错的，但也不能忽视中国传统哲学美学思想影响的意义。前文分析过，境界或意境概念就直接来源于佛教。就是“有我之境”与“无我之境”中的“有我”与“无我”也应来源于佛教。《相应部经典》说：“无常是苦，是苦者皆无我。”佛学根据缘起论认为，人是由五蕴（色、受、想、行、识）组成的，在这样的集合体中，没有常住不变的“我”，故谓“无我”。[①] 用赵朴初的话说：“无我就是没有主宰”，没有主体。[②] 至于“有我”，与“无我”相对，则是指有主宰，有主体。王国维以“有我”、“无我”区分境界（意境）美的形态，自然与在佛学中的意义有相通之处。此外，王氏在论述“有我之境”与“无

① 《中国大百科全书·宗教》，中国大百科全书出版社1988年版，第418页。

② 赵朴初：《佛教常识答问》，广州文化出版社1986年版，第27页。

我之境”中所用的“以我观物”和“以物观物”又出自北宋新儒家五子之一的邵雍的《皇极经世全书》等。因此，关于王氏对意境美的形态的区分的“有我之境”与“无我之境”的分析，我们可以理解为：这实际上是王国维将西方康德、叔本华，又主要是叔本华的哲学美学思想与中国传统美学理论相对接的结果。按前引牟宗三的看法，在西方，唯康德哲学于二门开得较好，中国哲学美学只有以康德哲学美学为桥梁并对接，才能明确其真正意义。叔本华虽然受康德影响，但叔本华对康德持批判态度，特别是他认为康德的“自在之物是……意志”[①]。如此，他就以“意志”抽换，摒弃了康德的“自在之物”（又译“物自身”）。这样叔本华虽受康德影响，但实际上他已从根本上离开了康德，他的哲学美学也就由康德的开二门转向为只开一门。因此王国维将中国哲学美学的明珠，最深刻最具中国特色的意境理论，与叔本华而不是与康德对接，这使他的意境理论，特别是这里说的意境美的形态理论，虽然获得了较清晰的理论分析，但显然又难以达到精微之处，造成其中的理之微者蕴而不出。

王国维关于意境美的形态“有我之境”与“无我之境”的区分与论述，主要见于以下两段话：

> 有有我之境，有无我之境。“泪眼问花花不语，乱红飞过秋千去。”“可堪孤馆闭春寒，杜鹃声里斜阳暮。”有我之境也。“采菊东篱下，悠然见南山。”“寒波澹澹起，白鸟悠悠下。”无我之境也。有我之境，以我观物，故物皆著我之色彩。无我之境，以物观物，故不知何者为我，何者为物。古人为词，写有我之境者为多，然未始不能写无我之境，此在豪杰之士能自树立耳。（《人间词话·3》）
>
> 无我之境，人惟于静中得之。有我之境，于由动之静时得之。故一优美，一宏壮也。（《人间词话·4》）

对这两段话的理论意义及其思想来源，下文拟从三方面辨之以相示。

首先是“有我之境，以我观物，故物皆著我之色彩。无我之境，以物观物，故不知何者为我，何者为物”。

---

① ［德］叔本华：《作为意志与表象的世界》，商务印书馆 1982 年版，第 177 页。

对这段话中的“有我之境，以我观物，故物皆著我之颜色”以及下文讲到的“于由动之静时得之”等的思想根据，有学者认为就“来源”于叔本华美学。按叔氏美学，“如果对象对于人的意志有一种敌对的关系，或是对象具有战胜一切阻碍的优势而威胁着意志，或是意志在对象的无限大之前被压缩至于零，在这些情况下，审美主体‘以强力挣脱了自己的意志及其关系而仅仅只委心于认识，只是作为认识的纯粹无意志的主体宁静地观赏着那些对于意志［非常］可怕的对象，只把握着对象中与任何关系不相涉的理念，因而乐于在对象的观赏中逗留；结果，这观察者正是由此而超脱了自己，超脱了他本人，超脱了他的欲求和一切欲求；——这样，他就充满了壮美感，他已在超然物外的状况中了，因而人们也把那促成这一状况的对象叫做壮美’。所以，壮美感的产生，可以说是出于一种对比：‘一方面是我们自己作为个体，作为意志现象的无关重要和依赖性，一方面是我们对于自己是认识的纯粹主体这一意识。’由于这种对比，由于这种静躁的交替，因此在产生壮美感时，‘主观的心境，意志的感受把自己的色彩反映在直观看到的环境上，后者对于前者亦复如是’”①。而对王国维这段话中讲的“以物观物，故不知何者为我，何者为物”，以及下文讲到的“人惟于静中得之”等的思想根据，有学者认为就“来源”于叔本华美学中如下一些话：“全部意识为宁静地观审恰在眼前的自然对象所充满。”“人在这时，按一句有意味的德国成语来说，就是人们自失于对象之中了，也即是说人们忘记了他的个体，忘记了他的意志；他已仅仅只是作为纯粹的主体，作为客体的镜子而存在；好象仅仅只有对象的存在而没有觉知这对象的人了，所以人们也不能再把直观者［其人］和直观［本身］分开来了，而是两者已经合一了；这同时即是整个意识完全为一个单一的直观景象所充满，所占据。”“置身于这一直观中的同时也不再是个体的人了，因为个体的人已自失于这种直观之中了。他已是认识的主体，纯粹的、无意志的、无痛苦的、无时间的主体。”②

这样讲当然也说得过去，但也不尽然。因为王国维这段区分有我之境和无我之境的话，关键不在其他，而在“以我观物”和“以物观物”。而

① 叶朗：《中国美学史大纲》，上海人民出版社 1985 年版，第 626—627 页。

② 同上书，第 626 页。

这两个概念，特别是“以物观物”的思想并不能为上引叔本华的美学思想所概括或揭示，而论者又轻描淡写地对待之。

上文说过，“以我观物”和“以物观物”见于邵雍的《皇极经世全书》。如何理解这两个概念呢？邵氏说过几段重要的话。他说：“夫鉴之所以能为明者，谓其能不隐万物之形也。虽然鉴之能不隐万物之形，未若水之能一万物之形也。虽然水之能一万物之形，又未若圣人能一万物之情也。”邵氏这一说法，其思想应来源于庄子的“水静犹明，而况精神，圣人之心静乎！天地之鉴也，万物之镜也”。(《庄子·天道》) 邵氏又说：“圣人之所以能一万物之情者，谓其能反观也；所以谓之反观者，不以我观物也，不以我观物者，以物观物之谓也，既能以物观物，又安有我于其间哉?”又说：“夫所以谓之观物者，非以目观也，非观之以目而观之以心也，非观之以心而观之以理也。天下之物，莫不有理焉，莫不有性焉，莫不有命焉。所以谓之理者，穷之而后可知也；所以谓之性者，尽之而后可知也；所以谓之命者，至之而后可知也。此三者，天下之真知也。”又说：“以物观物，性也；以我观物，情也。性公而明，情偏而暗。”①

从以上几段话，可以说邵雍已将“以我观物”和“以物观物”讲得很清楚。按邵氏之意，“观物”可区分为二：以我观物和以物观物。这两种观物有很大的不同，以我观物，可以说是一般人的平常之观，是以目观，可纳入一般定性的感知性之观，受人的带私意的情感影响。以物观物则较为难识。邵氏予以重点说明。首先，相对于以我观物是一般人的平常之观，以物观物则是圣人之观，它不是以目观，而是以心观，“圣人之心静”，因此又可以说是以虚静之心观。其次，以物观物观的不是以我观物的目观所观的事物的感性现象，而是以心观事物的理、性、命，要对事物“穷理尽性以致于命”。所以是“真知”。最后，邵氏认为，圣人的以物观物，又是一种反观，返归本性之观。“以物观物，性也。”不受我的偏而暗私意感情之影响，所以为“公”。正因此，圣人之以物观物“能一万物之情”，即能整体地把握事物的真实情状。如用康德的用语表述，可以说，以我观物，作为受情感影响的定性感知性的目观，只能把握事物的现

① 北京大学哲学系中国哲学史教研室选注：《中国哲学史教学资料选辑》下，中华书局1982年版，第20页。

象。而以物观物，以性之公的心观，则能真知把握天造地设的物之在其自己。

在叔本华美学里，他虽然于主体有“知之我”即无意志的纯粹主体和“欲之我”即经常有对意志的回忆伴随着的主体的区别，但由于他的哲学已由康德的开二门转向只开一门，所以主体虽区分为二，但其实都是康德现象意义的目观的主体，而不可能有升进到物自身意义的主体，相当于中国的圣人主体。这也就是说，在叔本华那里，没有能真正对接邵雍“以物观物”的思想，因此，这一层意义，若要以叔本华美学思想说明，只会蕴而不出。因此，我们在这里要通过对邵雍思想的分析以说明。

在王国维举的诗例中，于有我之境举有欧阳修（又说冯延巳）的《蝶恋花》中二句：“泪眼问花花不语，乱红飞过秋千去。”等等。于无我之境举有陶渊明《饮酒》中二句：“采菊东篱下，悠然见南山。”等等。对认为仅来源于叔本华美学的前述有我之境与无我之境理论来说，分析有我之境的欧公的《蝶恋花》，可能问题不大，但要分析陶公的《饮酒》则必然不能到位，其深意只会蕴而不出。因此，我们必须回到上文分析的邵氏美学理论，才能达有效性。

其次是“无我之境，人惟于静中得之。有我之境，于由动之静时得之。故一优美，一宏壮也”。

对这段话，首先要讲的是这里说的“无我之境，人惟于静中得之”而“有我之境，于由动之静时得之”的思想来源问题，在上引有关学者的论述中已说得很清楚，为来源于叔本华美学。这可以是一种理解。但还可以从中国心性哲学美学角度去理解。上文论述过，意境的哲学基础是心性哲学的境界形态的形上学。而按牟宗三的讲法，对境界形态的形上学有纵者纵讲，亦有纵者横讲。所谓横讲是寄托在工夫上。道家讲“致虚极，守静笃。”(《老子·16》）讲观照玄览，皆静态工夫。由此道家开艺术境界，因为艺术境界亦是静态的，二者有关联性。若按王国维对意境的区分，无我之境是“人惟于静时得之”，则道家不仅开艺术境界，而且更确切地，当开意境中的无我之境。相比于道家，儒家于境界形态的形上学，是纵者纵讲。纵者纵讲是动态的，但儒家最终也要横讲，儒家也讲工夫，也讲静。孔子就既讲“智者动”，也讲“仁者静”。《大学》亦讲静，是讲动经由“定而后能静”(《中庸》）的定静，荀子甚至讲得与道家相近：

“虚一而静”，宋儒还讲“静观”，所谓“万物静观皆自得”（程颢）。因此以儒家哲学为基础，所开的艺术境界，如按王国维对意境的区分，“有我之境，于由动之静时得之”。儒家当开意境中的有我之境，但也不能说儒家哲学不能开“无我之境”。儒家哲学在自身发展过程中，到王龙溪讲“四无句”，罗近溪讲“工夫无工夫”相，已达至合一无相境界。以之为美学思想基础，自然亦能创造无我之境。这是从理论上讲，实践与理论总是有距离的，前文不是讲过《诗·颂·维天之命》，在孔子、《中庸》看来，不就是证天道吗？天道就是自然，自然就是自己如此，这就已是无我之境。

再次是在这段话中，王国维又将“无我之境”与“有我之境”最后分别归属于优美与壮美一对美学范畴。究其思想来源，已有学者指出，这“显然是根据叔本华的观点”[①]。王国维对于优美与壮美（宏壮）的观点较完整的表述见于如下一段话，他说：

> 美之为物有二种：一曰优美，一曰壮美。苟一物焉，与吾人无利害之关系，而吾人之观之也，不观其关系，而但观其物；或吾人之心中，无丝毫生活之欲存，而其观物也，不视为与我有关系之物，而但视为外物，则今之所观者，非昔之所观者也。此时吾心宁静之状态，名之曰优美之情，而谓此物曰优美。若此物大不利于吾人，而吾人生活之意志为之破裂，因之意志遁去，而知力得为独立之作用，以深观其物，吾人谓此物曰壮美，而谓其感情曰壮美之情。普通之美，皆属前种。至于地狱变相之图，决斗垂死之像，庐江小吏之诗，雁门尚书之曲，其人固氓庶之所共怜，其遇虽戾夫为之流涕，讵有子颓乐祸之心，宁无尼父反袂之戚，而吾人观之，不厌千复。格代（今译歌德）之诗曰：“……凡人生中足以使人悲者，于美术中则吾人乐而观之。”此之谓也。此即所谓壮美之情；而其快乐存于使人忘物我之关系，则固与优美无以异也。[②]

① 叶朗：《中国美学史大纲》，上海人民出版社 1985 年版，第 626 页。

② 《王国维文集》1，中国文史出版社 1997 年版，第 4 页。

我们在这里不再引述叔本华的话以对照证明，因为上述论者的看法已为学界所确认。这里的问题是，我们对王国维对有我之境与无我之境的最后结论，应如何看的问题。

如果说，美学只有西方认识论哲学美学，同时美亦只有西方认识论美学讲的分别说的美，那么王国维将“有我之境”与“无我之境”最后归属于这种分别说的美的优美与壮美范畴，也就是唯一的选择了。但问题在，按我们在前文的论述分析，中国美学主要不是西方式的认识论美学，而是心性哲学美学，同时中国美学讲的美，主要的以及最有特色的也不是分别说的美，而是真美善合一说的美。如此，将中国文学美的皇冠上的明珠意境美的形态的有我之境与无我之境，归属于分别说的美的优美与壮美范畴，似乎也可以说得头头是道，但于其深意，又尤其是无我之境的深意，恐怕也只会蕴而不出了。

优美与壮美是西方认识论哲学美学之分别说的美的一对范畴。“有我之镜”大致又可作康德意义的现象美看，因此对有我之境，从分别说的美的角度讲，或许还可以讲得过去，但于无我之境，分别说的美的范畴就无能为力了，要硬说，只会使其深意蕴而不出。按王国维的讲法，陶渊明的“采菊东篱下，悠然见南山”，为无我之境，当属优美，那么，你能用优美的理论将之深意讲清楚吗？显然不能。因为陶此诗既不可作分别说的美看，也不可以作康德意义的现象美看，相比较，它可从康德意义的物之在其自己美看。而从中国心性哲学美学讲，陶此诗已进入真美善合一美的境界。当然道家不讲善，或说以真为善，因此，所谓真美善合一，可以写作真美（善）合一，或直写真美合一。而《论语》无“真”字，因此，同样儒家的真美善合一，亦可以写作（真）美善合一，或直写为美善合一。孔子讲《韶》，也只讲既尽美矣，又尽善也，也就是只讲美善合一，而不讲真美善合一，也是善同时兼或统辖真。在陶渊明的《饮酒》诗中，有句诗说：“此中有真意。”也不讲善，陶渊明是受道家思想影响的诗人，它讲的真美合一，就是传统讲的真美善合一。陶氏此诗写的是真善美合一境界，这种美的境界，不是西方认识论美学分别说的美之优美与壮美范畴所能分析的，硬要分析，好似头头是道，但其真正的深意是蕴而不出的。因此必须回到中国心性哲学美学真美善合一说的美的高度才能讲到位。

最后是“古人为词，写有我之境者为多，然未始不能写无我之境，此在豪杰之士能自树立耳"。

对王国维这里所讲的问题，学界亦有很多不同的看法，又主要有二：一是认为王国维这里所讲，有无我之境高于有我之境之意。二是给予否定，认为这种讲法是"一种误解"。

叶嘉莹对这个问题有较深入的研究，她认为，"这说法实在也是源于叔本华的意志哲学。叔氏之哲学盖认为世人莫不受意志之驱使支配而为意志之奴隶，故其哲学之最高理想便在于意志之灭绝。如果透过这种哲学来看文学作品，当然便会感到大部分作品不外于意志、欲望的表现，因此乃经常与物对立，成为'有我'之境界。至于能超然于意志之驱使支配而表现'无我'之境的作者，就叔氏之哲学言之，当然便算是'能自树立'的'豪杰之士'了。这种称誉实在仅是就叔氏哲学之立足点而言，与文学评价之高低并无必然之关系"。因此，她认为，学界有人认为王国维这里有讲无我之境高于有我之境，是"一种误解"[①]。

叶氏在这里主要想讲清两点：一是认为王国维这一说法源于叔本华的意志哲学，仅是就叔氏哲学之立足点而为言。这样讲似乎是无问题的，因为一般都认为王国维的整个美学思想都来源于叔本华的美学或说受之影响，但笔者认为可以有更好的说法。王国维作为一代学者，熟稔中国传统美学，因此，如前所述，与其说他只是被动地受叔本华美学思想的影响，还不如说是他将自己熟稔的传统美学与叔本华美学对接而已。只是他没有更深刻地认识到，叔本华美学虽受康德影响，但持批判态度，特别是他以意志取代康德的物自身，这样他就由康德的开二门，收缩为只开一门。如此，王国维将中国传统美学，在这里是将中国美学的明珠意境理论与叔本华美学对接，这有重要意义，使意境理论获得了现代理论分析的机会，但也造成意境的最精彩之处及其意义蕴而未出。因此，我们对王国维美学思想，特别是这里讲的意境理论，不可处处屈就于叔本华哲学美学来解释。王国维的美学思想与意境理论，是他自身于传统美学与意境问题的心得，只不过他想对接叔本华美学的框架，以期作现代解释而已。但他没有清楚地认识到叔本华不是康德，并不是理想的对接的框架。因此，我们要真正理解王国维意境论的深意，还必须再回到中国心性哲学美学，并与康德哲

① 叶嘉莹：《王国维及其文学批评》，广东人民出版社1982年版，第233—234页。

学美学对接讲。

按上文所谈，以境界形态的形上学为哲学基础，文学意境问题，应是从主观审美心境及属此心境的情志上讲的，主观上的审美心境经由实践或工夫修养升进到什么程度，其情景交融也就升进到什么程度。一般人的实践与工夫修养程度不够，心境升进的程度不高，因此其所观看或知见的事物，或是定性感知性的事实世界的事物，或如叔本华哲学所认为不外意志、欲望的表现，或属康德意义的现象范围内，从而也就成就有我之境。但无我之境的创造，绝不是如叔本华哲学的最高理想意志灭绝所创造。按境界形态的形上学，无我之境乃主体审美创造心境经实践或工夫修养升进到最高程度，或暗合儒家之道心、道家之虚静之心、佛教的自性清净心境，这时审美主体所观看或知见的客观世界的景物，也随之而升进至相应的程度，在儒家为浑然与万物同体境界，在道家为天地与我并生、万物与我为一的逍遥齐物的境界，在佛教则为如相境界。这是抽象地讲，具体地可讲王氏引的陶渊明。在《饮酒》中，陶氏的“心远地自偏”所表露出来的心境与情志，就类似于道家的虚静之心的心境。因此依此审美心境，他观看或知见的“南山”，已不是事实世界的南山，或康德意义的现象的南山，而是升进为南山之在其自己的南山；同时所观看或知见的“飞鸟”也不是定性感知性的事实世界的飞鸟，或康德意义的现象的飞鸟，而是升进为飞鸟的在其自己，也即自由自在的飞鸟。在这里，陶渊明展示了一个天造地设的以南山、飞鸟为标志的万物逍遥平齐自由的“真意”即道的境界。这自然是无我之境。世称陶氏为自然诗人，这自然不是认识论讲的客观，而是天地万物自己如此。陶氏就是能写出如此境界的诗人。可谓王国维说的诗人中的“豪杰之士”。这种诗人，当然不很多。因此，笔者认为，对王国维这段话，不能局限于叔本华哲学美学讲，而还必须看到有为叔本华哲学美学所不能达的王国维自我体会的中国哲学美学与意境的深意。

在叶氏的引文中，她的第二个观点就是想讲清楚，那种认为王国维有无我之境高于有我之境的看法，是“一种误解”。对这如何看呢？我们在上文的分析中已大致涉及这个问题。毋庸讳言，以境界形态的形上学为哲学基础讲意境，从理论上也是可以得出无我之境高于有我之境的看法的。其实不但在这段话中王国维有此意。他标举文学以境界即意境为“最上”

就有此意，他不仅说过文学之工不工，当视“有无”意境的创造，还要看意境创造的“深浅”。这里的“深浅”，可从两个角度讲，一是从意境内涵的结构境层讲，对这，我们在前文已分析过了。二是意境的“深浅”，也可以是横向比较，即意境与意境的比较。“深浅”是向下讲，转个方向向上，则为高低。按王国维这里的讲法，不同作品的意境创造是有“深浅”，也即是有高低之不同的。当然王国维在这里不是直接讲无我之境高于有我之境，但按境界形态的形上学的基础，要审美心境升进到例如陶渊明那样，暗合或相类道家虚静心之心境层次，才能相应地观看或知见到景物之在其自己，才能创造无我之境。审美创造心境能升进到如此高程度，其心体当暗合或道家的虚静心，或儒家的圣心即道心，或佛家的自性清净心。在文学界，拥有如此高度审美创造心境，并创造无我之境的，王国维称之为“豪杰之士”。这是从作者之精神境界上表明无我之境高于有我之境。笔者还认为，不但可以说无我之境就其境界说高于有我之境；而且就纲目关系看，还可以说，无我之境为纲，有我之境为目，二者为纲目关系。

意境是中国文学之美的皇冠上的明珠，在它身上，含藏着中国文学之美的最高秘密与最大特色，为中国文学之所特有。因此解开其秘密，意义重大。也因此，一直吸引着学界投注热情。在这里，笔者拣了其中三个自认为较为重要的问题以探讨。其中有悖于时贤的看法不少，希企海涵指正。

第五章 “闻道”论

前文的所有论述，从纲的高度讲，可以一言以蔽之，曰：道、圣、文。分别地讲，从文学本体角度言之，则为道；从文学作者角度言之，则为圣；从文学作品角度言之，则为文。道、圣、文三者又可为道所贯通，或说为圣所统辖道、文而为一。道、圣、文，在刘勰那里，首先是从六经讲，但六经作为中国文化包括其中一部分的文学的总根源与总体精神，又指引着中国文学的智慧方向。因此，中国文学作者的为文之用心，总要经实践与修养工夫升进至合乎道心的文心，其文学创作往往不以纯文学为满足，而总要由技进于道，创作道之文为理想。这样，道、圣、文，虽然首先是从六经讲，但从纲目体系角度，又是从全部文学讲的。

以上是从纲角度讲，当然作为纲又各自统辖着相关的目，从而构成相应的文论纲目体系。这是以中国心性文化哲学为背景，又主要以刘勰《文心雕龙》为阶梯讲。但以西方现代文论体系，例如较为学界所认同的艾布拉姆斯的世界、作者、作品、读者四要素体系框架相对照，只讲道、圣、文，似还不甚完整，还缺一读者要素或环节。当然，在刘勰《文心雕龙》中也有相对应的要素或环节，称为“观文者”与“知音”。但在刘勰那里，“观文者”与“知音”，还没有明确地上升到可与道、圣、文相应的层次。因此，还需要我们从中国古代文论的其他基准著作中，主要是从孔子以及老子那里，钩沉并提取相应的“闻道”以标举。

本章就主要论述“闻道”作为读者接受鉴赏的纲，及其作为纲所统辖的相关的目，同时还由此进一步论述中国特色的文学评论方式。

一 综论作为纲的“闻道”

（一）确立“闻道”为纲的意义

1. 先从“知音”谈起

按上文所讲，以西方现代文论体系，例如艾布拉姆斯的世界、作者、作品、读者四要素环节的体系框架相对照。我们上文从纲角度论述的道、圣、文三要素或环节，当尚缺一相对应的环节或要素：读者。其实，这在中国古代文论，即使讲道、圣、文的《文心雕龙》中也是有的，称为“观文者”与“知音”。刘勰特别以“知音”讲，可以说，以“知音”为标志，刘勰讲出了中国古代文论中最为系统的读者接受鉴赏理论。下文就先从“知音”讲起，看刘勰为代表的中国古代文论已将相关要素或环节讲到了什么程度，我们又如何要由“知音”向上翻转到“闻道”。

“知音”作为概念，较早见于《礼记·乐记》：“凡音者，生于人心者也。乐者，通伦理者也。是故知声而不知音者，禽兽是也。知音而不知乐者，众庶是也。唯君子为能知乐。是故审声以知音，审音以知乐，审乐以知政，而治道备矣。”在这里，“知音”只是“知乐”，“知政”而备“治道”进程中的一个层次，为人区别于禽兽的一个标志，没有最高层次意义。“知音”的最高层次意义见于《列子·汤问》、又《吕氏春秋·本味》中所载春秋时一个美丽的历史故事。这故事是说：伯牙善鼓琴，钟子期善听琴。子期从伯牙的琴声里听到的，不是美妙音乐，而是通过音乐所表达的或在高山，或在流水的情志。这被称为“知音”。引申为以文学艺术为媒介的最深层的思想情志上的相知。后来“知音”逐成为古代文论中讲文学接受鉴赏与批评的重要范畴。在《文心雕龙》中，刘勰以《知音》为第48篇篇目，实际上是以《知音》为标志，全面论述中国古代文论的读者接受鉴赏理论系统。对这个理论系统，大致可以归结为两个方面内容以概述：

其一，是论述了“知音难逢”、“音实难知”的主客观方面的原因。

《知音篇》一启首就说：“知音其难哉！音实难知，知实难逢，逢其知音，千载其一乎！”这既是刘勰本人经历，又是代表无数作者发出的深沉慨叹！为什么知音难逢，音实难知呢？在这相互关系中，音实难知又是关键。这个问题，在刘勰之前，曹丕已从文人作者之间关系角度谈过，这就是他著名的“文人相轻”说。曹丕认为，文人“善于自见，而文非一体，鲜能备善，是以各以所长，相轻所短”(《典论·论文》)，因此相互间缺乏“知音”。晋代的葛洪（284—363）又从文学作品之美具有不同层次角度做过分析。他说：

> 五味舛而并甘，众色乖而皆丽。近人之情，爱同憎异，贵乎合己，贱于殊途。夫文章之体，尤难详赏，苟以入耳为佳，适心为快，鲜知忘味之九成，《雅》《颂》之风流也。所谓考盐梅之咸酸，不知大羹之不致；明飘飖之细巧，蔽于沉深之弘邃也。(《抱朴子·辞义》)
>
> 文章微妙，其体难识。夫易见者粗也，难识者精也。夫唯粗也，故诠衡有定焉；夫唯精也，故品藻难一焉。(《抱朴子·尚博》)

这两段话里有很多不同的意思。其中有一个意思是说，文学作品之美有不同层次，有“细巧”、有“弘邃”，有“粗”、有“精”等等，而欣赏的人往往爱同憎异，贵乎合己，贱于殊途，适心而忘味等，因此也会造成遗忘、难识而不“知音”的情况等。在此基础上，刘勰对“知音难逢”、“音实难知”的原因作了更全面的深刻分析，主要是两方面：首先，是从接受鉴赏与批评者的主观方面，刘勰作了三点分析：一是“贵古贱今”，或“贱同而思古”。他举例说：“昔《储说》始出，《子虚》初成，秦皇汉武，恨不同时；既同时矣，则韩囚而马轻，岂不明鉴同时之贱哉！”二是“崇己抑人”。他举例说：“班固傅毅，文在伯仲，而固嗤毅云：‘下笔不能自休。’及陈思论才，亦深排孔璋，敬礼请润色，叹以为美谈，季绪好诋诃，方之于田巴；意亦见矣。”三是“信伪迷真”。刘勰认为楼护就是这样的人。刘勰认为，这三点，就是从接受鉴赏与批评主体角度所看到的造成知音难逢、音实难知的主要原因。其次，从文学接受鉴赏与批评的客体角度，刘勰也作了两点分析：一是“文情难鉴，谁曰易分？”二是“夫篇章杂沓，质文交加，知多偏好，人莫圆该。”由上分析可见，刘勰对“知音难逢”、“音实难知”的原因从主客观两方面是作了很充分、很全面的分析的。

其二是论述了“知音”之“独律”即接受鉴赏的特殊规律。

刘勰认为，虽然“知音难逢”、“音实难知”，但还是有办法成为作者与作品的“知音”的。其中有“独律”。我们可以把刘勰揭示的“独律”即特殊规律概括为四个方面：第一是务必“先博观”。刘勰说：“凡操千曲而后晓声，观千剑而后识器；圆照之象，务先博观。”早在刘勰之前汉代的桓谭就说过：“音不通千曲以上，不足为知音。”（《桓子新论·琴道》）刘勰可以说是在桓谭基础上进一步讲。所谓“操千曲”、“观千剑”，就是要求文学接受欣赏与批评者必须要有丰富的文学创作与鉴赏的实践经验积累与广博的文学基础知识，从而开阔审美视野，实现全面的审视作品。第二是“如镜”、“若衡”的态度，刘勰说：“无私于轻重、不偏于憎爱，然后能平理若衡，照辞如镜。”这就是要求观文者克服私心偏好，对作品有个公平如镜若衡的态度。第三是“先标六观”。刘勰说：“是以将阅文情，先标六观：一观位体，二观置辞，三观通变，四观奇正，五观事义，六观宫商。斯术既形，则优劣见矣。”这里说的“标六观”可以说是接着上文“文情难鉴，谁曰易分”问题讲的，内里的“文情”是指文学作品的情状实际。是说即将阅读了解鉴赏文学作品的实际情况，要“先标六观”。对之学界有不同看法，笔者认为，是说先标举或明确要从六个方面，或说六个角度对文学作品进行审视。“一是观位体”，这里的“位体”与“设情以位体”的“位体”同义。所谓观位体就是要审视文学作品是否按照抒写的情志来确定体裁风格。简单地说就是审视体制安排。“二观置辞”，就是审视文学作品文辞安排的技巧。“三观通变”，就是审视文学作品是否有对优秀传统的继承，又是否有变而通之的创新。“四观奇正”，“奇正虽反，必兼解以俱通”，“观奇正”就是审视文学作品能否“执正以驭奇”。“五观事义”，就是审视文学作品能否恰当地运用史实、典故，“据事以类义，援以证今”。“六观宫商”，就是审视文学作品是否处理好声律形式之美。刘勰认为，这六个角度审视文学作品的方法实行了，那么文学作品的优劣也就自然显现出来了。但这六个方面或角度审视的只是“文情”，即文学作品存在的情状实际，大致还属于外在形态方面，还不涉及“知音”问题，“知音”是要由此进一步的。第四是“入情”、“知音”。刘勰说：“夫缀文者情动而辞发，观文者披文以入情，沿波讨源，虽幽必显。世远莫见其面，觇文辄见其心。”在这里，刘勰把文学创作与文学鉴赏看作是双向的互逆过程。这里的“情”与上文的“情”不同，是指情志。缀文者的情志涌动，进而形成创作意象，然后以文辞抒写出来；观文者则刚好相反，是据缀文者创作的外在文辞即文本进而深入同情了解缀文者的情志而知音的。刘勰还用了一个比喻来说，就是“沿波讨源”，在《序志》中也说：“振叶以寻根，观澜而索源。”在这些比喻中，文也就是“波”、“澜”，情志则为“源”、“根”。刘勰认为，以这种类似“沿波讨源”的不断深入方法，就能同情了解把握缀文者之情志而成为其知音。刘勰认为，以这种方法，即使“世远莫见其面，觇文辄见其心”，也能成为知音。刘勰还认为，鉴赏界有“深废浅售”，也有“深识鉴奥”。后者乃应为知音君子所垂意。

在这里，要特别注意的是，刘勰说的“知音”，最后实际上也就是“觇文辄见其心”，简而言之，就是“见心”。《文心雕龙》讲缀文者其实是讲其“为文之用心”；讲观文者其实是讲其能“觇文辄见其心”，对缀文者与观文者来说归根结蒂都在一个“心”字上。就观文者来说“知音”就是“见心”、“知心”。钱穆说过：“中国人言知心，亦言知音。”[①] 知音与知心同一意义。中国文化是心性文化，简说心文化，作为中国文化一部分的文学是心文学。因此在文学接受鉴赏上讲“知音”，就是讲“知心”，就是讲读者与作者心与心相通，情志与情志的交流认同。正因此刘勰将之看作是中国文学接受鉴赏的最高境界。

刘勰这里总结的有关鉴赏与“知音”的四方面，实为一个有序的过程。“博观”，实为鉴赏与“知音”的积累准备；“若衡如镜”，实为鉴赏与“知音”应调整到位的审美态度；“六观”乃为鉴赏与“知音”的“披文”掌握文情阶段；“入情”、“知音”，乃为鉴赏的最高阶段，以“知音”为最高目的。进一步也可以说实为刘勰总结的如何“知音”的特殊规律。刘勰认为：“独有此律，不谬蹊径。”遵循此独特规律，才不会陷入迷途，而能正确地鉴赏作品，并成为缀文者的“知音”。

对刘勰以“知音”为中心论述的读者接受鉴赏理论，现代学界有不少评论。就笔者的视野所及，其中有两说想在这里谈一下。

一是被龚鹏程认为“是对的”的蔡英俊的说法。笔者没有办法拜读

① 钱穆：《现代中国学术论衡》，岳麓书社 1986 年版，第 278 页。

到蔡先生的大作，但从龚先生的大作中可以了解到蔡先生的观点。龚先生转述说：

> 他（指蔡英俊——引者按）发现刘勰的《知音篇》里面存在着一个问题：由钟子期伯牙知音的故事所引发的"知音"，与知人知己知言相同，都涉及两个主体间的理解；音乐乃是用以达成这种理解的中介。而这种理解，是两个主体间相互了解、相互感通的融洽状态，似乎不必诉诸言语，即可莫逆于心，双方都在内心世界沉静地进行着理解的活动。但《文心雕龙·知音篇》却不是这样，刘勰企图建立一套理解的法则与客观批评的标准。譬如他提出"博观"以增益读者的鉴赏能力，而达到"目瞭"、"心敏"的境地，并提出"六观"以提供读者进行鉴识活动的步骤程序与分判优劣的标准。而他之所以会意识到有建立客观批评标准的必要，则是因为他认识到创作者与批评者之间，有一个客观的作品文理组织，故"六观"不再是观人，不再是相悦以解的沟通，而是具体地观作品之位体、置辞、通变、奇正、事义与宫商，把作品的文理组织看做一个独立自足的领域。

笔者不认同这种认为刘勰有把作品看作一个独立"自足的领域"，并企图为之建立一套理解的法则与客观标准的看法。正如对音乐，要通过音乐语言按规律构成的音乐为中介，读者才可能成为作者的知音，即实现读者与作者心与心相通，情志与情志交流一样。对文学，自然也需要以语言文字及其构成规律形成的文学文本为中介，读者也才可能成为作者的知音，即读者与作者心与心相通，情志与情志相交流。刘勰是文论家，他要将如何恰当地消化这个文学文本的中介的方法讲清楚。但刘勰并不是要将之讲成一个独立自足的领域，而只是一个中介。除了"六观"之外，就作者而言，他还谈到要成为作者及作品的知音，还要读者的"心敏"，要有"见异"的眼光。可见，刘勰讲"知音"，是从读者与作者及作品一种双边关系讲。龚先生似还有把蔡先生的讲法，即认为刘勰有把作品"看做一个独立自足的领域"，和西方现代英美新批评的"形构主义"相提并论的意向，认为是"个接近形构主义把作品视为客观对象的立场”[①]。俄国形式主义、法国结构主义和英美新批评，在现代派文论中统称为文学文本流派。这一理论流派大致都受索绪尔语言学的影响，他们又特别是后来的英美新批评倡导独立的细读法（细评法），把文学文本称为独立自足的系统。为了保证文学文本为独立的自我封闭自足体，他们在前行环节切断作家的主观干扰，提出了所谓“意图谬见”，以防范作家主观性的渗入。同时又在后行环节切断读者的主观性渗入，提出所谓“感受谬见”。这才是真正意义的文学文本独立自足体。刘勰以“知音”为标志的读者接受鉴赏理论，即使孤立地讲“六观”，也不可同日而语，根本上没有“接近”之处。

二是有学者例如刘明今将刘勰以“知音”为标志的读者接受鉴赏理论收缩为只是“六观”。认为“‘六观’的过程即是‘披文’的过程，通过‘六观’了解到作者如何把文章写出来之后，作者原来思想情感自必显露出来。‘夫志在山水，琴表其情，况形之笔端，理将焉匿。’刘勰是言达意论者，他认为伯牙鼓琴，可以通过琴音把在山、在水之志充分表达，使钟子期明白，那么用文辞来表达思想情感，就更不成问题，而品鉴者也必然能够通过文辞了解作者的心曲，做到‘沿波讨源，虽幽必显’”[②]。上文说过，刘勰以“知音”为标志的读者接受鉴赏理论，并不只是“六观”文本的问题。正像伯牙的琴音并不能使众人理解，或说众人并没有理解伯牙琴音的耳朵，而只有子期有这个能听懂的耳朵，并由琴音知志。这就是知音难逢、难知。知音就是知志、知心，是心与心相通，涉及双方，伯牙琴音，扩大开来，文学文本只是一方，能否成为知音，还有子期，扩大开来是广大读者的另一方。尤其取决于读者一方的情志、“心敏”与“见异”的程度。同时于文本，刘勰在《文心雕龙·隐秀》也说过：“情在词外曰隐”，“隐也者，文外之重者也……隐以复意为工”。等等。因此，只孤立地就一、二处看问题，将刘勰完全归之于言尽意论者，也是不甚妥当的。刘先生将刘勰归入以言尽意的观念立论，而将唐宋的皎然、严羽等的接受鉴赏理论归入以言不尽意观念立论。还认为“严

① 龚鹏程：《中国文学批评史论》，北京大学出版社 2008 年版，第 122 页。龚先生这里说的“形构主义”在别处又称“英美的形构批评法”。在大陆学界则一般称英美新批评。

② 刘明今：《中国古代文学理论体系·方法论》，复旦大学出版社 2000 年版，第 189 页。

羽与刘勰所论的差别十分明显，一为外在的、客观的批评规范，一为批评家内在的主观的悟力与识力”①。笔者认为以主观与客观为标准是很难区别刘勰与严羽等的。还认为，刘勰与严羽等的批评理论不同主要有二：一是批评对象不同，刘勰是就全部文学的批评而立论，而严羽则仅就诗词之批评立论。二是指导思想有别，刘勰主要受孔子儒家思想影响，大中至正，是主客观二方面立论的，而严羽则受佛禅以及宋代新儒家之心学影响较深，的确有较突出的主观性。但说到主观性，从总体上说，中国无论儒道佛皆属心性哲学，皆重主观性，正因此，将刘勰说成是只就客观立论，为客观主义者，这是无中国哲学根底的说法。

笔者认为，刘勰以“知音”为标志阐述的读者接受鉴赏理论的局限性，不在其要把文学作品看作是“一个独立自足的领域”，也不在其以“言尽意”的观念立论，或以“言不尽意”观念立论；而在其“知音”最后的“觇文辄见其心”的“心”，如何理解。《文心雕龙》以心论文，而文心在刘勰那里是有二分的，或为一般讲的文心，或为经实践与工夫修养而升进为道心，或暗合道心之文心，其中又或为圣心的道心，与同一层次的虚静之心。后者才能见道而创作道之文。如果文，是一般的技之文，那么“知音”，即接受鉴赏过程所最后“觇文辄见其心”的心，当为一般的文心，这样讲是可以的。但如果是道之文，那么“知音”即接受鉴赏过程最后“觇文辄见其心”的心，当为道心，如此，“知音”即升进为“闻道”、“见道”。因此，“知音”就其最高层次来说，应升进为“见道”、“闻道”。也因此，笔者认为，刘勰以“知音”为标志的读者接受鉴赏环节，就纲角度讲，本应是承接道、圣、文，并为道所一以贯之而为“闻道”的，但刘勰将之局限于“知音”层次，而没有进一步上升到“闻道”层次，尽管其有升进的可能性。这样，在这个环节，从纲角度讲，“知音”也就应为“闻道”所代替，而“知音”就只能作为“闻道”所统辖的目看待。

2. “闻道”和“闻道”的源起

由“知音”进而讲“闻道”。“闻道”一词，最早似见于《论语》，也似为孔子所先用。孔子一生“志于道”。他说过：“朝闻道，夕死可

① 刘明今：《中国古代文学理论体系·方法论》，复旦大学出版社2000年版，第202页。

矣。”(《论语·里仁》) 可见孔子一生以闻道、得道作为自己人生的最高追求，把闻道的精神生命看作高于肉体生理生命。与孔子大体同时代的老子也讲“闻道”，他说过：“上士闻道，勤而行之；中士闻道，若存若亡；下士闻道，大笑之。”(《老子·41》) 老子在这里，只将闻道与上根器之上士联系起来，认为闻道只与上士之生命相应，为之理解与践行。可见在儒道那里，闻道都是最高的精神境界。

将文学（文章）与闻道联系起来，似最早见于《论语·公冶长》中一段话：

> 子贡曰：“夫子之文章，可得而闻也；夫子之言性与天道，不可得而闻也。”

对这段话的理解，颇有争议。归结起来，大致可以区分为两种基本理解方式：一是分为上、下半段来理解。对上半段的理解，争议不大，主要在“文章”指什么？一般将“文章”理解为是指诗书礼乐，如钱穆就是这样认为，因此他将上半段译作：“先生讲诗书礼乐，是可以听到的。”①而朱熹的《四书集注》则不同，他注为：“文章，德之见乎外者，威仪文辞是也。”这样，文章则是讲孔子的道德言行之美，“日见乎外，固学者所共闻”。至于下半段，则异见较多。牟宗三将之集中起来归结为“相异的两种解说，第一种是说孔子认为性与天道过分玄妙深奥，索性根本不谈它们。另一种说法认为孔子不是不讲性与天道，只因性与天道不易为青年学生所领悟，所以很少提及”。至于子贡说“‘不可得而闻’，其实是对孔子的赞叹，这赞叹又表示子贡对性与天道有若干程度的解悟”。② 熊十力的解释也相近，他说：“子贡之不得闻，正是闻之而心知其难。”③ 牟的第二种说法以及熊的说法，大致都源于朱熹《四书集注》。里面注说：“至于性与天道，则夫子罕言之，而学者有不得闻者，盖圣门教不躐等，子贡至是始得闻之，而叹其美也。程子曰：‘此子贡闻夫子之至论而叹美之言

---

① 钱穆：《论语新解》，生活·读书·新知三联书店 2002 年版，第 122 页。

② 牟宗三：《中国哲学的特质》，上海古籍出版社 1997 年版，第 28 页。

③ 熊十力：《读经示要》，中国人民大学出版社 2006 年版，第 219 页。

也。’”但这样解说都是将上、下半段对比着分别讲，并没有讲到文章同性与天道的贯通性关系。因此，我们都把之看作为一种解说方式。第二种理解方式，是将上、下半段综合贯通起来理解。徐复观就是这样理解的代表性人物。因此，他认为在这段话中，子贡提出了一个孔门学术的大问题。这就是孔子的文章和性与天道如何会连贯在一起。按徐先生的理解是：“子贡所说的‘夫子之文章’……实即夫子之言行，实即夫子的中庸之道。中庸之道，既出于天命之性；则夫子之文章，与夫子之性与天道，本是一而非二。这便解决了子贡所提出的另一孔门的大问题，即是夫子之文章，是如何会与夫子的性与天道，连贯在一起的问题。”[①] 孔子是大圣人，孔子的文章、言行也不离诗书礼乐，因此也可以由孔子之文章、言行之美首先泛化为诗书礼乐。也因此，上引有将文章注为诗书礼乐，有注为孔子德性言行之美，皆为互通一致而均可的。而诗书礼乐等六经又是文学之总根源。因此由孔子个人之文章和性与天道连在一起，为一而非二；又诗书礼乐和性与天道连续在一起，为一而非二；进而我们也就可以讲以诗书礼乐为总根源的文学也可以和性与天道，连在一起，为一而非二。这样，子贡所讲的这段涉及孔门学术大问题的话，从文学方面讲，所涉及的大问题，实为道、圣、文三者一而非二的思想源头，而从接受鉴赏角度讲，也是“闻道”层次提出与确立的源头根据。

而子贡之所以能提出这么一个孔门学术大问题，并能从孔子的文章中“闻”到“性与天道”，作为孔门十哲之一，当然有他的聪明，但其实乃得益于孔子，孔子常常引导学生学《诗》。怎样学？就看孔子如何讲《诗》。孔子说：“《诗》三百，一言以蔽之，曰：思无邪。”(《论语·为政》)“无邪”，就是中正，就是中道，可见孔子是从道的高度理解并讲《诗经》的。在具体作品的评论中，如对《关雎》的评论中，他说：“《关雎》乐而不淫，哀而不伤。”(《论语·八佾》)“乐而不淫，哀而不伤”也是讲中道。可见孔子对《关雎》也是从道的高度理解和评论。当然这还需要分析。不需要分析的也有，孔子对《诗·大雅·烝民》，就直接以道赞之，他说：“为此诗者，其知道乎”？(见《孟子·告子上》)作《烝民》一诗的诗人，是否“知道”，难以查考，但显然孔子是从天道的

① 徐复观：《中国人性论史》，华东师范大学出版社2005年版，第74页。

高度理解这首诗的。孔子不仅平日常引导学生学《诗》，而且常说“诗可以兴”。如何理解“兴”？孔安国注为“引譬连类”，朱子《集注》注为“感发意志”，都可以讲得过去，但似乎以前者较切。最能说明问题的例子见《论语·八佾》所记：

> 子夏问曰：“‘巧笑倩兮，美目盼兮，素以为绚兮。’何谓也?”子曰：“绘事后素。”曰：“礼后乎?”子曰：“起予者商也！始可与言《诗》已矣。”

对这段话的理解，有很多争论，在笔者看来，重要的首先不是“绘事后素”，“礼后”具体如何理解，而是要从道的高度理解《诗》，如此就天地开阔，道贯通一切，子夏不拘泥，而由此诗句兴起通向讲“礼后”。这正是从道的高度理解此诗的表现。因此获得了孔子的称赞。总之子贡将孔子文章以至文学同性与天道贯通起来，看作一而非二的道圣文论的思想源头始自孔子，而从闻道的高度理解文学的源头，实也始自孔子。

孔子的这一思想源头，后来为儒家学派的后学所承传。如前所述，荀子从文学角度，讲道、圣、文，并经扬雄过渡到刘勰而集大成，以文论体系的方式确立道、圣、文为文学之纲。

而从接受鉴赏批评方面承传孔子思想的则是孟子。孟子同孔子一样喜欢诗，在《孟子》中记载有很多孟子讲如何理解《诗》中诗的答问。其中《万章上》记载有咸丘蒙问《诗·小雅·北山》：

> 咸丘蒙曰：“舜之不臣尧，则吾既得闻命矣。《诗》云：‘普天之下，莫非王土；率土之滨，莫非王臣。’而舜既为天子矣，敢问瞽瞍之非臣，如何?”
>
> 曰：“是诗也，非是之谓也；劳于王事而不得养父母也。曰：‘此莫非王事，我独贤劳也。’故说诗者，不以文害辞，不以辞害志。以意逆志，是为得之。”

我们从这段有关《北山》的问答中提取最重要的“以意逆志”来讲。对“以意逆志”，学界最关注的是其中的“意”。“意”指什么？到底是指诗人之意，还是指解诗人的意，争论不休。解决这个问题，是有意义的，但只有横向意义。学界一般对“志”的理解，没有异议，大致是因为传统有“诗言志”在上头，如此，“志”无疑指情志。但其实不那么简单。笔者倒是认为如何理解“志”才是关键，而且关系纵的层次问题。孔子说过：“士言志，志于道”，如果“志”是“志于道”，则是体，只从情志、从用层次讲，就没有讲到应有的层次高度。孟子这里说的“以意逆志”，针对的是咸丘蒙的提问。其中的志就不是讲一般情志，而是讲“劳于王事，而不得养父母”，这是指不能尽孝道，孝道属人道，亦是天道。如此，我们只局限于一般情志层次，就没有讲到道的高度，这样就没有理解到位。“以意逆志”，首先是针对《北山》一诗的理解讲的，但其意义不局限于个别，而是有普通意义。因此，对“志”的理解或情志，或“志于道”，亦有普遍意义。

关于文学接受鉴赏的“闻道”层次，较少为后人所继承，或说逐渐被遗忘。即使刘勰的《文心雕龙》在讲到接受鉴赏时，如上分析，亦只是讲“知音”，而没有以“知音”为阶梯进一步上升到讲“闻道”。这样，就与他前面所讲的道、圣、文的纲不相贯通，或说道、圣、文三者一，在读者接受鉴赏环节贯通不下来。不能实践孔子讲的“吾道一以贯之”的精神。因此在这里，我们要钩沉逐渐被遗忘的孔子思想中的这一“闻道”遗意加以阐述，使其为大家所理解接受。既然“闻道”作为中国文学接受鉴赏的基因早就存在，这一基因必然会为后世有缘学者，相关著作所不同程度地承传，而有所表现。只要我们做足钩沉发现工作，就会有所得。

3. 确立“闻道”而不是“知音”为纲的意义

上文谈了“知音”，也谈了“闻道”，那么对读者接受鉴赏环节，从纲目体系角度讲，应以何者为纲又以何者为目呢？上文也已大致讲到，是应确立“闻道”为纲，而以“知音”为目，并为“闻道”之纲所统辖。笔者认为确立“闻道”，而不是“知音”为纲，对纲目体系来说具有重要意义。

首先，是“闻道”纲的地位的确立，就在读者接受鉴赏环节实现了与道、圣、文的对应与贯通。上文讲过，从中国文论纲目体系角度讲，中国文学就其本体来说是以道为纲；就其作者来说，是以圣为纲；就其作品来说是以文（道之文）为纲，同时，道、圣、文三者又为道所贯通而为一，或说由圣统辖道、文而为一。在《文心雕龙》中，刘勰对读者（观文者）接受鉴赏环节只讲到“知音”，知音就是知心，心与心相通，虽然心有一般人心与道心之别，一般人心经实践与功夫修养可上达道心，但在刘勰讲知音时并没有明确地上升到道的理论信息，因此，不能说为道所贯通。这样，在这个环节，我们必须钩沉孔子以来古之遗意，将知音上升到闻道，从而实现道、圣、文与闻道四者同为道所一以贯之，相通而为一，以完整中国古代文论纲目体系之形态。

其次，确立“闻道”为读者接受鉴赏环节的纲，不仅完整了中国古代文论纲目体系的整体结构，而且以之为理论指导，还可以指引中国古代文学的接受鉴赏提升到相应的高度。道、圣、文，在刘勰那里，本来是首先就六经讲的。但从中国文化角度看，六经不只是六经，对中国文学来说，六经是中国文学的总根源，总基因库。它既是中国文学的最高标准，又是中国文学的智慧方向。在这一智慧方向的指引下，中国古代的诗人、文学家的理想，皆不满足于只当一纯粹诗人，一纯粹文学家；而是以圣人为榜样，为标准，总要由技进于道。同样对中国文学作品，也往往不满足于停留在止于技之文，纯文学；而要由技进于道而上升为道之文。这由止于技之文、纯文学而进于道的道之文，既是中国文学的纲性质的作品，也是中国文学之最大特色。如从美学角度讲，这进于道的道之文学作品，也就不是独立意义的美的范畴，而是已升进至真美善合一的美的范畴。中国文学以进于道的道之文为纲，为最大特色。这一最大特色，如按一般现代文论的接受鉴赏理论为指导，即按一般认识论的定性感知性去接受鉴赏是揭示不出来的，即使按刘勰的“知音”理论为指导，也不一定能成为其知音。在这里，必须按“闻道”的接受鉴赏理论指导进行。前文在讲作品时，讲到陶渊明的《饮酒》，这是一首进于道境界的诗。我们要接受鉴赏此诗，就是如此，必须按道之文的特色和“闻道”的接受鉴赏理论指导进行，才能真正领悟陶的“真意”。“真意”就是道意，真意就是道的境界。这样对诗中所写的南山、飞鸟等就不能以定性感知性的眼光去知见。这里的南山，不是横看成岭侧成峰的现象意义的南山，而是南山之在其自己。同时在这里，南山又是真意世界里静态事物的象征，象征所有像南山那样的静态事物，都如南山那样的在其自己。同样，飞鸟也不是定性的感知性眼光所知见的飞鸟，而是飞鸟的在其自己，同时，飞鸟在这里也作为真意世界的动态事物的象征，象征着所有像飞鸟那样的动态事物都如飞鸟那样的是在其自己，自由自在。陶渊明受过长期的仕途羁役，并将之视为身陷樊笼。而在那“心远地自偏”而来的合乎虚静之心的心境中，所“悠然”智见的瞬间，他终于感受到了一种摆脱羁役、超越樊笼的真正自由，不仅感到自己之为自己，自己自由，而且“见”到南山、飞鸟为代表的万物之自由，平齐皆自己如此的境界。这就是“真意”境界，道的境界。作为鉴赏者，自然我们也应上升到这闻道的层次，才能领悟陶的“真意”。不然这真意世界就仍然会对我们关闭着，或说蕴而不出。

当然，就整体文学来说，真正能由技而进于道的道之文的作品不一定很多的，但这种文学作品却真正体现了中国文学的最大特色，并为西方文学所无。正因此，在文学鉴赏上，读者必须鉴赏到位，不然就没有真正意义的中国文学接受鉴赏可言。

在这里还要指出的是，在现代学界，不少学者热衷于将中国古代文论的读者接受鉴赏理论与西方现代文论的相关理论相对接，或在谈中国文学鉴赏时，热衷于以西方现代文论中的读者接受理论为指导来进行。这又如何看呢？

现代西方读者理论主要包括“阅读现象学”、“文学阐释学”和接受美学或接受理论等在西方至今方兴未艾的诸流派，其中又以后者为最突出。既然是诸流派，理论情况自然非常复杂，但有共同的基本特点。这就是都强调读者即接受主体在作家、作品、读者结构体系中处于核心或中心地位，并认为整个文学史不是过去认为的是作家、作品和文学流派的历史，而应是读者的历史；文学史也不应是黑暗的死人统治活人的古代史，而应是读者精神生命贯注和活生生的现代史，相应地，任何作品也都是当代作品。

从读者或接受主体为中心出发，现代读者理论的接受理论强调读者不仅是读者，而且是作者。他们认为作家所创作的第一文本，不是一个封闭性的自足的结构，而是伊瑟尔所强调的为一个潜在性、纲要性，当中存在着许多空白点与未定点的开放性的召唤结构①，时刻召唤不同期待水平的

① 参见胡经之等《西方二十世纪文论史》，中国社会科学出版社 1988 年版，第 277 页。

读者发挥想象，以自己的审美经验填补、扩充这些空白点和未定点，使之现实化、具体化、完整化，成为一个“自为”存在的艺术世界。读者实际上是作品的最后完成者，因此，读者也是作者。伊瑟尔提出的“召唤结构”，是接受美学最重要的概念之一。另一同样重要的概念为经姚斯创造性发展的期待视野，又称期待水平。所谓期待视野是指一定时期阅读作品时读者的文学阅读经验，审美能力等所构成的思维定式或先在结构。它是读者与作品交流的基础，并决定读者对作品的选择、理解与评价，由于读者的阅读经验是不断累积、变化的，并受时代文化氛围、阅读趣味等因素的影响，所以读者的期待视野也是变化的，可以由一种期待视野向另一新的期待视野转换。阅读活动实际上是读者与作品（作者）各自视野的交流融合，即所谓视界融合，以及反拨、相互扩展，从而不断走向新层次。

的确，在中国古代文论的读者接受理论中，存在一些似乎可以纳入西方现代文论的读者理论框架以分析的材料。如王夫子在评论唐代崔颢《长干行》：“君家住何处？妾住在横塘。停船暂借问，或恐是同乡。”时所说：“墨气所射，四表无穷，无字处皆其意也。”(《姜斋诗话·卷二》)等等，似乎就可以纳入召唤结构以分析。又如陆九渊所说的“六经注我，我注六经”，如从文学读者理论上看，似乎也可以纳入强调读者中心来讲。还有刘勰的“知音”，似乎也可以纳入视界融合来分析。等等。是的，在一定程度是可以这样讲的。但要注意的是，由于中西文论的哲学核心不同，也就决定了两种理论归根结底存在根本的区别。西方文论无论其古代文论还是千变万化的现代文论，皆是奠基于认识论哲学基础上。其文学所写，与其文论所分析说明，皆属康德意义的现象界的事物和理论说明。而中国文学所写，与中国文论所分析说明，当然也有相当一部分，例如止于技之文、纯文学，所写当属康德意义的现象界的现象与理论说明。但中国文学中最精华部分，例如进于道的道之文部分，所写则超越现象界而进入康德意义的物之在其自己境界，用中国本身语言讲，就是本体界，或道的境界。为这部分文学所作理论分析与说明的中国文论自然也就要进入道的层次。正因如此，中西文论中有一部分是可以相通，互相说明的。这相关的中国文论材料，自然可以纳入西方文论的框架以分析；但代表中国文学最大特色的进于道的境界的文学，以及对这种进于道的文学的理论分析说明的中国文论，则是不可以纳入西方文论框架以分析说明的。在读者接受理论方面，也是如此。而我们在这里所重点分析的中国文论，正是这部分与西方文论不相通约的理论。

（二）作为纲的“闻道”与其统辖的目

以上在读者接受鉴赏领域，我们讲了“知音”，亦讲了“闻道”，并从纲目体系角度，明确了应以“闻道”为纲，而“知音”则为作为纲的“闻道”所统辖的目。站在中国古代文论读者接受理论的全局视野，笔者认为，除了“知音”之外，为纲的“闻道”所统辖的目，还可以包括文论史上不同时期出现的若干概念，其中较有代表性的有“见仁见智”、“澄怀观道”、“诗无达诂”、“味无味”以及“六经注我”与“我注六经”，还有一般论著已讲得较充分的观、品、味、悟等。这些概念，孤立地看，似都各自独立，但按纲目体系组织起来，则成一有序的纲目系统。在这里，重点讲前四者。

1. “见仁见智”与“澄怀观道”

先说“见仁见智”。

“见仁见智”，最早见于《周易·系辞上》。《系辞上》相传为孔子所作的“十翼”之一。孔颖达《周易正义》于《系辞上》下注说：“夫子本作‘十翼’，申说上下二篇《经》义，《系辞》条贯义理，别自为卷，总曰《系辞》，分为上下二篇。”朱熹《周易本义》上也有类似看法。但也有论者认为包括《系辞》在内的“十翼”非孔子所作。不过，无论如何，“十翼”中保存有孔子遗意则是无疑的。具体说，“见仁见智”出于《系辞上》以下一段话：

> 一阴一阳之谓道。继之者，善也。成之者，性也。仁者见之谓仁，知者见之谓知，百姓日用而不知，故君子之道鲜矣。

《易》道广大，配天地，无所不包，无方无体，就其用来说，它既表现为阴，又表现为阳；但就其体来说，则既不是阴，又不是阳。因此要把握广大的常道《易》道是不容易的，只能靠领悟。在这之中，有仁者从道中见到有熟悉的仁一面，就认为道是仁；有智者从道中看到有能理解的智一面，就认为道就是智。道可以在仁中，亦可在智中；但道不是仁，亦不是智。《易》道为常道，仁者见的仁、智者见的智皆为非常道。把常道的《易》道看作是非常道的仁、智，把存在混同于存在者，这是仁者、智者的失误。不过常道的《易》道倒是保存在无分别智的老百姓的日用之中，只是老百姓没有认识到这一点。因此，反而在有分别智的君子即仁者、智者那里能悟与掌握《易》道的人很少。在这里，《系辞》作者发出了《易》道危机的呼声，“见仁见智”是一个有深刻哲学意义的命题，它揭示了不能以分别智的方法。如有的仁者、智者那样对待《易》道常道，则《易》道常道就沦为非常道，沦为《易》道就是仁，就是智的非常道，就会造成《易》道常道的遗忘。这是见仁见智命题揭示的最深刻的哲学意义。现代学界一般不在这层意义上去理解，只从仁者、智者把《易》道看作仁，看作智有片面性去理解。这样讲也讲得通，但似乎遗忘了上述一层更深刻的意义。

哲学是文化，同时也是作为文化一部分的文学及文学的理论说明的文论的核心。因此，哲学命题的“见仁见智”也就可以转化为古代文论命题以运用，以讲不同审美心理结构，不同前理解的读者会对同一作品有不同的理解。如清人陈廷焯说：“《风诗》三百，用意各有所在，仁者见之谓之仁，智者见之谓之智，故能感发人之性情。后人强事臆测，系以比、兴、赋之名，而诗义转晦，子朱子于《楚辞》，亦分章而系以比、兴、赋，尤属无谓。”(《白雨斋词话》卷六）清人周济论词有“有寄托”与“无寄托”之说：“初学词求有寄托，有寄托则表里相宜，斐然成章。既成格调，求无寄托，无寄托则指事类情，仁者见仁，智者见智。”(《介存斋论词杂著》）清人刘熙载也说：“皇甫士安《三都赋序》曰：‘引而伸之，触类而长之。’刘彦和《诠赋》曰：‘拟诸形容，象其物宜。’余论赋则曰：‘仁者见之谓仁，智者见之谓智。’”(《艺概·赋概》）等等。但以上讲法，大致都只是停留在可作不同理解层面，而没有讲超越仁者、智者而为仁且智者，即上升到闻道、悟道层面。这是我们也要明确并作进一步思考的。

次说“澄怀观道”。

这是宗炳的说法。宗炳是南朝宋代著名画家与画论家，他在所著的《画山水序》中说：“圣人含道应物，贤者澄怀味象。”在宗炳那里的圣人是指“轩辕、尧、孔”等儒家圣人，同时还包括“广成、大隗、许由、孤竹”等几位属道家的隐者或真人。由此可见，宗炳的圣人是跨儒、道的，或说是儒道互通性质，但主要还在于以道化儒。宗炳认为，“圣人以神法道”，“含道应物”，也即是说，圣人与道同体、与道合一，他们的感应物，自然是以道心感应物，而物在宗炳这里主要指山水。至于山水，宗炳认为“质有而趋灵”、“山水以形媚道”。即是说山水之形质，其超味在于具有与道相通的灵性，山水就以它特有的形质而为道所喜爱并为道集居之所。因此怀着超越世俗物欲的虚静之心的圣人贤者可以由游玩、观赏、体味山水特有的形质之象而获得“乐”即审美享受。在“应目会心”之际、“神超理得”而“畅神”，即自我精神在体味山水特有的形质之象中，与之相融洽而得到超越自由。体味山水之象是如此，体味山水画之象也是如此。

在《宋书·宗炳传》中还说他“以疾还江陵，叹曰：‘老病俱至，名山恐难遍睹；唯当澄怀观道，卧以游之。’凡所游履，皆图之于室”。在这里宗炳由“澄怀味象”进一步提出了“澄怀观道”的命题。它的内涵如何？又与“澄怀味象”的关系如何？有的论者认为两命题“含义相同”①。但笔者认为，这里应有层次的差别。如上所述，“澄怀味象”简要地说就是贤者以超功利的清静心体味山水特有形质之象，与之相融洽而获得审美自由。但这还不是体味山水（山水画）之象的最高层次，在宗炳看来最高层次乃在由此进一步“观道”。即在“味象”的基础上获得进一步的精神飞跃，而体悟道、感悟道。道的特征按道家的说法是“通为一”，“无所不在”，“天地与我并生、万物与我为一”。“澄怀观道”，也就是通过体味山水画特有之象，感悟到栖居于山水画特有形质之象之中的道，让精神飞跃到与道同体，与道合一的无限精神境界。

宗炳的“澄怀观道”，于画（山水画）的接受鉴赏境界是很高的。中国是讲诗画同源一律，文学与艺术相通的。因此，宗炳的“澄怀观道”命题本也可以直接通于文学的接受鉴赏，但似在文学方面，能直接继承与发展的后人较少。

---

① 成复旺主编：《中国美学辞典》，中国人民大学出版社 1996 年版，第 212 页。

2. “诗无达诂”与“味无味”

先说“诗无达诂”。

从中国古代文论史角度看，有“《诗》无达诂”与“诗无达诂”之别，而“诗无达诂”可以说是“《诗》无达诂”的合乎逻辑的发展。对“《诗》无达诂”，从目前所能看到的资料看，最早见于西汉董仲舒《春秋繁露·精华篇》，里面说：“所闻《诗》无达诂，《易》无达占，《春秋》无达辞。”对《诗》无达诂，应怎样理解？《说文》：“诂，训故言也。”就是以今语释古语。《说文》：“达，行不相遇也。”段注：“欲说不相遇，古语也。训通达者，今言也。”刘向《说苑》称引时，“达”作“通”。由此可见，从字面上看“《诗》无达诂”就是说，对《诗经》的理解无法通达于以今语释古语。今语释古语若规范化、共识化就是词典里的意义。因此，通达地也可以说，对《诗经》进而对前人作品的解释无法或难以取得共通的见解。[①] 但这大致还是局限于字面的意义，停留于训诂上，还必须作进一步的探讨。我们知道董仲舒是中国儒学史、中国思想史上的重要人物。其贡献是帮助西汉王朝乃至整个中国封建社会完成了思想的统一。要建构这样一个大一统的思想体系，固然必须借助原始儒家的保存在经典中的思想权威，但又必须不局限于或说超越于其中的固有意义，“名物训诂”，挖掘、发挥、引申其中的“微言大义”。这就是以董仲舒为代表的今文经学的基本特点，和董氏得以创构大一统思想体系的保证。今文经学这个特点，既具有政治意义，同时又具有治学意义，我们这里当然主要是关注其治学意义。从这方面说，那么，“《诗》无达诂”正是董仲舒为代表的今文经学治学观念在治《诗经》上的表现。当然董仲舒提出“《诗》无达诂”也不是主观随意的。在引文中，他开始就说“所闻”，有的论者据此，甚至以为董仲舒是听来的。是否听来，暂时已无从查考。较落实地说，董仲舒“所闻”，恐怕不是直接命题本身，而是有关命题提出的依据。这依据，笔者认为，首先，就是春秋战国时代盛行的赋“诗以言志”。《汉书·艺文志》云：“古者诸侯卿大夫交接邻国，以微言相感，当揖让之时，必称《诗》以谕其志，盖以别贤不肖而观盛衰焉。”可

---

① 参见刘明今《中国古代文学理论体系·方法论》，复旦大学出版社 2000 年版，第 449 页。

见，赋诗言志是一种很特殊的用诗方式，是指在外交或社交场合，根据特定情势，灵活地选赋相应的大多出自《诗三百》的诗句，委婉地表达外交与社交的意图和目的。其特色就是断章取义，可以全然不顾原诗本义。对这种赋诗以言志的用诗现象，董仲舒自然会有所闻。其次，孟子的“以意逆志”也可以是董仲舒“《诗》无达诂”的先导。宋代王应麟说：“董子曰：诗无达诂，孟子之不以文害辞，不以辞害志也。”(《困学纪闻》·卷三）当然对孟子的“以意逆志”，可有不同理解，关键是“意”，或诗人本文之“意”，或读者之“意”，若是后者，自然“以意逆志”则可为“《诗》无达诂”的理论前导。总之，董仲舒的“《诗》无达诂”并不是突发的理论现象，就诗学来说，它也是相关前导思想因素的合乎逻辑的发展。

董仲舒的“《诗》无达诂”，主要是针对儒家经典之一的《诗经》的阐释来说的。中国诗乃至中国全部文学则尽从此诗三百来。自然，进而“《诗》无达诂”也就成了中国诗乃至中国文学接受与解释的重要原则。“《诗》无达诂”也就演化为“诗无达诂”。以后，历代文论家又对“诗无达诂”作了很多论述，其中有针对性的全面的论述，也有侧重于诗本身或读者方面的论述。如明人谢榛说：“诗有可解、不可解、不必解，若水月镜花，勿泥其迹可也。”(《四溟诗话》·卷一）明人钟惺说：“诗，活物也。游、夏以后，自汉至宋，无不说诗者，不必皆有当于诗，而皆可以说诗。其皆可以说诗者，即在不必皆有当于诗之中。非说诗者之能如是，而诗之为物，不能不如是也。何以明之？孔子亲删诗者也，而七十子之徒亲受诗于孔子而学之者也……今读孔子及其弟子所引诗，列国盟会聘享所赋诗与韩氏之所传诗者，其文其义不有与诗之本事、本文、本义绝不相蒙而引之，赋之，传之者乎。”(《隐秀轩集》卷二十）明清之际的王夫之说：“作者用一致之思，读者各以其情而自得。”(《姜斋诗话》卷二）清人叶燮说：“诗之至处，妙在含蕴无限，思致微妙，甚寄托在可言不可言之间，其指归在可解不可解之会……引人于冥漠恍惚之境……又焉能一一征之事实者乎?”(《原诗》内篇）清人沈德潜说：“古人之言，包含无尽，后人读之，随其性情浅深高下，各有会心。如好《晨风》而慈父感悟，讲《鹿鸣》而兄弟同食，斯为得之。董子云：‘诗无达诂’，此物此志也。评点笺释，皆后人方隅之见。”(《唐诗别裁集·凡例》）清末谭献说："作者之用心未必然，而读者之用心何必不然。"(《复堂词录叙》) 等等。这些不同的说法都不同程度地论述并发挥了"诗无达诂"命题的意义。此外，在后人对"《诗》无达诂"的进一步论述发挥中，还演化出不少相关的命题。如"《诗》无定解"，卢文弨说，所谓"《诗》无定形，读《诗》者亦无定解"。(卢文弨《抱经堂文集》卷三《校本〈韩诗外传〉序》)"解诗不可泥"，何文焕说："解诗不可泥，观孔子所称可与言《诗》，及孟子所引可见矣……"(《历代诗话·历代诗话考索》)"诗文无定价"，薛雪说："诗文无定价，一则眼力不齐，嗜好各别；一则阿私所好，爱而忘丑"。(《一瓢诗话》) 等等。

在现当代，随着西方现当代哲学、美学与文论的不断引进，人们发现，西方现当代不少理论与传统的"诗无达诂"似有走到一起来的情况。于是理论界开始"探究阐释学，符号学和接受美学等西方美学理论与'诗无达诂'的联系"[1]。西方现当代这些理论，又特别是德国解释学哲学家伽达默尔的"视界融合"，德国接受美学创始人姚斯、伊瑟尔的"期待视野"、"召唤结构"等理论概念，对进一步理解"诗无达诂"，并作出新的理论论证与说明，使它从古坟墓中走出来，与现代接轨，焕发新的生命力是非常有意义的。但我们也要注意的是，这些研究也容易使人们陷入单纯的理论现象的游戏，而不及"《诗》无达诂"的深意。前文讲过，"《诗》无达诂"是有他的理论先导的，如有人指出孟子的"以意逆志"等。而"士言志，志于道"，志可以是道，或进于道的境界。同时《诗》的作者可以是知道，而言道的，更确切地说《诗》是道的诗。而道无所不在，贯通一切，是训诂，文辞的辞典意义所不能及的。这才是"《诗》无达诂"的深意。它揭示的是《诗经》以及《诗经》所源出的中国诗的进于道的特质，以及中国诗与中国文学接受鉴赏的"闻道"的最高境界。西方文学无此种境界，同时亦无真正相通的接受鉴赏理论。只是在次一层次的技之文，或纯文学，及其理论说明上有相通之处而已。

次说"味无味"。

先从"味"讲起。我们知道，"味"的概念，早在我国先秦典籍中就

---

① 邱林：《"诗无达诂"谈》，载《岭南古代文艺思想论坛》，暨南大学出版社 1993 年版，第 315 页。

出现，其时的“味”，主要是指客观存在的一种物质属性，以及人对这种物质属性的特有的生理感觉即味觉。如《左传·昭公元年》说：“天有六气，降生五味……”《国语·郑语》说：“……和五味以调口……”《老子·12》说：“五味令人口爽。”《孟子·尽心下》说：“口之于味也……鼻之于臭也……性也。”等等，都是属这种意义。其次也有指审美快感之“味”。如《论语·述而》说：“子在齐闻《韶》，三月不知肉味，曰：‘不图为乐之至于斯也。’”这里说的作为味觉生理快感的“肉味”，就通向了作为审美快感的乐味的“味”。在这里，还要进一步指出的是，学术史上已有人对孔子闻《韶》乐引起的审美快感长达三个月表示质疑。应该说，这种质疑是有道理的。不过，我们还要注意，在这长时间里孔子是绝不会仅停留在审美快感层次的。孔子一生“志于道”，以“闻道”为第一生命，因此在闻《韶》乐的审美快感过程中自然“所思之事大”。[①] 这个“大”也就是道。也就是说，孔子于此期间，已由审美快感层次上升到“闻道”层次，所以历时乃久。不过，这层意义是分析出来的，是蕴涵性的。较明确地把“味”作为最高层次的哲学范畴看待的乃为道家。《老子·35》说：“道之出口，淡乎其无味。”《老子·63》又说：“为无为，事无事，味无味。”这里说的“‘无味’就是指‘道’”[②]。不过，尽管先秦已有了“味”的多种意义，并有美感的内涵，但从思想流程来看，仍然都只是属于思想萌芽。其中“味”作为一个审美范畴的真正确立，则是经过汉代过渡以后，到魏晋南北朝才由刘勰、钟嵘等理论家完成的。刘勰在《文心雕龙》提出了“事近而喻远”的“余味”。钟嵘则拈出了“文已尽而意有余”的“滋味”(《诗品》)，并确立为五言诗为代表的诗歌的审美特征，标志着这个时代对“味”审美内涵的深入理解。但从发展角度看，刘、钟又只是前提，真正代表中国古代文论“味”范畴研究理论水平的则为唐代的司空图等。

司空图“味”范畴的理论框架包括相互联系的两方面：一为表诗审美属性的“诗味”，二为主体审美活动与审美能力的“味诗”。对这两方面以及其相互关系，司空图都有极为深刻的论述。司空图说：“愚以为辨

---

① 程树德撰：《论语集释》2，中华书局1990年版，第459页。

② 成复旺主编：《中国美学辞典》，中国人民大学出版社1995年版，第24页。

于味，而后可以言诗也。”(《与李生论诗书》) 在这里，“味”就是味诗，指审美主体辨别即鉴赏诗味，以及所具备的辨别即鉴赏诗味的审美感受能力。司空图认为只有能辨别即鉴赏诗味，和具备这种辨别即鉴赏能力，然后才可以谈诗，反之，就不可以谈诗。这有点接近马克思所说：“只有音乐才能激起人的音乐感；对于没有音乐感的耳朵说来，最美的音乐也毫无意义，不是对象。”① 从主体审美能力角度论“味诗”，这应是司空图的理论特色。其次对“诗味”，司空图对其特殊性也作了深刻的分析和明确的规定。对这个特殊性，司空图把之比喻为“味在咸酸之外”，也称为“味外之旨”，又概括为“味外味”。如何理解？司空图说：“江岭之南，凡是资于适口者，若醯，非不酸也，止于酸而已；若鹾，非不咸也，止于咸而已。华之人以充饥而遽辍者。知其成酸之外，醇美者有所乏耳……倘复以全美为工，即知味外之旨矣。”(《与李生论诗书》) 这就是说，一般性的“味”，如盐之咸、醋的酸等，是功利性的，如“充饥”等，满足的是人的生理快感，如“适口”等。同时，往往是单一性的，如“止于”、“咸”或“酸”等。而为“味外”所规定的“味”则相反，它是超越功利性的、非单一的，超越“咸酸之外”的“醇美”。也就是说，它是具有超越性的、无限丰富性的、多层次性的“味”即美感。

司空图对“味”的分析不仅深刻，而且内蕴丰富。对其意犹未尽之处，后人循着他的提示，又继之不断作探讨以明确。苏轼首先把司空图的“味在酸咸之外”和“味外之旨”概括为“味外味”；他在《游白鹤观诗序》说：“司空图表圣自论其诗得味外味。”在《送参寥师》中又提出了“至味”概念。他说：“欲令诗语妙，无厌空且静。静故了群动，空故纳万境。阅世走人间，观身卧云岭。咸酸杂众好，中有至味永。”南宋魏了翁在《题跋》中进一步提出了“无味之味至味也”。又清人王士祯等《师友诗传录》云：“问：昔人云：辨乎味，始可以言诗。敢问诗之味从何以辨？肖亭答：唐司空图教人学诗，须识味外味，坡公尝举以为名言。若学陶、王、韦、柳等诗，则当于平淡中求真味。初看未见，愈久不忘。如陆鸿渐品尝天下泉味，杨子中檽为天下第一。水味则淡，非果淡，及天下至味，又非饮食之味所可比也。”至此，可以说，司空图“味外之旨”即

① 《马克思恩格斯全集》42，人民出版社1979年版，第125—126页。

“味外味”或“味无味”之内蕴已全出。这可以将之概括为两个层次，一是超越性的审美之味，即审美感受；二是指最高层次的“无味之味”，或“至味”。按道家哲学，无味之味，或简说无味是指道，因此，无味之味，乃道味，味无味，乃是对道的领悟。还要指出的是，道为无味，为淡，但道无所不在，道的无味、淡，不是真的无味，只是不是任何具体的味，正因为不是任何具体的味，所以才可以囊括所有的味，为“醇美”，“全美”，这也正是司空图以“味”论诗之深意。开端是抽象的终点，终点是具体的开端。先秦老子说的“味”，还有孔子说的“味”，都在这里得到了具体的展开。

由上也可见，在文论史上，一般味诗只停留在诗味的一般审美层次上，而往往未到达诗味的最高层次，即“味无味”或“味外味”层次，抑或说闻道、悟道层次，也可以说遗忘了这一层次。这是我们要特别注意以学力阐发的。

二 中国文学的评论方式

（一）中国文学评论方式溯源

《四库全书总目提要·集部·诗文评序》说：

> 文章莫盛于两汉，浑浑灏灏，文成法立，无格律之可拘。建安黄初，体裁渐备，故论文之说出焉。《典论》其首也。其勒为一书传于今者，则断自刘勰、钟嵘，勰究文体之源流，而评其工拙，嵘第作者之甲乙，而溯厥师承，为例各殊。至皎然《诗式》，备陈法律，孟棨《本事诗》，旁采故实，刘攽《中山诗话》、欧阳修《六一诗话》，又体兼说部。后所论著，不出此五例中矣。

《序》中对中国文学评论方式以“五例”概括，有学者指出，这是一个“基本成立”的概括，但遗憾的是，这里“无视南宋以来业已流行的文学评点形式”。不过笔者认为遗憾的不仅在此，更在其讲论文及论文方式只从两汉讲起，而不从先秦源头讲起，使人觉得有无头之嫌。黑格尔说过，开端是抽象的终点，终点是具体的开端。起源、开端乃根本命脉所在，无头，无真正明确的开端，是难以厘清期间的血脉流通即具体发展环节与流向的。有不少学者虽然也已意识到中国文学评论及其评论方式“隐括于诸子思想之中”①，但遗憾的是，在具体论述中又往往没有展开探讨，而仅热衷于明显易见的流的环节。

章学诚在谈到文学评论的诗话方式时说过：

> 诗话之源，本于钟嵘《诗品》。然考之经传，如云：“为此诗者，其知道乎?”……江河始于滥觞。后世诗话家言，虽曰本于钟嵘，要其流别滋繁，不可一端尽矣。
>
> 《诗品》之于论诗，视《文心雕龙》之于论文，皆专门名家，勒为成书之初祖也。《文心》体大而虑周，《诗品》思深而意远；盖《文心》笼罩群言，而《诗品》深从六艺溯流别也。论诗论文，而知溯流别，则可以探源经籍，而进窥天地之纯，古人之大体矣。此意非后世诗话家流所能喻也。②

在这里，章学诚指出诗话作为一种评论诗的方式起源于钟嵘《诗品》，但显然他是从较直接的近源看，不过他也不忽视远源，因为随后他又谈到“考之经传”、“探源经籍”的问题。当然，章氏讲的“探源经籍”是就《诗品》的方法讲，而还不是就诗话方式讲，不过，对转向后者讲，他也应不会反对。在考察远源的“经传”、“经籍”过程中，首先，他谈到孔子评《诗·大雅·烝民》所说：“为此诗者，其知道乎?”由此，我们再联系到孔子对《诗经》的总评：“《诗》三百，一言以蔽之，曰：思无邪。”(《论语·为政》）以及对首诗《关雎》的评论：“《关雎》乐而不淫，哀而不伤。”(《论语·八佾》）等等。总之，将孔子评论《诗经》的言论收集起来，不是可以看到后世诗话的真正源头吗？秦大士在《龙性堂诗话序》中说：“诗话之由来尚矣。‘思无邪’，孔子之诗话也。‘不以文害辞，不以辞害志’，孟子之诗话也。”等等，可谓有识之见。而且孔子论诗，有其核心价值标准，这就是性与天道合一的心性人道或说中庸

---

① 谭帆：《中国小说评点研究·导言》，华东师范大学出版社 2001 年版，第 2 页。

② （清）章学诚：《文史通义》上，中华书局 1985 年版，第 559 页。

之道，并一以贯之。这正是诗话评论方式的真精神与最高境界。离开了这一源头精神，是很难讲清楚诗话作为评论方式的智慧方向的。

其次，在对诗话为代表的文学评论方式“探源经籍”过程中，章学诚还谈到《庄子·天下篇》。上引文中说的进窥“天地之纯，古人之大体”就是《天下篇》中的话。《天下》作为《庄子》全书总序是一篇评述先秦诸子学说（方术）并给予系统分析评价的学术史文章。在文中，作者以道术为标准评论各家方术。在《天下》那里，道术是指天地之纯，古人之大体，或说天地之美，神明之容的境界，是合、是一。道术为天下裂而为诸子方术，方术出于道术，但不同于道术，各家方术仅是道术的“一察”或“一曲”之见。由于时代发生剧变，各派方术往而不返，道术分裂已为大势所趋，于此，作者无限慨叹，惜乎从此以往不能再进窥天地之纯美，古人之大体这一诸子方术之根本源头。《天下》作者知道道术将为天下裂已为不可阻挡的大势，但似乎他企望学界能往而返，不忘源头，不忘承传道术的根本。这也就是说中国诸子方术的源头大本、大体在道术。道术可谓中国学术的源头，血脉根本所在。《天下》作者就是站在道术的立场评论诸子之方术及天下学术大势的。这可以说是中国学术评论的一根本方式。这与上文所讲的孔子评论《诗经》是一致的，所不同的是，孔子是以心性与天道合一的中正人道为标准讲，而《天下》则以道术或说道家的自然天道、常道为标准以评论而已。总之，章学诚对以诗话为代表的中国文学评论方式的渊源问题，在“考之经传”，或“探源经籍”过程中讲了孔子和《庄子·天下》，他们虽然评论的对象有不同，但上升到评论方式上讲，皆可以说是同一思想方式。这种思想方式就作为中国学术及其评论思想方式的源头，血脉根本为后世所承传。

中国文学评论及评论方式从根源上说，一方面是以道术为根源，另一方面又是道术裂为天下方术的产物，或说产物再裂的产物。因此要真正把握源头，也必须往而返回道术。这才是大本大根之所在，真正源头之所在，不然皆是没有到位。就诗话来说，仅如章学诚说，其源在钟嵘《诗品》，也只是近源，而还不及真正的思想源头，真正的源头在孔子评论《诗经》。没有抓住真正的源头，就根基不稳，无智慧方向，而只会见仁见智，各取所需，或只见目不见纲。由于现代一度对传统文化采取决裂的态度，所以导致传统文化血脉在现代的中断。现代人对传统文化包括文学批评方式已难以心灵相应。因此往往只能希企于从西方引进相关的理论，然后以之为框架挂搭上去，如从西方引进印象批评或新批评。有论者就将我们的诗话词话，以至小说评点方式挂搭上去作分析，说诗话词话方式以至小说评点方式就是印象主义批评或新批评式的细部批评等。这样的分析，虽然有一定的意义，但由于根本不相应，不触及中国文学评论方式的根本血脉，就难以说有什么真正意义了。

对上引《四库全书总目提要·集部·诗文评序》概括的“五例”，又另加被其忽视的自“南宋以来业已流行的文学评点”方式，即“六例”文学评论方式。有学者研究指出，由于各种原因，自“宋以来的文学批评中，‘评点’与‘话’实际上已成为两种运用最普遍、影响最深广的批评形式”①。应该说，这种看法是符合实际的。在下文，我们就着重研究这两种文学评论方式。

（二）诗话词话方式

1. 何谓诗话词话方式

如上所述，作为宋以来文学评论两个主要方式之一的诗话词话方式，是以孔子评论《诗经》为渊源与灵魂，钟嵘《诗品》为近源的，到欧阳修《六一诗话》正式命名诞生，以后长期为诗评论界所承传发展，一直延续到近代。期间随着诗派生出词，于是在诗话的影响下，又形成词话，因此习惯上亦并称诗话词话，简称为诗话也无不可。自宋到近代，诗话词话评论方式历时乃久，期间在欧阳修《六一诗话》之后，又出现过以严羽《沧浪诗话》、王士祯《带经堂诗话》、王夫之《姜斋诗话》、袁枚《随园诗话》以及王国维《人间词话》等为代表的众多作品。有学者统计过，流传至今“尚存一千四百部左右”②。由于历时乃久，诗话词话作为一种文学评论方式，实际上也不只是一种样式，而是有多种样式，并处于不断的演变过程中。章学诚在谈到诗话的具体样式时说过：

> 唐人诗话，初本论诗，自孟棨《本事诗》出，乃使人知国史叙

① 谭帆：《中国小说评点研究·导言》，华东师范大学出版社2001年版，第2页。

② 蔡镇楚：《中国诗话史·自序》，湖南文艺出版社2001年版，第2页。

诗之意；而好事者踵而广之，则诗话而通于史部之传记矣。间或诠释名物，则诗话而通于经部之小学矣。或泛述闻见，则诗话而通于子部之杂家矣。虽书旨不一其端，而大略不出论辞论事，推作者之志，期于诗教有益而已矣。①

在这里，章氏对作为文学评论方式的诗话的具体样式作了很好的概括，其恰当性，还为郭绍虞所称赞。对诗话词话方式的演变，郭先生在章氏的基础上，又从历史角度进一步概括为两种样式，并认为："大抵宋人诗话，自六一创始以来，率多取资闲谈，其态度本不甚严正。迨其后由述事转为玩辞，已为南宋之际，张戒、姜夔始发其端，至沧浪而臻于完备。"② 对郭先生的概括，近年又有学者进一步发挥，认为："从欧阳修到严沧浪，诗话这一形式的基本表现内涵已经奠定，即'辞'与'事'。'论辞'由'诠释名物'到'摘句批评'再到完整的诗论，'论事'则以考订诗歌本事和叙述作家轶事为主。其中更以'摘句批评'和'本事批评'最能体现'话'这一批评形式的特性"③。这一发挥，就诗话词话的评论样式上讲，也可谓抓住要领。

对样式主要表现为摘句以褒贬，本记事以资闲谈的诗话词话评论方式的一般特点，《中国大百科全书·中国文学卷》概括说：其"多数并不以系统、严密的理论分析取胜，而常常以三言五语为一则，发表对创作的具体问题以至艺术规律方面问题直接性的感受和意见。而它们的理论价值，通常就是在这些直接性的感受和意见中体现出来的"④。还有学者对诗话评论方式，从其表现的长短处两方面给予总结，认为其长处为："大半是偶感随笔，信手拈来，片言中肯，简炼亲切。"而其短处则表现为"零乱琐碎，不成系统，有时偏重主观，有时过信传统，缺乏科学的精神和方法"⑤。这两种概括总结和表述，虽然用语不同，但其大意应是大体一致的，都是以体现科学精神和方法的西方诗学为标准衡量中国诗话。

① （清）章学诚：《文史通义》上，中华书局 1985 年版，第 559 页。

② 郭绍虞：《宋诗话考》，中华书局 1979 年版，第 3 页。

③ 谭帆：《中国小说评点研究·导言》，华东师范大学出版社 2001 年版，第 4 页。

④ 《中国大百科全书·中国文学》，中国大百科全书出版社 1986 年版，第 727 页。

⑤ 《朱光潜美学文集》2，上海文艺出版社 1982 年版，第 3 页。

那么，对这两种对诗话词话方式的特点的概括总结与表述，具体应如何看呢？笔者认为，如从诗话词话方式的表层看，的确只能这样概括总结和表述了。但若从其深层看，则显然还很不够。因此还必须作进一步的分析。在这里，笔者主要谈两点：首先，是面对诗词，古人何以采取诗话词话的评论方式呢？上文讲诗话词话方式的起源时，已从其作为评论方式自身讲了，但古人面对诗词，采取诗话词话的方式，还应有诗词作为客观评论对象的原因。在上文，我们曾引用并分析过冯友兰对中国诗词的一个区分方法。他从本体角度将中国诗区分为二：止于技的诗与进于道的诗。止于技的诗以技为本体，是指“以可感觉者表示可感觉者”的诗。至于进于道的诗，则以道为本体，是以“可感觉者表显不可感觉只可思议者，以及不可感觉亦不可思议者”[①] 的诗。中国诗以进乎道的诗为纲，为其最主要特色。“技”以及止于技的诗当然是可以分析的，但道，以及进于道的诗则是不能逻辑分析的。在《老子》中，老子还把道区分为二：可道的非常道，与不可道的常道。中国哲学与中国诗中的进于道的诗，讲的或表显的道主要都属不可道的常道。不可道，就是不能讲，不可概念逻辑分析。正是中国诗以进于道的诗为其特色，具有不可逻辑分析的形上之道的内容，受之制约，因此，古人聪明地采取了与之相适应的诗话词话评论方式，或叙事或玩辞，以烘云托月的方法启示诗词表显的不可道的形上道意。诗话词话中常说到的“含不尽之意见于言外”，“言有尽而意无穷”等就是启示诗词中这种形上道意。

其次，是在上引两种概括总结与表述中，都认为诗话词话方式缺乏系统性问题。若孤立地表面地看，的确如此。但有话说西方重分别，中国重和合，重和合就是重系统性。中国古代学问都不是以孤立的方式存在的，而是一个大系统。这个大系统，就是心性文化哲学的大系统。因此，在我们看来，中国诗话词话方式的系统性亦不能孤立地就某单个人、单部著作，或单就诗话词话方式看，而应从它所从属的心性文化哲学大系统看，更直接地又可从以心性哲学为核心基础的中国诗论系统角度看。从上引章学诚的话中，我们也可以看出他是明确这一点的。他不是说“虽书旨不一其端，而大略不出论辞记事，推作者之志，期于诗教有益而已矣”吗？

---

① 冯友兰：《贞元六书》下，华东师范大学出版社 1996 年版，第 958—959 页。

“论辞记事”是章氏对诗话词话方式具体样式的概括。他是认为诗话词话都要“推作者之志，期于诗教有益”的。如前所述，如朱自清所认为的，中国诗论是以“诗言志”、“诗教”两纲领为金科玉律的，“诗言志”和“诗教”，在这里也就代表了中国以心性哲学为核心或基础的诗论系统。可见章学诚已认识到诗话词话方式从属于此“诗言志”与“诗教”为纲领的中国诗论系统。而对这个诗论系统，的确又如前引唐君毅讲中国历史哲学，其道之所存大体为古人所共喻，故不须博喻繁说表述出来。直到今天与重分别的西方文化相遇，而今人与古代文化血脉关系中断，需要博喻繁说的显态系统，才能使人明白一样。这是从较直接看，若从较间接看，或更大系统看，又可以说，它从属于中国心性文化哲学的大系统。因此，笔者认为，对诗话词话评论方式的系统性问题，不能表面地孤立地看，必须深层次地从中国心性文化哲学的大系统看，才能说真了解，才能看到其系统性，而不是零碎的片言只语。

2. 中国诗话与西方诗学

朱光潜说过：“中国向来只有诗话而无诗学。”这是一句很深刻的话。劳承万在《中国诗学道器论·导论》中独具慧眼发现这句话的深意，并作了深刻的论述发挥。① 他的论述发挥给我们以重要启示。中国古代何以“无诗学”或说诗学“不发达”，其原因是什么？朱先生把原因归纳为二：一是“一般诗人与读诗人带有一种偏见，以为诗的精微奥妙可意会而不可言传，如经科学分析，则如七宝楼台，拆碎不成片断”。二是“中国人的心理偏向重综合而不喜分析，长于直觉而短于逻辑的思考。谨严的分析与逻辑的归纳恰是治诗学者所需要的方法”②。朱先生这里归纳的两个原因，其一是就中国诗人与读诗人对中国诗的看法讲，其二则是讲中国人缺乏治诗学所需的逻辑思维与方法。可以说这两点已将中国“无诗学”的原因讲得很透彻。但朱先生没有进一步地讲清楚中国何以“向来只有诗话”的问题，因此，这还需要我们接着讲。中国何以“向来只有诗话”呢？参照朱先生对中国无诗学的讲法，其原因也应从两方面讲：一是就中国诗讲，二是就中国人心理思维长于直觉讲。笔者这里着重就中国诗讲。

① 劳承万：《中国诗学道器论》，安徽教育出版社2010年版，第2—4页。

② 《朱光潜美学文集》2，上海文艺出版社1982年版，第3页。

正如朱先生讲中国诗人和读诗人常存一种偏见，认为中国诗的精微奥妙处，不可逻辑分析。朱先生认为是一种“偏见”，因此没有继续就这个问题讲，而按我们上文的分析，则不一定全都是偏见，也许有其实情。上说参照冯友兰的看法，中国诗是以由技进于道的诗为纲为主要特色的，而这里的道，主要指老子意义的常道，就是不可道，即不可概念逻辑分析，只宜直觉领悟的。评论对象有如此特色，这就决定了其评论方式不可能是重逻辑的诗学的，而只能是诗话这种以记事和玩词为主要样式的烘云托月的不直接的评论方式。这就是评论方式要适应对象。由此可见，中国诗向来采取诗话评论方式，不是随意的，就更高视野看，则可谓中国心性文化哲学基础的产物。

相比较，诗学则是西方文化哲学的产物。西方诗学的起源是亚里士多德《诗学》。亚氏为什么要创作《诗学》，其一重要原因是出于柏拉图的驱逐诗人，排斥诗于他的理想国之外，从此形成西方诗与哲学的矛盾纠结。亚里士多德是柏拉图的学生，正如他夫子自道：“吾爱吾师，但吾更爱真理。”他创作《诗学》就是要为诗作辩与阐述诗的真理。这样就需要严密的逻辑分析，以及对诗的艺术特征的深刻认识。古希腊哲学自亚里士多德起，其主流已由柏拉图的本体论哲学转向认识论哲学，而其后，亚里士多德主张的认识论哲学又在西方雄霸了两千多年。因此，以概念与逻辑分析见长的认识论哲学为基础的亚里士多德的《诗学》传统，也就在西方得以承传发展，以至近现代随西学逐渐传入我国并产生影响。在《诗学》中，亚里士多德抗争柏拉图，为诗一辩的一个重要观点，就是认为诗与哲学并不矛盾，诗也可以到达哲学境界，具哲学意味。他说：“诗人的职责不在于描述已发生的事，而在于描述可能发生的事，……历史家与诗人……两者的差别在于一叙述已发生的事，一描述可能发生的事。因此，写诗这种活动比写历史更富于哲学意味，更被严肃的对待；因为诗所描述的事带有普遍性，历史则叙述个别的事。”[①] 亚里士多德这里说的诗可以“更富于哲学意味”，或“带有普遍性”，都是讲诗与哲学有相通之处，诗可以上达哲学，两者并不矛盾。但这里要说明的是，亚里士多德讲的哲学是认识论哲学。按哲学共同模型一心开二门的安排，西方认识论是

① ［古希腊］亚里士多德：《诗学》，人民文学出版社1982年版，第28—29页。

安排在生灭门、现象界。这种哲学讲的真理或说的道是属于康德意义的现象界的道，如按《老子》对道之二分：常道与非常道，则属于非常道。按老子的讲法，非常道作为为学之道，是可道的，即可以逻辑分析，以知性概念表述的。而中国诗表显的由技进于道的道，是心性哲学讲的道，属于一心开二门共同模型中真如门讲的道，或康德意义的物自身境界的道，抑或老子道之二分：非常道与常道中讲的常道，是不可以逻辑分析，知性概念把握的道。这是我们要区分清楚的，并由此进一步明了中国古代选择诗话形式与西方选择诗学形式的恰当性。

按朱光潜的讲法，他有将中国诗话与西方诗学相比较而并列对待之意。在西方，诗学是一种理论方式与理论形态。这样，中国诗话就与我们在上一个问题上，把它只作为一个评论诗的评论方式讲有所不同，它在这里又是一种理论方式与理论形态。概括起来就是，中国诗话不仅是评论方式，而且也是理论方式、理论形态。有关中国诗的理论大多是通过诗话形式总结并保存下来的，例如“意境”说，“神韵”说，“性灵”说，“兴趣”说以及“妙悟”等都是通过诗话方式论述并保存下来的。因此，全面地讲，诗话就既是诗的评论方式，又是诗的理论方式以及理论形态。在这里，我们主要将它作为诗的评论方式看待，但为了全面理解，对它的理论方式与理论形态身份，就要顺便讲到。

（三）小说评点方式

1. 小说评论何以选择评点方式

小说评点方式，是继诗话词话方式之后出现的又一重要文学评论方式。一般认为小说评点是在传统经注、史注的基础上经文选注，而进一步脱离传统注释学的框范，而确立自身价值的结果。

这里首先遇到的问题是，本来在小说评点之前，已有较为成熟的诗话方式存在，为什么小说评论不采取如诗话那样的方式，而要采取评点的方式呢？个中原因，已有学者做过探讨[①]，综合概括起来，大致有二：首先，上文说过，诗话词话虽然以“话”来概括，但实际上又统辖着多种样式。这多种样式综合起来又可概括为二：论辞和论事。“论辞”最突出

① 谭帆：《中国小说评点研究》，华东师范大学出版社 2001 年版，第 1—8 页。

的就是“摘句”评论。诗话之所以重视摘句评论，这又与古代诗词以追求意境创造为最上，并力索佳句妙语以表达之有关。这正如王国维在《人间词话》中所说：诗“词以境界为最上，有境界则自成高格，自有名句”。而中国小说，虽然受诗词影响，但毕竟以叙事为主，以追求吸引读者的复杂曲折情节和鲜明人物性格为主，篇幅较长，因此不可能再如短小精悍的诗词那样或苦吟或推敲以雕琢名言佳句，因此作为摘句评论样式自然不适合小说评论。其次，作为诗话另一较重要样式“论事”，最主要又是本事批评，也不适合于小说评论。本事批评之所以适合诗词，那是因为中国是诗国。诗词虽然起始于民间，但诗词作者保留下来的大多身份显赫，要么是地位，要么是名望，皆为人所注意，为了更好地“推其志，期于诗教有益”等，以本事批评提供作闲谈的创作逸事、相关背景等是有益的。而在这方面，一般作为通俗文学的小说则显得需求薄弱。小说起源于稗官野史，既称通俗文学，自然不入大雅之堂，地位低下。同时小说作者，或出于自身安全，或因文体低下，而不愿公开自己的真实姓名身份。还有是小说的人物、情节与环境，大多出于作者的虚构，往往无题材的逸事可资闲谈。因此诗话的“本事批评”样式于小说评论也无用武之地。总之，诗话评论方式诸样式虽现成，但由于小说作为评论的对象不同，任务也不同，因此只能另寻门径。

小说评论，采取评点方式，如上所谈，这是从传统经学的经注、史学的史注，逐步向文选注，而进一步脱胎独立为文学评论方式的。除了这传统的注释学因素外，有学者还指出，评点还与科举八股文有关。如林岗说：“明清文人长期浸淫于八股文的写作训练，他们对八股文的这种特质掌握得非常透彻，常常会将之运用于小说、传奇的写作，运用于文学作品的文体读解即小说、传奇的评点。”① 另外中国台湾也有学者这样认为，如陈乃益说：“到了宋代……最重要的原因，即是科举。书商为应考生需求，出版了吕祖谦《古文关键》、楼昉《崇文古诀》、谢枋得《文章轨范》一类批注，以示人为文门径。至明，因八股制文之故，乃更为蓬勃风行。”“这些评点，固然可施之于诗文，但主流逐渐转到小说方面。”②

① 林岗：《明清之际小说评点学之研究》，北京大学出版社 1999 年版，第 61 页。

② 转引自龚鹏程《中国文学批评史论》，北京大学出版社 2008 年版，第 158 页。

对这种将小说评点与八股文联系起来的说法，应如何看呢？龚鹏程认为，“评点在北宋即已有了，本非纯因科举而生，后代科举风气只能算是一助缘，而很难视为主要原因”。他还认为，从宋朝晚期逐渐定型的这种重实际批评，并不空谈原则的批评方式“并不限于评点，评点亦未必尽属此种，因此我们建议把它称为‘细部批评’”。[①] 龚先生的前一看法应是恰当的，至于后一看法，虽也有其合理之处，但由此又要引向与西方现代英美新批评的异同比较等更复杂的问题，论题把握不好也要逐渐转向，我们就此打住吧。

总之，中国小说评论之所以选择评点方式，是由其自身特点和传统以及时代等众多因素的合力所决定的。现在进一步的问题是，我们应如何恰当地了解小说评点方式，而要恰当地了解小说评点方式，首先就要抓住小说评点方式的灵魂。

2. “童心”说：小说评点的灵魂

小说评点方式虽然说在宋代就出现了，但真正形成具有一代文学评论方式特色的，当在明清之际。因此，习惯上又称为明清小说评点。但对明清小说评点的理论价值和历史意义，学界却迟迟不能认识，甚至持不屑一顾的态度。我们知道，近现代日本学界是较早研究中国古代文学与文论的重要力量。其中名家之一有青木正儿（1887—1964），他的大作《清代文学评论史》对诗论、文论、词论讲得都很细致，但对小说理论却表示“提不起尝试兴趣”，“付之阙如了”。日本学界如此，中国学界又如何呢？研究中国文学史的名家郑振铎认为，像毛宗岗那样的评点“实在不足使我们注意”，“这种批评，是大可不必作的”。[②] 对脂砚斋的《红楼梦》评点的看法，以至整个中国小说评点的看法大致也是如此。而被称为“中国文学批评史”学科的开拓者的陈钟凡和郭绍虞，在他们同名的《中国文学批评史》大作中，对中国小说评点都只字不提。可见，长期以来，学界对中国小说评点，存在着学术误判。这误判是缺乏对小说评点深识的表现。而正是这一学术误判，使他们失去了领略中国文学评论又一高峰滋味的机会。

---

① 转引自龚鹏程《中国文学批评史论》，北京大学出版社 2008 年版，第 159—160 页。

② 转引自叶朗《中国小说美学》，北京大学出版社 1982 年版，第 16—17 页。

明清小说评点的代表人物，一般来说应以李贽、叶昼、金圣叹、张竹坡、毛宗岗父子以及脂砚斋等为代表。而其中领军人物当数李贽。李贽的贡献，首先在作为核心指导思想的哲学方面。叶朗曾指出："李贽哲学乃是中国古典小说美学的真正的灵魂"，而其哲学美学的"主要观点是'童心说'"[①]。因此，更明确地又可以说，以"童心"说以及以"童心"说为标志的心性哲学，乃明清小说评点的灵魂。但进一步如何深刻认识这个灵魂的标志？叶先生并没有进一步分析说明。因此在这个问题上，还需要我们接着讲。如何恰当地了解李贽哲学，在这里主要是"童心"说，是不容易的。因为习惯上，学界已将李贽哲学看作是"异端"，其承接的王阳明后学泰州学派也被看作是王学末流。其实这是大错特错的。学界大致都认同一个传统说法：即孔孟原始儒家所开拓的儒学精神、主脉大气曾一度中断，到北宋才由程颢等北宋五子得不传之秘于遗径，即承接起来，并将原始儒学推向新阶段，而形成新儒学。新儒学在发展过程中形成诸多学派，其中又以程颐、朱熹为代表的理派与陆象山、王阳明为代表的心派影响最大。因此习惯上又称心、理二派或二系。自程朱到王阳明一直都是理学占主导地位，但到王阳明发生了转向。王阳明原来一度也属于理派，但他遵循朱子的格物方式格竹子，不成功而病，从此醒悟，但思维方式是一下子难彻变的。因此王阳明的"四有句"，仍然是朱熹一路的分别说。王阳明后来编有《朱子晚年定论》，将朱熹回答吕子约的信编入其中。该信中说："熹亦近日方实见得向日支离之病，虽与彼中证候不同，然忘已逐物，贪外虚内之失，则一而已。"冯友兰说："王守仁将此信选入《朱子晚年定论》中，自有其目的。"[②] 什么目的，冯先生没有直接说下去。测其大意应是指朱子已反省觉悟，心学与理学的论争已有了结果，是可以平息的。对此，就此打住。我们还是回到前文讲的王阳明的"四有句"。按牟宗三的讲法，"四有句"仍然是分别说一路，并不代表心学的高峰。心学的高峰是由王学后学的泰州学派推进的，其代表人物为两溪：王龙溪和罗近溪。王龙溪将王阳明的"四有句"推进到"四无句"，强调"心意知物是一事"。这才将分别说推进到无分别说，这也就是心学祖师陆象山说

① 叶朗：《中国小说美学》，北京大学出版社 1982 年版，第 24—25 页。

② 冯友兰：《中国现代哲学史》，广东人民出版社 1999 年版，第 244 页。

的“平地起土堆”中的“平地”境界，对接康德现象与物自身的主观超越的区分，也就可以说是康德的物自身意义境界。如果说王龙溪的“四无句”，“心意知物是一事”是从本体角度讲；那么罗近溪的“工夫无工夫相”则是从方法论上讲。总之，应该说是“四无句”与“工夫无工夫相”才代表了心学的最高峰。这也是儒家自我长期跋涉过程中，自我走向哲学最高境界，可与道家的“无”相媲美，但又优于道家的“无”境界。因为道家没有实有形态，只有境界形态，它要针对儒家的实有形态，而从作用层次上讲才成立。

李贽曾拜泰州学派开山祖师王艮之子王襞为师，又于隆庆末万历年初任南京刑部员外郎期间结识了王龙溪、罗近溪，并受其影响。因此，可以说李贽哲学承接有二溪哲学，其“童心”说是心学最高境界时段孕育出来的精神花朵。

以上谈了李贽哲学与儒家心学派的联系，这也是我们理解童心说的思想基础。那么对童心说具体应如何理解呢？先看李贽在《童心说》一文中对童心的自我界定：“夫童心者，真心也。……绝假纯真，最初一念之本心也；若失却童心，便失却真心；失却真心，便失却真人；人而非真，全不复有初矣。”在这里，李贽主要对童心作了两个层次的规定：一是童心就是真心，二是童心就是本心，或说心之本体。因此存有童心才是真人，失却真心、心之本体，就不是真人了。这最后一层次强调了童心的本心本体意义，也是童心的最高层次意义，也可见童心是奠基于儒家心派思想基础上的。李贽之所以要提出并界定童心说，是要坚决地与其时已被道学家弄得乌烟瘴气的以闻见道理之概念为心，而不见了真正的活泼的心之本体的说法区别开来。北京大学哲学系中国哲学史教研室在注“童心说”时，还将李贽说的童心与孟子说的“赤子之心”沟通起来。注说：“本文（指李贽《童心说》——引者按）的‘童心’与孟子义合，指赤子之心。”“《孟子·离娄下》：‘大人者不失其赤子之心者也’。”① 在孟子那里，大人就是圣人，圣人不失其赤子之心即不失童心。圣人之心，谓圣心，圣心是纯理性的超越之心、道心。赤子或童子乃纯阳之体，其心乃绝

① 北京大学哲学系中国哲学史教研室选注：《中国哲学史教学资料选辑》下，中华书局1982年版，第234页。

假纯真的本然之真心。从分别处说，虽然圣心与童心，有一从纯理性讲，一从纯假纯真的活泼感性讲；但从心体之诚真处讲，则二者是相一致的。因此，圣心亦通赤子之心或童心，二者贯通为一。此一注，使童心说又沟通了原始儒家的思想源头，由孟子通贯李贽，意义更为深远。

哲学是文化的核心，文学是文化的一个部门或说一部分。因此哲学亦是文学的核心。李贽提出童心说，不仅是从哲学上讲，而且以之为核心标准审视文学。他说："天下之至文，未有不出于童心焉者也。"(《童心说》) 倒过来，也就是说，对文章来说，只有由童心本体之有为而发的文章才是天下之至文，即最好的文章。评价文学以童心为最高标准，这就抹平了文章的先在身份的差别，如经典、雅与俗。亦抹平了文学的时代差别，如所谓古选诗，秦汉文，六朝文，近体诗，传奇，杂剧，《西厢记》，《水浒传》等的时代差别。只要出于童心本体的有为而发之文，则皆可为天下之至文。这样，李贽以童心说为标准，就打破了文学的传统看法，极大地提高了被传统视为不登大雅之堂的通俗文学，特别是像《水浒传》一类写下层人民生活的通俗小说的地位，而为世人所关注。这对明清小说等通俗文学，以及通俗文学理论的发展以深远影响。

以童心说为标准审视评价文学，开拓了文学发展的源泉，具有重要的历史意义。本来在明代就有人例如李东阳提出"真诗乃在民间"的说法，但诗作为一种虽然首先起源于民间的文学品种，但随着《诗三百》之确立为经，地位之崇高，因此，诗后来实际上已为上至皇帝，下至达官贵人以及士子所垄断。只有通俗文学例如小说之类才真正为民间所有。因此，李贽的童心说的提出，不仅在哲学上找到了儒家实有形态的心本体之所在，而且在文学上找到了表现呈现心本体的文学样式。当然在这方面，李贽的看法也并非没有思想源头。孔子早就提出过"礼失求诸野"。遵循孔子的指引。《易传·系辞上》就说过，对"一阴一阳之谓道"，一直存在仁者见之谓之仁、智者见之谓之智的或仁或智的争论不休。但亦如《庄子·天下》所讲的诸子百家于道术皆只是"一察"或"一曲"之见的方术，并没有真正把握讲天地之美，神明之容的道术一样，这里的仁者、智者也是于《易》道，只见到或仁或智一面，而不能把握全副意义的《易》道。《易传》的作者认为，真正意义或全副意义的《易》道，存在于百姓日用之中，只是他们不知道，亦不像仁者智者那样大肆论辩而已。正因此，他们保存了道。在《童心说》中，李贽以童心说为标准，抹平雅与俗特别是通俗小说巨大身份差别的界限，并深入研究评论通俗小说，特别是《水浒传》。《水浒传》写的人物，大多是不识字即没有受闻见道理影响而保存了童心本体的下层人民，李贽正是在评论《水浒传》中发现了童心本体之所在。尤其是在李逵、鲁智深等人物身上呈现出来。对此，我们在下文还要较详细地谈到。

3. 小说评点与叙事学

对小说评点作为小说批评方式的形态构成，叶朗有这样的概括描述：

> 小说评点的体例一般是这样：开头有个《序》。《序》之后有《读法》，带点总纲性质，有那么几条，十几条，甚至一百多条。然后在每一回的回前或回后有总评，就整个这一回抓出几个问题来加以议论。在每一回当中，又有眉批、夹批或旁批，对小说的具体描写进行分析和评论。此外，评点者还在一些他认为最重要或最精彩的句子旁边加上圈点，以便引起读者的注意。①

这是对小说评点作为批评方式从其完备形态所作的概括，但实际上表现在不同评点家那里往往又各有自己的灵活形式。对小说评点，一般来说，可将它作为单一的小说批评方式加以研究。但笔者注意到，它既是一种批评方式，又是一种理论方式，两方面相辅相成。正是从后一方面，不少学者将之与西方叙事学说相提并论，如有论者说：“广义地说，小说评点学也是一种叙事理论，它一方面与现代叙事学的基本思想存在相通之处，另一方面也有不同之点。”② 这样就提示了一个中国小说评点与西方叙事学说的关系问题。

西方叙事学说，明确地说应区分为二：西方传统叙事理论与西方现代叙事学。西方现代叙事学是西方20世纪70、80年代逐渐形成的以形式主义批评而闻名的学术流派与思潮，其学科名称在1969年才由托多罗夫正式提出。现代叙事学虽然与传统叙事理论有历史渊源关系，但不同于传统

① 叶朗：《中国小说美学》，北京大学出版社1982年版，第13页。

② 林岗：《明清之际小说评点学之研究》，北京大学出版社1999年版，第8页。

叙事理论。我们知道，与中国文学起源于《诗经》，首先形成的是抒写心性情志文学传统不同，西方文学起源于古希腊的神话与史诗（叙事诗），形成的是叙事文学传统。因此，西方自柏拉图、亚里士多德起，就以本体论哲学或认识论哲学为基础的模仿说为指导开始对叙事文学作品进行研究分析，并逐渐形成了后来人们总结的以人物、情节、环境三要素为中心内容的传统叙事理论。

西方现代叙事学虽然也不离起源于古希腊叙事文学及传统叙事理论的渊源，但与传统叙事理论以本体论或认识论哲学为基础的模仿说为指导不同，现代叙事学则主要是在索绪尔结构主义语言哲学影响下，分别形成的俄国形式主义和法国结构主义的双重影响下形成的。因此与传统叙事理论注重对作品的以人物、情节、环境为中心的内容的研究不同，现代叙事学更注重对作品的文本及其结构的分析，更注重作品的共性而不是个别具体作品的艺术成就。它主要研究的是作者与叙述人，叙述人与作品的人物，作者与读者的关系以及叙述视角、叙述话语和叙述动作等理论问题。西方现代叙事学内容丰富复杂，但就其主要理论倾向来说，若一言以蔽之，可谓一种形式主义文论，强调的是文本的叙述技巧与叙述结构。在英美又与欧陆有所不同，英美叙事学更关心叙述角度，如被誉为“20世纪小说美学里程碑”的W. C. 布斯的《小说修辞学》，所关心的问题，就“是作者、叙述者、人物和读者之间的关系。在他看来，这种关系就是一种修辞关系”[①]。这实际上就是作者、叙述者如何成功“诱导”读者与作品中的人物交流，对作品中的事件感兴趣的叙述技巧。

以上是概括地谈西方叙事学说的两种理论形态。进一步我们要谈到上引文提示的小说评点与上述两种西方叙事学说的关系。小说评点虽然不等于中国叙事学说的全部，但它是其中最集中、最典型的形态，因此可以构成这种关系。首先是小说评点与西方现代叙事学的关系。在这个问题上，我们注意到现代学界往往以西方现代叙事学为理论框架，而把小说评点以材料身份纳入其中进行分析。例如对《水浒传》第九回所写一段：

① ［美］W. C. 布斯：《小说修辞学·译序》，北京大学出版社1987年版，第3页。

忽一日，李小二正在门前安排菜蔬下饭，只见一个人闪将进来，酒店里坐下，随后又一人闪入来。看时，前面那个人是军官打扮，后面这个走卒模样，跟着也来坐下。

金圣叹对这段描写，有一段批语道：“‘看时’二字妙，是李小二眼中事。一个小二看来是军官，一个小二看来是走卒，先看他跟着，却又看他一齐坐下，写得狐疑之极，妙妙。”① 对此，现代学者往往将之纳入现代叙事学的叙述视角中的视角变换以分析。这是可以的。这种将之提升到现代化程度的分析是很有意义的。在小说评点中，可以说有无数的材料可以纳入西方现代叙事学理论框架的相应理论，除了上面提到的叙述视角以外，还有叙述时间、叙述动作等予以分析。并且还可以进一步揭示其所具有的中国文化色彩，从而形成中国叙事学。不过，这与其说是中国叙事学，还不如说是西方叙事学在中国。因为在这里，所谓中国叙事学只是材料身份，而不是自身形态。这种研究应该有，它可以迅速将以小说评点为集中形态的中国叙事学说提高到现代化的程度。但只有这还不够，还必须推进一步。如何推进？这里的关键问题是“识”，即如何从更高层次上认识中国小说及其评点方式。这个更高层次，在笔者这里就是哲学层次。上文讲过，按牟宗三的研究总结，全部哲学的共同模型，可用佛教一心开二门和康德的现象与物自身的超越区分来表示。一心是自性清净心，二门指生灭门，或康德意义的现象界；与真如门，或康德意义的物自身本体界。西方哲学于生灭门、现象界积极，但于真如门、物自身本体界则消极，即使康德也不透彻。而中国哲学则不同，或说刚好相反，于生灭门、现象界消极，但于真如门、物自身本体界积极，其理境有高于西方哲学的高峰康德之处。因此，西方主要形成以认识论哲学为核心的文化系统，而中国则主要形成以心性哲学为核心的文化系统。中国文学包括小说是中国文化系统的一部分。因此，从哲学高度，对文学包括小说及小说评点，也可以作如是观。

转向文学。我们上文讲过一个重要观点。这就是中国文学包括小说，虽然不轻视“技”，因为没有技就不能形成文学形式，就没有文学包括小

① 陈曦钟等辑校：《水浒传会评本》上，北京大学出版社1981年版，第207页。

说，但中国作家总不满足于技，不满足于纯文学，当文学专家、写作技匠，而总要由技进于道。而道，按《老子》的讲法则有二：可道之非常道与不可道的常道。中国文学由技进于道的道，主要是指常道。这常道，在儒家则为心性人道，为仁心、本心、道心的外在呈现，正如《中庸》所说“率性之谓道”。当然西方文学与文论，也有由技进于道的说法，如亚里士多德说文学（诗）比历史更富于“哲学意味”，更“带有普遍性”。这按我们的讲法就是讲文学（诗）可以由技进于哲学，在这里哲学就是道。但亚里士多德所说的哲学，如上所谈，主要为认识论哲学。认识论哲学讲的道，按《老子》的讲法，则为可道的非常道。与中国心性哲学讲的道为常道是不同层次的。

由上分析可见，从哲学的最高视野上看，小说评点与西方叙事学在哪个层面上可以相通呢？就是在“技”的层面可以相通。因此在这个层面，我们可以将小说评点的相关材料以材料身份纳入西方叙事学的理论框架以分析。这是有意义的。但中国小说及小说评点中讲的由技进于道的层面，即我们在上文讲的作为小说评点灵魂的李贽的童心说，及以童心说为标志的心性哲学则是西方现代叙事学理论框架所不能分析的。这也是作为中国叙事学说的集中而典型形态的小说评点，与西方现代叙事学的根本不同之处。在这里，我们要指出的是，美国学者浦安迪对这点有一定的认识。在他的《中国叙事学》一书中，他没有只将中国小说及小说评点材料一股脑儿地纳入西方现代叙事学的理论框架以分析，而是在谈中国小说特别是明代小说时，与宋明理学即心性哲学联系起来。从心性哲学的高视野，他认为在明代四大传奇中，《西游记》的重心可“视为‘正心诚意’”，《金瓶梅》的关注可“看做‘修身齐家’”，而《水浒传》的焦点“显然是‘治国’”。至于《三国演义》则可“理解为是一部探讨‘不平天下’之失的‘忧患’之书”[①]。浦安迪对中国心性哲学理解有限，因此说得不一定准确，但他已注意到了中国小说的由技进于道的特点，并且在他的大作中留下了地盘，这是很难得的。在这里，我们不准备就此直接展开谈小说评点中这一与西方现代叙事学的根本不同之处，而是准备在继续谈小说评点与西方传统叙事理论之关系

① ［美］浦安迪：《中国叙事学》，北京大学出版社1996年版，第171—177页。

时，一并谈到。

上文讲过，西方传统叙事理论起源于柏拉图与亚里士多德，柏拉图有著名的“三床”说：理式的床、木匠的床与画家的床。他认为木匠的床是理式的床的模仿，而画家的床是木匠的床即现实的床的模仿，因此，与他说的真理即理式的床隔着三层，根本不真实。到亚里士多德，他由柏拉图的本体论哲学转向认识论哲学，因此他的文艺模仿说的哲学基础也由本体论转向认识论。与柏拉图不同，他认为作为模仿自然现实的文学也是可以达到真理的，用他的话说就是文学（诗）可以比历史“更富于哲学意味”，更“带有普遍性”。上文讲过，这用中国的语言表述就是说文学（诗）可以由技进于道，只是这个道，按《老子》中的讲法为可道的非常道，认识论哲学之道，而不是心性哲学讲的不可道的常道，根本差别就在这里。

沿着亚氏以认识论哲学为基础的模仿说的方向，后来西方理论家总结出一套以人物、情节、环境三要素为中心内容的叙事理论。为了与后来发展起来的现代叙事学相区别，一般就称之为传统叙事理论。西方传统叙事理论的三要素实际上又以人物为中心，而人物塑造则以创造出典型为最高理想形态。因此西方传统叙事理论又以典型问题为理论焦点。这一典型理论焦点，在西方讨论了两千多年，后来经苏联学界而传入现代中国学界，又热烈地争论了数十年，也只能是仁者见仁，智者见智，而无一致的结论。但在笔者看来，典型的真意其实已为高尔基一段朴素无华的话所道尽。他在谈到典型创造时说：

> 假如一个作家能从二十个到五十个，以至从几百个小店铺老饭、官吏、工人中每个人的身上，把他们最有代表性的阶级特点、习惯、嗜好、姿势、信仰和谈吐等等抽取出来，再把它们综合在一个小店铺老板、官吏、工人的身上，那么这个作家就能用这种手法创造出“典型”来，——而这才是艺术。①

与西方小说一样，中国小说当然也要写人物、情节、环境，并以三者

① ［苏］高尔基：《论文学》，人民文学出版社1978年版，第160页。

为中心内容。但与西方小说以认识论哲学为核心指导，因而要写出反映客体的代表性的典型为理想形态不同，中国以心性哲学为核心指导的小说所写的人物，则要求写出人物的主体心性之性格。金圣叹在《读第五才子书法》中说："别一部书，看过一篇即休，独有《水浒传》，只是看不厌，无非为他把一百零八个人性格，都写出来。"这里说的"性格"，性是指心性；"格"，《字彙·木部》："格，格样，法则也。"合起来性格应是指人物主体心性及其相应的外在表现格样即形态。李贽、叶昼、金圣叹都以心性之性格评论小说人物。上文讲过，明清小说评点是以李贽的"童心"说为标志的心性哲学为灵魂的。因此"童心"乃评论心性性格的最高标准。在李贽那里，"童心"真通儒家圣人之圣心，道家的真人的虚静心，佛家的佛的自性清净心。因此，在小说评点中，那些具绝假纯真的童心般表现的，或说率童心般心性而行的人物，便被评点家评点为圣人，或真人、活佛，其言行表现则为圣人、真人、活佛的表现，赞之为人物的最高境界。在《水浒传》的评点中，李贽、叶昼、金圣叹都极为赞赏李逵、鲁智深、武松等人物。叶昼称李逵是"梁山泊的第一尊活佛"。他在《水浒传》第五十一回批语中说：

> 我家阿逵只是直性，别无回头转脑心肠，也无口是心非说话。如殷天锡横行，一拳打死便了，何必誓书铁券。柴大官人到底有些贵介气，不济不济。①

叶昼也称鲁智深是一个活佛。他在《水浒传》第四回批语中针对他人的评论针锋相对地指出：

> 此回文字分明是个成佛作祖图，若是那班闭眼合掌的和尚，决无成佛之理。何也？外面模样尽好看，佛性反无一些。如鲁智深吃酒打人，无所不为，无所不做，佛性反是完全的，所以到底成了正果。算来外面模样，看不得人，济不得事。此假道学之所以可恶也与？此假

① 陈曦钟等辑校：《水浒传会评本》下，北京大学出版社1981年版，第964页。

道学之所以可恶也与?①

叶昼又在第四回批语中批驳他人说:

> 人说鲁智深桃花山上窃取了李忠、周通的酒器,以为不是丈夫所为,殊不知智深后来作佛正在此等去(处)。何也?率性而行,不拘小节,方是成佛作祖根基。若瞻前顾后,算一计十,几何不向假道学门风去也?②

从绝假纯真的“童心”标准出发,叶昼还称王英这好色之徒为“圣人”。他在《水浒传》第四十七回批语中说:

> 王矮虎还是个性之的圣人,实是好色,却不遮掩,即在性命相并之地,只是率其性耳。若是道学先生,便有无数藏头盖尾的所在,口夷行跖的光景。呜呼!毕竟何益哉!不若王矮虎实在,得这一丈青做个妻子也,到底还是至诚之报。③

由以上所引几段回评可见,叶昼之所以评价李逵为活佛,在其“直性”。之所以称鲁智深为活佛,在其不是“外面模样尽好看”,而是“佛性……完全”,并“率性而行,不拘小节”。又之所以称王矮虎为“圣人”,则在其虽然“好色,却不遮掩”,甚至在“性命相拼之地”,亦“只是率其性”而行,表现“实在”、“至诚”而不虚假。总的来说,叶昼这样评价李逵、鲁智深、王英三个人物,其标准是以“童心”说为标志的心性哲学,他们看重的是人物“童心”般的真性情而非虚假,并率“童心”般的真性情而行,活泼泼。《中庸》说:“天命之谓性,率性之谓道。”这就是一种由技进于道的评点。

由上分析可见,要将小说评点作为材料身份纳入西方现代叙事学,或

---

① 陈曦钟等辑校:《水浒传会评本》上,北京大学出版社 1981 年版,第 121 页。

② 同上书,第 140 页。

③ 同上书,下册,第 897 页。

西方传统叙事理论的现成理论框架以分析是可以的，但只能讲到一定程度。小说评点有自己不同的哲学核心或基础，有自己的精彩之处。因此，它不应只是材料身份，还应有自己的特定形态。至于它的特定形态，也即中国叙事学的特定形态，如何构想，尚须学界努力。笔者在这里只是揭示其间的根本之处，提出问题而已。

第六章 “诗教”论

上文说过，参照现代西方文论代表性人物艾布拉姆斯的四要素体系模式，我们进一步发掘了与其“读者”要素相对应的“观文者”、“闻道”要素，力图完整中国古代文论纲目体系。但实际上，中国文论纲目体系有自己的特定形态，是不能完全以西方文论为参照的。朱自清说过，“诗教”是中国诗论两大纲领之一。适当转化，自然也是中国文论的纲领之一。实际上，刘勰在《文心雕龙·宗经》也谈到诗教与六经（文）教问题。他说，“六经也者，恒久之至道，不刊之鸿教也”。六经按今文经学的排序是以《诗经》为首的，既然六经为“不刊之鸿教”，《诗经》当然也是“不刊之鸿教”。在《明诗》中，刘勰又进一步谈到诗教问题，所谓：“诗者，持也，持人情性；三百之蔽，义归‘无邪’，持之为训，有符焉尔。”但刘勰没有由此进一步将诗教或六经（文）教提升为其文论纲目体系的一个要素或环节。而后世虽然仍然有将“诗教”看作是诗论或文论的纲领之一的，但对其真意实已逐渐遗忘。因此在这里，我们需要从中国文论其他基准或阶梯性论著中，钩沉“诗教”的真正意义，并将之提升到相应高度，以实现道、圣、文、闻道、诗教五要素或环节为纲，并皆可为道所一以贯之，从而真正实现从纲层次完整中国古代文论纲目体系之形态。

本章主要钩沉并论述逐渐被现代人所遗忘或曲解的“诗教”的真意，作为纲的“诗教”与其统辖的目；“兴于诗、立于礼、成于乐”的诗教范式；以及与现代美育比较，以彰显“诗教”在古代以“人文以化成”中庸合道人格实践中的重要意义。

一　综论作为纲的“诗教”

（一）何谓“诗教”

1. 从现代学界对“诗教”的研究谈起

以现代理论视野研究传统的诗教，当以朱自清的研究最有代表性，因此我们谈现代学界对诗教的研究，就主要以朱先生的研究为基础来讲。朱先生说：“在诗论上，我们有三个重要的，也可说是基本的观念：‘诗言志’、‘比兴’、‘温柔敦厚’的‘诗教’。后世论诗，都以这三者为金科玉律。”① 后来他又进一步认为三者中的“诗言志”、“诗教”为诗论的“两大纲领”，其他都是这“两个纲领的细目”。② 由此可见，朱先生对“诗教”在中国诗论中的定位非常高。据他夫子自道，他的大作《诗言志辨》，原拟名为《诗论释辞》，后来因为书中四篇论文，即“诗言志”、“比兴”、“诗教”和“正变”是一套，“而以‘诗言志’一个意念为中心，所以改为今名”③。其实按作者的讲法，书名题为《中国诗论》也是可以的。在这里，我们不谈其他三篇，主要谈其中“诗教”一篇。不过即使这一篇内容也是很丰富的。从研究的需要出发，主要关注其中两点：

一是关注文中对“诗教”概念的表述。对这，我们注意到，在朱先生那里，有《诗》教与诗教的不同，《诗》教的《诗》是指《诗经》，《诗》教自然是指《诗经》之为教；而“诗教”可指《诗》教，但《诗》也可以理解为由《诗经》泛化为诗。但在中国，诗以至文学皆根源于《诗经》，亦贯通着《诗经》精神。因此二者虽然有区别，但亦有一致性。朱先生似没有特别区别开来，我们在这里，提《诗经》之为教，则写作《诗》教，泛化则为诗教，诗教的精神亦以《诗》教为核心。因此，有时亦互换或混合使用。

二是我们还特别关注朱先生对“诗教”意念的起源发生、发展和被“代替”过程的揭示与梳理。朱先生认为《诗》教作为一词，始见于《礼

---

① 《朱自清古典文学论文集》上，上海古籍出版社 1981 年版，第 235 页。

② 《朱自清全集》6，江苏教育出版社 1990 年版，第 130 页。

③ 同上书，第 131 页。

记·经解》:“孔子曰:入其国,其教可知也。其为人也温柔敦厚,《诗》教也。”又说:“其为人也,温柔敦厚而不愚,则深于《诗》者也。”在《经解》中,《诗》教是与《书》教、《乐》教、《礼》教、《易》教和《春秋》教即六艺教一起讲的,为一完整的育人化人系统。但现在的问题是,学界对《礼记》年代有不同看法,主要有二:一是大致如朱先生那样,对传统看法持怀疑态度,认为“《礼记》大概是汉儒的述作”,如此,则上引孔子说的话,则“只是汉儒的传说,未必真是孔子的话”[①]。二是大致仍持传统看法,但有较合理的解释,如熊十力就是这样认为的。他说:“大小《戴记》当有战国及汉初儒者增窜之说。然其中大义微言,必出夫子传授。七十子后学相承未坠,最可宝贵。余以为孔子之《礼》说,当于大小《戴记》求之。”[②] 这两种不同看法,不仅涉及《礼记》在中国文化哲学中的学术意义的定位,而且在这里还直接涉及对《诗》教的起源及意义的认识。朱先生既然认为《礼记》大概为汉儒述作,因此在《诗》教意念的起源问题上,他只能把孔子所说“小子何莫学夫《诗》?《诗》可以兴,可以观,可以群,可以怨。迩之事父,远之事君。多识于鸟兽草木之名”(《论语·阳货》)看作“《诗》教的意念的源头”。他的理由是:“孔子的时代正是《诗》以声为用到《诗》以义为用的过渡期,他只能提示《诗》教这意念的条件。到了汉代,这意念才形成,才充分的发展。”[③] 也就是才可能形成明确意义的《诗》教。进一步,朱先生又认为,《诗》教意念虽然到汉代得到了充分的发展,但《诗》教意念又要到唐代孔颖达《正义》释《经解》时才有明确的解释,其释“温柔敦厚”句云:“温谓颜色温润,柔谓情性和柔。《诗》依违讽谏,不指切事情,故云温柔敦厚是《诗》教也。”等等。再进一步,朱先生还认为,诗教观念,虽然在孔颖达那里作了较清楚的解释,但要到宋代朱熹那里才最后“圆成”。他说,朱熹在《诗集传·序》“只发挥‘思无邪’一语”。“以‘思无邪’论《诗》,真出于孔子之口,自然比‘温柔敦厚’一语更有分量。”“经过这样补充的解释,《诗》教的理论便圆成了。”朱先生将

① 《朱自清全集》6,江苏教育出版社1990年版,第230页。

② 熊十力:《读经示要》,中国人民大学出版社2006年版,第389页。

③ 《朱自清全集》6,江苏教育出版社1990年版,第249页。

《诗》教理论的最后“圆成”定在宋代的朱熹，但他又认为《诗》教理论虽然“圆成”，但时代文学发生了变化，一方面是此后诗的发展尽向所谓“沉着痛快”一路发展；另一方面散文不断进步，“文笔”与“诗笔”的分别转成“诗文”分别，选本也渐渐诗文分家，不再将诗列在“文”的名下，像《文选》以来那样。“于是诗不是从前的诗了，教也不及从前那样广了：‘温柔敦厚’也好，‘无邪’也好，《诗》教只算是仅仅存在着罢了。”[①] 这也就是说《诗》教在朱熹那里“圆成”，但随着文学的发展，《诗》教实际上已名存实亡。但这时，又有人例如杨时提出“为文要有温柔敦厚之气”（《龟山集》+《语录》）等。朱先生说：“这简直将《诗》教整套搬去了，虽然他还是将诗包括在‘文’里。这时代在散文的长足的发展下，北宋以来的‘文以载道’说渐渐发生了广大的影响，可以说成功了‘文教’——虽然并没有用这个名字。于是乎‘六经’都成了‘载道’之文——这里所谓‘文’包括诗；——于是乎‘文以载道’说不但代替了《诗》教，而且代替了六艺之教。”[②] 这就是说宋代“文以载道”起，于是文以载道取代了《诗》教。《诗》教被取代也就是完成了自己的历史使命而退出历史舞台，消亡了。但朱先生在前文讲过“诗教是就读诗而论”[③]。因此说“文以载道”取代《诗》教，或许笼统些。讲文以载道取代诗言志，而说有杜撰性质的“文教”取代《诗》教，或许更准确。

朱先生对《诗》教理论的揭示和梳理，使我们对《诗》教的意义与发生发展过程有了一个现代意义的较清晰的认识，并给我们以重要启示，但我们又觉得意犹未尽。首先，这可能与朱先生的研究受从西方输入的分别说的文学观念意识的影响有关。因为我们看到，他的研究孤立于《诗》教理论本身，而忽视了《诗》教与中国文化哲学的和合性质。因此，他虽然似乎理清了《诗》教问题的起源、发展、圆成和被代替的过程的线索，但显得比较干枯，而缺乏内在思想血脉的贯通。其次，朱先生可能也受时代疑古派历史观的影响。过于追求“真”，因此对《诗》教意念的起

① 《朱自清全集》，江苏教育出版社 1990 年版，第 264—265 页。

② 同上书，第 265—266 页。

③ 同上书，第 130 页。

源，把握得不甚准确，而按黑格尔的看法，开端是抽象的终点，终点是具体的开端。对《诗》教开端把握得不准确，也就影响了对《诗》教意义的真正理解。为此，下文我们拟在朱先生研究的启示下，接着对《诗》教问题再作一些探讨，力图发现他还未有发现的意义。

2. 何谓“诗教”

从中国文化哲学高度讲诗教，必须先从“教”讲起，诗教毕竟只是“教”的一个子项目。而要讲“教”，则要讲到六经。我们知道六经的排序主要有两个排法，又主要看以何者为首。在前文讲过，今文经学是以《诗经》为首的，但古文经学则以《易经》为首，两种讲法都有各自的道理，都可以成立。我们在前文讲过今文经学的讲法，在这里则按古文经学讲。按古文经学的排序，六经是以《易经》为首，因此有所谓《易经》乃群经之首的讲法。因此讲中国文化哲学的起源，首先要从《易经》的起源讲。《易传・系辞下》讲到《易经》的兴起发源时说：“易之兴也，其于中古乎。作《易》者，其有忧患乎?”这句话道出了以《易经》为首的中国文化创造发生的内在动力源，乃出于忧患意识。以忧患意识讲“忧患”，是现代讲法。按牟宗三的肯定，为徐复观首出。在徐先生那里，“忧患意识，乃人类精神开始直接对事物发生责任感的表现，也即是精神上开始有了人的自觉的表现”[①]。牟宗三认为：“这是一个很好的观念，很可以藉以与耶教之罪恶怖栗意识及佛教之苦业无常意识相对显。”[②] 那么作《易》者的忧患是什么呢？从其后文所列的九卦即“履，德之基也；谦，德之柄也；复，德之本也；恒，德之固也；损，德之修也；益，德之裕也；困，德之辨也；井，德之地也；巽，德之制也”等看，他的忧患显然是人们的德性生命。作《易》者正是出于此而作《易》，以之全面启示德性修养，对人们进行教化。这正如《易・贲・彖传》所说：“观乎人文，以化成天下。”曾仕强说过：“中华文化的一切，只为了两个字，叫做教化。”[③] 可谓的论。以此为大前提，作为中国文化一部分的以六经，特别是《诗经》为根源的中国文学，自然亦应是以“人文以化成天下”

① 徐复观：《中国人性论史》，华东师范大学出版社 2005 年版，第 14 页。

② 牟宗三：《中国哲学的特质》，上海古籍出版社 1997 年版，第 14 页。

③ 《曾仕强解读易经全集》，陕西师范大学出版社 2010 年版，第 43 页。

的一部分。

那么从中国文化的核心心性哲学高度讲，何谓“教”？依希腊哲学古义的爱智慧，在康德为实践智慧学，而从中国心性哲学角度，牟宗三说：“‘教’是什么意思呢？就是实践的智慧学，通过理性的实践来纯洁化我们自己的生命，而达到最高的境界，这就是教，就是实践的智慧学。”[①] 又说：“何谓教？凡足启发人之理性，通过实践之途径以纯净化人之生命以达至最高之圣境者即谓之教。”[②] 牟先生的这两处讲法，可以说已从心性哲学高度将“教”定义得很清楚。

中国心性哲学是从中国文化的核心讲，其散发开来，则为各形态的中国文化。古代中国文化统称礼乐文化，这礼乐文化导致中国文明，因此又称礼乐文明。作为核心的心性哲学是教，作为其散发开来的礼乐文化当然亦是教。从现存文献中，可完整看到最早讲的是“乐教”。《尚书·尧典》说：

> 帝曰：“夔！命汝典乐，教胄子。直而温，宽而栗，刚而无虐，简而无傲。诗言志，歌永言，声依永，律和声。八音克谐，无相夺伦，神人以和。”
>
> 夔曰：“於！予击石拊石，百兽率舞。”

由这段引文可见，乐教就是以“乐教胄子”即以乐教化年轻人，使一代代年轻人“化”为即成长为正直而温和，宽大而谨慎，刚毅而不粗暴，简约而不傲慢的好品德好表现的人。在这里可以看出乐是综合着诗、歌、乐、舞等形式的综合概念。乐教当然亦统辖着诗教、歌教、乐教、舞教等。

《周礼·春官宗伯·大师》：

> 大司乐：掌成均之法，以治建国之学政，而合国之子弟焉。凡有道者、有德者，使教焉……以乐德教国子：中，和，祗，庸，孝，

① 牟宗三：《四因说演讲录》，上海古籍出版社1998年版，第111页。

② 牟宗三：《中西哲学之会通十四讲》，上海古籍出版社1997年版，第72页。

友。以乐语教国子：兴，道，讽，诵，言，语。以乐舞教国子舞《云门》、《大卷》、《大咸》、《大磬》、《大夏》、《大濩》、《大武》。

由此可见，乐教又包括“乐德”、“乐语”、“乐舞”等形上与形下层次。

随着社会发生剧变，礼崩乐坏，特别是后来作为乐本体的《乐经》亡佚。乐、诗、歌、舞等综合形式的乐教，最后只保存下“乐语”即诗歌，于是乐教也就转化为诗教。自此以后中国礼乐文化，虽然仍然称礼乐文化，但实际上只是从精神上讲，而其内容实际上已转化为礼诗，为礼诗文化，当然礼诗文化的精神乃礼乐文化精神的承传与延续，为一以贯之。因此，孔子将诗教、礼教、乐教三者合一讲，所谓“兴于诗，立于礼，成于乐”。(《论语·阳货》) 并成为中国诗教，也可以称为礼教、乐教的基本范式。对这，后文还要详细讲到。

孔子自称“述而不作，信而好古”。(《论语·述而》) 正像孔子的伟大业绩，在心灵相通与承传上古三代礼乐文化的精神，并给予发扬光大予以心性哲学提升而立教一样，在礼乐诗教上，孔子也主要是承传并发扬光大予以心性哲学的提升，而不是首创。因此，朱自清认为，诗教思想起源于孔子，也是不甚准确的。孔孟之后，汉唐诸儒的功绩主要在经秦火劫难后发掘、保存、整理并注疏儒家从上古三代承传下来的文化典籍，但他们于孔孟心性哲学的微言大义皆不能从深层心灵上有相应的领悟。承接孔孟儒家心性哲学主脉大气的是以韩愈等为过渡的宋代新儒家。在诗教上也是如此。其中又以朱熹讲得最清楚。朱氏在《诗集传序》中有一段曾为朱自清引述过的论述《诗》教的话。他说：

或有问于余曰：诗何为而作也？

余应之曰：人生而静，天之性也；感于物而动，性之欲也。夫既有欲矣，则不能无思；既有思矣，则不能无言；既有言矣，则言之所不能尽而发于咨嗟咏叹之余者，必有自然之音响节奏，而不能已焉。此诗之所以作也。

曰：然则其所以教者，何也？

曰：诗者，人心之感物而形于言之余也。心之所感有邪正，故言之所形有是非。惟圣人在上，则其所感者无不正，而其言皆足以为教。其或感之之杂，而所发不能无可择者，则上之人必思所以自反，而因有以劝惩之，是亦所以为教也。昔周盛时，上自郊庙朝廷，而下达于乡党闾巷，其言粹然无不出于正者。圣人固已协之声律，而用之乡人，用之邦国，以化天下。至于列国之诗，则天子巡守，亦必陈而观之，以行黜陟之典。降自昭、穆而后，寖以陵夷，至于东迁，而遂废不讲矣。孔子生于其时，既不得位，无以行帝王劝惩黜陟之政，于是特举其籍而讨论之，去其重复，正其纷乱；而其善之不足以为法，恶之不足以为戒者，则亦刊而去之；以从简约，示久远，使夫学者即是而有以考其得失，善者师之，而恶者改焉。是以其政虽不足行于一时，而其教实被于万世，是则诗之所以为教者然也。

在这里，朱熹首先讲“诗何为而作”的问题。朱氏认为人的自然天性虽然好静，但其中也包含着与静相反相成的动与欲。当感受事物而受刺激时就表现出来。有冲动、有欲望自然就会思考，思考离不开语言，语言也不能道尽而发于歌咏，连咏叹歌唱都不能满足，就必然要运用韵律节奏的诗以表达不可了。这就是“诗之所以作”的原因。其次由“诗之所以作”为起始，朱氏进一步讲“诗之所以为教”的问题。朱熹认为，诗的创作出于人心的感于物，但问题在人心的层次境界有不同，这不同之心所感于物所得也就不同，这不同就大方面说有邪正之分。这感之邪正不同，用语言表达出来就有是非。在这里，只有圣人的圣心所感无不正。圣心所感之正，用语言文字表达出来，则一切皆正，也就皆足以为教。即使他于物的感受一时会有混杂，但他用语言表达出来时，不能没有去非存是的选择，或对非有反思，留下“劝惩”的教训，这“亦所以为教”。以此为基础，朱熹进一步讲诗经之所以为教，即《诗》教。他认为《诗经》的情况较复杂些，有直接受周之盛德影响的二南，由上至下，“其言静然无不出于正者”。至于“列国之诗”则较为复杂。孔子整理删诗时，“去其重复，正其纷乱……则诗之所以为教者然也”。按朱熹的讲法，诗经原作是有正，亦有重复、纷乱等复杂情况的，经孔子以中正标准整理加工，已一切皆正，“是则诗之所以为教者然”。

由上分析可见，按朱熹的说法，《诗经》之所以为教，主要不在其自然之音的节奏之美、技之美，而在其原作虽然感于物有正，有不正，表达有是有非，但经孔子以中正标准删诗即加工整理手定后，已一切皆正，无不贯通着中正思想，用孔子的话来说，就是“思无邪”，即整部《诗经》皆为中正之道所一以贯之。正、中，从心性哲学上讲就是指中庸之道。这也就是说《诗经》已是由技进于道的诗，所以诗经为教。从心性哲学层次上讲，这道是中庸之道，而从美学层次讲，则为中正之美或中和之美。这种美是即真即美即善三合一的美。这与现代美讲的美是指真美善三分的分别说的美，或独立意义的美是不同的。

这样讲，其实主要还是就“诗教”的施教一面讲，而“诗教”应包括两方面：一是“施教”一面，一是“受教”一面。后一面朱熹称之为“学”。就“施教”的教材《诗经》方面讲，其内存中正之道，从美学上讲就是内存中正之美。关于“学”，特别是“学诗之大旨”一面，朱熹亦就学《诗经》具体讲道：

> 曰：然则其学之也，当奈何？
>
> 曰：本之二《南》以求其端，参之列国以尽其变，正之于雅以大其规，和之于颂以要其止，此学诗之大旨也。于是乎章句以纲之，训诂以纪之，讽咏以昌之，涵濡以体之；察之情性隐微之间，审之言行枢机之始；则修身及家，平均天下之道，其亦不待他求而得之于此矣。

朱熹是认为，学《诗经》之大旨首先是要“本之二南以求其端”，为什么？因为二南是受周之盛德直接影响而产生的诗。因而必须以之为“本”以求《诗经》智慧之端绪，然后再“参之列国以尽其变，正之于雅以大其观，和之于颂以要其止”。在具体消化具体诗过程中，还要“章句以纲之，训诂以纪之，讽咏以昌之，涵濡以体之，察之情性隐微之间”，但也不是到此为止，而是还要“审之言行枢机之始”。这与前段引文讲的“学者即是而有以考其得失，善者师之，而恶者改焉”意思相近，这实际上讲的是将诗的思想与学者之生活实践贯通起来。或“师之”，或“改焉”。以学者自我言行生活为起始，久而久之，则“修身及家，平均天下之道，其亦不待他求而得之”。由此，我们结合上文引述牟宗三从心性哲学高度讲的“教”，或许更清楚。他说：“教是什么？就是通过理性的实践来纯洁化我们的生命，而达到最高的境界。”以哲学为核心，他还就心性哲学讲的“教”义推至诗与文学。他说：“文学方面，一定要技进于道。从诗教方面看，通过诗而达到生活，生活要道化，而诗要生活化。”[①]由哲学“教”到“诗教”，牟先生在这里都讲得很清楚。就“诗教”说，诗、文学一定要由形下之技进于形上之道，这道当然是指心性哲学之道。这样作为“诗教”的一面，才能由诗而走向生活，由进于道的道即理性引导学者的生活方式，实现生活道化即理性化，人才不至于东倒西歪，而走中正之道。这从诗文学方面看，也就是诗、文学生活化。这从大视野看，也就是中国诗、文学作为中国文化一部分而参与以“人文以化成天下”，特别是化成人的体现。

牟宗三这里特别强调“文学方面一定要技进于道”。“一定”就是强调只能如此。为什么要强调？旧说，技，就是指文学艺术，如果文学艺术止于技，则为纯文学艺术。文学艺术要由技进于道，这道，指哲学，在中国指心性哲学，哲学是文化，也是作为文化一部分的文学的核心灵魂。中西文学都讲技进于道。亚里士多德也讲写诗（扩大开来就是文学）比写历史“更富于哲学意味”。这用我们的话讲，就是讲诗、文学可以由技进于道。但在亚氏那里，其道指认识论哲学之道，若按老子道之二分，则为可道的非常道。而中国哲学不同，中国哲学是心性哲学，其道自然是指心性哲学之道，若按老子道之二分，则为不可道的常道。这就是说，中国诗、文学讲技进于道，也就拥有了不可道的常道的核心灵魂。中国心性哲学亦称实践的智慧学，作为教，它可以启发人的理性，而人通过理性实践可以纯净化我们人的生命而达到人之为人的精神境界，甚至圣境。总之，牟宗三所谓“从诗教方面看，通过诗而达到生活，生活要道化，而诗要生活化”。可从两方面讲，就学者方面讲，进于道的诗的道即理性可以引导学者的生活道化即理性化，成就人之所以为人的境界，甚至圣境；而从文学、诗方面讲，这也就是诗通过学者而生活化。这两方面的结合的最后完成，其典型表现就是《礼记·经解》中引孔子所说：“人其国，其教可知也。其为人也温柔敦厚，《诗》教也；……其为人也，温柔敦厚而不

---

① 牟宗三：《康德第三批判讲演录》，台湾《鹅湖月刊》第26卷第12期。

愚。则深于《诗》者也。”

由上分析可见，与现代学界不同，我们在这里不是孤立地就诗论讲诗教，而是从中国文化的以“人文以化成天下”，而诗、文学是从中国文化一部分的角度理解诗教，亦是从中国文化的核心心性哲学的高度理解诗教。当然还可以从美学角度理解诗教。从美学角度理解诗教，必须从以心性哲学为基础的即真即美即善三合一的美的角度理解诗教。而现代学界一般从以认识论为基础的分别说的独立意义的美的角度讲诗教。这样讲，诗教代表善，诗才代表美。如此讲诗教则必然讲成善与美对立，亦即诗教与诗审美对立、冲突，即使讲寓教于乐，亦是从善与美相冲突的基础上讲，仍然没有即真即美即善之意，自然亦难以讲出诗教之深意。

3. 作为纲的“诗教”与其统辖的目

上文说过，按徐复观的看法并为牟宗三所肯定，中国文化哲学发展的内在动力源乃忧患意识。因此就实质来说，正如上引曾仕强所说，中华文化的一切，只为了两个字，叫作教化。这一说法应本于《易经·贲·彖传》所说：“观乎人文，以化成天下。”或说为其现代版。哲学是文化的核心，文化则是哲学核心的散开。从心性哲学核心角度，如何看文化之为教化呢？上引牟宗三的说法已讲得很清楚：“教是什么意思呢？就是实践的智慧学，通过理性的实践来纯洁化我们自己的生命，而达到最高境界，这就是教，就是实践的智慧学。”牟宗三的这一说法可以从两方面去理解：一是教是什么？上升到哲学高度讲，就是实践智慧学；二是教的作用与目的是什么呢？不是现代教育讲的学科学知识，而是讲通过理性的实践纯洁化我们自己的道德生命，而达生命的最高境界。牟宗三的这一说法是通于古希腊哲学古义的。他认为古希腊哲学的古义，是讲“爱智慧”，“爱智慧”就是“向往最高善”。这也就是康德讲的“实践的智慧学”。但这一哲学古义在西方已经被遗忘，而却正好保存在中国古代心性哲学中。正所谓《中庸》讲的：“自诚明，谓之性；自明诚，谓之教。”“天命之谓性，率性之谓道，修道之谓教。”可见牟宗三于“教”的讲法，是中西哲学会通的视野，意义深远。这是从文化哲学的核心哲学高度理解“教”。

中国文化号称礼乐文化，礼乐文化教化的成果是礼乐文明。中国文学艺术都从属于礼乐文化中的“乐”。从现存文献看，也最早讲“乐教”。

这就是上引《尚书·尧典》中讲帝舜命夔“典乐，教胄子”。“乐教”包括“乐德”、“乐语”、“乐舞”等层次，实际上为一种包括道德、诗歌、音乐、舞蹈等形上与形下相结合的多样式、多层次的综合的“成人”教育。后来随着社会发生剧变，礼崩乐坏。特别是作为乐教文本的《乐经》失存，乐教也就失去了本体依据，于是“乐教”为“诗教”所代替。诗教代替乐教，并不是乐教的彻底消亡，而是其完成自己的历史使命，但其精神则遗传给了诗教。因此，诗教的精神仍然是乐教精神的继承和发展。“诗教”的本体《诗经》作为六经之首影响深远，并成为后来中国各种文学艺术形态发生发展的基因库，也就是说中国后来发生发展的各种各样文学艺术形态都渗透着诗的精神。这就是钱穆说的，“中国全部文学则尽从此诗三百来”之意。因此中国称诗国，诗为中国文学的纲。这相应在文学艺术作为教上也就确立了“诗教”为纲的地位。它既统辖此前的“乐教”，又统辖后来发生发展的各种文学艺术之所谓教。据上引朱自清的讲法，宋及以后散文得到了长足的发展，所谓唐宋八大家中，宋占据六大家，可见的确如此。因此似乎相应地“诗教”也要被“文教”代替了。但正如朱先生所说，其时及以后都“并没有用这个名字”。这个名字乃朱先生一时之杜撰。不过，即使出现并用这个名字，也没法取代“诗教”，它只不过是“诗教”所派生，并依然承传着诗教的精神。因此在这里我们姑且让杜撰的“文教”一词存在，并作为“诗教”之纲所统辖的一个子目。因为它的存在也有一定的合理性，只是古人没有用这个名字而已。

中国文学起源于六经，尤其是《诗经》。诗是中国文学的纲领性文体，其他文体皆可以看作是诗的目，诗不仅派生出赋，而且派生出词、曲。因此古代称词为诗余，而曲为词余。这不是否定词、曲作为文体的相对独立性或说形式身份，而是强调诗与赋、词、曲之间一脉相传的血缘关系。不仅形体较近的赋、词、曲与诗有血缘关系，而且看似形体根本不同的中国戏曲、小说也与诗有血缘关系。正所谓龙生九子，各有各的形态，但都为龙所生。对诗包括诗余的词与中国戏曲有密切血缘关系大家还容易看到，因为中国戏曲实际上就是由诗词的不同情况的堆砌。至于中国小说与诗包括诗余的词的密切血缘关系，则看似较费解，但其实古人今人对此亦有相当的认识。前引脂砚斋评《红楼梦》时说过：“此书（指《红楼梦》——引者按）之妙皆从诗词句中泛（翻）出者。”这就是讲《红楼梦》与诗词的密切血缘关系。近现代亦有不少人讲过。如美籍华裔学者陈世骧就既讲中国戏剧，也讲中国小说与诗词的密切血缘关系。他说：“中国抒情诗在元明戏剧中那么独占鳌头；中国每一部元明戏剧几乎是几千几百首名诗组织起来的。”又说：“元朝的小说，明朝的传奇，甚至清朝的昆曲。试问，不是名家抒情诗品的堆砌，是什么？至于小说，虽然在小说里抒情体乍隐乍现，不好捕捉，试问，哪个人读小说不被充塞全篇的抒情诗感动。”[①] 等等。这正如钱穆所说，中国全部文学则尽从此诗三百来。即使中国小说、中国戏曲这些形态很不一样的品种，其中也流动着以《诗经》为代表的中国诗的血液。或说为从《诗经》为代表的诗的精神所贯通。《礼记·经解》引“《易》曰：‘君子慎始。差若毫厘，谬以千里’”。遵此，我们慎重地从中国文学的源头《诗经》看其对其后各文体发展的影响，以考察诗教的相应影响，以免“谬以千里”。

从“诗教”角度讲，随着诗向“文”的发展，又向戏曲、小说方面的发展。受《诗》所以为教的传统的影响，随后不仅出现如朱自清所认为的“文教”，虽然“古代并没有用这个名字”。还相应地出现或提出戏曲教、小说教的问题，虽然像朱先生说“文教”一样，古代亦没有用过“戏曲教”、“小说教”这些名字，但这方面的理论内容都是有的。如元末明初高明在《琵琶记》第一出《水调歌头》词中说：“少甚佳人才子，也有神仙幽怪，琐碎不堪观。正是：不关风化体，纵好也徒然。”高明在这里自觉提出的戏曲创作首先要助“风化”即教化的观点，成为其后中国五百余年正统戏曲理论的一条主线。这条主线为后来所不断贯彻而体现。如李开先在《闲居集》中论述元曲时说：“中州人每每沉抑下僚，志不获展”，“宜其歌曲多不平之鸣”。但在《改定元贤传奇后序》中又说戏曲作品能够“激劝人心，感移风化”等。都可说明后起的戏曲，由于受源头的《诗》所以为教的“诗教”精神的影响，虽然如朱自清所说没有形成“文教”这名字一样，亦没有形成“戏曲教”这名字，但确实形成了这方面的思想与理论内容，为了将之表达出来，亦不妨杜撰一“戏曲教”名字以表示。至于同样后出的小说，古人一样以“诗教”为参照在理论上明确其教化功能的。如李渔就谈到小说要其“劝使为善，诫使勿恶”(《闲

① 《陈世骧文存》，辽宁教育出版社 1998 年版，第 3—4 页。

清偶记·词曲部·诫讽刺》)。瞿佑(字宗吉)亦自谓自著《剪灯新话》是"劝善惩恶,哀穷悼屈,其亦庶乎言者无罪,闻者足以戒之一义云尔"等。对这,虽然古人也没有任何概念以命名之,但我们亦可参照"诗教"的精神,杜撰一相应的"小说教"概念以表示之。当然与源于乐教的诗教相比,这可表述概括为文教、戏曲教、小说教的理论内容,远没有达到源于乐教的诗教的理论层次。因此,必须以诗教为标准,为纲,以提升之,才能明确其真正意义。

由此可见,以源于乐教的诗教精神为参照,审视诗论以外的散文理论、戏曲理论及小说理论的发展,我们还可以将相关的理论内容总结提炼出文教、戏曲教、小说教等概念。虽然如朱自清所说,古代并没有用这些名字,只是为了理论上的清晰,我们可以提炼出这些概念,这可以说是杜撰,但也并非毫无根据。对这些概念的关系,我们可以以纲目关系视之。若此,当以承传乐教的诗教为纲,而以文教、戏曲教、小说教等为目。后者为前者所统辖,从而提升后者的层次。当然,若强调与道、圣、文中的"文"相呼应,似以用"文教"为纲更顺。但正如朱自清所说,古代"没有用这个名字"。这就有杜撰之嫌。用一个杜撰的概念为一庄严理论体系的纲,是不妥的。因此笔者认为还是以影响深远,源自乐教并承传有乐教精神的诗教为纲更妥。当然硬要用"文教",也必须强调其是以承传乐教的诗教为核心精神的,不然必自失深意,而肤浅化。

(二)"诗教"范式

关于诗教,似乎还有个从"古者"作为"术"的诗教到孔子作为经的诗教的过程。上引《尚书·尧典》,记载有帝舜命夔"典乐,教胄子",可见我国古代乐教、诗教起始甚早。《礼记·经解》又有《诗》教、《书》教、《乐》教、《易》教、《礼》教、《春秋》教之说。《礼记·经解》题解说:"古者学校以《诗》、《书》、《礼》、《乐》为四术。……盖四术尽人皆教,而《易》则义理精微,非天资之高者不足以语此;《春秋》藏于史官,非世胄之贵或亦莫得而尽见也。"又《王制》曰:"乐正崇四术,立四教,顺先王诗、书、礼、乐以造士。"即以四教作为培养青年人成人的大学教育之科目,可见六术或六艺皆教,而面向士人的主要是四教。这是"古者"即孔子以前的教。

后来社会剧变，礼崩乐坏。处于乱世的孔子继承上古三代之大学文化教育传统、培养人才。在教学之学科设立上，亦相沿如故。不过虽然名目上相沿如故，但孔子经历了社会礼崩乐坏的大变动，看到了“人而不仁，如礼何？人而不仁，如乐何？”（《论语·八佾》）这就是说，人如缺失了礼乐之根源仁心，即使有礼乐也是个空架子，没有什么用。这是根本之处。因此，孔子教虽然在科目上相沿如故，都是六艺教，但重心已根本不同。“古者”和《王制》讲诗、书、礼、乐四教、四术，这在孔子那里已调整为诗礼乐教。所谓“兴于诗，立于礼，成于乐”。（《论语·泰伯》）在《论语：季氏》中，记有孔子谓伯鱼说：“学诗乎”？“学礼乎”？而“礼”可该“乐”，亦为诗、礼、乐。孔子为什么多言诗、礼、乐，而少言或不言《书》呢？吕思勉认为，孔子教人“专就品性言，不主知识，故不及《书》”[①]。按《汉书·艺文志》云：“《书》以广听，知之书也。”吕先生这一看法可谓看到了实质。孔子之教，虽然在科目上相沿如故，但教的层次已不同。“古者”讲的四术教或六艺教，例如上引讲乐教，虽然也讲“乐德”，但实际上已逐渐沦为只讲知识，器用。由吕先生点明的孔子教人“专就品性言，不主知识”。可见孔子之教已由“古者”的“四术”、“六艺”的讲知识、讲艺技，推进到讲道，亦可谓已由技进于道。这道就是仁心、品性之道，也就是后来讲的心性哲学之道。这可谓真正抓住了“造士”，成人的根本。这是孔子教人与“古者”教人的根本不同，亦是孔子之教、儒家之教，进而中国教育的核心精神价值所在。这也是传统的六艺为什么到孔子手里变成了六经的根本所在。传统的讲法是由于六艺经孔子删修手定，故曰经。这可以是一种讲法，但更主要的是孔子由传统六艺的主要讲知识讲技，而由技进于道，发明了六艺的心性哲学价值与意义。“经也者，恒久之至道，不刊之鸿教。”（刘勰语）从此“古者”主要作为知识、术、技讲的四术、六艺就上升为主要讲恒久之至道的六经。这看似“述而不作”，但实际已有了根本层次的不同。以上是先讲“古者”的四术、六艺之教到孔子的六经之教，即仁教、心性哲学之教。以之为前提，下文再讲从属的诗教范式。

孔子讲诗教，不是孤立地就诗教讲，而是与礼教、乐教一起讲，所谓

① 吕思勉：《中国文化思想史九种》下，上海古籍出版社2009年版，第502页。

“兴于诗，立于礼，成于乐”。(《论语·泰伯》) 可见是一综合教育。因此叫诗教、礼教、乐教皆可，三者相通为一系统。而专就化成人之仁心、品性或德性言，这是孔子诗教的特色，也是中国诗教的特色。“兴于诗，立于礼，成于乐”，是教的系统过程，不可分割，但为了深入理解，可以区分为三个环节来分析。

1. “兴于诗”

这里的诗，自然应指《诗三百》，或《诗经》。但正如钱穆所说：“中国全部文学则尽从此诗三百来。”明乎此，似亦可以泛化为诗，乃至中国文学。这是较易明白的。因此对“兴于诗”的理解，关键就在如何理解“兴”。古代词汇较少，往往一词多义，在前文，我们已从创作思维方式角度讲过“兴”。这里再从诗教角度讲。从这个角度讲，最早可见于《周礼·春官·大师》，里面说：“大师……教六诗：曰风，曰赋，曰比，曰兴，曰雅，曰颂。”又《大司乐》说：“大司乐……以乐语教国子：兴，道，讽，诵，言，语。”可见，孔子“兴于诗”的“兴”亦来源于传统。但与传统又有不同，孔子专讲兴。对“兴于诗”的“兴”，学界较多人认同朱熹的看法。朱子《集注》曰：“兴，起也。诗本性情，有邪有正，其为言既易知，而吟咏之间，抑扬反复，其感人又易入。故学者之初，所以兴起其好善恶恶之心，而不能自已者，必于此而得之。”① 诗本性情，而情感层次较浅，最容易触动并感染人，因此学诗者学诗自然首先触诗情并受之感染而兴起相应的感情。兴的起也，虽然一方面基于诗的本性情，另一方面亦与学诗者所各自怀来的情感基底有关，正是两方面相激荡而形成，但在这之中，诗所本的性情具有导向性。《诗经》皆为由技进于道的诗，用孔子的话说即为“思无邪”。其所抒发的哀、乐等情感亦无不恰到好处，所谓“乐而不淫，哀而不伤”。因此，对学诗者所兴起的情感，也有相应的导向性，以引学者“反人道之正”。(《乐记》) 对此，朱熹的说法，虽然稍简，但亦已说清楚。至于说其“稍简”，是考虑到其中应有更复杂多样的情况。有人以孔子师徒学《诗》稍为具体谈过这方面的多样情况。“黄氏后案：以圣门之学《诗》言之，于丘隅黄鸟之帛蛮而惕人之知止，于妻子兄弟之和合而喜亲之能顺，于高山景行而思好仁之心，于诸

① 朱熹：《四书章句集注》，中华书局1983年版，第104—105页。

姑伯姊而思尊亲之序者，夫子也。于倩盼素绚而知礼之后，于切磋琢磨而知学之进，卜氏、端木氏也。于鸢飞鱼跃而知化之及于物，于衣锦尚絅而知文之恶其箸者，子思也。”① 这里再略分析其中一例，即里面谈到的“于倩盼素绚而知礼之后”。这是指《论语·八佾》记载的子夏学《诗经·卫风·硕人》，对其中“巧笑倩兮，美目盼兮，素以为绚兮”的兴起。又在孔子以“绘事后素”的启发下，领悟了“礼后”的意义。对子夏的兴起，孔子大为赞赏，并说：“起予者商也！始可与言《诗》已矣。”

总的来说，“兴于诗”是由诗的本于性情，激发兴起学者相应的情感。从诗教过程看，其代表感性阶段。但这里的感性阶段的感，不是知识上的感，而是感性感受之感，是对情感的感觉。学诗者触诗情而兴起，其兴起出于身心，其力度是难以估量的，一方面它沁于人心而不自知，另一方面，其兴起又往往不能自已。但毕竟属于感性，感性是难以稳定的，亦不可靠。要使这兴起的感性力量得到升华并发挥更大作用，必须由感性进入理性，或说将感情感性推进到理性，更确切地说是伦理理性。这就要进入诗教过程的“立于礼”环节。

2. “立于礼”

对“立于礼”环节，关键是恰当理解“礼”，然后才能理解“立于礼”。我们还是从朱熹《集注》讲起。《集注》曰：“礼以恭敬辞逊为本，而有节文度数之详，可以固人肌肤之会，筋骸之束。故学者之中，所以能卓然自立，而不为事物之所摇夺者，必于此而得之。”② 上文说过“兴于诗”是感性阶段，感性阶段还不能让人站立起来，要站立起来必须由感性走向理性。“立于礼”高于“兴于诗”的根本意义就是使人能“卓然自立”。朱子已讲得很清楚。其实孔子在《论语》其他地方还多次讲过这个问题。所谓：“不学礼，无以立。”(《论语·季氏》) “不知礼，无以立也。”(《论语·尧曰》) 等等。作为一个人如果不能“自立”，就会东倒西歪，就不似人样，如何能算站立起来呢？不过，上引朱子《集注》的说法，似还侧重在“恭敬辞逊”、“节文度数”、“肌肤之会”等礼的形而下层面。

① 程树德撰：《论语集释》2，中华书局1990年版，第529—530页。

② 朱熹：《四书章句集注》，中华书局1983年版，第105页。

形而上者谓之道，形而下者谓之器。中国古代讲的“礼”，不仅包括形而下层面，还包括形而上层面。所谓“礼者，理也”。“礼者，天地之序；乐者，天地之和。”这里讲的“理”、“序”等就是从礼的形上之道讲。至于说“大乐与天地同和，大礼与天地同节”，则进一步讲礼的形而上之道，乃天人合一之道。至于孟子说“仁、义、礼、智根于心”(《孟子·尽心上》)，又进一步讲明了礼的心体根源与基础。对于伦理理性或说道德，现代不少人认为是束缚人的。牟宗三认为，不对，他说：“其实，道德并不是来束缚人的，道德是来开放人、来成全人的。”[①] 这是讲礼，伦理道德能让人站立起来，使人成为人。程颐还说过，即使盗贼亦有礼乐。他说：“礼只是一个序，乐只是一个和。只此两字，含蓄多少义理。天下无一物无礼乐。……盗贼至为不道，然亦有礼乐，盖必有总属，必相听顺，乃能为盗。不然，则叛乱无统，不能一日相聚而为盗也。”[②] 盗贼尚且如此，何况一正常人，一正常社会乎？

礼有形上形下层面，或说道器层面。只讲形上层面固然是抽象的，同样只讲礼的形下器用层面而没有道的贯通，也不是真正意义的礼。在这个问题上，孔子不仅讲过“人而不仁，如礼何”(《论语·八佾》)等直接性的话，还讲过一句在学界的理解上极具争议的话，我们好好体会是有益的。

《论语·八佾》曰：“子入太庙，每事问，或曰：‘孰谓鄹人之子知礼乎？入太庙，每事问。’子闻之曰：‘是礼也！’”对这段话，朱子在《集注》曰：“孔子自少以知礼闻，故或人因此而讥之。孔子言是礼者，敬谨之至，乃所以为礼也。”又引“尹氏曰：‘礼者，敬而已矣。虽知亦问，谨之至也，其为敬莫大于此。谓之不知礼者，岂足以知孔子哉？’”[③] 孔子最为实事求是，并以“知之为知之，不知为不知，是知也”(《论语·为政》)教导学生。而这里却将孔子初入太庙，每事问，看作是“敬恭之至，乃所以为礼也”，或“虽知亦问，谨之至也”，这样孔子岂不判若两人了。这如何是知孔子？这是难以令人满意的。

学界对这段话的理解一直争论较大，甚至持论相反。在笔者看来，这

① 牟宗三：《中国哲学十九讲》，上海古籍出版社 1997 年版，第 75 页。

② 朱熹：《四书章句集注》，中华书局 1983 年版，第 178—179 页。

③ 同上书，第 65 页。

里的关键在对孔子说的“是礼也”如何理解，而从句式上讲，不外有二：或为正面自述语，或为反诘句。笔者倾向于后者。按陆德明《经典释文》所谓“如、而不分，也、邪无别”。“‘是礼也’，犹云‘是礼邪’，乃反诘之辞，正见其非礼矣。”[①] 钱穆也大致持此看法，因此，他在以白话试译“是礼也”时，译作“那些就算是礼吗?”为一反问句。明确了这一关键之点，我们就可以回过头来理解“子入太庙，每事问”了。正如朱子所说，孔子自少以知礼闻名，难道他不知道太庙中的种种礼器与仪文吗?这正如钱穆所说，不是的，而是孔子看到了这些多属僭礼，乃通过“每事问，冀人有所省悟”[②]。这样的只有礼器、仪文，而没有“序”，没有“理”，没有礼之道运行，没有根于心的生命，自然不是礼的真正意义。故孔子以“是礼也（邪）”的反诘句，非之。

理解了“礼”，对“立于礼”，自然也就可理解了。总的来说，“立于礼”是由“兴于诗”的感性阶段，走向理性更确切地说是伦理理性阶段，使人全身心得以在社会中站立起来，以完成人之为人义。

3. “成于乐”

诗教范式的第三个环节是“成于乐”。如何理解“成于乐”? 关键在对“乐”如何理解。在《集注》中，朱熹对“成于乐”注曰：“乐有五声十二律，更唱迭和，以为歌舞八音之节，可以养人之性情，而荡涤其邪秽，消融其渣滓。故学者之终，所以至于义精仁熟，而自和顺于道德者，必于此而得之，是学之成也。”朱子这样注，其实又是受程颐的影响。程子曰：“古人之乐：声音所以养其耳，采色所以养其目，歌咏所以养其性情，舞蹈所以养其血脉。今皆无之，是不得成于乐也。”[③] 在这里，程、朱的讲法大体一致，都首先是将“乐”理解为含歌咏、舞蹈的音乐讲，然后讲音乐可以通过其声音，采色，歌咏，舞蹈，养人之耳目、性情、血脉，净化人的心灵，而让人达到义精仁熟，和顺于道德。这也就是《乐记》上讲的“乐者通伦理者也”。这样讲法，虽然比较具体，但这种具体主要是“成于乐”的乐的形而下的具体。“成于乐”的乐，与礼一样，亦

① 程树德撰：《论语集释》1，中华书局 1990 年版，第 185—186 页。

② 钱穆：《论语新解》，生活·读书·新知三联书店 2002 年版，第 69 页。

③ 朱熹：《四书章句集注》，中华书局 1983 年版，第 105 页。

可以有形而上与形而下层面。其形而下层面，有如程朱所讲为五声、十二律，以及声音、采色、歌咏、舞蹈等，对“乐”的通于伦理的形上层面如何讲呢？这应就是《乐记》上讲的“礼者天地之序，乐者天地之和”的“和”。《乐记》又说：“大乐与天地同和，大礼与天地同节。”这是说，大乐的和不是一般的和，而是与天地同和，也就是天人合一之和，统属天人合一之道，乃天人大和谐。上文说：“兴于诗”代表情感兴起的感性阶段，“立于礼”代表由情感感性进入道德伦理理性。那么“成于乐”则代表大和谐，进入更高层次。在康德那里，他以美来沟通自然与自由、真与善两界，在他那里，美不是传统的感性阶段而是代表最高层次。在孔子这里，乐代表兴于诗、立于礼之后的“学之成”，从属于以“人文以化成天下”的“化成”。亦是最高层次。“乐”所代表的大和谐，可以相比于康德的美。但显然不同。从审美角度看，乐所代表的大和谐的确很美，但这个美，不是康德那样的分别说的独立意义的美，而是正像牟宗三所说“是真美善合一说的美”[①]，或传统讲的“大美”，是美的最高境界。

从诗教方面讲，“兴于诗，立于礼，成于乐”，这是诗教从情感感性到伦理理性再到大和谐的最后完成。而从人的角度讲，完成就是“化成”，就是呈现存在。《礼记·经解》引“孔子曰：‘入其国，其教可知也。其为人也温柔敦厚,《诗》教也；……温柔敦厚而不愚，则深于《诗》教者也’”。这说的就是《诗教》致国人中庸人格的化成，或说性情之正的道德人格化成。其实这个过程亦可谓诗乐艺术生活化，生活道化，同时亦是生活诗化、乐化、艺术化。牟宗三说过：“文学方面一定要技而进于道。从诗教方面看，通过诗而达到生活，生活要道化，而诗要生活化”，又说：“生活化就近于道。”[②] 由此可以说，由“兴于诗”到“立于礼”再到“成于乐”的诗教的完成，实际上也就是诗乐艺术生活化、生活道化，同时亦是生活诗乐艺术化、道化的典型形态。其中最高境界的典型，就是“孔颜乐处”。“子曰：‘贤哉，回也！一箪食，一瓢饮，在陋巷，人不堪其忧，回也不改其乐。贤哉，回也！’”(《论语·雍也》)“孔颜乐处”作为儒家崇高的圣贤气象，可以从不同角度讲。我们这里从诗教角度讲，

① 牟宗三：《康德第三批判讲演录（四）》，载台湾《鹅湖月刊》2000年第26卷第6期。
② 牟宗三：《康德第三批判讲演录（十）》，载台湾《鹅湖月刊》2000年第26卷第12期。

把之看作是代表诗教之成的诗乐生活化、生活道化或生活诗乐艺术化的一典型形态和最高境界。从美角度看，“孔颜乐处”亦可看作是即真即美即善的三合一的美的典型形态。

总之，“兴于诗，立于礼，成于乐”，作为一种诗教乐教的范式，有其环节过程，它从“兴于诗”的触情兴起的感性开始，经由感性进入伦理理性，最后到达“乐”的大和谐的化成。这最后达到的境界，如从人角度讲，是性情之正的道德人格、中道人格的化成。如从美角度看就是即真即美即善的美。如从诗乐与生活关系看，这就是诗乐生活化、生活道化或生活诗乐艺术化。这一诗教乐教范式是以上古三代出于忧患意识而创造的礼乐文化为背景的。因此，它从属于整个中国文化以“人文以化成天下”的一部分。人文的目的就是以“文”化成天下，在这过程中，首先是人化成，不断提升人的心性境界层次。让人脱离蒙昧而步入文明，以完成人之为人的人义。作为人文一部分的诗、乐及众多文学艺术，其最高境界也就在于它从属这一以“人文以化成天下”，首先是化成人的大使命。笔者认为，也只有从这一高度，才能真正理解为朱自清提示的作为中国古代诗论二大纲领之一，或三大金科玉律之一的诗教的真正意义。

二 “诗教”与美育

（一）西方无“诗教”而有美育

按朱自清的说法，“诗教”是中国诗论，扩大开来也可以说包括中国文论的两大纲领之一。这一纲领在西方诗论或西方文论中，却找不到相对接的概念。如果硬要找一概念来相对接以比较的话，那么最为接近的当是起源于艺术教育而给予美学提升的美育。何以如此说呢？在这里，主要从两方面作点分析。

首先，要概略地从中西文化哲学传统的不同特性讲起。西方文化的家园是古希腊文化。古希腊文化生命的最初表现，按牟宗三的说法，是它“首先把握‘自然’”。的确，古希腊最早讨论的是自然万物及其构成的始基问题。如被称为西方哲学之父的泰勒斯所提出的第一哲学命题就是“水是万物的始基”。其后又相继提出的“火”、“风”、“土”、“气”等不同说法，也都是讨论自然万物的始基问题，亦即自然万物构成问题，或自然宇宙生成论问题。而几乎不涉及人事、人生与伦理问题。直到毕达哥拉斯才有所改变，又到智者派特别是苏格拉底才真正转而关注人以及人的道德伦理方面的问题。但即使苏格拉底也不是把道德问题看作是实践问题，而是看作是知识，所谓“美德即知识”。这表明人的道德伦理问题，即使在苏格拉底那里，也是被当作自然以及论述这自然的认识论为基础来讲的。如按一心开二门的共同哲学模型来看，则属生灭门、现象界，而不属真如门、物自身本体界的范畴。

与古希腊文化生命的最初表现，首先把握“自然”不同，按牟宗三的看法，中国文化生命的最初表现，则在它“首先把握‘生命’”[①]。这正如《尚书·大禹谟》所说：“正德利用厚生。”“正德”是对待自己的生命——德性生命，而“利用厚生”则是安顿对待老百姓的生命。无论对待自己，还是安顿老百姓，都首先关注生命，这生命当然是德性生命。如果说这是正面直接讲的话，那么我们在上文引述徐复观从现代视野讲的“忧患意识”，即《易传·系辞下》讲的：“作《易》者，其有忧患乎?”则可以说是从另一面，即间接一面把握德性生命问题。总之，中国文化生命的最初表现就是首先把握德性生命以及忧患这德性生命。这也是中国文化哲学最深刻最根源的智慧发动之处。从这个智慧发动之处创生的中国文化哲学的根本意义，其古代版说法，就是《易·贲·彖传》所说的，在其以“人文，以化成天下”。其现代版说法，可如上引曾仕强所说：“中华文化的一切，只为了两个字，叫做教化。”这是就整个中国文化哲学讲，以六经，特别是《诗经》为根源与代表的中国诗及中国文学是中国文化的一部分，或说一个花样，自然它的根本意义，同样也可以说，只为了两个字：教化，以纯净化人的仁心德性生命。这是从中国文化生命的最初表现，是首先把握生命——德性生命，以及中国文化的根本意义处讲中国之所以必然要讲“诗教”。而西方古希腊文化生命的最初表现，是首先把握自然，以及西方文化的根本意义是获取自然知识。这一内在需求导致西方不讲诗教，只讲诗学，讲诗的知识、诗艺术制作的原则与技艺。

以上主要是概略地从文化层面讲，下文还可以再从文化上升到其核心

---

① 《牟宗三全集》第27卷《牟宗三先生晚期文集》，台北联经出版事业公司2003年版，第63页。

的哲学观念高度讲。在《导论》中，我们探索过源于古希腊的哲学古义。这就是大家所已熟知的，据说为毕达哥拉斯所下的哲学词义的第一义：爱智慧。但进一步对“爱智慧”如何理解则存在分歧。有人据亚里士多德的《形而上学》，将爱智慧说成是“关于某些原因和原理的知识”，而引向了认识论。而牟宗三则据康德的理解认为是“实践的智慧学”。他说：“真正的哲学问题依‘哲学’一词之古义（原义）是‘爱智慧’，康德解为‘实践的智慧’。”何谓‘智慧’？能导向‘最高善’者才算是智慧。对于最高善有向往之冲动即名曰‘爱智慧’；而爱智慧必在理性概念之指导下才可，因此爱智慧即涵爱学问，此即中国往圣前贤所谓‘教’。何谓‘教’？凡足启发人之理性，通过实践之途径以纯净化人之生命以达至最高之圣境者即谓之教。”[①] 由前一种理解，将哲学的爱智慧古义引向认识论，而由后一种理解，则将哲学的爱智慧古义引向了实践之智慧学，即中国的心性哲学。这两种看法各有依据，可以并存。但笔者认为，应以牟宗三据康德的理解而明确的看法，或许抓住了问题的核心。牟宗三还说过，随着西方哲学在近现代逐渐沦为技术，古希腊哲学古义爱智慧及对向往最高善的向往，在西方已被遗忘，而这个意义的哲学，却正好保存在中国的哲学传统中，这就是中国古人所谓的“教”。中国文化的核心是哲学，实践智慧学、心性哲学，中国以《诗经》为标志的文学是中国文化的一部分，自然也以实践智慧学、心性哲学为核心。因此，以《诗经》为标志，中国文学也就有“教”的性质。因此从哲学观念高度看，中国有“诗教”，西方无“诗教”，这又是作为核心的哲学观念内在贯通使然。

其次，中国有诗教，西方无诗教，更直接地还应与中西文化走向过程中的关键人物孔子删诗，与柏拉图驱逐诗人有关。

孔子删诗的说法源自司马迁，他在《史记·孔子世家》中说：“古者诗三千余篇，及至孔子，去其重，取可施于礼义，上采契后稷，中述殷周之盛，至幽厉之缺，始于衽席，故曰‘关雎之乱以为风始，鹿鸣为小雅始，文王为大雅始，清庙为颂始’。三百五篇孔子皆弦歌之，以求合韶武雅颂之音。”[②] 这段话说“古者诗三千余篇”，孔子以“可施于礼义”为

---

① 牟宗三：《中西哲学之会通十四讲》，上海古籍出版社 1997 年版，第 72 页。

② 司马迁：《史记》，中华书局 2006 年版，第 329 页。

标准“去”、“取”，而得“三百五篇”。这归结起来就是孔子删诗之说。对此说，学界有肯定亦有否定。这是学术自由。在这里，我们认同司马迁说。司马迁的孔子删诗说，只说孔子删诗“取可施于礼义”为标准，但还没有进一步说明《诗》可以为教。在这个问题上，我们在上文分析过，当从朱熹接续司马迁在《诗经传序》中论述得最清楚。简要来说，就是诗经过孔子“去”、“取”删修手定，已由技进于道，其思想无不正，即符合中道，用孔子的话说，可以一言以蔽之，曰：思无邪。从而可引导学者走正路，启发其理性，并通过实践以净化生命以达至高境界。又从美学角度看，其美则为真美善合一说的美，因此，诗所以为教。

与孔子处境大体相近，柏拉图也生活在古希腊雅典城邦的衰落期。受到老师苏格拉底的影响，他将这一切归之于城邦“德性之沦丧”。那么为什么城邦会“德性沦丧”呢？在苏格拉底哲学的原则指导下，他发现了城邦“德性沦丧”与诗有直接关系，正是古希腊流传下来的诗歌，包括荷马的史诗因不能表现真理（理念），或说与真理（理念）相隔三层，以至误导了希腊人沉溺于感性情欲的放任而导致德性的沦丧。于是柏拉图在他自定使命重建的城邦道德“理想国”中，他宣布不欢迎诗人，或说将诗人逐出他的道德理想国，当然也不会保存他们的作品。这就是与上文说的孔子删诗相对举的柏拉图的驱逐诗人及其作品说。当然还要注意到柏拉图在将过去的一切诗人及其诗作逐出理想国的同时，也对未来的诗人及诗作留有余地，这就是“只许可歌颂神明的赞美好人的颂诗”[①] 进入理想国。

鉴于柏拉图于西方文化哲学犹如孔子于中国文化哲学的智慧方向有决定性意义，他对诗人与诗的态度也是具有决定性意义的。这样诗人与诗的命运的未来也就岌岌可危了。幸有柏拉图那位“吾爱吾师，但吾更爱真理”的学生亚里士多德站出来“为诗一辩”，这才在一定程度上挽救了诗人与诗的一定地位。在《诗学》中，亚里士多德针对柏拉图着重从二方面为诗作辩。一是针对柏拉图认为诗（艺术）是现实的模仿，现实又是理念的模仿，因此与理念隔着三层，即不能表现哲学真理即理念。亚里士多德作辩说，诗虽然写感性个别，但按可然律与必然律写诗这种活动比写历史“更富于哲学意味”。即它可以由技进于道，上升到哲学真理，因

① ［古希腊］柏拉图：《理想国》，商务印书馆1986年版，第407页。

此，诗与哲学并不矛盾。二是针对柏拉图认为诗误引人沉溺于感性情欲放任伤风败俗而导致“德性沦丧”。亚氏则强调了诗虽写情欲，但诗与悲剧“能引起恐惧与怜悯之情”，以帮助人们达到心灵上的“净化”。不过，亚氏虽然为诗作辩，但也仅仅是通过作辩，让诗人与诗获得存在的合法性，而不是反转过来。诗从柏拉图以后终于陷入被动。其实亚氏《诗学》虽然为诗作辩，但其主要篇幅则落在诗何为而作以及如何作，即诗作为模仿的方式与制作术上。用我们的话说，可谓较多谈形而下之技，而较少谈由技进于道，更没有谈诗所以为教。

总之，孔子与柏拉图这两位在一定程度上决定中西文化哲学发展智慧方向的关键人物，对待诗的态度，就这样也在一定程度上决定着诗的命运。孔子删诗，让诗由何为而作上升为诗之所以为教，并奠定了中国诗的根源传统及其发展的智慧方向。而柏拉图的驱逐诗人及其诗作，使诗在西方终于难以形成根源性传统，明确的规范及发展智慧方向，更谈不上诗成为教。因此西方文化哲学传统以及柏拉图的作用，就使西方只有讲诗何为而作以及如何作即艺术制作术的诗学、诗艺，而没有进一步形成由技进于道的诗教。与中国诗教最为接近的，在西方大概只有美育。当然这样说，也要对中国诗教从美学角度讲。在上文谈过，中国诗教也是可以从美学角度讲的。

（二）“诗教”与美育比较

上文讲西方无诗教，但讲艺术教育，上升到哲学层次，则为美育。西方讲的艺术教育或美育亦起源于古希腊。雅典就有所谓“三艺”、“四艺”、“七艺”教育。特别是柏拉图的“四艺”更明显地涉及艺术教育问题。柏氏的所谓“四艺”是指：算术、几何、音乐和天文学。在“四艺”教育中，他认为音乐教育比其他三艺教育重要得多，因为音乐的“节奏与乐调有最强烈的力量浸入心灵的最深处，如果教育的方式适合，它们就会拿美来浸润心灵，使它也就因而美化；如果没有这种适合的教育，心灵也就因而丑化。……受过这种良好的音乐教育的人可以很敏捷地看出一切艺术作品和自然界事物的丑陋，很正确地加以厌恶；但是一看到美的东西，他就会赞赏它们，很快乐地把它们吸收到心灵里，作为滋养，因此自己性格也变成高尚优美”。在这里，柏拉图是把音乐作为一种艺术美来看待的。音乐教育广义地应该归结为审美教育，柏拉图自己亦曾说“音乐应该归宿到对于美的爱”[①]。在这里，柏拉图不仅把音乐教育作为一种艺术教育，而且提升到审美的高度以认识。因此又可以将之看作是西方美育思想的萌芽。也因此可见，西方艺术教育自始就是与美育联系在一起的。此外，亚里士多德在《诗学》为诗辩护过程中，也强调了悲剧对人的情感与心灵的“净化”或“陶冶”作用。这既是讲悲剧的教育作用，扩大开来也是讲诗艺术的审美教育作用。亚氏还把悲剧艺术的“净化”或“陶冶”人的心灵作用与道德教育加以区别，这启示了贺拉斯提出“寓教于乐”的著名命题。贺拉斯的“寓教于乐”命题，实际上强调的是美育与德育，既要符合文艺的规律，又要有艺术美，同时还要对人的思想政治的提高有“益处”。他说：“一首诗仅仅具有美是不够的，还必须有魅力，必须能按作者愿望左右读者的心灵。”又说：“如果是一出毫无益处的戏剧，长老的‘百人连’就会把它驱下舞台；如果这出戏毫无趣味，高傲的青年骑士便会掉头不顾。寓教于乐，既劝谕读者，又使他喜爱，才能符合众望。”[②]

就艺术教育提高到美育高度说，古希腊、罗马都还是思想萌芽，其后又经过中世纪、文艺复兴、英国经验主义、法国启蒙运动和德国理性主义的发展，随着西方学术对艺术问题研究的逐步深入，对审美心理、审美价值问题研究的不断取得进展，特别是美学作为一门独立的学科在德国率先诞生，到 1795 年，席勒在《审美教育书简》一书中才第一次明确地在艺术教育的基础进一步提出“审美教育”或“美育”的概念，并对美育的性质、特征和社会作用作系统的论述。

谈到这里，要先概略地回顾一下西方美学的发生发展的历程。我们知道，作为审美意识和美学思想，早在古希腊时代就形成产生，但作为一门学科的建立，是到 18 世纪才由德国学者鲍姆嘉通完成的。鲍氏建立美学学科是出于这样的考虑：他认为人类的心理活动可以区分为知、意、情三方面。其时他发现作为知，即理性认识已有逻辑学、认识论学科去研究；

---

① ［古希腊］柏拉图：《柏拉图文艺对话集》，朱光潜译，人民文学出版社 2008 年版，第 50—53 页。

② ［古希腊］亚里士多德：《诗学·诗艺》，罗念生、杨周翰译，人民文学出版社 1982 年版，第 142—155 页。

作为意，即意志已有伦理学去研究，唯独有情，即他认为的“混乱的”感性认识却还没有一门学科去研究，于是他自己就决心去创立和研究这么一门学科，并取名为“美学”，意指感性学。由此可见，美学自创立之日起，即属认识论，并且是低级认识论，高级认识论则为逻辑学，认识论哲学。这可以说是西方美学的传统看法。

这一看法一直到康德才发生转变。康德哲学被认为是对此前西方哲学的“哥白尼式的革命”。对这个革命的意义，一般认为是哲学认识论的方向由对象客体决定转向由主观主体决定。这当然是其一层次意义，但只是初等数学，只这样说是远远不够的。康德哲学的“哥白尼式的革命”的真正意义，或说高等数学，在于他提出一物之现象与物自身的主观超越的区分，以及人的有限性。从此，才有西方哲学由认识论、理论理性转向实践理性，或说由“自然”转向“自由”，以及发现“自然”与“自由”二界的不能沟通，然后康德才想到要由美学判断力来沟通二界，实现二界的统一。这样也才有由传统美学的低级感性层次转而提升到高级层次。不过，康德虽然提出“美是道德的象征”的标志美学学科新形态的卓越命题，但二界分裂的鸿沟始终无法解决，成为康德哲学的巨大难题与理境的憾事。这是西方哲学包括康德哲学的系统性问题。康德哲学美学的巨大难题，其实在中国则为家常便饭。牟宗三正是站在中国心性哲学的立场与视野，并从西方哲学的高峰康德处看清楚了问题的实质，从而提出了中国哲学只有与康德哲学相对接才有意义的看法。二者相对接的意义，一方面，中国哲学可以借助康德哲学的框架将中国哲学的浑圆形态撑开，实现近现代化；另一方面，中国哲学的理境可以帮助康德哲学以证成，使其百尺竿头，更进一步。对这较详细的论述，在前文已做过了，在这里只是为了问题的连贯而略说而已。明确了这一点，我们现在可以回过头来理解席勒的美育了。

对席勒的美学与美育思想曾受康德影响，这已是学界的共识。据席勒自己自道，他潜心于康德达二十年之久。他说：“你（指康德——引者按）使我花费了二十年：领会你十年；摆脱你，又是一个十年。”① 学界一般认为，席勒美学与美育思想虽然根源于康德美学，但又不是盲目追随康

---

① 参见毛崇杰《席勒的人本主义美学》，湖南人民出版社 1987 年版，第 46 页。

德，而是摆脱走出康德，或说超越康德的产物。但对席勒如何超越康德，或说“摆脱”、走出康德，又其美学思想性质有什么改变，则论述虽然不少，但似还未说到位。他是怎样走出康德的呢？据学者研究，在《美育书简》中亦可以看出，他是通过费希特走出康德的。他吸收了费希特关于主体与对象（自我与非我）相互作用的思想，“提出了两种基本冲动的理论。由费希特的‘纯粹自我’和‘经验自我’中，他提出了‘人格’与‘状态’（自我及其规定性）两个概念，并由此导出人具有实在性和形式性的两种基本要求。他把审美的游戏冲动作为感性冲动和理性（形式）冲动的结合，从而使主体与对象在相互作用中来取得和谐。从真、善、美的统一中去寻求美的根源。当然，他的这种统一仍然是精神处于第一性，他并没有能摆脱费希特的唯心主义思想体系，但却把它引向了客观化实体化的方向”①。这段话的内容较丰富，其中有一个我们所需要的意思说得较为确定。这就是席勒是通过费希特走出康德的。因此我们要先了解点费希特。费氏是康德的学生，并被黑格尔称道为，他的“哲学是康德哲学的完成”②。据说，费希特曾“把自己的第一部哲学著作《试评一切天启》（1792）送给康德，得到了康德的赞同。当这部著作由于偶然原因忘记刊印他的姓名而发表出来的时候，人们竟以为这是康德的论著。在这部著作里，费希特完全以康德的口吻写”。费希特还“反复声明，他的体系无非就是康德的体系”③。但这一切都难以掩盖他与康德哲学的根本不同。为此，康德在晚年的1799年“发表了他生前最后一篇文章《论与费希特科学学之关系》。在这篇封笔之作中，康德对费希特的科学哲学的评价是：一钱不值。这是康德作为哲学家的最后一句话”④。这也就划清了康德哲学与费希特哲学的最后界线。其实费希特根本不相知康德。特别是他要以“自我”与“非我”概念瓦解以至取消康德的“物自身”概念，这不仅让康德哲学的“哥白尼式的革命”的真正意义荡然无存，而且还意味着放弃了以至否定了康德的全部哲学系统，因为现象与物自身的超越区

① ［德］席勒：《美育书简·译者前言》，中国文联出版公司1984年版，第9页。

② ［德］黑格尔：《哲学史讲演录》4，商务印书馆1983年版，第308页。

③ ［德］费希特：《论学者的使命，人的使命——费希特哲学思想简评》，商务印书馆1984年版，第7页。

④ 《思想之光——纪念康德逝世200周年》，《参考消息》2004年3月15日。

分是其整个哲学体系的预设。在这一点上，康德是不能让费希特混淆视听的，必须白纸黑字以声明道清。由此可见，费希特根本不是他自己反复声明的他的体系就是康德的体系，而是根本不同。康德是一心开二门，而他只开一门。费希特离开康德后，以“自我”与“非我”为中心概念构筑其被冠以主观唯心主义的认识论哲学体系。

既然席勒是通过费希特走出康德的，自然他与费希特就脱不了关系。虽然他有由费希特的主观唯心主义走向客观唯心主义的倾向，并又摇摆于二者之间，但总的来说，他的哲学与美学归宿，只能如费希特一样，属认识论哲学美学一门。他要寻求的真美善的统一，也只能是以认识论为基础上讲的真美善统一，而不是康德那样的以“美是道德的象征”所体现出来的真美善统一。明确了席勒的哲学与美学思想，自然也就可以更准确地理解他的美育思想。在美育上，席勒是既把美育当作手段，又当作目的的。他说过：“美可以成为一种手段，使人由素材达到形式，由感觉达到规律，由有限存在达到绝对存在。”① 在第二十封信的“作者原注”中，他又明确地把美育作为与体、智、德并列的培养人的项目。他说：“有促进健康的教育，有促进认识的教育，有促进道德的教育，还有促进鉴赏力和美的教育。这最后一种教育的目的在于，培养我们感性和精神力量的整体达到尽可能和谐。”② 在这里，席勒不仅明确地把美育看作是体育、智育、德育、美育四种施于培养人的手段之一；而且他还强调了美育的“目的”：“在于，培养我们感性和精神力量的整体达到尽可能和谐”，成为“幸福和完美的人”。③ 从他的美育目的看，他的美育乃属“感性”低级阶段，虽然他也强调其统合意义，即强调“感性和精神力量的整体达到尽可能和谐”。这表明他已从康德的美学属于高级阶段脱离了出来。

学界对西方近现代哲学美学思想发展的阶段线索，有康德—黑格尔—马克思，或康德—席勒—马克思的区分，而以后者占上风。但关键的问题在马克思而不在学者区分。难道马克思会遵循我们的学者所作的非此即彼的狭隘选择吗？肯定是不会的。按列宁的看法，马克思的学说，是人类在

① ［德］席勒：《美育书简》，中国文联出版公司 1984 年版，第 102 页。

② 同上书，第 108 页“作者原注”。

③ 同上书，第 55 页。

19世纪所创造的优秀成果的当然继承者。马克思如此博大，他是不会在席勒与黑格尔之间只选其一接着讲的，特别是不能没有黑格尔。马克思早年就曾参与青年黑格尔派活动。马克思哲学思想的伟大贡献之一就在于，他将被黑格尔颠倒了的唯物辩证法再颠倒过来。由此可见黑格尔对马克思影响之大。康德是德国近代哲学的奠基者，经费希特、席勒、谢林、黑格尔、费尔巴哈的或“左”或右而转到马克思的思想革命。其中，很显然马克思没法接受康德以“物自身”为基础讲的“自由意志”等“道德假设”。[①] 不过，这也表明，马克思尽管博大，但在哲学与美学上，他也主开一门，即属现象界的认识论哲学与美学。他就以认识论哲学美学为基础，对美育问题作了深刻论述。马克思的美育思想虽然也讲培养人的“音乐的耳朵”，“能欣赏形式美的眼睛”，“创造出能懂得艺术和能够欣赏美之大众”；[②] 但最核心命题，还是培养成就作为未来理想社会乃至共产主义社会新基础的自由与全面发展的“完整的人”。他说：“人以一种全面的方式，也就是说，作为一个完整的人，占有自己的全面的本质。人同世界的任何一种人的关系——视觉、听觉、嗅觉、味觉、触觉、思维、直观、感觉、愿望、活动、爱，——总之，他的个体的一切器官，正像在形式上直接是社会的器官的那些器官一样通过自己的对象性关系，即通过自己同对象的关系而占有对象。”[③] 从这里可见，马克思说全面发展的“完整的人”，是受动与能动，自然性与社会性，个性与全人类性完全统一的完整的人。但在这里，马克思显然仍然是在认识论和辩证法范畴内讲。

以上，我们对西方美育思想的发生发展作了概略的分析。由上分析可以归结出几点：一是西方美育自萌芽一直到席勒那里仍然主要是艺术教育的美学提升，到马克思才走向社会实践。二是西方美育的哲学美学基础，由于席勒离开康德，而走向费希特，因此即使在席勒乃至马克思那里，也主要是认识论哲学美学。以认识论哲学为基础讲的美学，由于其感性学的根基而注定其处于低级阶段而不是康德美学那样处于高级阶段。同时其讲的美只能是分别说的美，所谓真美善的统一，也只是真＋美＋善式的统

① 《马克思恩格斯全集》3，人民出版社1965年版，第213页。

② 马克思：《〈政治经济学批判〉序言、导言》，人民出版社1972年版，第15页。

③ 《马克思恩格斯全集》42，人民出版社1979年版，第123—124页。

一，而不是即真即美即善的三合一说的美。三是西方美育既是手段，又是目的或目标，作为手段，如席勒所说，它体现为一种与体育、智育、德育并列的项目；同时美育又是目的，如席勒所说乃培养人的感性和精神力量的整体达到尽可能和谐，成为幸福和完美的人。马克思则从社会实践出发，看到了美在培养未来理想社会新基础的自由与全面发展的“完整的人”的意义。

不过要说明的是，尽管在这里席勒说美育可以培养人成为幸福和完美的人，马克思说美育可以培养人成为自由与全面发展的完整的人；但是由于西方美育主要是奠基于认识论哲学美学与独立意义的美的基础上的，因此在西方美育只是众多独立育人手段的一种手段，或一个项目，是横向的，自身并不具备育人的完整意义。这与中国诗教的化人是不同的。中国诗教虽然也属于以人文化成人的一部分，为六经皆教之一，但它并不独立，而是与六经教相通为一完整的化人系统。“兴于诗，立于礼，成于乐”就体现了这一完整的化人系统。其化成的人如上引《礼记·经解》引“孔子曰：入其国，其教可知也。……温柔敦厚而不愚，则深于《诗》教者也”。这就是说深通《诗》教真意，就可以化成国人的中庸心性人格。这如何理解？这主要在于以六经为根源的中国文化是一以心性哲学为纲的纲目体系的大系统。诗教就从属于这一以纲统目的大系统。就美学来说，中国诗教的哲学美学基础，就不是西方美育的认识论哲学美学，而是以心性哲学为基础的心性哲学美学，其美也不是独立意义的处于低级感性阶段的美，而是真美善合一说的美，处于高级阶段的美。

按牟宗三的看法，中国哲学只有以康德哲学为桥梁并对接才显出其自身意义，在美学与美育问题上，同样也是如此。康德以美学（美）沟通纯粹理性与实践理性，即自然与自由，真与善，他提出的“美是道德的象征”的命题，就是力图实现真美善的统一。虽然他仍然停留在分别说的范畴，没有达到真正意义的统一，但给我们以启示。在牟宗三看来，真正实现真美善之三合一的是中国心性哲学美学。这在康德那里无法达成的理境，但在中国则为家常便饭。因此，在康德那里，美学不再是鲍姆嘉通的感性学的低级阶段，而是最高阶段，最高境界。在中国诗教中，按孔子的诗教范式，诗教的最高阶段、最高境界是“成于乐”。“乐”既代表艺术，也代表美。《礼记·乐记》曰：“大乐与天地同和，大礼与天地同节。”“和”代表大和谐，大和谐就很美。孔子在评论到大乐《韶》乐时说：“尽美矣，又尽善也。”(《论语·八佾》)《论语》无“真”字，或说善亦即真、统辖真，因此说《韶》美善合一，亦即真美善合一。“成于乐”，既是说诗教作为过程的完成，亦代表诗教达到了真美善合一的最高境界。上文引牟宗三的看法：“文学方面一定要技而进于道。从诗教方面看，要通过诗而达到生活，生活要道化，而诗要生活化。”又说：诗“生活化就近于道”。这就是说诗教的目的，不只是达到理论上的真美善三合一说的美，而且还要以之启发我们的理性，并通过实践以净化我们的生命以达最高境界。这也就是通过诗乐而生活化，而且这生活化不是一般的生活化，而是要生活道化。道是中道之道，道化就是上中道之轨道。道化也就是真美善合一。道无所不在，这也是一种自由境界，也就是孔子的所谓“游于艺”。由诗乐教而达到的诗要生活化、道化，或生活诗化艺术化、道化的最高境界的典型就是“孔颜乐处”。这里的“乐”，就是真美善合一，就是生活艺术化、道化。当然这是不易达到的最高境界，但为中国人所心向往之。在席勒那里，他说过，曾“从古希腊的范例中，他看到了真善美统一的历史可能性”[①]。看来只是一种理想，但在中国这里孔颜乐处却是现实地达到了。可见中国诗教不仅比西方美育理境更高，而且更富实践性。当然，这也要我们综合比较分析，才能看出来。从以上比较中可以看出来，中国诗教与西方美育是存在可比性的。我们这里只是从美角度讲，还可以从更多角度讲。在比较中，我们可以看到，两者各有境界，各有所长所短，都是不可多得的智慧遗产，并有互补性。

在近现代，特别是五四前后，在强势西方文化特别是西方哲学美学与美育思想的影响下，我国学者，例如王国维、蔡元培等也明确地提出或积极地倡导美育。在1906年，王国维就在《论教育之宗旨》中说：“完全之人物不可不备真美善之三德，欲达此理想，于是教育之事起。教育之事亦分为三部：智者、德育（即意育）、美育（即情育）是也。”教育之宗旨，在于要让“人之能力无不发达且调和”。这就要通过体育“发达其身体”，通过智育、德育和美育“发达其精神”，以建立学生的“真美善之

① ［德］席勒：《美育书简·译者前言》，中国文联出版公司1984年版，第12页。

三德”。[1] 蔡元培则更进一步，他不仅从理论上对美育进行了探讨，而且还积极地把美育付诸实施。在1912年，当他担任民国政府第一任教育总长期间，就把美育规定为教育的一项重要内容。在1917年，当他出任北京大学校长期间，又响亮地提出“以美育代宗教”的主张，而产生重要影响。但这一切，都是在西方强势文化哲学与美育影响下出现的一种呼应而已。

但现在看来，这种呼应不应局限于引进西方美育，还应深沉地唤起被历史尘封的“诗教”。因为上文讲过，不仅西方建立在认识论哲学美学基础上的美育于培养人方面有重要意义，而且中国固有的诗教于育人，以人文化成人方面亦有重要意义。从美学角度说，其理境及实践性甚至有高于西方美育之处。在今天我们的历史使命，就是要以现代方式将其精神阐述出来，使之有一现代意义的理论形态，为现代人所理解，从而发挥它在现代育人化人中的作用。

按朱自清的说法，中国诗论有两大纲领：诗言志、诗教。我们在这里讲中国文论纲目体系讲了道、圣、文/闻道、诗教五大纲领。参照朱自清的诗论二纲领说，我们也可以将五纲领收缩为两大纲领讲，其中“诗言志”转化为“文以明道”，“诗教”就仍然是诗教，因为如朱自清所说，古代没有文教的概念，不宜杜撰一文教概念以代替之。“文以明道”，这是对作者来说的。以心性哲学为基础讲文以明道的原型或思想源头，就是孔子赞《诗·大雅·烝民》所说的：“为此诗者，其知道乎？”这就提示了中国诗文作者之“为”即作，不只是感写自然生活现象，及其所谓本质，因为这本质乃现象的本质，仍属现象界；而是要由现象界走向物之在其自己的本体界，把握道。这道，在儒家就是“性与天道”合一的心性人道，在道家则为自然即自己如此的恒常不变的“常道”、“真意”，并以“文”恰到好处地表显明化由作者所“知”即领悟的这本体界之道。这就是“文以明道”。关于“诗教”，就是诗文生活化，道化，是对读学者说的。读学诗文不只是欣赏其章句，独立意义之美，而是还要由诗文章句之美，独立意义之美进乎真美善合一的美。由技进于道，即为“闻道”，进而实现诗文艺术生活化、道化，即诗、文学作为“人文以化成”。“文以

① 《王国维文集》3，中国文史出版社1997年版，第57—58页。

明道”与“诗教”之间的关系，则为孔子说的“道一以贯之”。儒家讲千圣一心，人同此心，心即大道。《老子》说：“反者，道之动。”道是一个无限的循环往复过程，诗文上的“文以明道”与“诗教”，或说生活道化，道化的生活诗文化；又诗文生活化、道化，也应是这道的无限循环往复的一种呈现。这才是中国文学以及作为中国文学的形上理论形态的文论的真正血脉所在。

全书结语:“原始要终”

宋儒陆象山说:“心只是一个心,某之心,吾友之心,上而千百载圣贤之心,下而千百载复有一圣贤,其心亦只如此,心之体甚大,若能尽我之心,便与天同。”又说:“宇宙便是吾心,吾心即是宇宙。东海有圣人出焉,此心同也,此理同也。西海有圣人出焉,此心同也,此理同也。南海北海有圣人出焉,此心同也,此理同也。千百世之上至千百世之下,有圣人出焉,此心此理,亦莫不同也。”①

对陆象山这两段话可作很多解释,但从心性哲学来说,其要是说心、理具有普遍性、恒常性、绝对性与贯通性。象山这两段话也可以收缩为一个成语:“人同此心,心同此理。”但这里说的心,不是一般说的心,例如生理学上说的心,乃是指心之本体,即心体讲。正因为人同此心体,人类最终才能心与心相通,相互契合一致。这应当也是今天说的全球化的心体依据,当然今天说全球化,主要还是指经济层面的全球化,而我们这里是从文化包括经济的核心哲学上讲。但就现象界意义讲,“人同此心,心同此理”则只是理想;而“人心不同,如其面焉”似更现实,在具体生活中表现更为普遍。这里暂且不就个人而就民族讲。因地理环境、生产与生活方式的不同,中西方民族的心之所思就有很大的不同,相应地在各自文化生命的最初表现上也就有很大的不同。按牟宗三的看法,作为西方文化源头的古希腊,它首先把握的是“自然”,外在对象。开端是抽象的终点,终点是具体的开端。西方文化以此为起点,又不断承传发展,从而形成西方重客观、重逻辑分析的文化系统。而中国文化生命的最初表现即开端,则首先把握的是“生命”,这生命可以有多层意义,但中国文化,首

① 《陆九渊集》,中华书局1980年版,第483页。

先把握的生命是德性生命。以此为开端，不断承传发展，从而形成了一个从外在表层来说可名之为礼乐文化系统，而从内在深层来说则可名之为心性文化系统。中国文学属于中国文化的一部分，一个花样，或说一子项目。因此讲中国文学，若从表层讲，则应从礼乐文化系统角度讲，如从内在深层讲则应从心性文化系统角度讲，这样讲，才能讲出中国文学的文化底蕴。

这是从文化角度看中国文学。文化的核心是哲学。对哲学，现代的主流看法，是认为哲学就是认识论。正因为这一哲学观念，致使近现代对中国哲学首先就陷入有无的长期纷争过程中。解决的方法，首先是要厘清哲学观念。牟宗三曾将古希腊哲学之古义，康德哲学的“宇宙性概念”以及现象与物自身的主观先验的超越的区分等，和中国哲学，特别是佛教哲学《大乘起信论》的“一心开二门”等看法相互摩荡，从而明确了一个可以涵盖中西方哲学的共同哲学模型。这个模型如用佛教的用语简明表述，就为“一心开二门”。“一心”是指自性清净心，包括儒家的仁心、道心，道家的虚静之心等，“二门”是指生灭门、现象界，和真如门、物自身本体界。中西哲学都是一心开二门，但有开得好和开得不好，有开得出和开不出来的问题。西方哲学于生灭门、现象界一门开得好，成就了伟大的认识论哲学，但其于真如门、物自身本体界则开得不好，即使康德也只有意志自由、上帝存在、灵魂不灭三设准的道德神学，而没有进一步形成道德形上学。而中国哲学则刚好反过来，按“一心开二门”的哲学共同模型，中国哲学于生灭门、现象界消极，开得不好，因此中国没有形成学之成为学问的认识论哲学，只有片段的思想资料。这是中国哲学的憾事，也是中国后来随着世界进入工业化时代以来落后的哲学根源。但中国哲学于真如门、物自身本体界开得好，成就了同样伟大的道德形上学即心性哲学，其理境甚至有高出康德之处。在西方，若按一心开二门的全部哲学的共同模型以衡量，开得最好最具完整意义的哲学是康德哲学，因此中国哲学只有以康德哲学为桥梁并对接才能显出其真正意义。如此，一方面我们可以借助康德哲学的框架推进中国哲学的现代化，建立中国哲学的现代框架；另一方面中国哲学又可以证成康德哲学，使康德哲学百尺竿头，更进一步。

哲学是文化的核心，也是文学与文论的核心。从上文按全部哲学的共同模型概括的哲学存在的情况看，中国哲学没有形成以生灭门、现象界为对象的学之成为学问的认识论哲学，只形成以真如门、物自身本体界为对象的心性哲学或道德形上学。受之制约，中国也没有形成以认识论和逻辑学的哲学核心和基础为指导的认识论文论，相应地也没有形成概念逻辑体系。中国文论以中国哲学中最精彩的心性哲学为核心和基础，因此形成的是心性哲学文论，与之相表里，相应地中国文论形成的也不是西方文论那样的概念逻辑体系，而是纲目体系。这是我们基于中国文化哲学学问大传统得出的基本看法。

近现代近百年中国古代文论研究所做的工作，大致可以说都是参照西方认识论文论的文学观念及概念逻辑体系进行的。其中最大量的是中国文学批评史或中国文学理论史的"史"的研究，也有相当有关中国文论体系的"论"的研究，但无论"史"的研究，还是"论"的研究，相对西方文论的概念逻辑体系来说，中国文论都只是材料身份，而没有自身的体系之形态，也就是说中国文论只是西方文论概念逻辑体系的个别或说例证。这用学界的习惯用语表述，就是"西方文论在中国"，而还不是中国的文学理论。因此近百年来的中国古代文论研究，虽然成就卓著，大小论著可谓汗牛充栋，但给学界的共同感受可用两个字来概括："失语"。对这两个字，各人可有不同的理解，笔者认为，这是说，我们还没有把握真正属于自己的文论体系和话语，可与西方文论对话。在这里，我们通过回顾与反思近百年来中国古代文论研究的得失，而终于明确了问题的根本。对这，集中起来就是一点，这就是不能让中国文论继续只做西方文论概念逻辑体系的材料或例证了，而必须找到真正属于中国文论自身的体系之形态。中国文论自身体系的生命形态是怎样的呢？依据中国文化哲学学问大传统，笔者认为，它应是纲目体系。

为什么是纲目体系呢？在前文我们已作了很多论述。这与以仁心德性为核心的中国文化哲学大传统息息相关。可以说中国文化哲学就是一个以仁心德性及其哲学形态的心性哲学为纲的纲目体系，这个总的纲目体系又统辖大大小小的纲目体系。儒家哲学就是一个以《大学》的"三纲"、"八条目"为"规模"的纲目体系。史学亦有以朱熹《通鉴纲目》为代表的纲目体等。中国文论是中国文化哲学的一子项目，自然也是纲目体系。至于揭示中国文论体系是纲目体，并不是我们的发明，其实被章学诚誉为“成书初祖”的刘勰的《文心雕龙》，就是一部先行的古典形态的中国文论纲目体系著作。这点早就为王元化，后来又有劳承万所指明并论述。至于进一步说整个中国文论也是纲目体系，也已为王元化、劳承万所先行指出并论述，只是由于各种原因，他们还未有赋予具体形式化。而笔者正是在他们的启发的基础上，进一步尝试将这纲目体系予以现代形式化、“辩之以相示”而已。

现代化就是建立概念框架，这要有知性的“学”（知识、学养、学力等。下同）来支撑。中国文论的现代化，当然也要建立概念框架，也要有与文学理论相关的“学”来支撑。但钱穆说过的一点也是要记取的，这就是“言现代化，则必求其传统之现代化，而非可现代化其传统”①。因此，对中国文论的现代化，我们在建立中国文论纲目体系时也不是主观随意杜撰，而是严格地奠基于可称为中国文论的基准，或阶梯性经典著作的基础上进行的。朱熹说过：“四子六经之阶梯。”他是以四书为建构六经体系的“阶梯”即次第与基准性的基础。钱穆在构建中国史学体系时，是以《左传》、《史记》、《汉书》、《后汉书》、《三国志》等为基准著作的。牟宗三在构建儒家心性哲学体系时，是以《论语》、《孟子》、《中庸》、《大学》和《易传》为基准或阶梯的。参照古今诸贤在诸学科的成功做法，我们在建构中国古代文论纲目体系时，也就应有作为基准或阶梯性的经典著作，这就是《论语》、《孟子》、《礼记・乐记》、《毛诗・毛诗序》以及《文心雕龙》等。当然不局限于这些，只是较为主要的而已。目的是发明并承接中国古代文论的主脉大气。

本书对中国古代文论纲目体系的道、圣、文/闻道、诗教五纲的设计，其中道、圣、文三纲原出刘勰的《文心雕龙》，但其意义不局限于《文心》而只是以《文心》为基础谈起，又参照其他基准著作并在心性哲学的指导下，作了更充分的论述，使三纲有了更完整的意义。“闻道”一纲则是在刘勰的“知音”基础上再依《论语》、《老子》中的相关概念提升层次的结果。至于“诗教”一纲，在现代的古代文论研究中，由于往往赋予落后的封建伦理道德教化的恶名，已基本上被学界排除在研究之外而遗忘。在笔者原来对纲的设计中，也被忽略掉，后经进一步学习思考，尤

① 钱穆：《现代中国学术论衡》，岳麓书社1986年版，第226页。

其是对道性质的进一步认识，并得益于朱自清在《诗言志辨》中的提示，才重新思考确定将之增列为纲。朱先生的《诗言志辨》从体系角度看，实际上可看作是一部未充分意识的纲目体系性质的《中国诗论》著作。在朱先生那里，"诗言志"、"诗教"是"两个纲领"，其余都是"那两个纲领的细目"。[①] 以此为参照，在本书里对纲的设计，对应道、圣、文、闻道，拟应以"文教"为好，但"文教"，按朱先生的看法，在古代"没有用这个名字"，既然如此，自然不宜以一现代杜撰的名词作为严整的中国古代文论纲目体系的纲。因此，就提升"诗教"，以之作为纲，以统辖乐教、文教、小说教、戏曲教等目。对作为中国古代文论纲目体系的纲的"诗教"，应如何讲呢？这是需要花费心思的。《易经·贲·彖传》说："观乎人文，以化成天下。"其通俗说法，可参考曾仕强所讲："中华文化的一切，只为了两个字，叫做教化。"中国诗、文学作为中国文化的一部分，自然也可以说，为了两个字：教化，"化成天下"。但这教不是一般现代知识教育的教。到底应如何理解？现代学界包括朱自清对诗教的讲法，还不及其深意。依牟宗三的讲法，首先应从哲学高度理解"教"。何谓教？牟先生说："凡足启发人之理性，通过实践之途径以纯净化人之生命以达至最高之圣境者即谓之教。"诗教作为教，当然也要通过实践以纯净化人的生命以达至最高境界。这是从哲学视野讲，再直接就诗教讲，牟宗三说："从诗教方面看，通过诗而达到生活，生活要道化，而诗要生活化"，"生活化就近于道"。可见，诗教就是要纯净化人的心性道德生命，并通过诗而达到生活，使生活道化，即走在正路上。可见增加这逐渐被现代学界遗忘或不真正理解其深意的诗教一纲，对中国古代文论纲目体系来说，就更圆通彻底了。这样，中国古代文论纲目体系的纲的设计就包括了道、圣、文/闻道、诗教五纲，这五纲又皆可为道所"一以贯之"。"反者，道之动。"其中，由第一个道到诗教的诗生活化，道化之道，又体现了一个无限循环往复的过程。因此，以纲目体系为框架，可以实现对中国古代文论的真理解。相对于西方文论的概念逻辑体系来说，纲目体系无疑是中国文论的自身体系之形态。有了这个体系之形态，中国文论就可以真正地站立起来，与西方文论平等地对话了。

---

① 《朱自清全集》6，江苏教育出版社1990年版，第130页。

《周易·系辞》有两个很重要的概念："原始要终"(《系辞下》）与"原始反终"(《系辞上》)。后者亦为《文心雕龙·时序》引用过。《周易》注家如高亨，他在《周易大传今注》中将"原"注为"察"，将"反"注为"犹求也"，对"要"注为"求也"。他对"原始反终，故知生死之说"解释为："圣人考察万物之始，故知其所以生，究求万物之终，故知其所以死。"对"原始要终"则解释为："此言《易经》乃观察事物之始，探求事物之终，表明事物由始至终之整个情况。"[①] 历史学家钱穆也发挥地解释过"原始反终"。他说："始是过去，是一旧。终是后来，是一新。但终必随其始，乃成其为终。新必依于旧，乃成其为新。苟无始，何有终？苟非旧，何来新？惟始终一贯，新旧一体，故曰：原始反终。往前则必原其始，后顾则必反其终，此之谓相反而相成。"[②] 哲学家牟宗三则结合《老子》哲学思想解释过"原始要终"。他说："老子《道德经》：'常无欲以观其妙，常有欲以观其徼。'那个'徼'就是向性。……他是通过徼向来 define 有，这是 philosophical。'徼'通'要'。《易传》言'原始要终'。你能原其始，你就能知道它的归属，往哪个地方走。"[③]

从注家，总结历史经验的历史学家，以及能抓住问题核心的哲学家等不同层次的解释那里，我们大致可以领悟"原始反终"与"原始要终"的深意。上文说过，刘勰在《文心雕龙》中引用过《易传》的这两个概念的思想来讲中国文论。可见在刘勰看来，中国文论的发展也有"始"、"终"的关系问题。这给我们以重要启示。中国文论的"始"、"终"问题，可以有整体发展的问题，也会有阶段性发展的问题。当年，刘勰之所以要以《易传》的这两个概念的思想来指导，是因为他遇到了中国文学与文论发展的阶段性的"始"、"终"问题。本来中国文学与文论发展到魏晋南北朝，已进入了被称为"文学的自觉时代"，一切本应非常美好，但物极必反，文学反而走上了追奇逐艳、"离本弥甚"的邪路。而文论界又"各照隅隙、鲜观衢路"，不能帮助文学界寻根溯源，以引导文学界走上正路。刘勰透析一切，本"原始要终"和"原始反终"的思想为指导，

---

① 高亨：《周易大传今注》，齐鲁书社 1979 年版，第 512、589 页。

② 钱穆：《现代中国学术论衡》，岳麓书社 1986 年版，第 137 页。

③ 牟宗三：《康德美学演讲录》，台湾《鹅湖月刊》第 35 卷第 9 期。

"原"即考察明确了文学的"始"（六经及其道），进而也就明确了文学的"终"即新发展，应以"本乎道、师乎圣、宗乎经"为纲，为智慧方向，从而引导了文学界走上正道。

进入近现代，我们也遇到了刘勰当年所遇的相近的情况，但问题更大，事关全局整体，有人说乃"三千年未有之大变局"。在强势西方文化与文论的冲击下，中国文学与文论应往何处去？这是时代提出的新问题。在这个复杂的情势下，其实，我们也可以以刘勰为榜样，本着《易传》"原始要终"与"原始反终"的思想指导，通过"原"即考察中国文学与文论之"始"，以探索中国文学与文论在新时代的"终"即新发展。至此，学界所做的中国古代文论研究，以及本书在这里所作的中国古代文论纲目体系研究，可以说都是对中国文论之"始"的考察与探索（原），至于中国文论之"终"即新发展，则是要进一步探索的问题。这里应注意的是"原始要终"的"要"意。按上引牟宗三的说法："要"通老子的"徼"，"徼"就是向性，方向性。这样你正确地"原"即探索考察明确了文论发生发展的"始"（及其道），那么依于"始"（及其道）之向性，你也就会探求明确其"终"即新发展。这个新发展，即与原其"始"（及其道）"相反相成"的"终"，才是我们研究中国文论的目的性所在。

上文讲过，本书的中国古代文论研究，是基于中国文化哲学学问大传统进行的。这个大传统就其核心的哲学来说，就是全部哲学的共同模型—一心开二门。本书所作的中国古代文论纲目体系研究，具体来说，又主要是在讲一心开二门的真如门、物自身意义境界的仁心德性的道德形上学或说心性哲学的指导下进行的，相对应地西方文论及其概念逻辑体系则主要是在讲一心开二门的生灭门、现象界的认识论哲学的指导下进行的。按"原始要终"原理，中国文论的新发展自然可以继续沿着这个方向走。但问题在，一心开二门的"一心"是有涵盖性的，"一心"的"心"在佛家是指自性清净心，在儒家则为仁心、本心、道心，在道家则为虚静之心，按开头所引的陆象山所说，也可谓人同此心的心。作为心体，这"一心"包括两层次，一是上面讲的"自性清净心"等心义。这心与讲真如门、物自身本体界（智思界）相通相对应。二是这"一心"还应统辖"成心"、"认识心"，这层次的"心"则与生灭门、现象界相通、相对应。如此，在一心开二门的大框架下，按"一心"的心体的巨大统辖性，那么在文论的全球一体化的未来发展中，则既应涵摄有中国以心性哲学美学为核心和基础的以纲目体系为体系之形态的心性哲学文论的发展；也应有为中国文论的憾事：以认识论哲学美学为基础的以概念逻辑体系为体系之形态的认识论文论的发展。进一步，如何实现在“一心”的统辖下，完成中西两种理论形态的文论的对话与会通，并向更高层次发展？应该说这才是“原始要终”特别是其通“徼”的“要”即向性所提示的更大的历史使命。

后 记

本书写作的缘起，可追溯到20世纪90年代。1993年，笔者出版了第一部专著《中国艺术意境论》，并将之寄给我在人大进修学习时授课老师之一的胡经之教授（原任教北京大学后到深圳大学）。在1994年7月18日的来信中，他说："……感觉你研究得如此精深，写成如此宏大的专著，实在敬佩，很希望你在此基础上，研究下中国艺术如何创造意境的理论（艺术构思），必将有更大的成就。"胡先生的信不仅给我这一无名小卒以无限的鼓励，而且启发了我今后意境研究的新的学术方向。1996年在一个学术会议上，我有幸见到胡先生，在向他请教的过程中，他谈到意境问题时说，虽然对中国美学、诗论、文论来说，意境问题非常重要，为核心概念；但毕竟不是全部，还有个以之为核心的中国美学、诗论、文论体系问题（大意）。胡先生之意，是启发我不要孤立地研究意境问题，而要着眼于与整个中国美学、诗论、文论体系联系起来。我从事的主要是中国古代文论的教学与研究。经胡先生的这一启发，从此，中国古代文论体系问题，也就进入了我思想的中心。

中国古代文论，自陈钟凡于1927年出版《中国文学批评史》，又傅庚生于1946年出版《中国文学批评通论》以来，在"史"与"论"两方面的研究已进行了数十年，加上此前伏根酝酿的先行阶段，已不下百年的历史，各种研究论著可谓数不胜数。但学界依然冠以"西方文论在中国"，而还不认为是中国的文学理论。问题在哪里？内里原因自然是很复杂的，但就其症结来说，主要应是现代古代文论研究自开端，就不仅在文学观念，而且在学科命名，以及理论体系之形态模式上都是从西方舶过来的。开端是抽象的终点，终点是具体的开端。也就是说，自现代中国古代文论研究开端以来，中国古代文论相对于西方文论来说，就只是材料身份，而还没有揭示出能让其自我站立起来的理论核心，及为这理论核心所规定的体系之形态。这当然还不是中国的文学理论。那么中国古代文论体系之形态，究竟是怎样的呢？

在探索如何让中国文论摆脱材料身份，使其能以自身体系之形态站立起来的过程中，笔者得益于著名美学家劳承万先生的启发，有幸与劳先生同校同系并同住在一院子宿舍里。在相当长一段时间里，我们相约晚饭后一起散步。这是一种富于研究心得交流的学术散步。当然在这过程中，是他讲得多，我听得多。讨论的学术论题涉及古今中外，其中我最在意的当然是我正在苦思中的中国古代文论体系问题。我们谈《文心雕龙》，谈王元化对黑格尔美学和文论概念逻辑体系与刘勰《文心雕龙》纲目体系的比较分析和深刻提示。由王元化的分析提示，以及劳先生谈话的启发，我的头脑中逐渐形成的中国文论体系之形态的意识观念，乃为一不同于西方文论概念逻辑体系的纲目体系之形态的意识观念。

2001 年，我有机会出版了一本题为《道·圣·文论——中国古典文论要义》的小册子。这本小书的一些内容，现在再来看，会不时为自己尚缺乏学问根柢而不上轨道的近乎乱说感到愧对古人，不过其中也多少体现了我欲突破现代中国古代文论体系研究固有框架，另辟蹊径以建构中国古代文论自身体系之形态的幼稚而蹒跚的起步。经这一起步的实践，我终于明确了自身学问的欠缺之所在，明确了研究中国学问，即使中国文论，也不能孤立地进行，它从属于中国学问大传统，为其谱系树长出的一片叶。因此研究中国文论，也必须以把握中国学问大传统，特别是作为其核心的心性哲学为前提。如何才能把握这个学术前提呢？恰好在这前后，以钱穆、牟宗三、唐君毅与徐复观等为代表的一批港台学者的论著得以在大陆出版。我认真研读了这批学者的主要论著，感觉这些论著的确对中国学问大传统承接较好，让我对中国文化哲学能有更好的“了解之同情”（陈寅恪语），进而为自己的中国古代文论体系之形态研究奠定了相应的中国学问传统的基础。在自信心的驱动下，为了约束自己以提高研究的学术境界，笔者联合同事赵志军教授与蓝国桥副教授一起申报国家社科基金项目。在经过多次失败之后，功夫不负有心人，我们以《中国古代文论纲目体系研究》为题的课题，终于在 2007 年获得成功立项。作为处学术边缘的小人物的课题能获得国家级立项，是不少人梦寐以求的，当然值得高兴。但如何做到不辜负这个来之不易的项目，严峻的考验也就在眼前。在缺乏现代相关研究借鉴的前提下，要建构一个不再依附于学界熟稔的西方文论概念逻辑体系模式，而属中国古代文论自身体系之形态的纲目体系，谈何容易！为此，笔者又整整学思三年，仍然不敢下笔，眼看一次次到期无法完成，只好一再申请延期。现代人研究学术，都强调个人见解，成为专家。在这个问题上钱穆对司马迁“究天人之际，通古今之变，成一家之言”，特别是“成一家之言”的解释给我以启发。钱先生认为，司说“成一家之言”，不是形成现代意义的个人看法，专家之学，“而是指上有师承，下有传人，如一家之相承”。(《现代中国学术论衡》) 在古代文论研究上当然也应是如此。我们在这里要做的也是要发明并承传中国古代文论的主脉大气，而不是主观随意地妄发个人见解。明确了这一点，笔者也就明确了首先应发明并承传孔子，以及“以文学承孔子”的刘勰《文心雕龙》等为代表的文论主流中的主脉大气，其他为辅，相辅相成，以形成“一家之言”。并使其既是古代的，又是现代语境的。明乎此，本书应怎样开端并一路走下去的基本思路也就形成了。

现在读者所看到的笔者所尝试构建的中国古代文论纲目体系，可以说是我试图超越“西方文论在中国”模式后，对“中国古代文论体系之形态究竟应该是怎样的”问题长期思考的自我回应。这自然不是一完备的体系结构。笔者作这个回应的目的，也并不是想作最后结论，而是抛砖引玉，刺激学界更多人思考并合力解决这个问题。这个问题解决了，那么在全球一体化背景下，中西文论的平等对话、会通发展，才有真正意义的平台与基础，才成为可能。

本书初稿完成后，曾请劳承万先生审阅，他提出了不少宝贵意见，还应我的请求，答应为本书作“序”。现在大家看到的深刻的《序论》就出自他的大手笔。还顺便谈及书名，本书作为项目原题为《中国古代文论纲目体系研究》，但考虑到一般所谓的“研究”已相当泛化，因此需要改动一下书名。较切合的书名似乎改为《中国古代文论纲目体系论》，或《中国古代文论纲目形态论》，或《中国古代文论纲目体系之形态论》等都可以。考虑到与申请课题题目较切近，在这里就取了现名。

现在在本书即将出版之际，笔者要衷心感谢对我启发与帮助良多的劳承万先生。衷心感谢支持并与我一起申请本课题的赵志军教授与蓝国桥副教授，特别是赵教授不仅为申请材料的撰写提供了宝贵意见，而且在撰稿过程中，提供了不少珍贵材料和理论信息，在书稿完成后，又认真帮助校改，修正了书稿中不少文字上的错误。当然本书之所以能够完成，对笔者来说，也是个人学术能量不断累积的过程，在这过程中，本人得益于很多恩师的悉心教诲。其中主要有：读大学期间教我们文学理论的饶芃子教授、韩湖初教授。在中山大学进修期间，悉心指导过我的楼栖教授、陈培湛教授。在人民大学进修期间给我们精心授课的郑国铨、陈传才、陆贵山、蔡钟翔、成复旺、黄保真、叶朗、胡经之等教授，以及华东师大徐中玉先生。以上恩师，以及还有很多没有在列的恩师，对我的教导帮助，我是每饭不忘的。此外，在笔者完成本书过程中，学校与人文学院领导，科技处有关负责人，以及众多同事，还有我的家人与不少亲友都很关心，在此一并致以深切的谢意。最后还要特别感谢中国社会科学出版社的冯春凤主任，正是她的关切，使本书能得以顺利出版。

作者

2014 年 1 月 16 日